トウェイン完訳コレクション

アーサー王宮廷のヤンキー

マーク・トウェイン
大久保 博＝訳

角川文庫
16051

A CONNECTICUT YANKEE
IN KING ARTHUR'S COURT
by Mark Twain
1889

Translated by OKUBO Hiroshi
Published in Japan by
Kadokawa Shoten Publishing Co.,Ltd.

目次

はしがき

これからお話しする物語の中にはじつに乱暴な法律や習慣が出てきますが、それらはみんな史実に基づいて述べたものです。そしてその例証に使っているエピソードも、やはり史実に基づいたものです。しかし、だからといってそうした法律や習慣が六世紀（アーサー王の時代）のイギリスに実在していたのだと主張しているわけではありません。そうです。ただ、そうした法律や習慣がずっと後の時代のイギリスやその他の国の文明社会にも実在していたくらいですから、それならばこう考えてもさしつかえないだろう、つまり、そういう法律や習慣は六世紀にだって実際に存在していたのだ、と想像したところで、それはけっしてその時代を侮辱したことにはならないだろう、と言っているだけなのです。こうした法律や習慣のうちで一つでもその遠い昔に欠けているものがあるとしたら、それはもっとひどい法律や習慣によってちゃんと埋められているのだと推測してもけっして間違ってはいないはずです。

国王の権力は神さまから直接さずけられたものであるという、いわゆる「王権神授」なるものがはたして存在するかどうかという問題は、この本の中では解決されていません。検討してはみましたが、あまりにもむずかしい問題でした。そもそも一国の元首たるものが高邁《こうまい》な性格と非凡な能力の持ち主たるべきことは、はっきりとした事実であって議論の余地はありません。そして、神さま以外には誰もそうした元首を誤りなく選ぶことはできないということも、はっきりとした事実であり議論の余地のないところです。ですから、神さまは当然そのような選択をなさるはずだということも、これまた同様にはっきりとした事実であり議論の余地のないところです。したがって、この論理をおしすすめてゆけば、その結論は、神さまがほんとうにその選択をなさるのだということにどうしてもならざるをえません。とはいえ、それはこの本の著者があのポンパドゥール（一七二一—六四年。フランス国王ルイ十五世の愛人。王をあやつり、その実権をにぎった）とかカスルメイン夫人（一六四一—一七〇九年。イギリス国王チャールズ二世の愛人）とか、そのほかこういう類《たぐい》の元首たちを知る以前の話です。こういった人物を今回の物語の中に織りこむのは大変むずかしいことのように思えました。それで、この本の中では（この本は秋に出版されるはずですが）別なやり方をしたほうがよかろうと判断しました。そしてまずトレーニングを始めてからべつの本の中でこの問題は解決したほうがよかろうということになったのです。これはもちろん、なんとしても解決しなければならない問題です。ですから私もとにかくこの冬はほかに何もしないでこの問題を考えるつもりです。

マーク・トウェイン

一八八九年七月二十一日、ハートフォードにて

ちょっとばかり解説を

それはウォリック城（イギリスのウォリックシアにあるウォリック伯の居城。中世の様相をとどめる美しい城で、一般に公開されている）の中でのことでした。私は一人の奇妙な人物に出会いました。これからお話しする人物です。この男は次の三つの点で私の注意をひきました。つまり、じつに気さくで飾りけのないこと、昔の甲冑《かっちゅう》について驚くほどよく知っているということ、それに、この男といっしょにいると私の心が安らいでくるということです。――なぜ心が安らぐかといいますと、おしゃべりはみんなこの男がしてくれたからです。私たちは、城の中を案内されてゆく見物人たちの群れにまじって、つつしみ深い人間ならば誰でもがそうするように、いちばん後ろについて歩いていたとき、偶然いっしょになりました。すると彼はさっそく、私の興味をひくようなことをいろいろと話しはじめました。ものやわらかに、気持ちよく、流れるように話しつづけているうちに、彼はいつしかこの世界と時代とを離れて、どこか遠い昔の時代と古い忘れ去られた国とへ漂い流れてゆくような感じがしました。そして、だんだんと私のまわりに不思議な呪文《じゅもん》をつづりあわせてくるのです。そのためになんと私も、灰色にとざされた古代の亡霊や幻影や埃《ほこり》やカビの中をさまよいながらその時代の遺物と話を交わしているような気がしてきたではありませんか！　彼は、ちょうど私がごく身近な親友や競争相手やあるいはごく親しい近所の人たちのことを話すときと同じような調子で、サー・ベディヴァーやサー・ボールス・ド・ガニスや湖のサー・ラーンスロットやサー・ギャラハドやそのほか名だたる円卓の騎士たちのことを話しました――そして、話しつづけているうちに、非常に年老い、口ではとても言いあらわすことができないほどに年老い、色あせ、ひからび、かび臭く、古ぼけた姿に見えてきたのです！　やがて私のほうに向きなおると、こんなことを言いました。その調子はまるで天気のことか、なにかつまらぬことを話すときのような調子なのです――

「あなたは霊魂の転生ということはご存知ですね。しかし時代の転位ということはご存知ですか――それに肉体の転位ということも？」

私は、そんなことは聞いたこともないと言いました。ところが彼は私の返事などぜんぜん関心がありません。――ちょうど時候の挨拶《あいさつ》をかわすときのようなのです――それで、私が返事をしたかどうかさえも気にかけませんでした。ごく短な沈黙があっただけでしたが、それはすぐに給料取りの雄弁家（案内係り）のあの単調な声に破られてしまいました。

「昔の鎖鎧《くさりよろい》でございます。時代は六世紀、アーサー王と円卓の騎士のころのもの。騎士サー・サグラムア・ル・デジルースの持ちものと伝えられます。左胸の鎖帷子《くさりかたびら》にあいております円い穴にご注意ください。なぜあいているのか、それはわかりません。火器の発明（十四世紀初頭）後に銃弾によってあけられたものであろうと言われております。――おそらくクロムウェル（オリヴァー・クロムウェル）の兵隊たちがまったくの悪意からあけたのでございましょう」

私の連れは微笑しました。――それは現代ふうの微笑ではなく、もうきっと何世紀も前から一般に使われなくなったような微笑でした――そして、独りごとのようにこうつぶやきました。

「しかと憶《おぼ》えておけ、わしはその現場を見ておるのじゃ」それから、ちょっと間をおいて、こうつけ加えました。「このわしがやったのじゃからな」

　私がこの言葉の電撃的な驚きから我にかえったときには、もうすでに彼の姿は消えていました。

　その日の夕方、私はずっとホテル「ウォリック・アームズ」の私の部屋の炉端で昔の時代の夢にひたっていました。雨は窓をたたき、風は軒や曲がり角のあたりでうなり声をあげていました。ときどき私はあのサー・トマス・マロリーの魅惑的な本（『アーサーの死』のこと。マロリーはイギリスの文人。?―一四七一年）を拾い読みしながら、数々の不思議な冒険に充《み》ちあふれたその豊かな饗宴《きょうえん》を味わい、古めかしい名前の放つ芳香を吸いこみ、そしてまた、夢にひたっていました。そのうちにとうとう真夜中になってしまいました。そこで私は物語をもう一つ読みました。今度は寝酒がわりにです。

――これすなわち、以下のごとき物語なり。

サー・ラーンスロット、二人の巨人を殺害し、城を解放したる段

　ほどなくして襲いきたりしものは雲つくばかりなる二人の巨人。鎧姿に身をかため、頭のみはむき出しにして、手に手に握りしめたる恐ろしき棍棒《こんぼう》。サー・ラーンスロット楯《たて》をかまえつつ、一方の巨人の振りおろすその棍棒をかわすが早いか、手にしたる剣で敵の頭を幹竹《からたけ》に割る。仲間の巨人これを見るや、気を失わんばかりに逃げだす。すさまじき太刀風に恐れをなしたるが故なり。サー・ラーンスロット韋駄天《いだてん》のごとくこれを追うや、肩先ふかく斬りつけ臍《ほぞ》のあたりまで切り裂く。やがてサー・ラーンスロット広間に入り行けば、その数三十を倍する女房たちあらわれきたり、こぞりて騎士の前にひざまずきて、一同の救出を神と騎士とに感謝する。

女房たちの言うよう。騎士さま、わたくしども、その大方の者がこの七年《ななとせ》のあいだあの巨人どもの虜《とりこ》となっていたのでございます。そして糊口《くちすぎ》のために絹織物の仕事を一から十までさせられておりました。わたくしどもはみな高貴な家柄に生をうけた者でございます。騎士さま、あなたさまのお生まれ遊ばしたこの御世が祝福されまするようお祈りいたします。なにゆえなら、あなたさまはこの世のいかなる騎士がなさいましたよりもいちだんと立派なお働きをなさいましたからでございます。わたくしども、その証人となるつもりでございます。それゆえ、こぞってお願い申し上げます。なにとぞ、あなたさまのお名前をおきかせくださいませ。どなたさまが牢《ひとや》からお救いくださいましたか、わたくしども親しき者たちに語りきかすことができまするように。

騎士はこれに答えて、美しき姫君がた、拙者は湖のサー・ラーンスロットと申す者なり。

やがてその騎士は一同のもとを去り、女房たちを神の御手に託す。しかして馬上の人となるや、数々の見知らぬ未開の地へと乗り入れ、あまたなる川や谷をわたり、荒野《あらの》に仮寝の宿をとる。かく行くほどに、たまたまある夕暮れどき、とある美しき庭先に出る。そこに年老いたる貴婦人の一人いて、快く一夜の宿を貸し与えられれば、騎士、馬ともども手厚いもてなしを受く。やがて時いたれば館《やかた》の主《あるじ》、騎士を門の上なる美しき物見の楼《やぐら》に導き、そこを寝所にあてがう。サー・ラーンスロット武装を解くや、甲冑をかたわらに置きて床につき、すなわち眠る。ほどなく、馬を馳《は》せきたりてあわただしく門を叩《たた》く者あり。サー・ラーンスロットこれを聞きつけ、起きあがるや窓辺によりて外をうかがう。月あかりに見えしは、三人の騎士、一騎の後を追いきたりて剣を引き抜き、いちどきに襲いかからんとする勢い。一騎は雄々しくも馬首をたてなおし防戦に出《い》ずる様子。これを観《み》てサー・ラーンスロットの言うよう。まこと吾れあの一騎をこそ救わずんばあるべからず。三騎の一騎に襲いかからんとするを見てただいたずらに手を拱《こまぬ》くは、これ己が身の恥辱《ちじょく》。万一あの騎士が落命いたさば、吾れ殺害の共犯者たる誹《そし》りを受けんと。すなわちサー・ラーンスロット、かたわらの剣をつかむや窓から敷布を垂らし、それを伝って四人の騎士のもとへとおり立つ。しかして大音声《だいおんじょう》に呼ばわっていわく。やあやあ、そこなる騎士ども、拙者がお相手もうさん。その騎士との一戦は中止せられい。

これを聞きつけたる三騎はいっせいにサー・ケイをすて、サー・ラーンスロットに向きなおり、すさまじき闘いを始める。すなわち三騎、ひらりひらりと馬からとびおりるや、サー・ラーンスロットめがけて打ちかかり、三方より攻めたてる。これを見たるサー・ケイ、助太刀《すけだち》せんものとサー・ラーンスロットに声をかける。サー・ラーンスロット答えていわく。いやいや助太刀はご無用。貴殿こそ拙者の助太刀を受けられるからには、この者たちは拙者ひとりにおまかせあれ。

これを聞きてサー・ケイ、しからばよしなにとその言葉に従い、かたわらに控える。やがてサー・ラーンスロット、六太刀《むたち》とふるわぬうちに三人を大地に打ちすえる。

三人の者、口をそろえて言うよう。騎士どの投降つかまつる。拙者ども、とても貴殿の敵ではござらぬ。

サー・ラーンスロット、それに答えていわく。その儀については身共《みども》がそのほうたちの降服を受けるわけにはまいらぬ。家老サー・ケイどのに対して降服すると誓約いたすならば、生命の儀は助けつかわす。さもなくば容赦はならぬ。

それに答えて三人のいわく。騎士どの、それはいたしかねる。なにゆえと申して、サー・ケイどのについては、拙者どもそれをここまで追いつめて参った。そして貴殿さえ現われれば、打ちすえていたはずでござる。それゆえ、あの者に降服する儀はこれ筋が通り申さぬ。

サー・ラーンスロットいわく。しからばそのほうたち、よく考えてみるがよい。死のうと生きようと、それはそのほうたちのかってだが、投降するからには身共、かならずやサー・ケイどのに対してこれをさせるつもりじゃ。

三人それに答えていわく。騎士どの、拙者どもの生命をお助けくださるからには是非もなし、お言葉どおりにいたさん。

サー・ラーンスロットいわく。しからばそのほうたち、次の聖霊降臨節にアーサー王の宮廷におもむき、ギネヴィア王妃に投降を申し入れ、ともども王妃の慈悲と恵みに身をゆだねるがよい。かつ、サー・ケイどのがそのほうたちをここに送り王妃の虜となるよう申しつけたと伝えるのじゃ。

翌朝サー・ラーンスロットは夙《つと》に起きいで、サー・ケイをそのまま臥所《ふしど》に残す。しかしてサー・ケイの甲冑、楯をとり己が身を装い、厩《うまや》に行きてケイの馬をひき出す。やがて館の主に暇《いとま》を告げ、その場を辞す。ほどなくしてサー・ケイ起きいで、サー・ラーンスロットの不在を知る。さらに己が甲冑、馬など持ち去られしことに気がつく。うむ、これはきっとあの男、アーサー王宮廷の某《なにがし》かにひと泡《あわ》ふかせん心算《もくろみ》よな。あの甲冑を目にいたさば、いずれの騎士も心をゆるし、拙者と思うて挑戦いたすであろう。皆をたぶらかさん寸法じゃ。そして拙者は、サー・ラーンスロットの甲冑と楯のおかげで、きっと無事に旅ができることであろう。

ほどなくしてサー・ケイも出発し、すなわち主のもとを辞す（『アーサーの死』第六巻第十一章）。

私が本を置いたときドアにノックの音が聞こえました。そして例の男が入ってきました。私はタバコと椅子《いす》をすすめて彼を歓迎しました。それからまた、くつろいでもらうために熱いスコッチをすすめました。そしてもう一杯。さらにまたもう一杯とすすめました――すすめるたびに彼の話を今か今かと待っていたのです。ちょうど四杯目をすすめたあとで、彼は自分のほうから話に移ってゆきました。それもじつに無造作で自然な移り方なのです。

奇妙な男の身のうえ話

あたしはね、アメリカ人なんです。生まれたのも育ったのもハートフォード（コネチカット州の首都。工業都市）というところなんです、コネチカット州のね――とにかく、川（コネチカット川）を渡ったすぐのところにあるんですよ、あの国ではね。ですから、ちゃきちゃきのヤンキー（「ヤンキー」とはもともとニューヨークのオランダ移民がコネチカットの英国移民を呼んだあだ名）というわけです。それに実利的でしてね。ええ、ですから物の哀れを知る心なんか、まあ、持ち合わせてはいませんね。――べつの言葉でいやあ、詩歌の心なんていうものはね。おやじは鍛冶屋《かじや》。叔父も蹄鉄工《ていてつこう》。それであたしもまあその程度の腕だったんですわ、初めのうちはね。それであたしは大きな軍需工場に行って、本式の職をおぼえたんです。そこの仕事に関係のあるものは何でもおぼえましたね。つまり、どんなものでも作っちまうことをおぼえたんです。鉄砲だろうが、連発拳銃《リヴォルヴァー》だろうが、大砲だろうが、ボイラーだろうが、エンジンだろうが、労働を節約するためのありとあらゆる種類の機械類をね。いや、人間が必要とするものならどんなものでも作ることができたんです。――この世のものならどんなものでもね。べつに大した違いはありませんからね。それに、ものを作るときに、すぐ間にあうような新しいやり方がなくったって、あたしにはすぐにそれを考え出すことができたんです。――それも、丸太ん棒をころがしてわきにどけるのと同じくらい簡単にね。それであたしは現場監督の親玉になったんです。二千人も手下ができましてね。

ところで、こういった人間というものは喧嘩《けんか》っぱやいもんですよ。――そのことは説明せんでもおわかりでしょう。なにしろ二千人からの荒くれ男たちを手下にもっていりゃあ、誰だってたっぷりと喧嘩の楽しみはあるもんです。とにかく、あたしにはありましてね。それで、とうとういい相手にぶつかったんです。そしてえらい目にあったんですよ。たしかあれはたがいに鉄梃《かなてこ》をふりまわしての大喧嘩のさいちゅうでした、ヘーラクレースというあだ名の男を相手にしてね。その男はあたしの頭にガーンと一発、横なぐりにくらわしてきたんです。なにもかもめちゃめちゃにしちまうような強烈な一撃でね。あたしの頭蓋《ずがい》の中の継ぎ目がひとつ残らずはずれちまって、隣どうし折り重なっちまうんじゃないかと思えるほどでしたね。それで、目の前が真っ暗になって、それからあとはなんにも感じなくなり、なにもかもわからなくなってしまったんです。――とにかく、しばらくの間はね。

気がついてみると、あたしはカシの木の根もとにすわっていました、草の上にです。あたりはいちめん美しい広々とした田園ふうのながめ。そこにあたしがたった一人――いや、だいたい一人。まったく一人っきりというわけじゃあなかったんです。なぜって、馬に乗った奴が一人いて、あたしを見おろしていたからなんです。――絵巻物の中から抜け出してきたばかりといったような男がね。頭のてっぺんから足の先まで昔の鉄の甲冑《かっちゅう》に身を包んでいて、頭の兜《かぶと》なんかは、釘《くぎ》を入れておく樽《たる》の横っ腹《ぱら》に細長い切れ目をいくつもつけたような形をしていました。そしてその男は楯をもち、それに剣も、ふとい槍《やり》ももっていました。馬のほうも体に甲冑をつけていて、額のまんなかからは鋼鉄の角を一本突き出しているんです。そしてごうせいな赤と緑の絹の衣が馬の体をすっぽり、まるで掛けぶとんのように包んで、そのまま地面すれすれのところまで垂れさがっているんです。

「貴殿、ジャスト（馬上槍試合のこと。「ジャウスト」ともいう）をいたされるか？」とこの男が言うんですわ。

「あっしが何をするんだって？」

「一つお手合わせ召さらぬか、領地なり貴婦人なりあるいは――」

「おまえさん、あっしに何をくれようっていうんだ？」とあたしは言いました。「さっさとおまえさんのサーカス小屋に帰んな。さもねえと親方に言いつけてやるぞ」

ところがこの男、何も言わずに二百ヤードほど引きさがると、やおらあたしを目がけてまっしぐらに突進してくるじゃありませんか。例の釘樽を馬のたてがみのあたりまで沈め、長身の槍をまっすぐ前に突き出しましてね。あたしは、こいつは本気だわいと思いました。それでカシの木によじ登った、と途端に奴がそこへ到着したってえわけです。

その男は、あたしが奴の所有物で、奴の槍の虜になったのだと言いました。奴のほうに分《ぶ》があったし――それに地の利も占めていましたからねえ――だから、こりゃあ奴の機嫌をとるにこしたことはないと判断しました。それで話をつけて、あたしは奴といっしょに行く、そのかわり奴はあたしに怪我《けが》はさせない、ということに落ち着きました。そこであたしは木をおり、二人そろって出発しましたが、あたしのほうは奴の馬のそばにくっついて歩いてゆくわけです。それでもまああたしたちはのんびりと進んでゆきました。森の空地をぬけたり、小川をわたったりしましたが、どうもそんなところは前に見たおぼえがないんですねえ。――それで、いったいどうしたんだろう、不思議だなあと思いましたね。そのくせいっこうにサーカスなんてありゃあしないし、サーカスのサの字も見えてこないんです。それであたしはサーカスのことは捨てて、この男は精神科病院から抜け出してきたにちがいないと考えました。ところが、その病院も、いっこうにないんですね。――それであたしも、いわば、途方にくれたってえわけです。で、おれたちはいったいハートフォードからどのくらい来たのかと尋ねてみました。すると奴は、そんなところは聞いたこともないと言うんです。嘘だとは思いましたが、まあそういうことにしておきました。かれこれ一時間もたったころ、遥《はる》かかなたの町が、曲がりくねって流れてゆく川の谷間に眠っているのが見えてきました。そして、その向こうの丘の上には広々とした灰色の砦《とりで》があって、その中には大小の塔が立っているんです。絵の中でしか見たことのないような光景でしたね。

「ブリッジポート（コネチカット州南西部の海港。当時流行していた、バーナム・ベイリー・サーカスの本拠地）かね？」とあたしは指さしながら言いました。

「キャメロットじゃ」と奴は言うんですわ。

その奇妙な男はさいぜんから眠たそうな様子を見せていました。そして自分でこっくりを始めたことに気がつくと、例の哀愁に満ちた古めかしい薄笑いをちょっと浮かべて、そしてこう言いました。

「もうこれ以上はつづけられませんな。だがあたしといっしょにおいでなさい。話はみんな書いてあるんです。よかったらそれを見せてあげましょう」

彼の部屋に行くと、彼はこう言いました。「初め、あたしは日記をつけていたんです。そのうちに、何年もたってから、その日記を取り出して一冊の本にしました。ずいぶん昔のことでしたがね！」

彼はその手書きの本を私に渡すと、どこから読みはじめればよいかその箇所を指さしてくれました。

「ここから始めるといい。――前のほうはもうお話ししましたからね」彼はもうこの時には眠りに浸されていました。私がドアから出てゆくとき、彼のねぼけたようなつぶやきが聞こえました。

「さらば貴殿、ご機嫌ようおやすみ召されよ」

私は暖炉《だんろ》のそばに腰をおろして、その宝物をしらべてみました。初めの部分は――それもだいぶ分厚いものでしたが――羊皮紙で、年ふるびて黄ばんでいました。その一枚をとくに細かく調べてみると、この紙は再生紙写本《パリンプセスト》（一度書いたものを消して　その跡に書き記した写本）であることがわかりました。この奇妙なヤンキーの歴史家が綴《つづ》った古いかすかな文字の下に、それよりももっと古く、さらにかすかな筆の跡が見られたのです。それはラテン語で書かれた言葉や文章で、昔の修道士たちの物語からの断片のようにも思えました。私はあの奇妙な男が教えてくれた箇所を開き、そこから読みはじめました。――そこにはこんなふうに書いてあったのです。

THE TALE OF THE
LOST LAND

第一章　キャメロット

「キャメロット――キャメロットねえ」とわたしはつぶやいた。「どうもいままで聞いたことがないようだな。病院の名前かもしれんぞ、きっと」

それはやわらかで平穏な夏の日のような光景だった。まるで夢のように美しく、安息日のようにひっそりとしていた。あたりの空気は花の香りや虫の羽音や小鳥のさえずる声に充《み》ちあふれていた。しかも人っ子一人、荷馬車ひとつ見あたらず、生きものの動く気配も、物の動く様子もなかった。道は、ほとんど曲がりくねった小道になっていて、そこには蹄《ひづめ》の跡がついており、ときどき車輪のかすかな跡が両側の草の中に残っていた――その車輪は、どうやら、人間の手のひらの幅ほどもある広い輪金をつけたものらしい。

やがて美しいやせ形の女の子が一人、年は十歳くらいであろうか、ふさふさとした金色の髪を両肩の上に滝のように垂らしながらやってきた。頭には炎のように赤いヒナゲシの花の冠をのせていた。それは、これまでに見たうちでいちばん美しい身なりだった。他に何ひとつ身につけていないのだ。彼女はのどかな足どりで歩いてきた。心を安らかに、その穏やかな様子はあどけない顔にもはっきりと浮かんでいた。サーカスの男は彼女を気にもとめなかった。目をくれる様子さえなかった。そして彼女は――彼女のほうもこの男の風変わりな装いに少しも驚きはしなかった。まるで自分の毎日の生活と同じようにその装いに慣れきっているようなのだ。そして平気な顔をして通り過ぎようとした。ちょうど二頭の牝牛《めうし》のかたわらを通り過ぎるときのようにだ。ところが、たまたまわたしの姿に気がつくと、なんとその途端に事態が一変した！　ぱっと両手をあげたかと思うと、彼女は石のようになってしまった。口をぱっくりあけ、目をかっと見ひらき、おびえきったように見つめているその姿は、まるで肝《きも》をつぶした好奇心に、恐怖の色を塗りたくったような図だった。そして彼女が目をすえたままそこに立って、いわば啞然《あぜん》たる恍惚《こうこつ》の状態でいるあいだに、わたしたちはとうとう森の角を曲がって彼女の視界から姿を消してしまった。彼女がびっくりしたのはこのわたしに対してであって、もう一人の男に対してではないという事実は、わたしにとってショックだった。なぜびっくりしたのか、かいもく見当がつかなかった。そして、彼女がわたしを大した見せものだと思ったらしいこと、またその点から言えば、彼女のほうだって大した見せものだったくせに、その自分の真価はまったく無視しているらしいことも、わたしには解《げ》せぬことだった。それにあの大ぎょうな態度もまた、あんな若い年ごろの娘にしては驚くべきことだった。こいつは一度よくかみしめて考えてみなければいけない。わたしは夢を見ているような気持ちで歩みをつづけていった。

　町に近づくにつれて、だんだんと生きもののいるきざしが見えてきた。ときどき見すぼらしい小屋の前を通った。屋根は草ぶきで、ぐるりには小さな畑と庭とがあった。しかしろくに手入れもしていない様子だった。人間もいた。筋骨のたくましい男たちが、長くてごわごわした髪の毛に櫛《くし》も入れず、それをそのまま顔の前まで垂らしているので、まるで獣のように見えた。こういう男たちやそれに女たちが、たいてい、目の粗い麻の衣をまとっていた。ゆうに膝《ひざ》の下までとどくような衣だ。それに粗末なサンダルをはいており、多くの者が鉄の首環をはめていた。子供たちは、男の子も女の子もきまって素っ裸だった。しかし誰もそれを気にしているようには見えなかった。彼らはみんなわたしの姿を見ると、じっと目をこらし、それから何やらわたしのことを話し合い、小屋の中に駆けこんでいっては家族の者を連れ出してきて、あきれかえった顔でわたしを見つめていた。そのくせ誰一人わたしの連れの男にはこれといった注意もはらわず、ただその男に向かって丁寧にお辞儀をするだけで、その動作に対して相手の男に何を期待するというのでもなかった。

町に入ってみると、どっしりとして窓のない石造りの家が数軒、ごたごたとつづく草ぶきの小屋の家並みにまじって建っていた。通りはどれも曲がりくねった小路にしかすぎず、舗装もされていなかった。犬と素っ裸の子供たちとがいくつもの群れをなして日なたで遊びまわり、元気いっぱい騒いでいた。豚も歩きまわっては、のんびりとあたりの土を掘りおこしていた。そして中の一頭は、街道すじのまんなかで湯気をたてているぬかるみの中に寝そべって、子豚に乳をのませていた。やがて遠くから軍楽の響きが聞こえてきた。それはだんだんと、だんだんと近づいてきた。そしてほどなくすると、すばらしい騎馬の一隊が町角を曲がって現われた。それはまさに、羽根飾《うまかざ》りのついた兜《かぶと》、光りかがやく鎧《よろい》、へんぽんとひるがえる旗さしもの、色あざやかな胴着や馬衣、金色に塗った槍《やり》の穂などに彩られた栄光あふれる一隊だった。そして、馬糞《ばふん》や豚、素っ裸の餓鬼《がき》ども、はしゃぎまわる犬たち、みすぼらしい小屋などをぬって、その一隊はさっそうと進んでいった。その後をわたしたち二人はついていった。曲がりくねった小路をぬけ、さらにまた小路をぬけ——そして坂道をのぼり、どこまでものぼりながらついてゆくと——やがて風のそよぐ高台に出た。そこには大きな城が立っていた。どこかでラッパが吹き交わされると、つづいて城壁からも合図のラッパが鳴った。城壁には兵士たちが鎖鎧と兜で身をかため、矛槍《ほこやり》をかついで巡回していたが、その彼らの頭上には竜の絵を不器用に描いた旗さしものがへんぽんとひるがえっていた。やがて大きな城門が勢いよくあけられ、吊《つ》り橋がおろされた。すると騎馬隊の先頭がいかめしいアーチ形の門をくぐって静々と進んでいった。わたしたちがその後につづいてゆくと、ほどなくして大きな、舗装のしてある中庭に出た。大小の塔が四方にあって青空にそそり立っていた。わたしたちのまわりでは馬をおりる者、あれこれと挨拶《あいさつ》を交わしたりお辞儀をしたりする者、あちこちに駆けてゆく者などがあって、さまざまな色彩の動きや混ざりあいが華やかな光景を見せ、いかにも楽しげな動揺と騒音と混乱がその場に展開された。

第二章　アーサー王の宮廷

わたしはうまく隙をみつけると、こっそりわきへ寄って、年をとったありふれた様子の男の肩に手をかけて、相手の気に入るような、打ちとけた調子でこう言った——

「もし、ちょいとお尋ねしますがね、あなたはこの病院の方ですか、それとも見舞かなんかでおいでになったんですか？」

彼はきょとんとした顔つきでわたしをひとわたり見まわしていたが、やがてこう言った――

「はて、拙者おもうに――」

「いや、わかりました」とわたしは言った。「あんたも患者さんらしいね」

わたしはその場を立ち去りながらすっかり考えこんでしまったが、同時にまた、あたりをきょろきょろ見まわしもして、誰か正気の人間が通りかかって手がかりを与えてくれぬものかと探してみた。そのうちに、こいつだと思えるような奴を一人見つけた。そこでわきへ引っぱって行って、そいつの耳にこうささやいた――

「ここの院長さんにちょっと会わせてくれませんかね――ほんのちょっとでいいんですが――」

「なにとぞ、わたしをおとどめ召さるな」

「あなたをなんですって？」

「邪魔しないでほしいと申すのです、この言葉のほうがお気に召すというのなら」それから彼は言葉をつづけて、自分は料理番の見習いだからこんなところで立ち話をしているわけにはいかないのだ、しかし後でなら話がしたい、というのも、どこでその着物を手に入れたか教えてもらえれば自分の肝臓（昔は愛や勇気などの感情の宿るところとされていた）にとって慰めとなるであろうから、と言うのだ。そして、その場を立ち去りながら指さして言った。あそこにいるあの男ならたっぷり暇があるからあなたの願いをかなえてくれるだろう、それにどうやらあなたを探しているような様子だ、と。見るとそれは空気のように軽やかなほっそりとした体つきの少年だった。エビ色のタイツをはいていたので、二股ニンジンのように見えた。服装のほかの部分は、青い絹と、きれいなレースと、ひだ飾りだった。そして長い金髪の巻毛をしていて、羽根飾りのついたピンク色の繻子《しゅす》の帽子《ぼうし》をかぶっていたが、それをひとり悦に入った様子で片方の耳の上に斜めにまげてかぶっていた。顔つきから見て、気だてのよさそうな少年だった。また、歩きぶりから見て、自分自身にしごく満足している様子だった。そのまま額縁に入れて飾っておいてもいいくらい美しい少年だった。彼はわたしの近くまでやってくると、ほほえみを浮かべながらも無遠慮な好奇心をむきだしにして、じろじろわたしを見まわした。そして、あんたを迎えにきたのだと言い、自分は小姓《コシヨウ》なのだと告げた。

「バカを言うな」とわたしは言った。「おまえなんかせいぜいゴマシオってえとこじゃねえか」

それはかなり辛辣《しんらつ》な言葉だったが、わたしもいらいらしていたのだ。しかし少年は少しもひるまなかった。自分の感情が傷つけられたことなど知らぬ様子だった。そして楽しそうな、屈託のない、子供っぽいしぐさで話をしたり笑ったりしながら、わたしを案内しはじめたが、すぐにわたしを古くからの友だちのようにしてしまった。そしてわたし自身のことやわたしの着ている物などについてあれやこれやと質問した。そのくせこっちの答えなぞ少しも待ってはいなかった——四六時中ぺちゃくちゃとしゃべりつづけていて、まるで自分が質問したなんてことは知らず、答えなぞなにも期待していないといった様子なのだ。そのうちにようやく、ふとしたことから、自分は紀元五一三年の初めに生まれたのだと言いだした。

それを聞いたとたん、激しい悪《お》寒《かん》が全身をはいまわった！　わたしは足を止めた。そして言った。いささかおずおずしながらだ。

「どうもおまえさんの言うことが正しく聞きとれなかったらしい。もういちど言ってくれないか——ゆっくりとな。何年だって？」

「五一三年」

「五一三年！　まさか！　なあ坊や、おじさんはこの土地は初めてで、友だちもいないんだ。だから正直に、まともに話してくれよな。おまえさん、気はたしかなのかい？」

彼はたしかだと言った。

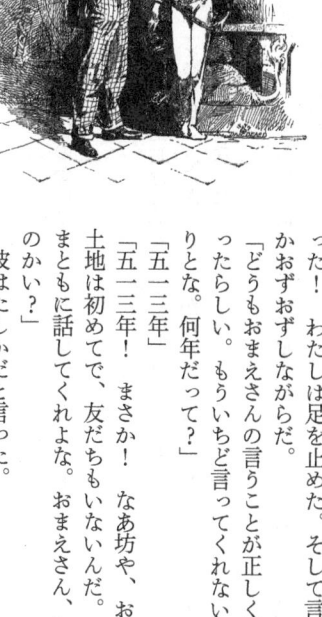

いのかい？」

「で、ここは保護施設じゃないのかい？ つまり、いかれた人たちをなおしてくれる所じゃないのかい？」

彼はそうじゃないと言った。

「そうか、それじゃあ」とわたしは言った、「このおれがおかしくなっちまったのか、それとも何かとてつもないことが起こったか、どっちかなんだ。なあ坊や、正直に包みかくさず教えてくれ、ここはいったい、どこなんだ？」

「アーサー王の宮廷です」

わたしはしばらく待った。そのあいだに相手の言葉がぶるぶるっと腹の底へ落ちこんでいった。やがてわたしはこう言った。

「で、おまえさんの考えによるとすると、今は紀元何年ということになるんだね？」

「五二八年——六月十九日です」

わたしは悲しく気が滅入っていくのを感じた。そして、こうつぶやいた。「じゃあもう仲間の者たちにも会えないってえわけか——もうけっして二度とはな。連中はあと一千三百年以上もたたなけりゃあ、生まれてこないんだからな」

わたしはどうもこの少年の言葉を信用するようになったらしいのだが、それがなぜなのか理由はわからなかった。わたしの中の何かが奴を信用したらしいのだ——意識、というようなものかもしれない。しかしわたしの理性は、信用しなかった。理性はすぐに叫びはじめた。それは当然のことだった。わたしはどうやってその理性を納得させたらいいかわからなかった。ここにいる連中の証言なぞ何の役にもたたぬことを知っていたからだ。わたしの理性が、奴らはみんなイカレポンチなんだと言い、奴らの証言など却下してしまうことを知っていたからだ。しかし突然わたしは、まさしくこれだと思うことに気がついた。それはまったくの偶然からだ。わたしはこういう事実を知っていたのだ。つまり、六世紀の前半における唯一の皆既日蝕《にっしょく》は、ユリウス暦による紀元五二八年六月二十一日であって、その日の十二時三分過ぎから始まった、という事実だ。そしてまた、こんなことも知っていた。それは、皆既日蝕はわたしにとって今年にあたる年——つまり一八七九年には絶対に起こらない、ということだ。だから、わたしがあと四十八時間のあいだ自分の不安と好奇心とをじっと抑えつけて心臓を蝕《く》いつくされないようにしていることができれば、この少年が本当のことを言っているかどうか、はっきりとわかるはずなのだ。

そんなわけで、わたしは、もともとコネチカット生まれの実利的な人間だったから、今やこの問題はすっかり頭の中から押し出してしまって、予定の日時がくるまで待つことにした。そうすれば、自分の注意をすべて現在の状況に集中できるし、すぐにそれを最善のものとすることができるからだ。いちどきに一つのことを、これがわたしのモットーだ。——そして、とにかく全力をつくしてやってみろ、たとえ持ち札が二《ツー》ペアの一《ワン》ジャックしかなくったって、だ。そこでわたしは二つのことを決心した。つまり、もし今がやはり十九世紀であって、わたしがイカレポンチの中におり、やつらから逃げ出すことができないとするならば、わたしはいずれその病院のボスにでもなってやるか、さもなければ——これはいったいなぜなのか、その理由をつきとめてやろう。またもし他方、今が本当に六世紀だったなら、ようしそのときは、こんなうまい話はない。三か月もたたぬうちに、おれはこの国全体のボスになってやろう。なぜって、わたしの判断するところ、この王国でいちばん教育のある奴とくらべてみたって、わたしのほうがおよそ一千三百年以上も知恵をつけているわけだからだ。わたしは、いったん決心したからには時間を無駄にするような人間ではない。しかもやることは手近にある。そこでさっそく小姓に向かってこう言った――

「なあ、クラレンス（「利口な」の意がある）ひょっとして坊やの名がクラレンスじゃねえかと思ってそう呼ぶわけなんだがな、おまえさんにちょいとばかり教えてもらいたいことがあるんだ、もしさしつかえなかったらな。あのお化《ば》けの名はなんていうんだい、おれをここへ連れてきた奴だがね？」

「わたしのご主人で、またあなたのご主人でもあるあのお方ですか？　あれぞすぐれたる騎士、偉大なる主君、家老サー・ケイさまです。われらが君主アーサー王さまの乳《ち》兄弟にあたるお方さまです」

「なるほどねえ。さあ先をつづけて、なんでもかんでも話してくれ」

彼は長々と話をしてくれた。しかしわたしにとって直接関係のある話はこうだ。つまり、彼の言葉によると、わたしはサー・ケイの虜《とりこ》なのだそうで、慣例によって土牢《つちろう》の中にぶちこまれ、ごくわずかな食べ物しか与えられず、味方の者が身代金《みのしろきん》を払い助け出してくれるまではそのままにされるのだそうだ。それも、まずわたしが助け出される前にやせ衰えて腐《くさ》ってしまわなければの話なのだ。わたしはこのチャンスのほうが大いにありそうだとは知っていたが、そんなことに少しも思いわずらってはいなかった。時間はあまりにも貴重だったからだ。小姓はそれからこんなことも言った。昼食ももういまごろ大広間ではすんでいるだろう。そして、歓談や酒盛り（両方とも食後に行なうのが習慣）が始まればすぐにサー・ケイがあなたを呼び入れ、アーサー王をはじめ円卓に席を連ねている輝かしい騎士たちの前に引き出して、あなたを捕虜《いけどり》にしたときの手柄話を吹聴《ふいちょう》するだろう。そしておそらく少しは事実を誇張して話すだろうが、あなたがそれを訂正したりするのは正しい作法ではないし、また身のためにもならない。そして、顔見世がすんだら、あとはそのままスーッと土牢行きになる。しかしこのクラレンスさまがなんとか方法を見つけてときどき会いに行ってあげよう、そしてあなたを元気づけもし、またあなたに手をかして仲間の人たちのところへ言伝《ことづて》などもしてあげよう、と。

仲間に言伝をしてくれるって！　わたしは奴に礼を言った。せめてものことに礼ぐらいは言わせてもらったのだ。すると、ちょうどそこへ使いの者がやってきて、わたしにお召しだと言った。そこでクラレンスが先に立って案内し、わたしを片隅に連れてゆくと、自分もわたしのかたわらに腰をおろした。

さて、それはまったく珍妙な光景だった。しかもなかなか興味があるのだ。おそろしく広い部屋で、どちらかと言えば飾り気もなくむき出しのままで――まったくそのとおりであって、しかもそこいらじゅう、やけにちぐはぐな感じがした。天井もむやみと高く、あまり高いので、はるか上のアーチ形の梁《はり》や桁《けた》から垂れさがっている何本かの旗が、たそがれ時の薄明かりの中にでも浮かんでいるような感じだった。石の手すりのついている桟敷《ギャラリー》が左右に高く設けられていて、楽師たちが一方の側にひかえ、けんらんたる服装の女たちがその向かい側に並んでいた。

床は大きな板石でできており、黒と白の碁盤目模様に敷きつめたものだったが、長い歳月のあいだ使い古したためか、だいぶすりへっていて、そろそろ手入れの必要がありそうな代物《しろもの》だった。飾り物はどうかといえば、厳密に言えば、それらしいものは何もなかった。ただ壁に大きな壁掛け《タペストリー》が何枚か掛けてあったが、これなどは芸術品として制作を命じられたものなのだろう。どれもみな闘いの場を描いた図柄だが、馬などは子供が切り紙で作ったり、文字焼き《ジンジャー・ブレッド》で象《かたど》ったりする姿に似ていた。馬に乗っている騎士たちも鱗状帷子《スケイル・アーマー》を着ていたが、そのスケイルがぽつぽつと円い穴に描かれている。――だから騎士の鎧《よろい》がまるでビスケットの型抜き器《パンチ》で穴をあけられたように見えるのだ。部屋には煖炉《だんろ》があったが、それは中でキャンプができるほど大きなものだった。そして前のほうに突き出した両袖《そで》や庇《ひさし》は彫刻をほどこした柱状の石造りなので、大寺院の表玄関のように見えた。壁ぎわには兵隊たちがずらりと並んでいた。胸当と兜《かぶと》をつけ、矛槍《ほこやり》を唯一の武器として――彫像のようにじっと身動きもせずに立っていた。まさに彫像そのものといった感じだ。

この十字形をした丸天井の下の集会所の中央に、カシの木のテーブルが一つあった。「円卓」と呼ばれるテーブルだ。その大きさはちょうどサーカスの舞台《リング》ぐらいあった。テーブルのぐるりには大勢の男がすわっていたが、着ている服の色はじつにさまざまだし、きらびやかだったので、まともに見つめたら目が痛くなってくるほどだった。彼らは羽根飾りのついた帽子をさいぜんからずっとかぶっていた。ただアーサー王に向かって直接話しかけるときだけは、きまって帽子をちょっともちあげ、それから話を始めるのだ。

たいていの者が酒を飲んでいた。――牡牛の角一本分の長い角杯《つのさかずき》からだ。しかし二、三の者はまだパンをかじったり牛の骨をしゃぶったりしていた。だいたい一人に対して二頭ぐらいの割で犬がいた。そして待機の姿勢をとってすわり、食べ残りの骨の投げ与えられるのを待っていた。そしていざ骨が投げられると、幾旅団、幾師団もの犬がいっせいに突撃を開始してその骨に飛びかかった。つづいて起こるのが白兵戦だ。おかげでその場は一面に阿鼻叫喚《あびきようかん》の巷《ちまた》と化し、ぶつかりあう頭や胴、ひらめく尻尾《しっぽ》の大騒動となった。嵐のような吠《ほ》え声やうなり声は、しばらくのあいだ人間の話をかき消してしまった。しかしそんなことは問題ではなかった。とにかく犬の喧嘩《けんか》はそれが始まるたびに無類の一大関心事となった。男たちは、時には立ちあがりさえして、ますます目をこらし、賭《か》け勝負をはじめることもあった。また貴婦人たちや楽師たちも同じような目的で手すりから身をのりだした。そしてみんながわっとばかりに歓声をあげることもときどきあった。やがて、この闘いに勝利を得た犬は、満足そうに腹ばいになって、骨を前脚にはさむと、うなり声をあげながらべちゃべちゃとしゃぶりだし、床を脂で汚した。ちょうど五十頭のほかの犬が前にやっていたのと同じようにしてだ。すると宮廷のほかの連中はふたたび以前の仕事（飲酒）と娯楽（歓談）とにもどった。

　だいたいにおいてこれらの人びとの言葉づかいや態度は上品だし優雅だった。また注意してみていると、なかなかの聞き上手でもあり、誰かが何かをしゃべっているときは――つまり犬が喧嘩をしていないときは、まじめに人の話に耳をかたむけていた。そしてこれもはっきりわかったことだが、彼らは子供っぽく、無邪気な連中だった。これ以上に大きな嘘はないというような嘘っぱちを、じつにものやわらかで愛敬《あいきよう》のある天真らんまんな口調で話すかと思うと、今度は相手の嘘を喜んで身をのりだすようにして聞くし、しかもそれを頭から信用するのだ。

だからこういう連中と残忍な振舞いや空恐ろしい行為とを結びつけて考えることは、まずむずかしいことなのだ。それなのに連中は流血と苦しみとの話をいとも無邪気な趣向で語るのだ。おかげでこっちもつい身震いするのを忘れてしまいそうになったりした。

その場に引き出された捕虜はわたし一人だけではなかった。ほかに二十人以上もいた。かわいそうに、その中の何人もが大怪我をしており、斬られたり、刻まれたりして、恐ろしい仕打ちを受けていた。髪も、顔も、着ているものも、いちめんに黒ずんで固くなった血のりがこびりついていた。その激しい傷の痛みに彼らが苦しんでいたことはもちろんだが、疲れと、飢えと、渇きとに苦しんでいることも疑いのないことだった。それなのに誰ひとり彼らに慰めを与え体を洗い清めさせてやる者もおらず、傷口に薬をぬってやるだけのわずかな情けさえかけてやる者もいなかった。しかも捕虜たちはうめき声ひとつ、うなり声ひとつあげなかった。不安の様子も、あるいは不平をぶちまける根性も見せはしなかった。そこでわたしはこんなふうに考えざるをえなかった。「ごろつきどもめ――奴らも自分たちの勢いのいいときにはほかの者たちをこんなふうに扱ってきたんだ。それが今になって自分たちの番になったわけだから、自分たちだってこれ以上にましな扱われ方は期待しないのだ。だから奴らのこうした悟りきった態度は、なにも心の修行とか、不屈の精神とか、理由づけとかいうものから出たものではないのだ。それはただ動物を訓練するときのあのしつけにすぎないのだ。つまり奴は白《ホワイト》いインディアン（「レッド・インディアン」「北米先住民のことを当時こう呼ぶことがあった」に対する言葉）なのだ」と。

第三章　円卓の騎士たち

だいたいにおいて円卓での話は長たらしいものだった——あれやこれやの冒険を物語ふうに語りきかせる体《てい》のもので、こういった捕虜たちを捕まえたときのこと、捕虜に味方する者たちや後援する者たちを殺してその馬や甲冑《かっちゅう》をせしめてきたときのこと、などを語るのだ。おおざっぱに言って——わたしの理解し得たかぎりではの話だが——こういう殺人的な冒険は、自分が危害を加えられたからその仕返しにやったというような略奪行為でもなく、また積年の諍《いさか》いや突然の仲たがいに決着をつけるためにやったという略奪行為でもなかった。いや、だいたいにおいて、それは見知らぬ者同士の果し合いにすぎなかった。たがいに紹介されたこともなければ、両者のあいだに何ひとつ攻撃の原因なぞ存在しない者同士の果し合いなのだ。わたしは、たがいに見知らぬ同士の二人の子供が、たまたま道で出会って両方から同時に「ぼくのほうがおまえなんかより強いんだからな」なぞと言って、その場で喧嘩をはじめる光景を何度も見たことがある。しかし今までそんなことは子供だけがやることで、それは子供であることの証拠であり特徴であるとばかりいつも思っていた。ところが、ここではこんな大きなバカ者たちが、成年に達しまたそれ以上の年になってもまだそんなことをつづけており、あきらかにそれを自慢しているのだ。それでもこういう単純な心をもったお歴々には何か非常に魅力のあるものがあった。なんとなく人の心をひきつけるような、そして愛敬のあるものがあった。この子供部屋《ナーサリー》（原文には「養魚場」の意味もある）のどこを見回しても、いわば釣針《つりばり》につける餌ぐらいの脳味噌すらもっている者はいそうになかった。しかし、しばらくすると、そんなことは気にする必要もないように思えてきた。なぜなら、これは誰にだってすぐわかったことなのだが、そのような脳味噌の持ち主はここの社会では必要とされないのだし、なまじそんな者がいれば社会を傷つけ、社会を妨げ、社会の調和をくずし――おそらく社会の存在そのものを不可能にしてしまうからなのだ。

よく見ると、ほとんどすべてと言ってもいいくらいにみんなの顔にはすばらしい男らしさが見うけられた。中にはなんとなく気高く優美な感じのする者さえいて、こっちのあら捜し的な観察をたしなめ、なだめているように見える者もあった。このうえなく気高いやさしさと清らかさとが、サー・ギャラハドと呼ばれる男の顔に宿っていた。そして同じようにアーサー王の顔にも宿っていた。そして威厳と偉大さとが、湖のサー・ラーンスロットの巨大な体と堂々たる態度の中には宿っていたのだ。

そのうちに一つの事件が起こって、みんなの関心がこのサー・ラーンスロットの上に集中した。進行係りのような役の男がなにやら合図をすると、捕虜たちの中の六名だか八名だかの者が立ちあがり、一団となって進み出たかと思うと床《ゆか》の上にひざまずいて、両手を貴婦人たちのいる桟敷《ギャラリー》のほうに差しのべて、恐れながらお妃さまにひとこと言上いたしたいことがございますと言った。すると、あのぎっしりと咲《さ》き誇《ほこ》る花壇にも似た婦人たちの姿と装いの中で、ひときわ輝くところに席を占めていた一人の貴婦人が承諾のしるしにうなずいた。すると、捕虜の代表がうやうやしく申し出て、自分も自分の仲間の者たちもこの身柄をお妃さまの御手《みて》におゆだねいたします、このままご放免くださいましょうと、身代金をとってご釈放くださいましょうと、あるいは土牢《つちろう》にお閉じこめくださいましょうと、死刑になさいましょうと、すべてお妃さまの思召《おぼしめ》しのままでございます、と言った。そしてこの言上は、と言葉をつづけ、家老サー・ケイどののご命令によって申しあげているのでございますが、それというのも自分たちはサー・ケイどのによって虜とされた者でございまして、殿は草原での激しい闘いにおいて単身その武力と武勇とによってわたくしどもを征服なさいましたからでございます、と言った。

驚異、驚愕《きょうがく》の色が顔から顔へとひらめいて広間いちめんにみなぎった。妃の満足そうな微笑はサー・ケイの名を聞いたとたんに消えてしまい、妃はがっかりした様子だった。すると例の小姓がわたしの耳にささやいた。

「サー・ケイだって、へん、あきれたもんだ！　途方もないあざけりを含んだ調子と口ぶりをしてだ――いたいくらいだ。このおいらを大嘘つきだと言ってもらいたいね！　そんならあなたにおいらの悪口を言ってもらいたいくらいだ。二千年もたつうちにゃあ、人間の不浄な創造力がこの嘘っぱちにおあつらえ向きの男をなんとか生み出すことだろうけどね！」

みんなの目が、厳しく問いただすようにじっとサー・ケイの上にそそがれた。しかしサー・ケイはその場に臨んでも少しも動じたりはしなかった。そして、やおら立ちあがるとすばらしいそろいのカードを披露した――しかもそれは、天下無双、満款《まんがん》の手なのだ。彼は、さらば事情を説明しよう、事実に基づいて正確にお話しいたそう、と言った。純然たるありのままの話を、自分の意見など少しもまじえずにお話しいたそう、と言った。「そして」と彼は話しはじめた。「もしご列席の方々が栄光と名誉をとお考えならば、かの人物にこそそれをお与えなさるべきでござる、最も力のある武人、キリスト教徒の戦の隊列にあって楯《たて》をかまえ剣をふるって並びなき者——すなわち、あれに座している御仁にこそ！」と言いながらサー・ラーンスロットを指さした。ああ、彼は一座の人びとの心を動かした。それはまことにすばらしい声明だった。それから彼はなおも言葉をつづけて語った。つまり、サー・ラーンスロットが冒険を求めてゆくうち、この一件のちょっと前に、七人の巨人を、手にした剣でいっきょに打ち斃《たお》し、虜《とら》われの百四十二人にのぼる乙女たちを解放してやったこと、それからさらに冒険を求めてゆくうちに彼が（つまりかく申すサー・ケイが）異国《とつくに》の九人の騎士を相手に必死に闘っているところを見つけ、すぐさまその闘いを一手にひきうけて九人を降服させたこと、そしてその夜サー・ラーンスロットはそっと床をぬけ出し、サー・ケイの甲冑を身につけ、サー・ケイの馬に乗って遠い国々へと馬を進め、あるときには十六人の騎士を相手に正々堂々と闘ってこれをやぶり、またあるときには三十四人の騎士を打ち倒したこと、そしてこれらの騎士たちや前の九人の騎士たちに命じて聖霊降臨節《ウィトスンタイド》（イースター後の第七の日曜日を「ウィト・サンデー」といい、これから後の一週間を「ウィトスンタイド」という）のころアーサー王の宮廷に伺候し、家老サー・ケイの捕虜として、その雄々しき武勇の戦利品として、身柄を王妃ギネヴィアの手にゆだねるようにと申し渡したこと、そして今ここにいるのはそのうちの六人だけであるが、残りの者たちもそのひどい傷が治りしだいやってくること、などを話したのだ。

それにしてもこれは感動的な光景だった。王妃が頰を染めながら微笑を浮かべ、きまりのわるそうな、嬉《うれ》しそうな顔つきをして、ちらちらとサー・ラーンスロットに流し目を送ったのだ。

アーカンソーでそんなことをしたら（『ハックルベリ・フィンの冒険』の中のグレンジャーフォード家のエピソード参照）、間違いなく彼なんかズドンとやられたことだろう。

みんなは口々にサー・ラーンスロットの勇気と雅量をほめたたえた。わたしはどうかと言えば、むしろあきれかえってしまったほうだ。なにしろ一人の人間が、それもたった一人きりで、これほど大勢の練達の騎士たちを打ち倒して捕虜にすることができたなどというのだ。わたしはそのことをクラレンスに言った。しかしこの、人を小バカにしたような羽根飾りの頭はただこう言っただけだ――

「もしサー・ケイがこのまま皮袋にもう一杯すっぱい葡萄《ぶどう》酒を飲みつづける時間があったら、捕虜の数もその倍にはなったでしょうよ」

見ると少年は悲しそうな顔をしていた。そしてわたしがじっと見ているうちに、深い失望の雲がこの少年の顔にかかってゆくのがわかった。彼の視線をたどってゆくと、非常に年老いた白い顎《あご》ひげの男が見えた。男はゆったりとした黒いガウンに包んだ体を起こし、円卓のかたわらにおぼつかぬ足で立った。そして老齢の頭をかすかにふりながら一座の人びとを涙にしめった、視線の定まらぬ目でながめまわした。小姓の顔に浮かんだのとまったく同じ苦難の表情があたり一面の人びとの顔にも浮かんでいた――それはまさに物言えぬ動物たちの表情だった。自分たちはじっと我慢をしていなければならないのだ、呻《うめ》き声ひとつあげることさえできないのだと悟りきっているものの表情だったのだ。

「やれやれ、またぞろ聞かされるのか」と少年はため息をついた。「例の退屈な話だ。おんなじ言葉で千回もくり返しているんだ。おまけに死ぬまで話しつづけるつもりでいるんだからな。

腹の樽《たる》がいっぱいになって、針小棒大のひきうすが順調に回りだしたなと思うときはいつもこれなんだ。ああ、今日という日が来るまえにおいらは死んでいたらよかった！」

「誰だね、あれは？」

「マーリンですよ、嘘つきの名人で、魔法使いのね。あんなじじいなんか地獄の火に焼かれちまうといいんだ、なにしろ一つ話でいつもおいらたちをうんざりさせるんだからな！　みんながあいつをおっかながってさえいなけりゃあ、というのは、あのじじいは嵐だとか稲妻だとか、地獄にいるすべての悪魔たちだとかを思いのままにあやつることができるからなんだけどね、さもなけりゃあみんなはとっくの昔にじじいの腹ん中をひっかきまわして、その嘘っぱちを見つけ出し、ひねりつぶしているところなんです。じじいはその嘘を話すとき、きまって三人称で話をして、自分があまりにも慎みぶかいので自分自身を称賛することができないのだと人に信じこませるんです——ああ、どうかあのじじいの身に呪《のろ》いがふりかかりますように、不幸がじじいの運命となりますように！　ではすいませんが、夕方のお祈りの時間になったら、おいらを起こしてください」

少年はそう言ってわたしの肩によりかかると眠るふりをした。老人は話をはじめた。するとたちまち少年は本当に寝こんでしまった。犬も、宮廷の人たちも、従僕も、立ち並んでいる兵隊たちもそうだ。ものうげな声はながながとつづいた。静かないびきがあちこちから起こってその声の伴奏をつとめた。いびきは吹奏楽器の深く柔らかな調べにも似ていた。組み合わせた腕の上に頭を垂らしている者もあれば、のけぞらせて大きな口をあけ、意識不明の音楽を奏でる者もいた。蝿《はえ》はぶんぶんいいながら、誰にも邪魔《じゃま》されずにたかりだし、ネズミは百にものぼ

るあちこちの穴からそっと寄り集まってきて、そこいらじゅうを駆けまわり、あたりかまわずわがもの顔にふるまいだした。中の一匹なぞは、リスのように、アーサー王の頭の上にすわり、チーズのかけらを両手でおさえながら、もぐもぐやっては、その小さな食べかすを、あどけない無分別なけしからぬ態度で、王の顔の上に落としていた。それはまことにのどかな光景であり、疲れた目とあきあきした心とにとってじつに安らかな光景だった。

　老人の話というのはこうだ。彼は言った。

「そこでじゃ、陛下とマーリンとは出発いたし、隠者のところへと参った。立派な御仁で、すぐれた医者じゃ。隠者は陛下の傷をくまなく調べ、よく効《き》く膏薬《こうやく》をぬってくれた。こうして陛下は三日のあいだここに逗留《とうりゅう》なされた。すると傷もすっかり癒《い》えて馬に乗って行けるようになった。そこで出発いたした。二人が馬を進めてゆくと、アーサーは仰せられた、余には剣がなくなってしまった、となご心配にはおよびませぬ、とマーリンは申した。この近くに剣が一口《ひとふり》ございます。もしおよろしければそれを陛下のものといたしましょう。こうして二人が馬を進めてゆくと、やがて湖のほとりに出た。美しく広々とした湖じゃ。その湖のまんなかに、アーサーもお気がつかれたが、真っ白な絹をまとった腕が一本あらわれた。手には美しい剣を捧《ささ》げもっておるのじゃ。ごらんめされよ、とマーリンは申した、あれなる剣こそわたくしの申しあげたものでござります。そのとき、二人の目に一人の乙女《おとめ》が湖を渡ってゆく姿が映った。あの乙女は何者じゃ、とアーサーが仰せられた。あれは湖の姫でござります、とマーリンは答えた、あの湖の中には岩がございまして、その中は地上のいかなる場所にも劣らぬほど美しいところでございます。それに豪華な調度品もととのえられております。この乙女はまもなく陛下のところへやって参ります。参りましたらどうか丁寧《ていねい》にお言葉をおかけください。さすれば乙女はあの剣をくれますでございましょうから。やがて乙女はアーサーのところへとやってきて会釈《えしゃく》をした。陛下も会釈をかえされた。姫よ、とアーサーは仰せられた、あれは何という剣じゃな、かしこにあって腕が水上に捧げ持っておる剣は? あれを余のものとすることができればと存じおるのじゃが。と申すのも、余はいま一口の剣も所持いたさぬからじゃ。サー・アーサー王さま、と乙女は申した、あの剣はわたくしのものでございます。もしあなたさまが、わたくしのお願いいたしますときに贈り物をくださいますならば、あの剣を差しあげましょう。誓って申す、とアーサーは仰せられた、どのような贈り物なりとお望みどおりお与えいたそう。それでは、と乙女は申した、あそこの小舟にお乗りあそばして、あの剣のところまでお越しください。そして剣と鞘《さや》とをお取りになるのでございます。わたくしへの贈り物につきましては、いずれ機会を見てお願いに参上いたします。そこでサー・アーサーとマーリンとは馬をおり、それぞれ二本の木に馬をつなぎとめるとさっそく小舟に乗りこんだ。そして例の手が捧げもっている剣のところまでくると、サー・アーサーは剣の柄《つか》に手をかけて、それを取られた。すると腕も手も水の中に消えていった。それから二人は岸にもどり、馬に乗って進んでいった。やがてサー・アーサーの目に豪華な天幕が見えた。あの天幕はなんじゃ？　あれは例の騎士の天幕でございます、とマーリンは申した、先刻陛下が闘われたあの騎士、サー・ペリノアの天幕でございます。しかしあの騎士は外出しておりましてあの中にはおりません。陛下の騎士でエグレイムと申す者と出会い、たがいに闘っておりました。しかしついにエグレイムは逃げ出しました。そうしなければ殺されたからでございます。そこで騎士はその後を追ってカーリオンまで行ったのでございます。ですからわたくしどもはまもなく街道でその騎士に出会うことでございましょう。それはよい、とアーサーは申された、今や余には剣がある。今度こそあの男と闘って復讐《ふくしゅう》してくれよう。陛下、それはなりませぬ、とマーリンは申した、なにゆえなら、あの騎士は闘いと追跡とのために疲れ果てております。それゆえあの者と闘ってもなんの名誉も得られはいたしませぬ。それにまた、あの者にそうやすやすと相手になれる騎士はこの世におりませぬ。それゆえ、ご忠告な申しあげまするが、あの者は見のがしておあげなさりませ、と申しまするのは、いずれ近いうちに必ず陛下のお役に立つときが参りますことでございましょうし、その死後においては子息たちがお役に立つことになるからでござります。また近々、陛下には喜んで御姉君さまをあの騎士の妃としてお与えになる日が参ります。では騎士に出会うたならばそちの忠告どおりにいたすことにしよう、とアーサーは仰せられた。それからサー・アーサーは剣をうちながめ、いたくお気に召された。陛下はどちらがお気に召しましたか、とマーリンは申した、剣のほうでござりまするか、それとも鞘のほうでござりまするか？　剣のほうじゃ、とアーサーは仰せられた。それはあまり賢明ではございません、とマーリンは申した、なぜなら鞘のほうはこの剣の十口《とふり》にも及ぶ値打ちがござります。と申しますのは、この鞘を身につけておりますかぎり、陛下は一滴の血も失うことはございませぬし、それほどの深手を負うこともないからでございます。それゆえ、この鞘はつねに肌身はなさずお持ちください。こうして二人はカーリオンめざして馬を進めた。そして途中でサー・ペリノアに出会うた。しかしマーリンが魔法をかけてアーサーの姿がペリノアには見えないようにしておいた。そこで騎士は言葉もかけずにかたわらを通り過ぎていった。これは驚いた、とアーサーは仰された、あの騎士は口をきこうともしなかったぞ。陛下、とマーリンは申した、陛下のお姿が見えなかったのでござります。なぜなら、もし見えておりましたなら、お二人は簡単には別れられなかったでござりましょうからな。こうして二人はカーリオンへ帰って行った。陛下の騎士たちはみな陛下の帰還をことのほか喜んだ。そして陛下の冒険談をきくと、一同は陛下がただ一人でそのような危難に身をさらされたことに驚いた。しかし重臣たちはみな口々にこう申したのじゃ。ほかの貧しい騎士たちと同じように、自分の身をすすんで冒険にさらそうとする、かくも立派な主君に仕えることはすばらしいことではないか、とな」（マロリー『アーサーの死』第一巻第二十三章）

第四章　ひょうきん者のサー・ディナダン

わたしの感じではこの奇妙な嘘もじつに素朴《そぼく》に美しく語られているように思われた。しかし、それはこのとき初めて聞いたからで、それでみんなとは違っているのだ。みんなだって初めて聞いたときにはきっと楽しかったにちがいないという気がした。

ひょうきん者のサー・ディナダンが最初に目をさました。そしてじつにたちの悪いいたずらで、たちまちみんなを起こしてしまった。金属製のコップをいくつも犬の尻尾《しっぽ》にむすびつけて、その犬を放したからだ。犬は逆上したようにこわがって、そこいらじゅうを駆けまわった。するとほかの犬もみんな吠《ほ》えはじめてその後を追いまわし、手あたりしだいその辺のものにぶつかってはそれをこわしていった。おかげでなにもかも手のつけられぬ混乱状態となり、まったく耳を聾《ろう》さんばかりの騒音と騒乱の巷《ちまた》に化した。それを見ると、その場にいた者は男といわず女といわず、みな涙の出るほど笑い興じ、なかには椅子からころげ落ちて、床の上を夢中になってのたうつ者も出た。まるで子供そっくりだ。サー・ディナダンは自分のやったこの偉業が大得意で、そのため、くり返しくり返し、聞き手がうんざりするほど、この永劫《えいごう》不滅のいたずらがどのようにして自分の胸に思い浮かんだかを吹聴《ふいちょう》してまわった。そしてこの種のひょうきん者のくせとして、彼もまた、ほかの者がみな笑いおわった後までもまだ笑いつづけていた。

彼はじつに意気揚々としていたので、終わりにのぞんで演説を一席ぶちはじめさえした——それはもちろんふざけ半分の演説だった。わたしも、これほど多くの使い古した冗談がつなぎあわさっている演説はこれまで聞いたことがなかったように思う。彼はミンストレルの芸人よりもひどかったし、サーカスの道化よりもひどかった。とくに情けなく思ったのは、こんなところに、わたしの生まれる千三百年も前の時代に、じっとすわって、このくだらぬ気の抜けた虫くいだらけの冗談をまたしても聞かなければならぬということだった。そんな冗談なんか千三百年後の、わたしが子供だったころに聞いたときでさえ、もううんざりしていた冗談なのだ。しかしやがてわたしにも納得しかけてきたことがあった。それは、そもそも目新しい冗談なんていうものはありっこないということだ。誰もかれもがこういう古くさい冗談を聞いて笑ったのだ——それでもみんなはいつも笑うのだ。わたしもそのことには気がついていた、今から何世紀も後にだ。しかし、もちろん例のひやかし坊主は笑わなかった——つまりあの少年のことだ。笑うどころか、彼はひやかした。この世に彼がひやかさないでいられるものは、なにひとつなかった。彼の言葉によればサー・ディナダンの冗談はそのほとんどが腐っていて、残りは化石になっているというのだ。「化石」とはうまい言葉だとわたしは言った。というのも、わたしはひそかに確信をいだいていたのだが、こうした冗談の中のそのいくつかの黄金時代を区分する場合、唯一の正しい方法は地質学上の年代によるべきだと考えていたからだ。しかしこのあざやかな着想もこの少年にはぴんとこなかった。なにしろ地質学なぞというものは、まだこのころには考案されていなかったからだ。しかしわたしはその言葉を書き留めておいた、そしてもしこの難局を切り抜けたらここの国民にそういう教育もしてやろうと考えた。せっかく

いい売りものがあるのに市場の用意がまだできていないからという理由だけでそれを捨ててしまうのではあまりにももったいない話だからだ。

今度はサー・ケイが立ちあがって、怪気焔《かいきえん》をあげながら物語のひきうすをまわしはじめた。このわたしを動力用の燃料にしてだ。いよいよわたしも本気になるときがきた。そこでわたしは本気になった。サー・ケイの話はまずいかにして彼が遠い未開の地でわたしに出会ったかということだった。それからその地の者はみなわたしが着ているようなとほうもない衣を身につけておるということ——この衣こそ魔法の衣で、これを身につけている者はいかに人間の手が傷つけようとしてもけっして傷つけることはできぬようになっているのだということを話した。しかしながら、彼はその魔力を祈りによって解き、わたしの騎士十三人を三時間にわたる闘いで打ち斃《たお》し、わたしを捕虜にした。生命を助けたのは、わたしがあまりにも不思議な珍奇なものであるゆえに王をはじめ宮廷の方々の驚きと感嘆の資《たすけ》に供したいためであった、というのだ。彼はわたしのことを話すとき、しょっちゅう、ごく物やわらかな口調でではあるが、「この奇怪なる巨人」だとか「この恐ろしき雲つくばかりの怪物」だとか「この牙《きば》をはやし爪をのばしたる人食い鬼」だとかと呼んだ。しかもみんなはこのたわごとを一つ残らずじつにあどけない様子で受け入れ、けっして忍《しの》び笑いをすることもなければ、この水増しの統計学的言辞とわたしとのあいだに存在する矛盾にもいっこうに気づく様子がなかった。彼はこんなことも言った、わたしが彼から逃れようとして二百キュビット（約百メートル）もある木の天辺《てっぺん》にひととびで飛びあがった。しかし彼は牝牛ほどもある大きな石をぶつけたのでわたしは木からふり落とされた。そのためわたしの骨はほとんど「完全にばらばら」になってしまった。それからわたしにアーサーの宮廷に出頭して刑の申し渡しを受けることを誓わせたのだ、と言うのだ。そして、二十一日の正午にわたしを死刑にする、と宣告して話を終えた。しかもその宣告については少しも気にかける様子はなく、判決の途中であくびをしてから、おもむろにその日取りを言ったのだ。

　わたしはもうこのときまでにすっかり憂うつな気分になっていた。実際、頭も十分にまわらなくなっていたので、こんな議論がとび出したとしてもそれについてゆくことはできそうになかった。つまり、いったいどのようにしてわたしを殺すつもりなのか、中には殺すことなんかできないのではないかと思っている者だっているはずだ、なにしろわたしの衣には魔力があるという話なのだからな、と。しかもわたしの衣は、十五ドル均一のあの出来あいを売っている店で買った普通の服《スーツ》にすぎないのだ。しかしわたしにもまだいくぶん気の確かなところがあって、こまかなことには気がついた。つまり、この国でも第一流の貴婦人や紳士たちが大勢集まっているこの席で、ごくあたりまえに使われているその言葉の多くが、コマンチ族のインディアンさえもそれを聞いたら顔を赤らめるようなものばかりであるということだ。卑猥《ひわい》というような言葉ではなまやさしくてとてもその意を伝えることはできない。しかしわたしは「トム・ジョーンズ」（ヘンリ・フィールディングの代表作〔一七四九年〕）や「ロデリック・ランドム」（トバイアス・ジョージ・スモレットのデビュー作）やそのほかこういう類《たぐい》の本を読んだことがあるが、このイギリスの最高にして第一流の貴婦人や紳士たちがそのおもかげをこれらの小説に登場する人物たちの言葉づかいの中に少しもとどめてはおらず、少しもはっきりと残していないことは知っていた。また彼らの言葉から想像される品行や行状の中でも同様だった。そうしてずっと百年前までできていたのだ。事実、われわれ自身のすむ十九世紀までもきてしまって――この十九世紀になってやっと、それも大ざっぱに言えばの話だが、本当の貴婦人や本当の紳士の最初の実例らしきものがイギリスの歴史の中に——あるいは、その点だけに限っていえば、ヨーロッパの歴史の中に——現われはじめたと言ってもいいのだ。もしサー・ウォルター（サー・ウォルター・スコットのこと）が、彼の作品の中でしゃべらせているような言葉づかいをその登場人物たちにしゃべらせないで、彼らの好き勝手にしゃべらせたとしたらどうだろう？　きっとレイチェル（絶世の美女「レベカ」の誤記であろう）やアイヴァンホーやあのやさしいロウィーナ姫（上記三人とも『アイヴァンホー』に登場する）の口から発する言葉は今日のならず者さえまごつかせるようなものだったろう。しかし、下品を下品とも思わない者たちにとっては、万事が上品なのだ。アーサー王の宮廷の人びとも、自分たちが猥《みだ》らであるということに気がついていなかったのだ。それでわたしにもまだ多少は心の落ち着きがあったので、そんなことは口に出しては言わなかった。

みんなはわたしの魔法の衣のことでだいぶ頭を悩ましていたが、そのうちにようやく安堵《あんど》の胸をなでおろした。マーリンじじいが常識的な暗示を与えることでこの難問を一掃したからだ。彼は一同に言った。どうして貴公らはそんなに鈍《にぶ》いのじゃ——なぜ思いつかんのじゃ、この男を裸《はだか》にしてしまうことをじゃ、と。たちまちわたしは火箸《ひばし》のように素っ裸にされてしまった！　ところが、まあ、なんたることだ。その場で当惑しているのはこのわたしだけなのだ。みんなはわたしをじろじろと観察しているではないか。しかも落ち着きはらった顔つきをしていて、まるでわたしがキャベツかなにかとでも思っている様子なのだ。ギネヴィア王妃もほかの者たちと同じように無邪気な顔つきでおもしろがり、わたしのような脚をした人間はいままで見たことがないなぞと言ったりしていた。その言葉はわたしが耳にした唯一のお世辞だった——いや、それがもしお世辞だったとしたらの話だ。

やがてわたしはその場から連れ去られていった。そしてわたしの危険な衣はわたしと反対の方向へ運ばれていった。わたしは土牢《つちろう》の中の暗くて狭い小部屋に放りこまれたが、食事もわずかばかりの残飯で、ベッドもかび臭いわらが少々。そして、ネズミだけはたっぷりと同居させられることになったのだ。

第五章　インスピレーション

わたしは非常に疲れていた。だからわたしの不安な気持ちでさえわたしに長く目をあけさせておくことはできなかった。

わたしが次に我にかえったときには、ずいぶん長いあいだ眠っていたような気がした。そして第一に頭に浮かんだ考えはこうだった。「やれやれ、おれはまあなんて呆《あき》れかえった夢を見てたんだろう！　どうやら、ちょうどうまいときに目を覚ましたからいいようなものの、さもなければすんでのことで首をくくられるか、水責めにされるか、火あぶりにされるか、なにかそんなことをされるところだった……。汽笛（作業開始の合図）がなるまでもうひと眠りしよう。それから兵器工場へ行って、ヘーラクレースと話をつけることにしよう」

ところがそう思ったとたん、錆《さ》びた鎖とさし金《ボルト》の奏でる荒々しい音楽が聞こえて、一条の明かりがわたしの目にさしこんできた。そしてなんと、あの蝶《ちょう》ちょのようなおしゃれ小僧のクラレンスが、わたしの前に突っ立っているではないか！　わたしは驚きのあまり、はあはあと喘《あえ》いだ。息が体の中からみんな出ていってしまうのではないかと思えるほどだった。

「なんてえこった！」とわたしは言った、「おまえ、まだここにいたのか？　夢の残余《かす》といっしょに消えちまえ！　ちりぢりになっちまえ！」

しかし彼はただ笑うばかりだった。例ののんきそうな顔つきをしてだ。そしてわたしのこのみじめな様子をからかいはじめた。

「よしわかった」とわたしは諦《あきら》めて言った。「それじゃあ夢はこのままつづけさせよう。おれはべつに急いでいるわけじゃないんだからな」

「え、なんの夢ですか？」

「なんの夢かって？　そりゃあ、このおれがアーサーの宮廷にいるっていう夢さ――この世に実際には存在しなかったあの王さまのな。それに、おれがおまえに話しかけているっていう夢さ。想像の産物にしかすぎんおまえにだぞ」

「おや、まあ、なるほどねえ！　それじゃあ、あなたが明日火あぶりにされることになっているというのも夢なんですか？　へっ、へえ――お答えいただきたいもんですね！」

わたしの全身をつらぬくショックはすさまじかった。この時になってやっと悟りはじめたのだが、わたしの立場は極度に深刻なものだった。夢であろうとなかろうと、そんなことは問題ではなかった。というのは、夢の中にだってじつに真にせまった強烈な夢があって、以前そうした夢を見たことのある経験からもわかるのだが、生身を焼かれて殺されるなぞということは、たとえそれが夢の中のできごとであっても、けっして冗談ごとではない。いかなる手段を講じても、是が非でも、考えつくかぎりの方法で回避しなければならぬことなのだ。そこでわたしは拝みたおさんばかりにして言った。

「ああ、クラレンス、立派な若者よ、わたしの唯一の友よ——なぜってきみは本当にわたしの友だちだからなんだが、な、そうだろう——どうかわたしを見捨てないでくれ。わたしに手をかして、ここから逃げ出す方法をいっしょに考えてくれ！」

「なんですって！　逃げ出すですって？　いいですか、廊下という廊下はみんな兵隊たちが見張りをして、固めているんですよ」

「むろんそうだろう、そうだろう。だが何人ぐらいいなんだ、クラレンス？　多くはないんだろうな？」

「ゆうに二十人はいますね。逃げるなんて誰にも望めませんね」そしてしばらく口をつぐんでいたが、やがて——ためらうような口ぶりで「それに、ほかにもいくつか理由があるんです——そして、このほうがずっと重要なんです」

「ほかの理由だって？　なんだねそれは？」

「じつは、みんなが言っているんですが——ああ、だめだ、おいらにはとても言えない！」

「ほう、かわいそうに、いったいどうしたんだ？　なぜ尻《しり》ごみするんだ？　どうしてそんなに震えているんだ？」

「そりゃあ、本当に、その必要があるからなんですよ！　話してあげたいのは山々なんですけどね、でも——」

「さあ、さあ、勇気を出して、男らしくするんだ――さあ言ってごらん、いい子だから！」

彼はためらった。一方では話したい気持ちにひかれ、他方では恐ろしさにひきもどされるのだ。しかしやがてそっと戸口のところへ行くと外をのぞき、聞き耳をたてた。それからようやくわたしのそばへ忍び足でやってくると、わたしの耳に口をあてて、その恐ろしい知らせとやらを小声で話しはじめた。しかもそのときの様子はおずおずとひどくおびえていて、まるで高い崖《がけ》から飛びおりようとでもするのか、あるいは、ひとたび口に出したらそれこそ死の重荷を背負わされるかも知れないといったようなそんな事柄を話そうとでもするときのようだった。

「マーリンがね、例の意地悪をして、この土牢に魔法をかけたんです。ですからこの辺の国には一人だって住んでなんかいませんよ、あなたといっしょにその魔法をつきやぶって逃げ出そうなんてそんな向こう見ずな考えをおこす者はね！　ああ、神さまわたくしを不憫《ふびん》な奴と思召《おぼしめ》しください。とうとう話してしまいました！　ああ、どうかわたくしに情けをおかけください。あなたに心を寄せる哀れな子供に慈悲をおかけください。あなたに捨てられてしまったら、わたくしは迷い児となるのでございます！」

わたしは声をたてて笑った。久しぶりにじつにさわやかな笑いだった。そしてこう叫んだ。

「マーリンが魔法をかけたって！　マーリンが、へん！　あのけちなほらふきじじい、あのもぐもぐ野郎のロバじじいがか？　バカバカしい、くだらん、世の中にこんなたわけたバカ話があるもんか！　ええ、おれの感じとしちゃあ、子供じみてあほらしくって、のろまで、そのうえおくびょうな御幣《ごへい》かつぎの野郎のうちでも、これほど――ちぇっ、いまいましいマーリンめ！」

ところがクラレンスはもうへなへなとその場に両膝《ひざ》をついていたのだ。わたしがまだ言いおわらないうちからだ。そして恐怖のあまり気が遠くなるのではないかと思われるほどだった。

「おお、気をつけてください！　それは恐ろしい言葉です！　いつこの壁があたしたちの上に崩《くず》れ落ちてくるかわかりませんよ、そんなことを口にしたんですからね。さあ、手おくれにならないうちに取り消してください！」

このとき、クラレンスのこの奇妙な様子がわたしに一つの妙案を思いつかせ、思案させた。もしこの宮廷にいる者たちがみんなクラレンスと同じように本当に心からマーリンのこの嘘っぱちの魔法を恐れているのだとしたら、きっとおれのようなもっとすぐれた人間は、なんとか才覚をめぐらして、こうした事態を利用する何かうまい方法を考え出してしかるべきだ。そこでわたしは考えつづけ、とうとう一つの計略をねりあげた。そこでこう言った。

「さあ、起きるんだ。しっかりしろ。そしてこわがらずにおれの顔を見ろ。おまえは、おれがなぜ笑ったかわかるか？」

「いいえ――でも聖母マリアさまにかけてお願いします、どうかもう二度と笑わないでください」

「よし、じゃあなぜ笑ったかを話してやろう。それはな、このおれも魔法使いだからさ」

「あなたが！」少年は一歩後じさりした。そして息をのんだ。事があまりにも意外だったからだ。しかし彼の見せた様子はきわめて丁重なものだった。わたしはすばやくそれを見てとった。どうやらこの精神病院では、ほらふきはことさら世間の信用をかちとろうと努力しなくてもすむらしい。そんなことをしなくたって、みんなはすぐに相手の言葉を信用するのだ。わたしはふたたび言った。

「おれは七百年も前からマーリンを知っているんだ、そして奴は――」

「七百――」

「口出しはせんで、まあ聞いていろ。奴は十三回も死んでまた生き返ったんだ。そしてそのたびに新しい名前を使って世の中を渡っているんだ。スミス、ジョンズ、ロビンソン、ジャクソン、ピーターズ、ハスキンズ、マーリン――生まれ変わるたびに新しい名前を使うのさ。三百年前にはエジプトで奴にあったし、五百年前にはインドであった――いつもくだらぬことをしゃべり回っておれの邪魔をしているんだ。どこへ行ってもな。おれはもううんざりしているんだ。奴なんか三文の値打ちもありはしない、魔法使いとしてはな。古くさいつまらぬ魔法なら知っているが、初歩的なものを越えたことはないし、越えようともしないのだ。田舎《いなか》の者たちを相手にするならそれでもいいだろう――一夜かぎりの興行とかなんとかならな――しかし、かわいそうだが、奴は大家《たいか》を気取るわけにはいかないんだ。とにかく、本当の名人がいるところではだめなのさ。いいか、クラレンス、おれはこれからもずっとおまえの味方になるつもりだ。だから、その代わりにおまえもぜひおれの味方になってもらいたい。ついては一つ頼みがあるんだ。王さまのところへ行って伝えてもらいたいのだ。つまりこのおれも魔法使いだってことをな――しかもどえらい大先生で、この道にかけては魔法使いの親玉なんだとな。それから王さまにこういうことも話しておいてもらいたいんだ。おれはいまここでちょいとした禍《わざわい》をひそかに用意している、その禍はこの国に大騒ぎをひきおこすような代物《しろもの》だ、もしサー・ケイの計画が実行されてこのおれの身に危害が加えられるようなことになったら、必ずその禍がふりかかるであろう、とな。どうだ王さまにそう伝えてくれるか？」

かわいそうに少年は返事もろくにできぬような状態だった。これほどおびえ、これほど勇気をなくし、これほど取り乱した人間を見るのはまことに気の毒なことだった。しかし彼はすべてを約束してくれた。そしてわたしのほうには、くり返しくり返しこのわたしに約束させて、かならず彼の味方でいるということ、けっして彼を裏切ったり彼の身に魔法をかけたりはしないということを誓わせた。それから彼は、やっとの思いで出ていった。片方の手で壁をおさえるようにして体を支えながら歩いてゆくその姿は、まるで病人のようだった。

そのうちに、こんな考えがわたしの心に浮かんできた。おれはなんてうかつだったんだ！あの小僧、心が落ち着いてきたらきっと不思議に思うだろう、どうしておれみたいな大魔法使いが奴のような子供に頼んでこの場から逃げ出すのを手伝ってくれなんて言ったのかとな。あれこれ考えあわせて、おれがほらふきだっていうことにすぐ気がつくだろう。

わたしは一時間あまりもこのうかつな手ぬかりを心配し、その間《かん》、われとわが身をバカだ、トンマだとさんざんにののしっていた。しかしそのうちに、とつぜん、こんな考えが湧いてきた。ここの畜生どもはものを推しはかるなんていうことはしないのだ。奴らはけっしてあれこれと考えあわせるようなことはしない。奴らの話を聞いていてはっきりしたが、奴らはつじつまのあわぬことを見てもそれとは気がつかないのだ。そう思ったとたん、わたしは安心した。

しかしこの世では、人は安心するそのそばからまたほかのことを心配しはじめるものだ。それでわたしの心にもこんなことが浮かんできた。おれはもう一つへまをやらかしているぞ。おれはあの小僧を使いに出したが、それは奴の目上の連中に一つの脅迫を告げさせるためだった

――そして禍は後でひまなときに考え出すつもりでいた。ところが奇跡を鵜呑《うの》みにするのにいちばん早く、いちばん熱心で、いちばん乗り気になっている手合いにかぎって、いちばんガツガツその奇跡を見たがる連中なんだ。じゃあ試しに一つやってみろと呼び出されたらどうしよう？　おまえのいうその禍とやらはどんな名の禍なのだと訊《き》かれたらどうしよう？　まったくおれはへまをやってしまったもんだ。初めに禍のほうを考えておかなきゃあならなかったんだ。「どうしよう？　なんと言えばいいんだ、少しでも時間をかせぐためには？」わたしはまたしても窮地におちいった。これ以上の窮地はありはしない。……「足音がするぞ――奴らがやってくるんだ！　ほんのちょっとでも考える時間があればいいんだが……そうだ、あれだ。あれなら大丈夫だ」

　つまり、それは日蝕《にっしょく》のことだった。ちょうどうまいときにわたしは思いついた。コロンブスだったか、コルテス（メキシコを征服したスペインの武将）だったか、そういう連中の一人が、昔、日蝕を最後の切り札に使って原住民たちをやりこめたあの話だ。わたしはこれでなら勝てるぞと思った。今はこの手をおれも使おう。それにこれなら人まねにはならないはずだ。なぜって、おれのほうはコロンブスたちよりも千年ちかく前にやるわけなんだからな。

　クラレンスが入って来た。沈んだ顔つきで、思案にあまった様子だ。そしてこう言った。

「わたしは急いであの伝言を陛下のお耳に入れようと参りました。するとさっそく陛下はわたしをお召しになったのです。そして骨の髄《ずい》までびっくりなさり、即刻あなたを釈放するよう命令しよう、また立派な衣服をさしあげ、そうした大人物にふさわしいお部屋の用意もいたさせようということになったのです。ところが、そのときマーリンがやってきて、なにもかもぶち

こわしにしたんです。陛下を言いくるめて、あなたがおかしいのだ、自分で言っていることもわからないのだなどと言うんです。それに、あなたのおどしもたわごとにすぎん、つまらぬ空《から》威張りだと言いました。二人は長いこと議論していましたが、そのうちにマーリンはあざ笑いながらこう言ったんです。『なにゆえあってきゃつはそのすばらしい禍とやらがどんな名のものであるか申さなかったのでござりましょうや？　それは疑いもなく、きゃつには言えないからなのでござります』この一突きをくらうと、とたんに陛下は口をつぐんでしまわれました。返す刀がなかったのです。そこで不承不承、そしてあなたにこんな失礼なことを申しあげるのはまことに気がすすまぬのだがといったご様子で、陛下はこう申されるのです。ごらんのとおりの事情なので、自分のこの込みいった立場をご推察いただき、その禍がどんな名の禍なのかお聞かせ願いたい――おゆるしくださるなら、

その種類とその起こる時期もおっしゃっていただきたい、かように仰せられるのです。ああ、どうかお願いです、ぐずぐずしていてはいけません。こんなときにぐずぐずしていると、もうすでにあなたを取りまいている危険を二重にも三重にも張りめぐらしてしまいます。さあ、如才なくふるまってください――どんな禍か言ってやってください！」

わたしはしばらくのあいだ黙ってなにも言わなかった。わたしの威厳を深めるためにだ。それからおもむろにこう言った。

「わしはこの穴ぐらにどのくらい閉じこめられておったかな？」

「あなたが閉じこめられたのは、きのう、だいぶ遅くなってからのことです。今は朝の九時です」

「ほんとうか！　それじゃあぐっすりと眠ってしまったんだな、きっと。今は朝の九時だって！　それにしてもここは真夜中のような感じだ、どこもかしこもな。で、今日は二十日っていうわけだな？」

「二十日――そうです」

「するとあしたはわしが火あぶりにされるわけだな」少年は身を震わした。

「何時にだ？」

「正午にです」

「よし、それではおまえが何と言えばいいか教えよう」と言ってわたしは言葉を切り、このおびえきっている若者の上に覆いかぶさるようにして、まるまる一分ものあいだ押しだまったまま突っ立っていた。やがて深い、ゆっくりとした、陰にこもった声音《こわね》で、話しはじめた。それから劇的にだんだんと調子を高めて最高潮にまでもっていった。しかもそこではいとも荘厳に、いとも崇高に、生涯またとないほどの名調子でやったのだ。「帰りて王に伝えよ、その時刻にわしは全世界を覆いつくし真夜中の真っ暗やみにしてみせよう（キリストが処刑されたときも正午から地上の全面が暗くなった）。太陽をかき消してみせよう。しかして太陽は二度と輝き出《い》ずることはないであろう。地上の果実は光と熱を失って腐りはてるであろう。また地上の人間は飢えて死ぬであろう、最後の一人にいたるまでじゃ！」

わたしは少年を運んで行ってやらねばならなかった。彼はその場にぶったおれて気絶してしまったのだ。外の番兵に渡してやると、わたしはそのまま穴ぐらにもどった。

第六章　日　蝕

静けさと暗やみとの中にいると、実感がすぐに知識を補いはじめた。一つの事実をただたんに知っているというだけならば、それはまだぼんやりとしたものだ。しかしその事実をいざ実感するとなると、それは色彩をおびてくる。まさに、人が心臓を突き刺された話を耳で聞くのと実際にその現場を見るのとの違いだ。静けさと暗やみとの中にいるうちに、自分が恐ろしい危険にさらされているのだという知識がだんだんと深刻な意味をもちはじめ、何か実感のようなものがじわじわと血管の中にはいりこんできて、わたしをぞっとさせた。

しかし天の有難い配慮とでもいうのだろうか、こういったときには人間の気力の水銀がある点まで落ちこむと、たちまち急激な反動が起こって気をもちなおすものなのだ。希望が湧き、同時に元気がまいもどって、次には、何かやってやろう、何かできることがあるならやってみせようという気分になる。わたしの場合も、その反発は一躍にしてやってきた。わたしは心の中で言った。この日蝕がきっとおれを救ってくれるだろう。そして救ってくれるばかりでなく、おれをこの国でいちばん偉い人物に仕立ててもくれるだろう、と。すると途端にわたしの水銀はチューブの天辺《てっぺん》までのぼって、いままでの不安はすっかり消え去ってしまった。わたしはこの世にまたとないほどの幸運な男となった。明日になるのが待ちどおしいとさえ思うようになった。それほどわたしは、あの大きな勝利を手に入れて、全国民の驚きと尊敬の的になりたかった。それに、実務的な面でも、それはわたしの発展の要因になるはずだ。わたしにはそれがよくわかっていた。

そんなことを考えているあいだにも、ある一つのことがわたしの心の背景に割りこんでいた。それは半ばこんな確信だった。つまり、わたしが起こすといったあの禍《わざわい》の話が、ひとたびあの迷信ぶかい連中に報告されれば、きっと大変な騒ぎとなって彼らは和解を申し出たいと思うようになるだろう、ということだ。だから、やがて、足音の近づいてくるのが聞こえたとき、その考えがふと心に浮かんで、わたしはこうつぶやいた、「きっとそうだ。和解を申し入れに来たのだ。よし、うまい条件だったら、よかろう、受け入れてやることにしよう。だが、悪い条件だったら、一歩も退かずに、とことんまでやってやるぞ」

戸があいて、数名の兵隊が姿を見せた。そのなかの隊長が言った――

「火あぶりの用意ができた。参れ！」

火あぶり！　力が全身からぬけて、わたしはその場に倒れそうになった。こんなとき、人は息などつけるものではない。大きな塊がいくつも喉《のど》につまってきて、むやみやたらと喘《あえ》ぐばかりだ。しかし、ようやくのことに口がきけるようになると、わたしはすぐにこう言った。

「しかしこれは何かの間違いだ――処刑は明日のはずだぞ」

「命令が変わったのだ。一日くりあがったのだ。ぐずぐずいたすでないぞ！」

わたしは途方にくれた。自らを救う手は何ひとつなかった。目がくらみ、頭はぼうっとなった。自分で自分を制御する力もなくなってしまった。ただあてもなくその辺を歩き回るばかりで、まるで魂が抜けてしまった人間のようだった。それで、兵隊たちはわたしの体をおさえ、わたしを引っぱりながら、穴ぐらを出て、迷路のような地下の廊下を通りぬけ、やがて、鋭く目を射る陽の光と、地上の世界とに連れ出した。城の広々とした中庭に一歩入ったとき、わたしは思わずぎくりとした。まず最初に目に入ったのは火あぶり用の柱だ。それが庭のまんなかに立っているではないか。それから柱の近くに薪が山のように積んであって、坊さんが一人いた。中庭の四方には大勢の人びとがぎっしりと席をしめていて、身分の高い順に、雛段《ひなだん》のように居並び、色とりどりの美しい傾斜をなしていた。王も王妃もそれぞれ玉座についていたが、その場にあってひときわ目立つ姿だった。それは言うまでもないことだ。

これだけのものを見ても、それはほんの一秒ほどしかかからなかった。そして次の瞬間にはクラレンスがいつの間にかどこかの潜伏場所から滑り出てきて、わたしの耳に情報を注ぎこんでいた。彼の目は勝利と喜びに輝いていた。彼は言った。

「おいらのおかげですよ、予定が変更になったのはね！　それに、おいらはずいぶんと骨を折ってこれをやったんですよ。でもね、みんなにあの禍の話をしてきかせて、その話の生み出した恐ろしさがものすごく大きいのを見たとたんに、おいらは考えましたね、やるなら今だぞってね！　だからおいらは一生懸命言いふらして、こっちにいる奴にもあっちにいる奴にも、そのほかの奴らにも言ってやったんです。あなたのもっているこの太陽に逆らう力もそれが十分に発揮できるのは明日のことだ。だから太陽とこの世とを救いたいと思ったら、あなたを今日のうちに殺さなければだめだ。今日ならあなたの魔法もまだ仕込みの最中で効き目もないわけだから、ってね。そりゃあ確かに、こんな話はつまらぬ嘘っぱちで、まったくへたくそな作り話でした。でもあなたに見せてあげたかったですよ、みんながそれを信じこんで鵜《う》呑《の》みにするときの様子ったらありゃあしません。恐ろしさのあまりすっかり取り乱しましてね、おいらの言葉をまるで天からつかわされた救済みたいに思っているんです。そのあいだじゅう、おいらはほんの一瞬でもいいから袖《そで》のかげで笑ってやりたいと思っていました。なにしろみんながこんなにやすやすとひっかかって、次には神さまをほめたたえているのを見たんですからね。神さまはご自分のお創りになった中でもいちばん卑しい者をおつかわしになって汝《なんじ》（「太陽」のこと）の生命の救済にあたらせ給うたのだ、なんて言っているんですよ。ああ、なんてうまい具合に事が運んだんでしょうね！　あなたは太陽を本当に傷つける必要はありませんよ——ああ、このことは忘れないでくださいね、あなたの魂にかけて、忘れてはいけませんよ！　ほんのちょっとだけ暗くすればいいんですからね——ほんのちょっぴり、気持ちだけ暗くするんです、いいですね、それでやめておくんですよ。もうそれだけで十分ですからね。みんなはおいらがでたらめを言ったと思うでしょう――なにしろおいらは、みんなの考えでは無学なんだそうですからね――ところが、あの暗黒の最初の影が落ちてきたら、たちまちみんなは恐ろしさで正気を失っちまいますよ。そしてあなたを自由の身にして、あなたを偉大な人物にするでしょうよ！　さあ、あなたの勝利に向かってお進みなさい！　でも忘れないでくださいよ――いいですね、あなた、どうかおいらのお願いだけはおぼえていて、おてんとうさまにはけっして傷をつけないでくださいよ。おいらのためと思って、あなたの本当の友だちのためと思ってね」

わたしは悲しみと苦悩の中から二言三言しぼり出すようにして言った。太陽はかんべんしてやる、とようやくの思いでそれだけの言葉が言えただけだった。その言葉を聞くと少年の目はじつに深く、人なつこい感謝の光をたたえながらわたしを見かえした。そのためさすがのわたしも、奴のこのご親切きわまるおせっかいのおかげでおれの計画はめちゃめちゃになってしまい、とうとう死に追いやられる破目になっちまったのだ、とはとても言う気になれなかった。

兵隊たちがわたしを抱きかかえるようにして中庭を進んでいったときには、あたりはもうしんと静まりかえっていた。あまり静かなので、もし目隠しでもされていたら自分がたった一人きりでそこにいるのだと思ったことだろう。ところがわたしは四千人にものぼる人垣に取り囲まれていたのだ。こうした人間の群れの中には一人として身動きする者は見あたらなかった。まるで石の仏さまみたいにじっとしていて、青ざめていた。そしてそのどの顔にも恐怖が宿っていた。この沈黙はわたしが火あぶりの柱に鎖でしばりつけられているあいだじゅう続いていた。そればかりか、沈黙はさらに続き、その沈黙の中で薪が念入りに、うんざりするほど手間ひまをかけて、わたしの踝《くるぶし》や、わたしの膝《ひざ》や、わたしの股《もも》や、わたしの胴のまわりに積みあげられていった。それからちょっと間《ま》があいた。そしてもっと深い沈黙が、もしそんな沈黙があったとすればの話なのだが、感じられた。それから一人の男がわたしの足もとにひざまずいた。燃えさかる松明《たいまつ》をもっているのだ。た。そしてじっと目をこらしながら思わずか腰を座席から浮かせ坊さんは両の手をわたしの頭上にあげ、目を青空のほうに向けて何かラテン語で言いはじめた。この格好のまま彼はしばらくのあいだムニャムニャと唱えていたが、やがてぴたりとそれをやめた。わたしはしばらくのあいだ待った。それから顔をあげた。坊さんはその場につっ立ったまま化石のようになっていた。共通の衝動にかられて、群衆はゆっくりと立ちあがると、大空を見つめた。わたしも彼らの視線を追った。するとどうだろう、まさしくわたしの言う日蝕《にっしょく》が始まっているではないか！　生気がわたしの血管の中でわきかえりはじめた。わたしは生き返った！　黒い縁がゆっくりと太陽の円板の中へひろがっていった。わたしの心臓はだんだんと高く鼓動した。しかし群衆や坊さんはじっと大空を見つめたまま、身動き一つしなかった。わたしにはわかっていた。彼らの目はきっと次の瞬間わたしに向けられるはずだと。そこで、向けられたときには、わたしのほうの用意はちゃんとできていた。これまで演じたこともないほどのじつにもったいぶった格好で、片方の手をぐっとのばし、太陽を指さしていたのだ。それはみごとな効果だった。戦慄《せんりつ》が波のように群衆の上を走ってゆくのが見えたほどだ。二つの叫び声がひびきわたった。一つはもう一つのすぐ後につづいた。

「薪に火をつけるのじゃ！」

「それはならぬ！」

一つはマーリンからで、もう一つは王からだった。マーリンは自分の席からとび出してきた

――自分で薪に火をつけるためだ、とわたしは判断した。そこでわたしは言った。

「そこを動くな。もし動く者があったら――たとえ国王たりとも――わたしの許可する前に動く者があったなら、その者は雷で打ち砕いてしまうぞ。稲妻で焼き殺してしまうぞ！」

群衆はおとなしく座席に身を沈めた。まさにわたしの予想どおりだった。マーリンはしばらくのあいだためらった。わたしはそのわずかなあいだ、ピンと針との山の上に座っているような思いだった。やがて彼は腰をおろした。わたしはほっと息をついた。今やこのわたしがこの場の支配者となったことを知ったからだ。王は言った。

「どうかお慈悲じゃ、もうこれ以上この危険きわまることはおやめ願いたい、禍が起こると一大事じゃ。報告によるとそなたの力は明日にならなければ十分に発揮できぬと聞いておったのじゃが――」

「陛下はその報告が嘘であったかもしれぬとお考えなのですな？　そのとおり、ま、さ、し、く、それは嘘だったのです」

これもまた絶大な効果をあげた。わっとばかりにあちこちから嘆願の手があがった。王は嘆願の嵐に攻めたてられ、どんな代価を払ってもわたしを買収し、禍をくいとめるようにしていただきたいとみんなから泣きつかれた。王は一も二もなくそれに応じた。そこで王は言った。

「いかなる条件なりと申されよ。たとえわが王国を半分よこせと申されてもかまわぬ。しかしどうかこの禍だけは追い払い、太陽をご容赦ねがいたい！」

これでわたしの財産はできた。すぐにもその条件をのみたかった。しかしいくらわ、た、し、でも日蝕をとめることなど、できるものではない。それは論外のさただった。そこでわたしはしばらく考えさせてくれと言った。すると王は言った――

「いつまでじゃ――ああ、いつまでじゃ？　どうかお助けねがいたい、ほれ、暗くなってゆく、刻一刻とな。いつまで待てばよいのじゃ？」

「長くはありません。三十分――一時間くらいですかな」

一千にものぼる哀れっぽい抗議が起こった。しかし少しも縮めることはできなかった。皆既日蝕はいったいどのくらい続くものだったのか思い出すことができなかったからだ。とにかくわたしは当惑していたので少し考えてみたかった。この日蝕には何か変なところがある。この事実はなんとも解《げ》せぬものだ。もしこの日蝕がおれのあてにしていたものでなかったなら、今が六世紀なのかそれとも夢にすぎないのか、どのようにして判断したらいいのだろう？　ああ夢だと確かめることさえできたらいいのだが！　だが待てよ、うれしい新しい望みがあるぞ。もしあの小僧が言った日付が正しくて、今日が本当に二十日だったら、いまは六世紀ではないわけだ。わたしは坊さんの袖を、かなり興奮した手つきでひっぱり、今日は何日かとたずねてみた。

畜生、坊主のやつ、二十一日だとぬかしやがった！　それを聞くとわたしはがっかりした。間違えずに教えてくれよと言ったが、奴は大丈夫だ、二十一日だということはちゃんと知っているのだからと言った。だとすると、あの羽根頭の小僧がまたぞろへまをやらかしたのだ！時間のほうは日蝕にあっていた。わたしはちゃんとこの目で確かめたのだ、ちょうど日蝕が始まったとき、そばにあった日時計で確かめたのだ。そうだ、やっぱりおれはアーサー王の宮廷にいたんだ。よし、それならできるだけこの日蝕を利用してやるほうがいい。

暗黒はいよいよ濃くなり、人びとの苦悩はますます大きくなってきた。そこで今度はこう言った。
「考えましたよ、王さま。見せしめのために、この暗やみはこのまま続けさせ、世界じゅうに夜をひろげさせるつもりです。しかしわたしが太陽をこれっきり消してしまうか、もう一度もとどおりにするか、それはあなた次第ということにしましょう。そのときの条件はこうです。つまり、あなたはこのまま国王としてあなたの国全部を治める。そして王の持つべき栄光と名誉はすべてお受けになる。そのかわり、わたしを終身の大臣兼行政官に任命する。そしてわたし

の任務に対し、現在の歳入額を上まわる実収益の一パーセントをわたしに与える。その実収益はわたしが国家のために新たに生み出すことができるはずのものである。たとえこの報酬で生活ができなくても、わたしは何ぴとにも昇給を要求するようなことはしない。これでよいですかな?」

たまげるほどの大きな拍手喝采《かっさい》がわき起こった。そしてその喝采の中から王の声がひびいて、こう言った。

「縛《いまし》めをとき、この御方を釈放いたせ! そして敬意を表するのじゃ、身分の高き者も低き者も、富める者も貧しき者もじゃぞ。何故なら、この御方は国王の右腕となり、権力と権能とを与えられ、その席は玉座の最上段にあるからじゃ! さあ、この忍びよる闇を払いのけ、もういちど光と喜びとを取りもどしてもらいたい、全世界がそなたを祝福できるように」

しかしわたしは言った。

「つまらぬ人間が大衆の面前で辱《はずか》しめられるのなら、それは問題ありません。しかし、こんな場合には国王にとっても不名誉なこととなりましょう。つまり、いやしくも国王の宰相たるものが裸にされたのです。ですからそれを目撃した者が、かかる恥辱から宰相が救われるのを見とどけることがなかったならば、それこそ一大事です。お願い致してさしつかえなければ、わたしの着物を返していただいて――」

「あれはそなたには、ふさわしいものではない」と王は口をはさんだ。「誰か別の衣服をもってまいれ。君侯にふさわしい衣服を差しあげるのじゃ!」

わたしの計画はみごとに当たった。日蝕がその極に達するまでは何もかもいままでどおりにしておきたかった。さもなければ、みんなはまたぞろこの暗やみをなくしてくれとせがむだろうし、勿論《もちろん》そんなことはわたしにもできることではなかったからだ。着物を取りにやらせたことでいくらかは時間が稼げた。しかしそれだけでは十分ではない。そこでまた別の口実をつくらなければならなかった。わたしは言った。王が心を改め、興奮の余りやったあのことをいくらかでも後悔なさっているとしても、それはむしろ当然のことである。それゆえ、わたしはこの暗やみをもうしばらく濃くしようと思う。そして適当な時間が経ってもなお王が心に今と同じ後悔の念を持っておられたなら、そのときこそ暗やみを取り払うことにいたしましょう、と。王も他の者たちもこの妥協案では満足しなかった。しかしわたしは自分の主張をあくまでも守らざるを得なかった。

あたりはますます暗く、ますます黒くなっていった。そして、わたしのほうはあの始末におえぬ六世紀の衣装を相手にして、悪戦苦闘をつづけていた。そのうちにとうとう真っ暗やみになった。群衆は恐怖のあまり呻《うめ》き声をあげた。冷たい不気味な夜の風がその場を吹きぬけ、空には星さえ出て、またたいているからだ。ついに日蝕《につしよく》はその極に達した。わたしはむやみに嬉《うれ》しくなったが、ほかの者たちはみじめなありさまだった。それはまったく当然のことだった。わたしは言った。

「陛下は、黙っておられるところから判断して、先刻の条件をいまなお守っておられますな」

それからわたしは両手をあげた。――そしてしばらくのあいだ、そのまま立っていた――それからこう言った。このうえなく厳かなしかつめらしい口調でだ。「魔法よとけよ、そして禍《わざわい》を残すことなく消え去るのだ！」

一瞬のあいだ、その深い暗やみとその墓場のような静けさとの中には何の反響もなかった。しかし太陽の銀色の縁がその一、二分後に現われはじめると、居並ぶ群衆はわっとばかりに喚声《かんせい》をあげ、洪水《こうずい》のように押しよせてきて、祝福と感謝のしぶきでわたしを窒息させた。クラレンスがその奔流のしんがりにいたのではないことは、言うまでもないことだ。

第七章　マーリンの塔

わたしは今やこの国で二番目に偉い人物になった。政治上の権力と権能に関するかぎりそうだったので、なにかにつけて大事にされた。着る物は絹とビロードと錦《にしき》でできていた。だからめっぽう見てくれはよかったが着心地はわるかった。しかし習慣がやがてわたしの体を服に合わせてくれるようになるだろう。それはわたしにもわかっていた。部屋も与えられた。この城の中で国王に次いで立派な部屋だ。はでな色の絹の壁掛け《タペストリー》で光り輝いていたが、石だたみの床にはなんにも敷いてなく、ただイグサがカーペットのかわりに撒《ま》きちらしてあるだけだった。しかもそのイグサたるやちぐはぐな代物《しろもの》で、同一種類のものではなかった。便利さの点では、本当のことを言えば、何ひとつ便利なものはなかった。いや、わずかに便利なものさえないと言うべきだろう。生活を真に楽しいものにするのは、このわずかに便利なものだからだ。大きなカシの椅子は、不細工ながらも彫刻で飾られていて、なかなか立派なものだったが、それはまさに停車場の乗降台《ストピング・プレイス》だった。石鹸《せっけん》もなければマッチもなく、姿見もなかった——もっとも金属製のものがあるにはあったが、その映りぐあいたるや、手桶《ておけ》に張った水と同じくらいのものだった。それにまた、着色石版の絵さえなかった。私は着色石版の絵に何年も慣れ親しんできた。だから今になってみると、疑いもなく、芸術を愛する情熱はわたしの体のすみずみにまで染《し》みこんで、わたしの一部とさえなっていることがわかった。わたしは郷愁にかられながら、この誇らしげで華やかではあるが温かみのない殺風景な部屋の中を見まわし、イースト・ハートフォードのわれわれの家を思い出した。そこでは、なにもかもが控え目ではあるが、どの部屋に入っていっても必ず保険会社でくれた着色石版の絵か、さもなければ少なくとも三色織りの「神よわが家に祝福を与えたまえ」の刺繍《ししゅう》絵（日本でいえば「天照大神」や「七福神」の掛け軸にあたる）くらいはドアの上に見ることができた。そして客間にはそんなものが九枚もあったのだ。しかしここには、わたしのこの豪壮な部屋にさえも絵と名のつくものは何ひとつなく、あるのはただベッドカヴァーみたいなバカでかいやつだけで、それは織ったものか編んだものか（というのは、あっちこっち縢《かが》り縫いがしてあったからだが）したものだ

った。そしてその中のどれをとっても色のぐあいや形のぐあいでちゃんとしているものは一つもなかった。プロポーションの点から言っても、ラファエロ(一四八三―一五二〇年、イタリアの画家)だってこれほどべらぼうな細工はできなかっただろう。例の「有名なハンプトン・コート(ロンドン西方、テムズ河畔にある豪壮な旧王宮。その一部が絵画館となり、「キングズ・ギャラリー」と称する部屋にラファエロの有名なカルトンが一八六五年まで展示されていた。カルトンとは壁画やタペストリーなどの実物大下絵のこと)のカルトン」と呼ばれるあの夢魔《ナイトメアズ》(睡眠中の人の上にのって、その重みで人を苦しめると考えられていた悪魔だが、ここでは「ベッドカヴァー」にひっかけて、ラファエロのカルトンそのものを指している。また、へたくそな絵のことを「ナイトメア」ともいう)をさんざん手がけた後でさえもだ。ラファエロは傑作だ。だからわたしの家にも彼の着色石版画が何枚もあった。そのうちの一枚は例の「奇跡の漁猟」(ルカ伝第五章第一―十一節参照)だった。この絵の中でラファエロ自身奇跡を行なっている――つまり三人の人間を一艘《そう》のカヌーに乗せているのだが、そのカヌーたるや、犬を一匹のせただけでもひっくり返りそうな小舟なのだ。わたしはこのラ画伯の腕を学びたいといつも思っていた。それはまったく新鮮で型やぶりなものだったからだ。

城の中には呼びりんもなければ伝声管もなかった。召使だけはやたらに大勢いるが、当番にあたっている者も控えの間でのらくらしていた。だから用があるときはいちいちこちらから出向いていって呼ばなくてはならなかった。ガスもなければ、ロウソクもなかった。青銅の皿《さら》に下宿屋で出すような安バターを半分ほどのせて、それに火のついたぼろ切れを浮かべたもの、それが明かりと称するものを作り出す器具だった。こんな器具がいくつもずらりと壁にかかっていて暗やみをぼんやりと明るくしていたが、それはかえって陰うつな感じを醸《かも》し出すだけだった。夜、外へ出れば召使たちが松明《たいまつ》をもってついてきた。本もなければペンも紙もインクもなく、彼らが窓だと信じている開口部にはガラスもなかった。あんなものはつまらぬ物だ――

ガラスなんて本当にそうだ――なくなるまではじつにつまらぬ代物《しろもの》だ。ところがいざなくなってみると、えらく大事な物になるから不思議だ。しかし一番と言っていいくらいに困ったことは、砂糖もコーヒーも紅茶もタバコもなかったことだ。わたしは無人島に打ちあげられたロビンソン・クルーソーそっくりのような気がした。人間社会などというものはなく、あるのはただ多少飼いならされた動物だけだった。だから毎日をなんとか我慢のできるものにしたいと思ったら、クルーソーのやったようにやらなければならなかった。つまり、いろいろなものを発明し、工夫し、創り出し、改造しなければならないのだ。そして頭と手とを働かせ、この二つをいつもせっせと忙しく働かせつづけなければならなかった。だが、それこそわたしの得意とするところだった。

一つだけ、わたしをのっけから困らせたことがあった――それはみんながわたしによせるあの途方もない好奇心だ。どうやら国じゅうの者がわたしを一目でいいから見たいと思っているらしかった。それというのもこんな話がたちまち知れわたったからだ。つまり、あの日蝕がブリテンじゅうの人びとをおびやかし、もう少しでみんなが死ぬところだった。日蝕がつづいているあいだ、国じゅうが、すみからすみまで見るも哀れなパニック状態におちいり、教会も隠者の庵《いおり》も修道院も、この世の終わりが来たと思って祈ったり泣き叫んだりする哀れな人びとでいっぱいになった、という話だ。そしてその次にひろがったニュースはこうだ。つまり、この恐ろしい事件をひきおこしたのは、どこからかやって来た旅人で、大魔術師で、今アーサーの宮廷にいる。その男は太陽だってロウソクの火のように吹き消すことができる。現にそうしかけたとき、やっとのことでその男の慈悲を得ることができた。それで男は魔法をとき、今や人びとから偉大な人物としてみとめられ、尊敬されている。なにしろ誰の力も借りず独力でこの世を破滅から救い、人びとを滅亡から救ってくれたのだから、というのだ。ところで、誰も彼もがこういうことを信じ、そしてただたんに信じただけではなくて、それを疑うことなど夢にも思ったことがないという事実を考えたら、これは容易に理解してもらえると思うのだが、五十マイルの道を歩いてでもこのわたしを一目みたいと思わない者はブリテンじゅうに一人もいなかったのだ。もちろん、どこへ行ってもわたしの噂《うわさ》でもちきりだった——ほかの話題はすべて省かれた。国王でさえ急に興味も評判もうすれた人間になった。二十四時間とたたぬうちに各地の代表団が到着しはじめた。そしてそれからというもの二週間のあいだ後から後からとやってきた。近くの村はいっぱいになり、そのはずれの土地まですべていっぱいになった。わたしは一日に十二回も出ていって、こうした敬虔《けいけん》な、畏敬《いけい》の念に打たれている群衆の前に姿を見せてやらなければならなかった。そのうちにそれが大きな負担になってきた。時間と手数の点でだ。しかしもちろんそれと同時に、これほどまでに有名になり、これほどまでに尊敬の的となることは、その埋めあわせとしても嬉《うれ》しいことだった。しかしそのためにマーリン殿《どん》の顔は嫉妬《しっと》と遺恨とで青ざめた。それはわたしにとっては大きな満足だった。しかし理解できぬことが一つあった。誰一人わたしにサインを求める者がいなかったことだ。そのことをクラレンスに話してみた。ところが驚いたことには、サインとはそもそも何であるか、それを説明してやらなければならなかった。説明を聞くと彼は、この国では字が読めたり書けたりできる者は誰もいやあしない、できるのはわずか二、三十人の坊さんだけだといった。まったく！　驚いた話だ。

　そのほかにもう一つ、わたしをちょいとばかり困らせたことがあった。あの群衆がしばらくすると、またべつの奇跡をやってみせてくれと騒ぎはじめたのだ。それはむりもないことだった。遠い故郷へ帰って、おらたちは大空を駆けるおてんとうさまに号令をかけて言うとおりにさせることのできる男を見てきたぞと、そう自慢できるだけでもその連中は近所の人たちの目に大人物のように映るだろうし、みんなから羨《うらや》ましがられもするだろう。しかし、そのうえ、その男が奇跡を行なうところを実際にこの目で見てきたんだぞ、なぞと言うことができれば、――そうだ、そうすれば今度は大勢の人びとがその連中を見るために遥《はる》ばるやって来ることになるだろう。圧力はかなり強いものになってきた。やがて月蝕が来ることにはなっていた。わたしはその日時まで知っていた。しかしそれは遠すぎた。二年も先のことだ。こいつを早めて、買い手の大勢ついている今のうちに利用できる許可が得られるものならいくら金を出してもいいと思った。いたずらに腕をこまねいていて、たぶんもう何の役にも立たなくなったころにのろのろやって来させるのはいかにも残念に思えた。ほんの一か月先のことだったら、空売《からう》りもできるところなのだ。しかし実際はそうではないので、この月蝕を役立たせる方法はなにひとつ考えだせそうになかった。そこでとうとうこの件は諦《あきら》めることにした。次にクラレンスは、マーリンじじいがこういう連中のあいだをこそこそと立ちまわっているのを見つけた。マーリンの奴は、わたしがペテン師であるとか、みんなに奇跡を見せてやれないのはわたしにその力がないからなのだとか、と噂をひろめているとのことだった。わたしは何か手をうたなければならないと思った。と、そのうちにうまい計画を考え出した。

　わたしは執政官としての職権でマーリンを牢《ろう》に放りこんだ――以前わたしが入っていた同じ

穴ぐらだ。それからトランペットをたずさえた伝令にこんな告示をふれまわらせた。つまり、わたしはこれから二週間ほど国事で多忙になる。しかしそれが終わるころ、少しばかり暇をみつけて、マーリンの石の塔を天上からの火で吹きとばしてみせる。それまでのあいだ、わたしに関する中傷に耳をかす者があればいかなる者にせよその者は用心するよう。さらにまた、わたしが行なう奇跡は今回のこの奇跡かぎりとし、以後は絶対に行なわぬものとする。もしこれを不満に思い、不平をもらす者があれば、わたしはその者たちの姿を馬に変え、使役するつもりである、と。これでぴたりと静かになった。

わたしは、クラレンスにはあるていど秘密をうちあけ、二人でこっそりと仕事にとりかかった。クラレンスには、今度のやつはちょいとばかり準備がいる奇跡なのだと言った。そしてもしこの準備のことを誰かに話しでもしたらたちまち死んでしまうからな、とも言っておいた。これで彼の口はじゅうぶん安全になった。

誰にもわからないようにして、われわれは数樽《たる》ぶんの強力な爆薬を作った。そしてわたしは兵器係りの職人たちを指揮して彼らに避雷針と導火線とを作らせた。この古い石の塔はかなりがっしりとしていた――そしてまたずいぶんと荒れはててもいた。なにしろローマ軍が占領していたころのもので、四百年も昔のものだったからだ。しかも、荒けずりの造りではあったが端麗《たんれい》な姿をしていて、土台から頂まで蔦《つた》におおわれていて、まるで鱗状鎖《スケイル・メイル》を着ているような感じだった。塔は、ぽつんとそびえ立つ丘の上に立っていたが、それは城からもよく見え、半マイルほど離れたところにあった。

夜のあいだだけ仕事をつづけながら、われわれは爆薬を塔に仕掛けていった――内側の石をいくつか掘りおこし、爆薬を壁そのものの中に埋めるのだが、その壁は土台のあたりで厚さ十五フィートもあった。いちどきに一ペック（八・八一リットル）ずつ、十二箇所に入れた。これだけ詰めればロンドン塔だって吹き飛ばせるはずだ。十三日目の夜が来たとき、われわれは作っておいた例の避雷針を立て、その根本を爆薬の中に埋めこみ、そこから導火線を引いてほかの爆薬にもつないでおいた。わたしが例の布告を出した日から誰ひとりこの付近に近づいた者はいなかったが、十四日目の朝になってから、わたしはこうしておくに越したことはないと考えることがあった。つまり、国民に伝令たちの口を通して警告し、ぜったい一人も近づかぬように——四分の一マイルは離れているように、と命令しておくことだ。そしてさらに命令につけ加えて、二十四時間以内に約束の奇跡を起こしてみせるが、その前に簡単な合図をする。昼間ならば城の各塔に旗をかかげ、夜間ならば同じ場所に松明《たいまつ》をたくから、と知らせることにした。

雷雨がこのころはかなり頻繁《ひんぱん》にあった。だからわたしはあまり失敗のことは心配していなかった。それに一日や二日の遅れは気にかける必要がなかった。まだ国事で多忙だからと説明すればいいのだ。それで国民はおとなしく待つはずだ。

もちろんその日は輝くばかりのよい天気だった——三週間のうちで初めてといってもいいくらいに雲一つない上天気だった。物ごとはいつもこんな調子だ。わたしは部屋にこもったまま、じっと空模様を見つめていた。クラレンスはときどきやって来ては、国民の興奮はさっきから募《つの》るばかりでこの国は胸壁から見わたすかぎり人の群れでいっぱいになってきたと告げた。やがて風が吹きはじめ、雲が出てきた。しかもそれがころあいの方向で、時刻もちょうど夕方なのだ。しばらくのあいだわたしはその遠い雲がひろがり黒くなってくるのを見つめていたが、やがてもうそろそろ姿を見せてもいいころだと判断した。そこで松明に火をつけるよう命じ、マーリンを牢から出してわたしのところへ連れてくるように命じた。十五分ばかりたって胸壁にのぼってみると、もうそこには国王をはじめ宮廷の者たちが集まっていて、暗やみをすかしながらマーリンの塔を見つめていた。すでに暗やみはかなり濃くなっていたので、遠くまで見通すことはできなかった。だから、国王たちの一行と古い小塔とがなかば濃い影に染まり、なかば頭上の大松明のまっ赤な光に染まって浮かぶその様子はまさに一幅の絵を見る思いだった。

マーリンはふさぎこんだ様子でやってきた。そこでわたしは言った。

「おまえさんはわたしに何の危害も加えられたわけではないのに、このわたしを火あぶりにしたいと考えた。そして最近は、わたしの職業上の評判にケチをつけなさろうとした。だからわたしは天から火を呼びよせて、おまえさんの塔を吹きとばしてやるつもりなのだ。だがおまえさんにもチャンスを与えるのがまずフェアなやり方だ。わたしの魔法を破って火を防ぐことができると思うなら、さあバッター・ボックスに入ってごらん。おまえさんのイニングだからね」

「できるとも、やってみせよう。嘘ではないぞ」

彼は屋上の敷石に目に見えぬ輪を描き、その中で一つまみの粉を燃やした。粉は香りのよい煙を一すじ立てた。するとそれを見た者はいっせいに後ずさりして、十字を切り、そわそわしだした。それからマーリンは何ごとかつぶやきながら両手で宙を切りはじめた。最初のうちはゆっくりとやっていたが、だんだんと勢いを増して狂乱状態になり、ついには両方の腕を風車の翼板のようにぐるぐると回しだした。ちょうどこのころ、嵐のほうもわれわれの近くまでやってきていた。突風は松明の火をあおり、物影をあちらこちらへとはねまわらせた。大粒の雨が降りはじめ、外は一面、墨を流したように真っ暗となり、稲妻がときおりひらめきだした。もちろんわたしの避雷針にはもう電気が溜《たま》ってきているはずだ。実際、事態は差し迫っていた。そこでわたしは言った。

「もうそのくらいでいいだろう。やりたいだけのことはやらせて、邪魔はしなかったんだからな。これでおまえさんの魔法は力がたりないってえことがはっきりしたわけだ。今度はわたしが始めるのがフェアってえもんだ」

わたしは宙を三度ばかり切った。すると耳をつんざくような恐ろしい音がして、あの古い塔が大きな塊となって天空に飛び散った。と、同時に起こった噴火山の大爆発のような火柱は夜を昼に変えて、一千エーカーにもおよぶ群衆の姿を照らし出した。彼らは一人残らず度胆をぬかれて大地にひれ伏していた。ところで、それから週末までモルタルと石の雨が降りつづいた。これは世間の噂だった。しかしおそらくあの事件を見て話がだんだん大きくなっていったのだろう。

それはじつに効果のある奇跡だった。方々から集まってきたあのうるさい仮の住民たちは姿を消してしまった。あくる朝には何千という足跡が泥《どろ》の中に見られたが、それらはどれもこれもみな町から外に向かっていた。わたしがもういちど奇跡を見せてやるからと言ったとしても、見物人は一人として集めることはできなかったろう。いくら保安官に言いつけてもだ。

マーリンの株は暴落した。国王はマーリンの給与を差しとめるべきだと言った。いやマーリンを追放に処すべきだとさえ言った。しかしそれにはわたしが反対した。あの男も嵐や稲妻を起こさせるようなときには役立つだろうし、それに類した小さなことをさせるには役に立つだろうからと言ってやった。そして彼のあのつまらぬお座敷手品のような魔法で埒《らち》のあかぬときは、その都度わたしが手をかそうからとも言った。彼の塔は土器《かわらけ》一つ残ってはいなかった。しかしわたしは内閣に命令して、塔を再建させてやった。そして下宿屋でもはじめたらどうかと言ってやった。しかし彼はいやにお高くとまっていて断わってきた。それならいくらかでも恩にきたのかと思ったが、ありがとうとも言わなかった。ずいぶん頑固なじじいだ、もっとも人によって取りようは違うかもしれない。しかしあれほどびっくりさせられた後なんだから、愛想のいい顔をしてみろといっても、それはどだいむりな話だろう。

第八章　ザ・ボス

絶大なる権力が与えられるということは、すばらしいことだ。しかし傍観的な世間の連中をその権力に従わせることはさらにすばらしいことだ。塔の一件はわたしの力を固め、これを金城鉄壁のものとした。嫉妬《しっと》心をいだき批判的な目でその前に立とうとするような者がかりにあったとしても、その者たちでさえ今では心の変化を経験した。だからこの王国には、わたしのことに干渉するのがよい分別だなぞと考える者は一人もいなくなった。

わたしは自分の立場や環境にすぐ慣れてきた。一時は、朝、目をさますと自分の「夢」に苦笑し、耳をすましてコルト工場（ハートフォードにある有名な兵器工場）の汽笛が鳴るのを待つようなことがよくあった。しかしそうしたことも次第になくなって、ついには自分が本当に六世紀の世界に生きているのだ、そしてアーサーの宮廷にいるのであって、病院にいるのではないのだ、ということを十分に悟ることができた。それからは、この六世紀にいるということがほかのどの世紀にいるよりもくつろいだ気分になった。そしてどちらがいいかということになれば、二十世紀とさえ交換したいなどという気にはならなかった。考えてもみるがいい、今や一人の人間の前にさまざまな機会が待ちうけてくれているのだ。知識をもち、頭脳をもち、元気いっぱいの人間の前にだ。しかも大胆に手がけることのできる大事業が、そしてこの国とともに成長してゆく大事業が待っているのだ。これまで見たこともないような大きな活動範囲。しかもその全部がわたしのものなのだ。そして競争相手はおらず、おるものといえば学識や能力の点から比較しても、みんなわたしにとっては赤子同然の者たちばかりなのだ。ところが、二十世紀になったら、わたしはいったいどのくらいの価値があるだろうか？　どこかの工場の現場監督。せいぜいそんなところだろう。そして、通りに地引き網をひけばいつだって、わたしよりもすぐれた人間がわんさと獲《と》れることだろう。

　なんてすばらしい跳躍をしたもんだ！　そんな思いがわたしの心から離れなかった。またそんな考えがわたしの頭から離れなかった。ちょうど、油田を掘りあてた男みたいだった。わたしの後にだってこれほどの成功をおさめた事例はなかった。あるとすればヨセフの場合（創世記第三十七章以下参照）だけだろう。ヨセフの場合だけはわたしの成功に近かった。だがそれさえ完全に匹敵するほどのものではなかった。なぜなら、これは理屈からいってもそうだが、あのヨセフのすばらしい財政上の創意も、それによって得をしたのは国王だけだったのだから、民衆の目からすればヨセフはずいぶんときらわれたにちがいないわけなのだ。ところがわたしの場合は、太陽を救ってやったことで全国民に恩を売っている、だからそのおかげで彼らの受けはいいというわけになるのだ。

　わたしはけっして王の影ではなかった。わたしが実体で、王のほうこそわたしの影だった。わたしの権力はとてつもなく大きかった。それはたんなる名目上のものではなかった。こういうものはだいたいにおいて名目だけという場合が多いのだが、わたしの権力は正真正銘のものだった。今やわたしは世界の歴史の第二の偉大な時代の源泉に立っていた。そして、ちょろちょろと流れ出るその歴史の流れが、だんだんと水かさを増し、深まり、広くなって、はるか遠く何世紀ものあいだ滔々《とうとう》と流れてゆく姿を見ることができた。そして、わたしのような策士が何人も現われて長く列《つら》なる国王たちの避難所役をつとめていることにも気がついた。ド・モンフォール一族（初代モンフォール〔一一六〇？―一二一八年〕はフランスの十字軍戦士。その子のモンフォール〔一二〇八？―六五年〕はヘンリー八世の顧問官）、ギャヴィストン一族（ピアズ・ギャヴィストン〔？―一三一二年〕はエドワード二世の寵臣）、モーティマー一族（イギリスの貴族）、ヴィーリエイ一族（初代バッキンガム公〔一五九二―一六二八年〕はチャールズ一世の、二代目バッキンガム公〔一六二八―八七年〕はチャールズ二世の顧問官）がそうだ、戦争を起こし、会戦を左右するフランスの気まぐれ女たちやチャールズ二世の王笏《おうしゃく》を振りまわすあばずれ女どもがそうだ。しかしその行列のどこにもわたしに匹敵するような立派な奴は見あたらなかった。わたしは「唯一無類の人物」だった。そしてこのことは以後十三世紀半のあいだ絶対に否定することも異議を申したてることもできない事実であることを知って、わたしは嬉《うれ》しくなった。そうだ、権力の点ではわたしはこの国の王と互角だった。しかしもう一つ別の権力があって、そいつにはわれわれ二人が力を合わせてもいささか分が悪かった。それは「教会」だ。わたしはこの事実を隠しておきたいとは思わない。たとえ望んだとしても、できることではなかった。だが今はべつに気にすることはない。そのうちにいつか適当な時期がきたらどうせ顔を出してくるはずだ。とにかく初めのうちはわたしに面倒をかけることもなかった――少なくともこれといって重大な面倒はなかった。

ところで、この国は奇妙な国だった。そして興味にみちみちていた。それに国民ときたらどうだ！　まったくもって風変わりで、単純で、底ぬけに何でも信じこんでしまうような人種だった。いや、まさにウサギといったところだ。健全で自由な空気の中に生まれた人間にとってまことに哀れに思えたのは、彼らが国王だとか「教会」だとか貴族だとかに対してペコペコと心の底から忠誠を誓っているのを聞いたときだ。彼らが国王や「教会」や貴族たちを慕い敬うのは、まるで奴隷が鞭《むち》を慕い敬ったり、犬が自分を蹴《け》とばす見知らぬ人間を慕い敬ったりする以上に大切なことだとでも考えているようなのだ！　まったくあきれかえった話だ、どんな種類の王室にしろ、それがどんなふうに修正されようと、そしてまたどんな種類の貴族にしろ、それがどんなふうに改革されようと、そんなものは、本当を言えば、人間を侮辱しているものなのだ。しかしそうした制度のもとで生まれ育てられれば、おそらく自分でそれに気がつくことは絶対にないだろうし、ほかの者に教えられても信じはしないだろう。しかし次のようなことを考えてみれば誰だってすぐに自分の種族が恥ずかしくなるはずだ。つまり、これまで王位を占めてきた人間なんていうものは、泡《あわ》みたいな奴で、正義や理性の影すら持ちあわせていないのだということや、七等級の人間がいつも自分たちの上流階級だと考えていた者たち――つまり領主や貴族たちの一団のことだが——こういう上流階級の連中だってたいていは奴らの殿さま同様、自分の力でやってみろと言われたなら、貧乏と無名の暮らししか手に入れることはできなかったろう、ということをだ。

アーサー王の治めるブリテンの国民は、その大部分が奴隷だった。純然たる奴隷であり、奴隷の名を担い、鉄の環を首にはめていた。そのほかの者だって事実上は奴隷だった。ただ、奴隷という名をもっていないだけのことだ。彼らは自分たちが人間であり自由民だと思っていた。またそのように称してもいた。しかし実際は、一集団としての国民は、この世では一つの目的のためにあるのであってしかもその目的のためだけにしか存在しないのだ。つまり王や「教会」や貴族の前に平伏すること、彼らのために奴隷となり、彼らのために血と汗を流し、彼らを食わせてやるために飢え、彼らを遊ばせてやるために働き、彼らを幸福にしてやるために不幸を味わいつくし、彼らの身に絹や宝石をつけさせてやるために裸で暮らし、彼らが税金を払わなくてすむように重税を払い、彼らに意気揚々と闊歩《かっぽ》させ、この世の神だとうぬぼれさせてやるために生涯死ぬまで卑下した言葉づかいや媚《こ》び諂《へつら》いの物腰を習いおぼえるのだ。そしてそれでいながら頂戴《ちょうだい》するお礼といえば手錠や軽蔑《けいべつ》だった。しかもすっかり卑屈になっているものだから、こうした種類の返礼さえ名誉だと思いこんでいたのだ。

先祖から承《う》け継ぐ考えというものは奇妙なものだ。そしてその考えをよく観察し調べてみるのは興味のあることだ。わたしにはわたしの考えがあったし、王にも王の家来にもそれぞれ自分たちの考えがあった。どちらの場合でも、時や習慣が掘った深い溝《みぞ》の中を流れてきたわけだから、理屈や議論でその流れを変えようとしたら、ずいぶん長期にわたる請負工事をひきうけなければならなかったろう。たとえば、国王たちが承け継いできた考えというのは、肩書きとか古くからの血統のない人間は、すぐれた才能や学識のあるなしにかかわらず、すべて獣や甲虫や地を這《は》う虫と同様につまらぬ生き物なのだ、というのだ。それに対してわたしが承け継いできた考えは、先祖からの顕職や労せずにもらった肩書きといったような、そういうクジャクの羽みたいな見せかけで格好をつけることに同意できるカラス野郎などというものは、物笑いの種にしかならないということだ。だからみんながわたしを見る見方は異様なものだったが、それもあたりまえのことだった。動物園でそこの番人や見物人が象をどんなふうに見るかはご存知だろう。まあ、それと同じことだ。彼らは象の巨大な体や並外れた力にすっかり感心している。そして、自分たちの力などとても及ばないような驚くべきことが数多くできる、とその事実を得意になって話す。そしてまた同じ得意な気分でこんなことも話したりする。象はいちど怒りだしたら目の前にいる千人の人間だって追い散らすことができるのだぞと。しかし、だからといってその事実が象を彼ら人間の一人として考えることになるだろうか？　いや、穴ぐらに住む一番みすぼらしい浮浪者だってそんな考えを聞けばせせら笑うだろう。そんな考えは理解できぬことなのだ。納得できぬことなのだ。想像もできぬことなのだ。つまり、王や貴族や全国民にとって、いや奴隷や浮浪者にとってさえ、わたしはちょうどこの象と同じで、それ以上の何者でもなかったのだ。わたしは感心もされ、恐れられもした。だがそれは獣が感心され恐れられるのと同じだった。その獣は尊敬されはしない。わたしも同じだった。敬意さえ払われなかった。わたしは家柄はなし、先祖から伝わる肩書きもなかった。だから王や貴族たちの目から見れば、わたしは塵《ごみ》にしかすぎなかった。人びとは私を驚きと恐れとの目で見るのだが、そこには尊敬の念など少しも混じってはいなかった。先祖から承け継いできた考え方の影響で、彼らは家柄や主君たる身分以外には尊敬に値するものがあるなどとは想像することもできなかった。そこには言うまでもなくあの恐ろしい権力の手があったのだ。つまり「ローマカトリック教会」というものがあったのだ。二、三世紀というわずかな期間にローマカトリック教会は人間の国家を蛆虫《うじむし》の国家に転向させてしまったのだ。この「教会」が世界の支配権をにぎる以前は、人間は人間であり、頭をあげ、人間としての誇りや気概や独立心をもっていた。そして一個人のもつ偉大さや地位といったものも、それはその人物がもっぱら自分の功績によって得たものであって、家柄によって得たものではなかった。ところが、やがて「教会」が正面に現われてきた、研《と》ぐべき斧《おの》を手にしてだ。彼女（教会のこと）は利口であり、陰険であって、猫の——つまり国民の、皮をはぐ方法をいろいろと知っていた。そこで「王権神授」なる説を考えだし、この説のぐるりに一つずつあの「幸福《ビアティチューズ》」（マタイ伝第五章第三—十一節参照）という煉瓦《れんが》で城壁をめぐらした。——そしてその幸福を本来の善良な目的からもぎ取って、邪悪な目的の強化に役立てたのだ。彼女は（平民たちに向かって）謙譲や、目上の者に対する服従や、自己犠牲の美しさを説いた。彼女は（平民たちに向かって）侮辱の下での屈従を説いた。そして（さらにまた平民たちに向かって、いつでも平民たちに向かってなのだが）忍耐や精神の卑屈、圧制に対する無抵抗を説いた。そして彼女は、相続することのできる地位や階級なるものを採り入れ、地上のあらゆるキリスト教徒たちに対してこうした地位、階級の人びとに頭をさげ彼らを崇拝《すうはい》するようにと教えた。わたしの生まれた世紀に至っても、こうした病毒はいぜんとして全キリスト教徒の血の中を流れていた。そしてイギリスの平民の中でも最も立派な人物でさえ甘んじて見のがしていたのは、自分より下等な者たちが貴族だとか王位だとかといった数多くの地位をあつかましく持ちつづけているという事実であり、彼の国の奇怪な法律が彼にそうした地位への望みを許さなかったという事実なのだ。実際、彼はたんにこの奇妙な状態に満足していただけでなく、自分自身を説きふせてそれを誇りと思うように仕向けることさえできたのだ。見ていると、そうした状態に生まれ育てられさえすれば、我慢できないものなぞ何一つありはしないのだとでも言っているようなのだ。もちろんこうした病害は、つまり地位とか肩書きとかを崇拝する気風は、われわれアメリカ人の血の中にも流れていた。——そのことはわたしも知っている。しかしわたしがアメリカを発《た》つときには、すでにもうそんなものはなくなっていた。——少なくとも事実上はなくなっていた。あったとすれば、それは気《ジ》どりや《ユード》の男女だけに限られていた。病毒もその程度にまで落ち着いてくれれば、体内から消え去ったと言ってもさしつかえないだろう。

　しかしこの辺で話をアーサー王の王国におけるわたしのこの異常な立場へもどすことにしよう。わたしはこの国ではピグミー

族の中の巨人であり、子供たちの中の大人であり、知的モグラどもの中の最高の知的存在だった。あらゆる理論的尺度で測っても、わたしはこの全ブリテンの世界で唯一の、そして真に偉大なる、人物だった。それなのに実際には、わたしの生まれた時代のあの遠いイギリスとまったく同じように、羊の知恵ぐらいしかないノータリン貴族が、奴の先祖はある国王の妾《めかけ》の子だと主張できさえすれば、たとえその妾がロンドンの貧民窟《くつ》から古物で手に入れてきたような代《しろ》物《もの》であったとしても、その貴族のほうがわたしよりも立派な人物で通ったのだ。こんな人物がアーサーの王国ではおべんちゃらを言われ、みんなからうやうやしく崇《あが》めたてまつられていたのだ。たとえその男の性質が知能と同じように下劣であり、その品行も血統と同じように卑《いや》しくともだ。時にはそういう男が国王の前で腰をおろすこともできた。しかしわたしには許されないのだ（国王の面前で腰をおろす特権についてはマーク・トウェインの『王子と乞食』の中にも述べられている）。わたしだって肩書きを手に入れようと思えばしごく簡単にできた。そうすれば誰の目にもわたしは一躍にして上段に位して見えたことだろう。国王の目にもだ。肩書きをくれる国王の目にさえもだ。しかしわたしは肩書きなど要求はしなかった。やろうと言われたときにもそれを断わった。そんなものを嬉《うれ》しがることはわたしの日ごろの考えからしてできなかった。それに、とにかくそんなことをしたって正当なものとはならなかったろう。なぜなら、いくらわたしが過去にさかのぼっていっても、われわれの種族にはいつもバー・シニスター（楯の紋地に斜めに引いた帯線。庶子のしるし）が欠けていたからだ。わたしが本当にそして文句なしにいい気持ちになり、誇りに思い得意になれる肩書きがあったとすれば、それはただ一つ、国民自身から、つまり唯一の正当なる出所から、与えられる肩書きだけだった。そういう肩書きならわたしも手に入れたいと思った。そして、何年かのあいだ誠実なりっぽな努力をつづけているうちに、わたしは実際そうした肩書きを手に入れ、それを高く純粋な誇りをいだきながら身につけるようになった。この肩書きは、ふとしたことからある日、村で一人の鍛冶屋《かじや》の口から出たものだった。それがなかなかいい思いつきだということになって、口から口へと伝わり、みんな笑いながら賛成の一票を投ずることになった。それで十日もすると、その肩書きは国じゅうに広がってしまい、国王の名と同じくらいよく知られるようになった。それからというもの、わたしはそれ以外の呼び名では知られなくなった。国民たちのする噂話の中でも、また枢密院で行なわれる国政に関する厳かな討議の中でもだ。その肩書きというのは、現代の言葉に翻訳すれば、「ザ・ボス」ということになるだろう。国民によって選ばれた称号だ。わたしにはふさわしいものだった。そしてじつに崇高な称号だった。ほんらい普通名詞であるものを固有名詞として用いられる例はごくわずかしかないが、わたしはその中の一人となった。もし人が、公爵がとか、伯爵がとか、司教がとかと言った場合、それがいったい誰を指しているのか相手にわかるだろうか？　しかし王さまがとか、王妃さまがとか、ザ・ボスがとかと言った場合は、ちゃんとわかったのだ。

ところで、わたしは国王が好きだった。そして国王として彼に敬意を示した――つまりその職務に敬意を表したのだ。少なくとも、労せずして手に入れるような支配権などというものにこのわたしが敬意を示すことのできる程度には、敬意を表した。しかし人間としての王やその貴族たちに対しては、わたしは彼らを軽蔑《けいべつ》した――そっと心の内でだ。また、彼や彼らもわたしが好きだった。そしてわたしの職務に敬意を示した。しかし一個の獣としてのわたしには、家柄もなくいんちきな肩書きもないわたしには、彼らは軽蔑の目をむけていた。――そしてそにについては、とくに内密にしているわけでもなかった。だからといってわたしが彼らについて意見を述べ、その代償を要求したわけではなし、また彼らもわたしについて意見を述べ、その代償を請求したわけではない。勘定はたがいに貸し借りもなく、帳じりはちゃんとあっていて、誰もが満足していたのだ。

第九章 トーナメント

彼らはしょっちゅうこのキャメロットで大トーナメントをやっていた。たいそうにぎやかな、絵画的な、バカバカしい人間の闘牛といったものだったが、わたしのような実利的な人間にとってはいささか退屈なものだった。しかし、わたしはたいてい出席していた——それには二つの理由があった。人は、もしみんなから好かれたいと思ったら、友人や仲間の者たちが深く関心をもっていることがらに対してお高くとまっていてはならない——とくに政治家としてはそうだ、という理由と、もう一つは、事業家でもありかつまた政治家でもある者として、わたしはこのトーナメントを研究し、これに改良を加えることができぬものかどうか考えてみたかった、という理由からだ。それでいま話の途中で思いついたのだが、わたしが政務をとりだしてからイの一番にやった仕事は——そしてそれは政務担当の最初の日のことでもあったのだが——その仕事というのは特許局をつくることだった。というのは、特許局や立派な特許法のない国は、まるでカニのようなものでどうしようもなく、横ばいするか後退するしかないことを知っていたからだ。

さて万事が順調に進み、トーナメントもほとんど毎週のように行なわれていた。そしてときどき連中はわたしにも参加してもらいたいと言ってきた——連中というのはサー・ランスロットとかその他の者たちのことだ。——しかしわたしはいずれそのうちにと答えておいた。まだ急ぐことはない。なにしろあちこちの政治の機械に油を注《さ》して整備をし、動きだすようにしなければならなかったからだ。

あるとき開かれたトーナメントは毎日毎日、一週間以上もつづき、五百人にものぼる騎士たちがこれに参加した。初日から最後の日までだ。彼らは遠くから何週間もかけて集まってきた連中だった。馬に乗って、あっちからもこっちからもやってきた。この国の遠い果てからも、いや海の向こうからも、やってきた。そして多くの騎士が貴婦人を連れ、誰も彼もが従者や大勢の召使たちを連れていた。それは衣装行列という点から言えばまったく華やかな目のさめるような一群だった。そして、持ちまえのお国柄と時代性がじつにはっきりと見えた。あの意気さかんな動物的気性や、無邪気に使う下品な言葉や、道徳に対するのんびりとした無関心さの中にだ。闘いやら見物やらで一日が暮れ、毎日が過ぎていった。そして歌と賭博《とばく》と踊りと酒盛りとで夜の半分が毎晩すぎていった。こうして彼らはこのうえなく気高い時を送ったのだ。こんな連中をご覧になるのは初めてのことだろう。居並ぶ美しい貴婦人たちが、粗野なけばけばしい衣装に光り輝きながら、見物しているものといえば、それは騎士が矢来の中で馬から落ちて倒れる光景であり、踝《くるぶし》ほどもある太い柄の槍《やり》で背中まで突き貫かれ、血を噴き出している場面なのだ。しかも彼女たちは気絶するどころか手をたたき、もっとよく見ようとたがいに押しあいへしあいをするのだ。ときには、わっとばかりにハンカチに顔をうずめ、これ見よがしに悲嘆にくれる者もあった。しかしそんなときには賭金《かけきん》を倍にしてもいいくらい確かなことだが、必ずそれにはどこかにスキャンダルがあるのであって、彼女が気をもむのは、世間がまだそのスキャンダルに気がついてくれていないのではなかろうか、ということだったのだ。

夜の騒ぎは、ふだんならわたしを悩ましたろうと思われるのだが、今のような状況ではそれも苦にはならなかった。というのはこの騒ぎのおかげで、やぶ医者たちが脚や腕を昼間の試合で傷《いた》めた者たちから切り取るときのあの悲鳴が聞こえてこずにすんだからだ。医者たちはわたしがとても大切にしていた横引きの鋸《のこぎり》をだめにしてしまい、鋸挽《のこび》き台もこわしてしまったが、わたしは放っておいた。そしてわたしの斧《おの》はどうかといえば——いや、今度、外科医に斧を貸してやるときは、十九世紀になってからにしようと思った。

わたしはこのトーナメントを毎日観察しているだけでなく、わたしの作った公衆道徳省兼農林省から頭のいい坊主を一人選抜して、試合のもようを報告するように命令した。というのは、いずれそのうちにと考えていたことなのだが、みんなをある程度のところまで引っぱっていったら、新聞を発行してやろうと思っていたからだ。新しい国で第一に必要なものは特許局だ。それから学校制度を作りあげる。そしてそのあとは、新聞の発行だ。新聞にはいろいろと欠点がある。それもかなり多くの欠点だ。しかしそんなことは問題ではない。新聞は死んだ国民に対する墓場からの呼びかけなのだ。このことを忘れてはいけない。それがなければ死んだ国民をよみがえらせることはできないのだ。いかなる方法もないのだ。そこでわたしはいろいろと見本をとって、いざ新聞が必要になったときにどんな種類の新聞記事がこの六世紀の社会から掻《か》き集められるか見たいと思ったのだ。

しかし、その坊主はわりによくやった。こまかなことを逐一あつめてきた。それは地方新聞にはいいことだ。というのも彼はもっと若かったころ、自分の教会の葬儀部で帳簿をつけていたことがあって、そこでは、ご承知のように、金額がこまかにつけられるわけなのだ。こまかければこまかいほど、不正利得は多くなる。棺桶《かんおけ》のかつぎ代、供人《ミュート》代、ロウソク代、祈禱《きとう》代――なにもかも勘定に入っている。そしてもし遺族が祈禱代にあまり金を出さないようなときには、ロウソク代をつりあげたりして、請求書はちゃんと体裁よく見えるようにするのだ。それにまた彼は、ある騎士についてはあちこちとお世辞の文句をさしはさむコツを心得ていた。広告でも出しそうな騎士――いや、つまり、はばをきかしているような騎士についてはだ。それにまた、ものを誇張するすばらしい才能ももっていた。というのは若いころ、ある信心深い隠者の門番をしていたことがあったからで、その隠者というのが豚小屋に住んでいていろいろと奇跡を行なっていたからなのだ。

もちろんこの見習記者の報告にはエイッ、ヤーッ、ズブリ式の生々しい描写はなかった。だから本当の音色には欠けるところがあった。しかしその古くさい言葉の使い方は風変わりでおもしろみがあったし、美しく簡素でこの時代の香りにみちていた。そしてこれらのささやかな長所のおかげで、もっと重大な事柄の不足をある程度おぎなっていた。ここにその抜粋をお目にかけよう。

次に諸島《もろじま》のサー・ブライアンとグラモー・グラモサムとの城側の騎士、サー・アグロヴェイルとサー・トーとを相手に渡りあう。しかしてサー・トー、サー・グラモー・グラモサムを馬上より大地に突き落とす。次に悲しみの塔のサー・キャラドスとサー・タークウィンとの城側の騎士きたりてガリスのサー・パーシヴァルとガリスのサー・ラモラクとの二人の兄弟に出会う。サー・パーシヴァルはサー・キャラドスと渡りあい、双方とも己が槍《やり》を手元近くまで微塵《みじん》に砕く。サー・タークウィンはサー・ラモラクと渡りあい、たがいに相手を人馬もろとも大地に突き倒す。しかして双方たがいに援《たす》けあい、ふたたび馬上の人となる。次にサー・アーノルドとサー・ゴーターとの城側の騎士、サー・ブランデレズとサー・ケイとに出会う。これら四名の騎士、激しく渡りあい、己が槍を手元近くまで微塵に砕く（マロリーの『アーサーの死』第七巻第二十八章から引用したもの。マロリーにはこの次に数行の記述があるが、マーク・トウェインはそれを省略している）。やがてサー・ペルトロープ、城から出できたりしサー・ライオネルと出会う。しかして緑の騎士サー・ペルトロープ、サー・ラーンスロットの弟（従弟、あるいは甥ともいわれる）サー・ライオネルを馬上より突き落とす。すべてこれ気高き伝令たちによりて記録される。いずかたの騎士の振舞いがひときわ高くあっぱれであったか、またいずれの騎士といずれの騎士とが己れの名にふさわしき働きをなしたるかと（この次にも数行の省略がある）。やがてサー・ブレオベリス、サー・ガレスに槍を砕く。されどその一撃のためかえってサー・ブレオベリスが馬上より大地に落ちる。サー・ガリホーディン、それを見るや、サー・ガレスに向かってそのまま拙者と闘い候らえと呼ばわる。すなわちサー・ガレス、サー・ガリホーディンを馬上より大地に突き落とす。これを見たサー・ガリハド、槍をおっとり兄の仇《かたき》を討たんとする。されどこれまた同様にしてサー・ガレス、相手を馬上より突き落とす。つづいてサー・ディナダン、その兄のラ・コート・マル・タイユ、サー・サグラムア・ル・デジルース、サー・ドディナス・ル・サヴァージュ、かかる騎士たちをすべてサー・ガレスは一振りの槍をもって馬上より突き落とす。アイルランドのアグウィサンス王、サー・ガレスのかかる奮闘の様を見るや、いったい何者ならんと驚き怪しむ。ある時は緑色に見え、次にまた姿を現わす時には青色にも見えし故なり。かくのごとくかなたこなたへと馬を進めるたびごとに、己が姿の色を変えれば、王も騎士もすぐにはその騎士をサー・ガレスと知ることあたわず。しかしてアイルランド王サー・アグウィサンス、サー・ガレスと渡りあえば、すなわちサー・ガレス、鞍《くら》もろとも王を馬上より突き落とす。つづいてスコットランドのカラドス王きたれど、サー・ガレス、これを人馬もろとも突き倒す。次に入り来たるはサー・バグデメイガス。サー・ガレスはこれまた人馬もろとも大地に突き倒す。しかしてバグデメイガスの嫡男メリゲイナス、サー・ガレスに対して槍を砕く。その様まことに激しく、かつ騎士にふさわしきものなり。次に気高き領主サー・ガレホート、大音声《だいおんじょう》に呼ばわっていわく。やあやあ、さまざまの色なせる御《おん》騎士、あっぱれなる槍の腕前。いざご用意めされよ、某《それがし》がお相手もうさん。サー・ガレスそれを聞くや、太柄《ふとえ》の槍をおっとり、双方たがいに渡りあえば、領主、己が槍を砕く。サー・ガレス、領主のつけたる兜《かぶと》の左側を激しく突く。ために領主の体はこなたあなたへとぐらつきはじめ、あわや馬上より落ちんとするところを、ようやく家来の者たちに助けられる。まことに、とアーサー王ののたまいける、あのさまざまの色なせる騎士こそあっぱれなれ。すなわち国王サー・ラーンスロットを呼び寄せ、くだんの騎士との一戦を所望する。恐れながら、とラーンスロットの言うよう、今日はこのまま捨ておくことこそよろしかるべし。かの騎士、今日はすでに十分の働きをいたしおります。すぐれたる騎士がその日あっぱれなる働きをいたしましたならば、その栄誉を妨害いたすはけっして武士たるもののなすべきことではございませぬ。とくにそのあっぱれなる働きを目の前に拝見いたすときはなおさらのこと。と申しまするのは、おそらく、とサー・ラーンスロット言葉をつづけ、あの騎士の競い求める女性が今日この会場にいるからでございましょう。そしておそらくあの騎士はここに列席の方々の中で、この貴婦人から最も深く思いを寄せられているからでございましょう。わたくしにはあの騎士が懸命に真剣に立派な働きをしようとしているのがよくわかるのです。それゆえ、とサー・ラーンスロット言葉をつづけ、わたくしとしては今日はあの騎士に栄誉を得させてやりたいのです。たとえわたくしのほうが腕がすぐれていて、その栄誉を阻むことができましょうとも、わたくし、そのようなことはいたしたくございませぬ。

その日、ある不愉快なつまらぬ事件が起こった。しかしわたしは国益のためにその事件のことは坊主の記録からはずしておいた。すでにお気づきのことと思うが、当日の試合ではガリーの奴がめざましい闘いぶりをしていた。ガリーの奴というのはサー・ガレスのことだ。ガリーはわたしが奴につけてやったわたしだけのペット・ネームなのだ。これを見てもわたしが奴に深い愛情を寄せていることがおわかりだろう。そして、まさにそのとおりだった。しかしガリーというのはわたしだけがひそかに使うペット・ネームだったから、けっして人前で声に出して言ったことはないし、まして本人に向かって言ったこともなかった。奴は貴族だったから、わたしからそんな呼ばれ方をしてなれなれしくされることには耐えられなかったろう。ところで、話をすすめることにしよう。わたしは、わたし専用のボックスにすわっていた。国王直属の大臣として特別に作られた席だ。サー・ディナダンは矢来に入る順番を待っているあいだに、ここへやってきて腰をおろし話をはじめた。彼はしょっちゅうわたしに近づこうとしていた。というのもわたしがよそ者だからあのお得意の冗談を売りこむ新しい市場を獲得したいと思ったからなのだ。なにしろ彼の冗談ときたらそのほとんどがもう使い古しのひどいものだったから、聞き手のほうはうんざりした顔をしていて、本人だけが自分でむりに笑わなければならない代物《しろもの》だった。わたしはいつも、彼の努力にはできるだけ上手に応《こた》えるようにしていた。そして彼に対してはじつに深い真の親切さをも感じていた。というのも、運命のいたずらからか、彼がある特別な冗談を仕入れてくると、じつはそういうものに限ってわたしがこれまでにいちばんよく聞き、いちばんうんざりし、いちばん嫌っているような冗談なのだが、とにかく彼はそれをわたしのためにとっておいてくれたからだ。それは、コロンブスからアーテマス・ウォード（アメリカのユーモア作家〔一八三四―六七年〕。マーク・トウェインの親友）に至るまでおよそアメリカの大地に立ったことのあるユーモラスな人物なら誰もが口にしたことがあるとさえ言われているような冗談だった。それはあるユーモラスな講演者についてのもので、その講演者は無知な聴衆に向かってじつに滑稽《こっけい》な冗談を一時間あまりも聞かせてやった。ところが誰ひとり笑ってくれる者がいなかった。それで話が終わって出て行こうとすると、白髪まじりのトンマどもが数人やってきて、彼の手を感謝しながらかたく握りしめてこう言った。あんなおもしろい話は聞いたことがない、「みんなやっとのことで抑《こら》えておりました。さもなければ人前もかまわず大笑いをするところでした」この冗談はこれまで語るにふさわしい日を見たためしがなかった。しかもわたしはこの冗談をもう何百回となく、何千回となく、何百万回となく、何十億回となく聞かされ、そのたびに大声をあげ、ののしっていたのだ。だからもうおわかりのことと思うが、わたしの感情は大変なものだった。なにしろこの装甲板を張りめぐらしたロバ野郎が、またしてもその冗談を話しはじめたからだ。しかも伝統の暗いうす明かりの中で、まだ歴史の夜明けもおとずれぬというころにだ。ラクタンティウス（ローマの護教家。キリスト教のキケロといわれるほどの名文家。〔二六〇？―三四〇年〕）だって「故ラクタンティウス」と呼ばれてもいいころだし、十字軍が生まれるにも（十一―十三世紀）まだ五百年もあるというころにだ。彼がちょうど話し終わったとき、呼び出しの小姓がやってきた。すると彼は悪魔のように高笑いをしながら、がらがら、がちゃがちゃ音をたてて出ていった。その音たるやまるで鋳物《いもの》の板箱のようだった。そして、わたしにはそれから先のことはいっこうにわからなかった。数分たってふとわれに返り、目をあけて見ると、ちょうどサー・ガレスが彼に猛烈な一撃をくらわしているところだった。そこでわたしは思わずこう叫んだ、「へん、いい気味だ、あんな奴、殺されちまえばいい！」ところが運悪く、この言葉を半分も言い終えぬうちにサー・ガレスはサー・サグラムア・ル・デジルースに突っかかって行って、彼を馬の尻《しり》のかなたへ、どうとばかりに突き落としてしまった。そのうえ、サー・サグラムアはわたしの言葉を耳にして、それが自分に向かって言われたのだと誤解してしまったのだ。

ところで、こういう手合いはいちど思いこんだら最後、もう二度とその考えを取り除くことなどできるものではない。わたしはそのことを知っていた。だから黙ったまま、あえて弁解しようとはしなかった。サー・サグラムアは体の傷が治ると、わたしのところへ人をよこして、二人のあいだで解決したいちょっとした事柄があるからと言ってきた。そして三、四年後のある日を指定し、決着の場所は、彼が侮辱を受けたこの矢来の中とするからと指定した。わたしは、彼がもどってきたらお相手しようと言ってやった。というのは彼は聖杯《せいはい》探求に出かける予定だったからだ。ここの連中はみんなときどき聖杯とやらの投機に手を出していた。それは数年にわたる旅行なのだ。いつも長いこと暇をもらってあちこちとうろつきまわり、じつにたんねんに探すのだが、そのくせ連中の誰ひとり聖杯が本当にどこにあるのか知りはしない。おそらく、そんなものが見つかるなんて誰も実際に思ってはいないのだろうし、たとえ偶然みつけたとしても、それをどうしたらいいのかわからなかっただろう。なぜなら、それはいわば、当時の「北西航路」（北大西洋から北米の北岸に沿って太平洋に出る航路。多年北洋探検家の夢であった。後にアムンゼンが発見することになる）みたいなもので、ただそれだけのことだったからだ。毎年、探検隊が聖杯探しに出かけていった。そして次の年には救援隊が彼らを捜しに出かけていった。そのことの中に名声の世界があるのであって、金銭の問題ではなかった。驚いたことに、連中はわたしにもそれをしてもらいたいなどと本気でぬかしやがった！　バカバカしいったらありゃあしない。

第十章　文明のはじまり

円卓の騎士たちはすぐに挑戦の噂《うわさ》を耳にした。そしてもちろん、その挑戦はいろいろと論議された。こういうことは連中の興味を大いにひくことだったからだ。王もわたしがすぐに冒険を求めて修行の旅に出たほうがよいと考えた。旅へ出れば名声を博し、数年の歳月が流れるころにはそれだけサー・サグラムアと渡りあうのにふさわしい腕前になっているだろうからと言うのだ。わたしは、いましばらくはおゆるしいただきたいと言った。仕事をきちんと整備し、円滑にことが運ぶようにするにはまだ三、四年はかかるので、そのころになれば出発の準備もできるだろうし、たぶんそのころになってもサー・サグラムアのほうはまだ聖杯探求の旅をつづけているであろうので、わたしが出発を延期したところでべつに貴重な時間が失われることはないだろう。そうすればわたしのほうは六、七年在職することになるので、きっとわたしの作った組織や機構も十分に開発されていよう。そしてわたしが休暇をとっても、それによって支障のおきるようなことは何もなくなるだろうから、と言ったのだ。

わたしは、自分でこれまでやりとげた仕事にじゅうぶん満足していた。あちこちの、静かな人目につかぬ場所で、あらゆる種類の産業をはじめていたのだ——それは将来の巨大な工場の土台であり、わたしの計画している未来の文明の鉄と鋼の伝道師なのだ。こうした工場に、頭のいい若者たちが集められた。わたしが見つけることのできたいちばん頭のいい連中だ。そのうえわたしは係りの者を派遣して国内をすみずみまで探させ、さらに多くの若者をいつも集めさせるようにした。そして大勢の無知な者たちを訓練して専門家に仕立てあげていた――あらゆる種類の手工業的仕事や科学的仕事の専門家だ。こうしたわたしの養成場は順調に運営された。しかもこっそりと、人目につかぬ奥まったところで、誰にもわずらわされることなく行なわれたのだ。というのも誰ひとり特別の許可なしにはこれらの養成場の構内に立ち入ることは許されなかったからだ。――それというのも、わたしは「教会」を恐れたからなのだ。

　わたしは最初に教員工場を一つと、たくさんの日曜学校とを開設していた。その結果として、いまではすばらしい組織の小学校がいくつもそういった場所でさかんに活躍しており、またあらゆる宗派のプロテスタント教区もみな順調に繁栄し、発展していた。誰でも、自分の好きな宗派のクリスチャンになることができた。その点に関しては完全な自由があった。しかしわたしは公の宗教教育は教会と日曜学校だけに限り、わたしの他の教育施設では絶対に許さなかった。わたしの直属の部課の者たちにわたしの好む宗旨を与え、みんなを長老教会派《プレズビテアリアン》にしようと思えば、苦もなくできたのだが、そんなことをすれば人間性の法則にもとることとなるだろう。精神的な欲望や本能というものは人によってさまざまに違う。それは肉体的な嗜好《しこう》や顔色や目鼻立ちが人によって違うのと同じだ。だから人間が、道徳的に、最高の状態にあるのは、その者が宗教的な衣を身につけたとき、その衣の色、形、大きさがその衣を身につける本人の精神的な顔色や姿形や背丈にきわめてしっくりと合っているとき以外にはないのだ。それにわたしは、統一された場合の「教会」を恐れていた。そんなことになればすごい権力を持つようになる。思いも及ばぬような絶対の権力を持つようになる。そしてそれがやがて利己的な者の手に渡れば、それはいつだって必ずそのようになるのだが、人間の自由にとって死を意味することになり、人間の思想にとって麻痺《まひ》を意味することになるからでもあった。

鉱山はすべて宮廷の財産だった。そしてそれはかなり多くあった。以前はそれを掘るにも、未開人がきまってやるような方法で採掘していた。――つまり地面に穴を掘り、掘り出した鉱石は革の袋に入れて手で運び上げるのだ。したがってその量も一日一トンの割合にしかならなかった。しかしわたしはその採鉱をできるだけ早く科学的基礎の上にのせようとしはじめていたのだ。

そうだ、わたしの仕事はこうしてじつにすばらしくはかどっていた。ちょうどそんなときにサー・サグラムアの挑戦がわたしになされたのだ。

四年の歳月が流れた。――そしてその結果はどうなったか！　それはとても想像できますまい。無限の権力というものは、それが安全な者の手の中にあるときは、たしかに理想的なものだ。だから天上における専制政治は絶対に完全な政治形態をなしている。地上における専制政治だって絶対に完全な政治形態をとることはできる。ただしその場合は条件が天上の場合と同じだったならばの話だ。つまりその専制君主が、人類の中で最も完全な人間であり、かつその寿命が永遠に続くという場合はだ。しかしいくら完全な人間でも、そのはかない生命はいつかは消えてしまい、彼の専制政治は不完全な後継者の手にゆだねなければならなくなる。そうすれば地上の専制政治はただたんにおもしろからぬ政治形態となるばかりでなく、最悪の形態ともなってしまう。

わたしの仕事を見れば、専制君主が国の資源を自分のほしいままにした場合、どんなことができるかがはっきりとわかる。この暗黒の世界から少しも疑われることなしに、そのすぐ鼻先でわたしは十九世紀の文明を開化させていたのだ！　なるほどその文明は大衆の目からは見えぬように垣根ではりめぐらされてはいたが、それでもやはり存在していたのだ。巨大な侵すべからざる事実が——もしわたしが生きながらえて幸運にめぐまれれば、これから後もその便りを聞くことのできるような事実が、存在していたのだ。文明はそこにあった。それは確かな事実であり、実体のある事実だった。ちょうど休火山のようなものなのだ。噴煙もあげずにその頂を青空に向けて、そしらぬ顔で立っているのだ。中で湧きたつ地獄の炎もまったく見せずに立っているのだ。わたしの作った学校や教会は四年前にはまだほんの子供だった。しかし今ではすっかり大人になっていた。当時の仕事場も今では巨大な工場となっていた。そのころは十二、三人だった訓練生も今では千人にものぼっている。当時すばらしい熟練工はたった一人だけだったところに、今では五十人もの熟練工がいるようになったのだ。わたしは、言わば片手をコックの上において立っているのだ。そのコックをひねればいつでも真夜中の世界を光で

充《み》たすことができる状態にあるのだ。しかしわたしはこれをそのように不意にやるつもりはなかった。それはわたしの主義ではなかった。そんなことをすれば国民は耐えることができなかったろう。そのうえ、たちどころに「国教化したローマカトリック教会」をわたしは背負いこむことになったはずだからだ。

それはとんでもないことだった。そこでわたしはいつも用心して行動していた。秘密工作員をこしらえて、ときどきそれを国じゅうに忍びこませた。彼らの任務は騎士制度の屋台骨を少しずつ削りとることと、ありとあらゆる迷信を少しずつでも取り除いてゆくことで、こうすることによって徐々に道を切りひらき、よりよい社会の秩序を求めようとしたのだ。わたしは文明の光を一度に一燭光《しょっこう》ずつ明るくしてゆくようにした。そしてそれをずっと続けてゆくつもりだったのだ。

わたしはいくつかの分校をひそかに国内のあちこちに作っておいた。そしてそれらはなかなかうまくいっていた。こうした仕事は、時がたつにつれて、ますますふやしてゆくつもりでいた。しかしそれはもしわたしを怯《おび》えさせるようなことが何も起こらなかったならばの話だ。わたしがいちばん深くかくしている秘密の一つは、わたしのウエスト・ポイント（ニューヨーク市の北方、ハドソン河畔にある軍用地。陸軍士官学校がある）――つまりわたしの陸軍士官学校だった。これだけは非常に気を配って人目につかないようにした。また同じようにしてわたしの海軍士官学校も人目につかぬようにした。遠く離れた港に創設したやつだ。両方ともわたしが満足する程度にうまくいっていた。

クラレンスももう二十二歳になっていて、わたしの最高業務執行官、つまりわたしの右腕となっていた。彼はなかなかうい奴だった。何をやらせても立派にやってのけた。彼が手の出せぬものは何もなかった。それで近ごろでは彼にジャーナリズムの訓練をしていた。というのはもうそろそろ新聞を始めてもいいころだと思えたからだ。べつに大きなやつを作るわけではなく、ほんの小さな週刊紙《ウィークリー》ていどのもので、わたしの文明育児施設で試験的にくばるぐらいのものだ。クラレンスはアヒルのように喜んでこの仕事に飛びついた。彼の中にはまさしく編集長がひそんでいるようだった。すでに彼はある点では己れを二倍もの人物にしていた。六世紀を語りながら十九世紀を書いていたのだ。彼のジャーナリスティックなスタイルは着実にのびていた。すでにアラバマの辺鄙《へんぴ》な開拓地くらいの水準まできていた。そして内容といい、風味といい、その地方の編集記事と区別できぬくらいのものになっていた。

われわれは、もう一つ大きな事業を始める計画をもっていた。それは電信と電話だ。この方面ではわれわれの最初の冒険的事業だ。電信も電話もいまのところ個人用だけにして、もっと機の熟すまで非公開にしておかねばならなかった。われわれは一団の人間を道路に配置して、もっぱら夜のうちに工事をさせた。配線も地中に埋めるようにした。電柱は立てたくなかったのだ。立てれば何やかやと問い合わせがくるにきまっているからだ。地下線はどちらの場合にもじつに好都合だった。というのもこの電線は私自身が発明した完全な絶縁材で保護されていたからだ。部下たちにはこんな命令を与えておいた。まず野原をつっきってどこまでも進め、街道はさけろ、そしてちょっとした大きさの町があったらそこと接続しろ、町のありかはその町の明かりでわかるはずだ。そして後のことは技師にまかしてまた進んでゆくのだ、と。この国ではどこへ行くにもその道を教えることのできる者はいなかった。誰ひとり目標をたててそこへ行くというようなことをしたことがなく、ただ、ぶらぶらと歩いているうちにたまたまそこへ出るといったぐあいで、それにたいてい、そこを立ち去るときにも、その町の名が何というのか尋ねてみようともしなかったからだ。いろいろのおりにわれわれは地形調査隊を派遣してこの国の地理を調べ、地図を作らせようとした。しかし坊主どもがいつも邪魔をしてごたごたを引き起こしていた。それでその仕事は当分のあいだ諦《あきら》めることにした。教会に対抗するのはあまり利口なことではないように思われたからだ。

国内の一般の状態はどうかといえば、それはわたしが到着した当時とほとんど変わっていなかった。わたしもいろいろと改革したが、それはもちろん微々たるもので、人目をひくほどのものではなかった。これまでのところ、税制については手をつけていなかった。つけたのはただ宮廷の歳入をまかなう税金だけだ。この方面の税金だけはわたしも組織化してその制度を有効かつ公正な基盤の上においていた。その結果として、この歳入はすでに四倍にもなり、しかも納税の負担は以前よりもずっと均等に割りあてられることになった。そのため国民はみなほっと安堵《あんど》の胸をなでおろした。だからわたしの行政に対する称賛は心からのものであり、国民一人一人からのものだった。

わたし個人はどうかといえば、ようやくわたしも仕事を中断することにした。しかし心配はなかった。今がいちばんいい機会だったからだ。もっと以前だったら、わたしは当惑したかもしれないが、今なら万事がしっかりとした者たちの手に託されていて、すいすいと調子よく運んでいたからだ。王も最近は何度となくわたしに注意をうながし、四年前にわたしが頼んだあの延期がそろそろ切れるころだがと言っていた。それはこういうことをにおわせているのだ、つまりわたしが冒険を求めて出発し、力量の点でも名をあげて、サー・サグラムアと一戦を交えるその栄誉にふさわしい人物になっておくべきだ、サグラムアはまだ聖杯探求に出てはいるが、何組かの救援隊が捜しに行ったからやがて近いうちに見つかるだろう、というのだ。だからおわかりのことと思うが、わたしもちょうど仕事を中断しようと思っていたときだったから、その話を聞いても不意打ちをくらったというわけではなかった。

第十一章　冒険を求めるヤンキー

この国くらい嘘《うそ》つきどもの渡り歩く国はなかった。しかもその嘘つきどもは男ばかりでなく女もいたのだ。ひと月たつかたたぬうちにまたぞろ次の流れ者がやってくる。そして、たいていこんなホラ話をもってくるのだ。つまり、どこかのお姫さまか誰かがどこかの遠い城から救い出してほしいと願っている。ある無法なならず者のために、そしてそれはいつも巨人ということになっているのだが、捕えられてその城に閉じこめられているからだ、というのだ。こんなとき人は誰だって思うだろう。王さまはまったく見も知らぬ他国の者からそんな話を聞かされたのだから、まず第一にしなければならぬことといえば信任状の提示を求めることだろうと。――そうです。そしてその次には城のありかについて何か手がかりになるようなものを一つ二つ、それに城への近道、などなどを尋ねることだろうと。ところが誰ひとり、これほど単純で常識的な事柄さえ考えた者はいないのだ。いないどころか、誰も彼もみんなこういう嘘つきどもの話をそっくりそのまま真《ま》にうけて、どんな種類の質問もしなければ、また質問らしい話さえもしたためしがなかった。ところで、ある日、わたしの留守のあいだに、そういう手合いの一人がやって来た――今度のは牝の嘘つきだ――そして型どおりいつもの話をした。その女の主人がある大きな薄暗い城の中に閉じこめられているのだが、その主人といっしょに四十四人もの年若く美しい乙女たちも捕えられていて、そのほとんどが王女だというのだ。そしてこの悲惨《ひさん》な囚《とら》われの身のままもう二十六年もの歳月を送っている。城の主《ぬし》というのは三人の化け物のような兄弟で、それぞれ腕が四本もあり、しかも目玉は一つしかなく――その目も額のまんなかについていて、果実のように大きな目玉なのだというのだ。どんな種類の果実かは言わなかった。この点、連中はいつも統計学上、だらしがないのだ。

ところが、とても信じられぬことだが、国王も並み居る円卓の騎士たちも、このとてつもない冒険の機会を知ると有頂天になった。円卓の騎士たちは誰も彼もこの話にとびつき、どうか自分に行かせてくれと願い出た。しかし一同がくやしがり残念がったのは、王がその機会をわたしに授けたことだ。そんなもの一度も願い出たおぼえのないこのわたしにだ。

ほんのちょっぴり努力するだけで、わたしは自分の喜びなるものを抑えることができた、クラレンスがその知らせをもって来てくれたときにだ。しかし彼は――彼のほうは喜びを抑えることができなかった。彼の口は喜びと感謝との言葉をたてつづけに噴出させた。――喜びというのは、わたしが運がいいということからだそうで、感謝というのは、王に対するものであって、王がわたしに特別目をかけてくれているからこそ、このようなすばらしいご下命があったのだというのだ。クラレンスは脚も胴体もじっとさせていることができなかった。そしてそこいらじゅうを爪先で旋回しながら踊りまわり、夢のような幸福感にひたっていた。

わたしにしてみれば、こんな恩恵を授けてくれた親切には悪態をついてやりたかったが、政策上、心のいらだちは表面には出さず、できるだけ嬉《うれ》しそうな顔をしてみせた。いや、みせたばかりか、嬉しいぞと口に出してまで言ってやったのだ。そして、ある意味ではそれは本当だった。頭の皮をはがれるときのように嬉しかった。

ところで、人間は何事もいさぎよく諦めるのが肝腎《かんじん》で、いつまでもくよくよして時間を浪費してはいけない。心を落ち着けて仕事にとりかかり、何ができるか、それを見なければいけないのだ。どんな嘘にだって、その籾殻《もみがら》の中にまだ実のついているやつがあるものだ。今度の場合も、その籾を見つけ出さなければいけない。そこでわたしは人をやって女を呼びよせた。女はすぐにやって来た。顔立ちの整ったかなりの美人で、物腰もやわらかく、控え目だった。しかし、見てくれがどんなに役に立ったって中身のほうはかいもく埒《らち》があかなかった。まるで婦人用の時計みたいなものだ。わたしはこう言った――

「ねえ、あなたは今までに細かな点について質問されたことがありますか？」

彼女は、ないと言った。

「そうでしょう、わたしもそうだと思っていましたが、念のため伺っておきたいと思いましてね。わたしはこんなふうに育てられてきたもんですからね。さてと、どうか悪くとらないでくださいよ、いいですか、わたしたちはあなたを知らないのですから、少しばかりゆっくりと話を進めていかなければなりません。もちろんあなたは怪しい人間ではないでしょう。わたしたちもそう思います。しかしそれを当然のこととするのでは仕事になりません。その点あなたにもご理解いただけましょう。そこで二、三お尋ねしなければならないわけです。どうか、はっきりと正直に答えてください。そしてなにもこわがることなんかないのです。では、あなたはどこに住んでおられますか、お家においでのときですが？」

「モーダー領でござりまする」

「聞いたことのない所ですな。ご両親は健在ですか？」

「そのことにつきましては、いまなお存命か否か、わかりませぬ。わたくしが城に閉じこめられましてから、もう幾歳《いくとせ》もたっておりますゆえ」

「あなたのお名前は？」

「アリサンド・ラ・カルトルワーズ姫と申しまする」

「ここにいる人で、あなたの身元を証明できる人を誰かご存知ですか？」

「いないと存じます。わたくし、この地へ参りましたのはこのたびが初めてでござりますゆえ」

「何か書状をお持ちになりましたか――何か書類を――あなたが信頼のできる誠実な方であるということを証明するような証書ですが？」

「いいえ、何もござりませぬ。どうしてそのようなものが必要でござりましょう？　わたくしには舌《した》がござります。その舌で何もかも申し上げることができます」

「しかしあなたがおっしゃることとですね、ほかの人が言うということとでは話が違うのです」

「違う？　どうしてそのようなことがござりましょう？　わたくしにはわかりかねます」

「わかりかねます？　こりゃあなた——だって、いいですか——ええっ——まったく驚いたもんだなあ、こんなつまらんことがおわかりにならないんですか？　話が違うんですよ、あなたがおっしゃる——呆《あき》れたねえ、そんなおっとりとした、あほうみたいな顔をして！」

「わたくし？　本当に知らないのでございます。神さまの御意《みこころ》だということのほかには」

「そうそう、そんなところが実状でしょう。わたしはいきり立っているように見えるかもしれ

ませんが、気にしないでください。いきりたってなんかいませんから。

話題を変えましょう。で、その城とやらのことですが、四十五人も王女さまがいて、三人の鬼がその城の主となっているそうですな。それで、なんですか——そのハレムはどこにあるのですか？」

「ハレム？」

「城のことです、おわかりでしょう。その城はどこにあるのですか？」

「はい、城のことでございましたら、それは大きく、頑丈で、見るからに立派なお城でございます。そして遥《はる》

か遠い国にございます。ええ、ここから何リーグも先でございます」

「実際には何リーグありますか？」

「さあ、それはとても申し上げられませぬ。何リーグも何リーグもございまして、後から後からとつづいているからでございます。それに、みな同じ景色になり、色あいも同じようなものでございますから、どこからどこまでが一リーグやら見当もつきませぬし、数えるすべもございませぬ、一つ一つ切り離すことができればよろしゅうございましょうけれども。そしてあなたさまもよくご存知のように、それは神さまの御業《みわざ》なのでございます。人間の力の及ぶところではございませぬ。なぜと申しますなら、あなたさまにもおわかりのように――」

「ま、待ってください。道程《みちのり》のことはもうけっこうです。で、城はどの辺に立っているのですか？　ここからはどの方角にあたりますか」

「はい、失礼ながら、ここからはどの方角にあたるわけでもございませぬ。と申しますのも、道はまっすぐに通じてはおらず、いつも曲がりくねっているからでございます。それゆえ、その場所の方角は一定ではなく、あるときはこちらの空の下にあるかと思えば、あるときはまたあちらの空の下にあるといったぐあいなのでございます。東のほうにあるかと思いそちらへ進んでまいりますと、道筋は半円を描いてまたもとの方角へもどってしまうのでございます。そしてこのような不思議が二度も三度もそして四度もと起こるうちに、ようやく気がついて後悔いたすのでございます。ああ、自分は心のおごりによって神さまの御意を妨げ、せっかくの御意を無に帰そうとしていたのだなと。神さまはけっして城への方角をお示しにはなりませぬ、それが神さまの御意にかなう場合はべつでございまするが。そして御意にかなわぬときは、なおさらのことでござります。すべての城も、そこへの方角もみな地上から消えて、それらの跡を荒涼とした、空虚な土地にしてしまい、かくして人びとに戒めを与え、神さまの御意のあるところには御意を、御意のないところには神さまも――」

「いや、わかりました、わかりました、ちょっと休みましょう。方角のことはもうけっこうです、方角なんかくそくらえだ――いやこれは失礼、大変失礼しました。今日は体の調子がよくないものですから。わたしが独りごとを言っても気になさらないでください。独りごとは昔からのくせなんです。昔からの悪いくせでしてね、それになかなか治せんのです、自分が生まれるずっと以前に飼育されていたものを食べて胃の調子がすっかり狂っちまったようなときにはね。まったく！　体ぜんたいがおかしいんですよ、なにしろ、千三百年前のひな鶏を喰《く》ってるんですからな。それにしても――いや、そんなことはどうだっていい。それではと――そのあたりの地図《マップ》のようなものをお持ちですか？　いい地図《マップ》さえあれば――」

「それはたぶん、ついさきごろ異教徒たちが海のかなたから持ってきたものでござりましょうか、油で揚げて、それにタマネギと塩とをまぜますと――」

「なんですって、地図がですか？　あなたは何の話をされているんです？　地図って何のことかご存知ないんですか？　いえ、いえ、けっこうです。ご説明には及びません。解説は苦手ですから。なまじ解説などされると、物事がぼんやりしてしまって、かえって何もわからなくなりますからな。ではお帰りください。さようなら。お見送りしてくれ、クラレンス」

うん、なるほど、これでかなりはっきりしてきた、どうしてここのトンマどもが、ああいう嘘つき連中にくわしい話をさせないかという理由がだ。あの娘だって彼女のどこかに真実をもっているかもしれない。しかしおそらくそれは動力ポンプを使ったって洗い出すことはできないだろうし、旧式な火薬を仕掛けたって取り出すことはできないだろう。ダイナマイトぐらいもってこなければだめだ。いやいや、彼女はロバもいいとこだ。それなのに王も騎士たちも、まるで福音書の一節を聴くように、あの女の言葉に耳を傾けていた。それを見ても連中がどの程度のものかわかる。それにこの宮廷の単純なやり方を考えてみるがいい。例の流れ者の女はいとも簡単に宮中の国王に近づいてきたが、その様子は十九世紀のアメリカの救貧院に入って来るときと少しも変わらぬような気やすさなのだ。事実、王はよろこんであの女に会ったし、よろこんで話を聴いた。そして、あのような冒険を提供しただけで女は大歓迎をうけた。まるで検死官に提供された死体のようにだ。

こんなことを考えながら、ふとわれに返ったところへ、クラレンスがもどってきた。わたしは、あの女からいろいろ聞き出そうとしてみたがうまくいかなかったことを話し、問題の城を探し出すのに役立ちそうな手がかりは何ひとつ摑《つか》めなかったと言った。若者はやや驚いたような、あるいは当惑したような、奇妙な顔つきをして、わたしが何のためにそんなことを聞きたがったのか不思議に思っていたところだと言った。

「えっ、こいつはタマゲた」とわたしは言った、「そりゃあ、城を見つけたいからさ。さもなきゃあ、どうやって城に行けるんだ?」

「いえ、そんなことはですね、誰だって簡単に答えられる、と思います。あの女はあなたといっしょに行くんですからね。みんないつもそうするんです。あなたといっしょに馬で行くんです」

「いっしょに馬で行くだと？　バカな！」

「でも本当にそうなんです。あなたといっしょに馬で行きます。いまにわかりますよ」

「何だって？　あの女がわたしといっしょに丘をぶらぶら越えたり森の中をほっつきまわったりするわけか——たった二人きりで——婚約でもしているみたいに？　いや、そいつは外聞のわるい話だ。世間の目にどんなふうに映るか考えてみろ」


ところがどうだ、そのとたんに恋人のなつかしい顔が目の前に浮かんできたではないか！　クラレンスはこの微妙な話を一から十までしきりに聞きたがった。そこでわたしは彼に秘密を誓わせ、それからそっと恋人の名前を教えてやった——「愛しのフラナガンと言うんだ」する と彼はがっかりしたような顔をした。そしてそんな伯爵夫人は聞いたこともないと言った。この下っぱの宮廷人が彼女に爵位をつけてみたがるのもそれはしごく当然だった。彼は、その人はどこに住んでいるのかと尋ねた。

「イースト・ハートフォー」わたしははっと気がついて、途中でやめた。いささかあわてぎみだった。それから、言った、「まあいいじゃないか。いつか教えてやるからね」

それにしてもクラレンスが彼女に会えるだろうか？　いつか会わせてやれるだろうか？　そ れはまったくはかない約束だった——千三百年かそれ以上さきの話なのだ——しかも彼はしきりに会いたがっている。そこでわたしは、いいともと言ってやった。しかしわたしはため息をついた。つかざるを得なかった。しかもため息をついたって、どうなるものでもなかった。なぜなら、彼女はまだ生まれていなかったからだ。しかし人間はいつもこんなふうに造られているんだ。感情のある所に理屈なんかありはしない。ただ感じるだけなのだ。

わたしの武者修行は、その日もその日の夜ももっぱらの噂《うわさ》になった。連中はやけに親切になり、わたしを大事にした。そしてあのいらだちや落胆のことなど忘れてしまったらしく、しきりとわたしがその鬼を捕えて、熟《う》れすぎた乙女たちを自由の身にしてやることを待ち望むようなふうを見せた。その熱の入れ方といったら、まるでこの仕事を請負ったのは自分たちだと言わんばかりの様子だった。いや、じつに連中はいい子だった――しかしまったくの子供で、ただそれだけなのだ。連中は、巨人を探し出す方法やそれを捕虜にする方法について、際限もなくいろいろとそのコツを教えてくれた。それからあらゆる種類の、魔法よけのまじないを教えてくれ、傷口につけるようにと膏薬《こうやく》やらそのほかのくだらぬものをくれたりした。しかし連中は誰ひとり思い出さなかったのだが、もしわたしが見せかけどおりのすばらしい魔法使いだったとしたら、膏薬もいらなければ手当の仕方を教えてくれる必要もないわけだし、魔法よけのまじないもいらぬわけなのだ。とりわけ武器や甲冑《かっちゅう》など、どんな種類の闘いにも――たとえ相手が火を吐く巨竜にしろ、地獄から出てきたばかりの悪魔にしろ、いるはずはないのだ。ましてこれから探しにゆくそんなけちな相手など言うまでもない。どうせ場末のチンピラ鬼ではないか。

わたしは朝早く食事をし、夜明けとともに出発することになっていた。みんなそういう習慣《しきたり》だったからだ。しかしわたしは自分の甲冑を相手に大変なもめごとを起こした。そのため出発が少し遅れてしまった。甲冑を身につけるというのはじつに骨の折れる仕事なのだ。おまけにこまごましたことがやたらにある。まず、毛布を一重か二重、体に巻きつけて、それをクッションの代わりにしたり冷たい鉄がじかに触れないようにしたりする。それから鎖帷子《くさりかたびら》の袖《そで》つきシャツを着る。これは小さな鋼の環をつなぎあわせて作ってあるので、しなやかな織物のようになっている。かなりしなやかだから、このシャツを床の上に投げれば、どさりと折り重なって、ぬれた漁網のようになる。非常に重く、寝巻きにするにはこれほど着心地の悪いものは世の中にない。ところがこの鎖帷子を寝巻きの代わりに使っている奴らがずいぶんいるのだ——年貢《ねんぐ》取り立ての役人とか、革命家とか、持ち馬一頭しかないようなインチキ国王とか、そういった類《たぐい》の連中だ。さて次には靴をはく——鋼の帯をいくつも綴《つづ》りあわせ、それを屋根にした平底船みたいな形のやつだ——そしてぶかっこうな拍車を踵《かかと》にねじこむ。その次には、尾錠《びじょう》で脚にすね当てをつけ、股《もも》にも股当てをつける。それから背当てと胸当てがくる。このころからだんだん体が窮屈に感じてくる。そして次にはその胸当てに、鋼の幅の広い板金を何枚も綴った短いペチコートをくくりつける。そのペチコートは、前のほうは垂れさがっているが、後ろのほうは帆立貝《ほたてがい》の殻のように開いている。だから、ちゃんと腰がおろせる仕掛けになっている。しかし、それにしてもこのペチコートは、さかさまにした石炭バケツを改良したものとも言えぬような代物《しろもの》で、見てくれもわるく、着心地もわるかった。それに手を拭《ふ》くこともできない。次は、剣をつるす。それからストーヴの煙突の継ぎ目みたいなやつを腕にはめ、鉄製の籠手《こて》を手にはめ、鉄製のネズミ取りを頭にのせる。これには鋼の薄板が一枚ついていて首の裏側に垂れさがるようになっている。——そしてこれで出来上りというわけだが、その納まり返った格好たるや、まるで鋳型の中のロウソクみたいなものだ。もうこうなったらダンスもできやしない。まったく、こんなふうに詰めこまれた人間は、ある種のクルミと同じようなもので、その殻を割る価値もありはしない。やっと割れたと思ったら、中身はほんのちょっぴり、殻とは比較にもならない奴なのだ。

連中が手伝ってくれたからいいようなものの、さもなければわたしは永久に着ることはできなかったろう。ちょうどわれわれの仕事が終わったところへ、サー・ベディヴァーがひょっこり入ってきた。見ると、わたしはどうやら自分が長旅に最も都合のよい服装を選んでいなかったらしいことを知った。彼のほうはじつに威厳のある様子をしている。背は高く、肩幅もひろく、堂々たるものだ。頭には円錐《えんすい》形の鋼の兜《かぶと》をかぶっていたが、それは耳のところまでしかない。それに面頬《めんぼお》も細い鋼の棒が一本ついたきりのもので、その棒も上唇のところまできて、鼻を保護する簡単なものだった。そしてそのほかは、首から踝《くるぶし》にいたるまで、みんなしなやかな鎖帷子やズボンといったものなのだ。それでいて体の大部分は外衣《ダバード》にかくれていた。その外衣というのはもちろん、前にも言ったように、鎖帷子であって、これが肩から踝まで垂れさがっている。そして腰のあたりから足までは、前も後ろも左右に分かれているので、馬に乗ることもできるし、裾《すそ》はそのまま両側に垂らしておくこともできた。彼は聖杯探求に出かけるところだったが、これはまさに、その仕事にはうってつけの服装でもあった。わたしは大金をはたいてでもこの外套《アルスター》（長くゆったりとした外套。ベルトのついていることもある）を手に入れたかったが、もはや時すでにおそく、ぐずぐずしているひまはなかった。太陽がのぼり、国王をはじめ宮廷の者たちが一人残らずやってきて、わたしを見送りわたしの幸運を祈ろうとしていたからだ。だからぐずぐずしていたのではそれこそ礼儀にそむくことになる。さて、馬には一人で乗ろうなどと思ってはいけない。さよう、もし乗ろうとすれば、きっとがっかりするはずだ。みんなが担《かつ》いでいってくれるのだ。ちょうど日射病にかかってぶったおれた奴を薬屋に担ぎこむようにだ。そして馬の上に押しあげ、ちゃんと鞍《くら》におさめ、両足をあぶみに入れてくれる。そのあいだ、こっちはまったく変な感じになり、息がつまりそうで、自分が誰かほかの人間のような気持ちになる——まるで、不意に結婚したとかあるいは雷か何かにうたれたとかした人間が、まだそのことを得心できず、体がしびれたようになって、自分の立場もわかりかねているといったあんばいなのだ。やがて連中はマストをたててくれた。連中が槍《やり》と称しているものだが、それをわたしの左の足もとにある受け穴に差しこんでくれたのだ。わたしはそいつを片手でしっかりとにぎった。最後に連中はわたしの楯《たて》を首にかけてくれた。これで、わたしの準備もすっかり整ったので、いよいよ錨《いかり》をあげて航海に出ることになった。誰も彼もこのうえなく親切にしてくれた。そして一人の高貴な乙女が手ずから別れの杯を捧《ささ》げてもくれた。今やもう何ひとつなすべきことはなく、ただ例の娘がわたしの後ろの添え鞍に乗るばかりとなった。娘は乗った。そして片方の腕か何かをわたしの体に巻きつけて、しっかりとつかまった。

かくして、われわれは出発した。みんなはわれわれに別れの挨拶《あいさつ》を送り、ハンカチやヘルメットを振った。また、丘を越え村をぬけてゆく途中、出会った人たちもみなわれわれに敬意をはらった。ただ村はずれにいたみすぼらしい格好の子供たちはべつだった。子供たちは言った——「わーい、変てこな奴が来たぞ！」そして、われわれめがけて土くれを投げつけてきた。

わたしの経験からすると、男の子というものはいつの時代も同じだ。彼らは何も尊敬しないし、何ものも、また誰をも頓着《とんじやく》しない。古《いにしえ》の灰色の時代にも静かに道を歩いてゆく予言者（エリシアのこと）に向かって、「のぼれ、ハゲ頭よ」などと言う（列王記下、第二章第二十三節）。中世紀の聖なる暗やみの時代にも、わたしに向かって「しゃらくさいこと」を言う。それにビュキャナン（ジェイムズ・ビュキャナン〔一七九一―一八六八年〕。アメリカ第十五代大統領〔一八五七―六一年〕）の大統領時代にも彼らが同じようなことをしていたのを見たことがあった。わたしは今でもそれを憶《おぼ》えている。なぜなら、わたしもその場にいて、一役買ったからだ（マーク・トウェインは当時、二十二―二十六歳だった）。例の予言者には熊がいた。それで子供たちに仕返しをした（「彼はふり返って彼ら〔子供ら〕を見、主の名をもって彼らをのろった。すると林の中から二頭の牝熊が出てきて、その子供らのうち四十二人を裂いた」と同書第二十四節にある。なおこの話については、マーク・トウェインの『まぬけのウィルソン』第四章の〝カレンダー〟にも言及がある）。それでわたしもおりて行って仕返しをしてやりたかったが、そいつはうまくいきそうになかった。二度と馬に乗ることはできなかったろうからだ。起重機《クレーン》のない国はこれだから困る。

第十二章　じわじわとくる責苦

さっそく、われわれは郊外に出た。木の生い茂る静かな場所に出て、早朝の冷たい空気を吸い、さわやかな初秋の風にあたるのは、じつにすばらしく、気持ちのよい思いだ。丘の頂からは、美しい緑の谷が眼下にひろがってゆくのが見えた。せせらぎが何本か曲がりくねってその谷間を流れており、小島のような木立ちの茂みがあちこちに点在し、大きなカシの木がぽつん、ぽつんとあたりに散らばって黒いしみのような影を投げていた。谷の向こうには連なる丘の峰が見えた。かすみに青く染まった姿を波うたせながら、地平線の彼方《かなた》までのびていた。ときどき、かなりの距離をおいてぼんやりと白や灰色の斑点《はんてん》がその波の頂上に見えるが、それが城であることはわれわれにもわかった。われわれは、朝露に輝く広い天然の芝原を横切っていった。その動きはまるで精霊にも似ていた。ふわふわした芝草のために馬の蹄《ひづめ》の音も聞こえはしない。夢みるような気持ちで緑色の光の霧に包まれた小道をぬって進んでいった。光は、太陽をいっぱいに浴びて頭上に生い茂っている木の葉の屋根からその緑の色合いを得たものなのだ。われわれの足もとにはじつに澄みきった冷たそうな小川が小石の上を跳びはねたり、ぺちゃくちゃとしゃべりあったり、耳に快いささやくような音楽を奏でたりして流れていた。われわれはときどきこうした世界を後にして、しかつめらしい奥まった真っ暗な森の中へと入っていった。するとそこでは、すばしっこい野生の動物がひょいと現われたり、そばをかすめて通ったり、音のするほうへ目をやることさえできぬほどにすばやく姿をかくしたりしていた。この森の中では早起きの小鳥だけがぼつぼつ起き出して仕事にかかり、こちらで歌をうたったり、あちらで言いあいをしたりしている。遠くから聞こえてくる不思議な槌《つち》の音や太鼓のような音は、奥底しれぬ遥《はる》か彼方の森のどこかで虫をさがして木の幹をつついている鳥だ。そして、ほどなくすると、われわれはまたまぶしい光の中にぱっととび出ていくのだ。

われわれがまぶしい光の中にとび出すのも三、四度かあるいは五度目ぐらいになると――たぶん日の出から二時間ぐらいのあいだにそのくらいになったと思うのだが――もうこのころには前ほど気分も爽快《そうかい》ではなくなってきた。暑くなりだしたからだ。そいつはまったく目に見えるくらいはっきりしていた。暑くなりだしてからわれわれは、とてつもなく長い道を行かねばならなくなった。しかもその間、物陰ひとつないのだ。ところで妙なことに、いらだたしい気分というやつは、それをいったん感じだすとじつに速い勢いで進行し、増大してゆくものだ。

初めのうちこそぜんぜん気にもかけなかったことが今では無性に気になりだした——それも絶えずますますひどくなってゆくのだ。初めの十回か十五回ぐらいは自分のハンカチがほしくなった、べつだんほしいとも思えぬようなものだったのだが。そこでかまわず進んでゆき、そんなことはどうだっていいじゃないか、べつに大したことじゃないんだからと自分に言いきかせ、それっきり忘れていた。しかし今は違った。絶え間なくハンカチがほしくなったのだ。ハンカチだ、ハンカチだ、ハンカチだと、のべつまくなしにせがみだして、やむことを知らないのだ。どうしても心から追い出すことができなくなった。そしてとうとうわたしは癇癪《かんしゃく》を起こして叫んだ。甲冑《かっちゅう》を作るときにポケットをつけておかないような奴は吊《つる》し首にしてしまえ、と。というのは、わたしはハンカチを兜の中に入れておいたのだ。それにそのほかの小物も入れておいた。ところがこの兜たるや、自分一人では脱ぐことのできないような代物《しろもの》なのだ。そんなことはハンカチを入れるときには少しも気がつかなかった。それに事実、わたしは知らなかったのだ。そこへ入れておくのがどこよりも便利だろうと思っていたくらいだった。だから今、ハンカチがこんなころあいの、すぐ手近なところにありながら、それを手に入れることができないと思うと、よけいにいらだたしく、ますます耐えがたいものになってきた。さよう、手に入れることができない物というものは、かえってやたらとほしくなるのが人情だ。誰にだってそんな経験はあるはずだ。それで、わたしはほかのことは何もかも忘れてしまった。完全に忘れて、兜の中のハンカチのことだけしか考えなくなった。何マイル行ってもそれは消えず、わたしはハンカチを頭に浮かべ、ハンカチを心に描いた。にがにがしく腹立たしいことに、塩からい汗が絶えずしたたり落ちて目の中に入ってくるのに、手をのばしてハンカチを取ることができない。それは、紙の上ではつまらんことのように見えるかもしれないが、けっしてつまらんことではなかった。まったくもってこれ以上の憂き目はなかった。そうでなければ、わたしだってこんな話はしたくない。わたしは決心した。この次からはレテキュール（婦人用の手さげ袋）をさげてこよう。どんなに体裁がわるかろうが、人が何と言おうが、かまうものかと。もちろんあの円卓の鋼鉄製の気どりや連中はもってのほかと考え、おそらくこのことでひと騒ぎするだろう。しかしわたしに関しては、われにまず快適を与えよ、スタイルはそれからだ、というところだ（パトリック・ヘンリーの「われに関しては、われに自由を与えよ、しからずんば死を与えよ」をもじったものか？）。さて、こうしてわれわれはのろのろと進んで行った。ときどき土埃のひどい道にぶつかった。すると埃は雲のように舞いあがって、わたしの鼻の中に入りこんだ。おかげでわたしはくしゃみをするやら、ほえるやらの騒ぎだ。もちろん、口にすべきでないような言葉も吐いた。いまさらそれを否定しようとは思わない。わたしだって人並みの人間だからだ。それにしてもこんなさびしいブリテンの国では誰ひとり出会いそうにもなかった。鬼にさえもだ。そしてこのときのわたしの気持ちでは、そのほうが鬼にとっては幸いだった。つまりハンカチをもった鬼にとってはだ。たいていの騎士なら鬼の甲冑をはぎとることしか考えなかったろう。しかしわたしはその鬼のバンダナ（大型の絞り染めのハンカチ）さえ手に入れば、そいつの金物類なんか、わたしとしては、そのまま着けさせておいてやってもよかった。

　そのあいだにも甲冑の中はますます暑くなってきた。なにしろ、太陽は絶えず甲冑を照らしつけ、ますます熱してくるのだ。ところで、人はこんなふうにしてほてってくると、つまらぬことにいちいち癇癪を起こすようになるものだ。馬を小走りに走らせれば、わたしの体は箱につめた皿のようにガチャガチャ鳴る。ただそれだけでいらいらするのだ。そのうえ、例の楯がバタバタ、ガタガタと音をたてて、あるときは胸のあたり、またあるときは背中のあたりと動きまわる。そして、歩調を並み足におとせば、わたしの関節がキーキー鳴ったり、ギーギー鳴ったりして、手押し車のたてるようなうんざりした音を出す。そしてそのような並み足では少しも風が入らないので、わたしはストーヴの中でむし焼きにされるような思いをした。それに、静かに進めば進むほど甲冑はますます重くのしかかってきて、刻一刻とその重みが加わってくるように思えるのだ。そして絶えず左右の手をとりかえて例の槍をもう一方の足のほうへ渡さなければならない。片方の手ばかりで長いこと槍をもっているのはじつにうんざりする仕事だったからだ。

さて、ご承知のように、こんなふうにして、川のように汗を流していると、どうしても——その——つまり、体が痒《かゆ》くなってくる。体は内にあって手のほうは外。さあ、どうだ。そして間にあるのはなんと鉄の板だ。こいつばかりは、人がどう思おうと、なまやさしいことではない。初めは痒いところも一箇所ぐらいだが、そのうちにまた一箇所。その次にはさらに数箇所。そしてだんだんとひろがってゆき、しまいには領土全体が占領されてしまう。誰にも想像できまいと思うが、そのときの気持ちたるや大変なもので、不愉快なことこのうえもない。そして痒みが一番ひどくなり、もうこれ以上はとても我慢できそうにないという気がしたとき、ハエがいっぴき、兜の横桟《よこざん》の間から飛びこんできて、わたしの鼻の上にとまった。ところがこの横桟というのは固定してあるもので、どうやっても動こうとはしない。それに面頬《めんぼお》をあげることもできないのだ。できたのはただ頭を振ることだけだったが、その頭ももはやこのときには焼けつくような熱さだ。そして、ハエは——そう、おわかりのようにハエというやつは、こいつはいけるなと見てとると、例の調子でふるまうわけだが——こっちが頭を振ったくらいでは大して驚きもせず、振っている間だけ、鼻から口へ、口から耳へと場所を移したり、その辺をブンブン飛びまわったりしているだけで、またすぐにとまっては、人をなめはじめる。それも、わたしのようにもうひどい憂き目をみている人間には耐えきれぬようなやり方でなめるのだ。それでわたしは降参して、アリサンドに兜《かぶと》を脱がしてもらい、解放してもらった。すると彼女は兜の中の小物をあけて、からになった兜に水をいっぱいくんできてくれた。わたしはそれを飲んだ。それから立ちあがると、彼女は残りの水を鎧《よろい》の中に流しこんでくれた。人には想像もつくまいが、じつに爽快きわまるものだった。彼女は何度も水をくみに行って流しこんでくれた。とうとうわたしは全身ずぶぬれになったが、すっかりいい気持ちになった。

　ありがたいことに、これでひと休みできた——それに心の平和も得ることができた。しかし何ごともこの世ではすべて完全というわけにはいかないものだ。どんなときにもそうだ。わたしはしばらく前にパイプを

作り、かなり上質のタバコも栽培していた。本物のタバコではないが、ある部族のインディアンが使っているようなやつだ。つまり柳の内側の皮で、それを乾《かわ》かしたものなのだ。こういうものも兜の中には入っていたわけで、わたしは今、それをまた取り出した。ところが、マッチがないのだ。

だんだんと、時のたつうちに、ある厄介な事実のあることがわかってきた。――つまり、われわれは天候待ちの船みたいに足どめをくっているということだ。甲冑を身につけた新米の騎士は、馬に乗るには人手がいる。しかもかなりの人手がいるのだ。サンデー（アリサンドの愛称）だけでは間にあわない。とにかく、わたしの場合には間にあいっこない。だから誰かがやって来るまで待っていなければならないわけだ。待つのも、ただ黙って待っていられるのだったら、まあ我慢もできたろう。なぜなら、わたしにはじっくりと考えてみたい事柄がいくつもあって、そうした機会の訪れるのを待ち望んでいたからだ。わたしの考えてみたかった事柄というのは、いったいぜんたいどうしてこの理性ある、いや、半ば理性のある人間が甲冑なぞというものを着るようになったのか、これほど不便なものはないではないか、ということだ。それにまた、どのようにして連中はこんなファッションを何代も何代も守ってきたのだろうか、わたしが今日味わったような苦しみを連中は一生のあいだ毎日味わわねばならなかったことは明らかではないか、ということだ。わたしはそんなことを考えてみたかったのだ。さらに、こうした悪習を改革し、連中を説き伏せてこんなばかげたファッションなどやめさせる方法を何か考えだしてもみたかった。ところが、考えるなんていうことは今の状況のもとでは問題にならなかった。彼女サンデーのいるところで物を考えるなどということは、とてもできることではないのだ。彼女はじつに従順な女で、気だてもよかった。しかしペラペラとよくしゃべりつづけ、水車のように際限がないのだ。おかげで聞き手の頭は町の大八車や荷馬車のようにガンガンしてくる。口にコルク栓《せん》でもかっておけば、いい道連れにはなったろう。だが、こういう手合いにかぎって栓ができないのだ。そんなことをしたら死んでしまうだろう。彼女のおしゃべりは一日じゅうつづいていた。そのうちには彼女の機械にもきっと故障が起こるだろうと思うくらいなのだが、どうして、どうして、その機械は絶対にこわれはしない。それにスピードを落として言葉をさがさねばならないような気配もけっしてなかった。一週間ぶっつづけに回していたって、上下に動かしていたって、攪拌《かくはん》していたって、ブンブンうならせていたって、給油したり冷やしたりするために止める必要は絶対にないのだ。それでいて結果はまるで風のように中身のないものだった。意見なぞ何ももってはいないのだ。それは、霧が何ももっていないのと同じだった。彼女はまったくのおしゃべり娘なのだ。つまりペチャペチャ、クチャクチャ、ペラペラというわけだ。しかし話し方はじつに上手なものだ。だからその日の朝も彼女の水車は気にならなかった。もっとも、それはあのスズメバチの巣をつついたような大変な面倒がほかにあったからだ。しかし、さすがに午後ともなると、一再ならずこう言わずにはいられなくなった——

「ちょっと休んだらどうかね、あんた。そんなに体の中の空気を使い果たしてしまうと、あんたの体という王国は明日までにその空気を輸入しなくてはならなくなるよ。いくら王国だって空気がなくっちゃあ、ペチャンコの金蔵なんだからねえ」

第十三章　自由民よ！

まったく奇妙なもので、人間の心などというものは、たとえ満足したとしても、それはごくわずかな間だけだ。ほんのちょっと前、わたしが馬を進めながら苦しい思いをしていたときには、このようなさらさらと流れる小川のほとりの、このような静かな木陰の奥で、このように心の安らぎを得、このように体をやすめ、このように快い静けさを味わえたなら、なんとすばらしいことだろうか、ここでなら、ときどき甲冑の中に水をそそぎこんでもらっていつまでも申し分のない安楽な気分でいられるのだが、と考えていた。ところが、もうわたしは不満をいだきはじめていた。ひとつにはパイプに火がつけられないからだ。というのは、もうずっと以前にマッチ工場は建てていたのだが、マッチを持ってくるのを忘れていたからなのだ——それから、もうひとつには、われわれは食べるものを何ひとつ持っていなかったからだ。これを見てもわかるように、この時代や、このころの人間は、まったく子供と同じように先のことなど少しも考えないのだ。騎士がひとたび甲冑をつけて旅に出れば、食べ物など行く先々で手に入るものと思っている。だからサンドイッチをひと籠《かご》、槍《やり》の先にぶらさげていったらどうだなぞと言おうものなら、相手は憤慨するにきまっている。おそらく円卓の騎士連中は一人のこらず、そのようなものを自分の旗ざおにつけてゆくのを見られるくらいなら、いっそ死んだほうがましだと言うだろう。しかしこれほど気のきいた方法はないはずだ。わたしも初めの予定ではサンドイッチを二包み、こっそりと兜の中へ入れておくつもりでいた。ところが、見とがめられて、言い訳をしなければならなくなり、包みをわきに置かざるを得なくなった。すると犬が来てもっていってしまったのだ。

夜がせまってきた。と同時に嵐《あらし》になった。暗やみは足早にやってきた。もちろん野宿する以外に手はない。わたしはサンデーのために格好な避難所を岩かげに見つけてやった。それからまたわたしは飛び出して自分の避難所を見つけた。ところが鎧は着たままでいなければならなかった。というのは、自分一人ではとても脱ぐことはできなかったし、それかといってアリサンドに手伝わせることもできなかった。そんなことをすれば人前で素っ裸になるようなものだったからだ。実際にはそれほどでもなかったろう。わたしだって下着は着ていたからだ。しかし、子供のときからしつけられた習慣というものは、一足とびに脱ぎすてられるわけのものではない。だからきっと、あの尻尾《しっぽ》のところを切りこんだ例の鉄のペチコートを脱ぐときになったら、わたしはきっときまりの悪い思いをすることだろう。

嵐とともに気象は一変した。風がますます強く吹きまくり、雨がいよいよ激しく降りそそぐにつれて、気温もぐんぐんとさがってきた。するとさっそく、いろんな種類の昆虫やらアリやら地虫やらなにやらが、ぞろぞろと雨宿りにやってきて、暖をとろうとわたしの鎧の中に入りはじめた。そして、あるものはちゃんと行儀よくしていて、下着の間に身をすり寄せるとそのまま静かになったが、大部分のものは落ち着きのない、やっかいな奴らで、少しもじっとしておらず、かってがわからぬままに、もぞもぞと絶えずあちこちへ這《は》いずりまわっていた。とくにアリの奴らだ。こいつらはうんざりするような行列をつくって、わたしの体の一方の端からもう一方の端へと、一定の時間をきめて、むずむず渡り歩いていた。こんな奴らとはこんりんざいいっしょに寝たくはない。こんな状態におかれたお方があったら、その人にはこうご忠告申しあげよう。けっして自分の体をころがしたり、のたうちまわらせたりしてはいけない。なぜなら、そんなことをしようものなら、ありとあらゆる種類の虫どもが興味をそそられ、一匹のこらず跳び出してきて、何事ならんと見物したがるからだ。そしてそうなったら、事態は前よりもいっそう悪くなり、もちろんその人はますます激しくわめきたてる。もっとも、それはもしわめきたてることができたらの話ではあるが。それでいて、体をころがしたり、のたうちまわらせたりしなければ、死ぬよりほかはないだろう。だからどっちにしたって同じことかもしれないから、真の選択はないわけだ。わたしは、体が凍ってこちこちになってからでも、まだあのむずむずした感じがわかった。ちょうど死人が体に電気を流されているときのようだ。わたしは言った。この旅が終わったら、もう二度と鎧なんか着るもんか、と。

体は凍え、しかもあの這いまわる虫の群れのために、いわば、燃えさかる炎の中におかれたような状態で何時間も苦しい思いをしているあいだに、例のあの答えることのできない疑問がわたしの疲れた頭の中をぐるぐると駆け回っていた。いったいどうやって連中はこんなうらめしい甲冑をじっと我慢して着ていられるのだろうか？　どうやってこんなものを何代にもわたって我慢してきたんだろうか？　どうやって夜、眠ることができたんだろう。あくる日の苦しみを思ったら心配で眠れぬはずではないか？

ようやく朝になったが、そのときのわたしはまったくみじめな状態だった。寝不足のために

気分は悪く、頭はぼーっとしていて、くたくたに疲れていた。辺りをのたうちまわったために体はもうへとへとだったし、長いあいだ何も食べなかったから腹はひどくすいていた。風呂《ふろ》にはぜひとも入りたかった。そして虫どもを追い出してやりたかった。足はリューマチで、歩くのも大変だった。ところで、あの高貴の生まれ、爵位ある貴族、アリサンド・ラ・カルトルワーズ姫はいかが召されたであろう？　ところが驚いたことに、彼女は元気溌剌《はつらつ》としてまるでリスみたいなのだ。死人のようによく眠ったのだ。風呂はどうかといえば、おそらく彼女も、それにまたこの国のほかの貴族たちも、風呂になど入ったことはないらしい。だから彼女は風呂なんかなくたってべつに不自由を感じてはいなかったのだ。現代の尺度で判断すれば、彼らはていのいい野蛮人にすぎない、あのころの連中はだ。この気高い貴婦人は朝食にありつこうなどといらだつ様子は少しも見せなかった。——これもまた野蛮人らしいことだ。彼らブリトン人は、旅の途中、長いあいだの断食には慣れていて、それを我慢する方法も心得ているのだ。それにまた、そういう断食にそ

なえて出発前にたらふくつめこんでおくことも心得ているのだ、ちょうどインディアンやウワバミがやるのと同じようにだ。おそらく、サンデーも三日分ぐらいはつめこんでいたのだろう。

わたしたちは陽がのぼる前に出発した。サンデーが馬に乗り、わたしは足をひきずりながら後からついていった。三十分ほど行くと、ぼろをまとった貧しい人びとの一団に出会った。彼らは道路と思えるようなものをなおすために集まっていたのだ。みんなわたしに対して動物のようにへりくだった態度だった。だからわたしが彼らと朝食をともにしたいがと申し出たときには、みんなはわたしのこの意外な態度にすっかり嬉《うれ》しくなり、呆気《あっけ》にとられてしまって、初めのうちはわたしが本気でそんなことを言っているとは信じられぬ様子だった。わが貴婦人は、軽蔑《けいべつ》したように上唇をめくりあげると、片側へ身をひいた。そして彼らに聞こえよがしに、そんなことをするくらいなら他の家畜といっしょに食事しようかと考えたほうがましだ、と言った。その言葉はこの貧しい連中をどぎまぎさせたが、それはただたんにその言葉が彼らを指して言われたからだというだけのことであって、その言葉が彼らを侮辱したとか彼らの感情を傷つけたからというのではなかった。なぜなら、彼らはいっこうにそんなことは感じなかったからだ。それでいて彼らは奴隷でもなく、家財道具でもなかった。皮肉なことに、法と世間のきまり文句とからすれば、彼らは自由民だったのだ。この国の自由人の七十パーセントは彼らとまったく同じ階級のものであり、同じ身分のものだった。つまり、小規模な「独立して生活のできる」農夫や職人やなにかだった。ということは、とりもなおさず彼らこそ国民だったのだ。真の意味の「国民」だったのだ。彼らこそ役に立つもの、残しておく価値のあるもの、真に尊敬に価するもののほとんどだったのだ。そして彼らをのけものにするということは、国民をのけものにするということであって、後に澱《おり》と滓《かす》を残すだけということになるのだ。国王とか貴族とか紳士とかといった形でだ。これらのものはぐうたらで、非生産的で、知っていることといえば主として浪費することと破壊することだけで、道理にかなうように作られた世界にあっては少しも役に立たず、価値のない輩《やから》なのだ。それなのに巧妙なたくらみによって、この金メッキの少数者どもは、自分たちの所属する行列のしんがりにつくどころか、ふんぞりかえり、旗さしものを押したてながら先頭に立って進んでいくのだ。そして自らを「国民」であると選定しているのだ。それをこのハマグリのように無口な大衆は、あまりにも長いあいだ黙認してきたので、ついにはそれを事実として受け入れるようになってしまったのだ。いや、そればかりではなく、それを正しいことだと信じ、そうあるべきだと信じこむようになったのだ。僧侶《そうりょ》たちもこうした大衆に向かって先祖代々、説ききかせ、この皮肉ないきさつは神によって定められたものなのだと教えこんできた。だから皮肉なことをして楽しむなんて、とくにこんなつまらぬ見えすいた皮肉で楽しむなんて、神さまらしくもないと疑うこともせずに、大衆はこの問題をここで捨ててしまい、うやうやしく静かになってしまったのだ。

こうしたおとなしい連中についての話は、以前アメリカ人であったわたしの耳には、まことに奇妙なひびきをもって聞こえた。彼らは自由人なのだ。しかしそれでいて彼らは領主や僧正の領地を離れるときにはその許可をもらわねば離れることができない。自分たちの食べるパンは自分たちでかってに作ることができず、麦を挽《ひ》き、パンを焼くにも領主の粉挽き場や領主のパン焼き場に行ってやってもらわなければならず、しかもそれに対してたっぷりと料金を支払わねばならぬのだ。自分の持ち物を売るにも、その売り上げ金の中からかなりの額の歩合を領主に支払わねばならず、また他の者の持ち物を買うにも、買わせていただきましたといって、即金で領主に謝礼をしなければならないのだ。また領主の穀物の収穫《とりいれ》は無報酬《ただ》でしてやらねばならず、しかも即座に馳《は》せ参じなければならぬのだ。自分たちの穀物は、近づく嵐のためにメチャメチャになっても、かまってはおれないのだ。自分たちの畑に領主が果樹を植えようとしても、なすがままにさせておかねばならず、心ない領主の雇い人たちが果実をとりいれにきてその木のまわりの穀物を踏み荒しても、じっと我慢をしていなければならないのだ。領主のひきいる狩りの供人たちが、自分たちの畑を駆けぬけてゆき、せっかくの苦労の作物を台なしにしてしまっても、怒りを抑えなければならないのだ。鳩《はと》は飼うことを許されず、わが主君の鳩小屋から飛びたった大群が彼らの穀物のうえにとまっても、むかっぱらをたてて殺すなぞということは、たとえ一羽たりともできないのだ。なぜなら、そんなことをしようものなら、あとで恐ろしい刑罰をうけることになるからだ。収穫が、やっとすむころになればなったで、こんどは盗賊どもが列をなしてやってきては、彼らをゆすりはじめる。まず最初に「教会」がたっぷり一割がとこを車に積んでもっていく。次には国王の任命した役人が二割とり、その次にはわが主君の直臣たちが残りの部分に大きく食いこんでくる。それがすむと、身ぐるみはがれた自由民もようやく自由が与えられて、残りを納屋へ入れることができる。もっとも、入れるだけ残っていたらの話なのだが。あるのは、租税、租税、租税、そしてさらに租税、またしても租税、そのうえさらにまた租税、で——それがみなこの自由で独立の生活をいとなんでいる貧民にばかり課せられていて、彼らの領主や僧正には課せられていないのだ。無駄づかいをする貴族たちや、すべてを食いつくす「教会」にはなにひとつ課せられていないのだ。もし領主が静かに眠りたいといえば、自由民はいくら昼の労働で体がくたくたになっていても、夜通しおきていて池の水をたたき、カエルを鳴かせないようにしなければならないのだ。もし自由民の娘が——しかしこれはよそう。最近おこった、あの君主政体の醜聞は印刷をはばかる事件だからだ。そして、最後に、もし自由民がこうした数々の苦しみからすてばちな気持ちになって、自分の生命はこのような境遇のもとではとてもつづかぬと考え、われとわが身を血祭りにして、慈悲と保護とを求めて死の国へ逃げていこうものなら、情けある「教会」は彼を永遠の劫火《ごうか》の中につきおとしてくれたし、情けある法律は彼を真夜中に街の四つ辻《つじ》に埋め、棒杭《ぼうくい》を胸から背中までつきさしてくれた。そして彼の領主や僧正は彼の財産をあらいざらい没収し、やもめとなった彼の妻や、孤児となった彼の子供たちを家から追い出してくれたのだ。

そして今ここでは、こうした自由民たちが朝早くから集まって、自分たちの領主である僧正の道路をなおしていたのだ。一人三日の割当てで——しかも無報酬《ただ》でだ。どの家も一家の主《あるじ》と一家の息子が全員かりだされ、一人三日の割当てで、無報酬でしかも一日二日は召使の代わりに余分に働かされたのだ。まさにそれは、あの永遠に記憶さるべき、尊い「革命」以前のフランスとフランス国民について読んでいるときのようだった。あの革命は一千年にもわたるこうした悪業をたった一瞬の流血の高波で洗い流してしまった——そうだ。たった一瞬の高波でだ。積年のうらみをはらすのに、大樽一杯分ずつの血に対してわずか一滴の半分にもたらぬ割合の血でそれを帳消しにしたのだ。その大樽の血こそは、じわじわと課せられた拷問《ごうもん》によってフランス国民の体の中からしぼりとられたもので、彼らは長い長い一千年にもわたる年月のあいだ虐待と恥辱と悲惨の中に身をしずめていたのだ。そのときの状態は何ものにも比べることはできないが、もしできるとすれば、まさに地獄でのみ見られる状態だったのだ。この世には二つの「恐怖時代」（「恐怖時代」といった場合、一般には、フランス革命の最も狂暴であった一七九三年三月もしくは七月から一七九四年七月までを指す）があった。われわれの歴史を思いおこし、よく考えてみさえすればすぐにわかることだ。つまり一つの時代は殺人を激しい感情で行ない、もう一つの時代はそれを無情な冷血な心で行なった。一つはほんの数か月にしかわたらぬ時代だが、もう一つは一千年もの長きにわたる時代だった。一つは死者の数も一万人ていどのものだったが、もう一つは一億人にも達した。しかしわれわれが身を震わせて恐れるのは、いつもこの小さいほうの「恐怖」、いわばごく一時期の「恐怖」の《恐れ》に対してなのだ。だが、どうであろう、斧《おの》でばっさり首を斬《き》り落とされる死の恐ろしさと、それに対して飢えや寒さや侮辱や虐待や断腸の思いなどからくる生涯の死の恐ろしさとを比べたらどうであろうか？　稲妻に撃たれてとつぜん死ぬことと、火刑柱につながれてじわじわ焼かれて死ぬこととを比べたらどうであろうか？　市の共同墓地は、その一瞬の「恐怖」に満たされた棺《ひつぎ》を収容しようと思えばできたし、そうした一瞬の「恐怖」については、われわれはみな身を震わせ、悲しみを表わすようじつに熱心に教えられてきた。しかしフランスは、たとえその全土をもってしても、さらに昔のそして本当の意味の「恐怖」によって満たされた棺を収容することはできないのだ――その「恐怖」こそ言語に絶するほどの激しくすさまじい「恐怖」だったのだが、そうした恐怖についてだけは、われわれは誰ひとりその規模の大きさや哀れみの観点から見ることを、それが当然であるにもかかわらず、教えられなかったのだ。

わたしと朝食をともにし、わたしと話しあったこれらの気の毒な、うわべだけの自由民たちも、その心には彼らの国王や「教会」や貴族たちに対してまったく卑屈なくらいの尊敬の念が満ちあふれていた。それは彼らの最悪の敵でさえ望みえないほどのものだった。そこには何か痛々しいくらいにバカらしいものがあった。そこでわたしは彼らに尋ねた。もしきみたちが民衆の国家なるものが存在することを考えたならば、誰だって、それぞれの手に自由な一票をもちながらこんなバカげた投票はしないだろう、つまりたった一つの家族とその子孫のものだけが永遠にその国を牛耳るような、しかも才能にめぐまれていようがマヌケであろうが、そんなことはおかまいなしで、そして他のすべての家族は除外してしまうような――投票してくれた者の家族だって例外ではないような、そんな政体にね。そしてまた、誰だってこんな投票はしないだろう、つまりわずか数百の家族だけが、目もくらむような高い地位にのぼり、鼻もちならぬ世襲の栄誉や特権を帯びるようになってその国の他の家族はすべて除外されてしまうような――きみ自身もその例外ではないというような、そういう政体にね、と。

　彼らはみなポカンとした顔をしていた。そして、おらたちにはよくわかんねえ、と言った。そんなことはこれまで一度も考えたことはないし、国家がそんなぐあいになって誰もが政治に発言権をもつことができるなんぞという考えは彼らの心に浮かんだためしがないと言うのだ。そこでわたしは言ってやった。わたしはそういう政治を見たことがあるのだ、と――そしてそういう政治は「国立教会」ができるまでは続くものなのだと。またしても彼らはみなポカンとしていた。――初めのうちはだ。しかしやがて彼らのうちの一人が顔をあげて、いまの話をもういちどしてほしい、ゆっくりと話してほしい、そうしてくれれば自分にも納得がいくかもしれないからと言った。そこでわたしは言うとおりにしてやった。するとしばらくして彼は納得したらしく、こぶしをどんと振りおろして言った。誰もが投票権をもつような国があったら、きっとその国は自分から好きこのんでそんなふうに塵《ちり》あくたの中に身をしずめることはないだろう。国家からその意志と選択権とを盗みとるということは犯罪であるし、あらゆる犯罪の中で第一級の犯罪であるにちがいない、と。

わたしは心の中でこう言った。

「この男こそ真の人間だ。こういう類《たぐい》の人間が大勢わたしの後押しをしてくれたら、わたしもこの国の福祉のために思わぬ成功をおさめることができるだろうし、この国の政治組織に健全な変化を加えることによって自分がこの国の最も忠節な市民であることを証明してみせもするのだが」

すでにおわかりのように、わたしの言う忠誠心というものは、国家に対する忠誠心であって、その制度やその役人に対するものではない。国家こそその真実のものであり、本質的なものであり、永久不変のものなのだ。国家こそわれわれが見守るべきものであり、いつくしむべきものであり、忠誠をつくすべきものなのだ。制度はもともと本質とは無関係のものであり、それはたんに国家の衣にすぎない。衣はすり切れることだってある。ぼろぼろになり、着心地もわるくなってくる。冬の寒さや、病気や、死から身を守ることもできなくなる。こうしたぼろきれに忠誠をつくし、ぼろきれを求めて大声でわめき、ぼろきれを尊敬し、ぼろきれのために死ぬ――こんなことは筋の通らぬ忠誠心であり、そんな忠誠心はまったく犬や猫のそれと同じだ。それは君主政治の所有物であり、君主政治によって発明されたものなのだ。そんなものは君主政治に飼わせておけばよいのだ。わたしはコネチカット州の出身だが、この州の憲法（合衆国《アメリカ》最初の州憲法であり、信仰の自由、政治権力の人民による管理の原則を具現した近代民主主義の最初の成文憲法）はこう宣言《うた》っている、「あらゆる政治上の権力は本来、州民のなかに備わっているものであり、あらゆる自由な政体は州民の許可をえてうちたてられ、州民の利益のために制定されるものである。かつまた州民は、否定され破棄されることのない権利を常に保有し、州民が適当と考える方法で自らの政治形体を変えることができる」

こうした福音のもとで、もし市民があきらかに自州の政治の衣がすりへっていると考えながら、なおもおとなしく沈黙を守るばかりで、新しい衣服を求めて世論に訴えることをしなかったとしたら、その者は忠誠心に欠けたものであり、その者は反逆者なのだ。あきらかにその衣がすりへっていると考えるのは彼一人だけなのかもしれないと言っても、それは彼に対する言い訳にはならない。なぜなら、いかなる方法を講じてでも世論に訴えることこそ彼の義務だからであり、また他の人びとも、もし彼と同じようにその事態を見ないならば、投票によって彼を否決することこそが他の人びとの義務だからだ。

さて、わたしが今いる国といえば、国家がどのように治められるべきかということについての発言権が、人口千人について六人に限られているようなところなのだ。だから九百九十四人が現行の制度に不満の意を表わし、その制度の改変を発議しようものなら、その六名は全員、そろってふるえだすだろう。それはじつに忠誠心を欠くものであり、じつに不名誉な行為であり、まったく鼻もちならぬ凶悪な謀叛《むほん》ということになるだろう。言わば、わたしはある会社の株主になったのだ。その会社では九百九十四人のメンバーが資金の全額を供給し、仕事もいっさい自分たちの手で行なっている。そして他の六人が自分たち自身を終身重役に選んで配当金も全部まきあげているのだ。わたしには、この九百九十四人のお人よしたちが必要としているのは新しい政策《ニュー・ディール》だと思われた。お祭り騒ぎのすきなわたしの性格にいちばんぴったりすることは、自分がボスの地位をすてて暴動をまきおこし、それを革命に変えることだったろう。しかしわたしは、ジャック・ケイド（?—一四五〇年。「ケイド暴動」の指導者。一四五〇年、王の腐敗した役人たちを誅せんとして立ちあがり、一味とともにロンドンにのりこんで宮内長官を殺害したが、数日後に鎮圧され、ケイドは重傷を負って死んだ）やワット・タイラー（?—一三八一年。農民一揆の指導者。国王リチャード二世と交渉中、王の重臣に殺された）式に、あらかじめ自分の仲間たちを革命段階にまで教育しておかずにあのようなことをしようとすれば、絶対といっていいほど失敗することを知っていた。わたしはこれまでにも失敗することには慣れていなかった、たとえわたし自身の口からそれを言いだすとしてもだ。だから、しばらくのあいだわたしの心の中で形づくられていた「政策」も、ケイドやタイラー式のものとはまったく違ったパターンのものだった。

それでわたしは血と暴動の話はこの男にもしなかった。彼はその場に腰をおろして、虐待され間違った考えを教えこまれたあの人間という羊の群れといっしょに黒パンをかんでいた。そこでわたしは彼をかたわらへ連れていって、もう一つべつのことがらを話してきかせた。その話がすむと、わたしは彼に頼んでインクを少しばかり彼の血管から借りた。そしてこの血と、木片とで樹の皮にこう書いた——

この男を人間工場に入れてやれ——

そしてそれを彼に手渡して、こう言った——

「それをキャメロットの宮殿へもっていってアミアス・ル・プレという男の手に渡すのだ。わたしがクラレンスと呼んでいる男のことだがね。そうすればその男は万事のみこんでくれる」

「では、その方はお坊さんなんですね」と男は言った。そしてさっきからの熱意がいくぶんその顔から消えていった。

「えっ——坊さん？　いまもわたしは言ったばかりじゃないか、『教会』の奴隷も、法王や大僧正の奴隷も、けっしてわたしの人間工場には入れないのだとね。それに、こうもわたしは言った。きみだって入れはしないのだ、もしきみの信仰が、たとえそれがどのような信仰だろうと、きみ自身の自由意志から得たもちものでなかったとしたら、とね」

「はい、たしかにそのとおりです。そしてそのことはわたしも嬉《うれ》しく思っています。でもだからこそわたしには性があわないんです、そしてわたしの心にひんやりとした疑いがわいてくるんです。つまり、そこにはこのお坊さんがいるわけなんでしょうからね」

「だが、その男は坊主じゃないんだ、ぜったいにね」

男はまだ得心がいかぬ顔つきだった。そして言った。

「そのお方はお坊さんではない。それでいて字が読めなさる？」

「その男は坊主ではないが、それでいて字が読める——そうだ、それに、その点に限って言えば、字を書けもするんだ。わたしが自分で教えてやったのだ」男の顔は明るくなった。「そしてまず最初にきみもその工場へ入ったら、それを教えられるのだ——」

「わたしがですか？　そんな技術が教えていただけるなら、自分の心臓からでも血を差しあげたいくらいです。ええ、わたしはあなたさまの奴隷となって、あなたさまの——」

「いや、そうではないんだ。きみはだれの奴隷にもなりはしないのだ。きみの家族も連れていくがいい。きみの領主の僧正がきみのわずかばかりの財産を没収するだろうが、そんなことはなんでもない。クラレンスが後のことはちゃんとしてくれるからな」

第十四章　殿さま、ご用心なさりませ！

　わたしは自分の朝食に三ペニー支払った。それはまたじつに途方もない金額だった。これだけの金があれば誰だって十二人もの人間に朝食を与えることができたからだ。しかしわたしはこのときまでには気分もよくなりかけていたし、それに、とにかくわたしという人間はいつでも金づかいの荒いほうだった。そのうえこの連中はわたしに食べ物をただでくれようとしていたのだ。自分たちの食料が乏しいにもかかわらずだ。それで大いに感激したわたしは、感謝の気持ちと心からのお礼の気持ちとを強調するために、おおばんぶるまいの起重機をつかって、その金がわたしの兜《かぶと》の中などよりももっとずっと有効な働きをするところへと移させたのだ。兜の中に入れておいたのでは、こうした小銭は鉄でできていて重さもたっぷりあったから、わたしの五十セント相当の小銭だってかなりの重荷だった。わたしは最近かなりふんだんに金をつかっていた。それは事実だ。しかしその一つの理由は、物の割合を完全に調節していなかったからだ。こんなに長いあいだブリテンに滞在しているくせにだ。それで、こんなことさえ完全に理解するところまでいっていなかった。つまり、アーサーの国の一ペニーとコネチカット州の二ドルとはだいたい同じものであって、購買力の点からみれば、いわば双児みたいなものだということをだ。もしわたしのキャメロットを発《た》つ日がほんの二、三日でも延ばすことができさえしたら、この連中には、われわれの造幣局で造ったばかりのきれいな新しい金で払ってやることができたはずだった。そうすればわたしは嬉しかったろうし、連中もわたしに劣らず嬉しかったろうと思う。わたしが採用したのはもっぱらアメリカ流の価格だった。だからもう一、二週間もすれば、一セント銅貨、五セント白銅貨、十セント銀貨、二十五セント銀貨、五十セント銀貨、それにまた少量の金貨などが、希薄ではあるが安定した流れをなしてこの国の商業上の血管のすみずみにまで流れはじめるはずなのだ。そしてわたしはこの新しい血がこの国の生命を若返らせるのを期待していた。

農夫たちは、食事のほかに何かを差しあげねば気がすまぬと言いだした。わたしの気前よさの埋めあわせに、わたしが望もうと望むまいと、何かもっていってほしいと言うのだ。そこでわたしは火打ち石と火打ち金とをもらうことにした。そして連中がサンデーとわたしとを馬の背に居心地よく乗せてくれると、さっそくわたしはパイプに火をつけた。最初に噴き出した煙が兜の横桟のあいだからとび出すと、連中はひとり残らず森のほうへ逃げていった。サンデーは後ろ向きにひっくり返り、地面にどさりと転げおちた。連中は、わたしがあの火を吐くドラゴンだと思ったのだ。そういうドラゴンについては、連中もよく騎士たちやそのほかの本職の嘘つきたちから聞いていたからなのだ。わたしは大変な苦労をして、とにかく連中をこちらの説明が聞きとれる距離にまでひきかえさせた。それから連中に言ってやった。これはほんのちょっとした魔法であって、わたしの敵でない者にはけっして危害を加えることはないのだ、と。それからわたしは胸に手をおいて、こう約束した。もしわたしに対して敵意をいだいていない者がみな進み出てわたしの前を通れば、きっと、後に残った者だけがその場で死ぬのを見るだろう、と。行列は動きだした。じっに敏速な反応だ。おかげで報告すべき珍事は何もなかった。というのも、好奇心をおこして後に残り、何が起こるかみてやろうなどという者は一人もいなかったからだ。

わたしはここでまた少し時間をつぶしてしまった。というのも、この大きな子供たちは、不安が消えたものだから、わたしのこの畏怖《いふ》の念を起こさずにはやまぬ花火にすっかり心を奪われ、もの珍しそうにしているので、わたしもやむをえずその場にとどまってパイプを二度ほどつめかえて吸いおわらなければ、みんなはわたしを立ち去らせてはくれないような気がしたからだ。しかし、こうしてぐずぐずしていたことをもまんざら無駄なことではなかった。というのは、こうしていたおかげでサンデーも、この初めて見る物にやっと慣れてきたからだ。なにしろ彼女はそのすぐそばにいたわけなのだ。パイプはまた彼女の例のおしゃべりを相当なあいだ抑えてくれた。これこそ大もうけだった。しかしその他のすべての利益にもましてわたしはすばらしいことを学んだ。つまり、わたしたちはいかなる巨人、いかなる悪鬼が現われようと、それに対する備えがいまやできたということだ。

わたしたちはその夜、ある気高い隠者のところへ泊まった。そしてわたしの腕をためす機会は次の日の午後の半ばごろにやってきた。ちょうどわたしたちは広い野原を横切って近道をしようとしていた。そしてわたしはぼんやりと考えごとをしながら、何も聞かず、何も見ずに、進んでいった。と、そのときサンデーがとつぜん、朝からしゃべりつづけていた話をやめて、こう叫んだ――

「殿さま、ご用心なさりませ――ゆくてに危険がござります！」

そして彼女は馬からすべりおりると、少しばかり走っていってそこに立ち止まった。わたしが目をあげて見ると、かなたの木陰に、六名ほどの武装した騎士とその従者たちとがいた。そしてたちまち彼らのあいだにざわめきが起こり、馬の腹帯をしめなおして馬に乗りはじめた。わたしのパイプは、ちゃんとタバコもつめてあったので、火はすぐにでもつくはずだった。ところがわたしはそのとき考えにふけっていて、どうしたらこの国から圧制をなくし、国民のすべてに彼らの奪われた権利と人間性とをとりもどしてやることができるだろうか、誰の怒りもかわずにやるにはどうしたらいいだろうか、と思案していたのだ。だからあわてて火をつけたが、圧力をたっぷりあげて蒸気を溜《た》めこまぬうちに、彼らは突進してきた。しかも六人が束になってだ。騎士物語によく語られているような、あの騎士道にかなった寛大な態度など少しも見せずにだ――つまり、宮廷無頼の徒といえど、かかってくるときは一時に一人ずつであって、残りの者はかたわらに立って尋常の勝負を見まもっているはずなのだ。ところがどうして、奴らは一団となってやって来た。ぶんぶん、ぴゅうぴゅう、うなりをたててやって来た。砲台からの一斉射撃

のようにやって来た。頭を低くさげ、羽根飾りを後ろへたなびかせ、槍《やり》を真一文字にかまえてやって来たのだ。それはみごとな光景、じつに美しい光景だった——木にでものぼって見ていられる者にとってはの話だが。わたしはしかたなく槍をかまえて待った。心臓はもうドキドキだ。やがて鉄の怒濤《どとう》があわやわたしの上におおいかぶさろうとした瞬間、真っ白な煙がひとすじ、わたしの兜の横桟から噴き出した。お目にかけたかったのは、例の怒濤がばらばらに砕けて四方に散ってゆく有様だ！　このほうが、さっきのよりもずっとみごとな光景だった。

　しかし、この連中はとまった。二、三百ヤードさきでだ。これにはわたしも面喰《めんくら》った。わたしの満足感はくずれて、恐怖心がおこってきた。もう、てっきり負けたと判断したからだ。ところがサンデーはにこやかな顔つきだった。そしてまたもや何やらペチャクチャとしゃべり始めようとした。しかしわたしはそれをとめて、こう言った。わたしの魔法はどうしたわけか失敗してしまった。だからあんたは急いで馬に乗らなければだめだ。そしてわれわれは命がけで逃げなければならない、と。ところが彼女は、どうしても乗ろうとはしなかった。彼女が言うには、わたしの魔法はあの騎士たちの力をすっかり奪いとってしまった。彼らはあれ以上馬を進めることはない。なぜなら、進めようと思っても進めることができないからだ。もうしばらく待っていれば、やがて鞍《くら》からおりるだろう。そうすれば、彼らの馬も甲冑《かっちゅう》もみなわれわれのものとなるだろう、と言うのだ。わたしは、こんな疑うことを知らぬあどけない女をだますことはできなかった。そこで、あれは間違いだったのだと言ってやった。わたしの火術は、いやしくも敵を殺す段になればたちどころに殺してしまうはずなのだ。だから、だめなのだ、あの連中はもう死ぬはずがない。わたしの道具にどこか故障していたところがあったのだ、どこだかはわからないが。だからわれわれは急いでここを逃げなければだめだ。なぜなら、あの連中はすぐにまたわれわれを攻撃してくるだろうからな、と。サンデーは声をたてて笑うと、こう言った――

「まあ、殿さま、あの騎士たちはそんな類《たぐい》の者たちではございませぬ！　サー・ラーンスロットならドラゴンに闘いをいどみもいたしましょう。そしてあくまでも喰《く》いさがり、二度も三度も四度も攻撃をくり返しては、ついに相手を打ち負かし、息の根をとめてしまいましょう。それに、サー・ペリノアやサー・アグロヴェイルやサー・キャラドスや、またおそらくその他の名だたる騎士がたも同じことでござりましょう。でもそのほかには、このようなことを勇を鼓《こ》してやってみようとする者は一人もおりませぬ。くだらぬ連中がなんと言おうと、すきに言わせておけばよろしゅうございます。ですから、ほれ、あそこの卑しい弱い者いじめの連中については、いかがでございます、まだこらしめがたりず、連中がもっと何かを望んでいるとでもお考えでござりますか？」

「そうか、それじゃあ奴らが待っているのは何のためだろう？　どうして行ってしまわないいんだろう？　誰もひきとめてはいないのに。ひきとめるどころか、すんだことはすんだこととして、わたしは喜んで水に流すつもりでいるんだ。きっとな」

「行ってしまう、ですと？　いえ、そのことならご安心ください。あの者たちは、行くことなど夢にも思ってはおりませぬ。はい、まったく考えてはいないのでござります。降参するつもりで待っているのでございますもの」

「えっ――本当かい、いや、そりゃ『まことか』――と、きみたちの言葉を借りて言えば、そうなるわけだな？　だが、もし奴らが降参したいのなら、なぜしないでいるんだろう？」

「降参したいのは山々なのでございます。でも、ドラゴンというものがどんなに恐れられているかご存知ならば、あの者たちをとがめてはなりませぬ。こちらへ来るのがこわいのでございますから」

「そうか、それなら、かわりにこっちから行ってやったら――」

「いいえ、あの者たちは、あなたさまのおいでをじっと我慢してなどおられませぬ。わたくしが参りましょう」

そういうと彼女は出かけていった。ひきとめるひまもなく、敵地にのりこんでゆくのだ。わたしだったらこんな使いはまず成功おぼつかなしと自分で考えただろう。やがて騎士たちが立ち去り、サンデーのもどってくるのが見えた。わたしはほっとした。どうやら第一回戦はものにできなかったらしいと判断した。――つまり話しあいの段階でだめだったのだ。さもなければ、この会見がこんなに早く終わるはずはない。ところが聞いてみると、彼女がうまく事を処理していることがわかった。実際、感心するほどの手際だった。彼女の話によると、あの連中にこのわたしがザ・ボスなのだと言うと、とたんに連中ははっとしたのだそうだ。「あまりの衝撃にあの者たちは恐れおののきました」のだそうだ。そしてたとえどんなことでもそれを耐え忍んでする覚悟であるから、どうか要求してほしいと申し出たそうなのだ。そこで彼女は一同に誓いをたてさせ、かならず二日以内にアーサーの宮廷に行って、投降を申し出で、馬も甲冑も差し出すこと、そしてそれから後はわたしの騎士となり、わたしの命令に従うことを約束させたのだそうだ。この件についてはじつにすばらしい処理の仕方で、わたしなどとても及ぶところではない！　まさにぴか一の女だった。

第十五章　サンデーの話

「するとわたしは騎士の持ち主になったというわけだな」と、わたしはサンデーを乗せて馬を進めながら言った。「わたしがそんな種類の資産を手に入れるようになるなんて、いったい誰が想像したろう。あの者たちはどうしたらよかろう。籤引《くじび》きにでもして売りさばいてやるか。奴らは何人いたっけね、サンデー？」

「七人でござります、殿さま。それに従者たちもおりました」

「そりゃあ大した漁だ。何者なのかね？　奴らはどこに巣喰っているのかね？」

「どこに巣喰っているか、と申しますと？」

「いや、どこに住んでいるのかね？」

「ああ、そういう意味でござりましたか。そのことでしたら、後ほど申しあげましょう」そして彼女はしきりと何かを考えるような様子で、そっと言った。さっきの言葉を注意ぶかく舌のうえでころがしているのだ。「巣喰う――巣喰う――どこに巣喰う――奴らはどこに巣喰っているか。ね、これでいいのだわ。奴らはどこに巣喰っているのか。ほんとうに、この言葉には美しい、人の心をひきつけるような、みやびやかさがあります。それに表現もまた美しいし。

ひまをみつけては、ときどき練習してみましょう。そうすればたぶんわたしにも憶《おぼ》えられます。奴らはどこに巣喰っているか。まあ、できました！　もうすらすらと口から出るようになりました。それに、これなら――」

「カウボーイたちのことを忘れちゃあこまるよ、サンデー」

「カウボーイたち？」

「そう。あの騎士たちのことさ。話をしてくれるって言ってたろ。ちょっと前にさ。おぼえているだろう。たとえて言えばだね、さあゲームが開始ってえわけさ」

「ゲーム――」

「そう、そう、そうなんだ！　さあ、バットのところへ行った、行った。つまり、あんたの統計学の仕事にとりかかってもらいたいんだ。そしてたきつけはあまりたくさん燃やさずに火をおこしてもらいたいんだ。さあ、例の騎士たちの話を聞かせてくれないか」

「かしこまりました。ではさっそく始めることにいたしましょう。そこで二人は出発し、大きな森の中へと馬を進めてゆきました。そして――」

「こいつはしまった！」

　おわかりのように、わたしは大変な失敗をやらかしたことにすぐ気がついた。彼女の例のおしゃべりの機械を回してしまったのだ。わたし自身の過失だった。彼女があの騎士たちの話にとりかかるにはあと三十日はかかるだろう。それにいつも、始めるときは前置きがなく、終わるときも結末がないのだ。こっちが途中で口をはさんでも、彼女は気がつかずにどんどんしゃべりまくるか、さもなければ、二こと三こと答えておいてまたもとへもどり、その文章をもういちど最初からしゃべりなおすか、そのどちらかなのだ。だから口をはさむのは害になるだけだ。それでも、わたしは口をはさまないではいられなかった。そしてかなりちょいちょい口をはさんだ。それは自分の生命を守るためなのだ。彼女のあの雨だれのような話を一日じゅう頭にくらっていたら、人間は死んでしまうだろうと思ったからだ。

「しまったことをした！」とわたしは悲嘆にくれながら言った。すると彼女はすぐにあともどりをして、また最初から話しはじめた。

「そこで二人は出発し、大きな森の中へと馬を進めてゆきました。そして――」

「どの二人かね？」

「サー・ガーウェインとサー・ユーウェインでござります。そして二人はある修道院にやってまいりまして、快くその夜の宿を提供されました。翌朝、二人は修道院でミサに列《つら》なり、それから馬を進めてまいりますと、やがてまた大きな森にさしかかりました。するとサー・ガーウェインは小塔の近くの谷間に十二人ばかりの美しい乙女たちがいることに気がつきました。ほかに騎士が二人、甲冑に身を固めて、たくましい馬に乗っておりました。乙女たちは一本の木のそばを行ったり来たりしているのでござります。そこでサー・ガーウェインがよく見ますと、その木には真っ白な楯《たて》がかかっていて、乙女たちは木のそばを通るたびにその楯に唾《つば》を吐きかけ、なかには泥《どろ》を投げつける者さえいたのでござります――」（以上、マロリー『アーサーの死』第四巻第十六章より抜粋）

「ところで、それと同じ光景をわたし自身がこの国で見たことがなかったらだね、サンデー、あんたの話は信じなかったろうね。だがわたしは実際に見たことがある。現に今でもそういった女たちは見ることができるんだ。その、楯の前をパレードして、そのようなふるまいをする女たちをね。この国の女たちはまったく魔物につかれたようにふるまうのだ。そうだ、それにあんたたちのような身分の高い女たちもそうだ。上流社会で最も洗練された銘柄の女たちだってそうだ。モシモシ嬢《ハロー・ガール》は一万マイルにもわたる電話線に沿って働いているが、その中のいちばん卑しい田舎《いなか》娘だって、やさしさや、辛抱づよさや、つつましやかさや、行儀作法の点にかけては、アーサーの国の最高の貴婦人に教授してやることができるくらいだよ」

「ハロー・ガール？」

「そう。だがそれを説明しろなんて言わんでほしいね。なにしろ新しい種類の女なんでね。ここにはそういう種類の女たちはいないのだ。人はよく、彼女たちが少しも間違いを犯していないのに、叱りつけたりするが、それを後になってすまないと思い、自分を恥ずかしく思う気持ちは千三百年たっても克服することはできないものだ。それはじつに卑劣な、あさましい行為だし、じつにいわれのない行為なのだ。事実、紳士たるものはけっしてそんなことはしないのだ。——ところがわたしは——その、わたし自身は、もし白状しなければならぬとしたら」

「おそらくその女の人は——」

「その女の人のことはいい。その女の人のことはいいんだ。どんなに説明したってあんたにはわかってはもらえないんだからね」

「ではそのようにしておきましょう、あなたさまがそのようにお考えでございましたなら。それで、サー・ガーウェインとサー・ユーウェインは、乙女たちのところへ行って挨拶《あいさつ》をすると、なぜそのような侮辱をその楯に加えられるのかと尋ねました。騎士さま、と乙女たちは言いました。その訳をお話しいたしましょう。この国に一人の騎士がおりまして、その方がこの白い楯の持ち主なのでございます。ことのほか武勇にすぐれた立派なお方なのですが、貴婦人をはじめ身分のある婦人をすべて嫌うのでございます。それゆえ、わたくしどもは、みんなしてこのような侮辱をこの楯に加えているのでございます。わたしに言わせていただければ、とサー・ガーウェインが申しました。立派な騎士が貴婦人をはじめ身分あるご婦人方をすべて嫌うなどということはおそらくあるまいと思われます。もしあなた方を嫌っているとしたら、それはなにか相応の理由《わけ》があるからなのでしょう。そしてほかの土地ではご婦人方を愛し、また愛されているのかもしれません、もしその騎士があなた方の申されるように、武勇にすぐれた者であるとしたならば――」（以上、同書、第四巻第十七章より抜粋）

「武勇にすぐれた者――そうだ、それこそ女を喜ばす考えだよ、サンデー。知能にすぐれた者――そんなものは女は少しも考えはしないのだ。トム・セイヤーズよ――ジョン・ヒーナンよ、――ジョン・L・サリヴァンよ（三人とも拳闘選手。セイヤーズとヒーナンは一八六〇年四月十七日、激しい選手権試合を行なったが、勝負がつかなかった。サリヴァンは一八八九年七月八日、ジェイク・キルレインを破って世界チャンピオンになった。この試合以降、拳闘はグローヴをはめて行なうことになった。ちなみに、マーク・トウェインのこの作品が出版されたのは、この一八八九年の十二月十日〔イギリスでは六日〕である）――きみたちがここにいないのは残念だ。きみたちだったら、二十四時間もたたぬうちに円卓に席を列《つら》ね、名前の前に『サー』をつけて呼ばれるようになるだろう。そしてさらに二十四時間とたたぬうちに、宮廷内の既婚の王女や貴婦人たちを新しく分配しなおすことができるだろう。実際、それはまさに一種の洗練されたコマンチ族の宮廷といったところで、そこの女は誰でもみな自分の前に帽子を落としてもらうのを待っているのだ。いちばん多く頭の皮を腹帯にむすびつけた男にもらわれてゆくようにとな」

――「もしその者があなた方の申されるように、武勇にすぐれた者であるとしたならば、とサー・ガーウェインは申しました。ところで、その騎士の名はなんというのでしょうか？　騎士さま、と乙女たちは申しました。その名はマーホースと申し、王のご子息でございます、アイルランドの」

「アイルランド王のご子息、と言うべきだろうね。あんたの言い方では意味が通らんな。さあ、注意してよくつかまっているんだよ。この溝《みぞ》を跳びこさなけりゃならんからね。……そらっ、と。さあこれでいい。この馬はサーカスむきの馬だな。生まれる時代が早すぎたようだよ」

「その騎士ならばわたしもよく存じています、とサー・ユーウェインが言いました。現世のいかなる騎士にも劣らぬほどのすぐれた騎士です」

「現世の。サンデー、あんたにもし欠点があるとするならばだね、それは、あんたが少しばかり古風すぎるしゃべり方をするということだ。だが、そんなことは大したことではない」

——「なぜなら、わたしはその証拠をいちど見たことがあるのです。多くの騎士たちが寄り集う槍《やり》試合のときでした。そのとき、あの騎士に立ち向かうことのできる者は一人もおりませんでした。ああ！　とサー・ガーウェインは言いました、姫君、これはどうやらあなた方がとがめられねばならぬようです。おそらく、あの楯をあそこに掛けておいた騎士は、間もなくここへもどってくるでしょう。そうすればあそこにいる二人の騎士が、その騎士と馬上で闘うことができるのです。そのほうが、このようなあなた方の行為よりもあなた方にとってずっと名誉となります。わたしは騎士の楯が侮辱されるのをもうこれ以上だまって見ているわけにはまいりませんから。そう言いますとサー・ユーウェインとサー・ガーウェインとは乙女たちのそばから少し離れました。するとそのとき、サー・マーホースがたくましい馬に乗ってまっすぐ自分たちのほうへやって来るのに気がつきました。十二人の乙女たちはサー・マーホースの姿を見ると、塔の中へと逃げこみました。その様はまるで狂乱の態でした。そのため乙女たちのなかには途中で転ぶ者もでたくらいです。このとき、塔の騎士の一人が楯を構えると大音声《だいおんじょう》に呼ばわりました。サー・マーホース、この槍、かわせるものならかわしてみよ。そして、両者は激しくぶつかりあいました。あまりの激しさに騎士の槍はマーホースの体に当たると砕け散りました。そしてサー・マーホースのほうも相手に激しい一撃を加えたために、相手の首も馬の背骨も折れて――」

「ほら、それがこういう状況でやっかいなことなんだ。じつにたくさんの馬をだいなしにしてしまうんだから」

「それを見ると塔のもう一人の騎士が、槍を構えながらマーホースに向かってやって来ました。二人はたがいに激しくぶつかりあいましたが、塔の騎士はたちまち、人馬もろとも突き倒され、虚空をつかんで死に――」（以上、同書、第四巻第十七章）

「また一頭、馬が死んでしまった。こういう習慣《しきたり》はなんとしても廃止すべきだよ。多少とも感情のある人間ならこんなことに拍手喝采《かっさい》したり、支持したりするはずはないんだからね」

＊　＊　＊　＊

「こうしてこの二人の騎士はたがいに激しい勢いでぶつかりあい――」

どうやらわたしはいつの間にか眠ってしまい、話の筋を聞きおとしてしまったらしい。しかし、わたしは何も言わなかった。どうせ例のアイルランドの騎士が、かたわらで見ていた二人の騎士といまごろは渡りあっているんだろうと判断したからだ。そしてまさにそういうところだった。

――「サー・ユーウェインはサー・マーホースに一撃を加えましたが、そのあまりの激しさに槍は楯にあたると木端微塵《こっぱみじん》に砕け散ってしまいました。また、サー・マーホースの一撃も非常に激しいものでしたので、相手を人馬もろとも大地に突き倒し、サー・ユーウェインの左脇腹に傷を負わせ――」

「じつを言うとね、アリサンド、こういう古代の話は少々、単純すぎるんだな。用語の数もごく限られているし、そのために描写は変化が乏しくて難儀をしているんだ。どんなに描写を連ねたところで、それは事実の砂漠を平らにならしているにすぎないのだ。そして色彩に富んだ細部を描くには不十分なのだ。だから全体にわたってなんとなく単調な空気につつまれてしまう。実際、闘いの場面は、どれをとってもみな同じだ。つまり、二人の人間が激しい勢《ランダム》いでぶつかりあう。勢《ランダム》いという言葉はいい言葉だ。それに、その点に限って言えばエクシジーシス(「解釈」の意)もいい言葉だ。それにホロコースト(「全滅」の意)もいい言葉だし、デファルケイション(「委託金使いこみ」の意)だって、ユーズフラクト(「使用権」の意)だって、そのほか百にものぼるいい言葉がある。ところがどうだ！　人はとうぜん区別ぐらいしなけりゃならないのに――きまって二人は激しい勢いでぶつかる。そして槍は木端微塵に砕ける。一方は楯が破れ、他方は人馬もろとも倒れる。人は馬の尻《しり》を越えて大地に突き落とされ、首の骨を折る。すると次の相手が激しい勢いでやってくる。そして自分の槍を木端微塵に砕く。もう一方の騎士は相手の楯を破る。すると相手は人馬もろとも倒れる。人は馬の尻を越して大地に突き落とされ、自分の首の骨を折る。するとまた次に誰かが選ばれてやってくる。そしてまた次に、また次に、またまた次にやってきて、人材が使い果されるまでつづけられる。そしていざ結果を描きあげようというときになると、どの闘いも区別がつかなくなる。それに誰が勝ったのかもわからなくなる。生き生きとした、猛々《たけだけ》しい、とどろきわたる戦闘の図としてみるなら、へん！　血の気のない、物音ひとつしない——ちょうど幽霊たちが霧の中でつかみあいの喧嘩《けんか》をしているようなものにしかすぎない。やれやれ、こんな貧弱な用語数で世界最大の壮観をどんなふうに描写できるだろうか。——たとえば、ネロの時代のあのローマの炎上を？　まあ、せいぜいこんなふうに言うだけだろう、『市は焼けおちた。保険には入っていなかった。少年が窓を木端微塵に砕き、消防士は首の骨を折った！』ええっ、これじゃあ絵にならんじゃないか！」

これだけ言ってやればいいお説教になったろう、とわたしは思った。ところがサンデーは平気だった。眉《まゆ》ひとつ動かさなかった。彼女の蒸気はまたしても着実な勢いで噴きはじめた。わたしがふたをあけた途端にだ。

——「そこでサー・マーホースは馬首をたてなおすと、槍を手にガーウェインのほうへと馬を進めてきました。サー・ガーウェインはそれを見るや楯を構えました。それから二人はたがいに槍を構えて馬を全速力で走らせながらぶつかりあいました。そしてたがいに相手の楯のまんなかに激しい一撃を加えました。しかしサー・ガーウェインの槍は木端微塵に砕けました——」

「そうくるだろうと思った」

——「しかしサー・マーホースの槍は砕けませんでした。そのため、サー・ガーウェインは人馬もろとも、どうとばかりに大地に倒れました——」

「そのとおり、——そして馬の背骨を折った」

——「するとサー・ガーウェインはすばやく立ちあがり、剣をひきぬき、徒歩でサー・マーホースのほうへと向かってゆきました。それから双方するどくつめよると、たがいに剣をふるって激しい一撃を加えあいました。そのあまりの激しさに双方の楯は木端微塵に飛び散りました。そしてたがいに相手の兜《かぶと》や鎖帷子《くさりかたびら》を打ち砕き、相手の体に傷を負わせました。しかしサー・ガーウェインの力は、九時を過ぎたころから三時間のあいだ、しだいに強くなってゆきました。そしてその力はついに三倍にもなったのです。サー・マーホースはそれを見、相手の力が増したことを非常に不思議に思いました。そして、二人はたがいに相手に深い傷を負わせました。やがて正午になったとき——」

この果てしなくつづくお経のような長話を聞いているうちに、わたしは自分の少年時代の光景や音を思いだした。

「ニューウー・ヘイヴン（「ニュー・ヘイヴン」はコネチカット州最大の都市）！　軽食のため十分《ずっぷん》間停車——車掌は発車二《ぬ》分《ふん》まえにどら《ゴング・ベル》を鳴らします——海岸線にお乗りのお客さまは後部の車両にお乗りかえねがいます。この車はこの先へは行きません——リンゴー、ミカーン、バナーナー、サンドーイッチ、ポップコーンはいかがー！」

——「そして正午が過ぎ、夕方にさしかかりました。サー・ガーウェインの力は衰えはじめ、非常に弱々しくなってきました。そのため、もうこれ以上もちこたえることはできぬようになりました。しかもサー・マーホースのほうはますます巨大になっていきました——」

「そうなりゃ、もちろん甲冑《かっちゅう》が窮屈になったわけだ。それなのにこういう連中はひとりとしてそういう窮屈なものを苦にしないのだからな」

――「そして、騎士どの、とサー・マーホースは言いました。わたしにはよくわかったことだが、貴殿はじつにすぐれた騎士であり、またすばらしい力の持ち主だ。その力が続いているあいだは世のいかなる者にも劣らぬと思う。われわれの闘う理由はもともと大したことではない。それゆえ貴殿を傷つけることはまことに忍びない。どうやら貴殿はひどく衰弱しておられる様子だからな。ああ、とサー・ガーウェインは言いました。心やさしき騎士どの、その言葉こそ拙者の口から申すべきものです。それから二人は兜をぬぎ、接吻《くちづけ》を交わしました。そしてたがいに兄弟として愛しあおうと誓いました――」

しかしわたしはここで話の道筋を見失い、うとうとと眠りながら、こんなことを考えはじめた。まったく残念なことだ、そんなすばらしい力をもった者たちが――つまり、むごたらしいほど重苦しい鉄器の中にとじこめられ、滝のように汗を流しながら立って、たがいに、六時間もたてつづけに相手と切りあい、打ちあい、叩《たた》きあうことのできる力を持った者たちが――その力を何か実際に役立つ目的に向けられる時代に生まれあわせなかったということは、だ。たとえば、ロバを見るがいい。ロバはそのような力をもっていて、それを実際に役立つ目的に向けている。そして彼がロバであるゆえにこの世にとって貴重な存在となっている。しかし貴族は自分がロバであるからといって貴重な存在であるわけではない。混成物《まじり》というものはきまって効果のないもので、そんなものは最初から試みられるべきものではなかったのだ。ところが、ひとたび間違いをしでかすと、その面倒は始まってしまい、それがどうなってゆくのか見当もつかなくなってしまうのだ。

ふたたび我にかえり、耳を傾けはじめると、わたしはまた話の筋を聞きおとしてしまって、アリサンドが登場人物といっしょに遠くさまよい出てしまっているのに気がついた。

――「こうして一行が馬を進めてゆくと、ある深い谷間に入りました。多くの岩のある谷間で、近くに美しい流れが見えました。その上手《かみて》に、流れの源である美しい泉があって、そのかたわらに三人の乙女がすわっていました。この国では、とサー・マーホースが言いました。この国がキリスト教に改宗してから後も、ここを訪れる騎士は必ず不思議な冒険に出会っているのです――」

「それは正しい形ではないね、アリサンド。アイルランド王の子サー・マーホースがほかの者と同じようなしゃべり方をしている。やはりアイルランドなまりでしゃべらせるか、さもなければせめてアイルランドふうの味をきかしてしゃべらせなければだめだ。そうすれば、聞き手のほうはこの男がしゃべりだせばすぐにそれとわかるわけだ、名前を聞かなくったってね。そんなことは大作家なら誰でもやっている文学上の手法だよ。だからあんたもこの男にこんなふうにしゃべらせなくちゃいかん、『この国では、まことのことじゃがの、この国がキリスト教に改宗してからのちも、ここを訪れる騎士は必ず不思議な冒険に出会《でお》うとるのです。まことのことじゃがの』というぐあいにね。だいぶ感じが出てきたろう」

――「ここを訪れる騎士は必ず不思議な冒険に出会うとるのです、まことのことじゃがの。たしかにそうでございますね、殿さま、たいそう言いにくうはございますが。でもたぶん、こういう使い方をしたほうが、手間をとらず、話もどんどん進むことでござりましょう。そこで一行はその乙女たちのほうへ馬を進めてゆきました。そしてたがいに挨拶《あいさつ》をかわしました。いちばん年上の乙女は頭に黄金の冠をいただいておりました。年のころは六十かあるいはそれを越したくらいでした——」

「その乙女がかい？」

「さようでござります、殿さま、——そして冠からのぞく髪の毛は真っ白でした——」

「一式九ドルのセルロイドの入れ歯ってえのもはめているんだろう、たぶんな——ガタガタのやつで、食べるときには落とし格子みたいにあがったりさがったりして、笑えば飛び出してくる代物《しろもの》だ」

「二番目の乙女は三十くらいで、これも頭に黄金の輪をしていました。三番目の乙女はまだほんの十五歳くらいで——」

いろいろな考えが大波のようにわたしの心にうちよせてきて、彼女の声はわたしの耳から消えていった！

十五歳だって！　砕け散れ——わが心よ！　おお、わが失いし愛《いと》しの恋人よ！　ちょうどこの乙女と同じ年ごろだ。じつにしとやかで愛らしく、わたしにとっては全世界だった。それなのにもう二度と彼女には会えないのだ！　彼女に対する想いは、なんと記憶の広い海をいくつも越えてわたしを何世紀も何世紀も先のぼんやりとしたおぼろげな時代へ、幸福な時代へ、連れもどしてくれることだろう。あの時代、わたしはいつも心地よい夏の朝、あまい彼女の夢から目をさますと、こう言ったものだ、「ハロー、セントラル！」それは彼女のあのやさしい声が「ハロー、ハンク！」と言いながら、とけるようにわたしのもとへ返ってくるのを聞くためだ。その声こそわたしの魅せられた耳にとっては天球の音楽だった。彼女は週に三ドル稼いでいたが、彼女はそれだけの値打ちがあった（彼女はウエスト・ハートフォードで電話交換手をしていた。したがって「ハロー」は「もしもし」、「セントラル」は「中央電話局」の意にもとれる）。

わたしはもう、われわれが捕虜にした例の騎士たちが何者なのかアリサンドの説明にもうこれ以上ついてゆくことはできなかった――もっとも、彼女がそれは何者なのか説明するところまでゆけばの話であるが。わたしの興味はもうなくなって、思いは遥《はる》か遠くにあり、そして悲しかった。彼女のこの漂い流れるような話をところどころつかまえ、ちらりちらりと耳にして、おぼろげながらやっとわかったことはこういうことだ。つまり、その三人の騎士はそれぞれ三人の乙女たちを一人ずつ自分の馬のそえ鞍《ぐら》に乗せて、一人の騎士は北へ、一人の騎士は東へ、もう一人の騎士は南へと馬を進めてゆき、冒険を求めた。そしてふたたび彼らは落ちあって、嘘をつくのだ、一年後のその日に。一年後のその日――しかも手荷物もなしにだ。それはこの国の諸般の簡便さと一致するものだった。

太陽はそろそろ沈みかけていた。アリサンドが、あのカウボーイたちについてそれが何者なのかを話しだしたのが午後の三時ごろだった。だから、ずいぶん捗《はかど》ったわけだ――彼女にとってはのことだが。やがてそのうちには、間違いなく、たどりつくわけだろうが、彼女はいくら急がせたって急ぐような女ではない。

われわれは、丘の上に立っている城のほうへと近づいていった。巨大な、がっしりとした、古びた建物で、その灰色の塔や胸壁は蔦《つた》で一面に美しく覆われており、また建物全体の堂々たる姿が、沈みゆく太陽の光を受けて輝くばかりに美しく染まっていた。それは、われわれがこれまでに見たこともないような大きな城だった。それで、これこそわれわれの求めている城かもしれぬと思った。しかしサンデーはそうではないと言った。彼女は誰がこの城の主か知らなかった。キャメロットへ行くとき、ここへは立ちよらずに通り過ぎてしまったのだそうだ。

第十六章　モルガン・ル・フェイ

もし遍歴の騎士たちのする話がそのまま信用できるものとすれば、城というところは、必ずしも、手厚いもてなしを求めてゆくに望ましい場所であるとは限らないそうだ。しかし実際には、遍歴の騎士なぞ信用できる人間ではない――といっても、それは現代の規準からみて真実性を云々《うんぬん》した場合の話だ。しかし彼ら自身の時代の規準から見、それによって云々するならば、真実を知ることはできる。その方法はごく簡単なものだ。相手の話を九十七パーセント割引して聞けばいい。そうすれば、その残りが真実ということになるからだ。さて、こういう割引をしたあとで、そこに残った真実は何かといえば、それは、もしドアのベルを鳴らす前に――ということは、見張りの兵隊に声をかける前に、ということなのだが――城について何か予備知識を得ることができるのなら、それをしておくほうが賢明だ、ということだった。だから、わたしは喜んだ、ちょうど折よく向こうのほうを見ると、馬に乗った男がこの城からうねうねとつづいている道のいちばん下の曲がり角のところへ姿を見せてくれたからだ。

たがいに近づくにつれて、わたしの目にも相手の男が羽根飾りのついた兜《かぶと》をかぶっているのが見えてきた。そしてどうやら、鎧《よろい》をきているようにも思えたが、じつのところは奇妙な添え物を身につけてもいた——つまり堅そうな四角い衣装で、伝令使の官服みたいなやつをだ。しかし、わたしは自分の忘れっぽさに苦笑せざるをえなかった。ちょうどわたしがもっと近くまで行って、その男の官服の上にこんなサインを読みとったときだ。

「パーシモンの石鹸《せっけん》——花形婦人はどなたもご愛用」

それはわたし自身が考え出したちょっとしたアイデアだった。そしてこれにはいくつかの健全な目的があったのだが、それは将来この国を文明化し向上させようというねらいから生じたものだった。まず第一に、これは、騎士の武者修行というこのバカげた行ないに対するひそかな下手打ちの攻撃だった。もっとも、バカげた行ないだと思っているのはこのわたし以外には誰もいはしなかったけれども。そこで、わたしは多くのこうした連中を——つまり、わたしが集めうる限りの最も勇敢な騎士たちを、方々に派遣しておいた。一人一人にそれぞれ工夫をこらした看板を体の前と後ろにかけさせてだ。そして、わたしはこう考えた。やがてこういう連中の数がふえてくれば、連中の姿がバカらしいものに見えてくるはずだ。そうすれば次には、看板をつけない鋼鉄姿の頑固者でさえも、自分自身がバカらしいものに見えてくるだろう。なにしろ自分がファッションにおくれるわけなのだから。

第二に、こういう伝道師たちは、だんだんと、しかも相手に疑いの心をおこさせたり驚きの気持ちをわきたたせたりすることなしに、基本的な衛生思想を貴族たちのあいだに導き入れる

ことになるはずだ。そしてその貴族たちから一般大衆へと波及してゆくようにもなるだろう。しかしそれにはもし僧侶《そうりょ》たちをだまらせておくことができるならば、という条件はつく。そうすれば、「教会」の土台をだんだんとくずしてゆくことになる。いや、それへ向かっての一歩にはなるはずだ。そして次に、教育。——次に自由——そうすれば、やがて「教会」も崩壊《ほうかい》しはじめる。わたしの確信からすれば、いかなる「国立教会《エスタブリッシュト・チャーチ》」もそれが国立教会である限りは確立《エスタブリッシュト》された犯罪であり、確立《エスタブリッシュト》された奴隷小屋なのだ。だからわたしは少しもためらうことなく、喜んでそれに攻撃をしかけたいと思っていた。有効と思われる手段があればどんな手段にうったえてでも、またどんな武器をもってしてでもだ。なにしろわたし自身の時代にだって——つまり、時の子宮の中でまだ動きだしてもいない遥《はる》かかなたの時代にだって、——自分たちは自由な国に生まれたのだと思っているような古くさいイギリス人がいた。「自由な」国といってもそこには市会条令（一六六一年に制定された条令で、長老教会派盟約を認める者や国王に反抗する権利を容認する清教徒の一切に対し、彼らが地方政治に参与することを認めないようにしている）や宣誓令（官吏就任の際、忠順および国教信奉の宣誓をさせる条令）がなお生きているような国なのだ。——そういう二つの丸太が人間の自由と汚された良心とによりかかって確立《エスタブリッシュト》された

時代錯誤《アナクロニズム》を支えていたのだ。

わたしの伝道師たちは外衣《タバード》に金文字で宣伝文句を書くように教えこまれていた。はなやかな金文字の飾りとはわれながらうまいアイデアで、このけばけばしい美しさならアーサー王にだって看板をさげさせることができそうだった。伝道師たちはこの宣伝文句を書いて、領主や貴婦人たちに石鹸とはいかなるものであるかを説明することになっていた。そしてもし領主や貴婦人たちが石鹸をこわがるようだったら、彼らに、犬に試させてやることになっていた。伝道師の次の手は、領主や貴婦人たちの家族をぜんぶ集めておいて、その目の前で自分の体に試してみせてやることだった。実験はけっしてためらうことなく、たとえどんなに見こみがなくても、必ず貴族たちに石鹸が無害であることを確信させなければならなかった。もしどうしても疑う奴がいたら、そのときにはしかたがないから、隠者をつかまえてくることにしていた。――森に行けばいくらでもいる連中だ。連中は自分のことを聖者と称し、みんなからも聖者だと信じられていた。連中は言語に絶するほど神聖なものであり、奇跡も行なった。だから誰もが連中を恐れうやまっていた。もし隠者が石鹸を使って、しかもなお死なずにいるのに、それでもまだ信用しないような領主がいたら、そういう度し難い奴は諦《あきら》めて、放っておくようにさせた。

わたしの伝道師たちは、遍歴の騎士と途中で出会って相手をうちまかしたときには、必ず相手を石鹸で洗ってやっていた。そして相手が元気になると、誓いをたてさせ、必ず看板をとりに行って、それからの一生を石鹸と文明の普及に努めますと約束させた。その結果、この仕事につく者の数はしだいに増え、改革は着々と広がっていった。わたしの石鹸工場は早くから相当な負担を感じた。初めは工員も二人だけだった。しかし、わたしは出発前にすでに十五人を雇い入れ、昼夜兼行で経営していた。そのため大気中の石鹸の匂いが非常に強くなって、アーサー王は卒倒しかけたり、喘《あえ》いだりしはじめ、ついにはもうこれ以上たえられそうにないなどと言いだす始末だった。そしてサー・ラーンスロットも調子がおかしくなって、ただ屋根の上を行ったり来たりしながら、悪態をついてばかりいた。屋根の上はほかのところより体によくないのだと言ってやったが、彼は、空気がたっぷり吸いたいのだと言った。そしてたえず不平を言いながら、とにかく宮廷というところは石鹸工場にはふさわしくない、とこぼし、もし彼の家に工場を作ろうなどと言いだす者がいたら、きっとそいつを絞め殺してやると言っていた。その場には貴婦人たちもいたが、これらの人間はずいぶんとそれを気にしていた。しかしその彼女たちだってきっと子供たちの前でも悪態をついたことだろうと思う。もし工場が操業しているとき風が彼女たちのほうへ吹いていたとしたらだ。

　わたしが城の前で会った伝道師の騎士の名は、ラ・コート・マル・ターユ（「ぶかっこうな衣装」の意）といった。そして彼の話によると、この城はモルガン・ル・フェイの居城なのだそうだ。アーサー王の姉（父ちがいの姉）にあたり、夫はユリエンス王といい、その領地もだいたいコロンビア特別区（アメリカ連邦政府の所在地）ぐらいの大きさのものだった。――つまり、その領地のまんなかに立って、煉《れん》瓦《が》を投げれば必ず隣の王国に落ちるといったほどの大きさなのだ。「国王」とか「王国」とかといっても、それはブリテンにおいてはじつに数が多くてひしめきあっていた。ちょうどヨシュア時代（旧約聖書、ヨシュア記参照）のあの小さなパレスチナにおけるものと大して変わりがなかった。だから人は眠るときには膝《ひざ》をかかえて丸くならなければならぬほどだった。なぜなら、体をのばして寝るには、どうしてもパスポートが必要だったからだ。

ラ・コートはひどくふさぎこんでいた。というのも彼は今度のキャンペーンで今までにない大きな失敗をこの地でやらかしていたからだ。石鹸は一個も売れなかった。しかも彼はあらゆる手を使って宣伝をし、とうとう隠者を洗うことまでやった。ところが、その隠者が死んでしまったのだ。これはまったく不運な失敗だった。なぜなら、これでこの動物もいまや殉教者に叙せられることになり、ローマ暦にのっているあの聖者たちの列に加えられることになってしまったからだ。かくのごとく彼、すなわちこの哀れなるサー・ラ・コート・マル・ターユは訴え、いとど嘆き悲しみいたるなり、というわけだった。わたしの胸も彼のために血を流した。わたしは同情のあまり彼を慰め、彼を支えてやろうと思った。そこでこう言ってやった。

「悲しみをこらえ召されよ、騎士どの、これはけっして敗北にはあらざるがゆえなり。われら、すなわち貴殿と拙者とには才知あり。才知ある者には敗北あるべからず。ただただ勝利あるのみ。見よ、われら一見、禍《わざわい》のごとく見えしものをいかにしてすばらしき広告に変ぜんかを。われらが石鹸の広告。いまだ考えおよばざるごとき最大の広告にして、客を引きつけること必定なるものに。あのワシントン山（ニューイングランド最高の山）の敗北をマッターホルンの勝利に変ぜんがごとき広告に。すなわち、われら貴殿の看板にかく認《したた》め申そう、『**ごひいき筋には、神に選ばれし御方もあり**』と。これでいかがでござる？」

「いや、これはすばらしき名案でござる！」

「さよう、誰しもみとめざるを得ぬのは、『上品な小さな一行広告は、人の意表をつく文句《コーカー》に限る』ということわざでござる」

こうしてこの哀れな行商人の悲しみも消え去った。彼は勇敢な男で、昔は数々のりっぱな武勲もたてていた。彼の主要な名声は、わたしが今しているようなこういう旅の途中で起こった事件に基づいていた。彼はその旅をあるときマルディザン（「口の悪い人」の意）という名の乙女といっしょにしていた。その乙女もサンデーと同じように舌のよくまわる女だった。もっともそのまわり方には違いはあった。なぜなら彼女の舌は、ののしりと侮辱だけをあびせかけるのだが、サンデーの音楽のほうはもっと思いやりのあるものだったからだ。わたしは彼の話をよく知っていた（ラ・コート・マル・ターユとマルディザンとの話は、マロリーの『アーサーの死』第九巻第二―九章に述べられている）。だから、彼がわたしに別れを告げたとき、その顔に浮かべた同情の色も、それがどういう意味のものかよくわかった。彼はわたしがつらい目にあっているのだろうと思ったのだ。

サンデーとわたしとは、馬を進めながら彼の話について語りあった。彼女の言うには、ラ・コートの不運はあの旅の最初に始まったのだそうだ。というのもアーサー王の道化が最初の日に彼を馬から突き落としてしまったからで（これはマーク・トウェインの思い違いであろう。「あるいは故意にそうしたものか？」馬から突き落としたのはラ・コート・マル・ターユであって、道化ではない）、こういった場合、しきたりとして女は勝利者のがわにつくのがあたりまえなのだが、マルディザンはそうはしなかった。そればかりでなく、それから後もずっとラ・コートについてゆくといってきかなかった。いくら彼が試合に負けてもきかなかったのだそうだ。そこで、しかしとわたしは言った、勝利者のほうがその女をもらいうけることを断わったとしたらどうだろうか？　彼女の言うには、そんなことは答えにはならない――勝利者はどうしてももらいうけねばならないのだ、断わるわけにはいかないのだ、断わればしきたりに反することになるのだ、ということだった。わたしはそれをメモにとっておいた。もしサンデーの音楽があまりにもわずらわしいものになったら、折をみてどこかの騎士にわざと負けてやろう。そうすれば彼女はその男にひきとってもらえるかもしれないからだ。

やがてそのうち、わたしたちは城壁の上から衛兵に呼びとめられた。そして交渉ののち、城内に入ることを許された。この訪問についてはべつにこれといっておもしろい話もない。だからといってがっかりしたわけでもなかった。なぜなら、ル・フェイ夫人のことは、かねてからその評判で知っていたし、それだけに楽しいことなど期待もしていなかったからだ。彼女は国じゅうの者から恐れ敬われていた。というのも、自分を偉大な魔女であるとみんなに信じこませていたからだ。彼女のやり方はすべて意地のわるいものであり、彼女の本能はすべて悪魔《サタン》のようなものだった。まぶたのあたりまで全身が冷ややかな悪意に満ちあふれていた。彼女のこれまでの生涯は罪悪で真っ黒だった。その罪悪の中で、人殺しが常習なのだ。だからわたしは彼女にあうのが、とても楽しみだった。悪魔にあうときのように楽しみだった。ところが驚いたことに、彼女はなかなかの美人だった。暗黒の思いも彼女の表情を鼻もちならぬものとすることができず、年齢も彼女の繻子《しゅす》のような柔らかな皮膚にしわをよせることができず、またその花のようなみずみずしさを損なうこともできなかった。彼女は老ユリエンス王の孫娘（実際は妃にあたる）といっても通るだろうし、自分自身の息子（ユーウェイン）の姉と間違われることだってありそうだった。

わたしたちは城門を通りぬけると、すぐに彼女の面前に伺候するようにと命令された。そこにはユリエンス王もいた。やさしい顔の老人で、静かな容貌《ようぼう》をみせていた。息子のサー・ユーウェイン・ル・ブランシュマン（「ブランシュマン」は「白い手」の意）もいた。もちろんわたしはこの男に興味をもっていた。というのも、噂《うわさ》によると、この男は昔三十人の騎士を相手に闘ったことがある（マロリー『アーサーの死』第四巻第二十六章）ということだったからで、それにまた、サー・ガーウェインやサー・マーホースといっしょに旅に出たことがある（同書、第四巻第十九章以下）とのことだからだ。その旅のことについてはサンデーが前々からいやというほど聞かせてくれていた。しかし、ここではモルガンがいちばんの呼びものであり、異彩をはなつ人物だった。彼女はこの館《やかた》の主となっていた。そのことは、一目でわかった。彼女はわたしたちを席につかせた。それからじつに美しいしとやかさと上品さとで、わたしにいろいろと質問しはじめた。まったく、小鳥か、笛か、なにかそういったものが口をきいているようだった。わたしは、この女はいつわり伝えられ、間違った噂をたてられていたにちがいない、と思わずにはいられなかった。彼女は美しくさえずり、さらにまたさえずった。そのうちに美しい小姓が一人、虹《にじ》のようにきれいな服装をして、波のようにゆるやかなうねるような歩き方で、黄金の盆になにかをのせて入ってきた。そしてそれを彼女に捧《ささ》げるためにひざまずこうとしたとき、もったいぶったしぐさがすぎて、バランスを失ってしまった。そして彼女の膝《ひざ》に軽く倒れかかった。すると彼女は小姓の胸に短剣を突きさした。人がネズミを突き殺すときのように平然とだ！

かわいそうに、小姓はばたりと床のうえに倒れ、柔らかな手足をねじって一瞬はげしいひきつりの苦痛をみせたかと思うと、そのまま死んでしまった。老王の口からは、しぼるように思わず「おー！」という同情の叫び声が出た。しかし王妃の視線をうけると、とたんに彼は黙りこんでしまい、それきり何も言わなかった。サー・ユーウェインは母から合図をうけると、控えの間に行って召使を呼んだ。そのあいだにも王妃のほうはやさしい声で話をつづけていた。

みているると、彼女はなかなか立派な主婦だった。なにしろ、話をしているあいだにも、たえず横目で召使たちを見ながら、彼らが手落ちなく死体をとりあつかい、運び出してゆく様子を監視していたからだ。そして彼らが真新しいタオルをもってくると、さっそく追い返して古いのをもってこさせた。そして彼らが床をふきおえて出て行こうとすると、彼女は赤いしみを一つ見つけてそれを注意した。それは一粒の涙ほどの大きさのもので、彼らの不注意な目が見落としていたものだった。わたしの目には、ラ・コート・マル・ターユがこの館の女主人に会いそこねたことは明らかだった。往々にして、人間の舌よりもずっと大きな声で、しかもはっきりと、無言の状況証拠は真実を語っているからだ。

モルガン・ル・フェイは相変わらず歌でもうたうように美しい声で話しつづけた。驚嘆すべき女だ。それになんという視線をもっていることだろう。その視線が、とがめるような光をおびて、あの召使たちのうえに落ちると、彼らはちぢみあがり、おじけづいた。ちょうど臆病《おくびょう》な人間が、稲妻が雲間からひらめき出るのを見たときのようにだ。わたしだってそんな習慣を身につけかねない。あのかわいそうな老ユリエンス殿《どん》も同じだった。彼はいつも不安の瀬戸ぎわにいた。彼女が彼のほうを向いただけで、彼はしりごみをしたのだ。

話の途中で、わたしはうっかりアーサー王のことを褒めてしまった。この女が弟のアーサーをひどく嫌っているのをつい忘れていたのだ。ほんの一言だったが、それで十分だった。彼女の顔は嵐《あらし》のようにかき曇った。衛兵を呼びよせると、こう言った——

「この悪党どもを土牢《つちろう》につれてゆくのじゃ!」

その言葉はわたしの耳を冷たく打った。彼女の土牢は有名なものだったからだ。わたしはどう言えばいいか――あるいは、どうすればいいか、かいもく見当がつかなかった。しかし、サンデーはそうではなかった。衛兵がわたしに手をかけたとき、彼女はじつに落ち着きはらった確信のある態度で口をひらくと、こう言った――

「これはしたり、そなたは己が身の破滅を願うのか、心失《うしな》いし男よ？　これなるは、ザ・ボスにておわしますぞ！」

いやはや、なんという名案だ。――しかもじつにたわいもないことだ。それでいてわたしにはけっして思いうかばぬものだった。わたしは生まれつき慎みぶかくできている。何から何までというわけではないが、部分的にはそうだ。そしてこれがその部分の一つだった。

王妃に対する効果は電撃的なものだった。表情は晴れわたり、微笑《ほほえ》みがよみがえり、口説き上手な愛嬌《あいきょう》やお追従《ついしょう》がもどってきた。しかしそれにもかかわらず、いくらそれらのものをもってしても、完全には隠すことのできなかったものがあった。それは、彼女がひどくおびえているという事実だ。彼女は言った。

「まあ、あなたさまのお女中の申すことをお聞きあそばせ！　わたくしのような魔法を授けられている者が、マーリンを打ち負かしたお方に向かってあのようなことを申しましたのが、まるで冗談から申したのではないとでもいった口ぶりではございませぬか。わたくしは自分の魔法で、あなたさまのお越しを知っておりましたし、ここへお入りになったときにも自分の魔法であなたさまだということがわかっておりました。いまこんなつまらぬ冗談をいたしましたのも、じつは、あなたさまをびっくりさせれば、あなたさまの魔法を何かお見せくださりはしまいかと考えたからでございます。きっと衛兵どもを神秘の火で打ち砕き、その場で焼き殺して灰になさることでございましたろう。わたくしの魔法をはるかにしのぐ不思議なお力。しかもそのお力こそ、わたくしがかねがね子供のように見たい見たいと楽しみに思っていたものでございます」

衛兵たちはそれほど見たいとは思っていなかった。そこでお許しが出るやいなや、みんなその場を飛び出していった。

第十七章　宮中の宴会

王妃は、わたしが平然としていて怒っている様子のないのを見てとると、あの言い訳でわたしがうまく騙《だま》されたと判断したにちがいない。なぜなら彼女の恐怖はどこかへ消えてしまって、すぐにまた小煩《こうるさ》く、魔法をみせてほしい、誰かを殺してみせてほしい、とせがみだしたからだ。おかげで事はめんどうになってきた。しかし、ほっとしたことに、その彼女も祈禱《きとう》の時間がきたとの知らせを受けて話を中断しなければならなくなった。このことだけは貴族のためにとくにお話ししておこう。つまり、彼らは暴虐《ぼうぎゃく》で、残忍《ざんにん》で、貪欲《どんよく》で、道徳的にも腐りきっていたけれども、心の奥底から、そして熱狂的なほどにまで、信心深いのだ。彼らの心を、「教会」の命ずる定期的かつ忠実な敬神の行事からそらすことのできるものは何ひとつなかった。一度ならずわたしも目撃したことがあるが、貴族が敵を窮地に追いこむ。するとその貴族はそこでいったん立ちどまって祈りを捧《ささ》げ、それからおもむろに相手の首を掻《か》き切るのだ。一度ならず目撃したが、貴族が敵を待ち伏せして、相手を殺す。するとその貴族はすぐさまいちばん近くにある道端の祠《ほこら》へ行って、心の底から感謝の祈りを捧げ、死体から甲冑《かっちゅう》をはぎとることなど後まわしにするのだ。これほど立派なと言おうかやさしい心根の行ないは、十世紀後のあの無骨な聖者ベンベヌート・チェルリーニ（一五〇〇―七一年。イタリアの彫刻家）の伝記の中にも見られぬものだ。ブリテンの貴族たちはすべて、その家族の者たちといっしょに、毎日、朝な夕なに自分たちの自家用の教会で祈禱を捧げる。そしてそのうえ、どんなふしだらな貴族でも一日に五回や六回は家族そろって礼拝をする。こうした立派な行ないはひとえに「教会」のおかげだ。わたしは「カトリック教会」に対して少しも好意をよせる者ではないが、この点だけは認めざるをえない。そしてしばしば、さすがのわたしでさえも、ふと気がつくと、こんなことをつぶやいているのだ。

「この国はいったいどうなってしまうだろうか、もし『教会』がなかったなら？」と。

　祈禱がすむと、わたしたちは宴会用の大広間で食事をした。そこは何百という獣脂ロウソクで照らされており、なにもかもが美しく、贅沢《ぜいたく》で、荒けずりな豪華さを見せていた。さすが並み居る大勢の王侯貴族にふさわしい光景だった。広間の上手《かみて》の、高段には、国王、王妃、それに彼らの息子であるユーウェイン王子の席があった。そしてこの席から下手《しもて》へと広間を通って一般の者たちの席がならんでいた。平土間の上にだ。そしてこの席の上座に賓客の貴族と、その家族の中で成人に達している者たちが、それぞれ男女とも――つまり事実上の居座わり皇族が――六十一人いた。そして下座には王室の下級役人がその主だった部下をつれて座っていた。全部で百十八人が席についており、それと同じくらいの数の召使たちがそろいの服を着て椅子の後ろに立っていたり、それぞれ役目に応じた場所についていたりした。それはじつにすばらしい光景だった。ギャラリーではシンバルやホルンやハープやそのほかのゾッとするような道具をもった一団が、なにやら演奏をはじめたが、それは泣き声の、お粗末な第一声というか、最初の苦悶《くもん》というか、とも思えるようなやつで、後世“In《イン》 the《ザ》 Sweet《スウイート》 Bye《バイ》 and《アンド》 Bye《バイ》”（J・P・ウエブスターとS・F・ベネットによるセンチメンタルな歌。一八六八年発表いらい長いあいだ流行した）として知られているようなものだった。それは新しい曲目だった。だから当然もう少し練習しておかねばならぬものだったのだ。あれやこれやの理由で、王妃はこの曲の作曲者を吊《つる》し首にさせた。食事の後でだ。

この音楽がおわると、国王たちの席の後ろに立っていた僧侶《そうりょ》が、おごそかな長い祈りを、うわべだけラテン語に聞こえるような言葉でとなえた。そしてそれがすむと、給仕たちの大軍がそれぞれの持ち場から散って、つっぱしったり、突進したり、飛びまわったり、取ってきたり、運んだりしはじめた。そして豪勢な食事がはじまった。話をする者はどこにもおらず、ただただ夢中になって食べるのだ。幾列にも並んだ口がいっせいに開いたり閉じたりして、その音は地下室で動いている機械がたてるあのこもった音にも似ていた。この大殺戮《さつりく》のような食事は一時間半もつづいたが、主要食品の破壊たるや想像を絶するほどだった。ご馳走《ちそう》の中でもいちばんのご馳走だったものも——それは大きな猪《いのしし》で、はじめのうちこそじつにかっぷくのよい堂々たる姿を横たえていたのだが——いまでは何ひとつ残ってはおらず、ただフープスカートのような骨だけになっていた。そしてそれを見ただけで他のご馳走がみんなどうなっているか、すぐに見当がつくほどだった。

それからパイなどが運ばれてくると、今度はそれらを食べながらの酒盛りがはじまった。そ

れにおしゃべりもだ。何ガロンもの葡《ぶ》萄《どう》酒や蜂蜜《はちみつ》酒が飲みほされて、誰も彼もが気持ちよくなり、それから陽気になり、そして上機嫌になった——男も女もだ——そしてやがて相当にさわがしくなってきた。男たちは聞くにたえない卑猥《ひわい》な話をしたが、誰ひとり顔を赤らめる者はいなかった。そして、うまい洒落《しゃれ》が飛び出すと、その場の連中は城をゆるがすような大きな声でバカ笑いをした。それに対して貴婦人たちも小話でやり返していたが、その話たるやナヴァールのマルグリット女王（フランス・ルネサンスの女流作家。一四九二—一五四九年。『エプタメロン』の作者）やイギリスのあの偉大なエリザベス（エリザベス女王一世一五三三—一六〇三年。）でさえ、それを聞いたらハンカチで顔をかくすだろうと思われるほどの話だった（エリザベス女王の宮廷の猥談については、マーク・トウェインが『一六〇一年』という作品の中で扱っている）。

ところが、ここでは誰ひとり顔をかくすどころか、ただ笑っているだけだった——いや、吼《ほ》えていると言ってもいいくらいだった。こうしたすさまじい話のほとんどすべての中で、こきおろされている主人公は聖職者だったが、そんなことを聞いてもこの場にいる僧は少しも気にするふうもなく、ほかの連中といっしょになって笑っていた。いや、それどころか、誘われると、大声で歌までうたいだしたが、その歌たるや、その夜うたわれたどんな歌にも負けぬくらい、露骨なものだったのだ。

　真夜中ごろまでには、みんなくたくたに疲れ、腹の皮も笑いのために脹《は》れあがるほどになった。そして、たいがい、みなグデングデンに酔っていた。酔って泣いている者があるかと思えば、女にたわむれている者もあり、陽気に浮かれている者、口喧嘩《げんか》をしている者、正体なくテーブルの下に酔いつぶれている者もいた。貴婦人たちの中で、いちばんひどい光景は、一人のかわいらしいうら若い令嬢だった。なにしろ彼女にとって今日は結婚式の前の晩だったのだ。だからこそ彼女はまさに見ものだった。そのままの様子で彼女は摂政オルレアン公（一六七四―一七二三年。フランス国王ルイ十五世の摂政。フィリップ二世のこと）の年若い娘の先達になれたわけだからだ。オルレアン公の娘はあの有名な宴会の席で、その場から口ぎたなくののしりながら、へベレケになって、手のほどこしようもなく、ベッドに運ばれていった。あの昔の惜しまれる旧政体《アンシャン・レジム》（フランス革命以前の政体）の時代にだ。

　そのとき、とつぜん、それは僧がまだ両手をあげ、気のたしかな連中がみな頭をさげておひらきの祝福を受けようとしていたそのさなかに、広間の下手にある遥《はる》かかなたの扉のアーチの下に、年老いて腰のまがった白髪の女が姿をみせた。松葉杖《づえ》にすがりながらだ。そして女はその杖をあげると、王妃のほうをさして、こう叫んだ――

「神の怒りと呪《のろ》いがそなたの上に落ちるがよい、情けをしらぬ女め、そなたはわしの罪もない孫を殺し、この老いた心をみじめなものにしおった。この世に子供もなく、友もなく、支えもなく、慰めもなく、ただあの子だけを頼りにしていたこの心をな！」

一同はぎょっとして十字をきった。なぜなら、呪いはこの時代の人びとにとって恐ろしいものだったからだ。しかし王妃はすっくと立ちあがった。その目には死の光がもえていた。そして、王妃は叩《たた》きつけるようにこんな無情な命令をくだした。

「あの女を捕えよ！　火あぶりにするのじゃ！」

衛兵たちはいままでの部署を離れてその命令に従おうとした。それはまったく不埒《ふらち》なことだった。見るも残酷なことだった。どうしたらいいだろう？　サンデーがわたしのほうをちらっと見た。なにかいい考えが浮かんだにちがいない。わたしは言ってやった――

「すきなようにやってごらん」

彼女はすぐに立ちあがって王妃のほうに顔を向けた。そしてわたしを指さしながらこう言った。

「お妃さま、このお方がそれはならぬと申されております。ご命令はお取り消しください。さもなければ、このお方はお城を溶かし、夢の城のように掻《か》き消してしまわれますぞ！」

畜生、なんて突拍子もない仕事を人にやらせるつもりだ！　もし王妃が――

しかしわたしの狼狽《ろうばい》はそこで鎮まり、わたしの恐慌も消えていった。なぜなら王妃は、まったくしょげかえって、反抗の様子もみせず、命令取り消しの合図をするとそのまま椅子に沈みこんでしまったからだ。王妃もここまでくると、酔いはさめていた。ほかの連中も多くの者がそうだった。その場にいた者はみな立ちあがり、礼儀などどこかに捨ててしまって、暴徒のように戸口めがけて殺到した。椅子はたおす、陶器《やきもの》はこわす、ひっぱりあい、もがきあい、肩で押しわけ、押しすすみ――なんとかしてこの場を逃げだそうとしていた。わたしの気が変わって、城がプッと吹き消され、計り知れぬおぼろな空《から》の世界にならぬうちにとだ。いやはや、彼らはまったく迷信ぶかい連中だ。人間にできることといえば、せいぜいそんなことを思いつくらいのものなのだ。

哀れな王妃は非常におびえ、態度もじつにつつましくなった。それで例の作曲家を吊し首にするにも、前もってわたしに相談せずにやることは恐ろしくてとてもできぬといった有様だった。わたしは彼女を大変気の毒に思った。事実、誰でもそう思ったことだろう。なぜなら、彼女は本当に悩んでいたからだ。そこでわたしは理にかなったことならどんなことでも喜んでやってやろう、理不尽な窮地にまでことを運びたくはないと考えた。それでこの問題を慎重に考え、けっきょく例の楽師たちをわれわれの面前に呼びよせ、もういちどあの「スウィート・バイ・アンド・バイ」を演奏させることにした。彼らは演奏した。それを聞いて、わたしは王妃が正しいことを知った。そこで王妃に許可を与え、楽師たちを一人残らず吊し首にさせた。こうして厳しさの中にもちょっとした手心を加えてやったことが、王妃にすばらしい効果を与えた。政治家なるものは、甲冑《かっちゅう》に覆われた権威をいつもかって気ままにふりまわしていたのでは何も得ることはできない。なぜなら、そんなことをしていたら、自分の部下の正当な誇りを傷つけ、そのために部下の力をそこなう危険があるからだ。時によって少しばかり譲歩してやることが、こっちに損害をこうむらぬ限りにおいて、より賢明な政策なのだ。

　さて、王妃はもういちどほっとして、いくぶん浮き浮きとしてきたので、酒の酔いが自然とまた頭をもたげはじめた。そしてその酔いは本人より少しばかり先立って動きだした。つまり、彼女の音楽を──というのは彼女の銀の鈴のような舌のことだが、それを奏《かな》でさせたのだ。やれやれ、彼女はまったくおしゃべりの名手だった。だからこんなことを言ってはわたしの名にもかかわることだが、もうかなり夜もふけたし、それにわたしも疲れていて大変ねむたいのだが、と言ってやりたかった。そして機会さえあればその場を抜け出してねむりたいと思っていた。しかしこうなってはもう最後までがんばらねばならない。ほかに手はないのだ。それで、彼女はいつまでもいつまでも話の鈴を鳴らしつづけていた。そんなことがなければこの城もいまごろは深い、幽霊でも出そうな静けさの中で寝しずまっているはずなのだ。そのうちに、ちょうどわれわれのいる部屋のずっと下のほうから聞こえてでもくるかのように、かすかな音が聞こえてきた。こもった声の、悲鳴のような音なのだ──苦悶《くもん》の響きがただよっていて、それを聞くと、わたしの体は思わずぞっとしてちぢんだ。王妃は話をやめた。その目は喜びに輝いた。彼女は美しい頭をかしげた。ちょうど小鳥が耳をすますときのようにだ。すると、例の音はふたたび静けさをぬってのぼってきた。

「あれは何ですか？」とわたしは言った。

「まったく強情なやつで、いつまでも堪《こら》えているのです。もう何時間にもなりますのに」

「堪えているって、何をですか？」

「拷問をです。どうぞおいでください──楽しい場面をおみせしましょう。今度こそ秘密をあかさなかったら、八つ裂きにしてお目にかけますから」

彼女は、なんという絹のように滑らかな姿をした無法者なんだろう！　落ち着きはらって、すずしい顔をしている。わたしの両脚の筋は激しく痛んでその男の苦痛に同情しているというのに。ゆらめく松明《たいまつ》を持った武装した衛兵たちに案内されて、われわれは足音のこだまする廊下を通り、石の階段をおりていった。じめじめしていて水がしたたり落ち、カビと、何年にもわたって閉ざされた闇、との臭いがたちこめている階段をだ。――それは冷え冷えとした、うすきみの悪い旅だった。しかも長い旅なのだ。この魔法使いの王妃の語る話に耳をかたむけていてもいっこうに短くならず、また楽しくもならぬ旅だった。王妃の話というのは、その男のことやその男が犯した罪のことだった。なんでもその男はある匿名《とくめい》の通報者によって告発され、お狩場の鹿を殺したと訴えられていたのだそうだ。そこでわたしは言った――

「匿名の証言は必ずしも正しいとはかぎりませんよ、王妃さま。告発された者を、告発した者と対決させたほうがよいと思いますが」

「それは考えてもみませんでした、どうせ取るにたらぬことでしたから。対決させたいと思っても、わたしにはできなかったのです。なぜなら、告発者は夜中に覆面をしてやってきて、森林官に話すと、すぐにそのまま帰っていったので、森林官もその男が誰だか知らなかったからです」

「ではこの素性の知れぬ男が唯一の人間なのですか、鹿の殺されるところを見た？」

「いいえ、誰も殺すところを見た者はおりません。ただその素性の知れぬ男が、鹿の倒れている場所の近くでこの強情者を見かけたのです。そして正しく実直な熱意にもえてやってきて、その男のことを森林官に密告したのです」

「それではその素性の知れぬ男だって死んだ鹿の近くにいたわけですね？　それならこういうことだってありうるわけではありませんか、つまりその男が自分で鹿を殺した、ということが？　その男の実直な熱意が——覆面などをして——少々ウサンくさくみえますね。ところで王妃さまはどういうお考えからその囚人を拷問なさるのですか？　そんなことをして何の得があるのですか？」

「拷問しなければ白状しないからです。白状すればあの男の魂も浮かばれましょう。あの男の犯した罪ゆえに、あの男の生命は法によって剝奪《はくだつ》されるのです。——ですからあの男が刑を受けるのをわたしは確認しなければなりません——白状もせず罪障消滅も申し渡されずに死なせるようなことになれば、それはわたし自身の魂にとって危険なこととなります。そうですとも、いいかい、あの男の便宜のためにこのわたしが自分の身を地獄に投じるなんて、ずいぶんバカげたことです」

「でも、王妃さま、もしあの男が何も白状することがなかったらどうします？」

「そのことでしたら、いまにわかります。死ぬまで拷問して、なおあの男が白状しなかったら、それはおそらくあの男が本当に白状することがないということになりましょう。——あなたもそれは真実だとお認めになりましょう？　そうすればわたしも白状することのない者を白状しないまま殺したわけですから、地獄に落とされることはないでしょう。——ですから、わたしは安全です」

　これがこの時代の頑強な、むちゃな理屈だった。王妃と議論してもむだだった。いくら議論しても、相手の考えが化石になっていては勝ち目がない。歯のたたぬことは、ちょうど波が絶壁をけずろうとするときのようなものだ。そして、彼女のこの考え方は、またそのままみんなの考え方でもあった。だからこの国でどんなに頭のいい連中でも、彼女の主張に欠陥があると見破ることはできなかったろう。

拷問部屋に入ったとき、わたしは一場の光景をとらえた。その光景こそわたしの脳裏からけっして消えることのないものだった。わたしは今でも消えてくれればよいと願っている光景だった。この土地に住む三十歳くらいの若い大男が台の上にあおむけになって寝ていたのだが、手首と足首とはロープに縛られており、そのロープは両端にある巻き絞り機につながっていたのだ。若者の顔にはもう血の気もなかった。表情はゆがんでそのままこわばり、汗の粒が額に浮いていた。僧が一人ずつ両側からのぞきこみ、拷問係りがそばに立っていた。衛兵たちも警戒にあたっていた。いぶりながら燃えている松明が、何本か壁にとりつけた差しこみ口に立っていた。部屋の片隅には見すぼらしい身なりの若い女がうずくまっていた。顔は苦悶にゆがみ、目には半ば狂暴な追いつめられた獲物のような表情がうかがえた。そして膝《ひざ》には乳呑み児がねむっていた。わたしたちが戸口を入っていったとき、ちょうど拷問係りが例の絞り機をちょっと回したところだった。すると絞るような叫び声が囚人とその女とから同時におこった。しかしわたしがどなりつけると、拷問係りはすぐに手をゆるめた。誰がどなったか見ようともせずにだ。わたしはこんな恐ろしいことを続けさせることはできなかった。見ているだけでわたしが殺されてしまいそうな気がした。わたしは王妃に頼んで、この場はわたしだけにして、囚人と内々で話をさせてほしいと言った。そして王妃がそれに反対しようとしたので、わたしは小声でこう言いきかせた。つまり、わたしは王妃の家来たちが見ている前で騒ぎをおこしたくはない。しかしわたしは自分の思うとおりにやらねばならない。なぜなら、わたしはアーサー王の名代であって、こうして話をしているのもそれは国王に代わってしているわけなのだから、と。王妃も従わざるをえないと悟った。そこでわたしは王妃に言って、わたしをみんなに保証してくれるよう、そしてわたしだけこの場に残るようにしてくれるようにと要求した。それは王妃にとって愉快なことではなかった。しかし王妃はそれをのんだ。のむどころか、わたしが要求する意味のことよりももっと多くのことをしてくれた。わたしはただ、彼女自身のもつ権威の裏づけがほしかっただけなのだ。ところが、彼女はこう言うのだ——

「そのほうたちは万事このお方のご命令どおりにいたすのじゃ。このお方こそザ・ボスにておわしますぞ」

ザ・ボスという言葉は、呪文《じゅもん》にでもして使ってやりたいくらいに効きめのある言葉だった。それはこれらのネズミどもがモジモジしたのを見てもわかる。王妃の衛兵たちは一列に並んだ。そして王妃と彼らとは松明係りを連れて歩調をとりながら出て行った。がらんとしたトンネルにはしだいに遠ざかってゆく足音の規則正しい響きがこだまをおこしながら消えていった。わたしは囚人を拷問台からおろさせ、ベッドに寝かせた。そして傷口には薬をぬらせ、葡萄酒《ぶとう》も飲ませてやった。女は近くまでいざり寄ると、じっと見つめていた。熱心に、愛情のこもったまなざしではあったが、おずおずとした様子だった。——その場から追い払われはせぬかと心配している者のようだった。実際、手をのばしてその男の額にそっと触ろうとしたが、ぎょっとして跳びのいてしまった。わたしが何気なく彼女のほうを向いたときにだ。それは見るも哀れなおびえようだった。

「いやいや」とわたしは言った。「なでてやっていいんだよ、もしそうしたいのならね。なんでもしたいことをしてやりなさい。わたしに遠慮せんでいいよ」

すると、彼女の目は感謝の表情を浮かべた。ちょうど動物が人からやさしくされて、それがわかったときに示すようなあのまなざしだ。赤ん坊がわきにどけられると、すぐに彼女は自分の額を男の頬にすりよせた。両の手が男の髪をなでまわし、嬉《うれ》し涙が流れ落ちていた。男は息をふきかえした。そして目で妻をなだめた。それだけがやっとの思いで彼にできたことだった。

わたしはこのとき、人払いをしてみんなを部屋から出したほうがいいと判断した。そして、人払いをした。一人残らず出して、彼の家族とわたしだけになった。そこでわたしは言った——

「ところで、きみ、この問題に対するきみの言いぶんを聞かせてもらおうか。対立側の言いぶんはもう聞いているからね」

男は答えを拒むように頭をふった。しかし女のほうは嬉しそうな——とわたしには思えたのだが——嬉しそうな顔をしてわたしの言葉を聞いた。そこでわたしはつづけた。

「あんたはわたしを知っているね？」

「はい。誰もが存じあげております、アーサーさまの国の者たちでございましたら」

「わたしの評判が正しく率直に伝えられているなら、こわがらずに話をするがいい」

女はとたんに話しだした。真剣な顔つきでだ。

「ああ、お殿さま、どうぞこの人を説きふせてくださいまし！　あなたさまがお話しくだされば、きっと納得いたします。ああ、この人、こんなひどい目にあって。みんなわたしのためなんです。——このわたしのためなんです！　ですからどうしてこんなことがわたしに耐えられましょう？　いっそこの人が死んでしまったほうがましなくらいです。気持ちのよい、足速な死がやってきてくれたほうが。おお、わたしのヒューゴー、こんな死にかたはとても耐えられません！」

　そう言うと女はわっとばかりに泣きながらわたしの足もとに身を投げだした。そしてなおも懇願した。何を懇願したのか？　男の死をか？　わたしには事情がよく理解できなかった。しかしヒューゴーが彼女をさえぎって言った——

「まあ待て！　おまえは何を願っているのか自分でもわからずに言っているのだ。わたしが自分の愛する者たちにひもじい思いをさせられるとでも思っているのか、おだやかな死をえるためにな？　おまえにはこのわたしがもっとよくわかっていてくれたと思うのだが」

「こりゃあどうも」とわたしは言った、「まったく事情がわからん。まるで謎だ。ところで——」

「ああ、お殿さま、どうかこの人を説きふせてくださいまし！　この人のこうした苦しみがわたしの心をどんなに傷つけているかお考えください！　おお、それなのにこの人は言おうとしないのです——苦しみの癒《い》えるのも、苦しみの和らぐのも、それは恵みぶかい足速の死の中にだけあるのですけれども——」

「あんたは何をいったいバカみたいにしゃべっているんだ？　この人は自由な身で無事にここから出られるんだよ——死にはしないのだよ」

　男の青白い顔はぱっと明るくなった。そして、女も思いがけぬ喜びにうたれて、わたしに抱きつくとこう叫んだ――

「この人は助かったのですね――王さまのご家来のお口を借りて出た王さまのお言葉ですものね――アーサー王さまのお言葉なら黄金のように絶対に間違いありません！」

「そうか、ではやっとわたしが信用できる人間だと思うようになったんだね。なぜさっきはそう思わなかったのだね？」

「誰が疑ってなどいたでしょう？　わたしはけっして疑ってはいませんでした。彼女《こいつ》だってそうです」

「そうか、それならなぜわけを話そうとしなかったのだ？」

「なにも約束してくださらなかったからです。くださっていたら、お話ししていました」

「なるほど、なるほど。……それにしてもやはりわたしにはよくわからぬのだ。きみはあの拷問を耐えぬいて、ぜったいに白状はしなかった。ということは、どんなに頭のにぶい連中が考えても、はっきりするわけだが、きみには白状することがなにもなかったからだということに――」

「わたしにはですか、殿さま？　どうしてそういうことになりましょう？　だってこのわたしが事実あの鹿を殺したのですよ！」

「きみがやったって？　しかとさようか。こりゃあ驚いた。こんなややこしい話は生まれて――」

「しかも殿さま、わたしはこの人の前に両膝をついてどうか白状してくれるようにと頼んだのです。でも――」

「あんたが頼んだだって！　ますますわからなくなってきたぞ。いったいなんのために白状してもらいたかったんだね？」

「白状すればすぐに殺されて、こんなむごい苦しみを受けずにすむからです」

「そうか――そうだな。それも一理ある。だがこの人はすぐに殺されたいとは思わなかったわけだ」

「この人がですか？　いえ、ちゃんとそう思っていました」

「そうか。それなら、いったいどうしてこの人は白状しなかったんだね？」

「ああ、殿さま、わたしの女房と子供を、食べ物も住む所もなしにこの世に残していったらどうなります？」

「おお、黄金のように美しい心根よ、やっと今わたしにもわかった！　無情な法律は、死刑の判決を下された者の財産をとりあげてしまい、あとに残された妻や子を路頭にまよわせるのだ。奴らはきみを拷問にかけて殺すことはできても、有罪の判決か自白かがなければ妻や子供から財産を奪いとることはできないのだ。きみはじつに男らしく家族を守った。そしてあんたもだ――あんたこそ真の妻であり真の女だ――あんたは夫の苦しみをとりのぞこうとして、じわじわと忍びよる飢えと死とを自分の身に課そうとした。――まったく、しみじみと考えさせられたが、自己犠牲ということになると、女はじつに思いきったことができるものなのだね。あんたたち二人にわたしの工場で働いてもらうことにしよう。きっと気にいるだろうと思うよ。その工場でわたしが計画しているのは、手探りをしながらあくせくと働かされている自動人形を真の人間に変えることなんだからね」

第十八章　王妃の地下牢で

　さて、わたしはすべてをうまく処理した。そして男を家に帰らせてやった。ぜがひでもやりたいと思ったのは、拷問係りを拷問にかけることだった。それは、彼が骨身を惜しまずに他人の骨身をけずる殊勝な役人だったから――というのは、自分の職務を忠実に果たすことは彼にとってはけっして不名誉なことではなかったからなのだが――という理由からではなく、彼に仕返しをしてやるためだった。というのは、彼はあの若い女をかって気ままになぐりつけたり、蹴《け》とばしたりして苦しめていたからなのだ。そばにいた例の僧たちもそのことをわたしに語った。そしてえらく熱心に彼の処刑を希望した。こういう不愉快なことが近ごろときどきおこっていた。つまり、僧侶《そうりょ》という僧侶がぜんぶいかさま師とか身勝手な人間だというわけではなく、地上にくだって民衆の中にまじっているこういう僧侶たちの多くが――いや、大多数が――誠実であり正しい心の持ち主であって、人びとの苦しみや悩みを軽減しようと熱心に努めている、という事実を示す事件がいくつも起こっているのだ。しかし、そういう事件の起こることは避けがたいことだったので、わたしもくよくよといつまでも考えたことはなく、考えるときでもそんなことに何分も費やすことは一度もなかった。矯正することのできない事柄にいつまでも頭を悩ますのは、わたしの主義ではなかったからだ。とはいえ、わたしはこういう情勢が気に入らなかった。なぜなら、こんなことをしていたら、人びとをいつまでも「国立教会」に甘んじさせておくことになるからだ。われわれには宗教は必要だ――それは言うまでもないことだ――しかし、わたしの考えでは、その宗教を四十の自由な宗派に分け、それらがたがいに制御しあえるようにすべきだと思う。ちょうど、わたしのいたアメリカ合衆国での場合のようにだ。権力が一つの政治機構の中に集中するのはよくない。そして、一個の「国立教会」というのはただ一つの政治機構ということなのだ。それは、そもそもそういう意図のもとに創り出されたものなのだ。そして今でもそういう意図のもとに育てられ、保護され、温存されているのだ。それは人間の自由にとっての敵であり、不正をなすものであって、たとえどのように分離し、四散させた状態においてもその不正はただすことができないものなのだ。「国立教会」は法ではなかったのだ。それは福音ではなかったのだ。それは一つの意見にしかすぎなかったのだ――ちょうどわたしの意見が一つの意見であるのと同じことだったのだ。そして、わたしはただの人間であり、一人の人間にしかすぎなかった。だからわたしの意見など大して価値のあるものではない。それはローマ法王の意見以上でもなく、その点からすれば、それ以下でもないのだ。

さて、わたしは拷問係りを拷問にかけることはできなかった。とはいえ、僧たちの正当な訴えを無視するつもりもなかった。その男はなんらかの罰を受けるのが当然だったから、わたしは彼を今の役目からおとし、楽団の指揮者に任命した――設立を予定している新しい楽団のだ。彼は一生懸命、辞退した。そして自分は演奏もできないからと言った。もっともらしい口実だ。しかしそれは根拠薄弱だった。この国には演奏できる音楽家なんて一人もいなかったからだ。

王妃は次の朝ひどく腹をたてた。そのとき初めてヒューゴーの生命も彼の財産も奪えないことがわかったからだ。しかしわたしは王妃に、この十字架は背負わねばならぬのだと言ってやった。法律からみても慣例からみても、彼女はたしかにあの男の生命とその財産との両者を奪う権利をもっている。しかし情状酌量すべき余地もあった、だからアーサー王になり代わってわたしが特赦を与えたのだ。鹿はあの男の畑を荒らしまわっていた。だからあの男はついカッとなって殺したので、自分のものにしようとして殺したわけではないのだ。そして彼は死骸《しがい》を領主の森に運んでいったのだが、それは、そうしておけば犯人が誰であるかわからなくなるだろうと思ったからなのだそうだ、と。ところが王妃のやつめ、くそいまいましいったらない。わたしがいくら言って聞かせても、このついカッとなってやったことは、鹿を殺したり――あるいは人間を殺したり――するときの情状酌量の余地になるのだということを彼女に納得させることはできなかった。そこでわたしは諦《あきら》めて、彼女のスネるがままにさせておいた。そのうちにふと思いついて、こんなことを言ってやったら彼女も納得するだろうと考えた。つまり、彼女自身ついカッとなってあの小姓を殺してしまったが、それは、そのときの罪を軽減するものなのだ、と。

「罪ですって!」と彼女は叫んだ。「なんということをおっしゃるのです! 罪などと、とんでもない! いいですか、わたしは償いをするつもりでいるんですからね!」

ああ、彼女にいくら道理を説いてもむだなことだった。教育――教育がすべてだ。教育こそ人間にとって存在するすべてなのだ。われわれはよく天性について語る。しかしそれは愚かなことだ。天性なんていうものはありはしないのだ。天性などというまぎらわしい名で呼んでいるものは、じつは遺伝や教育にしかすぎないのだ。われわれは自分自身の考えなぞ持ってはいない。自分自身の意見もないのだ。そうした考えや意見は先祖から伝えられたものであり、教育によってたたきこまれたものなのだ。初めからわれわれの中にあったもの、そして、それゆえにわれわれにとってはずいぶんと名誉であったりあるいは不名誉であったりする、そういうものだってみんな、かなきん針《ケインブリック・ニードル》（極細の針）の先で覆ったり隠したりできるくらいのもので、そのほかのものはすべて、遠い祖先が授け、遺してくれた原子なのだ。何十億年とさかのぼればアダム貝（「世界で最初の貝」の意）やバッタや猿になるそんな祖先から、われわれ人類はじつに長たらしく、仰々しく、むだに進化してきたわけだ。そしてわたしはどうかと言えば、こうしたとぼとぼ歩きの悲しい行脚《あんぎゃ》の中で、こうした永遠と永遠との間の哀愁に満ちた漂流の中で、考えることは、ただ心して謙虚に清く気高く汚れのない人生を送り、わたしの中にあって真にわたしであるあのきわめて小さな原子を救うということだけだ。あとのものが地獄に落ちたって、そんなことはわたしの知ったことではないのだ。

いや、王妃のやつ、くそいまいましいったらない。彼女の知性は立派だった。知力も十分にある。だが、彼女の受けた教育が彼女を愚か者にしてしまったのだ――つまり、何世紀も後の時代から見た場合のだ。あの小姓を殺したのは罪ではなかった――それは彼女の権利だった。そしてその権利の上に彼女は立っていたのだ。平然と、自分の罪のことなど何も知らずにだ。彼女は、何世紀にもわたる教育の結果生まれてきた存在なのであって、だからその間いちども検討されたことがなく批判されたことのないこの信条をそのまま鵜呑《うの》みにしているのだ。そして、自分のすきなときに臣下を殺すことができると規定している法律を、まったく正しいものであり当然な法であると信じこんでいるのだ。

そこで、われわれは悪魔にも悪魔の権利は認めてやらなければならない。王妃も一つだけ褒《ほ》めてやっていいところがある。そこでわたしは小姓を殺す権利があった。しかしその言葉は喉《のど》につかえてしまった。彼女はあの小姓を殺す権利があった。しかし償いをする必要はけっしてないのだ。償いをすることはほかの者たちに対しては法律であっても、彼女に対しては法律ではないのだ。だから彼女は、あの若者に対して何か大きな気まえのよい償いをするつもりでいると言えば、わたしも同じような公平な立場から、それについて何か気のきいたことを言ってくれるのが当然だと彼女は思っていたのだ。しかし、わたしには言えなかった――わたしの口がそれを拒絶したのだ。わたしは自分の脳裏に思い浮かべざるをえなかった。あの気の毒な老婆の胸ひしがれた姿を、そしてあの美しい若者が刺し殺されて横たわっている姿を、彼のささやかな絹糸のような虚飾と虚栄（英国祈禱書カテキズムの中の一句）とが彼の黄金の血汐《ちしお》で色どられている姿をだ。王妃はこの若者に対してどのような償いをすることができたろう？　誰に償うことができたろう？　だからこの女が、あんな教育を受けてきたにもかかわらず、賞賛を受けるに価する、いや賞賛以上のものさえ受けるに価する人物だということはよくわかっていても、わたしはどうしてもそれを口に出して言うことはできないのだ。わたしもわたしなりに教育を受けてきてはいたのだけれども。だからせいぜいわたしにできることといえば、賛辞を言わば第三者の側からひきだすことだった――そして残念なことには、それがそのとおりだったことだ。

「王妃さま、国民はそういうあなたを崇拝することでしょうね」

まったくそのとおりだ。しかしわたしはいつかきっと彼女をこのことで吊《つる》し首にしてやるつもりだ。当時の法律の中にはあまりにもひどいものがあった。まったくひどすぎるのだ。主人は自分の奴隷を何の理由もなしに殺すことができた。たんに虫のいどころが悪いとか、意地が悪いとか、退屈しのぎにとかいって殺すのだ——ちょうど、われわれが歴史の中で見てきたように、王冠を戴《いただ》いた頭は彼の奴隷に、ということはつまり誰にでもということなのだが、できたのと同じなのだ。郷士が自由平民を殺せば、その償いをすればよかった。現金ででも市場へ出す野菜ででもいいのだ。貴族が貴族を殺した場合は、法律に関するかぎり、なんの支出もいらなかった。しかし仇討《かたきう》ちは覚悟しなければならなかった。だからいかなる者も誰かしらを殺すことができた。ただし平民と奴隷とは人殺しができなかった。これらの者たちには特権がなかったのだ。もし彼らが人を殺せば、それは凶悪殺人ということになり、法律もこれを黙って見のがすことはなかった。すぐにその実験者を処分した——そしてその家族の者も処分した。もし彼が上流階級の誰かを殺したような場合にはだ。もし平民が貴族に対してダミアンのかすり傷（ダミアンはフランス国王ルイ十五世を襲った狂信者ロベール・フランソワ・ダミアン（一七一五—五七年）のこと。彼はこの犯行によってひどい拷問を受け、最後には四頭の馬によって体を引き裂かれ、家族は追放された。犯行の目的は、暗殺ではなく王に反省をうながすためのものであったと言われており、王に与えた傷もごく軽微のものだった。したがってマーク・トウェインはここで「ダミアンのかすり傷」と言ったわけ）程度のものを与えたとしたら、つまり相手を殺すこともなく、傷らしい傷さえ負わすこともなかったような場合でも、平民はやはりダミアンの苦しみは味わわねばならなかった。連中はその平民をずたずたに馬で引き裂くのだ。そしてみんなは方々からやってきてそのショーを観ながら冗談をとばし、楽しいひと時を送るのだ。その場でいちばん立派な人物でさえも、彼の演ずる拷問の中にはじつにむごたらしく、ここに書き記すことをはばかるのが当然といえるようなものがあった。あの楽しいカザノヴァがある章の中で（『回想録』第五巻第一章）、ルイ十五世を襲ったあの不器用な狼藉《ろうぜき》者の引き裂きのことにふれているが、それにも負けず劣らぬものだった。

わたしももうこのときまでには、このぞっとする城に我慢ができなくなっていた。そこでここを出て行きたいと思った。しかしわたしにはそれができなかった。というのは、わたしの心に何かひっかかるものがあったからだ。それは、わたしの良心が絶えずわたしに考えさせ、忘れさせまいとしているものだった。もしわたしが人間の改造を行なうとしたら、その人間には良心を少しも持たなくさせるつもりだ。良心は人間にくっついているものの中でいちばん不快なものの一つだ。そして良心は確かに多くの善をなしはするが、長い年月のあいだには、けっして採算のとれるものだとは言えない。善なんか少なくたって楽しみの多いほうがずっといいということになるだろうからだ。しかし、これはわたしの意見にすぎない。そしてわたしは一人の人間にしかすぎない。ほかの人たちは、経験の少ない人たちは、違った考え方をするだろう。そういう人たちにも自分たちの考えをもつ権利がある。わたしはただこういう自分の説を固執するだけだ。つまり、わたしは自分の良心を何年ものあいだ注意して見てきた。そしてこの良心というやつはわたしがやりはじめた他のどんなものよりもわたしにとってわずらわしく、うるさいものであることを知った。おそらくわたしも初めのうちはこの良心を大切にしたはずだ。なぜなら、われわれは何でも自分のものとなると大切にするからだ。だが、そんなふうに考えるのはじつにバカげたことだった。もしわれわれがそれをべつの見方から見れば、それがどんなにバカバカしいことかわかる。つまり、もしわたしが自分の心の中に鉄床《かなとこ》を持っていたとしたら、わたしはそれを大切にするだろうか？　もちろん、しやあしない。しかし、よく考えてみれば、良心と鉄床とのあいだにはなんら本当の違いはないのだ——楽しみを求めるとい

う点においてのことだが。わたしはその事実を千回もみてきている。そして、鉄床ならば、気に入らなくなれば、塩酸をかけて溶かしてしまうことだってできる。しかし良心というやつは、どんなことをしても取り除くことはできない。――取り除いたとしても、それはそのままの形で残るのだ。とにかく、わたしの知る限りではそうだ。わたしは、この城を出てゆく前にしておきたいと思うことがあった。しかしそれは不快なことだったので、とりかかるのがいやだった。まったく、それは午前中ずっと気になっていた。この城の老王に話をすることもできたが、それがなんの役に立とう――なにしろ彼は死火山なのだ。若いころには活発だったが、その火ももうずっと以前に消えて、今では大きな灰の山にしかすぎなくなっていた。気性はじつにおだやかで、わたしの目的にはじつによく向いている人柄であることは疑いないのだが、実際の役には立たないのだ。無価値の人間であり、名ばかりの王なのだ。王妃こそここでは唯一の権力者なのだ。だから彼女はヴェスヴィオ火山だった。機嫌のいいときには、そのしるしにこちらの願いをききいれて、スズメの群れを暖めてくれるかもしれないが、次の瞬間にはたちまち怒りくるって市を埋めつくすかもしれないのだ。しかしわたしはほかのどの方法を考えるよりも、こ

の方法を考えてみた。つまり、最悪の事態を覚悟していれば、結局、それほど悪い結果を得なくてすむものだ、と。

そこでわたしは元気を出し、王妃の前に話をもっていった。そしてこう言った。わたしはキャメロットや近隣の城で囚人釈放裁判（原文には「監獄の大掃除」の意もある）をひらいてきた、したがっておさしつかえなければ王妃の収集品、というか骨董品というか——つまり囚人たちを吟味《ぎんみ》いたしたいのだが、と。彼女は反対した。しかしそれはわたしも初めから考えていたことだ。ところが、とうとう最後には彼女も承知するようになった。そのこともわたしは初めから考えていた。が、そんなに早く承知するとは考えていなかった。それでわたしの心配もほとんどなくなった。王妃は衛兵と松明《たいまつ》とを用意させた。そして、われわれは地下牢《ろう》へとおりていった。地下牢は城の土台の下にあって、そのほとんどが小さな穴ぐらで、自然岩をくりぬいたものだった。なかには光がまったくささないような穴ぐらもあった。そうした穴ぐらの一つに、きたないぼろをまとった女が一人いた。彼女は地べたにすわったままで、質問にも答えず、ひとことも口をきこうとはしなかった。ただ、もつれたクモの巣のような髪のあいだから一、二度われわれを見あげるばかりだった。その様子はまるで、今ではもう自分の一生の暮らしとなってしまったこの意味のない単調な夢を、音と光とで掻《か》きみだそうとしているのはいったいどんな気まぐれなのかと、いぶかるような様子だった。そのあとは頭をさげ、埃《ほこり》のこわばりついた指を力なく膝《ひざ》の上に組み合わせたまま、じっとすわっているだけで、なんの身ぶりもみせなかった。この哀れな骨と皮ばかりの生きものは、見たところ中年の女だった。しかしそれはあくまでも見たところはの話だ。彼女はここにもう九年もいた。そして入れられたのは十八歳のときだった。彼女は平民だった。そして結婚式の晩にここへ送られてきた。サー・ブリュース・サンス・ピテ（「情けを知らぬブリュース」の意）という近くの領主によってだ。彼女の父親はこの領主の召使をしていたのだが、この領主に対して彼女がいわゆる「ル・ドロワ・ドュ・セニョール」（「領主の権利」の意、つまり領主がその家臣の花嫁に対してもっていた初夜権）を拒んだからなのだ。そしてそればかりでなく、暴力には暴力でむかい、領主の神聖とさえ言える血をほんのわずかばかりだが流させてしまった。若い花婿はちょうどその瞬間にとびこんできた。花嫁の生命が危ないと思ったからだ。そして領主をその部屋からほうり出してしまった。同じ平民仲間で、ふるえながら大広間に集まっていた来客たちのまっただ中へだ。そして領主がこのとんでもない仕打ちに肝をつぶし、花嫁花婿の両方に深い恨みをいだくのもかまわずそのままそこへうっちゃっておいた。領主は自分のところに地下牢がなかったから、王妃に願い出て、この二人の罪人をそこへ入れさせてもらった。そしてこの王妃の牢獄に二人はそれ以来ずっと入れられていた。実際ここへは、あの事件以後、一時間とたたぬうちに送りこまれ、それからはたがいに一度も顔を見てはいない。二人とも同じ岩の中で、ガマガエルのように押しこめられているのだ。二人は真っ暗な九年の年月をたがいに五十フィートとは離れていないところで送っていた。しかも相手が生きているのか死んでいるのかも知らないでいた。初めの何年かのあいだ、二人のする質問といえば、ただこの一言だった――それも懇願と涙とでたずねたのだ。それを聞けばおそらく石でさえもついには感動したであろうが、心というものは石ではなかった。「あの人は生きているでしょうか？」「彼女《あれ》は生きておりますか？」しかし答えは一度ももらえなかった。そしてついにその質問もそれっきり聞かれなくなってしまった――そのほかの言葉さえもだ。

わたしはこうした話を一部始終聞くと、その男に会ってみたいと思った。彼は三十四歳だったが、六十歳のように見えた。四角い石にすわっていたが、頭を垂らし、両腕を膝の上においていた。長くのびた髪の毛は縁かざりのように顔の前に垂れていた。そして彼はなにやらぶつぶつと独りごとを言っていた。そのうちに顎《あご》をあげて、ゆっくりとわれわれを見まわした。張りのない、ものうげな様子だった。そして目を射る松明の明かりにまばたきをしていたが、やがてまた頭を垂れてぶつぶつ言いはじめ、それっきりわれわれには注意をむける様子もみせなかった。しかしそこには痛々しい暗示的な無言の証言がいくつもあった。つまり、彼の両手首と両足首とには傷痕《きずあと》が、古いすべすべした傷痕が、あったのだ。そして、彼のすわっている石にはしっかりと鎖が打ちつけてあり、その鎖には手枷《てかせ》と足枷とがついていた。しかしこの器具はそのまま地面にすててあって、錆《さび》が厚く浮いていた。鎖はもはや必要がなくなっていたのだ。もうその前に気力が囚人から抜けてしまっていたのだ。

　わたしは、その男の心をふるいたたせることはできなかった。そこで彼を彼女のところへ連れていって様子を見ることにしようと言った。彼の花嫁のところへだ。彼女もかつては彼にとってこの世で最も美しいもの——彼のために肉体と化したバラの花びらであり、真珠であり、露でもあったはずだ。驚くべき奇跡、大自然の傑作。その美しい目はけっして他の目の及ぶところではなく、その美しい声もけっして他の声の及ぶところではない。また、そのみずみずしさも、たおやかな若々しい淑《しと》やかさも、麗《うるわ》しさも、それらはみな本当は夢の産み出したものがもつもので——と彼は考えたことだろう——ほかの誰ももってはいないのだ。その彼女を一目見れば彼のよどんでいる血もわきたつだろう。彼女を一目見れば——

しかし、それは期待はずれだった。二人とも地べたにすわったまま、ぼんやりといぶかしげにたがいの顔をしばらくのあいだ見つめあって、わずかに動物的な好奇心を示していただけだった。やがてそのうちに相手の存在を忘れ、視線をおとしてしまった。どうやら、二人はまたどこかへ行ってしまったらしく、われわれのまったく知らない遥《はる》かかなたの夢と影との国をさまよっているようだった。

わたしはこの二人を牢から出して仲間たちのところへ帰してやった。王妃はそれがあまり気に入らなかった。それは王妃がこの件に多少、個人的な利害関係をもっていたからというのではなくて、サー・ブリュース・サンス・ピテに対して失礼であると考えたからなのだ。しかしわたしは彼女を安心させ、もし彼が我慢ならぬと言ったら我慢のなるようにうまく処理するからと言ってやった。

わたしは四十七人の囚人をこうした恐ろしいネズミの穴から出してやり、一人だけを囚人として残しておいた。その一人というのは、どこやらの領主で、もう一人の別の領主を殺した男だ。王妃の身内にあたる者を殺したのだ。この別の領主というのがあるとき待ち伏せして彼を暗殺しようとした。ところが彼のほうが力が強かったので領主の喉《のど》を掻《か》き切ってしまったわけだ。しかしそんな理由でわたしはその男を牢に残したのではない。自分の貧しい村にあるたった一つの公共の井戸を、まったくの悪意から壊してしまったという理由からだ。王妃は身内の者が殺されたので、なんとしてもその男を吊《つる》し首にするのだと言ったが、わたしはそれを許さなかった。暗殺者を逆に殺したからといってもそれは罪にはならないからだ。しかしわたしは言った。井戸を壊したからということで吊し首にするのなら同意してもいいが、と。彼女はそれで我慢することにきめた。なにもしないよりはましだと考えたからなのだろう。

いやはや、なんというつまらぬ罪で、こうした四十七人もの男女の大部分の者たちが、あんなところに閉じこめられていたのだろう！　まったく、中にはこれといってはっきりとした罪など全然なく、ただ人が恨みをはらすためにということから入れられたものもあった。しかもその恨みといってもそれは必ずしも王妃の恨みなどではなく、友だちの恨みだったりするのだ。いちばん後から入った囚人の罪は、彼の述べたほんのわずかな意見だった。彼はこう言った。人間はだいたいみんな似たりよったりだ。あいつもこいつも区別はない。着ているものが違うだけなんだ、と。そしてまた、こうも言った。国民をみんな裸にして、その中へ他国者をほうりこんだら、その男はこの国の王さまとヤブ医者との区別もつかんだろう。領主と宿屋の番頭との見分けだってつきゃあしまい、と。どうやらこの牢獄にもまだ人間はいた。彼の頭脳はあのバカバカしい教育によって無力な脳味噌に変えられてはいなかったのだ。わたしは彼を放免して「工場」へ送ってやった。

天然の岩に刻まれたいくつもの穴ぐらのなかには、絶壁のすぐ内側にあるようなものもあった。そしてそれぞれの穴ぐらには、一本の矢ぐらいの細いすきまが外界の光に向かってあけられてあった。だから囚人は恵みぶかい太陽からのわずか一筋の光線を慰めとしていた。こうしたところに入れられた気の毒な囚人たちのうちで、ある一人の囚人の場合はとくに気の毒だった。ほの暗い、ツバメの巣のような彼の独房は自然岩の大きな絶壁の遥か上のほうにあったが、その独房から、彼がこのすきまを通して外をのぞくと、自分の家が遥かかなたの谷間に見えたのだ。そして二十二年ものあいだ彼はそれをじっと見つめていた。胸のはりさけるような思いをこめ、なつかしさに駆られながら、そのすきまから見ていたのだ。夜になれば、わが家にともる明かりが見えた。昼間は昼間で、そこに出入りする人の姿が見えた――妻や子供たちだ。きっとそのうちの誰かにちがいない。こんなに遠くてははっきりと見きわめることもできない。年月のたつうちに、わが家にお祝いごとでもあるような様子を見かけたこともあった。そこで自分もここから祝ってやろうとしたが、はたしてそれが結婚のお祝いなのか、なんのお祝いなのかわからず、考えこんだこともあった。また、葬式を見かけたこともあった。それを見て彼の胸はしめつけられんばかりだった。棺《ひつぎ》は見えたが、その大きさははっきりしなかった。だからそれが妻なのか子供なのかわからなかった。行列ができて僧侶《そうりょ》や会葬者たちの並ぶ姿も、しめやかな足どりで歩きだす様子も見えた。そのときになってもまだ、運んでゆくのが誰の遺体なのかわからなかった。彼は五人の子供と妻とを残して来ていた。そして十九年のあいだに五つの葬式を見た。そのいずれも、さほど粗末なものではなく、使用人の葬式のようには見えなかった。それならば彼は大切な家族を五人もなくしたことになる。それにしてもまだ一人のこっているはずだ――今や限りなく、言葉にも尽くせぬほどに大切な一人が残っているはずだ。しかし、それは誰なのだろう？　妻なのだろうか、それとも子供なのだろうか？　それはじつにつらい質問だった。彼は夜も昼も、寝ても覚めても苦しんだ。ところで、人が地下牢《ろう》に入れられたとき、何かに関心をよせたり、一筋の半分ほどの光でも得られることは、その人の肉体にとっても、知力の保存者である心にとっても、大きな支えになるものだ。だからこの男もまだかなりしっかりした状態にあった。彼がこの悲しい話を語り終えぬうちに、わたしも、あなたと同じような気持ちになっていた。もしあなたが人並みの好奇心をもっておいでならばの話であるが。つまり、わたしも彼と同じように、ひどくいらいらしながら知りたいと思ったのだ。はたして家族のうちで後に残ったのは誰だったのだろうか、と。そこでわたしは自分で彼を家に連れていってやった。それはまったく肝をつぶさんばかりの奇襲隊となった。台風や竜巻にも似た物狂おしいばかりの喜び。ナイアガラの滝のような嬉《うれ》し涙。そして驚いたことには、見ると、かつての若々しい妻は髪も白く、そろそろ五十歳にもなろうという姿であり、子供たちもみんな大人になって、中には結婚をして子供までできている者もあった。――家族の者は一人として死んではいなかったのだ！　あの王妃のまことに巧妙な、悪魔のような仕業を考えてみるがよい。王妃はこの囚人に対して特別な憎しみをいだいていた。そして自分でこういう偽《にせ》の葬式を考え出して、この男の心を焼き焦がしていたのだ。そしてこの計画の中でなによりも卓越した彼女の天才的手腕は、この家族の者に、わざと葬式の光景という送り状を不完全に作らせて発送させていたことだ。そうすれば男はその送り状を見てあれやこれやと考えては、哀れな魂をすりへらすからだったのだ。

わたしがいなかったら、この男はけっして外へは出られなかったろう。モルガン・ル・フェイは心の底から彼を憎んでいたし、それに彼女はけっして心を和らげようとはしなかったからだ。しかし彼の罪というのは、ついうっかり犯してしまった過ちとも言うべきもので、故意に犯した大罪ではなかった。彼はただ、彼女は赤い毛をしていると言っただけなのだ。そういえば、彼女はたしかに赤い毛をしていた。しかし、それはけっして口にすべきことではなかった。赤毛の人が社会的に一定の階級以上にいたら、その人の髪の毛は、とび色なのだから。

考えてもみるがいい。こうした四十七人の囚人のうち、五人はその名前も罪状も投獄の日ももうわからなくなっているのだ！　一人は女で、あとの四人は男だが——みんな腰がまがり、皺《しわ》がより、魂のぬけた老人たちだった。彼ら自身ももうずっと以前にそういう細かいことは忘れていた。とにかく自分のことについてはぼんやりとした考えしかもっておらず、はっきりとしたことは何ひとつなく、同じ調子で二度くり返して言えるものもなかった。僧侶たちは次から次へとやってくる。彼らの役目は毎日この囚人たちといっしょに祈ることであり、囚人たちに向かって、神さまが何か深いお考えからおまえたちをこんなところへお入れになったのだ、とくり返し語りきかせることであり、迫害に対する忍耐と、謙遜《へりくだ》りと、服従こそ神さまが下層階級の人びとの中にごらんになりたがっておられるものなのだ、と教えこむことなのだ。こうした僧たちこそこの哀れな年老いた人間の廃墟《はいきょ》についてさまざまな言い伝えをもっていたが、それ以上のものについては何も知らなかった。この言い伝えはあまり役には立たなかった。なぜならそれは監禁期間の長さだけに関係していて、囚人の名前や罪状には関係していないからだ。そしてそういう言い伝えの助けを借りてさえも、証明できるのはただ、その五人のうちだれひとり三十五年のあいだ陽の光を見たことがなかったということだけで、この状態があとどのくらい続くものなのかということについてはかいもく見当がつかなかった。国王も王妃もこれらの哀れな囚人たちのことは何も知らなかった。知っていることといえばただ、この囚人たちが自分たちの相続動産であるということ、つまり王位といっしょに譲りうけた資産、前の社会から譲られた資産だということだけだった。囚人たちの経歴については何ひとつその本人といっしょに譲られてはいなかった。だから彼らを譲りうけた所有者は彼らを何の価値もないものと考えていたし、彼らに少しも関心をもたなかった。わたしは王妃に言った——

「それならいったいどうして彼らを放免してやらなかったのです？」

この質問は難問だった。王妃は、なぜ放免してやらなかったのかわからなかった。そんなことは一度も彼女の心に浮かんだことがなかった。だから彼女はいまここで、未来のシャトー・ディフ（フランス、マルセーユ港湾の小島にある城。マーク・トウェインの『イノセンツ・アブロード』、A・デュマの『モンテ・クリスト伯』に描かれている）の囚人たちの真の歴史を、それとは知らずに、予測していたのだ。どうやらここでわたしにもはっきりしてきた。つまり、彼女の例の教育によってすれば、こうした親ゆずりの囚人たちは、たんなる財産にすぎないのだ。それ以上のものではなく、それ以下のものでもないのだ。だから、われわれが財産を相続するときでも、捨てるなどという考えはわれわれには起こらないのだ、たとえ、その財産がなんの価値のないものだと思ってもだ。

わたしは、蝙蝠《こうもり》のようになった囚人たちをぞろぞろと広い世界へ、まぶしい午後の日の光の中へ、出してやった——あらかじめ彼らに目かくしをして、これまで長いあいだ光を受けなかった目をいたわるようにしてやったが——そのときの彼らの姿はまったく見るも哀れなものだった。骸骨《がいこつ》、かかし、化け物、怪物、誰も彼もがそうだった。「神の恩寵《おんちょう》」と「国立教会」とによって生みおとされた「君王政体」の最も正統なる子供たちがだ。わたしはぼんやりした心でつぶやいた——

「この姿をぜひ写真にとっておきたいものだ！」

ご存知のように、人のなかには、耳新しい言葉を聞いてその意味がわからなくても、わからないということをけっして相手に気取られまいとするような種類の人間がいるものだ。そういう人間は無知であればあるほど、気の毒なくらい確かに、相手の言ったことはすぐにわかったというようなふりをする。王妃はまさにそういう種類の人間だった。だから、そのためにいつもじつにバカげたへまをやらかしていた。このときも彼女は一瞬ためらいはした。しかしすぐに彼女の顔は、ああそうかと言わんばかりに輝いた。そしてわたしに代わって自分がそれをやってあげようと言った。

　わたしは心の中で言った。彼女がやってくれる？　だってこの女に写真がわかるはずはないではないか。しかし、そんなことをいつまでも考えているひまはなかった。見ると、彼女は囚人たちの列を斧《おの》でせきたてていたからだ！

　まったく、彼女はたしかに不思議な人物だ。さすがにモルガン・ル・フェイだ。わたしの時代（「十九世紀」の意）にもじつにさまざまな女性がいたが、彼女はそれらすべての女性を凌駕《りょうが》している。目先の変わっている点においてだ。そしてこの話はじつに鋭く彼女の特性を表わしている。彼女は馬と同じように、写真のとり方など何も知らないのだ。しかし知らないながらも、斧でそれをしようとするところが、まさに彼女らしいのだ。

第十九章　商売としての武者修行

　サンデーとわたしは次の朝ふたたび旅にでた。輝きわたる早朝のことだ。爽快《そうかい》な気分だった。肺を思いきりあけて、恵み深い神のくださるあの汚れのない、露に潔《きよ》められた、森の香りのする甘い空気をもう一度ふかぶかと大樽《おおだる》に何杯ぶんも吸いこんだ。なにしろこの二日二晩というもの、精神的にも肉体的にもいやな臭いのするあの我慢のならぬハゲタカ婆さんのねぐらの中で、身も心も息づまる思いをしてきた後なのだ！　しかしハゲタカのねぐらといっても、それはわたしにとってはのことだった。もちろん、あんな所でもサンデーにとっては何の不都合もなく、しごく結構な所のようだった。なぜなら彼女は生まれつき糞上人《うんじょうびと》の生活に慣れていたからだ。

かわいそうに、さすがの彼女もその口は疲れはてて、ここしばらくは黙りこくっていた。わたしはこうした結果が得られることを期待していた。わたしの思ったとおりだ。しかし、サンデーは城の中ではわたしの味方になってじつによく助けてくれたし、大いにわたしを支持し、かつ強化しようとして、とてつもなく大きなホラをふいてくれたが、そのホラだってあの場合はじつによく役に立って、知恵がその図体を倍の大きさにしてかかってきてもとても敵《かな》いはしなかった。だからわたしは思った。サンデーはあのおしゃべりの水車を回したいと思ったら、ちょっとの間ならば、いつでも回すことのできる権利をすでに獲得したのだ、と。そこで彼女がこんなふうにまたしゃべりだしたときにも、わたしは少しも苦痛に感じなかった。

「それでは、サー・マーホースのお話にもどりましょう。その騎士は齢三十《よわいみそじ》ばかりの貴婦人をつれて南のほうへと馬を進めて参りました――」

「それじゃああんたは、そのカウボーイたちの後《あと》を追って、その後どうなったかをすっかり話してくれようっていうわけかい、サンデー？」

「はい、さようでございます」

「そうか、じゃあ、やっておくれ。途中で口出しをするようなことはしないからね。もっともそれは、もしわたしにそうできたらのことだがね。さあ、もう一度、初めからやってごらん。さあ、話の船出だ。帆づなを解いて残らず帆をあげるんだ。わたしはパイプにタバコをつめて、ゆっくり聞かせてもらうよ」（以下のサンデーの話は、マロリー『アーサーの死』の第四巻第二十五―六章からの抜粋）

「それでは、サー・マーホースのお話にもどりましょう。その騎士は齢三十ばかりの貴婦人をつれて南のほうへと馬を進めて参りました。そして二人が深い森に入ってゆきますと、思いがけなく、道に行き暮れてしまい、草深い道を長いあいだ進んでゆくことになりました。そしてようやくのことに、ある城にたどりつきました。南部辺境の地の公爵の居城でございます。二人はここに一夜の宿を求めました。翌朝、公爵は使いの者をサー・マーホースの所へやり、支度をするようにと命じました。そこでサー・マーホースは起きあがると甲冑《かっちゅう》に身をかためました。それからミサをあげて、朝食をとりました。それから城の中庭に出て馬にまたがりました。ここで試合をするのでございます。公爵はすでに全身を甲冑でかためて馬にまたがっておりました。そして六人の息子もその傍らにいて、みなそれぞれ手に槍《やり》をかまえておりました。やがて双方はぶつかりあい、公爵と二人の息子とは手にした槍をサー・マーホースに突き当てて折ってしまいました。しかしサー・マーホースは槍をかまえたまま、誰にも突きかけはしません。すると今度は、残る四人の息子たちが二組に分かれてやって来ました。そして初めの一組が槍を折ると、次の一組も同じように折ってしまいました。しかもこの間、サー・マーホースはこれらの騎士に槍を突きかけようとはしないのです。やがてサー・マーホースは公爵のほうへと突進してゆくと、手にした槍で激しい一撃を加え、相手を人馬もろとも大地に突き倒しました。そこで、同様にして息子たちも突き倒しました。それから馬をおりると、公爵に向かって、降伏いたせ、さもなくば生命をもらいうけるが、と迫りました。そのうちに息子たちの何人かが起きあがって、サー・マーホースに襲いかかろうとしました。そこでサー・マーホースは公爵に言いました。あの者たちを制止するのじゃ。さもなくば、その方たちの生命は一人残らず頂戴《ちょうだい》いたすぞ。そこで公爵はもはや死の免れがたいことを知って、息子たちに呼びかけ、サー・マーホースに降伏するようにと命じました。そして一同は一人残らず、ひざまずいて、自分たちの剣の柄頭《つかがしら》をこの騎士に差し出しました。そこでサー・マーホースもそれを受け取りました。それから、息子たちは父親を援《たす》け起こすと、親子ともどもサー・マーホースに誓いをたて、これからはけっしてアーサー王に刃向かうようなことはしない、その証拠に、今度の聖霊降臨節《ウイトスンタイド》には親子そろってアーサー王のもとに参り、その慈悲を仰ぐ所存であると約束したのでございます。

＊この話は、言葉づかいなどすべて、『アーサーの死』から借用している。――マーク・トウエイン（アメリカ版、脚注。ただし日本語訳では、サンデーの口を通して語られているため、女性の言葉づかいに改めた）

お話はこのような次第でございます、サー・ボスさま。そして何を申しましょう、この公爵と六人の息子こそ、つい二、三日前、あなたさまがお打ち負かしになり、アーサーの宮廷にお遣わしになった者たちなのでございます！」

「なんだって、サンデー、まさか本気ではないだろうね！」

「本当のことを申しあげているのでないとすれば、わたくしは悪魔にとりつかれてもかまいませぬ」

「そうか、そうだったのか――それにしても誰がそんなことを考えていただろう？　公爵を丸ごと一匹と公爵の卵を六つも頂戴できるってえわけだな。ええっ、サンデー、こいつは大した収穫だったね。武者修行なんてものはずいぶん間尺《ましやく》にあわない商売で、おまけにうんざりするほどきつい仕事だが、そんな商売の中にも金もうけがあるってえことがわかりかけてきたよ。とどのつまり、運さえあればいいんだ。かといって、わたしが事業としてこいつをずっとやっていきたいっていうわけじゃあない。なぜって、わたしは気がすすまないからだ。健全な本当の事業というものは思わくなんかを土台に成り立つもんじゃあない。武者修行稼業が当たって景気がよくなって――いいかい、いったん熱がさめて冷たい現実にぶつかったら、そのときはどうなるんだい？　武者修行稼業なんて、ちょうど豚肉の買い占めみたいなものさ。ただそれだけさ。ほかに何も作り出せやしない。なるほど大金は入る。――そうだ――きゅうに金持ちになる、一日か、あるいは一週間ぐらいのあいだにかな。そのうちに誰かがそいつを相手に市場を買い占める。するとその空《から》相場の店はペシャンコだ。そうじゃないかね、サンデー？」

「わたくし、ぼんやりしておりましたのか、全体のお話がどうも。一つ一つのお言葉はよくわかるような気がいたすのでござりますが――」

「そんなふうに遠まわしに言って要点を避けようとしたってむだだよ、サンデー。実際にそうなんだから。わたしの言うとおりなんだからね。わたしは知っているんだ。そして、そのうえ、資力が底をついてしまったら、それこそ武者修行稼業は豚肉よりいっそうたちが悪い。なぜなら、たとえどんなことになろうと、豚肉のほうは現物が残る。だからともかく誰かが利益を得る。しかし武者修行景気の中でその相場が値くずれして、市場の騎士たちがどいつもこいつもパーになったら、財産として何が後に残るだろうか？　打ちのめされた死体のくず山と、ぱっくり口をあけた金物類が一樽分か二樽分じゃあないか。いいや、そんなもの財産と言えるかね？　わたしはいつだって豚肉のほうがいいね。そうだろう？」

「あの、わたくしの頭があれやこれやのことで混乱しているのでござりましょうか。ついさきごろ起こりましたさまざまの事件。そのためにわたくしだけでなく、またあなたさまだけでもなく、わたくしども両名がそれぞれ、どうやら――」

「いや、あんたの頭が混乱しているからではないよ、サンデー。あんたの頭は大丈夫だ。頭としてはね。だがあんたは事業というものを知らないんだ。そこが問題なんだ。事業の論議をするのはあんたには向かない。だからいくらやろうたってそいつは間違っている。しかし、それはそれとして、とにかくあれは大した収穫だった。アーサーの宮廷ですばらしい評判となるだろう。それからあのカウボーイたちのことだが、ここはなんて奇妙な国なんだろうね。男も女もけっして年をとらない。あのモルガン・ル・フェイはどうだ。みずみずしく若さにあふれていて、どう見てもヴァサー女子大（アメリカ、ニューヨーク州の有名な大学。一八六五年開校）の一年生てえとこだ。それにあの南部辺境の公爵じいさんはどうだ。あの年でまだかくしゃくとして剣と槍《やり》を振りまわしている。あんなに大勢の息子を育てあげた後でだよ。聞くところによると、サー・ガーウェインはあの公爵の息子を七人も殺したということだが（マロリー『アーサーの死』第四巻第二十四章で公爵自身がマーホースに話している）、公爵にはまだほかに六人も息子がいて、その連中をサー・マーホースとわたしが降伏させたわけだ。それにあの六十になる貴婦人はどうだ。髪に霜をいただく年でまだ諸国を歩きまわっているじゃないか――。サンデー、あんたは、いくつになるんだね？」

彼女の中に静かな場所を見つけたのは、このときが初めてだった。おしゃべりの水車はぴたりと止まった。修理のためか、何かのためだ。

第二十章　鬼の城

六時から九時のあいだにわたしたちは十マイルほど進んだ。これは馬にとってかなりの道のりだった。なにしろ三倍も荷物を背負っているからだ――男と、女と、それに甲冑とだ。そこでわたしたちは馬をとめてゆっくりと昼休みをとることにした。澄みきった小川のほとりの木の下でだ。

すると、やがて一人の騎士が馬に乗ってやってきた。騎士は近づくにつれて、苦しそうな呻《うめ》き声をあげた。口をつく言葉から察して、なにやら呪い、悪態をついているようだった。それでもわたしは、その男の来てくれたことが嬉《うれ》しかった。というのも、その男は看板をぶらさげていて、そこには輝く黄金の文字でこう書いてあったからだ――

「お使いめされ、ピーターソンの予防歯ブラシ――目下、大流行」

わたしはその男の来てくれたことが嬉しかった。というのは、この看板を見ただけで、この男がわたしの騎士だとわかったからだ。それはサー・マドック・ド・ラ・モンテーヌといって、体の頑丈な大男だった。彼の一番の手柄といえば、すんでのことにサー・ラーンスロットを一度、馬上から馬の尻《しり》の向こうへ突き落とすところだった、ということだ。彼は人に出会うとすぐに何か口実を見つけてはこの大事件を吹聴していた。しかし、それとはまったく逆の、同じくらい大きな事件もあったのだが、こっちの事件については、人から尋ねられなければけっして触れようとはしなかった。そのくせ尋ねられたときには、べつにかくしもしなかった。それは彼が首尾よく成功しなかったその理由だ。つまり彼の槍は相手にさえぎられて、彼のほうが馬の尻の向こうへ突き落とされてしまったということだ(マロリー『アーサーの死』第九巻第二十八章参照)。この無邪気な無骨者の入道には、この二つの事実のあいだに存在する著しい相違がわからなかった。わたしはこの男が好きだった。仕事に熱心で、じつに重宝《ちょうほう》な男だったからだ。それに見るからに立派な様子もしている。鎖帷子《くさりかたびら》を着こんだ幅の広い肩、じつに堂々たる造りの、羽飾りつきの兜《かぶと》、おまけに大きな楯《たて》にはとっぴな図案が描かれていて、籠手《こて》をはめた手が予防歯ブラシを握っているのだ。そしてこんなモットーが刻んである。「お試しあれ、ノワユドン（Noyoudont「ノー・ユー・ドント」と読めば、「いや、やめろ」の意となる。当時「ソゾドント」という万能薬が流行していた）を」これは、わたしが広めはじめた水歯磨きだった。

彼は、自分はもう疲れはてましたと言った。そしてたしかにそんな様子をしていた。しかしそれでも馬からおりようとはしなかった。彼の話によると、彼はストーヴ磨きの男の後を追っているとのことだった。そしてそう言いながら急にまた呪いや悪態をつきはじめた。話に出たそのストーヴ磨きの宣伝係りは、サー・オセス・オヴ・スルルーズといい（マロリー『アーサーの死』第十巻第四十八・九章に登場する）、勇敢な騎士で、かなりの名声をもっていた。というのも、サー・ガヘリスのような大立者と闘い雌雄を決しようとしたことがあるからだ——もっとも、首尾のほうはよくなかったけれども。彼は明るくなごやかな気質の男だった。だから彼にとってはこの世で何ひとつむきになるようなものはなかった。そんなことからわたしはこの男を選んで、ストーヴ磨きの情操を掻《か》きたてさせていたのだ。ストーヴなどはまだない時代だった。だからストーヴ磨きについては、むきになるようなものは何ひとつありえなかった。この係りの者がしなければならぬことは、ただ手際よく、しかもだんだんと、大衆に大変革の準備をさせ、彼らの心に清潔感を植えつけさせて、ストーヴの登場する時代にそなえさせるだけでよかったのだ。

サー・マドックはかなり重症だった。そしてまたしても呪いの言葉を吐きだした。これまでにも自分の魂がぼろぼろになるほど呪っていたそうだ。それでいて馬からおりようとはしなかった。それに体を休めようともせず、慰めの言葉に耳をかそうともしなかった。ただひたすらサー・オセスを捜し出し、この一件を清算するのだといきまいていた。どうやら、彼の話の中で神を汚していない部分だけをつなぎあわせて判断すると、こんなことになるらしい。つまり、彼は夜明けごろサー・オセスに出会った。そして、もしおまえが近道をして、野を越え沼をわたり、でこぼこの丘を越え空地を通ってゆけば、旅人の一団より先回りができる、そして彼らを予防歯ブラシと水歯磨きのまたとない客にすることができるはずだと教えられた。持ち前の熱心さからサー・マドックはただちにこの探求の旅に出かけた。そして三時間ほどひどく難儀をしながら近道をして、やっとのことで自分の獲物に追いついた。ところがどうだ。その獲物たるや、五人の長老たちで、前の晩に土牢《つちろう》から出されたばかりのあの連中ではないか！　かわいそうに、この長老たちはもう二十年も前からすでに自分たちで知っていた連中なのだ、根ばかり残った歯や一本しかなくなった歯ではもうどうしようもない、ということをだ。

「えいっ、くそいまいましい奴め」とサー・マドックは言った。「こんど見つけたら奴にストーヴ磨きの油をぬりたくってくれる。きっとやってみせるぞ。オセスと申す騎士にしろ、ほかの何者にしろ、拙者にこんなひどいことをして、なおかつ生きつづけられるなどということはけっしてござらぬ。見つけしだい、成敗してくれる。このことは今日、大きな誓いをたてて決心いたしたことでござる」

彼はこんなことや、そのほかさまざまなことを口走りながら、すばやく槍をかまえると、その場を立ち去っていった。午後の半ばごろになって、われわれ自身が例の長老たちの一人に出会った。ある貧しい村の入口のところでだ。彼は、五十年も会わなかった親戚《しんせき》や友人たちに温かく迎えられていた。彼のまわりや、彼を抱きしめている者の中には、今までぜんぜん会ったこともない彼自身の孫たちもいた。しかし彼にとっては、そういう人びとの誰も彼もが他人だった。彼の記憶がなくなり、彼の心がよどんでいたからだ。人がネズミのように暗い穴の中に閉じこめられたまま、半世紀も生きのびることができるなんて、それは信じがたいことのようにも思われるが、ここに彼の老いたる妻と何人かの親友たちがいて、それを証明することができるのだ。彼らには彼を思い出すことができた。みずみずしく、力強く、若い男盛りの姿そのままにだ。あのとき彼は子供に接吻《くちづけ》をし、その子を母親の手に渡すと、そのままあの長い忘却の中へと姿を消していった。城の人びとには、一世代の半分もたたぬうちに、この男はいったいどのくらい長いあいだ、記録もなくすでに忘れ去られた罪状のために閉じこめられているのか、わからなくなっていた。しかし、この老いたる妻は知っていた。そして彼女の老いたる子供も知っていた。子供は結婚した自分の息子や娘たちの間に立って、父親を実感しようとしていた。自分にとってこれまでただの名前だけにしかすぎず、思いだけにしかすぎず、形のない絵姿だけにしかすぎず、伝説にしかすぎなかった、父親。その父親が今や、とつぜん手に触れることのできる、実際に血の通った肉体となって自分の目の前に立っているのだ。

それは奇妙な状態だった。しかし奇妙だからということでわたしがことさらそれをここに書きたてたわけではない。わたしにとってもっと奇妙だと思われることがあるので、これをとりあげたのだ。というのは、この恐るべき事柄にもかかわらず、こういう虐《しいた》げられた人びとが、その怒りの爆発を少しも彼らの圧制者たちに向けなかった、ということだ。彼らは残虐《ざんぎやく》と非道の相続人となり臣下となって以来あまりにも長い年月を経てきているので、彼らを目覚めさせることのできるものは、親切以外の何ものでもないのだ。そうだ、ここにこそまさしく奇妙な露呈があった。この国の人民が奴隷制度の中に身を沈めているその深さがはっきりと示されているのだ。彼らの全存在は、単調な、生気のない水準にまで追い落とされて、たとえこの世でどんなことが自分たちの身にふりかかろうと、ただじっと耐え、諦《あきら》め、口をつぐんだまま不平ひとつ言わずに受け入れているのだ。彼らはその想像力さえ死んでいた。一人の人間についてそれがあてはまるとすれば、それは根底にふれたことになる、とわたしは思う。なぜなら、それ以上の深みはないのだから。

わたしは、どこかほかの道を通ればよかったと思った。これは、心に平和な革命を考えている政治家の遭遇すべき経験ではなかった。なぜなら、その経験は「けっして避けることのできない事実」を提起しないわけにはいかなかったからだ。事実とはつまり、おだやかな空念仏や、哲学的反論にもかかわらず、世界のどの国民もこれまでに、信心家ぶった話や道義的な勧告によって自分たちの自由をかちとったためしはないということであり、古来不変の鉄則は、革命を成功させようと思ったらその革命はすべて流血で始めなければならぬ、たとえ後になってどのような代償を払おうとも、ということだ。歴史が何かを教えるとすれば、このことを教えてくれている。だからこの国の人びとにとって必要なのは、「恐怖時代」（一三八ページ参照）とギロチンだった。だからわたしは彼らにとってふさわしからぬ人物だったのだ。

それから二日ほどたって、昼ちかくなると、サンデーが興奮と熱狂的な期待との徴候を見せはじめた。鬼の城に近づいたと言うのだ。わたしは思わずギクリとした。わたしたちの旅の目的などわたしの心からはいつの間にか消え去っていた。それがとつぜん復活してきたものだから、一瞬、きわめてリアルな驚くべきもののような感じがして、心の中にズキズキするような興味が湧いてきたのだ。サンデーの興奮は刻一刻と増してきた。そしてわたしの興奮も同じだった。こういうものは伝染しやすいのだ。わたしの心臓は大きく動悸《どうき》を打ちはじめた。心臓は、説得しようとしたってできるものではない。心臓は心臓でちゃんと自分の法則をもっているから、頭が軽蔑《けいべつ》するようなものにでも勝手にドキドキするのだ。だから、やがてサンデーが馬からすべりおりて、わたしに止まっているようにと合図をして、音もたてずに忍び足で進んでゆき、頭が膝《ひざ》につくぐらい身をかがめながら、下り坂に接した茂みのほうへと向かっていったときには、わたしの心臓の鼓動はますます強く、ますます速くなっていった。そしてそれはいつまでもそんな状態をつづけていた。彼女がころあいの隠れ場所を見つけ、そこから坂の向こうをのぞいていたあいだもそうだったし、またわたしが両膝をついて彼女のかたわらへ忍びよってゆくあいだもそうだった。そのとき、彼女は目をかがやかせながら向こうを指さし、息をはずませてささやいた——

「城！　城でございます！　ほれ、あそこにぼんやりと見えます！」

なんというありがたい失望をわたしは味わったことだろう！　わたしは言った——

「城だって？　豚小屋しかないじゃないか。豚小屋が、小枝で編んだ垣根に囲まれて立っているだけじゃないか」

彼女はびっくりしたような顔つきをして、悲しげな様子をみせた。いままでの活気が顔から消え、しばらくのあいだ彼女は考えにふけってだまりこんでいた。やがて——

「前には魔法なぞにかけられていなかったはずですのに」と考えに沈みながら言った。まるで独りごとのようにだ。「それになんと不思議なことでしょう、そして大変なことでございます

——一人の人が見れば、それは魔法にかけられていて、卑しく恥ずかしい姿にしか見えず、べつの人が見れば魔法なぞかけられてはおらず、少しも変わった様子はない。がっしりとして堂々たる構えを見せて立ち、そのぐるりには濠をめぐらし、塔からは青空高く旗もなびかせているなんて。できることなら見てすませたいのでござります、この胸はひどく痛みます、またしてもあの囚われの姫君方のお姿を見、その美しいお顔に深く刻まれた悲しみを見なければならぬとは！　わたくしたちは旅に手間どりました。これでは申し訳がたちませぬ」

わたしにもやっとわかりかけてきた。この城は、わたしにとっては魔法がかけられているが、彼女にとってはそうではないというのだ。だから彼女と議論してその幻想から目覚めさせてやろうとしても時間の浪費となるばかりだろうし、とうていできることでもなかった。わたしはただうまく調子をあわせてゆくよりほかはない。そこでこう言ってやった――

「それはよくあることだよ――一人の人の目には魔法がかけられているように見えて、べつの人の目には元の姿そのままに見えるということはね。あんたも前に聞いたことがあるだろう、サンデー、実際に経験したことはないかもしれないがね。しかし害はなにもない。じつを言えばそのほうが幸運なんだ。もしこの姫君たちが誰の目にも、また自分たち自身の目にも豚に映ったなら、その魔法は解かねばならないだろうし、それだってできないだろうからね。ただその魔法がどんな方法でかけられたのか見つけることができれば話はべつだがね。それに、それは一か八かの大仕事にもなるんだ。なぜって、魔法を解こうとしても、正しい手掛かりがないままにやったら、間違いを犯すかもしれない。そして豚を犬に変えてしまったり、犬を猫に、猫を鼠に、というぐあいに変えてしまって、とどのつまりはせっかくの相手を跡かたもないものにしてしまう。さもなければ、後を追うこともできない、臭いのないガスにしてしまったりする——どっちにしたってもちろん同じことさ。ところが今は、運のいいことに、わたし以外の人の目は魔法にかかっていない。だから、魔法を解くなどということは取るにたりないことなのだ。あの姫君たちは、あんたの目にも自分たち自身の目にもそのほか誰の目にも、姫君そのままの姿に見える。そして同時に、わたしの幻想にもけっして悩むことはないはずだ。なぜって、うわべは豚だけれどもじつは姫君なのだということさえわかれば、わたしにはそれでもう十分なので、その姫君の取り扱い方は心得ているからね」

「かたじけのうございます、おやさしいお殿さま、そのお言葉はまるで天使のようでございます。そして、わたくしにはわかります。あなたさまはきっとあの姫君たちを救い出してくださいます。なぜと申して、あなたさまは偉業をうちたてんと志していらっしゃいます。そして武芸にすぐれた力強い騎士でもございますし、意志の点でも勇敢なお方で、この世の誰も及ばぬほどのお方だからでございます」

「あの豚小屋には一人も姫君を置き去りにするようなことはしないつもりだよ、サンデー。ところであそこにいるあの三人、私の混乱した目には痩《や》せこけた豚飼いに見える連中のことだが——」

「あの鬼どものことでございますか？　あれも姿を変えられているように見えるのでございますか？　まったく不思議でございますね。わたくし、恐ろしくなりました。なぜと申して、あなたさまはいったいどのようにして打ちかかることができますでしょう、確かなねらいがおつけになれますでしょうか、身のたけ九尺もある五人があなたさまには見えないのでございますから？　ああ、用心してお越し遊ばせ、お殿さま。これは、わたくしの考える以上に大きな冒険でござりまするゆえ」

「安心するがいい、サンデー。わたしに必要な知識は、鬼の体のなかでどのくらいの部分が見えないかということだけだ。それさえわかれば、そいつの急所がどこにあるかは見当がつく。だから恐れることはない。あんなイカサマ連中なぞ手っとり早く片づけてしまうからね。ここで待っていなさい」

　わたしはサンデーのそばを離れた。彼女はその場にひざまずいたまま、死人のような顔をしていたが、それでもその顔は勇気のある、期待にあふれた表情だった。わたしは馬に乗って豚小屋のところまでおりてゆくと、豚飼いたちと取り引きをした。そして彼らから大いに感謝された。全部の豚を十六ペニーの一括払いで買いとってやったのだ。その十六ペニーだって近ごろの相場よりもかなり高いものだった。わたしはちょうどよいときに買いものをした。というのも、「教会」や領主や、そのほかの年貢集めの役人が次の日にはやってくることになっていたからだ。そういう連中は家畜という家畜をあらかたひっさらってゆき、豚飼いたちにはほんのわずかな豚が残されるだけとなる。そうなったらサンデーにはせっかくのお姫さまがいなくなってしまうからだ。しかし、わたしが買ってやったおかげで、年貢集めの連中も現金で支払いを受けることができたし、おまけに、火あぶりの刑も行なわれずにすむわけだ。豚飼いの一人は、子供が十人もいた。その男の話によると、去年、僧侶《そうりょ》がやってきて十頭の豚のうちからいちばん肥っている豚を一頭、十分の一教区税《タイズ》としてもっていこうとしたとき、妻君が飛び出

してきて子供を一人差し出し、こう言ったそうだ――
「この情け心もない獣《けだもの》野郎、どうしてこの子だけおいてゆくんだい、子供を育てるのに必要なその家畜のほうは取りあげておいてさ？」
まったく奇妙なことだ。同じようなことがわたしの時代のウエイルズでも起こっていた（一八八六年、つまりこの作品が出版される三年前のこと）。この同じ「国立教会」のもとでだ。その「国立教会」こそ多くの人びとの考えによれば、その本質を変えたはずだった、あの偽りの姿を変えたときにだ。
わたしは三人の男を立ち去らせた。それから豚小屋の木戸をあけて、サンデーにも来るようにと合図した。——彼女はやってきた。そろそろとではなく、燎原《りょうげん》の火のような勢いでだ。そしてこのブタどもに飛びつきながら、喜びの涙を頬いっぱいに流し、胸にしっかりと抱きしめたり、接吻《くちづけ》をしたり、愛撫《あいぶ》をしたり、王侯貴族にふさわしい名でうやうやしく呼んだりした。その様子を見たとき、わたしは彼女が恥ずかしくなった。人間が恥ずかしくなった。

わたしたちは、この豚どもを家まで送りとどけなければならなかった。——十マイルも先までだ。そしてこの姫君たちほど気まぐれ者やひねくれ者はいなかった。連中はおとなしく道を通っていこうとしないのだ。小径だって通りはしない。とつぜんあっちこっちの藪《やぶ》の中を突っ走ったり、四方八方に流れだしたりして、岩を越え、丘を越え、これ以上のデコボコはあるまいというような所を通っていった。それでも殴ることはできないし、荒々しい声をかけることもできない。サンデーが黙って見ているはずがないのだ、この姫君たちが身分不相応な扱いを受けているところはだ。豚どもの中でいちばん始末のわるい年寄りの牝豚にだって、声をかけるときには「奥さま」とか「妃殿下」とかと呼んで、ほかの連中と同じようにしなければならない。じれったくやりきれないのは、あちこちと豚の後を追って捜しまわることだが、それも鎧《よろい》姿のままなのだからたまったものではない。小柄な伯爵夫人が一匹いた。鉄の環を鼻にはめ、背中にはほとんど毛もはえていないようなやつだが、こいつなどはつむじ曲がりの塊みたいなやつだった。わたしを一時間も駆けさせ、そこらあたりをくまなく追いまわさせた。そしてやがてたどりついたのが、さっきわたしたちが出発した元のところであって、わたしはものの六ヤードも本当には進んでいなかったのだ。しまいにはそいつの尻尾《しっぽ》をつかまえて、ひっぱってやった。キーキー鳴くのもかまわずにだ。サンデーのところまで来たら、彼女は仰天した。

そして叫んだ、無作法にもほどがある、伯爵夫人の裳裾《もすそ》をひっぱるなんて、と言うのだ。

　わたしたちはちょうど日暮れごろ豚どもを家に送りとどけた。――あらかたの豚をだ。ただ、王女ネロヴァンス・ド・モルガノールの姿は見えなかった。それに彼女の腰元の二匹もだ。つまり、ミス・アンジェラ・ボーアンとダモアゼール・エレーヌ・クルトマンだが、この二匹のうち、前者は若い黒豚で白い星が額のところに一つあるやつだ。そして後者は褐色で脚が細く、右舷前部のすねのあたりにややモタツキのあるやつだった――この二匹は、後を追うにもじつに腹立たしいデブ公で、こんなやつらはこれまで見たこともなかった。行方不明になった連中のなかにはまた、男爵夫人にしかすぎぬようなのも何匹かいた――それでわたしもそんな連中は行方不明のままにさせておきたかった。しかし、それはだめだった。こういうソーセージ用の肉も一匹残らず捜さなければならなかった。そこで召使たちが送り出され、松明《たいまつ》を手にして、森や丘をそのために駆けずりまわった。

　もちろん駆りたてられた豚は一匹残らず家に入れられた。だから、またぞろ大変なことになった！　――とにかく、こんなものを見るのは初めてだ！　こんなことを聞くのも初めてだった。こんなものを嗅《か》ぐのも初めて。まるでガスタンクの中での暴動のようだった。

第二十一章　巡礼者

やっと寝床についたときには、わたしは言いようもなく疲れ果てていた。体をのばし、長いあいだ緊張していた筋肉をほぐすことは、なんという贅沢《ぜいたく》、なんという心地よさであろう！　しかし、それだけがわたしにできた精一杯のことだった。――眠るなどということは、しばらくのあいだは、論外のさただった。姫君たちのブーブー、ガーガー、キーキーいう声が広間や廊下のあちこちに響きわたって、阿鼻叫喚《あびきょうかん》の巷《ちまた》の再来、わたしを少しも眠らせなかったからだ。眠らないでいると、わたしの考えはもちろん忙しくなる。そしてもっぱらその考えはサンデーのあの奇妙な幻想について忙しく働いた。とにかく彼女は、この王国が生み出しうる限りでの正気な人間なのだ。それでいて、わたしの観点からすれば、彼女はイカレポンチのようなふるまいをしていた。やはり、トレーニングの力だ！　影響の力だ！　教育の力だ！　その力こそ人にどんなものでも信じこませることができるのだ。自分をサンデーの立場においてみなければ、彼女が狂っていないということはわからない。そうだ、そして彼女をわたしの立場においてみなければ、けっして教えてやることはできないのだ、相手と同じ教育を受けてこない者にとって人がどんなにたやすくイカレポンチのように思われるかということをだ。もしわたしがサンデーに、一台の荷車が、魔法の力によらずに、一時間に五十マイルも突っ走るのを見たことがあると言い、また、人が魔法の力もかりずに、籠《ゴンドラ》に乗りこんで雲の中に消えてゆくのを見たことがある、数百マイルも離れている人の話を、魔法の手もかりずに、聞いたことがある、などと言ったなら、サンデーはわたしをイカレポンチと思うばかりでなく、やはりそうだったのかと考えたことだろう。彼女のまわりの者はみんな魔法を信じていた。誰ひとり疑いをいだく者はいなかった。城を豚小屋に変えることができたり、城の中の人びとを豚に変えることができたりするのを疑うことは、とりもなおさず、コネチカットに住む人びとのあいだで、わたしが電話の現実性やその奇跡を疑うのと同じことになるのだ。――そしてどちらの場合も、病気の心、定まらぬ理性、の確かな証拠となるのだ。そうだ、サンデーは正気だった。それは認めなければならぬことなのだ。もしわたしも正気でありたいと――それはサンデーに対してのことだが――そう思うならば、わたしは、魔法にもよらず奇跡的でもない機関車や軽気球や電話などについてのわたしの迷信を人に知らせないようにしなければならない。また、世界は平らでもなく、下から柱をかってそれを支えているわけでもなく、上から天蓋《てんがい》をかけて、天上にひろがっている水の宇宙を避けているわけでもない、とわたしは信じていた。しかし、こんな不敬で、犯罪的な意見に犯されているのはこの王国ではわたし一人だけなのだから、このことについてもやはり黙っていたほうが賢明だろうとわかった。もしわたしがイカレポンチとしてみんなからとつぜん遠ざけられ、見捨てられるのがいやだとしたならばだ。

翌朝サンデーは豚どもを食堂に集めて、朝食を与えた。そして親しくこの豚どもに侍《かしず》き、ことごとに深い尊敬の念を示していた。それは彼女の国に生まれた人びとが、昔も今も変わらず、つねに上流社会の人びとに対していだいてきた感情であって、外側の容れ物がどうあろうと、精神的・道徳的内容がどうあろうと、そんなことは問題ではなかったのだ。わたしがこの豚どもといっしょに食事をすることができるのは、わたしの生まれがこのいと高き上流階級の人びとに近い家柄の場合だけだ。ところが、わたしはそんな生まれではなかったので、避け難い冷遇を受けることになったが、不平はなにひとつ言わなかった。サンデーとわたしとは、一段下がったテーブルで食事をしたのだ。この家の家族の者たちは家にいなかった。そこでわたしは言った。

「家族は何人いるのかね、サンデー、そしてみんなどこに控えているのかね?」

「家族ですって?」

「そう」

「どこの家族でござりますか、お殿さま?」

「いやあ、ここの家族だよ。あんた自身の家族さ」

「じつを申しまして、お殿さまのおっしゃいますことがよくわかりませぬ。わたくしには家族などござりませぬゆえ」

「家族がないって? だって、サンデー、ここはあんたの家ではないのかい?」

「はて、どうしてそのようなことがありえましょう? わたくしには家などござりませぬのに」

「へえ、それじゃあ、これは誰の家かね?」

「まあ、なにをおっしゃいます、わかっているくらいでしたらお話しいたします」

「おいおい——あんたはここの人たちを知ってもいないのかい? それじゃあ誰がわたしたち

をここへ招待したのかね？」

「誰も招待したわけではございませぬ。わたしたちが来ただけのことでございます。それだけのことにすぎませぬ」

「ええっ、こいつは大変、とほうもないことをしでかしたもんだ。こんなずうずうしいことは、ほめるわけにはいかないね。いけしゃあしゃあと人の家へ入りこみ、おてんとうさまがこの地球上で発見した唯一の真に価値のある貴族方（豚のこと）まで詰めこんでおきながら、この家の主人の名前さえ知らないとあってはね。どうしてこんな無茶なことができたのかね？　わたしは、てっきり、ここがあんたの家だとばかり思っていたんだ。主人はなんと言うだろうね？」

「なんと言うだろうとおっしゃいますのですか？　それは、礼を述べるほかになにが言えますでございましょう？」

「なんの礼だね？」

彼女の顔には途方にくれたような驚きの色が

みなぎった。

「ほんとに、お殿さまは不思議なお言葉でわたくしの理解をさまたげます。この家の主人くらいの身分の者が、お客さまを接待するというこんな名誉を、一生に二度も授けられるとお考えでございますか、わたくしたちはこの家に栄光を与えようと連れて参ったのではございませぬか」

「いや、なるほどね――そういう意味なら、そうだ。たしかにこりゃあ初めてだろう、こんな栄光に浴するのはね」

「それならば、有難く思い、その気持ちを感謝の言葉としかるべき態度で表わすべきなのでござります。さもなければ、その者は犬です。そして子孫も祖先もみな犬畜生でござります」

わたしの心にとってこの場の形勢はどうも気持ちのいいものではなかった。この後ますます悪くなってゆくかもしれない。どうやら豚どもを呼び集めて出かけるほうがよさそうだ。そこでわたしは言った。

「朝ももうだいぶ過ぎたようだよ、サンデー。そろそろ姫君たちを集めて出かけよう」

「なにゆえでござりますか、ボスさま?」

「われわれは姫君たちを家へ送りとどけたいと思っているのではないかな?」

「まあ、なにをおっしゃいます! あの方たちは世界のありとあらゆる地方から来られた方々でござりますよ! どのお方さまもみなご自分のお家へ急いで帰りたいと思っておいでに違いありませぬ。殿さまは、その旅をみんなひとつにしてこの短な一生のうちに果たすことができるとでもお思いでござりますか。この短な一生は神さまが創造の一生とお定めになったものでございます。そして死もまた同じようにアダムの手を借りてお定めになったものでございます。その連れあいは、己れの連れあいに説得されて犯した罪によって死を創りだしました。その連れあいは人間の大敵、かのサタンと呼ばれるヘビの誘惑によって心を動かされ、欺かれたのでございます。かつてはそのサタンも聖別され、大事にされて、そのような悪業は知らなかったのでございますが、その胸に生まれた抑えがたい悪意と嫉妬《しっと》とによって、それを知るようになりました。と申しますのも、それは彼《か》の者が激しい野心をいだいたからなのでございます。その野心はこの自然界のものを腐らせ、かびを生やさせました。かつてはほんとうに真っ白で純粋だったものでしたのに。昔はそうした自然界のものも、光り輝く多くのもの、つまり兄弟として生まれたもの、といっしょにあの美しい天上の小道や木陰で暮らしておりました。その天上では、そこで生まれたものはみな、その豊かな土地にふさわしく、そして――」

「こいつは驚いた!」

「はあ?」

「いやね、わたしたちはそういう話をしている暇はないのだよ。これじゃあ、わたしたちはこの姫君たちを世界のすみずみまで送りとどけることができてしまうじゃないか、あんたがぐずぐず話をして、それができないなどと言っている暇にね。今は話なんかしているときじゃないんだ。実行しなくっちゃあいけない。あんたも気をつけなくてはだめだ。おしゃべりの水車をそんなふうに回しはじめてはいかんのだ、こんなときにはね。さあ、仕事にかかろう――そして、さあ急いだり、急いだり。で、誰がこの姫君たちを家に連れてゆくのかね?」

「それはこの方々のお友だちでございます。世界の果てからでも迎えにまいります」

これは、晴れわたった空から雷が落ちてくるようなもので、まったく思いもよらぬことだった。そして、やれやれと安堵《あんど》の胸をなでおろす気持ちは、ちょうど囚人が特赦を受けたときのようだった。彼女はここに残って、姫君たちを渡してくれるつもりなのだ。そうにきまっている。

「そうか、じゃあ、サンデー、わたしたちの仕事もこれで立派に首尾よく終わったわけだから、わたしは帰ってこのことを報告することにしよう。そしてまた同じような――」

「わたくしも支度はできております。ごいっしょに参ります」

これでは特赦の取り消しだ。

「なんだって？　わたしといっしょに行くだって？　なぜそんなことが？」

「このわたくしが裏切者となって、わたくしの騎士さまを見捨てるとでもお考えでございますか？　そんなことをいたしましたら恥辱となりましょう。わたくしはあなたさまのおそばを離れるわけには参りませぬ。野原で一騎討ちをなさり、どこかの屈強な相手が正々堂々と勝利をおさめ、正々堂々とわたくしを連れ去ってゆくときはぜひもござりませぬ。でも、そのようなことが起こるなどと考えては、この身に罰があたります」

「長期ご奉公ってえわけか」とわたしはひそかにため息をもらした。「まあ、がまんしたほうがよかろう」そこでわたしは声に出して言った。

「よろしい。では、出発するとしましょう」

彼女が別れの挨拶《あいさつ》を豚どもへしている間に、わたしはその姫君たちを一匹残らずこの家の召使たちにくれてやった。そして彼らに頼んで雑巾《ぞうきん》をもってこさせ、その辺を少しきれいにしておくようにと言ってやった。姫君たちが主として寝たり歩きまわったりしたところをだ。しかし召使たちの考えでは、そんなことはやってもしかたのないことで、そのうえ、大いに習慣からはずれることになる。だからそんなことをすれば物議をかもすことになりそうだ、ということだった。習慣からはずれる――これで問題は落着だ。それは、習慣からはずれること以外ならどんな罪でも犯すことができる、という国民だった。召使たちは、風習には従うと言った。遠い昔から守ってきて、そのために神聖なものとなった風習にはだ。つまり、部屋という部屋、廊下という廊下に新しいイグサをまきちらそう、そうすれば姫君たちが来訪した跡はもはや見えなくなるはずだ、と言うのだ。それは「大自然」に対する一種の風刺だった。科学的な方法だし、地質学的方法だった。一家の歴史を層状に記録して後世に伝えることになるのだ。だから考古学者は、それを掘ってゆけば、各時代の堆積物によって、どんな食物の変化をその家族が百年ものあいだ次々と伝えていったか、知ることができるのだ。

その日わたしたちが最初に出会ったのは、巡礼者たちの行列だった。その行列はわたしたちと同じ方向へ行くわけではなかったが、わたしたちはかまわずそれに加わった。というのも、近ごろ、のべつ痛感するようになってきたのだが、もし自分がこの国をうまく治めようと思ったら、この国の生活の細部にまで通じていなければならない、しかもそれは間接に聞いたものではなく、自分の目で観察し調べたものでなければいけない、と思ったからだ。

この巡礼者たちの一行は、チョーサの『カンタベリー物語』に登場する巡礼者たちの一行に似ていた。それはこんな点でだ。つまり、その一行の中にはこの国が展示できるほとんどすべての上流階級の職業の見本が入っており、それなりにさまざまな服装をしていた、ということだ。それに、若い男も年とった男もいたし、年若い女も年老いた女も、またはしゃいだ者も落ち着いた者もいた。みんなロバや馬に乗っているのだが、それでいて一行の中には婦人用の鞍《くら》がひとつもない。というのもこの婦人用の鞍なるものは、イギリスにおいてはこれから後九百年もたたなければ姿を見せぬものだったからだ。

一行は愉快で親しみのある気さくな連中だった。信心深く、陽気で、快活で、そして無意識の粗雑さや無邪気な猥褻《わいせつ》さにあふれていた。連中のいわゆる楽しい話が次から次へと披露されても、誰も顔を赤らめる者はいなかった。それは十二世紀後のイギリスの最もすぐれた社会の場合と少しも変わらなかった。いたずらも、それは遥か十九世紀最初の二十五年間におけるイギリスのウィットにも値するものだったが、この連中の行列のあちこちに起こって、このうえなく楽しい喝采《かっさい》を誘わずにはおかなかった。そしてときどき機知に富んだ話が行列の一方で起こって、それがもう一方の端へと順ぐりに伝えられてゆくときなど、その伝わり方がよくわかった。明るい笑いのしぶきが、まるで波を切って押し進む船の舳先《へさき》から飛び散るように、わき立つからだ。そしてその航跡にはロバたちが顔を赤らめているからだ。サンデーはこの巡礼者たちの行き先と目的とを知っていた。そしていろいろと情報を提供してくれた。サンデーは言った。

「あの人たちは『聖なる谷間』へ行くのでございます。敬虔《けいけん》な隠者たちから祝福を受け、不思議な水を飲んで、罪を潔めてもらうためでございます」

「その湯治場はどこにあるのかね？」

「ここから二日ほど行ったところにございます。カッコー王国と呼ばれる国との国境でござります」

「そこのことを話してくれないかね。そこは有名なところなのかね？」

「はい、たしかに、そうでございます。これ以上有名なところはございませぬ。昔、そこには一人の僧院長とその修道士たちとが住んでおりました。おそらくこの方々ほど尊いお方はこの世にいなかったでございましょう。と申しますのは、一身を信仰の書の研究に捧《ささ》げ、たがいに口をきかず、また誰にも話しかけることなく、朽ちた薬草を食べ、それ以外のものはなにひとつ口にもせず、ほとんど眠りもせず、お祈りばかりして、けっして体も洗いませんでした。またこの方々は同じ衣をいつまでも着ていらっしゃいましたので、とうとう年月のたつうちに、ぼろぼろになって体から落ちてしまったのでございます。そこでこの方々はこうした尊い禁欲生活のゆえに世界じゅうに知れわたり、金持ちにも貧乏人にも訪れられ、尊敬されるようになったのでございます」

「なるほど、それで」

「けれども、いつもそこには水が不足しておりました。ところがあるとき、この尊い僧院長さまがお祈りをなさいました。するとそのお祈りがかなって、澄みきった水の大きな流れが、とつぜん奇跡の力によって砂漠のような土地に噴き出したのでございます。すると、心の動じやすい修道士たちが、悪魔にそそのかされて、僧院長さまにしつこく働きかけ、いろいろと懇願したり嘆願したりして、どうか浴場を作ってほしいと申しました。そして、僧院長さまもうんざりして、それ以上さからうことができなくなると、それでは好きなようにするがよかろうと申されまして、みんなの願いをお許しになったのでございます。さあ、ごらんください。神さまがお愛しになる清浄の教えを捨て、俗悪なるものにうつつをぬかし、神の御意《みこころ》にさからうことがどんなことであるかを。その修道士たちは浴場に入り、雪のように真っ白になって出てまいりました。ところがどうでございましょう、その瞬間、神のしるしが現われたのでございます。不思議なお咎《とが》めとなってでございます！　と申しますのは、その汚された神さまの泉は、流れ出ることをやめ、そしてすっかり姿を消してしまったからでございます」

「その修道士たちに対してのお咎めは軽かったんだね、サンデー、その種の犯罪がこの国でどのように見られているかを考えるとね」

「おそらくそうでございましょう。でも、それはこの方々が初めて犯した罪でございました。そしてこの方々も長いあいだ申し分のない生活を送り、何事にも天使と変わらぬ生活をしてまいりましたためでございましょう。いくらお祈りをし、涙を流し、肉体を責めさいなんでも、すべてはなんの役にも立たず、その泉に二度と水を出させることはできません。祈禱《きとう》行列を行なったり、燔祭《はんさい》の捧げものをしたり、祈願のロウソクを聖母マリアさまに捧げたりもいたしましたが、どれもこれも効き目はございませんでした。そして国じゅうの人たちが不思議に思ったのでございます」

「そりゃあ、ずいぶんおかしなことだね、それほど勤勉に働いても経済恐慌を招いて、そのアシニャ紙幣（フランスの革命政府が一七八九―九六年に没収土地を抵当として発行した不換紙幣。百フランのものが最後には三ペンスぐらいの購買力しかなかった）やグリーンバック紙幣（アメリカの紙幣。裏面が緑色で、一八六二年、つまり南北戦争中に初発行）がただの紙っぺらになり、なにもかもが行き詰ってしまうことがあるなんてね。で、先をつづけておくれ、サンデー」

「そこであるとき、それは丸一年もたってからのことでございますが、僧院長さまもお諦《あきら》めになり、その浴場をこわしておしまいになりました。するとどうでしょう。神さまのお怒りはそのとたんに解けて、泉はまたもやこんこんと湧き出したのでございます。そして今日でもそのときと同じようにこんこんと湧き出てやまぬのでございます」

「というと、それからは誰もそこで体を洗った者はないわけだね」

「洗いたいと思う人は、自分の首吊り用の縄を無料《ただ》で手に入れることができます。いえ、そればかりでなく、すぐにそれが入用となりますでしょう」

「僧院はそれからというもの繁盛しているんだろうね？」

「もうその当日からでございます。その奇跡の噂《うわさ》は、あらゆる国に伝えられました。それで国という国から修道士たちがやってきては僧院に加わりました。まるで魚が集まるようにやって参りました。群れをなしてでございます。そこで僧院は建て増しをし、また建て増しをして、その両腕を大きく拡げ、みなさんを抱えこんだのでございます。そして、尼僧たちもまたやって参りました。そしてさらに多くの尼僧が、そしてさらにまた多くの尼僧がやって参りました。そのため僧院と反対側のその谷の向こう側に尼僧院を建て、それを建て増ししているうちに、あの尼僧院はすばらしく大きなものになってしまいました。そしてこの尼僧院は前の僧院となんごろになりまして、双方ともに愛の奉仕に力をあわせ、いっしょになって大きな美しい孤児院（僧と尼僧との間に生まれた子が両者から認知されずに捨てられたわけ）を両方の建物の中間の谷間に建てたのでございます」

「さっき隠者のことを言ったっけね、サンデー」

「その方々も世界のはずれから集まっていたのでございます。隠者というものは、巡礼者の多いところにいちばんよくはびこります。どんな種類の隠者でも、かならず見つかります。もし誰かがある種類の隠者をもちだして、これは新しい種類の隠者であって、どこか遠い異国の地でなければ見つけることはできないだろうと申す者がおりましたなら、その人にあの『聖なる谷』に並んでいる窪《くぼ》みや洞穴や沼地をちょっとひっかいて捜すように言ってごらんなさいませ。そうすれば、その人のいう種属がどのようなものでありましょうとも、そんなことは問題ではございませぬ、すぐにその見本が見つかるはずでございます」

わたしは、巡礼者の中でも体が大きくて、まん丸く気さくな顔をした男のかたわらへ寄っていった。愛想よく話しかけて、なにかもっといろいろと情報を得ようと思ったからだ。ところが、どうやらその男と近づきになれたと思った瞬間、男はさっそく意気ごんで、ぎくしゃくと、あの大昔からのやり方で、例の古くさい冗談をやらかしはじめた。——サー・ディナダンがわたしに話した例の冗談だ（第四章参照）。そのおかげであのときわたしは、サー・サグラムアと悶《もん》着《ちゃく》をおこして、そのために決闘までいどまれているわけだ。そこでわたしはその場をはずし、悲しい思いで行列のしんがりについた。そしてこの世から逃げ出したいと思った。この世は憂いの世界だ。涙の谷間だ。途切れがちな休息の短い一日だ。雲と嵐ばかりの、ものうい苦闘ときまって味わう敗北との、一日だ。しかしそれでいてわたしは来世を恐れた。来世がいかに長い世の中か、そしてその世界へいかに多くの人びとが行っているかを思い出したからだ。その人びとはみなあの冗談を知っている連中なのだ。

昼をちょっと過ぎたころ、わたしたちはべつの巡礼者たちの列に追いついた。しかしこの列には楽しさもなく、冗談もなく、笑いもなく、いたずらもなく、幸福そうな眩惑《げんわく》もなかった。若者たちのそういったものも、年寄りたちのそういったものもだ。しかし両者ともそこにいた。

年寄りたちも若者たちもだ。白髪頭《しらが》の年老いた男や女、中年のたくましい男や女、年若い夫、年若い妻、小さな男の子や女の子、三人の乳のみ児。子供たちの顔にさえ微笑みはなかった。五十人もいる人びとの顔はみなうなだれ、希望を失ったあの硬い表情をしていた。長く激しい苦しみと、すっかりなじみになってしまった絶望とのあいだに生まれた表情だ。この人たちは、奴隷だったのだ。鎖が、彼らの足枷《あしかせ》をはめられた足や、手枷をはめられた手から腰のまわりの丈夫な厚革のベルトまで通じていた。そして子供以外は、みな一列につながれていて、六フィート間隔につないだその一本の鎖は、首環から首環へと通じていて、列の最後まで延びていた。彼らは徒歩だった。そして三百マイルの道を十八日で歩いてきた。ごく粗末な寄せ集めの食べ物を、しかもわずかばかりしか与えられずにだ。毎晩、鎖につながれたまま、豚のように寄りかたまって眠った。体には、わずかばかりの粗末なぼろをまとっていたが、衣服をつけているなどとはとても言えぬ代物《しろもの》だった。鉄の鎖は、彼らの踝《くるぶし》から皮膚をむしり取り、傷をこしらえていて、その傷は潰瘍《かいよう》になったりウジがわいたりしていた。はだしの足も破れて、誰ひとり足をひきずらずに歩いている者はいなかった。初めのうちは、こういう気の毒な人びとが百人ほどいた。しかしそのうちの半分ほどは、ここへ来る途中で売られてしまった。彼らを連れてゆく奴隷商人は、馬に乗って鞭《むち》をもっていた。短い柄の鞭で、ひもの部分は長くて重く、何本にも分かれていて、それぞれの先端には結び目がついていた。この鞭で彼は、疲れや苦しみのためによろけたりする者の肩を打ち、ふるいたたせていた。彼は口をきかなかった。口をきかなくても、鞭が彼の要求をちゃんと伝えたからだ。こうしたかわいそうな人びとの中で、誰ひとり顔をあげる者はいなかった。わたしたちがそのかたわらを馬でついていったときもだ。彼らは、わたしたちがいることに気のついた様子も見せなかった。物音ひとつたてなかった。ただ聞こえるのは、あのにぶく恐ろしい鎖の音だけで、長い列の端から端まで、四十三本の重い足がいっせいに上げたり下げたりするときに立てる響きだけだった。その列は自分たちのあげる砂埃《すなぼこり》の中を進んでいった。

これらの顔はみんな埃をかぶって灰色になっていた。自分はこうした埃を、空家《あきや》の家具の上に見たことがある。そして考えともつかぬ考えをそこに指先で書いたことがあった。わたしはそのことを思い出した。ちょうどこの女たちの中の何人かの顔を見たときにだ。その年若い母親たちは、死と自由とに近づいた赤ん坊を抱きかかえていたが、彼女たちの胸の中のあるものが、その顔の埃にどのように書かれていたろうか。それははっきりと見ることができ、じつにはっきりと読みとることができた！　なぜなら、それは涙の跡だったからだ。この年若い母親の一人は、まだほんの子供だった。だからわたしは胸がしめつけられる思いだった。その顔に書かれた涙の文字を読み、それが、こんないたいけな子供の胸から湧きおこってきたのかと考えたときにだ。その胸はまだ苦労など知るべきではなく、人生の夜明けの喜びだけを知っていればよい胸なのだ。そしてきっと――

彼女は、ちょうどそのとき、よろよろっとした。過労のために目がくらんだのだ。すると、すぐに鞭が降ってきて、彼女のむきだしの肩から皮膚をひきちぎっていった。わたしは自分の身に苦痛を感じた。まるで自分が鞭打たれたようだった。奴隷商人は列をとめると馬からとびおりた。そしてこの女をどなりつけ、悪態をつきながら言った。彼女がぐずぐずしているためにずいぶんと迷惑をしている。これが自分としても最後の機会だから、いまこの場でけりをつけてやる、と言うのだ。彼女は両膝《ひざ》をついて、両手を差しのべ、わびたり泣いたり懇願したりしはじめた。恐怖にうちふるえながらだ。しかし奴隷商人は耳もかそうとはしなかった。彼は赤ん坊を彼女からひったくると、彼女の前と後とに繋《つな》がれていた男の奴隷に命じて、彼女を地べたに押し倒させ、その場に抑えつけて体をむきだしにさせた。それから例の鞭で狂ったようになぐりつけた。そのうちに、女の背中は皮がむけてきた。女はその間、悲鳴をあげ、もがいた。いたましいほどにだ。女を抑えていた男の一人は、顔をそむけた。すると、顔をそむけたという理由で、その男はののしられ、鞭で打たれた。

わたしたちの巡礼者たちのほうは、みんなしてそれをながめ、批評した——そのあざやかな手並みについてだ。じつにあざやかに鞭をふるうではないか、というのだ。彼らの心はこれまで毎日のように奴隷制度に慣れ親しんでいるので、あまりにも無感覚になってしまっているのだ。そのため、批評をうながすこうした光景の中にはべつの見方だってある、ということに気がつかないのだ。これこそ奴隷制度がなしうる本質的な事柄であって、要するに人間のもつ感覚の外側の部分とでも言うべきものを無感覚にしてしまうものなのだ。なぜなら、この巡礼者たちにしても心の底はやさしい人たちなのであって、彼らはけっしてその奴隷商人を黙って見のがしはしなかったはずだからだ。もしその商人が、馬をそのように扱おうとした場合にはだ。

わたしは何もかもストップさせて、この奴隷たちを自由にしてやりたいと思った。しかしそれで事がすむわけではなかった。あまり口だしをしてはいけないのだ。この国の法律や国民の権利をふみつけにして名をあげるようなことをしてはいけないのだ。わたしが生き長らえ成功すれば、わたしは奴隷制度崩壊の原因となってやろう。それはわたしの決心だった。しかし、わたしの計画では、いざそれを実行するときにも、それは国民の力によってなされるようにしたい、ということだった。

ちょうどここまでくると、道ばたに鍛冶屋《かじや》があった。そしてこのとき、一人の地主がやってきた。その地主は、この少女を二、三マイル手前で買ったのだが、彼女の鎖をはずすことのできるここで受けとることになっていたのだ。鎖ははずされた。それから地主と奴隷商人とのあいだで言い争いがおこり、二人のうちどちらが鍛冶屋に金を払うかでやりあった。少女は鎖から解かれるや、涙を流し気も狂わんばかりにむせび泣きながら、男の腕の中に身を投げた。彼女が鞭で打たれたとき、顔をそむけたあの奴隷だ。男は彼女を抱きしめた。そして彼女の顔や赤ん坊の顔に、息もつけぬほど激しく接吻《くちづけ》し、涙の雨をふりそそいだ。わたしは、もしかすると思った。そして尋ねてみた。やはり、そうだった。二人は夫婦だったのだ。二人は力ずくで引き離されねばならなかった。少女はむりやり引きずられていった。もがいたり、さからったり、わめいたりして、我を失ったようになっていたが、やがて道を曲がったところでその姿も見えなくなってしまった。しかしその後でも、遠ざかってゆくそのわめき声のかすかな響きは、聞きとることができた。そして、夫にして父親であるその男。妻と子供とを失い、この世で二度と会うことができなくなってしまったその男——ああ、その男の顔は、誰もまともに見ることはできなかった。だからわたしも、目をそむけた。しかしわたしは知っていた。彼の姿をわたしの心から消しさることは二度とあるまいと。そして今日もなおその姿はそこにあって、それを思い出すたびにわたしの心の糸をしめつけているのだ。

わたしたちが村の宿屋に泊まったのはちょうど日暮れどきのことだった。そして翌朝、起きて外をながめると、騎士が一人、黄金に輝く新たなる日の栄光をいっぱいに浴びながら、馬に乗ってやって来るのが見えた。そして、それが私の騎士だとわかった。――サー・オザナ・ル・キュール・アルデーだ（マロリー『アーサーの死』第四巻第二十六、第十巻第十一・三、第十八巻第十・二十五、第十九巻第二・十一章に登場する）。彼は紳士用服飾品の販売にたずさわっていて、そのもっぱら宣伝につとめるものはシルクハットだった。彼は全身を鋼鉄で包み、当時の最も美しい具足を着用していた。――彼の兜《かぶと》がのるべき場所から下の部分にだ。しかし兜はかぶっていなかった。ピカピカ光るストーヴの煙突みたいな帽子をかぶって、じつにバカげた格好をしていた。これもまたわたしの内々の計画の一つであって、騎士というものをグロテスクで滑稽《こっけい》なものに見せることによって、騎士そのものを絶滅させようとしていたのだ。サー・オザナの鞍《くら》には革製の帽子箱がいくつもぶらさがっていた。そして遍歴の騎士と一騎討ちをして相手を負かすたびに、相手に誓いをたてさせてはわたしの部下にし、その帽子を一つやってかぶらせていた。わたしは身支度をととのえると、かけおりていってサー・オザナを出迎え、彼の報告を聞こうとした。

「商売はどうだ？」とわたしは尋ねた。

「ごらんのとおり、もうこの四個だけとなりました。キャメロットを出立いたしますときには十六個もございましたが」

「それはまたじつにみごとな腕前だね、サー・オザナ。最近はどの辺を漁《あさ》っていたんだね？」

「『聖なる谷間』から来たばかりでございます」

「わたしはこれからそこへ行こうと思っていたところだ。あの僧院でなにか人騒がせなことはないかね、いつもと違ったようなことが？」

「いえ、ないかどころではございません！　……おい小僧、馬にたっぷり餌をやってくれ。出しおしみをしてはいかんぞ、おまえの脳天が大切だったならな。さあ、さっさと馬小屋へ行って、おれの言いつけたとおりにしろ……。殿、困った報《しら》せがございます。ところで、これは巡礼たちでございますか？　ではちょうどいい。おまえたち、ここに集まってこれからわしが話さねばならぬことを聞くがいい。これはおまえたちにも関係のあることだからな。というのは、おまえたちは見つからぬものを見つけに行き、探してもむだなものを探しにゆくことになるからだ。わしは嘘いつわりを申すのではない。わしの言葉に生命をかけてもいい。その言葉と報せとは、こうだ。つまり、ある事件が起こったのだ。このような事件はこの二百年のあいだ一度もなかったことだ。あのときが最初にして最後の出来事だった。例の不幸が、いと高き神の命によって、あのような形で聖なる谷間を襲ったときだ。それに対しては、しかるべき理由と、さらにそれに加えて、その因をなすさまざまな原因とがあって、その点で問題は――」

「奇跡の泉が流れをとめたのだ！」この叫び声が二十人ほどの巡礼者たちの口からいっせいに飛び出した。

「そのとおりだ。わしも今それを言おうとしていたのだ、おまえたちと同じようにな」

「誰かがまた体を洗ったのですか？」

「いや、そうではないかと思われているが、誰もそれを信じる者はおらん。なにかほかの罪だとも考えられているが、それもどんな罪か知っている者はおらんのだ」

「みんなはこの禍《わざわい》をどう思っているのでしょう？」

「言葉で表わすことは誰にもできん。泉はこの九日のあいだ干上がっているのだ。すぐに始まった祈禱も、荒布をまとい灰をかぶっての悲しみの合唱も、聖なる行列も、なにひとつ絶やさずにつづけておる。夜も昼もだ。そして修道士たちも尼僧たちも孤児たちも、みんな疲れてしまって、羊皮紙に書かれた祈禱文をただ吊《つる》しておくしまつだ。声をあげる力も残ってはいないからだ。そこでとうとうみんなは人を送って、サー・ボス、あなたさまをお迎えし、魔法と妖《よう》術《じゅつ》とをかけていただこうということになったのです。そして、あなたさまが来られないのなら、それではマーリンを迎えにゆこうと使者が発《た》ちました。そしてマーリンはもう三日前から来ております。そしてあの水を出させてみせると申しているのでございます。たとえそのためにこの大地を破裂させ、地上の国々を台なしにしようともやってみせると申します。そしてまことに勇ましく魔法を唱え、悪魔たちに呼びかけて、すぐに来て手をかすようにと命じました。ところがまだ水のミの字も出てまいりません。青銅の鏡の面にできるあの曇りほどのしめり気さえないのです。出るのはただ一樽《たる》ほどの汗ばかり。マーリンが、自分の務めの、このものすごい労働で夜のうちに流す汗です。そして、もしあなたさまが――」

朝食の支度ができた。朝食がすむとすぐにわたしはサー・オザナにこんな伝言を見せてやった。それは彼の帽子の内側にわたしが書いておいたやつだ。「科学省、実験局、G・P××p部。第一サイズ二個、三号二個、四号六個をそれぞれしかるべき付属品をつけて送ること――なお、わたしが訓練した助手二名も派遣すること」そしてわたしは言った。

「さあ、できるだけ速くキャメロットへ行ってもらいたい、勇敢なる騎士よ、そしてここに書いたものをクラレンスに見せ、これらの必要なものを大至急、『聖なる谷間』に用意しておくよう伝えてくれ」

「かしこまりました、サー・ボス」と言って、彼は出発した。

第二十二章　聖なる泉

巡礼者もやはり人間だった。さもなければその行動も違っていたことだろう。彼らは長く困難な旅をしてきた。そして今その旅も終わりにさしかかり、しかも自分たちがはるばる求めてやってきたその主たる目的のものがなくなってしまったということを知ったとき、彼らは、馬や猫やミミズだったら、したかもしれぬような行動はとらなかった。――つまり、そこからさっさと引き返して、何か得になるようなものをねらう、などということはしなかった。――いや、奇跡の泉は前から見たがっていたが、今ではその四十倍も、泉のあった場所を見たがっていた。人間とはまったく計り知れぬものだ。

わたしたちはかなり速く進んだ。そして日の沈む二時間ほど前に『聖なる谷間』の高い境界線に立った。そしてわたしたちの目はこの谷の端から端までながめわたし、谷の特徴をつかんだ。つまりその大きな特徴をだ。それは三つの大きな建物だった。それぞれ距離をおいて孤立している建物なのだが、それがおもちゃの家のように小さく見えて、砂漠とも思えるような――事実、砂漠だったが――ものさびしい荒野に立っていた。このような光景はきまってもの悲しく、いやに印象的に静まりかえっていて、死の世界にひたっているように見えるものだ。

しかし、ここには一つの音があった。その音は、静けさをやぶりはしたものの、ただもの寂しさをいっそう強めるだけだった。それは、かすかに遠くから聞こえてくる鐘の音だった。通りすがりの風にのって時おり流れてくる音で、あまりにもかすかに、あまりにもしめやかに、聞こえてくるので、わたしたちはそれを耳で聞いたのかそれとも心で聞いたのか、わからぬほどだった。

わたしたちは、暗くならぬうちに僧院についた。そして男たちはそこに宿を与えられたが、女たちは尼僧院のほうへ送られた。鐘の音は今では間近に聞こえた。そのおごそかな響きは、最後の審判のお告げのように耳を打った。迷信的な絶望感がどの修道士の心にも取りついており、その青ざめた顔にそれ自身を表わしていた。あちこちに、こうした黒い衣をきて柔《やわ》らかなサンダルをはき、ロウのような顔色をしたお化けどもが現われて、そこいらを歩きまわり、そして姿を消していった。悩ましい夢の中のあの生き物のように、音もなく、薄気味のわるい様子でだ。

わたしを見たときの老僧院長の喜びはまことに感動的だった。涙さえ誘うほどのものだった。しかし涙を流したのは、僧院長のほうだった。彼は言った。

「ささ、猶予はなりませぬ。すぐさま救いの仕事を始めてくだされ。いまいちど水を呼びもどさねば、しかもすぐに呼びもどさねば、わしどもは破滅して、二百年のこの事業も終わりを告げねばなりませぬ。そして、よろしいかな、やってくださるときは、かならず聖なる魔法を使うてくだされよ。なぜと申して、『教会』は、たとえわが身のためとはいえ、その仕事が悪魔の魔法によってなされるのを黙って耐え忍ぶわけにはまいりませぬのでな」

「わたしがやるときには、神父さん、けっして悪魔の仕事がそれに結びつくことはありません。悪魔から出る魔法はけっして使いませんからな。それに、神の手によって創られたものではない要素は、ひとつも使わないのです。しかしマーリンもちゃんとそういう敬虔《けいけん》な方針でやっているんですか？」

「ああ、やると申しております。やってみせる、と言っておりました。そして約束を立派に果たしてみせると誓いました」

「そうですか、それならマーリンにそのままつづけさせましょう」

「じゃが、あなたも、ただ安閑と座しているだけではなく、お手をおかしくくださるのでしょうな？」

「あれこれとやり方を混ぜあわせたのでは効きめがありません、神父さん。それに職業上の礼儀にも欠けます。同じ商売にたずさわる者は、たがいに相手より安い値をつけてはいけないのです。そんなことをするのは、相場を割ってその商売と手を切るようなものだ。どのつまりはそこへくるでしょうからね。今はマーリンが契約を結んでいるわけです。だからほかの魔法使いはそれに触れるわけにはいかないのです。マーリンが投げ出すまではね」

「じゃが、わしがそれをマーリンから取り上げましょう。今は恐ろしい非常事態のときですから、そういうことをしても正当と認められますのじゃ。かりに認められないとしても、誰が『教会』に指図などできましょう？　『教会』こそ、すべてのものを指図するのです。しようと思うことは何でもできるようにじゃ。たとえそれが誰を傷つけようともじゃ。わしはあの男から取り上げましょう。あなたはすぐ始めてくだされ」

「それはいけません、神父さん。たしかに、あなたのおっしゃるように、権力が最高のところでは人は自分の好きなようにすることができ、なんの損害もうけません。しかし、われわれのようなしがない魔法使いはそんな立場にはおりません。マーリンはあれでもなかなか立派な魔法使いです。そして地方的にはかなりの名声を得ています。今はやっきとなってやっており、できる限りのことをやっているのです。ですから、わたしがその仕事を取り上げるのはエチケットに反します、マーリンが自分でそれを投げだすまではです」

僧院長の顔は明るくなった。

「いや、それなら話は簡単じゃ。あの男に仕事を諦《あきら》めさせる方法はいくらでもありますからな」

「いやいや、神父さん、それは世間でも言うように益のないことです。自分の意志に反してむりにさせられれば、あの泉にむやみといじわるな魔法をかけるでしょう。そして、その魔法は、わたしがその秘伝をさぐりあてるまでわたしの邪魔をします。さぐりあてるには一月かかるかもしれません。わたしだって電話《テレフォン》と呼ぶちょっとした魔法をかけることができますが、あの男にはその秘伝をさぐりあてるのに百年かかってもできないでしょう。そうです。ですから、あの男だって一月ぐらいはわたしの邪魔をすることになるかもしれません。こんな日照りつづきのときに、一月を賭《か》けてやってみたいとお考えですか?」

「一月も！　考えただけで身が震える。ではどうぞ、あなたのお好きなようにしてくだされ。じゃが、わしの胸はこの失望で重くなりました。まあ、よい。わしの心を、うとましさとじれったさとで痩《や》せ衰えさせよう。ちょうどこの十日もの長いあいだ、やってきたようにじゃ、休息と呼ばれるものをこのように装うてな。うつ伏せの体は外目には落ち着きの姿に見える。内心はけっしてそうではなくてもじゃ」

もちろんすべての点でいちばんいいことは、マーリンが、エチケットなどどうでもいい、おれは手を引くから後は誰かにやらせろと言ってくれることだった。どうせ彼にはあの泉を湧き出させることなどできはしないのだ。なぜできないかというと、彼は当時の本物の魔法使いだったからだ。つまり、偉大な奇跡は、彼に名声をもたらしたその奇跡というやつは、いつも、それが行なわれるときにはマーリン以外には誰ひとりその場に居合わせた者がないという代物だったのだ。群衆にとりまかれて見ていられたのでは、この泉を湧き出させることなどできるものではない。群衆というものは当時の魔法使いにとっては奇跡を行なうのに都合のわるいものだった。それは現代の降神術者にとって奇跡を行なうのに都合がわるいのと同じだ。かならずその場には疑いぶかい人間がいて、イザという瞬間にガスランプの明かりを強くして、なにもかもメチャクチャにしてしまうからだ。しかし、わたしとしてはマーリンに今の仕事から手を引いてもらいたくはなかった。わたし自身がその仕事を有効に扱える準備のできるまではだ。そしてその準備のできるのは、わたしの注文した品物がキャメロットから届いてからでなければだめだし、届くには二、三日はかかるはずだった。

わたしが来たおかげで修道士たちは希望にもえ、大いに元気づいた。そしてその夜は十日ぶりで満足な食事をとった。みんなの胃袋が食べ物で程よく補強されると、たちまち精神のほうもしっかりと立ちはじめた。そして蜂蜜《はちみつ》酒がまわりだすと、精神はますますしっかりと立った。誰も彼もがホロ酔い気分になるころには、この聖なる僧院も一夜を飲みあかすのにふさわしい

状態となった。そこでわたしたちも食卓に残って、同じように飲みあかすことにした。事態はきわめて陽気になってきた。いかがわしい話も話され、おかしさのあまり涙を流す者もいたし、洞穴のような大きな口をあける者もいたし、大きな腹をゆする者もいた。いかがわしい歌が大声で合唱されたりして、それは僧院の鐘の音さえ呑《の》みこんでしまった。

やがてわたしも、思いきって一席、話をした。その成功は大変なものだった。もちろん、初めからそうだったというわけではない。こういう島国の人間は一般には、ユーモラスな話を何度くり返して聞かせても、最初のうちは少しものってこないからだ。しかし、五回も話していると彼らの心もほぐれてくる。ところどころだ。そして八回目になるとくずれだし、十二回もくり返すとばらばらになり、十五回目には粉々になる。そこでわたしは箒《ほうき》をつかんで、さっと一気に掃きあげてしまうというわけだ。この言葉は比喩《ひゆ》的だ。こういう島国の人間は――そう、努力という投資の報酬としては、最初のうちこそじつにじれったい配当だが、最後には、ほかのあらゆる国民の配当など比較にならぬほどつまらぬ小さなものにしてしまうのだ。

わたしは、次の日早く、泉に行ってみた。そこにはマーリンがいて、ビーヴァーのようにせっせと魔法の仕事をしていた。しかし湿り気さえも出させてはいなかった。機嫌もよくはなかった。だから、この請負仕事は新米にとっては少しばかり荷が重すぎるのではないかと言ってやるたびに、彼は口を大砲の筒先のようにとがらせて、司教のように悪態をついた——あの摂政時代（オルレアン公フィリップの摂政時代〔一七一五—二三年〕）のフランスの司教のようにだ。

事態はほぼわたしたちの予想していたとおりだった。「泉」は普通の井戸であって、普通の方法で掘られており、普通の方法で石で築いたものだった。奇跡なぞなにもなかった。井戸の評判を創りあげた嘘にしたところで、なんの不思議もなかった。そのくらいの嘘ならわたしだってつくことができた。片手を体の後ろに縛られていてもだ。井戸はうす暗い部屋の中にあって、その部屋は切石造りの礼拝堂の中央にあった。そしてその部屋の壁には宗教画がかかっていたが、そのできばえたるや、着色石版をさえ立派と思わせるほどの粗末なものだった。絵はそれぞれ治療の奇跡を描いた歴史的記念の絵だったが、その奇跡たるや、この井戸の水によって治ったという代物だが、それだって誰ひとり見ている者のいないときになされたものだ。つまり、天使のほかは誰ひとりいやしない。天使というやつは、奇跡が舳先《へさき》に現われるときにはきまってデッキに出ているのだ——おそらくその絵に入れてもらいたいからなのだろう。天使たちは火災保険会社と同じように奇跡が好きなのだ。古来の名画を見てみるがいい。

井戸のある部屋は数箇の灯火でぼんやりと照らされていた。水は巻きあげ機と鎖とをつかって修道士たちによってくみあげられ、細長い水槽にあけられる。するとその水槽は外側の礼拝堂の中にある石の貯水槽へとその水を運んでゆく——くみあげる水があるときの話だが——そして、修道士のほかは誰もこの井戸のある部屋には入れなかった。わたしは入っていった。というのも、そうすることのできる臨時の許可を、わが職業上の仲間でもあり部下でもあるマーリンの好意によって得たからだ。しかしマーリン自身は入ってこなかった。彼はなにごとをするにも呪文《じゅもん》をたよりにした。自分の知性を働かしたことはなかった。もしここへ入ってきて、自分のその混乱した心ではなく、自分の目を使ったならば、この井戸を普通の方法で直すことができたはずだ。そしてそれをいつものやり方で奇跡にしてしまうことだってできたろう。ところがそれができないのだ。彼はバカ者だった。自分自身の魔法を信じこんでいる魔法使いだった。そんな迷信でハンディキャップをつけられている魔法使いは誰ひとり栄えるはずはないのだ。

わたしはある見当をつけていた。つまり、井戸に漏れ口ができたのだろう。底に近いところでそこの壁石が落ち、割れ目がむき出しになってそれが水をどこかへ逃がしているのだ。わたしは鎖を測ってみた。——九十八フィートあった。そこで修道士を二人よび入れ、ドアに鍵《かぎ》をかけてロウソクを手にすると、その二人に命じてわたしをつるべで下へおろすようにと言った。鎖が全部のびきったとき、ロウソクの明かりでわたしの考えはますます堅くなった。かなりの部分の壁がくずれていて、大きな割れ目をみせているのだ。

わたしは、井戸の故障について自分の理論が正しかったことに残念ともいえるような思いを感じた。というのは、わたしにはもう一つべつな理論があって、それならばこの故障も奇跡としてはなやかにやれる利点を一、二もっていたからだ。わたしはこんなことを思いだした。何世紀か後のアメリカでは、油田が油を噴き出さなくなったとき、よくダイナマイトの発破をか

け て吹きとばしていた。だからもしこの井戸が涸《か》れて、その原因がまったくわからなかったならば、わたしはみんなを実に素晴らしくびっくりさせることができる。誰かこれといって特別重要でない人物にダイナマイトの爆弾を井戸の中へ落とさせてだ。わたしの考えでは、それをマーリンにやらせようと思っていた。ところが、今やあきらかに爆弾の機会はなくなってしまった。世の中は万事、自分の思いどおりにはならないものだ。とにかく、人間は失望したからといってしょげかえることはない。しっぺ返しをしてやるぐらいの決心がなければいけない。そこでわたしもそれをやった。そして自分に言った。おれは急いではいない。待ってもいいのだ。爆弾はいずれそのうち役に立つだろうからな、と。そして、それは後でそのとおりとなった。

わたしは、ふたたび地上に出ると、修道士たちを出てゆかせておいてから、釣り糸を垂らした。井戸は百五十フィートの深さがあった。そしてその中に四十一フィートの水があったのだ！　わたしは修道士を一人呼び入れ、そして尋ねた。

「この井戸の深さはどれくらいかね？」

「それは、わかりかねます。聞かされたことがございませんので」

「水はいつもはどのくらいのところまであるのかね？」

「この二百年のあいだ、いちばん上までございました。証言はそう申しております。わたくしどもの祖先から代々伝えられて参りました証言でございますが」

それは事実だった——少なくとも最近にいたるまでの話だが——なぜなら、それには証拠があったからだ。修道士よりもたしかな証拠だ。つまり、鎖のほんの二十フィートか三十フィートぐらいだけがすりへっていて、使ったあとを見せているが、あとの部分はすりへってもおらず、錆《さび》が浮いていたからだ。この前、井戸が涸《か》れたときにはどうしたのだろう？　きっと誰か実利的な人間がやってきて、漏れ口をなおしておき、それからあがってきて僧院長に話したのだ。自分は神の御告《みつげ》によってわかったのだが、もしあの罪深い浴場がこわされれば、井戸はふたたび水を噴き出すだろう、などとだ。今度また漏れ口ができた。するとこの子供たちは祈りを捧《ささ》げたり、行列をしたり、鐘をならしたりして、天の助けを求めようとした。自分たちがみんな干上がって湯気を噴き出すほどになるまでだ。そしておめでたい彼らは、誰ひとり釣り糸を井戸の中に垂らすか、あるいは自分でおりてゆくかして、実際はどうなっているのか見てやろうという気をおこした者がいないのだ。世の中で、心がいだく古い習慣ほどそこから抜け出すのにむずかしいものはない。そうした習慣は体つきや顔つきと同じように遺伝してゆく。だから、当時の人間にとっては、彼の祖先が持たなかった考えを持つということは、その人間を疑いの目で見るようなことになるのだ。わたしは修道士に言った。

「干上がった井戸に水を呼びもどすのはむずかしい奇跡だ。しかしやってみよう、もし仲間のマーリンが失敗したならな。マーリンはなかなかの名人だが、それは茶の間の魔法でのことだけだ。だから彼は成功しないかもしれない。事実、成功しそうもない。だからといってそれがあの男の不名誉となるわけではない。この種の奇跡を行なうことのできる者は、ホテルを経営することだってよく知っているのだ」

「ホテル？　はて、どうも聞いたことがございませんようで――」

「ホテルをかね？　それはきみたちがホステル（旅館）といっているものさ。この奇跡を行なうことのできる者は、ホステルだって経営できるのだ。わたしは、この奇跡を行なうことができる。そしてこの奇跡はわたしが行なうことになるだろう。しかし、これはきみに隠しておくつもりはないが、今度の奇跡は魔法の力を最後の一しぼりまで使わなければならぬのだ」

「そのことを誰よりもよく存じておりますのは、ここの僧侶《そうりょ》たちでございます。なぜと申しまして、記録にも書いてございましたが、この前のときにも非常にむずかしくて、一年もかかったそうでございますから。にもかかわらず、神さまはあなたさまに首尾よい結果をお授けくださいますでしょう。そして、わたくしどももそれをお祈りいたします」

商売の点からいえば、これがむずかしい仕事だということを広めておくことは名案だった。多くの小っぽけなことがらが、これまでも適当な宣伝によって、大きなものにされている。あの修道士の心は、この事業のむずかしさに満たされた。彼はそのうち、ほかの者たちの心をも満たすだろう。二日もすれば、みんなの心配が一度に高まってくるだろう。

昼ごろ、わたしは帰り道でサンデーに会った。彼女は隠者たちを一人ひとり見てまわっていたのだ。わたしは言った。

「わたしも自分でやってみたいね。今日は水曜日だ。昼間興業《マチネー》があるというのかね？」

「なにがでございますか、お殿さま？」

「マチネーさ。連中は開けておくのかね、昼からも？」

「誰がでございますか？」

「もちろん隠者たちさ」

「開けておく、でございますか？」

「そう、開けておく。それではわからんのかい？　連中は正午にはノック・オフ（「仕事をやめる」こと）するのかね？」

「ノック・オフ？」

「ノック・オフ――そう、ノック・オフだ。ノック・オフがどうかしたかい？　こんなボンクラは見たことがないね。ぜんぜんわからないのかい？　わかりやすい言葉で言えばだね、連中は『店を閉める』とか、『勝負を引き分けにする』とか、『火をいける』（いずれも「仕事をやめる」意の俗語）とか――」

「店を閉める、勝負を――」

「ほうら、まあいい、うっちゃっておきなさい。どうもあんたには疲れるよ。ごく簡単なことがわからないらしいんだからね」

「お殿さまのお気に入るようにと思っているのでございますが、悲しく嘆かわしいことに、わたくしはできないのでございます。もともと単純な女にしかすぎず、誰からも教えを受けたことはございませんのですけれども。揺籃《ゆりかご》のころからあの深い学びの水で洗礼を受けることもござりませんでした。その水は、あのまことに気高い秘跡を受ける者に最高の権威を塗油してくださり、尊敬すべき身分をお授けくださるものなのでございます。卑しい人間の心の目にとってはでござります。そしてその卑しい人間はその偉大な聖別の障害と欠乏とのために己れの無学な階級の中にあのべつな種類の欠乏と喪失とのシンボルしか見ないのでございます。そのシンボルこそ、悲しみの灰を振りかけ撒《ま》きちらした、荒布の礼服をつけた慈悲深い目に人びとが見せるものなのでござります。ですから、そのような人びとが己れの心の暗やみの中で、まことに神秘なこの黄金のような言葉を、つまり『店を閉じる』とか『勝負を引き分けにする』とか『火をいける』とかという言葉に出会ったとき、神の恩寵《おんちょう》によるからこその者は破裂しないのでございます。これほど偉大にして柔らかな音のする言語の奇跡を生むことのできる心をうらやみ、またそれを発することのできる舌をうらやんでもでございます。そしてもしそうした卑しい心に混乱が生じ、これらの驚異の意味を察知することの不首尾が生じたならば、そのときはもしこの誤解もむだではなく、真実まことのものならば、つまりそれは尊敬すべき大切な敬意の本質であって、軽がるしく見くびるべきものではなく、またあってはならぬものだったのでございます。もしあなたさまがわたくしの気持ちや心のこうした様子にお気がつかれ、わたくしができなければよいと思うことをご理解くださり、できないかもしれなくはないとか、それでもとか、かもしれぬとか、ことによるととか、ひょっとしてとか、万が一とか、というものが便宜上、求められた『願望』に変わりえないということをご理解くださっていたならばの話でございます。ですから、どうぞわたしの欠点を哀《あわ》れとおぼしめして、あなたさまのやさしいお心と寛大なお心とから、それをお赦しいただきたいのでございます。どうぞおやさしいご主人さま、わが君さま」

わたしにはこれをすべて理解することはできなかった。――つまり、そのこまごまとしたところがだ。しかし、おおよその意味はわかった。そしてそれで十分でもあった。わたしが恥ずかしく思うにはだ。いきなりこんな十九世紀の専門用語をもちだして、六世紀のこの学問もない小娘をどぎまぎさせ、意味がわからないからといってなじるのはフェアなやり方ではなかった。それに彼女としても、できるかぎりの実にあざやかなロング・ヒットを打とうとしていたのだし、それがホーム・ランにならなくても、彼女の罪ではないのだ。だからわたしは彼女に詫《わ》びた。それからわたしたちは機嫌よくその場を出発して、隠者の洞穴のほうへとぶらぶら向かっていった。たがいにうちとけた話をかわし、以前にもまして親しい気持ちになってだ。

わたしはだんだんと、この女に対して不思議な、身震いするような尊敬の念をいだきはじめていた。というのも、近ごろでは、彼女が駅を出発して、いよいよ自分の列車をあの地平線も見えぬ、大陸横断的な長たらしい文章の上に爆進させはじめると、きまってわたしの心に湧いてくるのは、わたしが「ドイツ語の母」の御前に伺候しているという感じだったからだ。わたしはそういう感じを非常に強く受けた。だから彼女がそうした文章をわたしに浴びせかけるときは、無意識に尊敬の態度をとり、なんの防御もせずに立っていることがよくあった。それで、もしその言葉が水だったとしたら、きっとわたしは溺《おぼ》れ死んでいたにちがいない。彼女の話し方はまさにドイツ語式だった。たとえどんなことでも、しゃべりたいことが心に浮かぶと、それがたんなる所見であろうと、説教であろうと、百科全書であろうと、戦史であろうと、とにかくそれを一つの文章の中に織りこんでしまうか、あるいは、そのまま息をひきとるか、のどちらかだった。彼女の「ドイツ語」氏が文章の中に飛びこんだら、いつでもそれがその「ドイツ語」氏の姿の見おさめとなった。氏が口に「動詞」をくわえて大西洋の向こう岸に浮かびあがるまではだ。

わたしたちはその日の午後、日の暮れるまで、隠者から隠者へとわたり歩いた。それは実に不思議な動物たちだった。彼らのあいだでたがいに張り合っている主要なことがらは、どうやら、誰がいちばん不潔であって、いちばん多く寄生虫をためることができるか、ということらしかった。彼らの物腰態度は得々たる独善の終極的表現だった。ある隠者が誇りとしているのは、裸のまま泥の中にねそべって、地虫どもに体を喰《く》わせ、腫《は》れあがらせても平気でいることであり、ある隠者のそれは、一日じゅう岩にもたれて、大勢の巡礼者たちの感嘆に身をさらしながら祈禱《きとう》をつづけることであり、ある隠者のそれは、裸のまま地べたを四つん這《ば》いになって歩きまわることであり、ある隠者のそれは、年がら年じゅう、八十ポンドもある鉄を引きずっていることであり、ある隠者のそれは、眠るときにもけっして横にならず、いばらのやぶの中に立って、いびきをかくことだった。巡礼者たちがそばで見ているときにだ。ある女の隠者などは、髪の毛こそ老齢のために白くなっていたが、そのほかには何ひとつ身にまとうものもなく、頭の天辺《てっぺん》から踵《かかと》まで、真っ黒な体をしていた。四十七年のあいだ、水浴を断っていたからだ。目を丸くして見つめている巡礼者たちの群れが、どれもこれもこうした奇妙な見せ物のまわりに立って、敬虔《けいけん》な驚きに心をうばわれ、汚れのない神々しさをうらやんでいた。その神々しさこそ、こうした敬虔な苦業が彼らのために厳しい天国からかちとってくれたものなのだ。

やがてわたしたちはずば抜けて偉い隠者に会いに行った。彼はなかなかの名士だった。彼の名声はキリスト教国全土に知れわたっていた。貴族も有名人もこの世のさい果ての地からやってきては彼に敬意を表していた。彼のスタンドは谷の中でもいちばん広い部分の中央にあった。そして彼の群衆を受け入れるにはそれだけのスペース全体が必要だった。

彼のスタンドというのは高さ六十フィートばかりの一本の柱で、その天辺に幅の広い台がついたものだった。彼は二十年のあいだ毎日そこでしていたことを今でもやっていた。——つまり、体を絶え間なく、めまぐるしく折り曲げては、足のあたりまでもってゆくのだ。それが彼の祈禱のしかただった。わたしはストップ・ウォッチで計ってみた。すると彼は一千二百十四回の回転運動を二十四分四十六秒の間にやっていた。こうした力をすっかり無駄にしてしまうのは惜しい気がした。これは、力学の点から言えば最も有効な動きの一つ、つまりペダル運動だった。そこでわたしはメモ帳に書きとめて、いつかゴムひもを彼の体にとりつけ、それでミシンを動かすようにさせてやろうと考えた。その後わたしはその計画を実行して、五年間、おおいに役立ってもらった。その五年の間に、彼は一万八千着以上もの上等な荒亜麻布のシャツを作った。一日十枚の割になる。わたしは彼を日曜ぐるみ毎日働かせた。彼はもともと日曜日も他の日と同じように運動をつづけていた。だからその力を無駄にするのはもったいないわけだ。これらのシャツはわたしにとっては何ひとつ費用がかからなかった。かかったのは、材料を買うためのほんのわずかな金だけだった。その材料はわたし自身で都合してやった。彼にそこまでやらせるのは、ちと行きすぎだったからだ。そしてシャツは、一枚一ドル五十セントで巡礼者たちに飛ぶように売れた。一ドル五十セントといえば、アーサー王の国では牝牛五十頭分か、純血種の競走馬一頭分の値段だった。このシャツは罪から完全に身を守ってくれるものと考えられた。そして、そのように各地にいるわたしの騎士たちによっても宣伝された。ペンキの壺《つぼ》と型板とをもった騎士たちにだ。だから、イギリスの崖《がけ》という崖、丸石という丸石、平壁という平壁には、一マイルごとにこんな文句が書かれていたのだ。

乞うご購入、唯一本物の聖スタイライト（聖シメオン・スタイライティーズ〔三九〇？―四五九年〕は三十年のあいだ柱の上に住んで説教した）。貴族の方々もご愛用。特許出願中この商売では使いみちに困るほどの金が入った。商売が大きくなるにつれて、わたしは国王たちが着るにふさわしいものや、公爵夫人むきのしゃれたものなどの商売もはじめた。そのひだ飾りたるや、前方ハッチと駆動装置とに沿って風下に向かって千鳥がけで引きあげ、それから後支索で船尾へたぐって、半ば折り返して縛りあげ、括帆索《かっぱんさく》の前方で静索となっている代物だ。まことに、それはすてきなものだった。

しかし、そのころになるとこの原動力が片足だけに頼って立っていることに気がついた、調べてみると、もう一方の足に故障がおこっていた。そこでわたしはこの商売を株式にして、蔵ざらえをし、サー・ボールス・ド・ガニスをその数人の友人ぐるみ財政的にわが陣営へひき入れることにした。と言うのも、この機械は一年もしないうちに停まってしまい、この聖者は永遠の休息についたからだ。しかし、それは彼が自らかちとったものだ。彼のためにそう言ってやってもいい。わたしがそのような彼に初めて会ったとき、――しかし、彼の健康状態はとてもここに述べられるようなものではない。ご希望のむきは「聖者列伝」*をごらんいただきたい。

＊この章の隠者たちに関する細かな描写は、すべてレキからとったものである（W・E・H・レキ「ヨーロッパ道徳史」第四章）。――しかし、かなり変更もしてある。本書は歴史ではなくたんなる物語にすぎないから、歴史家の率直なくわしい描写はその大部分が強烈すぎて、そのまま本書に再現するわけにはいかないのである。――編者（マーク・トウェイン）。

第二十三章　泉の復活

土曜日の正午ごろ、わたしは井戸へ行ってしばらくのあいだ見物した。マーリンはまだ発煙用の粉をもやしたり、宙をひっ掻《か》いたり、わけのわからぬことをつぶやいたりして、相変わらず一生懸命にやっていた。しかしだいぶ気が沈んでいる様子だった。というのも、もちろん一滴の汗さえまだその井戸からは出せないでいたからだ。そこでとうとうわたしは声をかけた。

「よう相棒、これまでのところ見込みはどうだい？」

「こら、わしはいまいちばん強力な魔法をためすのに忙しいのじゃ。東方の国にすむ魔術の大王たちが知っているなかでもいちばん強力なやつをじゃ。これでだめなら、あとはもう何をやってもむだじゃ。口出しはせんでもらいたい。これがすむまではな」

そう言って、今度は煙をあげると、その煙はあたり一面を真っ暗にした。そしてそれはさぞかし例の隠者たちにとっても迷惑だったにちがいない。というのは、風向きが彼らの方角だったので、煙は大波のような濃い霧となって彼らの洞穴の上におおいかぶさっていったからだ。マーリンは煙に負けぬようにと盛んに呪文《じゅもん》を唱え、体をねじまげ、両手で宙を切った。じつにとっぴなやり方でだ。二十分ほどたったころ、彼は喘ぎながら倒れてしまった。精も根もつきはてた様子だった。ちょうどそこへ、僧院長と数百人の修道士と尼僧とがやってきた。そして彼らのあとには大勢の巡礼者と二エーカーにもわたる孤児たちの群れが続いていた。みんなは、あのものすごい煙に引きよせられてやって来たのだが、誰も彼もすばらしい興奮状態に浸っていた。僧院長は気づかわしそうに結果を尋ねた。マーリンは言った。

「もし人間の力で、この井戸にかけられている魔法を解くことができるものなら、わしが今ためした力でそれができたはずじゃ。ところが、できなかった。そのことによって今わしにわかったことは、わしの恐れていたことがまさに確たる真実だったということじゃ。この失敗のしるしこそ、東方の魔法使いたちに知られているいちばん力の強い悪魔で、しかもその名を口にした者は必ず生命がなくなるという奴が、その魔法をこの井戸にかけたのじゃ。その魔法の秘密を見抜くことのできる者は、この世にはおらぬ。またこれからもおらぬじゃろう。そしてその秘密がわからなければ、誰も魔法を解くことはできぬのじゃ。井戸はもう二度と水を出さぬじゃろう、神父よ。人間にできることはすべてこのわしがやったのじゃからな。さあ、帰らせてもらおう」

「あなたもお聞きになりました。本当のことでござろうか？」

僧院長は大いにあわてた。彼は顔にその様子を浮かべながらわたしのほうに向きなおると、こう言った。

「一部は本当です」

「では、全部ではないのですな、全部では！　どの部分が本当なのですか？」

「そのロシアふうの名前の悪魔が井戸に魔法をかけたという部分です」

「うへっ！　それではわしどもは破滅じゃ！」

「かもしれませんな」

「でも、必ずとはかぎらんわけかな？　必ずとはかぎらん、とおっしゃるのかな？」

「そうです」

「それならなぜ、マーリンどのが誰も魔法を解くことができぬと言ったときあなたは――」

「そうです。この人がそう言っているとき、必ずしも本当とはかぎらぬことを言っているのです。条件次第では魔法を解く努力が多少の望みを持ちうるのです。――つまり、わずかながら、ほんのわずかながら――成功する望みが」

「その条件というと――」

「いや、大してむずかしいことではありません。ただこれだけです。つまり、井戸とそのまわりの半マイル四方を完全にわたしだけのものにしていただきたい。今日の日没から、わたしがその禁制を解くまでの間です。――そして誰ひとり、わたしの許可なしにはこの土地を通さないようにしていただきたい」

「それだけですか？」

「そうです」

「で、あなたはそんなことをしても怖くはないのですね？」

「ええ、少しも。もちろん、失敗することだってあります。また、成功することもあります。やってみなければわかりません。わたしは一か八かやってみようと思うのです。わたしの条件は容れていただけますね？」

「今うかがった条件でも、そのほかどんな条件でも結構です。そういう趣旨で命令を出しましょう」

「待ちなされ」とマーリンが言った。不吉なうす笑いを浮かべてだ。「この魔法を解こうとする者は、その悪魔の名を知っていなければならぬということは承知であろうな？」

「ああ、名前なら知っているよ」

「それに、名前をただ知っているだけではなんの役にも立たず、その名を口に出さねばならぬ、ということも承知であろうな？　あっはっはっ！　それをご承知かな？」

「ああ、それも知っているよ」

「それも知っているだと！　そなたはバカか？　その名を口にして死ぬつもりなのか？」

「口にする？　ああ、もちろんだ。口にしてやるとも、たとえそれがウェールズ語だったとしてもな」

「そんなことをすれば死んでしまうぞ。わしはアーサーに報せにゆかねばならん」

「いいとも。旅行カバンをもって出かけるがいいさ。おまえさんのすることといったら、家へ帰って天気予報でもすることさ、ええジョン・W・マーリンさん」

それはぐさりと急所を突く一撃だった。おかげで彼はたじろいだ。というのも、彼は、王国きってのデタラメ天気予報官だったからだ。彼が海岸沿いに危険信号をあげるよう命令を出せば、必ず一週間もまったく静かな日がつづくし、快晴の予報を出せば、必ず煉瓦《れんが》のつぶてほどもある大粒の雨が降ってくる。しかしわたしは彼をそのままずっと気象局に留めておいた。そうしておけば、彼の評判はだんだんと落ちてくるからだ。しかし例の一撃は彼の癇癪《かんしゃく》をあおりたてた。そして彼は、家に帰って私の死を報告しようとするかわりに、ここに残って、わたしの死にざまを見物いたそうなどとぬかしやがった。

　私が呼んだ二人の技師は夕方やって来た。そして相当に疲れていた。なにしろ昼夜兼行で旅してきたからだ。運送用のロバを引き、わたしが必要としたものをすべて持ってきてくれた。——工具類、ポンプ、鉛管、ギリシア火薬（敵船などに火をかけるために使ったもの）、数束の大きな火矢、ローマ花火（円筒から火の玉が飛び出る仕掛けのもの）、色つき花火のスプレー、電気器具、その他さまざまのもの——どれもこれも、またとない壮麗《そうれい》な奇跡に必要なものばかりだ。彼らは夕食をとり、仮眠をとった。そして真夜中ごろ、わたしたちは物寂しい場所をぬけて進んでいった。あたりにはひとっ子一人おらず、まったく静まりかえっていたので、まさに例の条件以上の状態になっていた。わたしたちは井戸とその四方を占有した。わたしの技師たちは、あらゆる種類のことに熟達していた。井戸の石積みから製図器械の組み立てにいたるまでだ。日の出の一時間ほど前にわたしたちは例の漏れ口をきちんと修理した。そして水も水位をあげはじめた。そこでわたしたちは花火を礼拝堂にしまい、その場所に鍵《かぎ》をかけてから、帰って寝た。

　正午のミサが終わらぬうちに、わたしたちはふたたび井戸へ行った。というのも、まだいろいろとすることが残っていたし、わたしとしても商売上、真夜中以前に奇跡をおこしてやろうと思っていたからだ。というのも、奇跡が教会のためにウィークデーに行なわれるのも十分に価値のあることだが、その奇跡が日曜日に見られるとすれば、そのほうが六倍も価値があるからだ。九時間もたつと、井戸の水はいつもの線にまで達していた。つまり、天辺から二十三フィート以内のところまであがったのだ。わたしたちは、小型の鉄製のポンプを突っこんだ。主都キャメロットの近くにあるわたしの工場で作った最初のやつだ。それから、この井戸のある部屋の外側の壁についている石の水槽のほうへ穴をあけて、鉛管の先を差しこんだ。その鉛管は礼拝堂の出口にまでとどき、さらに敷居の向こうにまで突き出るほど長いやつだ。そしてその敷居の向こうならば吹き出す水も、二百五十エーカーの土地をうめつくす人びとの目によく見えるはずだ。そのくらいの人数がこの小さな聖なる丘の前の広場に、しかるべき時刻に集まるだろうと考えていた。

わたしたちは空《から》の大樽《おおだる》の頭を抜きとって、この大樽を礼拝堂の平らな屋根の上にのせた。そしてしっかりと締めつけると、火薬を注ぎこんだ。火薬がおおよそ一インチほど底にたまるまでだ。それからその樽の中に火矢を立てた。数はそれぞれの矢がばらばらに立っていられる程度で、あれこれと、あらゆる種類の火矢をとりまぜておいた。だからそれらは恰幅《かっぷく》のいい堂々たる束をなしたといってもいいくらいだった。わたしたちはポケット電池のワイヤーをその火薬の中に埋めこみ、ギリシア花火を残らず屋根の四隅においた——一つは青、一つは赤、最後は紫というぐあいにだ。そしてそれぞれにワイヤーを埋めこんだ。

二百ヤードほど離れた平地に、わたしたちは角材で囲いを作った。四フィートほどの高さのもので、その上に板を並べて桟敷《さじき》にした。それから、このときのために借りておいたすてきな掛け布でそれを覆い、僧院長自身の席を作ってこの仕事を終えた。無知な連中に奇跡を見せようとするときには、役に立ちそうなものはどんな小さなものでも仕入れておかねばならぬ。あらゆる持ちものを大衆の目に印象強く見せねばならぬ。万事を主賓《しゅひん》にとって快いものとせねばならぬ。そうしておけば、自分も自由にふるまうことができ、それが役に立つ限りにおいて効果をあげることができる。わたしもこうしたことの価値は心得ている。というのも、わたしだって人間の本性は知っているからだ。奇跡にはどんなに風采《ふうさい》を添えても、添えすぎるということはない。なるほど手数もかかるし、労働もいるし、時には金だって要る。しかし最後には引き合うのだ。そこでわたしたちはワイヤーを礼拝堂のところで地面の中に埋め、それから地下を通して桟敷まで引き、電池もそこに隠した。それから桟敷のまわり百フィート四方にロープを張り、一般の群衆を近づけないようにした。これで仕事は終わった。わたしの考えはこうだった。つまり、開場は十時半、開演は十一時二十五分きっかり。わたしとしては、入場料も取れればいいがと思ったが、もちろんそんなことはできるものではない。技師たちには十時ごろ、まだ誰も来ないうちに礼拝堂に来て、しかるべき時刻にそれぞれのポンプへ人を配置し、大騒ぎをおこす用意をしておくようにと指図した。そしてわたしたちは帰って夕食をとった。

井戸を襲った凶事の報《しら》せは、もうこのときまでには遠くまで広まっていた。だから今ではこの二、三日の間、後から後からとなだれのように人びとがこの谷間につめかけていた。そのため谷の下手は大キャンプ場となった。相当な入りになるはずだ。そのことは間違いない。触《ふ》れ役が夕方はやくから巡回して、これから始まる企てを発表した。それはみんなの胸の鼓動を熱狂的な興奮にまで高めた。触れ役はこんなことも触れまわった。つまり、僧院長とその随員たちが威儀を正して入場し、桟敷に席を占めるのが十時半の予定であるから、その時刻までは、わたしが立ち入りを禁じておいた場所にはけっして誰も立ち入らぬこと。やがて鐘が鳴りやむであろうが、それが一般の者に対する入場許可の合図であるから、そのときになったら各自入ってきて席についてよろしい。わたしは桟敷のところにいて、僧院長の厳かな行列が見えてきたら出迎えてあれこれと接待しようと待ちかまえていた——もっともその行列が見えるのは、行列がすぐ近くのあのロープを張ったところまで来なければむりだった。その夜は星ひとつない真っ暗やみだったし、それに松明《たいまつ》は禁じておいたからだ。行列といっしょにマーリンもやってきて、桟敷の上の前の席についた。彼は自分の言葉を忠実に実行した。このとき初めてだ。大勢の群衆が立ち入り禁止区域の向こうにずらりと並んでいる姿は見えなかった。しかしそこにはやはり、いたのだ。鐘が鳴りやんだとたんにその群衆が突進しはじめ、大きな黒い波のようになだれこんできたからだ。そして三十分も流れつづけ、それからびっしりと固まって止まった。だから、歩こうと思えば人間の頭でできた舗道を歩いてゆくことだってできそうだった。

——そう、何マイルもだ。

わたしたちはここで、開演の前の厳粛な待ち時間をとった。二十分ほどのあいだだ。——これもわたしが効果をあげるために計算しておいたものだ。見物人に、その待望のものをあれこれと考える時間を持たせてやることは、いつの場合でも有効だからだ。やがて沈黙の中から気高いラテン語の詠唱が——何人かの男の声だが——とつぜん聞こえてきて、だんだんと高まり、転がるようにして夜の闇の中へと消えていった。それはまさに荘厳なる潮《うしお》のようなメロディーだった。これも、わたしが企《たくら》んでいたものだったが、これなどはわたしの考え出したなかでも最もすばらしい効果をあげたものの一つだった。詠唱が終わると、わたしは桟敷に立って、両手をひろくさしのべた。二分ほどのあいだ、顔も天を仰いだままだ——これをやるといつでも死のような静けさがつくり出せる——それから、このぞっとするような言葉を、いとも恐ろしげに唱えた。何百という人間を震いおののかせ、多くの女どもを気絶させるような調子でだ。

「コンスタンチノポリタニシャードウーデルザックスパイフェンマッヒャースゲゼルシャフト！（ドイツ語で大意は「コンスタンチノープルのバグパイプ製造業者組合」）」

この言葉を最後まで言い終わったとたんに、わたしは電気の接続線の一本にスイッチを入れた。すると、あの暗黒の世界にいた群衆が、恐ろしい真っ青なまばゆい光を浴びてその場に照らし出された！　それはすばらしい光景だった――まさに効果百パーセントだった！　大勢の人間が悲鳴をあげ、女どもは体を丸めて四方八方へ逃げだし、孤児たちは束になってその場に倒れた。僧院長と修道士たちはすばやく十字を切り、彼らの口も興奮した祈りでパクパク動いた。マーリンは平然とその場に立っていたが、頭の天辺から足の魚《うお》の目までびっくりした様子だった。こんな幕開きの魔法はこれまで見たこともなかったからだ。今や効果を詰めこむときだった。わたしは両手をあげて呻《うめ》き声をあげながらこの言葉を唱えた――まるで苦しみもだえているようにだ――

「ニヒリステンディナミットテアーターケスチェンスシュプレングングスアテンテースフェルズーフンゲン！（「ニヒリストがダイナマイトで劇場の金庫を破壊しようとする大変な計画」）」

――そして赤い花火にスイッチを入れた！　大海原のような群衆が呻きほえる声をお聞かせしたいくらいだった。あの真っ赤な地獄の光景が真っ青な光景に加わったときにだ！　六十秒ほどおいてからわたしは叫んだ――

「トランスヴァールトルッペントロッペントランスポルトトランペルティヤートライバートラオウンクストレーネントラゲーディエ！（「トランスヴァール隊熱帯地方輸送班ラクダ係りのいとも悲しき結婚の悲劇」）」

——そして緑の花火を打ち上げた！　今度は四十秒、待っただけでわたしは両腕を大きく拡げると、雷のような声で、数ある言葉の中でもまったく恐ろしいこの言葉を叫んだ——

「メッカムーゼルマンネンマッセンメンヒエンメルダーメーレンムッターマーモルモルメンテンマッヒャー！（「メッカにおいてモハメット教徒の大殺戮を行なったムーア人の母親のための大理石の記念碑の製作者」）」

——そして紫の閃光《せんこう》を打ち上げた！　さあこれで全部がいっせいに上がったわけだ。赤、青、緑、紫！　四つの恐ろしい火山が光り輝く煙の大雲を天高く噴き上げ、目もくらむような虹色《にじ》に染まった真昼の明るさをこの谷間のいちばん遠いはずれまで広げていった。遥かかなたには、例の柱の上の隠者が、大空を背景にしてじっと立っている姿が見えた。この男の上下運動が二十年ぶりに止まったからだ。わたしは、技師たちがポンプのところにいて用意のできていることを知っていた。そこで僧院長に向かって言った。

「いよいよそのときがやって来ましたよ、神父さん。これからあの恐ろしい名前を言って、呪《のろ》いが解けるように命令します。あなたは気をしっかりともって、何かにつかまっていてください」それからわたしは群衆に向かって大声で叫んだ。「さあよいか、あと一分もすれば呪いは打ち砕かれる。しからざれば、いかなる人間といえどもその呪いを打ち砕くことはできぬのだ。呪いが解ければ、誰の目にもそれがわかるはずだ。なぜなら、聖なる水があの礼拝堂の扉から噴き出してくるからだ！」

わたしは二、三分そのままで立っていた。わたしの宣言を聞いた者たちが、聞こえなかった者たちにそれを広め、そうやっていちばん遠くの列にまで伝えることのできる機会を与えてやるためだ。それから大見《おおみ》得《え》をきって、取っておきの身ぶり手ぶりをそえながら叫んだ。

「よいか、この聖なる泉にとりつく恐ろしき霊に申しつける。汝《なんじ》の中になお残れる地獄の炎を今やすべて天空に吐き出し、ただちに呪いを解いてこの場より地獄へ退散し、そこで千年のあいだじっと縛りつけられているのだ。汝の恐るべき名前にかけてそれを申しつける——南無**ブグウジジイルルイグククク！**」

そしてわたしは火矢の入っている大樽にスイッチを入れた。すると大噴水さながらに、目もくらむばかりの火の矢が天頂に向かってシューシュー音を立てながら噴き出し、中天で炸裂《さくれつ》して、きらめく宝石の嵐となった！　恐怖のあまり大きな呻き声がいっせいに群衆の中からおこった。——それから突然それが神を称《たた》える喜びの狂おしい叫び声に変わった。——というのも、そこに、不思議な閃光《せんこう》を浴びてじつにはっきりと彼らは、呪いの解けた水がほとばしり出るのを見たからだ！　老僧院長は一言も口をきくことができなかった。流れ落ちる涙と喉《のど》のつまりのためにだ。何ひとつ言えぬまま彼はわたしを抱きしめ、わたしを押しつぶした。それは言葉以上に雄弁だった。そして回復するにも容易でなかった。なにしろこんな片田舎のことで、おシャカになった五セント銅貨一枚ほどの価値のある医者さえ実際にいはしなかったからだ。

ぜひともお見せしたかったのは、何エーカーにもわたる群衆がこの水にとびつき、この水に接吻《くちづけ》する光景だ。彼らは水に接吻し、抱きしめ、なでさすり、まるで相手が生きものででもあるかのように話しかけ、最も愛するものを呼ぶときに使う愛称でそれを歓び迎えた。まるで長いあいだ家をあけ、行方不明になってしまった友だちが、また帰って来たときのようだった。まったく、それは見るからに心楽しい光景であり、おかげで、わたしは今まで以上に彼らのことを考えるようになった。

わたしは、マーリンを戸板にのせて送らせた。彼はさながら山くずれのように陥没してくずれ落ちた。わたしが例の恐ろしい名前を口にしたときにだ。そしてそれっきり息をふきかえしてはいなかったのだ。彼はそれまでそんな名前は聞いたことがなかった――わたしだって同じだ――しかし彼にとってはそれは本物の名前だった。どんなガラクタだって本物の名前になっただろう。彼は後になってからこんなことを言っていた、つまり、あの悪霊の実の母親だって、あの名前を発音するのに、わたし以上にはうまくできなかったろう、と。そしてどうしても彼に理解できなかったのは、わたしがあの名前を口にしたのに、どうしてちゃんと生きているのかということだった。しかしわたしもそれだけは説明しなかった。若造の魔法使いじゃあるまいし、そんな秘密はそうやすやすと教えられるものではない。マーリンは三か月も費やしてあれこれと魔法を使っては、果たしていかにすればあの名前を口にしてしかも生きのびることができるか、その深い秘密を探りだそうとした。しかしついにそれは達成できなかった。

わたしが礼拝堂に向かって歩きだすと、群衆はうやうやしく帽子をとって、あとじさりをし、わたしのために大きく道をあけた。まるでわたしがなにか超人的な存在ででもあるかのようだった。――そして事実わたしはそうだったのだ。わたしはそれに気がついた。そこでわたしは夜番の修道士たちを連れていって、彼らにポンプの秘密を教えてやり、彼らにポンプをくませてやった。というのは、外にいる群衆の大部分はひと晩じゅうその水といっしょに夜をあかすことは明らかだったし、したがって万事その連中の望みにまかせてやるのが当然だったからだ。その修道士たちにとっては、そのポンプもまた大変な奇跡そのものだった。そこで彼らはポンプを見てすっかり驚いてしまった。そしてポンプの演ずるすばらしい効果にもすっかり感心してしまった。

それはすばらしい一夜であり、すてきな一夜だった。それに評判もよかった。わたしは嬉《うれ》しさのあまり、なかなか眠れなかった。

第二十四章　商売仇の魔法使い

「聖なる谷間」におけるわたしの力は、いまやものすごいものとなった。どうやらこの力はうまく利用するだけの価値がありそうだった。そんな考えが心に浮かんだのは、その翌日の朝のことだった。そしてそんな気持ちになったのも、わたしの騎士の一人で、石鹸《せっけん》の仕事をしていた男がやってくる姿を見たからだ。話によると、この地の僧侶《そうりょ》たちも二世紀ほど前にはかなり世俗的な心をもっていて、入浴をしたがっていたそうなのだ。だからひょっとすると、そういう悪徳の根がまだ残っているかもしれないのだ。そこでわたしは一人の僧に当《あた》りをつけてみた。

「どうだい、ひと風呂《ふろ》あびたくはないかね?」

すると相手は例のことを思い出して――つまり、泉に起こったあの禍《わざわい》を思い出して――身をふるわせたが、しみじみとした様子でこう言った――

「哀れなるこの身にそのようなことをお尋ねになってはなりません。この身は幼少のころよりそのような恩恵に浴しておりませぬのです。この身を洗い潔《きよ》めることが神の御意《みこころ》であればよろしいのですが! しかしそれはかなわぬこと、どうぞ、わたくしを誘惑なさらないでください。入浴は禁じられておるのでございます」

そう言うと彼は悲しそうにため息をついた。あまり悲しそうだったので、わたしはこの男が身につけている不動産のうちせめて一皮分だけでもカイ取ってやろうと決心した。たとえそれがわたしの全財産にも相当し、わたしの身代を破産させようともだ。そこでわたしは僧院長のところへ行って、この僧のために許可をもとめた。院長の顔は、その話を聞いたとたんに真っ青になった。――真っ青になるのが見えたという意味ではない。なぜなら、それを確かめるためにはもちろん、院長の顔をこすって垢《あか》を落としてみなければならなかったし、わたしとしても、顔をこすってやるほどそのことに関心をもっていたわけではなかった。しかしそれにしてもわたしにはわかっていた。真っ青な顔がそこに、しかも本の表紙ほど厚い外観のかげにあって――真っ青になって、ふるえていることがだ。院長は言った。

「ああ、ほかのことなら何なりとお頼みくだされ。さすればかなえて進ぜましょう。感謝の気持ちから喜んで差しあげましょう――しかしこればかりは、ああ、これればかりは！　あの有難いお水をまた涸《か》らしてしまうおつもりか？」

「いや神父さん、涸らすつもりはありません。わたしには不可思議な力がありましてね、その力のおかげでわかったのですが、以前には間違いがあったのです。浴場を造ったことがあの泉を涸らしたのだと考えられていたころはね」大きな好奇心が老僧院長の顔に浮かびはじめた。「わたしの力が教えてくれるところによると、浴場はあの禍とは無関係で、禍を起こしたのはまったくべつの罪なのだそうです」

「それは勇気のあるお言葉じゃ。――しかし――しかし、まことに歓迎すべきお言葉じゃ、もしそれが本当だとしたらのことじゃが」

「もちろん、本当です。ですからもう一度、浴場を造らせてください、神父さん。わたしに、もういちど造らせてくだされば、泉は永久に湧き出るようにしてみせますから」

「お約束くださるのじゃな？　――お約束くださるのじゃな？　さあ言うてくだされ――約束すると、言うてくだされ！」

「約束しますとも」

「そのときは、このわしがイの一番に入る！　さあ――仕事にかかってくだされ。ささ、ぐずぐずせずに、始めてくだされ」

わたしと部下たちとはさっそく仕事にとりかかった。以前の浴場の残骸《ざんがい》はまだそこにあった。つまり僧院の地下室で、石ひとつなくなってはいなかった。残骸は当時からずっとそのままになっており、祟《たた》りを受けた物として、誰もが敬虔な畏れをいだいて避けていた。二日ほどでわれわれはすっかり造りあげ、水を入れてみた。――ひろびろとした浴槽に澄みきった清らかな水があふれて、中で泳ぐこともできるほどのものだった。おまけに水は流水ときている。流れ込んでは流れ出てゆく。昔のパイプを通ってだ。老僧院長は自分の約束を守って、まっ先に飛びこんだ。真っ黒な体でよたよたと飛びこんだが、後に残された真っ黒な仲間たちは、みんな心配やら不安やらの顔つきではらはらしていた。しかし院長があがってきたときには、その体は真っ白で、顔はうきうきとしていた。勝負はこっちのものとなった！　またワン・ポイント、追加というわけだ。

わたしたちが「聖なる谷間」でやったことはすばらしいキャンペーンだったし、わたしも大いに満足したので、そろそろここを引きあげようかと思っていた。ところが、突然、がっかりするようなことにぶつかった。ひどい風邪《かぜ》にかかってしまい、そのために、今までおとなしく

していた、リウマチがおこってきたのだ。もちろん、このリウマチは、わたしのいちばん弱い場所をあさりまわって、そこに腰を落ち着けた。そこは僧院長がわたしの体に両腕をまわし、ぎゅっと抱きしめた所だった。彼が感極まって、感謝の気持ちを抱擁《ほうよう》であらわそうとしたあのときにだ。

ようやく、リウマチから抜け出したときには、わたしは影のようにやせ細っていた。しかし誰も彼もがじつによく世話をしてくれ、親切にしてくれた。そのおかげで、わたしの生命にも元気がよみがえり、そうした何よりの薬に援《たす》けられて、病みあがりの人間はふたたび健康と体力とを急速に増していった。そしてわたしは、みるみるよくなった。

サンデーは看病で疲れきっていた。そこでわたしは心をきめ、旅はわたし一人で出かけることにし、彼女は尼僧院に残して十分に休養をとらせることにした。わたしの考えは、身を農夫ていどの自由民に変えて、この国をあちこちと一、二週間のあいだ歩いてみることだった。そうすれば、自由民の中でもいちばん身分が低く、いちばん貧しいクラスの者たちとさえ対等の条件で食事もでき、寝泊まりもすることができると思ったからだ。それに、そのほかのやり方では、彼らの日常生活やその生活に対する法律の運用などについて、完全な情報を得ることができなかったからだ。もしわたしが上流階級の者として彼らの中に入っていったら、きっとそこには気兼ねやしきたりなどがあって、それがわたしを彼らの内々の喜びや苦しみから締め出してしまうだろう。そうすれば、わたしは彼らの外側の殻だけしか知ることができなくなってしまうわけだ。

ある朝、わたしは遠くまで散歩に出かけた。今度の旅にそなえて筋肉をきたえておくためだ。そして谷間の北のはずれにある尾根をのぼっていった。そのうちに、低い崖《がけ》の表面につくってある人工の洞穴の前に出た。そして、洞穴の位置から判断して、それが隠者の住み家だとわかった。以前よく遠くから、あれがそうだと教えられていたやつで、汚物と苦行とで有名なある隠者の巣窟《そうくつ》なのだ。わたしが理解していたところでは、その隠者は、さいきん大サハラ砂漠に空席があるから来ないかと誘われて、そこならばライオンや砂バエどもが隠者生活をとくべつ魅力のある苦しいものにしてくれるだろうというわけで、アフリカへ出かけていって今その席についているはずだった。そこでわたしは中をのぞいて、この巣窟の雰囲気がその評判とどの程度あうものか見てやろうと思った。

わたしの驚きは大きかった。中はちゃんと掃き潔め、洗い潔めたばかりになっていた。それからもう一つ驚いたことがあった。洞穴の暗がりの奥で小さなベルの鳴る音が聞こえたかと思うと、つづいてこんな声が聞こえてきたのだ。

「ハロー、セントラル（「モシモシ、中央電話局」の意）！　ああ、キャメロットだな？　――よいか、おぬし心を喜ばせてもかまわぬぞ、もしこのすばらしい出来事を信ずる心があるならばな。思いもかけぬ姿でお越しになり、まさかと思う場所に姿をお見せになったのじゃ。――ここに現《うつ》し身の姿でお立ちになるは、ザ・ボスにておわすぞ。おぬし自身の耳でそのお声を聞くがいい！」

それにしてもなんという急激な逆転だろう。なんという途方もない不調和な者同士がいっしょになったことだろう。なんととっぴな、対立物と非妥協物との結合だろう。――なにしろ、インチキものの奇跡の家が本物の奇跡の家となり、中世の隠者の巣窟が一変して電話局になったのだ！

電話係りが明るいところへ出てきた。見るとそれはわたしが訓練した若者の一人だった。そこでわたしは言った。

「いつからこの局がこんなところにできたのかね、ウルフィアス（この名はマロリー『アーサーの死』第一巻第一章に出てくる）？」

「ほんの真夜中からでございます、サー・ボス。わたくしどもは谷間にたくさんの明かりを見ました。それで局を作ったほうがよかろうと判断いたしました。と申しますのも、あれほどたくさんの明かりのあるところなら、きっと相当大きな町に違いないと思いましたからでございます」

「まさにそのとおりだ。あれは普通の意味では町ではないが、とにかく立派な場所だ。きみはここがどこだか知っているかね？」

「そのことにつきましては、調べる暇がございませんでした。仲間の者たちが仕事のためにここから出てゆきまして、わたくしを留守番に残しましたので、わたくしは一休みいたしました。そして目が覚めてから調べて、ここの名前をキャメロットに報告し、記録してもらおうと思っていたのでございます」

「そうか、ここはだね『聖なる谷間』だよ」

それは何の効き目もなかった。つまり、その名前を聞いても彼は驚かなかったのだ。わたしはきっと驚くだろうと思っていたのだが。彼はただこう言っただけだった――

「ではそのように報告いたします」

「ええっ、このあたりの土地は、ここで最近の不思議な事件の噂《うわさ》で大変な騒ぎなんだよ！　きみはそれを聞いていないんだな？」

「あの、ご記憶のことと存じますが、わたくしたちは夜のあいだに行動いたしまして、すべての人との会話を避けております。わたくしどもの知ることといえば、キャメロットからの電話で聞く以外にはなにもございません」

「しかし連中は今度のことをみんな知っているはずだよ。連中は何も言わなかったかい、聖なる泉が復活したというあの大きな奇跡のことを？」

「ああ、あれでございますか？　もちろん、言っておりました。しかしこの谷間の名前は、あの谷間の名前とはぜんぜん違っております。じっさい、これ以上に違うなぞということはおそらく――」

「じゃあ、その名前は何だったのかね？」

『災《さい》なる谷間』です」

「それでわかった。いまいましい電話め。電話なんていうものは、いろいろと似通った音を伝える悪魔だ。似通った意味からだいぶ離れた奇跡をな。だがそんなことはどうだっていい、これでここの名前がわかったろう。ではキャメロットを呼びだしてくれ」

彼はキャメロットを呼んで、クラレンスを電話口に出させた。わが愛する若者の声をふたたび耳にするのは嬉《うれ》しかった。まるでわが家に帰ったようだった。しばらくのあいだ、たがいに情愛のこもる挨拶《あいさつ》をとりかわし、それからわたしの最近の病気のことを話してから、わたしはこう言った。

「何か変わったことはないかね？」

「王さま王妃さまをはじめ多くの重臣方がただいまから出発なさいます。あなたの谷間に行って、あなたが復活されたという泉にお参りをし、自分たちの罪を洗い潔《きよ》めるためです。それから、地獄の鬼が本物の地獄の炎を天空の雲にまで噴きあげた場所を見物するためです。――もし耳をよくそば立ててお聴きになっていらしたら、わたしが今ウインクしているのが聴こえるはずです。それにニヤニヤ笑っているのも聴こえるはずです。だってこのわたしがあの炎をわたしたちのストック中から選んで送ったんですからね、あなたのご命令で」

「王はここへの道を知っておられるのかい？」

「王さまがですか？　――いいえ、それに王さまのご領地の者は誰ひとり知りません、と思います。でもあなたの奇跡の手伝いをした若者たちが案内役になって道を先導します。そして昼間の休憩地や夜の宿泊地などもきめることになっています」

「それなら無事にこられるだろう。——到着はいつだ？」

「午後の盛りか、その後ぐらいになるはずです、三日目の」

「ほかに何か変わったことはないか？」

「王さまは常備軍の編制をはじめました。あなたがいつか提案なさっていたやつです。一連隊は完了して、将校もきまりました」

「なんといういたずらをするんだ！　あの仕事はわたしが中心となってやりたかったんだ。この王国にはほんの一握りの者しかいないのだからな、正規軍の指揮をとるのに適している者はな」

「そのとおりです——そしてびっくりなさるでしょうが、その連隊にはウエスト・ポイント出は一人もいないのです」

「なんだって？　本当か？」

「ただいま申しあげたとおりです」

「いや、そいつは心配だ。誰が選ばれたのだ、そしてその選び方はどうだったのだ？　競争試験だったのか？」

「いいえ、選び方のことは何も知りません。知っているのはただこういうことだけです——つまり、将校になった人たちはみな貴族の出で、生まれながらの——何と申しましょうか、その——ウスノロ連中です」

「まずいことになったもんだな、クラレンス」

「でも安心してください。副官候補の二人がこちらから王さまに同行します。二人とも若い貴族です。――そちらでお待ちくださりさえすれば、試験の様子がお聞きになれます」

「そいつはありがたい報《しら》せだ。なんとしてもウエスト・ポイント出を一人採るようにしてやる。誰か馬に乗せてウエスト・ポイントへ使いを出してくれ。なんなら、馬を乗りつぶしたってかまわんからと言ってくれ。だが、ぜひとも今日の日暮れまえに到着して、こう言っ――」

「そんな必要はありません。ウエスト・ポイントまでわたしが地下ケーブルを敷いておきましたから。いまこの電話をそちらへ切り換えます」

こいつは上出来だ！　このようにして電話や電光通信によって遠い所と交信のできる雰囲気にひたりながら、わたしは長いあいだの息苦しさから解放されてふたたび生命の息吹きを呼吸していた。それからふと、こんなことに気がついた。つまり、この数年のあいだこの国はわたしにとってなんとモゾモゾとして、鈍く、生気のない恐怖となっていたことだろうか、それにわたしは、そうした息苦しい精神状態の中に長くつかっていたために、ついついそれに慣れっこになってしまって、それに気づく力もほとんど失ってしまっていたのだ、と。

わたしはウエスト・ポイントの校長にじきじきに命令を伝えた。それから紙と万年筆とそれにマッチを一、二箱もってきてくれるようにとも頼んだ。こういう便利な物なしにやってゆくことがいやになってきたからだ。今ならばこういうものも持つことができた。さしあたって甲冑《かっちゅう》を着るつもりはもうなかったからだ。それゆえ、ポケットに入れておくことができるわけだ。

僧院に帰ってみると、おもしろいことが始まっていた。僧院長と僧たちとが、大きなホールに集まっていて、子供さながらの驚きと信頼の色を顔に浮かべながら、新しい魔法使いの芸当をみつめていたのだ。今度やってきた魔法使いだ。その男の服装は風変わりもいいとこで、そのけばけばしさ、バカバカしさといったら、インドの医者が着ているような代物《しろもの》だった。彼はしかめつらをしたり、もぐもぐ言ったり、手まねをしたりして、宙や床に奇怪な形を描いていた――例のとおりにだ。彼はアジアからきた有名な魔法使いだった。――そう自分で言っていた。そして、それだけで十分だった。そういう証言は黄金と同じように申し分のないもので、どこへ行っても本物として通用したからだ。

この男の言い値どおりとしたら、偉大な魔法使いになるなんて、じつに簡単で安いものだ。彼の得意とするところは、いかなる人間であろうとこの地上に住む者ならば、いまこの瞬間に何をしているかを当てることだった。それに、過去のいつ何をしたか、未来のいつ何をするかも当てるのだ。彼は言った。東洋の皇帝がいま何をしているか知りたいと思う者は誰かおらぬかと。輝く目と嬉しそうなもみ手とが、口よりも雄弁な答えとなった。――こういう坊さんたちというものは、その皇帝が何を、いまこの瞬間に何を、しているかということになると、しきりにそれを知りたがるものなのだ。ペテン師のほうは、また何かモグモグやりはじめた。それからやがて、こうおごそかに宣言した。

「東洋の皇帝陛下におかれては、ただ今この瞬間、一人の尊い托鉢僧《たくはつそう》の手にお金をお置きになっておられる。――一枚、二枚、三枚。そしてそれはみな銀貨じゃ」

がやがやと感嘆の叫び声がわきおこった。あたり一面にだ。

「すばらしい！」「みごとだ！」「どんな研究、どんな修業をつまれたことだろう、こんな驚くべき力を身につけられたというのは！」

インドの大帝が何をしているか、お知りになりたいかな？　はい。そこで彼はインドの大帝が何をしているか教えてやった。次に彼はエジプトのサルタンが何をしているかを教えた。それからまた「遠い海の王」が何をしているかもだ。そして次から次へと教えていった。そして新しい報せを聞くたびに、彼の的確な言葉に対する驚きはますます高くなっていった。一同は思った。この魔法使いもきっとそのうち、どこか知らない国にぶつかるにちがいない。ところが、どうしてどうして、いちどだって躊躇《ためら》うことなく、いつもちゃんと知っていて、いつも間違いのない正確さで答えていた。こんなことがずっと続けば、わたしは自分の支配権を失うことになるだろう。そしてこの男がわたしの信者たちの心をつかみ、わたしは顧《かえり》みられなくなるだろう。奴の車に歯止めをかけなけりゃあいけない。それもすぐにだ。そこでわたしは言った。

「お尋ねしてもさしつかえなければ、いまある人が何をしているか、ぜひとも知りたいのですがね」

「申されるがよい、遠慮は無用。すぐに教えて進ぜよう」

「これはむずかしいことだろうと思います――たぶん不可能でしょうな」

「わが術は不可能という言葉を知らぬ。むずかしければむずかしいほど、かえって正確に話してみせよう」

おわかりのように、わたしはみんなの興味をかきたてていた。そしてみんなの興味もかなり高まっていた。そのことは、まわりにいる連中の鶴のように長くのばした首を見てもわかる。それに半ば息をころした様子からもだ。そこで今度はそれを頂点にまでもっていった。

「もし間違いなく当てたら――わたしが知りたいと思うことを本当に教えてくれたら――あんたに銀貨で二百ペニーあげよう」

「その宝はもうわしのものじゃ！　そなたの知りたいものは何なりと教えて進ぜよう」

「では教えてもらおう。いまわたしは、何をしているかね、右の手で」

「へ――ッ！」みんなは喘《あえ》ぐように驚きの声をあげた。こんなことがこの場にいる連中の誰にも思い浮かばなかったのだ――一万マイル離れた所にいる人間ではない者について尋ねてみる、というこの簡単なやり方が。魔法使いは相当な痛手をうけた。こんな突発事件は、これまでの経験では一度も起こったことがなかった。だから彼はぐっとつまった。どう迎え撃っていいかわからなかった。彼は目をまわし、途方にくれたような顔をしていた。そして一言も口がきけなかった。「さあ」とわたしは言った、「何を待っているんだ？　そんなことってあるのかい、地球の反対側にいる者が何をしているのかはすぐにも答えられ、教えてくれることができるくせに、あんたから三ヤードも離れていない人間が何をしているのか教えられないなんて？　わたしの後ろにいる人たちは、わたしが右手で何をしているのか知っている――だから、その通りだと言ってくれるぜ、もしあんたが正しく答えたらね」彼はまだおしだまっていた。「よろしい、それならなぜ言えないのか教えてやろう。それは、おまえさんにはわからないからだ。貴様が魔法使いだと！　みなさん、この男はただのペテン師の嘘つき野郎にすぎんのですぞ」

これは僧たちをがっかりさせ、また恐れさせもした。彼らはこうした畏《おそ》れおおい人物がののしられるのを耳にするなどということには慣れていなかったし、この先どんなことになるのかわからなかったからだ。今や死のような沈黙がつづいた。迷信ぶかい前兆がみんなの心の中にあったからだ。例の魔法使いはだんだんと気をとりなおしはじめた。そして、そのうちに、彼がのんびりとした無頓着《むとんじゃく》な薄笑いを浮かべるようになると、それは大きな安堵《あんど》感をあたりにひろげていった。というのも、その薄笑いを見て、みんなは彼の心がやけっぱちになっているのではないことを知ったからだ。彼は言った。

「わしは唖然《あぜん》といたした。この者の言葉があまりにも軽薄なものだったからじゃ。みんなとくとご承知あれ、中には知らぬ方があるやもしれぬから申しあげるが、わしほどの偉い魔法使いになると、誰の行為でもみな当てるというわけのものではない。国王、領主、皇帝といった高貴の生まれの方々だけで、それ以外はいたさぬのじゃ。したがってかのアーサー王が何をしておられるかと尋ねたのなら、話はべつであった。わしもそなたに答えたであろう。しかし、一臣下の行為など、わしには興味ござらん」

「いや、これは誤解をしておった。あんたが『いかなる者でも』と言っていたと思ったんでね。それならきっと『いかなる者でも』の中には——そのう、いかなる者でも入るのだと思ったのだ。つまり誰でもがね」

「そのとおり——高貴の生まれの方々ならば、いかなる者でもじゃ。王家の方ならば、なおけっこう」

「どうやらこれはもっとものお話のようじゃ」と僧院長が口を出した。この機会に事を丸くおさめ、禍《わざわい》をさけようとしたのだ。「このようなすばらしい魔法が使われるのにふさわしい事柄は、並みの人間のなす事柄と申すよりはむしろ偉大なる頂の近くにお生まれ遊ばした方のなさる事柄のようじゃ。われらのアーサー王さまこそが——」

「その王が何をしているか知りたいかな？」と魔法使いは口をはさんだ。

「それはもう嬉《うれ》しいかぎりじゃ、有難いことじゃ」

みんなの心はすぐにまた畏敬《いけい》と興味に満ちあふれた。始末におえぬバカ者どもだ。彼らは魔法使いが呪文《じゅもん》を唱える様子を食い入るように見つめた。そしてわたしを、「さあこんどは何と言って仕返しするかね？」というような目つきで見つめた。と、そのうちに宣託がおりた。

「国王におかれては、狩りでお疲れになり、宮殿でこの二時間ほど身を横たえ、夢も見ずにぐっすりとおやすみになっておられる」

「神の祝福が王さまにござりますよう！」と僧院長は言って、自分の胸に十字を切った。「その眠りが玉体と御心との疲れを癒《いや》すものとなりますように」

「そうなるだろうね、もし王が眠っておられるのならね」とわたしは言った。「だが、王は眠ってなんかいやあしない。馬に乗っておいでなのだ」

またしても面倒がおこった――権威の戦いだ。われわれ二人のどちらを信じたらいいか、誰にもわからなかった。わたしにはまだいくぶん評判が残っていたからだ。魔法使いの嘲《あざけ》りがぐっと高まってきた。そこで彼は言った。

「これはしたり、わしはこれまでに数多くのすばらしい占い師や予言者や魔法使いと会ってきた。しかし誰ひとり、ただぼんやりと座っているだけで、呪文ひとつ唱えずに物事の奥まで見通せるような者はおらなかった」

「おまえさんは森の中に住んでいたから、それで大切なものを見そこなっちまったんだ。わたしだって呪文は唱える。ここにいるお坊さんたちがご存知のとおりだ。――もっともそれは、いよいよという時だけしかしないのだがね」

当てこすりということになれば、わたしだって自分の立場を守る方法は心得ているつもりだ。

いま出したジャブで相手はもがいた。僧院長は王妃と重臣たちのことを尋ねた。するとこんな答えが返ってきた。

「その方々もみなおやすみになっておられる。お疲れになっておられるからじゃ、王さまと同じようにな」

わたしは言った。

「そいつも嘘っぱちだ。連中の半分は遊んでいる。王妃とあとの半分も眠ってなんかいやあしない。馬に乗っているのだ。さあ、もう少しおまえさんにホラを吹いてもらおうか。で、国王ご夫妻、それにいまこのお二人といっしょに馬を進めているすべての者たちは、どこへ行こうとしているのかね？」

「その方々はいまおやすみになっておるのじゃ、前にも言ったとおりな。しかし明日になれば、馬に乗るであろう。なぜなら、海のほうへ旅をなさるからじゃ」

「で、あさっての夕方にはどこにおられるかね？」

「キャメロットの遥《はる》か北じゃ。そして旅も半ばすんでおるはずじゃ」

「そいつも嘘っぱちだ。百五十マイルもちがっているぞ。旅は半分終わっているどころか、すっかり終わっている。そして一行はここにいるのだ。この谷間にな」

これこそみごとな一撃だった！　僧院長も僧たちもとたんに興奮しはじめ、魔法使いは足もとまでぐらりときた。わたしはすぐにつづけた。

「もし王がお着きにならなかったら、罰としてこの身を丸太に跨《また》がらせよう。その代わり、もしお着きになったら、おまえさんを丸太に跨らせてやるからな」

翌日わたしは例の電話局に行った。そして王が途中にある二つの町を通過したことを知った。王の進みぐあいは、次の日も同じようにして確かめた。こういうことはすべてわたしだけの秘密にしておいた。三日目の報告によって、王がそのままの速度ですすめば、午後の四時までには到着することがわかった。それなのに、王の到着についてみんなが関心をもっている気配はどこにもなかった。王を正式に迎えるための準備は何ひとつできていないようだった。まったく奇妙なことだ。これを説明できるのは一つだけだ。つまり、あの魔法使いのやつが、きっと、こっちの値をくずしにかかっているのだ。やはりそのとおりだった。友人の一人に、つまりそれは坊さんだったが、その男に聞いてみると、彼は言った。そうです、あの魔法使いはあれからまた占いをたてて、それでわかったことは、宮廷の人たちは旅にはぜんぜん出ず、城にとどまることになった、のだそうでございます、と。なんてえこった！　こういう国では名声のほうがずっと高く評価されるわけなのだ。ここの連中は、わたしが史上最高のすばらしい魔法を演じるのを見たはずだ。そしてその魔法こそ彼らの記憶の中にあって絶対的な価値をもつ唯一のものなのだ。それなのに、どうだろう、彼らはペテン師のほうを信用しようとするのだ。自分がもっているという力を少しも証明できず、ただ立証されない言葉だけで世間をわたり歩いているペテン師のほうをだ。

しかし、国王がみえるのに、にぎやかな歓迎の準備がぜんぜんないというのは、うまい策ではなかった。そこでわたしは出かけてゆき、太鼓を打ちならして巡礼者たちを呼び集めたり、隠者どもをいぶり出したりして、二時にはみんなを外に出し、王を出迎えられるようにした。そして、そのような状況の中に国王は到着した。僧院長は怒りと辱《は》ずかしさとで手もつけられぬ様子だった。わたしが彼をバルコニーに連れ出して、一国の支配者がお着きになるのにそれを出迎える僧侶《そうりょ》ひとり近くにおらず、その心を喜ばせるための、生きものの動きも歓びの鐘の音もないのを見せてやったときにだ。僧院長は一目みると、すぐに飛んで行って部下たちをせきたてにかかった。と、すぐに鐘が猛烈な勢いで鳴りはじめ、あちこちの建物が僧や尼僧を吐き出しはじめた。そして、彼らは近づく行列のほうへとあわてふためきながら群がり寄っていった。そして彼らといっしょに、例の魔法使いも飛んで行った。――彼の場合は、丸太に跨っていた。それは僧院長の命令だった。かくして彼の名声は地に落ち、わたしの名声はふたたび天高くのぼった。そうだ、こういう国では自分のトレード・マークを流通させておくことはできる。しかし、ノホホンと座ったままでやるわけにはいかない。甲板《デッキ》に立って、絶えず仕事に精を出していなければいけないのだ。

第二十五章　競争試験

国王が気晴らしに旅に出たり、巡幸したり、あるいは遠方の貴族を訪問してその滞在費で先方を破産させたいと思うようなときには、行政機関の一部も国王に同行した。それが当時のしきたりだった。だから、軍隊に地位を得ようとする候補者たちに試験を行なう委員たちも王といっしょにこの谷間にやってきた。それゆえ委員たちは自分たちの仕事を処理するにも宮廷にいるときと同じようにしてできた。そして今度の旅行は、王にとってはあくまでも休暇のための旅だったが、それでも彼は国政機能のいくつかを活動させた。それで彼は、いつものように、病める者たちに手をさしのべた。また日の出とともに法廷をひらき、事件を裁いた。それは彼自身、高等法院王座部の裁判長だったからだ。

　彼は裁判にかけてはけっこう光り輝いていた。賢明で慈悲深い裁判官だったし、明らかに自分の職務をじつにうまく、公平に果たしていた——とはいっても、それは彼の見解に従ってのことだ。しかし、この彼の見解なるものがくせ者なのだ。彼の見解は——つまり彼の育ちのことだが——それはしばしば彼の判決をゆがめていた。貴族ないしは紳士と、それより身分の低い者とのあいだに争いが生じたときには、いつもきまって王の好みと同情とは前者の階級の者のほうに向けられていた。彼がそんな疑念をもとうと、もつまいとかかわりなくだ。これが反対になるようなことはけっしてあり得なかった。奴隷《どれい》制度が奴隷所有者の道徳的知覚力を鈍らせたということは、世界じゅうの人たちが知っており、認めていることだ。そして、特権階級つまり貴族は、ただ名前だけが違う奴隷所有者の一団にすぎぬのだ。奴隷所有者という言葉はいかにも耳ざわりな響きをもっている。それでいて誰にとっても不快なものとはならない。——貴族自身にとってもだ。——事実そのものが不快なものとならぬ限りはだ。なぜなら、そうした言葉はたんに一つの事実を公式化するだけにすぎないからだ。奴隷制度の鼻もちならぬ一面は、制度そのものであって、その名前なぞではない。貴族の誰かが自分より身分の低い者たちについて話すところをほんのちょっとでも聞けば、人はすぐに悟ることができる——しかもそれは大して変わりばえのしない程度でなのだが——実際の奴隷所有者の態度と口調とにそっくりのものをだ。そしてこうした態度と口調とのかげに、奴隷所有者の精神が、奴隷所有者の鈍った感情が、ひそんでいるのだ。それらのものは、両方の場合とも同一の原因から生まれた結果なのだ。つまり所有者が、自分はよりすぐれた人間なのだと考えるあの昔からの、生まれながらの習慣なのだ。王の判決はしばしば不公平な判決を下した。しかしそれはたんに彼の教育や彼の生まれながらの、そして改めることのできない同情心が間違っていたからなのだ。彼が裁判官の職に向いていないのは、一般の母親がミルクの分配の役に向いていないのと同じことだ。飢饉《ききん》のとき飢《う》え死にしそうな子供たちへミルクを配る場合にだ。なぜなら、彼女自身の子供たちのほうが、ほかの子供たちよりも少しは余計にミルクをもらうはずだからだ。

非常に奇妙な事件が王の前にもち出された。ある娘が、それは孤児であって、かなりの土地を持ってもいたが、あるすてきな若者と結婚した。無一文の若者とだ。娘の土地は「教会」がにぎっている支配権の中にあった。教区の主教は、非常に身分の高い貴族の子孫で横柄な男だったので、この娘の土地を没収しようとした。娘が主教に無断で結婚したからという理由でだ。そして主教は「教会」をだまして、「教会」の権利の一つを巻きあげてしまった、その領地の領主としてだ。つまり、これまで「ル・ドロワ・ドュ・セニョール（領主の権利。二〇一ページ参照）」と呼ばれていたものだ。これを拒んだり避けたりした場合、その罰は財産の没収だった。それに対する娘側の抗弁はこうだった。つまり、領地の支配権は主教に与えられたものであって、いま問題になっている特別の権利は譲渡できるものではない。領主自身によって行使されるか、あるいは無効のままとしておかねばならぬものである。それに、旧法は、しかもそれは「教会」自身の旧法であるが、主教がその権利を行使することを厳しく禁じていた、というのだ。これはまったく、じつに奇妙な事件だった。

それを聞いて思い出したのは、わたしが若いころに読んだ話で、それはロンドンの市参事会員たちが市長官邸を建てるためにその資金を集めたときの巧妙な手口だった。当時は、英国教会の儀式によって聖餐《せいさん》を受けていない者は、ロンドン長官に立候補することができなかった。それゆえ、非国教徒には被選挙資格がなかった。頼まれても立候補することができず、当選してもその地位につくことができなかった。そこで市参事会員たちは、疑いもなくこの連中は変装したヤンキーだったから、次のようなうまい手を考えだした。つまり、彼らはある条例を通過させて、何人《なんぴと》も長官の立候補者たることを拒む者はこれに四百ポンドの罰金を科し、長官に選出されながら就任を拒む者には六百ポンドの罰金を科す、というようにしておいた。それから彼らはいよいよ運動にとりかかり、大勢の非国教徒を当選させた。次から次へとだ。そしてそれを続けているうちに、とうとう罰金だけで一万五千ポンドも集まってしまった。それで立派な市長官邸が建ち、今日に至っているのだが、それは顔を赤らめている市民たちに遠い昔の哀しむべき日をいつまでも記憶させることにもなっているのだ。その日、ヤンキーの一団がロンドンに忍びこんできて、あくどいいたずらをやった。おかげで地下に眠るすべての真に善良かつ聖《きよ》らかな人びとの間にさえ、この民族に対して独特の、暗い評判を与えてしまったのだ、と。

娘の主張はもっとものように思われた。主教の主張もまたもっともだった。王がこの穴からどうやって抜け出すか、わたしにはわからなかった。しかし、王は抜け出した。その裁定をここに書き記しておこう。

「まことに、この件には困難なる問題はない。ことは、子供の喧嘩《けんか》のごとく簡単じゃ。もし花嫁が、当然の義務どおり、自分の領主にして正統なる主人かつまた保護者でもある主教に婚姻の通知を出しておいたならば、花嫁は何ひとつ失わずにすんだはずじゃ。なにゆえなら、当主教は特典を得て己が当権利の行使に対する資格を、一時的便宜のために、取得することができたはずであるし、かくすれば花嫁も己が財産をすべて保持することができたはずじゃ。しかるに、花嫁は己が最初の義務をおこたったがゆえに、その過失によって、すべてのことに過失を犯してしまった。と申すのは、何人《なんぴと》に限らず、ロープにしがみついている者が、そのロープを

己が手より上のところで断ち切れば、その者は落ちるにきまっておる。手より下のロープは安全だと主張しても、それはなんら身を護る主張とはならぬし、また、そののち知るであろうような、己が身の危険からの救出ともならぬ。まことに、この女の主張は、初めから根拠薄弱である。よって当法廷は次の判決を下す。すなわち、女は当主教に対し、すべての財産を、現に所有する最後の一文に至るまで、没収せらるべきものとし、かつまた、訴訟費用はすべて女が負担すべきものと

する。では次！」

こうして、まだ三月《みつき》にも満たぬ美しいハネムーンの夢は悲劇におわった。哀れな若者たちよ！　二人はこの三か月というもの、浮き世の楽しみに唇までも深くつかって暮らしていた。二人が身につけていた衣服も飾り物も美しく優雅なものばかりだった。とはいえ、それは贅沢《ぜいたく》取締り令をいちばん厳しくねじ曲げて解釈したうえで、こういう身分の人びとに許される程度の美しさと優雅さだった。そして、こんなすてきな服装で、女は男の肩にすがってむせび泣き、男は女を慰めようと、希望に満ちた言葉を、絶望の音楽にあわせて語りきかせながら、裁きの廷《にわ》から、家もなく、ベッドもなく、パンもない世界へと出ていった。ああ、道ばたの物乞いたちだってこの二人ほど哀れではなかった。

さて、国王のほうは穴から出た。しかもそれは「教会」や他の貴族階級の者たちが満足するような条件で出てきたことは言うまでもない。世の中には多くのすばらしい、まことしやかな論を書いて君主政体を支持する人たちがいるが、それでもなお依然として残る事実は、一国においてすべての人びとが選挙権をもつような国家にあっては、残忍な法律は存在しえない、という事実だ。アーサーの国民は、共和国をつくるにはもちろんお粗末な材料だった。なぜなら、彼らは君主政体によってあまりにも長いあいだ卑屈な人間にさせられていたからだ。しかしそうした彼らでさえも多少は頭が働いて、国王がいまさっき執行していたようなああいう法律などはさっさと廃止してしまうぐらいなことはしただろう、もしその法律が彼らの完全な自由投票にかけられたとしたならばだ。ここに一つの言葉がある。その言葉は世界じゅうの人びとがあまりにもよく口にするようになったために、意味や意義をもつようになったと思われるものだ。——その言葉が実際に使われるときに暗示するような意味や意義をだ。つまりそれは、あれやこれやの国をさしてその国がひょっとして「自治の能力がある」かもしれないと称する言葉なのだ。そしてその言葉が暗示する意味は、自治の能力のなかった国がどこかに何かのはずみでできてしまったということだ。——自らを治めることが、自分で自分を任命した専門家ならばできたか、あるいはできたであろうようにはできなかった国がだ。どの国の指導者たちも、いつどの時代にあっても、おびただしい数をなしてとび出してきたが、それはその国の大衆の中からだった。そしてその国の大衆の中からだけだった。——特権階級の中からではないのだ。だから、たとえその国の知的水準がどうあろうと、つまり高かろうと低かろうと、その国の力の大半は名もない人びとや貧しい人びとの長い階層の中にあった。だからその国が自らを治める人材を豊富にもたなかったという時代は一日としてなかったはずだ。このことは、つねに自《おの》ずから証明されてきた事実を主張することになる。つまり、いかに立派に治められ、いかに自由で、いかに啓発された君主政体であっても、それは国民が自らの手で達成しうる最上の政体には及ばない。そして同様のことがより低い階層からなる同種の政治にも言えるし、さらにずっと下ってもっと低い階層からなるものにも言えるのだ。

　アーサー王はわたしの予測以上に軍隊の編制を急いでいた。まさかわたしの留守中に王がこの問題に手をつけるとは思っていなかった。だから将校の資格を認定するための案など、わたしはまだ立ててもいなかった。ただ志願者にはすべて綿密かつ厳重な試験を受けさせるのがよかろうと言っておいただけだ。そして、わたしがひそかに考えていたのは、わがウエスト・ポイント出身者以外の者には誰にも当てはまらないような軍事適性資格のリストを作っておこうということだった。その仕事は本来ならわたしの出発前にしておかねばならぬものだった。というのも、王は常備軍設置の考えにかなり心をひかれて、そのためにじっと待っていることができず、すぐにも取りかからねばならぬと考え、彼の頭からしぼり出せるかぎりの立派な試験計画をねりあげていたからなのだ。

その計画がどんなものか、わたしは早く見たかった。それにまた、もう一つの計画のほうがそれよりずっと素晴らしいものだということを見せてもやりたかった。つまりわたしが試験委員会に披露しようと思っている計画だ。そこでわたしはそれとなく、やんわりと、それを王に話した。すると王の好奇心はもえあがった。委員会が召集されると、わたしは王の後について入っていった。そして、わたしたちの後から志願者たちが入ってきた。志願者の一人は、わがウエスト・ポイント出身の優秀な青年で、彼には、わがウエスト・ポイントの教授が二人つきそっていた。

委員会の連中を見たとき、わたしは泣いたらいいのか、笑ったらいいのかわからなかった。委員長は、なんと、数世紀後の人びとには紋章院第三部長官として知られる役人ではないか！あとの二人のメンバーも彼の部局の局長だった。そしてこの三人ともみな僧侶《そうりょ》だったことは言うまでもない。読み書きを心得ていなければ務まらない役職にある者は、すべて僧侶だったのだ。

わたしの学校から来た志願者が最初に呼ばれた。わたしに対する好意からだ。そして委員長がいかにも役人らしいもったいぶった態度で攻撃をはじめた。

「名前は？」

「マル＝イーズであります」

「父親は？」

「ウエブスター（原意は「機織り職人」）であります」

「ウエブスター――ウエブスターと。ふん――わしは――わしの記憶ではそのような名は思い出せんが。身分は？」

「機織《はたお》りであります」

「機織りだと！　――おお神よ、われらを守りたまえ！」

王はよろよろとした。体の頂天から土台にいたるまでだ。書記の一人は気を失い、他の書記も気を失いかけた。委員長は気をとりなおすと、にくにくしげに言った。

「もうよい。退れ」

しかしわたしは王に訴えた。わが志願者が試験を受けられるようにしてほしいと頼んだ。王はその気になった。が、委員たちは、それぞれみな生まれのよい連中だったので、王に懇願して、機織りの息子を試験するなどという屈辱はどうかお赦《ゆる》しねがいたいと言った。わたしは、どうせこの連中には彼を試験するだけの学識のないことを知っていた。そこで彼らの懇願にわたしの願いもつけ加えてやった。すると王はその仕事をわが教授たちにまかせた。わたしは前もって黒板を作らせておいた。そこでその黒板が立てかけられ、いよいよサーカスが始まった。この若者の答えぶりは実にみごとなものだった。彼は戦術論を開陳し、野戦や包囲戦について、ことこまかに説明した。補給、輸送、地雷の敷設《ふせつ》および対抗道の設置、高等戦術、大作戦および小作戦、信号施設、歩兵隊、騎兵隊、砲兵隊、それに攻城砲、野砲、ガトリング機関銃、ライフル銃、滑腔銃《かっこう》、マスケット銃演習、リヴォルヴァー拳銃《けんじゅう》演習などについてのすべてだ。――そしてこれらの用語の一語たりともこのナマズ連にはさっぱりわからなかったことはおわかりだろう――それにまた素敵だったのは、この若者がチョークを手にして悪夢のような数学の難問を黒板に書きまくる様子だ。しかも、天使だって途方にくれるようなその問題を、彼はなんでもないようにやっていくのだ。――それに日食・月食、彗星《すいせい》、夏至・冬至、星座、平均太陽時、恒星時、夕食時、就寝時についてのすべてや、そのほか考えおよぶ限りのもの、つまり雲の上にあるもの下にあるもの、それを使って敵を苦しめおどかし、相手にこんな所へ来なければよかったと思わせることのできるものについてだ。――そして最後にこの若者が軍隊式の敬礼をしてかたわらに引き退がったとき、わたしは彼を抱きしめてやりたいほど誇らしく思った。そしてほかの連中もみなめんくらってしまい、ある者は化石になったような顔をし、ある者は酔いしれたような顔をしていた。そしてもう全員、雪崩《なだれ》にあって埋められてしまったような様子だった。わたしは判断した。このケーキはわたしたちのもんだ、しかもそのほとんど全部がな、と。

教育とは偉大なものだ。この若者はあのときの男だった。つまり、初めてウエスト・ポイントに来たとき、彼は何も知らなくて、わたしが「もし指揮官が自分の馬を戦場で撃ちたおされたら、その指揮官はどうすべきか？」と尋ねたら、あどけない調子でこう答えた男なのだ。

「起きあがって、埃《ほこり》をはらいます」

さて、今度は若い貴族が呼ばれた。わたしは自分でちょっと質問してみたかった。そこでわたしは言った。

「あなたは字が読めますか？」

彼の顔はむっとしたように赤くなった。そして彼はわたしに向かってこんな言葉を浴びせた。

「拙者を書記役とでもお考えなさるのか？　拙者は断じてそのような家柄の——」

「質問に答えてください！」

彼は怒りをおさえて、ようやくのことで答えた、「いや」

「字は書けますか？」

彼はこれにも怒りを見せようとした。しかしわたしは言った。

「質問に答えるだけにしてください。ご意見は結構です。あなたがここへいらしたのは、あなたのお家柄や美点を吹聴するためではないのです。そういうことはいっさい許されておりません。書くことはできますか？」

「いや」

「掛け算の九九はご存知ですか？」

「何のことを申しておるのかよくわからぬ」

「では九かける六はいくつになりますか？」

「それは秘事秘伝でござる。拙者には隠されたものでござる。何故と申すに、その測定を要する事変がわが生涯にいまだかつて起こったためしがないからでござる。それゆえ、さようなものを知る必要がござらぬによって、拙者、今日なおその知識をもたずにおるしだいでござる」

「Aがタマネギを一樽《たる》Bに売ります。一ブッシェル二ペンスのタマネギをです。代金のかわりに四ペンス相当の羊一頭と一ペニー相当の犬を一頭もらいます。ところがまだ取り引きがすまないうちにCがその犬を殺してしまいます。その犬に嚙《か》みつかれたからだというのです。犬のほうはCをDと間違えて嚙んだのです。この場合、どれだけのものがAへBから渡されなければならないでしょうか。またどちらの側が犬の弁償をするのでしょうか、Cでしょうか、あるいはDでしょうか、そして誰がその代金を受け取るのでしょうか？もしAだとしたら、一ペニーだけで十分でしょうか、それともAは間接損害を追徴金という形で要求できるでしょうか、犬が生きてさえいればその犬から生じたかもしれず、勤労増価つまり用益権として分類することのできる利益に相当するものをですが？」

「まことに、すべてを知ろしめす、測りがたい神の摂理の中で、しかもその御神は不可思議なるやり方でさまざまなる奇跡を現わしたもう御方にてもあらせられるが、拙者いまだかつてかかる男は聞いたこともござらぬ。この質問は頭を混乱させ、思考の導管をつまらせるものでござる。それゆえ、どうかこのまま、その犬やタマネギや、またAとかBとか奇妙にして不敬なる名をもつ輩《やから》どもが、それぞれ己が救済を成就してその悲しむべくかつまた不思議なる難事より逃《のが》れ出《い》でんことを許してやってもらいたい、拙者の助太刀などなしにじゃ。なにゆえなら、彼らのその労たるや、まさにそれだけでも天晴《あっぱ》れなるものであって、それに対し、もし拙者などが助太刀いたそうものなら、かえって彼らの目的とするものを打ち砕くことになるだけであって、さすればおそらく拙者とて生命ながらえ、その悲しみの来たるを見るわけには参らなくなるであろうからじゃ」

「引力や重力の法則については何を知っていますか？」

「もしそのようなものがあるとすれば、それはおそらく国王陛下が発布されたものであろう。

拙者が年の初めごろであったか、病で伏せっており、それゆえ陛下の布告を聞きそこねたときにじゃ」

「光学については何を知っていますか？」

「拙者、各地方の知事を知っておる。それに城の家老や郡の長官やそのほか多くのこまかな官職や肩書きもじゃ。しかし『光学』なるものについては、これまで聞いたことがござらぬ。おそらく新たに作られた位でござろう」

「そう、この国ではね」

どうだろう、こんな軟体動物が官職を求めてしかつめらしくやって来るのだ、太陽の下にあるどんな種類のものでもだ！　この男の言葉だって、もしその文法や句読法をなおさずそのまままここに書き記したとしたら、きっとタイピストがべたべたと訂正の印をつけたことだろう。不思議なことは、彼がどうしてあのような助太刀を多少なりともやってみて、自分の無能力さかげんのあの堂々たる誇示を捨て、問題の解答にあたろうとしないのか、ということだ。しかしそれは、この男にそうした傾向への素質がないということを証明しているのではない。彼がまだタイピストにもなっていないということを証明しているのにすぎないのだ。わたしはこの男をさらに少しいじめてから、教授たちの手に渡してやった。すると教授たちは彼をひっくりかえし、ほじくりかえしながら、あれこれと科学戦について尋ねたが、彼の中身がからっぽだったことは言うまでもない。彼も当時の戦いについては多少の知識があった。——藪《やぶ》を切り開いて鬼を捜しまわったり、トーナメントの試合場で角をつきあわせたり、そういった類《たぐい》のことだ——しかしその他の点では、からきし何も知らず、使いものにならなかった。続いてわたしたちは、またべつの貴族にとりかかった。彼は前の男と双児だった。無知と無能の点においてだ。わたしはその無知と無能の仕事を委員会の議長の手にゆだねた、どうせ奴らのケーキはオシャカなんだからという考えを小気味よくいだいてだ。無知と無能は前と同じように、その優先順に試されていった。

「名は何と申されるかな？」

「パーティポールでござる。バーリ・マッシュ男爵サー・パーティポールの嫡男でござる」

「祖父のお名は？」

「同じくバーリ・マッシュ男爵サー・パーティポールでござる」

「曾《そう》祖父のお名は？」

「同じ名、同じ爵位でござる」

「曾々祖父のお名は？」

「遺憾ながらわかりかねます。系図もおぼろとなり、そこまではたどれませぬ」

「いや、結構。立派に四代つづいており、規定の必要条件を満たしておられる」

「満たしておるって、どんな規定をですか？」とわたしは尋ねた。

「四代にわたる貴族の身分を要す、と申す規定でござる。これに該当せぬ志願者は受験資格がござらぬ」

「では、軍隊の副官になる資格がないというわけですか、もし四代にわたる貴族であると自分で証明できない場合は？」

「いかにも。その資格のない場合は、副官にもまた他の官職にも任命するわけにはまいらぬわけじゃ」

「ちょっと待ってくださいよ、こいつは驚いたねえ。そんな資格が何の役に立つんです？」

「何の役に？　これはまた大胆なご質問でござるな、ボス殿。それはわれらが神聖なる『教会』の叡知《えいち》さえも攻撃することになりますぞ」

「いかにしてですか？」

『教会』はまったく同じ規定を聖者たちにも設けられておるからじゃ。『教会』の規則によれば、何人《なんぴと》も聖者の列に加えられるには、死して四代を経ねばならぬとある」

「なるほど、なるほど――同じですな。こいつは傑作だ。一方の場合は、人間四代のあいだ生ける屍《しかばね》と――無知と怠惰のミイラと――なっていれば、それだけで資格がもらえて生きている人間の指揮をとり、彼らの幸福と不幸とを自分の無能な手に握ることができる。そして、もう一方の場合は、人間四代のあいだ死と蛆虫《うじむし》といっしょにベッドに横たわっていれば、それだけで資格がもらえて、天上のキャンプで職につくことができるのですからな。陛下はこんな奇妙な規定を是認なさるのでしょうか？」

　王は言った。

「いやいや、じつのところわしにはそれが奇妙だとは少しも思わんがのう。名誉ある地位、利益ある地位はすべて、天与の権利によって、その者たちに、つまり貴族の血をひく者たちに属しておる。それゆえ、軍隊におけるこれらの地位も彼らのものであって、このような規定あるいはその他いかなる規定がなくともそうなのじゃ。この規定は限界をつけるだけのものじゃ。その目的とするところは、ごく最近、貴族になった者を入れさせんようにするためじゃ。そのような者はこうした官職を卑しめることになり、そのため高貴な家柄の者たちがその官職に背をむけ、その職につくことを潔《いさぎよ》しとしなくなるからじゃ。余がこの災いを許せば、余は責めを負わねばならぬであろう。そなたは許そうと思えば、許すことができる。委任された職権をもっておるからじゃ。しかし国王がそのようなことをすれば、まったく奇妙な愚行となり、何人《なんぴと》にとっても理解できぬものとなろう」

「なるほど。では先を続けてください、紋章院の部長殿」

議長はふたたび続けて、次のように言った。

「国王ならびに国家の名誉に対し、いかなる勲功をたてられて貴殿一族の始祖はその身をブリテンの貴族の聖なる爵位にまで高められたのかな？」

「醸造所を建立いたしてでござる」（こうした貴族が実際にいて、「ビール男爵」と呼ばれていた）

「陛下、本委員会はこの志願者が、陸軍司令官たるに必要なあらゆる条件ならびに資格を完全に備えているものと認め、これを競争相手に対するしかるべき試験の後、評決に付することにいたします」

競争相手が進み出て、自分もちょうど四代にわたる貴族だと証明した。そこで身分に関するかぎり司令官となる資格は同点となった。

彼はしばらく脇によって、サー・パーティポールがもういちど質問された。

「貴殿にあっては一族の始祖の奥方はいかなる身分でござったかな？」

「土地を所有する紳士階級の中でも最も高い身分の出ではござったが、貴族ではござらぬ。この婦人はしとやかにして清浄、かつ慈悲深く、それに汚れなき生涯と性格との持ち主でござった。それゆえ、これらの点においては、わが国の最も立派な貴婦人にも匹敵する婦人でござった」

「よろしい。では、あちらに控えておられよ」彼はさきほどの競争相手のヘボ貴族をふたたび呼んで、尋ねた。「貴殿のほうは、曾祖母の地位身分は何であったかな、ご一族にブリテンの貴族の称号をもたらしたお方のじゃが？」

「その婦人は国王の側室でござった。そしてそのすばらしい地位に、己が一人の力で誰の助けもかりずにのぼったのでござる。生家の針子の身からでござる」

「おお、これぞまさしく真の貴族じゃ。これこそ正当にして完全なる混合。副官の職は貴殿のものじゃ。この職を軽く見てはならぬぞ。これはほんの第一歩。これからだんだんと崇高なる地位にのぼってゆけるのじゃ、貴殿のような栄光ある生まれの者にふさわしい地位へとな」

わたしは底なしの屈辱の穴に落ちていた。心ひそかに、楽々としてしかも天頂を一掃するほどの大勝利を約束していたのに、これがその結果だったとは！

わたしはもう恥ずかしくて、わがウエスト・ポイント出身のあの哀れな落胆している志願者の顔をまともに見ることができなかった。わたしは彼に、家に帰って気長に待て、これで最後というわけではないのだからなと言ってやった。

わたしは一人だけで国王に謁見《えっけん》して、ひとつの提案をした。あの連隊の士官にそれぞれ貴族をあてたのは大変けっこうなことである、これ以上に賢明なことはないであろう。しかしまた、五百名もの士官をそれに加えることも名案だと思う、つまり、国じゅうの貴族やその親戚《しんせき》の者たちをみんな士官に加えるのだ、たとえその数が最後には兵卒の数の五倍になってもかまわない、そしてそれを精鋭連隊、あこがれの連隊、国王ご自身の連隊とし、いざ戦争というときには、独自の力と独自の方法で闘い、好きな所へおもむき、好きなときに帰ることのできるようにし、まったくもって一流の独立連隊となる権限を与えるのだ。そうすればこの連隊はすべての貴族が心の底から望むようなものとなるであろうし、貴族たちも一人残らず満足し、喜ぶことであろう。それから、わたしたちは一般平民を材料に使ってその他の常備軍を作り、これにはしかるべく名もない者を士官に当てることにする――実力という点からだけで選抜した名もない者をである――そして、この連隊は軍規に従わせ、貴族のような自由はいっさい許さずに拘束して、あらゆる作業、労働を強制する、そうすればもし「国王ご自身の連隊」が疲れて、気晴らしに鬼どもを退治に出かけて楽しみたいと思うようなときには、いつでも心配せずに出かけて行くことができるわけだ、なにしろ留守のあいだ万事を安心してまかせられるし、仕事もいつもと変わらず、昔どおりのしきたりで続いていくのだから、と。国王はこの案にうっとりと聞きほれていた。

その様子を見て、わたしには貴重な考えがひらめいた。これでやっと以前からの頑固な障害から抜け出る道を見つけたぞと思ったのだ。なにしろペンドラゴンの一族（アーサー王一族のこと）は長寿の系統で、おまけに子供もよくつくった。一族の誰かに子供が生まれると――そしてそれはしょっちゅうのことだったが――そのたびに熱狂的な喜びが国民の口に湧きあがり、痛ましい悲しみが国民の胸に湧いた。喜びは偽《にせ》ものだったが、悲しみは本物だった。なぜなら、その誕生は皇族手当の新たな必要を意味していたからだ。こうした王家一族の一覧表はじつに長大なものだ、その一族は国庫にとっては重くて、しかも絶えず増大してゆく負担であり、国王にとっては脅威だった。しかもアーサーは、この後のほうの事実についてはそれを信じることができず、いくらわたしがあれこれと計画をたて皇族手当に代わる案を進言しても、いっこうに耳を傾けようとはしなかった。だから今ここで王を説きふせ、こうした末端にいる皇族の者への手当を王自身のふところから出させることができたら、わたしはそのことで素晴らしい大騒ぎもできたし、国民にもよい結果となるだろうと思っていた。ところが、だめなのだ、王はそういう話になると聞こうとはしなかった。皇族手当については宗教的情熱のようなものをもっていた。一種の浄財とでも見ているようで、たとえ人がどのような方法で国王に癇癪《かんしゃく》を起こさせようと、この神聖な制度に攻撃を加えることほどすばやく確実な方法はなかった。もしわたしが思いきって、慎重にほのめかし、イギリスには尊敬すべき皇族で腰をかがめて喜捨をあおごうとするような皇族は一つとしてありますまい、などと言えば——しかし、そこまでしか言えなかった。そこまでくると王はいつもわたしを急に遮った。それもうむを言わせずにだ。

しかしそうしたわたしにも、とうとうチャンスの訪れたことがわかった。王の精鋭連隊は士官ばかりで作り——兵卒は一人も入れぬようにしよう。そしてその半数は貴族で作り、少将までの階級はすべて彼らで埋めて、無給で務めさせ、彼ら自身の費用も自分たちで払わせるようにする。しかも彼らは喜んでこれに応じるはずだ、この連隊の後の半数がすべて皇族だと知ったならばだ。こうした皇族は中将から元帥までの階級に配属し、給料も衣食住も国から豪勢に支給する。さらに——そしてこれこそ名人ならではの妙手だったが——布告を出して、これらの皇族の高官たちを呼ぶときには必ず、目を回すほど華やかでしかも畏《おそ》れかしこまらずにはいられないような肩書き（そいつは後で考えることにするが）をつけて呼び、イギリスじゅうどこにあっても彼らを、そして彼らだけを、そう呼ばせるようにする。最後に、皇族にはすべて自由選択権をあたえる。この連隊に参加して、この素晴らしい肩書きを獲得し、皇族手当を辞退するもよし、連隊に参加せず、手当を受けてもよい、と。何にもまして素晴らしい一手は、まだ生まれてはいないが、近く生まれてくる皇族もその出生と同時に連隊の一員となり、素晴らしい人生をふみ出して、十分な給料と永遠の地位とを得ることが、両親からのしかるべき届け出によってできる、ということだ。

若い皇族は一人残らず入隊するだろう。わたしはそう確信した。そうすれば、現在の皇族手当はみんな放棄されるはずだ。新しく生まれてくる皇族が必ず入隊することも同じように確実だ。六十日とたたぬうちに、この珍妙、奇怪なる奇則「皇族手当」は、現に存在する事実たることをやめ、過去の珍しい遺物の一つとなることだろう。

第二十六章　最初の新聞

わたしが王に、じつはつまらぬ身分の自由民に姿を変えて国内をわたりあるき、国民の日常の生活を自分の目でじかに見てみたいのだが、と話すと、王はたちまちこの目先の変わった仕事に心を燃えたたせて、自分もぜひその冒険をやってみたい――誰が何といおうと止めだてではいたさせぬ――何をさしおいてもついてゆく――こんな素晴らしい考えは近ごろ絶えてなかったことじゃ、と言った。そしていますぐにも裏手の道からそっと抜け出して出発したいそぶりだった。しかしわたしはそういうわけにはいかないことを教えてやった。なにしろ王はルイレキ治療（王が手で触れると治ると考えられていた）――つまり手で触れて治すというやつだが――の実演をビラで宣伝（布告）していたのだ。だからそのお客さんたちをがっかりさせることはよろしくない。とにかく興行延期など考えることもなかろう、たった一日の一晩興行《ワンナイト・スタンド》ですむことなのだ。それに王は出かけることを王妃に告げておくべきだともわたしは思った。王はそれを聞くと顔をくもらせ、悲しそうな様子をした。わたしはまずいことを言ってしまったと思った。とくに王が悲痛な語調でこう言ったときにだ。

「そなたはラーンスロットがここに来ていることを忘れておる。ラーンスロットがいれば、妃は王の出発など気にはせん。いつ帰ってくるかもじゃ」

もちろん、わたしは話題を変えた。いかにも、ギネヴィアは美しかった。それは確かだ。しかし全体から見ると、彼女はかなりだらしがなかった。わたしはこういう問題にはけっして口出しをしなかった。そういう問題はわたしの関与することではなかった。しかしこんなふうに事が進んでゆくのを見るのはまことに残念だった。だからその程度のことなら言ってやってもよかろうと思っているのだ。彼女はよくわたしにこんなことを尋ねた、「ボス殿、サー・ラーンスロットの姿を見かけられましたか？」しかし彼女が一生懸命、王の姿を捜し求めていたことがあるとすれば、わたしは、そういう時にその場に居合わせたことはただの一度もなかった。

ルイレキ治療の実演には、なかなか立派な用意ができていた。――じつにきちんとしていて、天晴《あっぱ》れなものだった。王は壮麗な天蓋《てんがい》の下にすわっており、そのまわりには鈴なりのように大勢の僧たちが正式の法衣姿でひかえていた。立っている場所と独特の衣装とからしてもそれとわかるマリネルが、つまりヤブ医者種族の隠者が、病人を招じ入れるために立っていた。広い床いちめんに、そして出入口のところまでもぎっしりと、固まるようにしてルイレキの患者たちが、強い光の下に身を横たえたり、立っていたりしていた。それはさながら絵のような光景だった。実際、絵を描くために用意されたのではないかと思えるような様子をしていた。もちろんそうではなかったのだけれども。そこには八百人ほどの病人がいた。仕事はのろかった。わたしにとっては目新しさの興味はなかった。こういう儀式は以前にも見たことがあるからだ。だからすぐに退屈してきた。しかし礼儀上、最後まで我慢していなければならなかった。例の医者がそこにいるのも、じつは、こうした群衆の中には、体のぐあいがどこか悪いのだと自分で思いこんでいるだけの者がかなりいたし、また、自分でも健康だと知っていながら、ただ、国王さまにじかに手を触れてもらうという末代までの名誉を望む者も多くいたし、またさらに、病気のふりをして、王さまが手を触れるときに下さるお金をせしめようとする者もいたからだ。この時代までは、この金も一ドルの三分の一ていどの価値しかないごく小さな金貨だった。そんな金でも当時、この国でどれほど多くのものが買えたかということを考え、また、国民は死ななければルイレキにかかっているのがごく当たり前といった状態を考えたとき、われわれにはこんなことがわかるはずなのだ。つまり、年間のルイレキ支出金は、どこかの政府が可決した「河川港湾法案」（一八八二年八月二日、アメリカ合衆国議会は同法案に対する大統領の拒否権を無効として、公共土木事業へ千八百万ドルの支出を認可した）と同じものであって、それは国庫に対する制御と、剰余金をかすめとるのに都合のよい機会とをねらうものだったのだ。そこでわたしは、どうせ手を触れるなら、わたしのほうはルイレキの代わりに国庫そのものに手をつけて改善してやろうときめた。そして例の冒険のためにわたしがキャメロットを発《た》つ一週間ほど前に、ルイレキ支出金の七分の六を国庫に入れ、後の七分の一は五セントのニッケル貨につりあげて、「ルイレキ局」の主任事務官の手にゆだねるよう命令した。ニッケル貨一枚で金貨一枚の代わりをさせ、金貨分の働きをさせようというわけだ。それはニッケル貨に少しむりを強いることになるかもしれないが、耐えることができるだろうと判断した。原則として、わたしは株の水増し発行には賛成しないのだが、この場合にはかなり公正なものだと考えた。なぜなら、これはなんと言っても贈りものにすぎなかったからだ。もちろん、贈りものならば好きなだけ水増しすることもできる。だからわたしはいつもそうしている。この国で今まで使われていた金貨や銀貨は、一般にかなり古いもので、その起源もはっきりとはしない。しかしそのうちのあるものはローマ貨幣だった。それらは形も悪く、まん円《まる》なものなどはなくて、お月さまが十五夜を一週間も過ぎたころの形よりもひどかった。みんなハンマーで叩《たた》いて作ったもので、鋳型に入れて造ったものではなかった。長年使っているうちに磨《す》りへってしまい、表面の模様など判読しにくいことは、まるで火ぶくれの皮膚と同じで、実際そのような様子をしていた。はっきりとした、ぴかぴかの新ニッケル貨は、国王の素晴らしい肖像が片側についており、ギネヴィアがその反対側についていて、おまけにとてつもないほど信心深いモットーが刻んであるので、ルイレキから毒気を抜くことまさに金貨と同じくらい手ぎわよく、またルイレキ患者の心を喜ばせることそれ以上のものがあると判断した。わたしの思ったとおりだった。今回の分はその最初の試みであったわけだが、それは魔法にでもかけたように（原文は「硬貨一枚に至るまで」の意味にもひっかけている）よく効いた。出費の節約は重要な経済だった。それは次の数字を見てもわかるはずだ。わたしたちは八百人の患者のうち七百人をやや上まわる数の患者に触れた。これまでの割合でいくと、これは政府に対して約二百四十ドルの費用がかかったことになる。ところが新しい割合でいくと、約三十五ドルで切り抜けることができた。つまり二百ドル以上を一挙に節約することができたわけだ。この妙案の偉大さを十分理解していただくために、さらに次の数字を考えていただきたい。つまり、一国の政府の年間支出は、各人を一人前のおとなとして計算しても、全国民が一人ひとり三日間働いた場合の平均賃金を納入したのと同じ額になる。もし人口六千万、平均賃金一日二ドルの国だとすれば、各人から納入される三日間の賃金は三億六千万ドルとなり、それが政府の支出をまかなうことになる。十九世紀のわたしの国においては、この金は輸入品から徴集され、市民は外国の輸入業者がそれを支払ってくれているのだとばかり思っていた。そしてそう思って安心していた。ところが、実際には、アメリカの国民が払っていたのだ。しかもきわめて平等に、きわめて厳密に割り当てられていたから、億万長者に対する年間費用と乳飲み子の日雇い労働者とに対する年間費用とがまったく同じになってしまった――どちらも六ドルずつ払っていたのだ。これほど平等なものは他にありえないだろう、とわたしは思う。ところで、スコットランドとアイルランドとは、アーサーの属国だった。そして英国諸島すべてを合わせた人口は一万をやや下まわっていた。職人の平均賃金は一日三セントだった。生活費を自分で払っている場合はだ。この規準で計算すると、この国の政府の支出は年に九万ドル、つまり一日約二百五十ドルだ。かくして、国王のルイレキ治療の日に金貨の代わりにニッケル貨を使用させることによって、わたしは誰ひとり傷つけることもなく、誰ひとり不満をいだかせることさえないばかりか、関係者をすべて喜ばせ、おまけに当日の国家支出の五分の四を節約してやっているのだ――この額たるや、十九世紀のアメリカだったら、八十万ドルにも相当するものなのだ。この代用政策を行なうのに、わたしはずいぶん遠くに源をもつ知恵を借りていた――つまり、わたしの少年時代の知恵だ――というのも、真の政治家たるものは、いかなる知恵も軽蔑《けいべつ》することはないからだ。たとえその本元の知恵がどんなに低劣なものであろうともだ。じつは、子供のころ、わたしはいつも小銭を貯めては、その代わりにボタンを外国の伝道事業に寄付していた。そのボタンは、何も知らない原地人には小銭と同じくらい役に立つだろうし、小銭はわたしにとってはボタンよりももっと役に立つはずだったからだ。誰もが喜び、誰ひとり傷つく者はいなかった。

　マリネルは患者が来るたびに彼らをつかまえた。志願者を診察するわけだ。志願者はその診察で資格がとれないと、立ち去るように警告された。資格がとれた者は王の前に進むことを許された。すると一人の僧が次のような言葉を唱えた。「病める者に御手を置かれるであろう。しかしてその者は癒えるであろう」そして、王は患者のただれたところをなでた。その言葉がつづいている間じゅうだ。そして最後に患者は卒業して、ニッケル貨を取得し――王が自らの手でそれを首にかけてくれるのだ――そして退出を許された。こんなことで病気が治せるとお考えだろうか？　ところが確かにそれで治せたのだ。たとえ無言劇だって、患者が強くそれを信じこんでいれば、治せるのだ。アストラットに礼拝堂があったが、そこは昔聖母マリアがある少女の前に姿を現わした場所だった。そのあたりの土地でガチョウを飼っていた少女の前にだ――本人が自分の口でそう語ったのだ――それで村人はその場所に礼拝堂を建て、その堂の中にこの出来事を表わす絵をかけた――その絵たるや、病気の人間が近づくと、とたんにポックリ死んでしまうのではないかと思えるほどのヘタクソな絵だった。ところが、ポックリいくどころか、何千という足の不自由な人や病気の人が毎年やって来てはその絵の前で祈り、すっかり元どおりの体になって帰っていった。だから健康な人たちでさえ、この絵を見て死なずにいることができた。もちろんこの話を聞かされたとき、わたしはそれを信じなかった。しかしその地へ行ってそれらのものを見たとき、わたしは屈せざるをえなかった。その治療法がわたし自身にも作用するのがわかった。そしてそれは本当の治療法であって、疑わしいものではなかった。わたしは何人もの足の不自由な人を見かけた。彼らはキャメロットあたりでもう何年ものあいだ松葉杖《づえ》にすがって歩いていた連中だった。その連中がやって来てあの絵の前で祈ると、そのまま松葉杖をおいて、足をひきずらずに立ち去ってゆくのだ。そこには松葉杖の山があった。それはそういった人たちが証拠として残していったものだったのだ。

ほかの土地では、病人にはひとことも話しかけずに、その心に影響を与えて治してしまうというところもあった。またべつの土地では、その道の大家が数人、病人たちを一つの部屋に集めて彼らのために祈りをあげ、彼らの信仰心に訴えると、病人たちは治って帰ってゆくというところもあった。だから王さまがいてもルイレキが治せないような国があるとすれば、その国はきっと、王位を支える最も大切な迷信――つまり国王の主権は神によって定められたものだと思いこんでいる国民の信仰――が滅びてしまった国なのだ。わたしが子供のころには、イギリスの君主たちはすでにルイレキに触ることをやめてしまっていた（アン女王〔一六六五―一七一四年、在位一七〇二―一四年〕まで行なわれた）。しかしなにもやめてしまうことはなかったのだ。彼らは五十回のうち四十九回は治すことができたはずなのだから。

さて、例の僧がものうげな声で三時間もあの言葉を唱え、善良なる国王がせっせと証拠物件を磨き、患者たちが相変わらずぞくぞくとつめかけているうちに、わたしのほうはもう我慢できぬほど退屈になってきた。わたしは国王の天蓋からあまり遠くないところにある、開いた窓のかたわらにすわっていた。ちょうど五百回目で、一人の患者が自分のぞっとするようなものをなでてもらうために進み出た。するとまたしてもあの言葉がものうげに唱えられた。「病める者に御手を置かれるであろう」――と、そのとき、外からラッパのようにさえわたる美しい調べが聞こえてきた。その調べはわたしの魂を奪い、十三のつまらぬ世紀をわたしの耳もとで投げちらしてしまうものだった。「キャメロット『ウイークリー・ホサナ・アンド・リテラリー・ヴォルケイノー』（「週刊・神の讃美と文学的火山」の意）！――できたてのホヤホヤだよ――たった二セント――『聖なる谷間』のあの大奇跡が全部でているよ！」列国の王よりも偉大なる人物が到着したのだ――新聞売りの少年だ。しかしここに群がる人びとの中で、わたしだけがこの偉大な誕生の意味を知っている人物だった。そしてこの大魔法使いがこの世に何をしに来たのかも知っていた。

わたしは窓からニッケル貨を一枚投げて、新聞をもらった。世界最初の新聞売りのアダムは角を曲がって釣銭をとりにいった。ところが奴はいまだに角を曲がりっぱなしだった。それにしても、新聞にまた会えたことは嬉《うれ》しかった。しかし、心の底ではギクリとした。わたしの目が最初の大きな見出しの記事に落ちたときだ。わたしは長いこと崇敬、畏《い》敬《けい》、尊敬などというジトジトした雰囲気の中で暮らしていたために、これらの見出しを見たとたん、思わず震動性の小さな冷たい波が体の中を走りまわった。

聖なる谷間での決戦！

泉の水止まる！

マーリンどん秘術をつくす〓も失敗！

されどボス第一イニングで得点！

奇跡の泉ふたたび湧き出す

その直前から猛烈をきわめた

地獄の火と煙及び雷鳴！

空前の歓声！

ハゲタカの巣びっくり仰天！

――等々だ。まったくこれは派手すぎた。昔ならばわたしもこういう記事は楽しめたし、何ひとつ常軌を逸したところは感じられなかった。が、今は記事の調子がしっくりしなかった。それアーカンソーの新聞ならば立派なものだったが、ここはそのアーカンソーではなかった。それに、最後から二行目の文句などは隠者たちを怒らせそうで、ひょっとすると彼らから広告が取れなくなりそうだ。実際、紙面全体をみわたすと、軽率の中にも軽薄に過ぎた調子があった。わたし自身の知らぬうちにかなり大きな変化が起こっていたことは明らかだ。だから、こまっしゃくれた、つまらぬ非礼の言葉などを見ると不愉快な気持ちになった。そんな言葉もわたしが子供のころだったならば正しくて軽やかな優雅さをもった言葉としか思えなかったものなのだが。この新聞には次のような種類の記事がやたらと載っていて、それを読むと、わたしは不愉快になった。

各地の煙りと燃えかす

サー・ラーンスロット、先周ふとしたことからメイルランドのメグリヴァンス老王と渡りあう。所はサー・バルモラル・ル・メルヴェリューズの豚放牧場の南なる荒野。遺族には通知ずみ。

第三遠征隊は来目一日ごろサー・サグラモー・デジルースの捜柵に出発の余定。指揮は名にしおう「レッド・ローンズの騎士」。それを援くるはサー・ペルザント・オヴ・インド。有能にして聡明《そうめい》、いんぎん、かつまた、あらゆる岸において好もしき人物。さらにこれを援《たす》くるは、サラセン人なるサー・パラミーディーズ。この人物もまたハックルベリー（「つまらぬ男」の意）などにあらず。遠征はピクニックにあらず。各自、大まじめなり。

本紙「ホサナ」の読者、あるいは以下のことを知りて欺くならん。すなわち、かのハンサムにしてポピュラーなるサー・シャロレーズ・オヴ・ゴール、当■市「ブル・アンド・ハリバット」旅館に四週間ほど滞在中、その洗練されたるマナーとエレガントなる会託とをもって万人のハートをとらえし人物なるが、本日帰国の予定。また来ておくれよ、ねえチャーリー！

故サー・ダリアンスの葬儀の件。故人はコーンウォル公の御曹子なりしが、去る火曜日、「魔法が原」の国境にて「節くれだちたる棍棒《こんぼう》の巨人」と渡りあいて落命。葬儀執行は、あたりやわらかにして有能なる■マンブル氏こと葬儀屋の大御所の手にゆだねられる。氏にまさる腕前にてとどこおりなく最後の悲しき勤めを執り行なえる者は他に一人とてなし。いちどお試しあれ。

　本紙「ホサナ」事務局は、その衷心からなる感謝を、上は編集長から下は印刷所の小僧（原文には「地獄」の意味もある）に至るまで、常にいんきん、かつ情け深き宮内別当の第三補佐給仕係りさまに捧《ささ》げる。その数血からなるアイスクリームのすばらしさたるや、受納者たるわれらの目を、感激のあまり、くもらせんほどのものなり。いな、事実において然り。現宮内庁が早期昇進に望ましき名の記載を欲する時、「ホサナ紙」は喜んでその名を提灯いたしたし。

　南アストラットのイレーヌ・ジューラップ（牛などの「のど袋」の意）姫は伯父君を訪問中。伯父君は当市リヴァー・レイン（「肝臓通り」の意）にあるキャトルメンズ・ボーデング・ハウス（「牛飼い人夫の下宿屋」）の人望あつき主人なり。

　若きバーカー（「どなりたてる者」）こと、ふいご修理屋、帰還。田舎の鍛冶場での研九集会によってかなり腕をあげたる模様。本人の広告参照あれ。


　もちろんそれは最初としてはかなりいいできばえの新聞だった。それは百も承知していたが、それでもなんとなく失望するものがあった。「宮廷録事」欄のほうがまだわたしの意にかなうものだった。事実、その簡潔でしかも品位のある丁重さは、こうした恥さらしな慣れなれしい記事を読まされたあとのわたしにとっては際立って爽快《そうかい》なものだった。しかしそれでさえもまだ手を入れる余地はあった。人がどう筆を入れようと、宮廷録事に変化をもたせることは不可能だ。それはわたしも認める。記事にすべき事実には底知れぬほどの単調さがあって、人がどんなに一生懸命になってその記事を目もさめるような、熱狂的なものにしようとしても、それを挫折《ざせつ》させ覆《くつが》えさせてしまうのだ。

いちばんいい処理の仕方は——実際、これしか気のきいた方法はないはずだが——事実の反復性を形の変化に変えることだ。一回一回、事実の皮をむいて、新しい言葉の甘皮を出してやる。それで目先はごまかせる。人はそれが新しい事実だと思いこむ。宮廷の行事がどんどんと進んでいるような印象をうける。おかげで興味がわいてきてその新聞をすみからすみまでむさぼるように読みつくす。そしてそれがたった一粒の豆で作った一樽《たる》ぶんのスープだとはけっして気がつかないだろうからだ。クラレンスのやり方はみごとだった。簡潔で、気品があって、単刀直入でてきぱきとしていた。ただ、これがいちばんいい処理の仕方ではなかっただけだ。

宮廷録事

月曜日　陛下、庭園を御料馬にて散策
火曜司　〃　〃　〃
水曜日　〃　〃　〃
木曜日　〃　〃　〃
全曜日　〃　〃　〃
土翟日　〃　〃　〃

しかし、この新聞を全般にわたって見るならば、わたしもすこぶる満足だった。機械的な種類の小さな未熟さがあちこちに見られたが、それを全部ひっくるめたって別にどうなるというほどのものではなかった。とにかくアーカンソー式のじつに立派な校正の仕方で、アーサーの時代と領土においては必要とされる以上によいできばえだった。一般的に、文法は水漏れがしており、構文もいくらかがたついていたが、そういうことはあまり気にはならなかった。わたしだって同じような欠点をもっているので、他人さまのことばかりとやかく言えた義理ではない。自分自身まっすぐ立っていられないようなところで、相手の姿勢が曲がっているなどと言えるわけはないのだ。

わたしはずいぶんと印刷物に飢えていたので、この新聞をこの一回の食事にぜんぶ食べつくしてしまいたかった。しかし二口三口かぶりついただけで、後はとっておかねばならなくなった。というのも、わたしのまわりにいた僧侶《そうりょ》たちが四方八方から熱心な質問の矢を射かけてきたからだ。この奇妙なるものは何でございますかな？　何をするものでございます？　ハンカチでございますかな？　――鞍《くら》の下に敷くものでございますか？　――シャツの一部では？　材料は何でございますか？　ずいぶんと薄くて、しかもじつに上品で、きゃしゃな感じがいたしますな。それにガサガサ音もたてる。長持ちがして、雨にぬれても大丈夫とお考えめさるか？　そこに見えるのは何か書きものでございますか、それともただの飾りで？　彼らは書きものだろうと考えた。というのも彼らの中でラテン語の読み方を知っており、少しばかりギリシア語をかじっていた連中が、いくつかの文字に気がついたからだ。しかしそれだけでは全体として何が書いてあるのか全くわからなかった。わたしはできるだけ簡単な表現形式で説明してやった。

「それは公共の新聞だ。それがどんなものであるかは、またいつか説明しよう。それは布地なぞではない。紙でできているのだ。いつか、紙とはいかなるものか説明しよう。そこに何列も並んでいるのは読むものだ。手で書いたものではなくて、印刷したものだ。そのうちに印刷とはいかなるものかも説明しよう。こういう印刷した紙が一千枚もできているのだ。どれもこれもみんなこれとすっかり同じなのだ。どんな細かなところまでもだ。――だからおたがいに区別することもできないくらいなのだ」すると彼らはいっせいに驚きと賞賛の叫び声をあげた。

「一千枚ですと！ まったく奇跡じゃ――大勢でやっても一年はかかる仕事じゃ」

「いや――たった一日の仕事だ。おとな一人と子供一人でな」

彼らは胸に十字をきると、魔よけの祈りを一こと二こと唱えた。

「ヘーエー――奇跡、驚異！ 黒い魔法の仕業」

わたしはそのままうっちゃっておいた。それから低い声で、その声のとどくところに剃《そ》りたての頭を突っこめた連中だけに、わたしはあの泉の復活の奇跡が書いてある所を少し読んでやった。すると読んでいるあいだじゅう、その合いの手に、驚愕《きょうがく》と敬虔《けいけん》の叫び声がおこった。

「へへーェ！」「なるほど！」「仰天、仰天！」「これはまさに期せずして起こった偶然の一致じゃ、その不思議な正確さはどうじゃ！」この奇妙なものを手にとって、さすりなどして調べてみてもよろしかろうか？　――ずいぶんと気をつけますによって？　ええどうぞ。そこで彼らはそれを受けとり、注意深く敬虔な様子で扱っていた。まるでどこか超自然の世界からやってきた聖なる御物ででもあるかのようにだ。そして、そっとその地肌にさわり、そのツルツルとした滑らかな表面をなでまわしていつまでも放そうとせず、この神秘的な字体をうっとりとした目つきで見つめていた。この寄り集まってかがみこんだ頭、このうっとりとした顔、この語りかけんとする目。――それは、わたしにとってなんとすばらしい光景だったろう！　なぜならこれこそわたしが最も大切にしていたものではなかったろうか、この物言わぬ驚きと興味と

敬意のすべてこそ、それに対する最も雄弁な献《ささ》げ物であり、強制されぬ賛辞ではなかったろうか？　そのときわたしは、世の母親がどんな気持ちになるかがわかった。女の人たちが、それは他人であろうと友人であろうとどちらでも同じなのだが、その母親の産んだ子を抱きあげ、みな同一の強い衝動に駆られてまわりに寄りそい、子供をのぞきこんで思わずうっとりとしてその美しさを讃《たた》える、その瞬間にはあたりの世界も彼女たちの意識から完全に消え去り、まるでそんな世界はなかったかのようになる、そんなときにだ。わたしは母親がどんな気持ちになるかわかった。そしてこの母親以上に大きな望みがかなえられた者はいないことを知った。たとえ国王であろうと征服者であろうと、また詩人であろうと、彼らの野望がかなえられたとし

ても、それはあの母親の雲上はるか高き頂天の半ばにも達しなかったし、かくも聖《きよ》らかな満足感の半分も生みはしなかったことだろう。

それから後、例の降神術の会がつづいているあいだじゅう、わたしの新聞はグループからグループへと、行きつもどりつして、あの大きな広間をわたり歩いていた。そしてわたしの幸せな目は、絶えずそれを追っていた。そして体は動かさずにじっとその場にすわって、満足感にひたり、悦《よろこ》びに酔っていた。そうだ、これこそまさに天国だった。これでわたしも一度は天国を味わうことになった。これっきり味わえなくなるかもしれないけれども。

第二十七章　ヤンキーと国王とのお忍びの旅

みんなが床につくころ、わたしは王をわたしの部屋に連れてきて、その髪を切ってやり、これから着ることになる粗末な衣服の扱い方を教えてやった。身分の高い人たちは前髪を額のところで切り下げにするが、その他の部分は肩まで垂らしていた。ところが平民の中でもいちばん身分の低い者は、前も後ろも切り下げにしていた。奴隷などは切り下げもせず、伸び放題にのばしていた。だからわたしは、大きなお椀《わん》をさかさまにして王の頭にかぶせ、そこから下にはみ出している毛をみんな刈《か》りとってやった。それから頰ひげと口ひげも刈りこんで、半インチほどの長さにしかならぬようにしてやった。しかもそれを非芸術的にするよう心がけ、そして成功した。それは悪党のような醜貌《しゅうぼう》だった。ぶざまなサンダルをはき、荒い褐色の亜麻布でできた長い衣を身にまとうと、その衣だって王の首から踝《くるぶし》の骨までまっすぐに垂れさがるやつだったから、王はもはや彼の王国でいちばん美しいお方というわけにはいかなくなり、いちばん不器量で、いちばんありふれていて、魅力のない連中の一人となった。わたしたち二人は同じような服装をし、同じような髪の型をしたので、小作農とか農事監督とか、羊飼いとか、車力とかで通ることができた。そう、あるいは村の職人としてだって、もしわたしたちがその気になれば、通った。というのも、わたしたちの衣装は貧しい人たちの間では実際に、全世界共通だったからだ。その丈夫なことと安あがりなこととのためにだ。とは言っても、それが非常に貧しい人にとっても本当に安あがりだったという意味ではない。男の服装用としてこの世に存在する中でいちばん安あがりな材料だという意味だ——加工した材料として、というわけだ。

わたしたちは夜のあける一時間ほど前にそっと抜け出した。そして朝日がすっかり昇りきるころまでに八マイルか十マイルほど進んで、まばらに人家の見える田舎に入っていた。わたしはかなり重いナップサックを背負っていた。中にはぎっしりと食料が詰めてあった——王のための食料で、だんだんと量をへらしてゆき、最後には田舎の粗末な食べ物をとるようになってもガックリいかないようにするためだった。

わたしは、王のために座り心地のよさそうな場所を道端に見つけた。それから一口、二口、食べ物を与えて王の腹をもたせた。それから飲み水を見つけてくるからと言って、その場をぶらりと立ち去った。わたしの計画は、一つには、王の目のとどかぬ所へ行って、腰をおろし、少し体をやすめることだった。わたしはいつもの習慣で立っていた、王の前にいるときはだ。

枢密院でもそうなのだ。ただ、まれに会議が非常に長くて何時間にもわたるようなときはべつだった。そういうときは、ちょっとした、背もたせのない小道具を使っていた。ちょうど太鼓橋《カルヴァート》をさかさまにしたようなやつで、その座り心地たるや、虫歯の痛みと似ていた。わたしは王を急に仕込むようなことはしたくなかった。だんだんにやっていきたいと思った。だから今のように二人いっしょにいるときや、人目につきそうなときには、いっしょに腰をおろしているべきだったのだが、その必要が少しもないようなときには、王と対等にふるまうのは、わたしにとってもよい政略ではないように思われた。

　わたしは水を見つけた。三百ヤードほど行ったところだ。それで二十分ほど体をやすめていると、やがて人の声が聞こえてきた。大丈夫、とわたしは思った。農夫たちが野良仕事に行くんだ。ほかにはこんなに早く出かける者はあるまい。しかし次の瞬間、それらの者がチリンチリンと鈴をならしながら道の曲がり角を曲がって姿を見せた。──立派な身なりをした高貴な人たちが、駄馬や召使たちを引きつれてやってくるではないか！　わたしは鉄砲玉のようにその場を離れ、藪《やぶ》をつきぬけて、最短距離を飛んでいった。一瞬、心にひらめいたのは、この人たちのほうがわたしの着くよりも先に王の前を通るだろうということだった。しかし死にもの狂いになれば翼も生えるの例え。わたしは体を前方にたおし、胸いっぱいに息を吸いこみ、呼吸をとめて、飛んだ。そして着いた。しかもゆうゆうと間にあってだ。

「失礼ながら、陛下、危急のときですから固苦しいことは抜きにして──お立ちください！　すぐにお立ちください──どこかの高貴な人たちがやって来ますから！」

「べつに驚くことはあるまい。来させるがよかろう」

「しかし陛下！　腰をおろしているところを見られたら大変です。さあ起きて！　そして一行が通るあいだ、うやうやしく立っているんです。陛下は農夫なんですからね」

「そうじゃ――忘れておった。夢中になってゴール族との大戦争を練っておったものじゃからのう」――王はこのときまでには立ちあがっていた。しかしこれが農夫ならば、もっとすばやく立っていることができた。たとえどんな種類の大きな値上がり《ブーム》が土地にやってこようとだ――「そしてちょうど今、ふと名案が浮かんだのじゃ、この大きな夢を考えていたときにのう。その夢とは――」

「もっと腰を低くして、陛下――早く！　頭もさげるんです！　もっと！　――もっとです！――グーっとさげて！」

　王は王なりにまことの最善をつくした。しかしどう見てもそれはサマにならなかった。頭のさげ方はピサの斜塔と同じ程度。よく言ってもそれくらいなのだ。まったくもって、それはとてつもなくまずい首尾だったので、その前を通る連中はみな不思議そうに顔をしかめた。そして行列の最後にいた目の覚めるようなハッピ姿の奴《やっこ》は、手にしていた鞭《むち》をふりあげた。しかしわたしはうまく飛びこんでその鞭の下に入った。その鞭が落ちてきたときにだ。つづいて起こる下卑た笑いの矢玉の下で、わたしははっきりとした口調で王に注意して、どうか気にしないようにと言ってやった。王もそのときはぐっとこらえたが、それは非常につらい税金だった。王はその行列を食いつくさんばかりの形相だった。そこでわたしは言った。

「そんなことをなさったら、わたしたちの冒険は始まったとたんに終わりとなります。それにわたしたちは、なにも武器をもっていませんから、あの武装している連中など手には負えません。もしわたしたちの計画を成功させるおつもりでしたら、農夫らしく見せるだけでなく、農夫らしくふるまわねばならぬのです」

「道理じゃ。誰も反論はできぬ。ではそろそろ参ろうかな、ボス。余も肝に銘じて、できる限りうまくやることにいたすぞ」

王はその約束を守った。そしてできる限り一生懸命にやってくれた。しかしそれでもまだたりなかった。活発で、むてっぽうで、なんでもやらかそうとする子供が、次から次へ一日じゅうせっせといたずらをしているのを見かけたことがおありだろうか。そして心配顔の母親がしょっちゅうその後をついてまわり、子供が何かするたびに、危うく水に溺《おぼ》れたり、首の骨を折ったりするのを救ってやっている姿を。もしおありだとしたら、まさにそれこそが王とわたしだったのだ。

こんなことになるのが前もってわかっていたら、わたしもこう言っていたろう。いや、国王を農夫のように見せることを商売にして暮らしてゆきたいと言う者があったら、この仕事はそいつにゆずってやろう、おれは動物園の動物とならもっとうまくやれるし、長つづきもするからな、と。しかし最初の三日間、わたしは小屋にしろ何にしろ、人の住むところには絶対に王を入れなかった。もし王がこうした見習い期間中に検閲を通過できるようなところがあったとすれば、それは小さな旅籠屋《はたごや》か、道端だけだったろう。そこでそういうところばかりわたしたちは利用した。そうだ、王はたしかにできる限り努力してくれた。しかしそれがどうしたというのだ？　わたしの見たかぎりでは少しも進歩していなかった。

王は絶えずわたしをギョッとさせていた。いつも新手の種をつかい、新しい思いもよらぬ場所で、始めるのだ。二日目の夕方近くにも、何をするかと思えば、いけしゃあしゃあと衣の内側から短剣を引っぱり出すではないか！

「とんでもない、陛下、どこでそんなもの手に入れたのです？」

「あの旅籠屋で密かに商《あき》のうておった者からじゃ、ゆうべな」

「いったいどうしてそんなものをお買いになったのです？」

「われわれがこれまで幾つかの危険をまぬがれて参ったのも、気転のためじゃ——そちの気転のな——だが、ふと思い出したのじゃ、余も武器をもっておれば用心がよかろうとな。何か危急の場合、そちの気転がきかなくなることもあるかもしれんでのう」

「でも、わたしたちのような身分の者には武器を持つことは許されていないのですよ。領主はいったい何と言うでしょう——いえ、領主ばかりでなく、他のどんな身分の人たちもです——もし短剣を身につけた成りあがり者の農夫を捕まえたとしたらです？」

われわれにとって幸いなことに、そのときには誰ひとり通りがかりの者はいなかった。わたしは王を説き伏せてその短剣を捨てさせた。それが容易であったかどうかは、ちょうど子供を説き伏せて、なにかすばらしい思いついたばかりの新式のいたずらを諦《あきら》めさせるときと同じだった。わたしたちはいっしょに歩いて行った。黙りこくって、考えに沈みながらだ。やがて王は言った。

「そなたは、余の考えていることに不都合があったり、その中に危険があると知ったとき、なぜ前もって余に注意して、そういう意図《もくろみ》をやめさせようとはせんのじゃ？」

それは肝をつぶすような質問であり、かつまた謎《なぞ》でもあった。どう理解していいのか、何を言ったらいいのか、まったくわからなかった。そこでもちろんわたしは、次のような当然のことを言って口を閉じた。

「でも陛下、どうしてこのわたしにわかりましょうか、陛下がどんなことをお考えになっているかを？」

王はピタリとその場に足を止め、じっとわたしを見つめた。

「余は、そなたのほうがマーリンよりも偉いと信じておった。そして確かに魔法にかけてはそのとおりじゃ。だが、予言は魔法よりも偉大なものじゃ。マーリンはその予言者なのじゃ」

わたしはドジをふんでいたことに気がついた。この失地をなんとか回復しなければならない。深い熟慮と慎重な計画との後で、わたしはこう言った。

「陛下、わたしの言葉が間違ってとられていたようです。ご説明しましょう。そもそも予言には二通りございます。一つはごくわずかしか離れていないものを予言する力と、もう一つは、あらゆる世代あらゆる世紀のかなたにあるものを予言する力です。どちらが強い力と、陛下は思われますか？」

「それは後のほうの力じゃ、きまっておる！」

「そのとおり。マーリンにはその力がありますか？」

「うん、少しはな。奴は余の出生と二十年先の王座とについての奇跡を予言しおったからな（マロリー『アーサーの死』第一巻参照）」

「それ以上先のことを予言したことがありますか？」

「それはない、と思う」

「たぶんそれが限度でしょう。どの予言者にも限度があります。大予言者の中でもその限度は百年でした」

「そういうものは、わずかしかおるまいのう」

「それ以上に偉大なものが二人おりました。一人はその限度が四百年から六百年、そしてもう一人は七百二十年にも及びました」

「ほう、それは驚いたものじゃな！」

「しかしこの二人もわたしと比べたらどうでしょう？　ものの数ではございません」

「なんと？　そなたはほんとうにそんな遠い先の先まで見ることができると申すのか、その——」

「七百年ですか？　陛下、鷹《たか》の目と同じようにはっきりと、わたしの予言の目はずっと遠い先まで見通し、この世界の未来を現わすのです。十三世紀半近くも！」

いやはや、ご覧に入れたかったのは、王の目がしだいに大きくなって、地球をとりまく大気を一インチも持ち上げたことだ！　これでマーリンどんの片はついた。こういう連中に対して人は自分の事実を証明する必要は絶対になかった。ただその事実を語るだけでよかった。その話を疑うなどということは、誰の胸にも浮かんだことがなかったのだ。

「さて、そこで」とわたしは続けた。「わたしはどちらの予言もできたでしょう——長いほうも短いほうもです——もしわたしが労を惜しまず修業をつづけていたらです。ところが、長いほうのものしかほとんど修業しなかったのです。というのも、もう一つのほうはわたしの体面にかかわるものだからです。そっちがふさわしいのはマーリン程度のもの——つまりスタンプ・テイルの予言者たちです、われわれ専門家仲間の用語を使いますとね。もちろん、わたしもときどきは磨きをかけてこの二流の予言を演じてみせます。しかしそうちょいちょいではありません――実際はほとんどないのです。陛下もご記憶でしょう、あの大変な評判のことを。陛下が『聖なる谷間』にお着きになったときのことです。お越しになることと、ご到着の時刻まで、ちゃんとその二、三日前に予言したわけですから」

「確かにそうじゃ、いま思い出した」

「ところで、あんなことは四十倍も簡単に、おまけに一千倍もくわしく予言することができたのです、もしあれが五百年先のことであって、二、三日先なんていうものでなかったとしたらです」

「そうなったら、またすばらしいことじゃのう！」

「はい、本当の大家でしたらいつだって、五百年先のものを予言するときのほうが簡単にできます。たった五百秒しか離れていないものを予言するときよりもです」

「しかし、道理の上から言えば、それは明らかに正反対じゃ。五百秒しか離れていないものを予言するときのほうが、五百年先のものより五百倍も簡単なはずじゃ。なぜと申して、実際、そのほうがずっと近くにあるのじゃから、霊感を受けぬ者にもそれがほとんどわかるはずだからじゃ。まったく、予言の法則というものは普通の考えとは逆なのじゃのう。まことにもって不思議なのは、むずかしいことをやさしくし、やさしいことをむずかしくすることじゃ」

じつに聡明《そうめい》なおつむであった。農夫の帽子はそれを隠すのに安全ではなかった。これではダイヴィング・ベル（つり鐘型の潜水器）をかぶせたって、バレてしまうだろう、もしこの王の頭がそんな知恵を働かすところを人に聞かれでもしたらだ。

わたしはまたここで新商売をひらくことになり、取り引きが多くなった。王は、これから十三世紀のあいだに起こることをあれこれとしきりに知りたがった。まるで自分がその間ずっと生きてゆくつもりでいるかのようにだ。そのときからわたしは、頭が禿《は》げるほど知恵をしぼって王のその質問に答える予言をしなければならなかった。わたしも昔はあれこれと不心得なことをやらかしたが、今度のように自分を予言者にしたててやるほど図抜《ずぬ》けてひどいものはなかった。それでいて、これにはこれなりにいい所もあった。予言者には頭脳なんて少しも必要がない。もちろん日常生活で何か困ったことが起きたときには持っていてもいいものだが、口先だけの仕事にはむだなものだ。口先だけの仕事ほど楽な職業はこの世にない。予言の霊感がわいてきたら、自分の頭にはなにか餌でもやって涼しい所へ連れてゆき、そこでゆっくり休ませておく。それから顎《あご》の荷物をおろしてやって、かってなことをさせておけば、それでいいのだ。そうすれば顎はせっせと動き出す。それが予言ということになるのだ。

毎日、遍歴の騎士が一人、二人やってきた。それを見るたびに王の士気はもえあがった。放っておけばきっと我を忘れて声をかけるにきまっている。農夫にしては少しばかり疑われるような態度でだ。そこで、わたしはそういうときには事前に王を道から遠く離しておくことにしていた。そんなとき王は立ち止まって、じっと目をこらすのだ。そのうちに誇らしげな光がその目から輝き出し、鼻の穴はふくれあがって、軍馬のようになった。そしてわたしは、王が彼らと一勝負したがっているのを知ったのだ。しかし三日目の昼ごろ、わたしは道に足を止めてまた例の予防手段を講じた。その二日前にわたしのもらい分になったあの鞭の一撃が教えてくれた手段だ。この予防手段こそ、わたしが後で、もうこれからは講ぜずにそのまま放っておくことにしようと決心し、もう二度とあんなバカな真似はしたくないと思った手段だった。ところが今度はまた新しく注意しなければならぬことが起こった。つまり、わたしが足もとも見ずに大股で歩きながら、顎をひろげ頭を休ませていると、というのはわたしが予言をしていたからなのだが、わたしは何かにつまずいて、腹這《はらば》いになって倒れた。全身から血が引いてしまって、わたしは考えることもできなかった。しばらくの間だ。それから、そろそろと用心ぶかく立ち上がって背中のナップサックをおろした。わたしはその中に、あのダイナマイトを入れておいたのだ。ラシャの布にくるんで、箱の中に入れてだ。ダイナマイトは持っていて役に立つものだった。いつかこれを使って有利な奇跡をおこせるようなときが来るかもしれない。しかし身につけて歩くにはきわめて物騒なものだった。かといって王に頼んで持っていってもらいたくもなかった。しかしこいつを捨ててしまうか、あるいは何か安全な手を考えてうまくお付き合いねがうかしなければならない。わたしはそれを取り出して、ズダ袋の中にすべりこませた。と、ちょうどそのとき二人の騎士がやってきたのだ。王は突っ立ったままだった。その堂々たる態度はさながら彫像のよう。そして彼らのほうをそのままじっと見つめていた——またしても農夫の身を忘れていたことは言うまでもない。——そしてわたしがひとこと注意するよりも先に、王が身をかわさなければならぬ危機が迫っていた。そしてうまいぐあいに王も身をかわしてくれた。王にしてみれば相手の騎士のほうが道をよけて通ってくれるだろうと思っていたのだ。しかし騎士が、農夫を埃《ほこり》のごとく馬蹄《ばてい》にかけまいとして、道をよけてくれるだろうか？　これまでに王自身、道をよけて通ったことがあっただろうか——そんなことをする機会に出会ったことがあるだろうか。もし農夫が国王やその他の気高い騎士の来るのに気がついても、身をかわすだけの余裕がなかったような場合にだ？　二人の騎士は王には目もくれなかった。用心するのは王のほうの務めだった。だからもし王が身をかわさなかったなら平然と踏みつぶされ、そのうえ罵倒《ばとう》されていたはずなのだ。

王は怒りにもえた。そしていかにも王者にふさわしい気力をこめて、挑戦と罵《ののし》りの言葉を投げつけた。騎士たちはもうそのときには少し先のほうまで行っていた。そして、大いに驚いた様子で馬をとめると、体を捻《ね》じ曲げてこちらを見た。まるで、わたしたちのようなこういうクズなど相手にするだけの価値があるのかと訝《いぶか》りでもしているようだった。しかし、やがて彼らは馬の向きを変えると、わたしたちのほうへ突進してきた。一瞬の猶予もあらばこそ。わたしは彼らのほうに向かって突進した。そして猛烈な勢いで彼らとすれちがった。そのすれちがいざまに、わたしは相手が髪を逆立てるような、魂をこがすような、十三も継ぎあわせた侮辱の言葉を浴びせかけた。さっきの王の罵声など、これと比べたらまったくおそまつで安っぽいものにしてしまうようなやつだ。なにしろ彼らの知らぬ十九世紀からもってきたやつなのだ。騎士たちは相当な勢いで突進していたので、王の近くまで行ってやっとその意味がわかった。そこで怒りに猛《たけ》り狂いながら手綱をぐいと引いて馬を仁王立ちにさせると、そのままぐるりと馬の向きを変えた。次の瞬間、彼らはこっちへ向かってやって来た。馬首をそろえてだ。わたしはそのとき七十ヤードほど離れたところにいた。そして道端の大きな岩によじのぼっていた。彼らは三十ヤードたらずのところまで来ると、長柄の槍《やり》をしだいに水平に構え、鎖帷子《くさりかたびら》を着こんだ頭を低く押しさげた。そして馬の尻尾《しっぽ》をまっすぐ後ろへなびかせながら、それはまことに

颯爽《さっそう》たるながめだったが、この稲妻のような急行便はわたしのほうへと突進してきた！ 十五ヤードたらずのところまで来たとき、わたしはあの爆弾を確実なねらいをつけて投げこんだ。するとそれはちょうど馬の鼻先の地面に落ちた。

まったく、それは鮮かなものだった。じつに鮮やかで、すばらしい見ものだった。ミシシッピ河の蒸気船の爆発みたいだった。それから後の十五分のあいだ、わたしたちは、休みなく降りそそぐ霧雨の中に立っていた。顕微鏡でしか見えないような小っぽけな砕片と化した騎士や鎖帷子や馬の肉のだ。わたしは今、わたしたちと言った。というのは、もちろん王もこの見物に加わったからだ。息をふきかえすとすぐにだ。その場にはポッカリと穴があいた。その穴のおかげでこの土地の人びとは一人残らずこれからさき何年ものあいだ堅実な仕事につけることになるはずだ――つまり、この穴の由来を説明してやるという観光事業だ。この穴を埋めてしまったらどうなるか。埋めるための仕事なんか比較的すぐに終わってしまう。それにごくわずかの選ばれた者の手にしか渡らない――この土地の領主おかかえの農夫だけだ。しかもそういう連中だって、この穴のおかげで何か得をするというわけではないのだ。

しかしわたしは、王には自分で説明した。この穴はダイナマイトの爆弾であけたのだと話した。そう聞いても王はびくともしなかった。ダイナマイトだと聞かされても、それについての知識は聞く前と同じだったからだ。それでもこのダイナマイトは彼の目にはすばらしい奇跡だった。そしてマーリンに対するまた一つの決定的な打撃でもあった。わたしはよく考えて、これは非常に珍しい奇跡であって、おいそれとできるようなものではない、大気中の条件がぴったり合っているときでなければだめなのだと説明しておいた。さもないと、王はころあいの相手が見つかるたびに、アンコールを要求するだろうし、そうなったら始末のわるいことになる。なぜといって、わたしはもう爆弾を持っていなかったからだ。

第二十八章　国王の特訓

四日目の朝、ちょうど日が昇るころだった。わたしたちは、さっきからもう一時間も肌寒い夜明けの道を歩いていた。と、そのとき、わたしはある決心をした。王はどうしても訓練をしなければいけない。万事このままでゆくはずはない。王を管理し、丹念にそして慎重に訓練しなければならない。さもないとわたしたちはいつまでたっても人の住んでいる家へ入ってゆくことができない。猫でさえこの変装者はペテン師であって農夫ではないと見抜いてしまうだろう。そこでわたしは止まれの号令をかけてこう言った。

「陛下、身なりと顔との釣合《つりあ》いの点では陛下も合格です。食い違いはありません。しかし陛下の身なりと陛下の物腰との釣合いとなると、まるっきりいけません。じつにひどく食い違っております。陛下のその武将のような歩き方、その君主のような態度──それではなんにもなりません。立っているときも胸を張りすぎます。顔つきも横柄で、自信がありすぎます。国事にたずさわるご苦労などでは肩は曲がりません。そんなものでは顎《あご》も垂れません。そんなものでは高い視線もうつむきはしません。そんなものでは心に疑惑と恐怖も湧いてこず、その徴《しるし》さえ前かがみの体やおぼつかぬ足どりに現われはしないのです。卑しい生まれの人びとがいだくみじめな苦労のためにこそ、こういうふうになるのです。陛下はそのコツを学ばねばなりません。貧乏や悲惨や迫害や侮辱やそのほかいくつもの、そして共通の残酷な扱いの登録商標を真似なければいけないのです。そうしたものこそ人間から人間らしさを奪い、忠実で神妙で確実な国民にしたてて、その主人にとって満足すべきものにしているからなのです。さもなければ赤ん坊でさえも陛下を見破り、その変装以上のものと思うでしょう。そうなれば、わたしたちは最初に泊まる小屋でめちゃめちゃになってしまうのです。ですからどうか、歩き方もこういうふうになさってください」

王はじっと注意ぶかく観察した。そしてそれから自分で真似てみた。

「そうです──そうです。どうか顎をもう少し引いてください──そう、それで結構。視線が高すぎます。どうか地平線を見ないで、地面を見てください。十歩ばかり前のところです。ええ──よくなりました。大変けっこうです。ちょっと待ってください。それでは元気がですぎます。しっかりしすぎてしまいます。もっとよろよろしなくてはいけません。どうかわたしをご覧ください——つまり、こんなぐあいです。……そう、今度はよくなりました。その調子です。とにかく、だいぶ近くなりました。……そうです、そのとおりです。しかし！　なにか大きなものが欠けています。それが何であるか、よくわからないのですが。どうぞ三十ヤードほど歩いてみてください。そうすれば全体の感じがわかります。……はい、それでと——頭はそれでよし、速さもよし、肩よし、目よし、顎よし、歩き方よし、——身のこなし全体の形よし、——なにもかもよしですね！　しかしそれでいて、まだあの感じが残る。全体ひっくるめたあとでの感じがおかしいのです。勘定あって銭《ぜに》たらずってえわけです。どうぞもう一度やってみてください。……なるほど、今度は正体がわかりかけてきたようです。そうです。やっとわかりました。陛下、本物の無気力さが欠けているんです。それが原因です。なんと言ったってアマチュアですからね——体のそれぞれの部分は合格です、それこそ髪の毛一本に至るまで合格です。それに演技の点もすべて完璧《かんぺき》です。ただ演技などでは人を欺くことのできないものがあるのです」

「では、どうすればよいのじゃ、首尾ようやるためには？」

「そうですねえ……わたしにも、それをはっきりと摑《つか》むことはできそうにありません。じつのところ、これをなおすことのできるものは、練習よりほかにありません。幸いここはその練習にうってつけの場所です。木の根や石だらけの地面が陛下のその堂々たる歩きぶりを乱してくれるでしょうし、こんなところでは邪魔《じゃま》の入る気づかいもありません。見えるものは畑が一枚、小屋がひとつだけです。それだって、かなり遠くのほうですから、向こうからは誰もわたしたちの姿は見えぬはずです。道をちょっとはずして、今日は丸一日を陛下の特訓にあてるのがよろしいでしょう」

特訓が始まってしばらくしてから、わたしは言った。

「陛下、今度はわたしたちが向こうのあの小屋の入口に立っていて、家の者たちがわたしたちの前にいるつもりでやってみてください。ではどうぞ、始めてください――家の主人に挨拶《あいさつ》をするのです」

王は無意識のうちに胸を張り、記念碑の彫像のようになって、言った。凍りついたような厳《げん》粛《しゅく》な口調でだ。

「下郎、床几《しょうぎ》を一つもて。そして何なりと食するものをもって参れ」

「おやおや、陛下、それではいけません」

「何がいかんのじゃ」

「こういう人たちは、たがいに相手のことを下郎などとは言わないのです」

「ほう。それは真《まこと》か？」

「はい。目上の者だけが連中のことをそう呼ぶのです」

「では、いま一度やってみんといかんな。今度はヴィリン（半自由民）と呼ぶことにいたそう」

「いえ、いけません。相手は自由民かもしれませんからね」

「ああ――さようか。しからば、主《あるじ》とでも呼んでみるかな」

「それならよろしいでしょう、陛下。しかしそれよりももっといいのは、相棒とか、兄弟とかとお呼びになることです」

「兄弟じゃと！――あのような汚《けが》らわしい者に向かってか？」

「おやおや、わたしたちもそういう汚らわしい者に変装しているんですよ」

「なるほど、それは真じゃ。しからばそう呼ぶことにいたそう。兄弟よ、床几を一つもってきてくれ。それに何なりとわしの食べるものもじゃ。どうじゃ、今度はよかろう」

「いえ、まだです。すっかりよいというわけではありません。陛下はご注文なさいますとき、一人分だけしかなさいません。わたしたちの分ではないのです——一人分だけで、二人分ではないのです。食べるものも一人分、床几も一人分です」

王は怪《け》訝《げん》な顔をしていた。——彼はあまりどっしりとした目方ではなかった、脳味噌の重さのほうがだ。それに頭は砂時計のようだった。つまり、一つの考えを入れることはできたが、それを入れるには一度に一粒ずつで、考え全体をいっぺんに入れることはできなかったのだ。

「そなたも床几がほしいのか——そして座りたいのか？」
「もしわたしが座りませんでしたら、先方はすぐに気がついてしまうでしょう、わたしたちはただ対等の者のようなふりをしているだけだということをです——それに、そのごまかし方もずいぶんへた

くそなものだということもです」

「なるほど、その言葉も真じゃ！　真実とは不思議なものじゃのう、まったく思いもかけぬ形をなして現われるではないか！　そうじゃ、床几と食べ物とは二人分、用意いたさせよう。それに給仕にあたっては、水差しやナプキンをわれわれに差し出すときにも、一方よりも他方によけいうやうやしくせぬよう、いたさせよう」

「それから、もっとこまかなことで、改めていただかねばならぬことがございます。何ひとつ家の外にもってこさせてはいけません。わたしたちが入ってゆくのです——汚らわしい者たちの中へです。それにおそらくほかにも不快きわまるものがあるでしょう——そして食事をとるにもその家族の者たちといっしょにし、その家のしきたりに従い、なにもかも対等の条件でするのです。そこの主人が農奴《サーフ》の身分でない限りです。それから最後にもう一つ。水差しやナプキンはぜったいに出ません。主人が農奴であろうと自由民であろうとです。さあ、もういちど歩いてみてください、陛下。そう——前よりもよくなりました。——今までのところ、一番いいできです。しかしまだ完全ではありません。肩は、鉄の鎖帷子《くさりかたびら》よりも卑しい重荷を担ったことがないのです。ですから、どうしてもその肩は、こごもうとはしないのです」

「では、そなたのその袋をわたすがよい。名誉なき重荷についている精神とは何か、それを学んでみるつもりじゃ。その精神こそが肩をこごませるようじゃのう、その重さではなさそうじゃ。なぜなら、甲冑は重い、しかしそれは名誉ある重荷じゃ。だから人間は胸を張ってその甲冑を着……いやいや、遠慮をせんでもよい、つべこべ申すな。わしがその荷物をもとう。さあ、わしの背中にくくりつけるのじゃ」

これで王もすっかりよくなった。あのナップサックを背負ったのだ。そして、その王らしからぬ様子は、わたしがこれまでに会った誰にも及ばぬほどのできばえだった。しかし肩はやはり強情だった。人に気どられぬような自然さを少しでも出してこごめてみせるそのコツがどうしても飲みこめぬようだった。特訓はなおもつづいて、わたしはセリフをつけたり、間違いをなおしたりした。

「さて今度は、借金をして無慈悲な債権者たちからとりたてをくっているつもりになってください。仕事にはあぶれ――仕事は馬蹄《ばてい》作りとでもしておきましょうか――収入はなにもない。おまけに、かみさんは病気で、子供たちは泣いている。というのも、みんな腹がへって――」などなどだ。わたしはあらゆる種類の人びとを順ぐりに出しながら王を訓練していった。幸運にめぐまれず、さまざまな困難や不幸に苦しんでいる人たちをだ。しかし驚いたことに、それはただそれだけの言葉、言葉にしかすぎなかった――王にとってはまったく意味のないもので、わたしとしては口笛を吹いていたほうがましなくらいだった。言葉というものは何ひとつ悟らせてはくれず、何ひとつ生き生きとよみがえらせてもくれないのだ、その言葉が伝えようとする苦しみを自分で実際に経験したことがないならばだ。世の中には賢明な人たちがいて、この人たちはいつも非常に心得た顔をし得意になって「労働者階級」の話をする。そして一日の激しい知的労働は、一日の激しい肉体労働よりも遥かにきついものであり、したがってずっと大きな報酬を受ける権利が当然あるのだと、自分に得心させている。いや、その人たちは本当にそう思っているのだ。なぜなら、彼らは一方のことはすべて知っているけれども、もう一方のことは、やってみたことがないからだ。しかし、わたしは両方についてすべてを知っていた。だからわたしに関する限り、この宇宙にはわたしを雇ってツルハシを三十日間振らせるだけの十分な金はないはずだが、最も激しい知的労働だって、人が考え得る限りの無料に近い報酬で働くつもりでいるのだ——そしてわたしは得心もするだろう。

知的「労働」とはそもそも呼び名が間違っている。それは喜びであり道楽であって、それ自身がすでに最高の報酬となっているのだ。どんなに少ない報酬を受けている建築家だって、技師だって、将軍だって、作家だって、彫刻家だって、画家だって、講演家だって、弁護士だって、国会議員だって、俳優だって、説教師だって、歌手だって、労働しているときにはおそらく天国にいるはずだ。そしてまた、片手にヴァイオリンの弓をもったあの魔法使いはどうだろう、彼は大オーケストラのまんなかにすわって、退いては寄せる聖なる音の潮《うしお》に全身を洗い潔《きよ》めているが——いや、もちろん彼も労働しているのだ、もしそれを労働と呼びたいというならばだ。しかし、やはりそれは皮肉だ。労働の法則はまったく不公平のように思われてならない——しかし、それは現に存在し、何をもってしてもそれを変えることはできないのだ。労働から得られる喜びという形の報酬が高ければ高いほど、現金という形の報酬もまた高くなってゆくのだ。そしてそれはまた、あの目に見えぬペテン師たちの法則でもあるのだ。つまり、子子孫孫にまで伝わる貴族の位と、国王の位との。

第二十九章　天然痘の小屋

例の小屋に午後の半ばごろになって到着してみると、あたりには生きもののいる気配がなかった。近くの畑もしばらく前に作物が刈りとられていて、畑全体が皮をむかれたような様子だった。それほど徹底して穫《と》り入れが行なわれ、落穂も拾われていたのだ。垣根も納屋もすべてのものが朽ちはてた様子で、貧しさをよく物語っていた。動物さえどこにも見あたらず、生きものの姿はまったくなかった。静かなことは恐ろしいほどで、さながら死の静けさのようだった。小屋は平家で、わらぶき屋根は年がたって真っ黒になっており、修理もせぬままボロボロになっていた。

小屋の戸はわずかばかり開いていた。わたしたちはそっと近づいてみた――爪先立ちで、息も半ばころしながらだ――こんなとき、人は思わずそんなふうにするからだ。王はノックした。わたしたちは待った。なんの応《こた》えもない。またノックした。やはり応えがない。そっとドアを押しあけ、中をのぞいてみた。すると、いくつかぼんやりとした姿が見えた。そして女が一人、地べたから身を起こして、じっとわたしを見つめた。ちょうど眠っているところを起こされたときのようにだ。やがて女は声をとりもどして言った――

「お慈悲でごぜえます！」と女は嘆願した。「なにもかも取られてしめえました、なんにも残ってはいねえです」

「わたしがここへ来たのは、ものを取るためではないのだよ、あんた」

「では、お坊さまではねえのですね？」

「ちがうよ」

「それにご領主さまのところから来たのでもねえのですね？」

「ちがうよ、わたしは旅の者さ」

「え、それなら、悲しみと死とをたずさえて罪咎《つみとが》もない者を訪ねなさるあの神さまを恐れて、こんなところにぐずぐずしていてはいけねえ、早よう行きなされ！　ここは神さまの呪いをうけていますのじゃ――それに神さまの『教会』の呪いも」

「入ってあんたを助けてあげよう――あんたは病気で困っているのだからね」

わたしはようやく薄暗い光に慣れてきた。見ると女の落ちくぼんだ目がじっとわたしを見つめていた。体もげっそりとやつれていた。

「いや、ここには『教会』の禁令《おふれ》がでておりますのじゃ。ご自分を大切になされ――さあ、早よう、ぐずぐずしておると、誰かに見つかって密告されますぞ」

「わたしのことなど心配しなくていいよ。『教会』の呪いなど少しも心配してないからね。さあ、あんたを助けてあげよう」

「ああ、すべてのやさしい天使さま――もしそのような天使さまがござらっしゃるのなら――どうぞこの有難い言葉のお方にお恵みをおかけくだせえまし。それなら、どうぞ、水をひとくち飲ませてくだせえ！　――だが、ちょっと、ちょっと待ってくだせえ。いまわしが言うたことは忘れて、早く逃げて行ってくだせえまし。『教会』を恐れぬ人でさえ、きっと恐れるようなものがここにはありますのじゃ。それは、病気ですのじゃ。わしどもはそれにかかっていま死ぬところですのじゃ。じゃから、わしどもをこのまま、うっちゃって行ってくだされ、勇ましくやさしい心の旅のお方。そして呪われたわしどもでも捧《ささ》げることのできるこの健康で真心のこもった祝福をもっていってくだされ」

しかしその言葉が終わらぬうちにわたしは木製の大きな椀《わん》をとりあげ、王のかたわらを駆け抜けて、小川へ向かっていた。小川は十ヤードほどのところにあった。わたしがもどってきて中に入ると、王も中にいて、窓代わりの破れ穴を閉ざしていたシャッターをあけ、空気と光とを入れようとしていた。中はひどい悪臭に充《み》ちていたからだ。わたしは椀を女の口元にもっていってやった。そして女がそれを鉤爪《かぎづめ》のような手で夢中になってつかもうとしたとき、シャッターがようやく開いて、強い光が女の顔をいちめんに映しだした。天然痘《てんねんとう》だ！

わたしは王のところへ飛んでいって、その耳にささやいた。

「すぐに外へ出てください、陛下！　女は例の病気で死にかけているのです。二年前、キャメロットの周辺の土地を荒らしまわったあの病気です」

王はびくともしなかった。

「まこと、わしはここに踏みとどまるぞ――そしてわしも助けてやるのじゃ」

わたしはもう一度ささやいた。

「陛下、それはいけません。どうかぜひ出てください」

「そなたは親切からそう言ってくれておるし、そなたの言うことももっともじゃ。しかし王たる者が恐れを知ったとあっては身の恥辱、礼帯《ベルト》をつけたる騎士が、救助を必要とする者のあるにもかかわらず、ただ手をこまねいていたとあっては身の恥辱じゃ。もう何も申すな、わしは出て行きはせぬからな。そなたのほうこそ出てゆくがよい。『教会』の禁令はわしにはとどかぬ。だがそなたがここにいることは禁じておる。だから『教会』は厳しい手でそなたを取り扱うことになるはずじゃ、もし一言でも『教会』にそなたのこの違法行為が報告されたならばな」

ここは王にとってまったく危険な場所で、へたをすれば生命をなくすかもしれなかったが、王と議論をしてもむだだった。王がここで自分の騎士としての名誉にかかわる問題だと考えていたら、それでもう議論は終わりだった。王がとどまるのだと言えば、何をもってしてもそれをやめさせることはできないのだ。わたしはそれを悟った。そこでこの話はやめてしまった。女が言った。

「あのう、ご親切にあまえて申し訳ねえが、そこの梯子《はしご》をのぼっていって、上でどうなっているか、見てきていただけねえでしょうか？　そして、心配せずに話してくだせえまし、母親の胸でさえ張り裂けねえようなときのやってくることがあるからですだ——もうとっくの昔に張り裂けちまったというのに」

「そなたはここにおるがよい」と王は言った。「そしてその女に何か食べさせてやるのじゃ。上へはわしが行く」そう言いながら王はナップサックをおろした。

わたしは自分で行こうとして向きなおったが、王はすでに歩きだしていた。そしてちょっと足を止めると、一人の男を見おろした。男は薄暗い光の中に身を横たえていたが、これまでわたしたちに会釈《えしゃく》もせず、口もきかなかったのだ。

「そちの連れ合いか？」と王は尋ねた。

「へえ」

「眠っておるのか？」

「神さまも、有難《ありがて》えことに、一つだけお情けをくだせえました。はい、眠っておりますだ――三時間ほど前からでごぜえます。わしはいったい誰に向かって十分に申しあげることができますべえか、わしのこの感謝の気持ちをでごぜえます！　なぜといって、わしの胸はその感謝の気持ちでいまにも破裂しそうでごぜえますからじゃ。この人がいま眠っているこの眠りをくだせえましたことでの」

わたしは言った。
「では気をつけよう。目をさまさんようにしよう」
「いえ、いいんでごぜえます、そんな必要はねえんです、その人は死んでるんでごぜえますから」
「死んでいる？」

「はい、それを知って、とうとう勝ったぞという気持ちでごぜえますだ！　もう誰もあの人を傷つけることはできず、誰もあの人を蔑《さげす》むことはできねえのでごぜえますからね。あの人はいまごろ天国にいて、幸せにしておりますだ。そこでなければ、地獄にいて満足しておりますだ。地獄でなら、修道院の院長さまにも、主教さまにも会わねえでしょうからね。わしどもは子供のときからいっしょでごぜえました。夫婦になってからももう二十五年になりますだ。そのあいだ一度だって離れたことはごぜえませんでした、今日ちゅう日まではな。ずいぶん長い年月でごぜえました、愛しあい、いっしょに苦しむためにはの。今朝がた、あの人は頭がおかしゅうなりました。そしてあの人の頭の中でわしらはまた子供にもどり、楽しい野原を歩き回っていました。たえず陽気におしゃべりをしながらでごぜえます。そしてそのうちに、わしらの知らねえあのべつの野原に入っていってしまい、その姿は人間の目から閉ざされてしめえましただ。でも、別れちゅうもんはごぜえませんでした。あの人の頭ん中には、このわしがいっしょに行っておりますもんね。あの人の知っているのはただ、わしがいっしょだった、ということだけでごぜえます――あの人の手に、このわしの手をとって――わしの幼いやわらかな手を、こんなひからびた鉤爪のような手ではのうてな。ああ、そうでごぜえます。行っても、行ったことを知らず、別れても、別れたことを知らねえ。これ以上安らかにあの世へ行ける方法がごぜえましょうか？　これこそ、残酷な一生をじっと耐えぬいたあの人への褒美《ほうび》だったんでごぜえますよ」

かすかな物音が、梯子のかかっている薄暗い隅のほうから聞こえてきた。王がおりてきたのだ。見ると王は片手に何かを抱え、もう一方の手で自分を支えていた。王は明かりの中に出てきた。その胸には、やせほそった十五歳ほどの少女がもたれかかっていた。少女は半ばしか意識がなかった。天然痘で死にかけていたのだ。そこには、ヘロイズムのあるべき究極の最も高潔な姿があった。最高の頂に位するヘロイズムだった。これはまさに平原において素手で死神に挑《いど》みかかる姿だった。勝算はすべて敵側、報酬はなにひとつこの闘いには賭《か》けられておらず、絹綾錦《きぬあやにしき》に身を包み、賞賛のまなざしや声援を送ってくれるあの観衆の姿もないのだ。しかも王の態度たるや、泰然自若として雄々しく、騎士同士が対等の条件で、しかも甲冑《かっちゅう》に身を固めて行なうあのより安易な合戦のときの王のいつもの態度にも勝るものがあった。王は今こそ偉大だった。崇高なほどに偉大だった。王の宮殿に立ち並ぶあの王の先祖たちの粗野な立像にはもう一体の立像をつけ加えてしかるべきだ――その仕事はこのわたしが引きうけよう。その立像は、鎖帷子《くさりかたびら》をつけた王が巨人や巨竜を退治しているといった他の立像と同じものではなく、平民の衣を身にまとった王の立像だ。そして王の腕には死体が抱かれている。それは、農夫の母親がわが子の最期の姿を一目見て、心を慰めることができるようにと、王が抱きかかえている姿なのだ。

王は少女をその母親のかたわらに置いてやった。母親はやさしい言葉と愛撫《あいぶ》とを、そのあふれる胸の中からそそぎ出した。それに答えるのか、ちらりとかすかな光が子供の目に感じられた。しかし、それがすべてだった。母親は子供の上に突っ伏して、接吻《くちづけ》をし、抱きしめ、どうか口をきいておくれと嘆願した。しかし子供の唇《くちびる》はただ動いただけで、声は聞こえてこなかった。わたしは急いで気付けの《ウイスキー》びんをナップサックから取り出した。しかし女はわたしを遮って言った。

「いや――この子は苦しんではおらねえです。このままのほうがええです。それをやると、生き返るかもしれねえ。あなた方のようにこんなにやさしく親切なお方は、誰もこの子にそんな惨《むご》いことはなさらねえでござえましょう。なぜと言って、のう、あなた――この子にはどんな生き甲斐《がい》がござえましょう？　この子の兄たちも死にました。父親も死にました。母親のこのわしも、いま死のうとしておるのでござえます。『教会』の呪いもこの子にはかかっております。ですから、誰ひとりこの子に宿をかしてくれる者も、友だちになってくれる者もいねえのでござえます。たとえ道端に倒れて死にかけているときでさえ、ねえのでござえます。この子には寄る辺もござえません。わしはおたずね申しませんでした。この子の妹がこの上でまだ生きているかどうかちゅうことは。おたずねする必要はなかったのでござえます。必要があれば、あなたさまがまたあがって行ってくだせえましたでしょう、そしてあのかわいそうな子をひとりぼっちで――」

「娘御は静かに横たわっておるぞ」と王が口をはさんだ。沈みきった声だった。

「わしは、そのまんまにしておいてやりてえ。今日は幸せがなんと一杯《いっぺぇ》ある日なんだ！　ああ、アニス、おめえもじきに、妹といっしょになるだなあ――おめえはいま、その途中にいるだあ、そしてここにいる方たちは情けぶけえお方たちだ。邪魔などなさりはしねえよ」

そして女はふたたび少女の上におおいかぶさるようにして、つぶやいたり、やさしい声をかけたり、顔や髪をそっとなでてやったり、接吻をしたり、いとしい名であれこれと呼びかけたりしはじめた。しかしそれに応《こた》える気配は、今ではもう、そのどんよりとした目にはほとんどなかった。わたしは、涙が泉のように王の目から湧き出て頬を流れ落ちてゆくのを見た。女もそれに気がついて、こう言った。

「ああ、わしにはその徴《しるし》がわかりますだ。お気の毒に、あなたもお家におかみさんを持っていなさるだね。そしてあなたもおかみさんも、ひもじい思いで床についたことがあるんでごぜえましょう、何度もね。小さな子供たちにあなたがたのその乏しい食べ物を食べさせようとしてね。あなたがたは貧乏とはどういうものか知っていなさる。それから毎日のように侮辱を加えてくる目上の人たちのことも、そして厳しい扱いをする『教会』や王さまのことも」

王はこの思いもかけぬ鋭い一撃にギクリとした。しかし平静は保っていた。自分の役割を心得ていた。そしてそれを見事に演じてもいた。あのとてつもなく下手くそな初心者にしてはだ。わたしは陽動作戦に出た。そして女に食べ物や飲み物をすすめたが、女はどちらも拒んだ。たとえどのようなものであろうと、それが自分と、死による解放との間に入ることは許そうとしなかった。そこでわたしは、そっとその場をはなれて、屋根裏から死んだ子供をおろしてくると、女のかたわらにねかせてやった。

するとと女はふたたび泣きくずれて、そこにまた断腸の思いに満ちた新たな光景が展開した。やがてわたしは、ふたたび陽動作戦に出て、女に身の上ばなしをさせた。

「あなたがたも自分でよく知っておいでてごぜえましょう、そんな目にあっておいでてごぜえましょうからの——ほんとうにブリテンの中でわしたちのような身分の者は誰ひとり逃げることのできねえことですだ。これは、古い退屈な話でごぜえます。わしどもは戦って、もがいて、そして成功したんでごぜえます。成功といっても、それはただ生きるということで、死なずにすんだというだけのことでごぜえます。それ以上のことは望むことのできねえことでごぜえます。これまでに、わしどもに凌《しの》げねえ苦労なんていうものは一つもありはしなかったが、今年になってそれがやって来てめえりました。そのときには、まったく突然といっていいくらい急にやって来て、わしどもを圧《お》しつぶしてしめえました。何年か前にご領主さまが果実の木をわしどもの畑にお植えになりました。それも畑のいちばんいい所へでごぜえます――まったく情けねえ、恥しらずな――」

「だがそれは領主の権利だったはずじゃ」

「誰もそうでねえとは言えません、そのとおりでごぜえます。法に何か意味があるとすれば、領主さまのものは領主さまのもの、わしのものも領主さまのもの、ということですだ。わしらどもの畑は賃借りで、わしらのものでしただ。だから、それは同じように領主さまのもので、領主さまの好きなように処分することができますだ。ほんの数年前に、その果実の木の中の三本が切り倒されていました。わしどもの三人の大きな息子たちはびっくりして、急いでそれを知らせにいきました。ところが、人の話によると、三人は今でも領主さまの土牢《つちろう》の中に入れられていて、白状するまでそこに置いて腐らせてしまうのだそうでごぜえます。あの子たちは白状するものなぞなんにもねえのです。何も悪いことはしてねえですからな。だからあの子たちは死ぬまであそこに入れておかれるわけですだ。よくおわかりじゃろうと思いますだが。それで、後に残ったわしどもはどうなったか、考えてみてくだせえ。男一人、女一人、それに子供が二人。これで、もっと強い男手のあったときに植えた作物を刈り入れねばなんねえんでごぜえます、はい、そしてそれを昼も夜も、鳩やその辺をうろつきまわっている動物たちから守らねばなんねえのでごぜえます。それでいて、そういう動物どもは神聖なものだとされていて、わしどものような身分の者には誰も傷つけることはできねえのです。領主さまの作物が刈り入れ間近になれば、わしらの作物だって同じです。鐘が鳴ってわしらを領主さまの畑へ呼び集め、領主さまの作物をなんの報酬もなしに刈り入れさせるときにも、領主さまはわしとわしの二人の娘との頭数をあの捕《つか》まえられている三人の息子の分として数えることはどうしても許そうとせず、二人分にしか見てくれねえのです。だから不足の一人分のために、わしどもは毎日、罰金をとられました。そのあいだずっと、わしら自身の作物はほったらかしにしておいたために、だめになってしめえました。それでお坊さまと領主さまの両方がわしらに罰金をかけたのでごぜえます。あの方々の取り立てる作物が損害を受けたからと申してですだ。しまいには罰金がわしどもの作物を食い荒らしました――そして奴らはすっかり取りあげてしめえました。すっかり取りあげて、わしどもにそれを刈り入れさせたんでごぜえます。給金も食べ物もくれずにですだ。それでわしどもは飢え死にしかけておりました。そのうちに、いちばん悪いことがやってめえりました。それはあのときのことだったんでごぜえます。わしはつい頭が変になっちまって、それというのも空《すき》っ腹や、いなくなった息子たちのことや、ボロをまとった夫や小さな娘たちの姿を見る悲しみや、みじめさや絶望のためからでごぜえますが、とんでもねえ罰あたりのことを――そう！　それを千回も！　――『教会』と『教会』の仕打ちに向かって言ってやりましただ。十日ほど前のことですだ。わしはそのときにゃあもうこの病気にかかって寝ついていました。それで坊さまに向かってだったのでごぜえますよ、わしがこの罰あたりな言葉を言ってやったのは。と申しますのも、その坊さまがわしのところへ来て、わしを叱り、おまえには十分なへりくだった心がないからこうして神さまの懲《こ》らしめの手がくだるのじゃ、などと申したからなのでごぜえます。その坊さまは、わしの言うたことを目上の人たちに報告しました。わしは何と言われようとゆずりませんでした。それですぐにわしの頭の上に、そればかりでなく、わしにとって掛け替えのない者たちみんなの頭の上に、ローマの呪い（ローマカトリック教会からの破門宣言）がくだったのでごぜえます。

その日からずっと、わしどもはみんなから忌み嫌われました。みんなこわがって近よらねえのでごぜえます。誰ひとりこの小屋の近くまできて、わしどもが生きているかどうか見ようとする者はいねえのです。わしばかりでなくほかの者もみんな病気にかかりました。それでわしは、わが身を起きあがらせ、立ちあがりました。世の妻たるもの母たるものがするようにでごぜえます。それでも、どのみち、みんなの喉《のど》を通るものはほとんどありませんでした。みんなが喉を通さねばならぬものはもっとありませんでした。でも、水だけはごぜえました。それでわしは、それをみんなにやったのです。どんなにみんながそれを求めたことでごぜえましょう！　そして、どんなにその水を有難がったことでごぜえましょう！　でも、それもきのうが最後だったんでごぜえます。わしの力がもうなくなってしまったんでごぜえます。きのうが、夫とこの末娘との生きている姿を見た最後でごぜえました。わしはここに身を横たえて、この何時間かのあいだ――いえ、何年かのあいだと言ってもええくらいです――耳をすまして、じっとすまして、何か音がこの上でしはすまいかと――」

女は鋭くチラリと末娘に目をやった。そして叫んだ「まあ、かわいそうに！」そしてそう言いながらおぼつかぬ手で、娘の硬直してゆく体をかばうように抱いた。娘の喉が鳴って、その臨終がわかったからだ。

第三十章　領主の館の悲劇

　真夜中にはすべてが終わった。王とわたしとは四つの遺体を前にしてすわっていた。その遺体に、わたしたちはようやく見つけることのできたわずかながらのボロ布を掛けてやってから、その場を去った。小屋の戸をしっかりと閉めてだ。彼らの家がそのまま、この不幸な人たちの墓となるにちがいない。なぜなら、彼らはキリスト教徒としての正式な葬儀が受けられるはずもないし、正式な墓地に埋葬されるはずもなかったからだ。彼らは犬や野獣と同じだった。だから、永遠の生命の望みをことのほか大切に思う者たちは、誰ひとりとしてその望みを投げ捨ててでもなんとかしてこの破門され病に襲われた追放者たちの世話をしてやりたいと思う者はいなかった。

　わたしたちが四歩も行かぬうちに、わたしは物音を聞きつけた。砂利の上を歩いてくるような音だ。わたしの心臓は喉元までとびあがった。あの家から出てきたところを見られてはまずい。わたしは王の衣を引っぱって引き返すと、小屋の陰に身をひそめた。

「これで大丈夫です」とわたしは言った。「それにしても、危機一髪――というところでしたね。あたりがもう少し明るかったら、見られていたかもしれませんよ、きっと。だいぶ近くまで来ていたようですから」

「あるいはただの獣であって人間などではないかもしれぬのう」

「なるほど。しかし人間にしろ獣にしろ、しばらくここにいて相手をやりすごし、どこかへ行かせてしまうのが賢明でしょう」

「シッ！　こちらへ参るぞ」

なるほど、そうだ。足音はこちらへ向かっていた――まっすぐこの小屋に向かってだ。それならば獣にちがいない。わたしたちは何もこんなにびくびくすることはなかったのだ。わたしは出て行こうとした。しかし王はわたしの腕に手をかけた。一瞬あたりはシーンとした。それからわたしたちの耳に、小屋の戸をそっと叩《たた》く音が聞こえた。それを聞くとわたしはブルッと震えた。やがてまた叩く音がした。それからこんな言葉が聞こえた。用心ぶかい声だ。

「おっかさん！　おっとさん！　開けてくれ――おらたち自由の身になったんだ。そんで知らせてえことがあるだ、顔は真っ青になるが、心は喜んでもらえる知らせがよ。おらたちぐずぐずしていられねえだ、すぐに逃げなきゃなんねえだ！　そして――おや、返事がねえな。おっかさん！　おっとさん、てばよう！　――」

　わたしは王を小屋の反対側の端に引っぱっていって、そっと小声で言った。

「さあ――今なら道へ出られます」

　王はためらって、反対しようとした。しかしちょうどそのとき、わたしたちは戸のあく音を耳にした。そしてあのみじめな男たちがいま家族の遺体の前にいることを知った。

「さあ、陛下！　あの者たちはすぐに明かりをつけるでしょう。そうすれば次に起こることはきまっています。そんなものを耳にしたら陛下の胸は引き裂かれてしまいます」

　王も今度はためらわなかった。わたしたちが道に出たとたんに、わたしは走りだした。次の瞬間には、王も威厳をかなぐりすててついてきた。あの小屋でどんなことが起こっているか、わたしは考えたくなかった——とても耐えられなかった。心の中から追い出してしまいたかった。そこで心の中のその下にある最初の問題を考えた。

「わたしは、あの人たちが死んだあの病気にかかったことがあります。ですからわたしの場合は何も心配はありません。しかし陛下がもしかかったことがないとすると——」

　王は急に話題を変えて、自分はいま困っているのだと言った。自分の良心がこの身を困らせているのだ、というのだ。

「あの若者たちは自由の身になったそうじゃが——それはどのようにしてであろう？　おそらくあの者たちの領主が自由の身にさせたのではあるまい」

「それはもちろんです。きっと脱走してきたのでしょう」

「それがわしの困るところなのじゃ。わしも、あるいはそうなのではないかという気がしておった。そしてそなたの考えを聞いてますますそうだと思った。そなたも同じ考えなのじゃからのう」

「しかしわたしはそれをその名で呼びたくはありません。わたしもあの者たちが脱走してきたのだとは思います。しかし、かりにそうだとしても、わたしは遺憾であったとは考えません。ぜったいに」

「わしも遺憾であったとは考えぬ、と思う——しかし」

「しかし何です？　何を困ることがあるのです？」

「もし本当に脱走したのであれば、われわれにはあの者たちを捕え、もとの領主に引き渡さねばならぬことになる。なにゆえなら、かりにも領主たる者がこのように不埒《ふらち》にして高圧的な侮辱を彼奴《きやつ》らごとき卑しい身分の者たちから受けねばならぬいわれはないからじゃ」

またしても身分だった。王にはどうしても一方の側だけの身分しか見えないのだ。王はそのように生まれ、そのように教育されてきたのだ。そして、その血管の中は先祖の血がいっぱいなのだ。その血こそ、こうした種類の無意識の残酷さのために腐ってしまったものであり、連綿とつづく祖先の心臓から受けついできたものだったのだ。一代ごとにその役割を果たしながらその流れを毒してきた心臓からだ。こうした若者たちを証拠もなしに土牢《つちろう》に入れ、その身内の者を飢えに追いやることは、なんら危害を加えたことにはならなかった。なぜなら彼らは農夫にしかすぎず、その領主の意志や快楽のままになるものだったからだ、たとえそれがどんなに恐ろしい形をとろうともだ。しかしこの若者たちが不当な囚《とら》われの状態から脱出することは、無礼であり侮辱であるというのだ。神聖おかすべからざる階級に対して己が務めを心得ている実直な人間からはけっして是認されえぬものだというのだ。

わたしは三十分以上もかかって、やっとの思いで、王に話題を変えさせることができた。そしてそれさえ、あるほかの事件がわたしのためにやってくれたのだ。それは、わたしたちが小さな丘の頂についたとき、わたしたちの目をとらえたものだった。――遥か遠くに、真っ赤な光が見えたのだ。

「あれは火事ですね」とわたしは言った。

火事は非常に興味があった。というのも、わたしはかなり大きな保険事業をやりはじめていたからだ（コネチカット州のハートフォードは今日でも保険事業で有名）。そして馬を訓練したり、蒸気式消防車をつくらせたりもし、ゆくゆくは有給の消防団さえつくろうと考えていた。僧侶《そうりょ》たちは、わたしの火災保険にも生命保険にも反対した。神の御意《みこころ》をさまたげようとする不遜《ふそん》な試みだという理由からだ。そしてこっちが、こうした保険は神の御意を少しもさまたげるものではなく、ただ御意の厳しい結果を和らげてくれるだけのものなのだ、それも保険に入っていてしかも運がよければの話なのだがと指摘してやると、僧侶たちはすかさずこう言い返してきた。それこそ神の御意にさからう賭《か》けごとであって、やはり悪いことに変わりはないのだと。そして彼らは何かにつけてこの事業をつぶそうとしたが、わたしのほうは「傷害」保険までつくってやった。概して騎士という者は間抜けな奴だ。ときにはカラ抜けでさえある。だから、かなりお粗末な議論にでも負けてしまう。その議論が迷信屋の口からペラペラと出てくるようなときにはだ。しかしそんな騎士だって、ときには、ものごとの実利的な面を見ることはできた。だから最近は、トーナメントを篩《ふるい》にかけて黄金の粒でも見つけるように調べてみれば、きっとどの兜《かぶと》の中からも、わたしの傷害保険の証書が出てくるはずだ。

　王とわたしは、しばらくのあいだそこに立っていた。深い暗やみと静寂にひたったまま、遠くのあのぼんやりと見える赤い火をながめていた。そして闇の中を発作的に高く低く聞こえてくる遥《はる》か遠くのざわめきは、いったい何なのだろうかと考えていた。ときどきそのざわめきは大きくなって、一瞬、もっと近くのほうから聞こえてくるような感じもした。しかし、それでこのざわめきの原因や正体がわかるだろうと期待していると、それは小さくなってまた消えてしまい、同時にその謎も運び去っていってしまった。わたしたちはその方向へと丘をおりていった。曲がりくねった道のためにわたしたちはたちまち真の闇といってもいいくらいの暗やみの中に入りこんでしまった。――そそり立つ森の壁と壁とのあいだに詰めこまれ押しこめられた暗やみだ。わたしたちは手さぐりをしながら、おそらく半マイルほどであろうか、その丘をくだっていった。そのあいだあの騒《ざわ》めきはだんだんとはっきりしてきた。近づく嵐もますます険悪となり、ときおり強い風が吹いてきたり、かすかな稲妻のひらめきがしたり、遠くで雷がゴロゴロと低い音をたてたりしはじめた。わたしは先に立って歩いていた。そのうちに何かにぶつかった――やわらかくて重そうな感じのものだったが、わたしの体がぶつかると、それはかすかに動いた。と、ちょうどその瞬間、稲妻が光った。そしてわたしの顔から一フィートたらずのところに、もだえ苦しむ男の顔があった。木の枝からぶらさがっているのだ！　そうだ、それはもだえ苦しんでいるように思えた。しかしそうではなかった。それは身の毛もよだつような光景だった。とたんに、耳をつんざくような雷鳴がとどろいた。かと思うと、天空の底が抜け落ち、雨が洪水《こうずい》となって降りはじめた。しかしそんなことにかまってはおれなかった。すぐに綱を切ってこの男をおろしてやらなければならぬ。ひょっとしてまだ息があるかもしれない。稲妻も今ではすばやく鋭く光るようになった。そしてその場はかわるがわる白昼となり真夜となった。一瞬、男は強烈な光を浴びて目の前にぶらさがっていたかと思うと、次の瞬間には真っ暗やみの中にふたたびかき消されていた。わたしたちは綱を切って男をおろしてやらねば、とわたしは王に言った。王はとたんに反対した。

「その男が自ら縊《くび》れたのであれば、己が財産を進んで領主に提供しようとしたわけじゃ。したがってそのままにしておくがよい。もし他の者たちがこの男を吊《つる》し首にいたしたのであれば、おそらくその者たちにはそういたす権利があったのであろう――そのまま吊しておくがよい」

「しかし――」

「しかしなどと言わず、そのままにしておくのじゃ。それにまだほかにも理由《わけ》がある。こんど稲妻がしたら――ほれ、あれ、あれを見よ」

ほかに二人もぶらさがっていた。わたしたちから十五ヤードと離れていないところにだ。

「この天候は死者に無益な礼をつくすにもふさわしからぬものじゃ。あの者たちも感謝はすまい。さあ参ろう――ここでぐずぐずしていても益のないことじゃ」

王の言葉にも一理あった。そこでわたしたちはそのまま先に進んだ。それから一マイルも行かぬうちに、さらに六つの吊りさがった姿が稲妻の光の中に数えられた。まったくもって恐ろしい旅だった。例の騒めきは、今ではもう騒めきではなかった。それは怒号だった。人間の怒号だった。一人が飛ぶように傍らを走り過ぎた。そのとき暗やみの中でもその姿がうすぼんやりと見えた。つづいて他の男たちがその後を追っていった。彼らの姿は見えなくなった。やがてまた同じようなことが起こった。そしてまた、そしてまたと。そのうちにわたしたちが道の急な曲がり角までくると、例の火事が見えた――それは大きな領主の館だったが、もうあらかた焼け落ちていた――そして四方八方へと人びとが逃げだし、他の者が怒り狂ってその後を追いかけまわしていた。

わたしは王に向かって、ここは見知らぬ者にとって安全な場所ではないと注意した。光をさけて待っていたほうがいいでしょう。やがて事態もおさまりましょうから、と。そこでわたしたちは少しばかり後ろにさがって、森のふちに身を隠した。この隠れ場所からのぞくと、男も女も群衆に駆りたてられている姿が見えた。その恐ろしい仕事は夜明け近くまでつづいた。やがて火事は消え、嵐もおさまり、人の声も飛びまわる足音もほどなくしてやむと、暗やみと静けさとがふたたびその場を支配した。

わたしたちは思いきってとび出すと、用心しながら急いでその場を立ち去った。体はヘトヘトに疲れ、眠たくもあったが、それでも歩きつづけてゆくうちに、やがてこの恐ろしい場所も遥か数マイル後にすることができた。そこで、とある炭焼きの小屋に行って世話を頼んでみた。すると当然の応《こた》えがかえってきた。女はすでに起きて働いていた。しかし男のほうはまだ眠っていた。ベッドも粗末なわら蒲団《ぶとん》で、それも地べたに敷いてあった。女は落ち着かぬ様子だったが、わたしは事情を話し、われわれは旅人で道に迷い、夜どおし森の中をさまよい歩いていたのだと言って納得させた。すると女もおしゃべりになって、ではあのアブラソア（マロリー『アーサーの死』第十三巻第十四章に出てくる）の領主さまの館で起こった恐ろしい出来事を聞いたかと尋ねた。もちろん聞いていたが、今わたしたちに必要なのは休息と睡眠だった。ところが王が急に口を出した。

「われわれにこの家を売って、そのほうたちはすぐにここを立ちのくがよい。われわれといっしょにいると危険じゃ。『まだらの死』（天然痘のこと）で死んだ者たちのところから来たばかりじゃからな」

それは王の思いやりのある言葉だった。が、不必要なものでもあった。この国でいちばん共通しているお化粧の一つは、ワッフル鍋《なべ》で焼いたようなボツボツの顔だった。そしてわたしはとっくに気がついていたのだが、この女もその夫もともにそういう化粧をしていたからだ。女はわたしたちを心から歓迎してくれ、少しもこわがらなかった。そして見るからに今の王の言葉にひどく感激しているようだった。というのも、もちろんこれは彼女の生涯での大事件だったからだ。なにしろ、卑しい身なりの人間が、一夜の宿に人の家を買いとろうなどといきなり言いだしたのだ。そのために女はわたしたちに対して大きな尊敬を払うようになり、乏しいながらもこの荒屋《あばらや》の中で使えるものは手あたりしだいに使ってわたしたちを居心地よくしてくれた。

おかげでわたしたちは昼もだいぶおそくまで眠っていた。そしてそれから起きあがったが、ひどく腹がすいていたので農夫の口にする食べ物も王にとってはご馳走《ちそう》だった。量が少なかったただけに、また格別だった。それに品数も少なかった。わずかにタマネギと塩とそれに全国共通の黒パンだけだった——馬の飼い葉で作ったパンだ。女はゆうべの事件のことを話してくれた。夜の十時か十一時ごろ、みんなが床についたころに、領主の館がとつぜん燃えあがった。村の者たちはいっせいに救援にかけつけた。領主の家族は無事すくい出された。が、一人だけ救出されなかった者がいた。当の領主だ。彼は姿を見せなかった。誰もが血眼になって領主を捜した。そして二人の勇敢な小作人が、身を犠牲にしてまで燃えさかる館の中をかけまわり、この大切なご領主さまを捜し求めた。しかし、やがて領主はみつかった——領主の残していったものがだ。つまり、彼の死体だった。しかもそれは三百ヤードほど離れた雑木林の中であって、手足をしばられ、猿ぐつわをはめられ、全身めちゃめちゃに突き刺された姿でだ。

犯人は誰か？　嫌疑は近くに住むある卑しい身分の家族にかかった。最近、彼らはこの領主によってことのほか厳しい扱いをうけていたからだ。そしてその者たちの口から嫌疑はさらにずるずると延びてゆき、彼らの親類とその家族の者にまでも及んだ。嫌疑だけで十分だった。

領主から扶持《ふち》をもらっていた家来どもが、この者たちをすぐさま皆殺しにしてしまえと言うと、たちまち村の者どもはみんなしてそれに加わった。女の亭主もその群衆にまじって活躍し、明け方ちかくまで帰ってこなかった。今も出ていって、その後どうなっているか見に行っていた。そして、わたしたちがまだ話しているうちに、亭主は探検からもどってきた。彼の報告はまったく忌わしいものだった。十八人の者が吊し首にされるか虐殺されるかしていて、二人の小作人と十三人の囚人とが火事のために死んでいた。

「で、囚人は全部で何人いたんだね。地下牢《ろう》の中に?」

「十三人でがす」

「じゃあ、一人残らず死んだわけだね」

「うんだ。ぜんぶだ」

「しかし救助にかけつけたときには、家族の者を助け出す時間はあった。どうして囚人だけは一人も助け出せなかったんだね?」

男はキョトンとした顔をして、こう言った。

「そんなときに牢屋の錠前をはずそうなんて者があるかね? きっと逃げ出したにちげえねえだからね」

「じゃあ、誰ひとり錠をあけてやる者はいなかったというんだね?」

「誰も近くへ行った者はねえよ、錠をかけにも錠をはずしにもな。とにかく閂《かんぬき》はしっかりかけてあるわけなんだから。だから、あとすることといやあ、見張りを一人置くぐれえのことだね。そうすりゃあ、枷《かせ》をはずす奴がいたって、逃げることあできず、すぐ捕まってしまうからね。

そんな奴は一人もいなかったね」

「だが三人逃亡いたしたぞ」と王が言った。「そのことを皆に言うて、役人に跡を追わせるがよいぞ。その者たちは領主を殺害し、館に火を放ったのじゃからな」

わたしは、王がそれを言いだすだろうと思いかけていたところだった。さっそく男とそのかみさんとはこの話に強い関心を示し、いまにも飛び出して行ってみんなに伝えようとする様子だった。それから急に何かほかのことを思いついたらしい様子が彼らの顔にあらわれた。そしていろいろと尋ねはじめた。その質問にはわたしが答えた。そして答えの生み出す効果をじっと観察していた。すぐにほっとしたことは、この三人の囚人が何者であるかがわかると、その場の空気が少しばかり変わったということと、この夫婦が相変わらず飛び出していってその話をみんなに伝えようとしていながら、その様子が今ではうわべだけのものであって本物ではなくなったということだった。王はその変化に気がつかなかった。そのほうがよかった。わたしは話をうまくあやつって、その夜の事件でもっと違った出来事をあれこれと聞き出そうとした。そして気がつくと、夫婦も話がそっちにいってほっとしているような様子だった。

この事件全体を見てじつに痛々しく思えたことは、あの機敏な行動だった。この虐げられた村人たちが自分たちの残酷な手を、自分たちと同じ階級の者たちに向かって、共通の迫害者である者のために向けたときのあの機敏な行動だった。この夫婦もどうやら、自分たちと同じ階級の者とその領主との間に争いが起こった場合には、自分たちにとって当然で適切でしかも正当な行為は、その哀れな悪魔の階級全体が主人の側について、主人のために戦うことであって、じっくりと事の正邪を問いただすことなどは、しないということなのだ。だからこの男は飛び出していって自分の隣人たちを吊《つる》し首にする手伝いをしたし、その仕事を熱心にやったりもした。しかも自分でちゃんと気がついているのは、その隣人たちにはたんなる嫌疑以外に何の証拠もなく、その嫌疑の背後にも証拠として説明できるものは何一つないということなのだ。それなのに彼もその妻もそのことについて何か恐ろしいものを見ているのだとは思っていないのだ。

これはまったく気の滅入る話だった――胸に共和国建設の夢をいだいている者にとってはだ。わたしはふと十三世紀のちの、ある時を思い出した。当時わが国の南部の「プア・ホワイト」（貧困白人）たちは、まわりの奴隷領主（農園主）たちからたえず蔑《さげす》まれ、しばしば侮辱されていた。そしてその連中が卑しい境遇にあるのも、それはただ彼らのあいだに奴隷制度というものが存在しているからなのであった。それなのにその連中はあらゆる政治運動において奴隷領主たちの側に、びくびくしながら、喜んでついていって、奴隷制度を支持し永続させようとした。そしてついにはマスケット銃を担ぎもして自分たちの生命を注ぎ、この制度の崩壊《ほうかい》を阻止しようと努力した。自分たちを堕落させた当の制度だというのにだ。しかし、一つだけ償いとなるようなことがその悲しむべき歴史の一齣《こま》にもついていた。それはつまり、ひそかにではあるが、この「プア・ホワイト」も奴隷領主を憎んでいたし、自分自身の恥を感じていたということだ。その感情は表面にこそ出てこなかったが、現に存在しており、好機到来のあかつきには出てくることのできるものだったという事実はすばらしいものだった――事実、それだけで十分だった。なぜなら、それによって人間は、結局、心の底では人間であるということがわかったからだ。たとえそれが顔には表われなくともだ。

さて、こうしてみると、なんのことはない、この炭焼きはまさしく遥《はる》か後の世の南部の「プア・ホワイト」と双子だったのだ。王はやがて、いらいらしだした。そしてこう言った。

「そちたちがここで一日じゅうしゃべっていたのでは、役人どもが追跡できなくなるぞ。犯人どもがその父親の家にいつまでもいると思うか？　逃げておるのじゃ、待ってなどおりはせん。騎馬の一隊をさしむけて跡を追わせるようにするのじゃ」

女の顔が心もち青ざめた。しかし人目にも十分わかるほどだった。そして男のほうもあわてたような顔つきで、心をきめかねている様子だった。わたしは言った。

「さあ、わたしも途中まであんたといっしょに行ってあげよう。そしてどっちの方向へ奴らが行きそうか説明してあげよう。もし奴らが租税とかなにかそれに似たバカバカしいことで抵抗しただけにすぎないというのなら、奴らを守って捕まえられないようにしてやろう。だが、人が高い身分の者を殺し、そのうえその者の家を焼き払ったとなると、これは話がべつだ」

後のほうの言葉は王のためだった——静かにさせておくためだ。道に出ると男は決心をかためた。そしてしっかりとした足どりで歩きはじめた。しかしそこには少しも熱が入っていなかった。やがてわたしは言った。

「奴らは、あんたとはどういう関係なんだい——いとこかい？」

彼は真っ青になった。炭でよごれた皮膚がせいいっぱいに許してくれる青白さでだ。そして彼は足を止めて、震えた。

「えっ、ど、どうしてそれを知っていなすったただね？」

「知ってなんかいなかったさ。ただの感だよ」

「ああ、かわいそうに、これであの子たちもおしめえだ。いい若者だったのに」

「あんたは本当に向こうへ行って、その子たちのことを話すつもりだったのかね？」

彼はこの言葉の意味をどうとっていいか、まったくわからぬ様子だった。しかし、こう言った。ためらいながらだ。

「え、ええ」

「どうやら、おまえさんは地獄の鬼だなあ！」

それを聞くと彼は喜んだ。まるで天国のお使いだと言われたようにだ。

「もういちどその言葉を言ってくだせえ、兄弟！　きっとあんたはわしを裏切るようなこたあしねえでしょうね、わしが自分の務めを怠ったとしても」

「務めだって？　これには務めなんか何もありはしないのだよ。ただ口をつぐんでいて、その人たちを逃がしてやるという務めのほかにはね。その人たちは正当なことをしたのだからね」

彼は嬉《うれ》しそうな顔をした。嬉しそうではあったが、同時にまた不安にもかられていた。道をあちこちと見まわし、誰も近づいて来る者がいないことを確かめると、やがて用心深い声で言った。

「あんたはどっから来なすったのかね、兄弟、そんな危ねえことを言って、怖がりもしねえ様子だが？」

「これは危険な言葉ではないさ、わたしと同じ階級の者に話すときはね、わたしはそう信じている。あんただって誰にも言やあしないだろう、わたしがこんなことを言ったなんてね？」

「わしが？　言うくらいなら荒馬で八つ裂きにされたほうがましでがす」

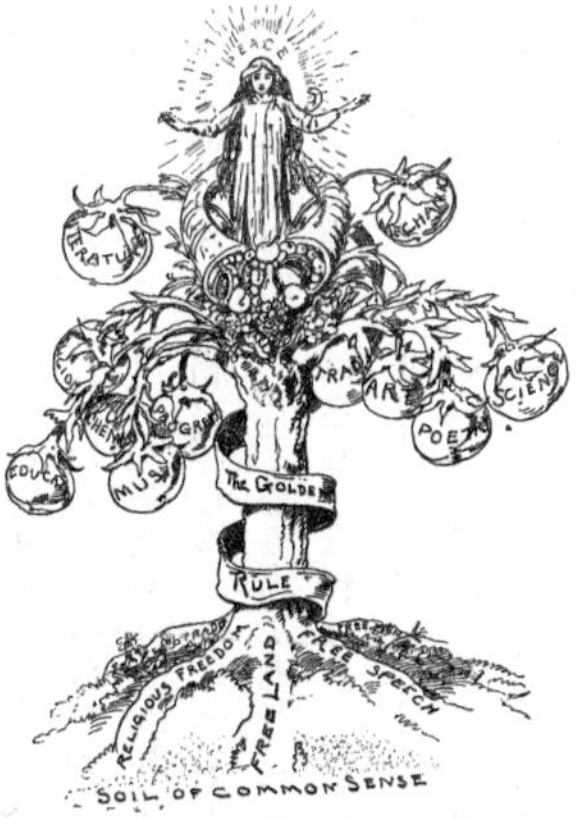

「よし、それなら、わたしも言いたいことを言わせてもらおう。きっとあんたは口外しないだろうからね。わたしの考えでは、悪魔の力がゆうべあの罪のない気の毒な者たちの上に働いたのだ、と思う。あの領主は、当然のむくいを受けたまでだ。わたしが自分の思いどおりにやらせてもらえるなら、奴と同じような領主は一人残らず同じ運命にあわせてやるよ」

恐れも憂鬱《ゆううつ》も男の様子から消え去った。そして感謝と勇敢な活力とがそれにとってかわった。

「あんたがスパイだとしても、それにあんたの言葉がわしの破滅のもととなる罠《わな》であっても、その言葉は非常に気分がさわやかになるもんだ。だからもう一度その言葉やそれに似たほかの言葉が聞けるんなら、おらあ喜んで絞首台にだってのぼるつもりだ。なにしろ、おらあすばらしいご馳走《ちそう》を食べたような気分だからな、このひもじい一生のうちで初めてよ。じゃあ今度は、おらの言いたいことを言わしてもらうべえ。あんたがそれを報告したってかまやしねえ、もしするちゅうんならね。おらあ、手をかして近所の者を吊し首にした。そりゃあ、領主さまのことで真剣になっていねえなどとわかったひにゃあ、おら自身の生命が危うくなるからだ。ほかの者たちが手をかしたのも、みんな同じ訳からだ。領主さまが死んだんで、今日はみんな大喜びだが、うわべはみんな悲しそうにして空涙をながしているだ。そのほうが安全だからね。さあ、これでおらも言ったぞ！　この言葉ぐれえ口の中でいい味のしたものはねえ。この味のむくいはすばらしいもんだ。さあ先に立って進んでくれ、たとえ絞首台だってかまうもんか、覚悟はちゃんとできてるだ」

ごらんのとおりだ。人間はやはり人間なのだ、心の底では。不正と圧制の時代が総がかりでやってきても、人間を押しつぶしてその中から人間性を一滴のこらず絞り出すことはできないのだ。それは間違いだと思う者があれば、その者こそが間違っているのだ。そうだ、共和国建設にとって実にすばらしい人材は、この世で最も堕落した人たちの中にもあるのだ――ロシア国民にさえもだ。彼らにも人間性は十分にある――ドイツ国民にもだ――人はただ人間性をその臆病《おくびょう》な疑いぶかい心の奥底からむりにでも引き出しさえすればよいのだ。そして、泥の中に叩《たた》きこみ踏みつぶしてやるのだ、これまでに打ち建てられたすべての王座と、それを支えてきたすべての貴族たちとをだ。しかしわれわれは、まだまだ、いくつかのことをしなければならない。希望をもち、確信をもってやろう。まず第一にしなければならないのは、修正された君主制体だ。それもアーサーの時代が終わるまでのものだ。それから、王座の崩壊。貴族階級の廃止。その階級の者たちの有益な職業への配置。普通参政権の確立。全統治権の男女国民の手への移管などが残っている。そうだ、まだしばらくのあいだ、わたしの夢を諦《あきら》める機会はなかった。

第三十一章　マルコ

炭焼きとわたしとは、今度は思いきりのんびりとした足どりで歩き、話をかわした。うんと時間をつぶしておいて、われわれが本当にアブラソアの村へ行き、役人たちに話して犯人の跡を追わせ、それからまた帰ってきたふうに見せねばならなかったからだ。そして歩いているうちに、わたしはまたべつな興味の対象にぶつかった。それはいまだに色あせもせず、その新味も失わず、わたしがアーサーの国に来てから今日に至るまでずっとつづいているものだった。つまり、あの態度だ——階級制度の厳密きわまる細分化から生まれてきたやつで——たまたま通りがかった者同士がたがいに交わすあの態度物腰だ。頭をそった僧侶《そうりょ》が、頭布《ずきん》をうしろに傾《かし》げ、ふとった顎《あご》に汗をだらだら流しながらやってくると、炭焼きは深々と頭をさげた。この男は上流階級の者に対しては卑屈だった。農夫や職人に対しては愛想もよく軽口もたたいた。ところが奴隷がやってくると、しかもうやうやしく顔を伏せてなのだが、やってくるとこの小僧っ子の鼻は上を向いた——相手に目もくれようとはしなかった。まったく、この世には全人類を吊し首にして、こんな茶番劇を終わらせたいと思うときがあるものだ。

やがてわれわれはある事件にぶつかった。小さな群れをなした子供たちが、男も女も半ば裸で、森の中から急に飛び出してきた。何かにおびえている様子で、悲鳴をあげていた。いちばん年上の子といってもせいぜい十二か十四歳ぐらいだった。子供たちは助けを求めたが、みな気が転倒しているので、いったい何が起こったのか見当もつかなかった。しかしわれわれは森に飛びこみ、小走りに走る子供たちを先頭に立てて行くと、事情はすぐにはっきりした。子供たちは小さな仲間をひとり、木の皮のロープで吊《つる》し首にしていたのだ。そしてその小さな子は蹴《け》ったりもがいたりしていた。だんだんと首がしめつけられて死が迫っていた。われわれはその子を助けおろし、息を吹きかえさせた。ここにも人間の本性の見本があった。子供たちは尊敬する大人たちの真似をしていたのだ。彼らは暴徒ゴッコをしていたのだ。そして成功をかちえたのだ。自分たちがあてにしていたよりももっとずっと重大な結果を招く成功をだ。

　このぶらぶら歩きも、わたしにとっては退屈なものではなかった。わたしはこの機会をたいへん有益なものにした。いろいろと知ることができた。旅人というふれこみだったから、いくらでも好きなだけ質問することができた。政治家としてのわたしにとって当然、興味のあったのは、労働賃金の問題だった。そのような頭で、できるだけ多くの資料を午後から集めた。そもそも、あまり経験がなく物事を深く考えないような人間は、一国の繁栄とかあるいは繁栄の欠如とかを測る場合、一般の賃金の額だけに頼ろうとするきらいがある。賃金が高ければ、その国は繁栄しているといい、低ければ繁栄していないというのだ。しかしそれは間違っている。どれだけの賃金をとるかということではなくて、その賃金でどれだけ多くのものが買えるかということが重要な問題なのだ。そしてそれこそが決め手となって、賃金が本当に高いのかそれとも名目のうえで高いというだけにすぎないのか、ということがわかるのだ。わたしはそれが十九世紀のあのわが国の南北戦争のころ、どんなぐあいだったか思い出すことができた。北部

では大工は一日三ドルもらっていた。金《きん》の評価でだ。南部では五十ドルだった――しかもそれは一ブッシェル一ドルの価値しかない南軍の下落貨幣で支払われるのだ。北部では仕事着が一着三ドルした。一日の労働賃金と同額だ。南部では七十五ドルした。二日分の労働賃金だ。ほかのものも同じ割合だった。したがって、賃金は北部のほうが南部よりも二倍も高かったことになる。なぜなら一方の賃金はもう一方の賃金の二倍の購買力をもっていたからだ。

そうだ、わたしは村でもいろいろと知ることができた。そして非常に嬉《うれ》しく思ったのは、われわれの造った新しい硬貨が出まわっていたことだ――かなりのミルレイ貨も、かなりのミル貨も、かなりの銅貨も、非常に多くのニッケル貨も、それにわずかながら銀貨もだ。これらはすべて職人のあいだでも一般の人たちのあいだでも使われていた。そうだ、そしてわずかながら金貨さえも使われていた――しかしそれは銀行にあった。つまり、金細工師（十八世紀などよく金融業を兼ねた）のところにだ。わたしはその店に立ち寄ってみた。ちょうどマルコの息子のマルコ（炭焼きの名）がどこかの店の主人と四分の一ポンドの塩のことで言い争っていたときだ。そしてわたしは二十ドル金貨を細かくしてくれるようにと頼んだ。店ではそれを用立ててくれた——こんな手続きをふんでからだ。つまり、その金貨を噛《か》んでみたり、カウンターの上に落としてその音色を聞いてみたり、酸をかけてみたり、どこで手に入れたのかとか何者なのかとか、どこから来たのかとか、これからどこへ行くのかとか、そこへはいつごろ着く予定なのかとか、そのほか二百ばかりの質問をした。そして相手はとうとう暗礁に乗りあげてしまったが、わたしのほうはさらにつづけて、こちらから進んで多くの情報を提供してやった。つまり、わたしは犬を一頭飼っていた。名前はウォッチというのだ。わたしの最初の女房はフリー・ウイル・バプティスト派だった。そしてその祖父《じいさん》は禁酒党の党員だった。そしてわたしは昔ある男を知っていたが、その男には親指が二本ずつ両方の手にあり、イボが一つ上唇の裏側にあった。そして光栄ある復活を望みながら死んでいった。など、など、などだ。そのうちにこの飢えた村の質問者も満腹になったような様子を見せはじめた。と同時にまた、いささかまごついているようでもあった。しかし彼はわたしのような財力のある者に対しては尊敬の念を払わねばならなかった。そこでわたしには生意気な口はきかなかった。しかし注意してみていると、その腹いせを店の若い者たちに向けてやっていた。それもしごく当然のことだった。さて、確かに店ではわたしの二十ドルを両替えしてくれた。しかしそれはこの銀行にとっていささかむりな仕事だったろうと判断した。考えてみてもわかる。なぜなら、それは十九世紀のあるちっぽけな村の店先に入っていって、そこの主《あるじ》にいきなり二千ドルの両替えを頼むのと同じことだったからだ。主はおそらく両替えしようと思えばできたかもしれない。しかし同時に彼はどうして小作農夫がこんな大金をポケットに入れて持ち歩いているのだろうかと不審に思うだろう。それはおそらくこの金細工師の思いもまた同じだったはずだ。なぜなら、彼は出口のところまでついて来ると、そこに立ちどまってじっとわたしの後ろ姿を見つめ、うやうやしい態度で感嘆おくあたわざる色を見せていたからだ。

わたしが造らせた新しい貨幣は、順調に流通していたばかりでなく、その名称もすでに盛んに使われていた。つまり、人びとは以前から使っていた貨幣の名称は忘れて、今では、それは何ドルだとか何セントだとか何ミルだとか、何ミルレイだとかと言った。非常に嬉しいことだった。われわれは進歩していた。それは確かなことだった。

わたしは職人の親方も何人か知るようになった。しかし中でもいちばん興味のある親方は、鍛冶屋《かじや》のダウリーだった。威勢のいい男で、口のきき方もきびきびとしていた。年季あけの職人を二人と、年季奉公中の職人を三人かかえ、目がまわるほど忙しく仕事をしていた。事実、どんどんと金が入ってきて、みんなからも大いに尊敬されていた。マルコはこういう男を友だちにもっていることが非常に得意だった。そこでわたしをそこへ連れて行ったのだ。それもうわべは、自分の炭を大量に買ってくれる彼の大きな仕事場をわたしに見せるためということだったが、本心は、自分がじつに気安く、ほとんど親密といってもいいくらいの仲でこの偉大な人物とつきあっているのを見せたかったからなのだ。ダウリーとわたしとはすぐに親しくなった。わたしは昔、ちょうどこういう選りぬきの男たちを、すばらしい仲間たちを、あのコルト兵器工場で部下に使っていた。それでこの男についてももっと多くのことを知りたいと思った。そこで、日曜日にマルコのところへやって来てわれわれといっしょに食事をしないかと誘った。

マルコは肝をつぶし、息をのんだ。しかしこのお大尽が承知すると、マルコは非常に感激して、相手のこの如才なさにびっくりすることも忘れてしまった。

マルコの喜びはあふれるばかりだった——が、それは一瞬にすぎなかった。やがて彼は思案顔になり、それから泣きっ面をした。そしてわたしがダウリーに向かって石屋の親方のディコンも車大工の親方のスマッグもいっしょに来てもらおうじゃないかと言っているのを聞くと、彼の顔についている炭の粉はチョークに変わり、彼は、手にしていたものまで落とした。しかしわたしは、彼にとって何がそんなに問題なのか知っていた。じつは、費用のことなのだ。彼は破滅を予測したのだ。自分の経済的余命がいくばくもないと判断したのだ。しかし、石屋と車大工とをよびに行く途中でわたしは言った。

「すまんが、この友人たちをみな招ばしてもらうよ。それに、すまんが、この費用はこっちで払わしてもらうからね」

彼の顔は晴れわたった。そして彼は元気よく言った。

「だが、そっくりはいけねえよ、そっくりはだめだ。こんな負担は一人じゃしょいきれねえだからね」

わたしはそれを遮って言った。

「じゃあ、この場でたがいにはっきりさせておこうじゃないか、兄弟。あたしはたかが農夫の監督にしかすぎん。それは本当だ。だが、それでも貧乏ってえわけじゃあない。今年はえらく運がよかったんだ——どんなに金が入ったか知ったら、あんたもびっくりするぜ。正直いって、こんな宴会の十や二十やったってちっとも心配いらないんだ。費用のことなどまかしといてくれい！」と言いながらわたしはパチリと指を鳴らしてみせた。わたしはマルコの尊敬する目の中で、一度に一フィートずつ高くなってゆく自分の姿を見ることができたが、この最後の言葉を言ったとたん、わたしは、まさに塔のごとくそびえたった。スタイルも高さも申し分なしだ。

「だからぜひ、あたしのやるとおりにやらせてもらいたいんだ。あんたはこの大宴会に一セントも出してはいかん。これで話はきまった」

「それじゃあ、あんたにあんまり散財かけ――」

「いや、そんなことはないさ。あんたは自分の邸をジョンズとあたしとにあんなに気前よく提供してくれたんだ。ジョンズもそのことを今朝いっていたよ。あんたが村から帰って来るちょっと前だったがね。なぜって、あの男がそんなことをあんたに面と向かって言うようなことはまずないだろうが――というのも、あいつは口が重くてね、それに人前に出ると、はにかむからなんだが――根はいい奴でね、義理堅くって、人に親切にしてもらえば、どうやって恩を返したらいいかちゃんと心得ている男なんだ。まったく、あんたもあんたのかみさんも、あたしたちにゃずいぶん親切にしてくれたからな――」

「いやあ、兄弟、なんでもねえこった――あんな親切なんかよ！」

「ところが本当に大したものなのさ。人間、自分のもっている最善の努力、それを惜しげもなくつくすときに、かならず大したものになるんだ。天子さまにできるのと同じように立派なことで、それと肩を並べることができるのだ――なぜって、天子さまだって、できるのはせいぜい自分の最善をつくすことだけなのだからな。だからあたしたちはそこいらで買い物をして、今のうちから準備をしておこう。そしてあんたは費用のことなど心配しなくていい。あたしはこの世でいちばん金づかいの荒い男の一人なんだ。なにしろ、いいかい、ときによってはたった一週間のうちにあたしが使った金は――いや、そんなことはどうだっていい――とにかくあんたが信じられないほどなんだからね」

こんなぐあいでわたしはぶらぶら歩きながら、あっちへ寄ったりこっちへ寄ったりして、品物の値段を訊《き》いたり、店の主人たちと例の騒ぎのことで雑談したりした。そして、ときどきその騒ぎの悲惨な爪跡にでくわしもした。それは、みんなから忌み嫌われ、涙にくれて路頭に迷っているあの生き残りの家族の者たちだ。憩《いこ》うべきわが家を取り上げられ、両親を虐殺されたり吊《つる》し首にされたりした子供たちだったのだ。マルコとそのかみさんとの着ているものは、それぞれ粗い麻くずで織ったものや麻と綿とを混ぜて織った粗末なものだった。そして市街地図によく似ていた。ほとんど全体にわたって継《つ》ぎがあたっていて、町を一つずつ継ぎたしていって五、六年もたつうちに、とうとう元からあった布地のほうは手のひらほどの大きさもそこには残らなくなっていた。そこでわたしはこの二人に、今度のすばらしい宴会に着られるよう新しい服をととのえてやりたいと思った。そして、そのことを切り出すのに相手に気がねをさせないようにするにはどうしたらよいか考えあぐねていた。が、そのうちにようやくうまいことを思いついた。つまり、わたしはさっき出まかせに王が感謝していたなんて言ってあるのだから、それを裏づけるために形のあるものでそれを証明してやればいいわけだ。そこでわたしはこう言った。

「で、なあマルコ、もう一つあたしにさせてもらいたいことがあるんだ――ジョンズのために言うんだが――あんただってあの男を怒らせたくはないだろう。あの男はお礼の気持ちをなんとか表わしたいとしきりに思っているんだが、内気なもんだから自分でそれがなかなかできないんだ。それであたしに頼んで、何かちょっとしたものを買って、それをあんたと奥さんのフィリスさんに差しあげてくれ、そして支払いは自分がもつがその品物が自分からだなんていうことはあんたたちに絶対に気づかれないようにしてくれ、なんて言うんだ――慎み深い人間はこういうことにどんな気持ちをもつか、わかるだろう――そこであたしは、よし引き受けた、おれたちの秘密にしておこうと言ったんだ。ところで、奴の考えというのは、新しい着物を一そろいずつ、あんたたち二人に贈って――」

「いやあ、それはむだづかいだ！　そんなことしたらいけねえよ、兄弟、そんなことをしたらいけねえ。考えてもみなせえ、そんな大変な金は――」

「大変な金なんかであるもんか！　まあちょっと静かにして、どんなぐあいか見ていてくれ、途中で口を出しちゃいかん。だいたいあんたは口が多すぎる。そいつはなおさなきゃいけないぞ、マルコ。立派な作法とはいえないからな、そうだろう。気をつけないと、そのうち始末におえなくなるぞ。よし、さあ、この店へ入ってみよう。そしてこの男がもっている品物の値を訊いてみよう――そして忘れずに覚えていてくれよ、ジョンズに気どられないようにな、あの男がこれに関係しているのをあんたが知っているなんてえことをだよ。とにかく奴ときたら、まったく不思議なくらい感じやすくって、おまけに気位が高いんだからな。奴は農夫でね――かなり暮らしむきのいい農夫でね――あたしはそこで使われている監督なのさ。ところがあの男の想像力がすごいんだ！　とにかく、ときどき自分を忘れてホラを吹きだすことがあるんだが、そんなときには地上でいちばんできのいい人物の一人だとあんたは思うだろうぜ。そしてそんなときには、あの男の話しっぷりを百年聞いていたって奴が農夫だなぞとは思えなくなるんだ——とくに農業のことを話すときがそうだ。それでいて、自分は農夫の冥王《めいおう》だなんて思っているんだ。自分は農業の本場からやってきた南部地主の将軍さまだなどと思いこんでいるんだ。ところが、これはあんたとあたしだけの話だが、あの男は農夫のことよりもむしろ、国を治めることのほうがよく知っているんだ——それなのに、何をしゃべっても、聞き手のほうは口をあけたまま耳を傾けたくなるような話ばかりで、あんな途方もない考えはこれまで一度も聞いたことがなく、死ぬまでかかったって全部は聞けないんじゃないかと思えるくらいだぜ。ジョンズも喜んで話をするだろう」

こういう風変わりな人物のことを聞くと、マルコは骨の髄まで満足した。しかしそれはまた、これからさき何が起こっても彼が驚かぬようにもさせた。わたしの経験から言えば、どこかの国の王さまと旅をすることがあって、その王さまが何かほかの者になりすましていなければならぬはずなのに、旅の半分も行かぬうちからそれを忘れてしまうような王さまだったら、用心はいくらしてもしすぎるということは絶対にない。

この店はわれわれがこれまで見てきたうちではいちばん立派な店だった。量こそ少なかったが何でもそろっていた。鉄床《かなとこ》や織物類はもちろん、魚や擬《まが》い物の宝石まであった。そこで仕切り状はぜんぶこの店でつくらせ、もうこれ以上ほかの店を当たることはやめようと心にきめた。そこでマルコにはその場をはずさせて、例の石屋と車大工とをよびにやらせた。そうしておけばこちらも自由に買い物ができる寸法だ。というのも、わたしは何をするにも静かにやるのは嫌いだったからだ。芝居のように派手にやらないと少しも興味がわかないのだ。そこでわたしはまず金がたっぷりあることを、それとなく見せて店の主の注意をひいた。それから必要な品物をリストに書いて、それを主に手渡し、読めるかどうかみていた。彼は読めた。そして読めることを得意げに顔に出した。昔坊さんに教えてもらって、いまでは読むほうも書くほうもできるのだと言った。そしてリストにざっと目を通すと、満足そうな様子で、ずいぶん大きなご注文ですなと言った。まあ、そうだろう。こんなちっぽけな店にとってはそのとおりだ。それにわたしは豪勢な晩餐《ばんさん》の支度ばかりでなく、そのほか特別上等のものをあれこれ注文したのだ。そしてそれらのものを荷車に積みこんで、マルコの息子のマルコの家に土曜日の夕方までに届けてくれるように、そして勘定書は日曜日の夕食時にわたしのところへ送ってよこすようにと指示した。すると彼は、どうぞおまかせ下さい、さっそくご注文の品を取りそろえて、間違いなくお届けいたします、それがこの店のしきたりでございますから、と言った。そしてミラー・ガン（四二一ページ参照）を二つ、マルコの旦那《だんな》とおかみさんとにサーヴィスに入れておくからとも言った——この節は誰もが使っているもんでございますからね。彼はこの便利な器械を口をきわめて褒《ほ》め賛えた。そこでわたしはこう言った。

「それじゃあその二つとも中身をまんなかの線まで入れておいてくれ。そしてその分も勘定に加えておいてくれないか」

　ハイハイでは喜んでそういたしましょう、と言って彼はそれに中身をつめこんだ。そこでわたしは、それだけは自分で持ち帰ることにした。この男に教えてやるわけにもいかなかったが、じつは、このミラー・ガンなるものはわたしのちょっとした発明品だったのだ。そしてわたしは布告を出して、国内にある店は必ずこの器械を備えておき、国で定めた値段で売るように命令しておいたのだ——値段といってもほんのわずかな額であり、しかもそれは店の収入となるのであって、国の収入になるわけのものではなかった。国は無料《ただ》で店に配っていたからだ。われわれは日の暮れるころ帰って行ったが、王はべつにさびしそうな様子もしていなかった。われわれが出て行くとすぐにまた、例の夢に浸ってしまったのだ。王国の全軍をひきいてゴールの地に攻めこむあの大作戦だ。そして午後の陽がいつしか落ちても、王はその夢からさめなかったのだ。

第三十二章　ダウリーの屈服

さて、例の積荷が土曜日の午後も日暮れちかくなって到着すると、わたしは大わらわだった。マルコ夫婦が気絶しかけたのだ。彼らは、ジョンズとわたしとが金をつかい果してもう助かる見こみがないと思いこみ、自分たちもこの破産に連座しているのだといって己が身を責めていた。なにしろ、宴会の材料のほかに、その材料だけでもうかなりの額になるのに、そのほかいろいろと、すばらしいものを山ほど、この家族の将来の安楽な暮らしのために買っておいてやったからだ。たとえば、たくさんの小麦だとか、彼らのような階級の者たちの食卓には珍しい食べ物、つまりアイスクリームが隠者の食卓に出るくらいに珍しいものなどだ。それにまた、手ごろな大きさの松材のテーブル。それに正味二ポンドもある塩。この塩だけでもこういう人びとの目にはまたしても大きな散財だった。それに皿《さら》、腰掛け、テーブルクロス、ビールの小樽《こだる》などなどだ。わたしはマルコ夫婦によく言いきかせて、この豪勢な宴会のことについては誰にも口外しないように、客たちをアッと言わせて、少しは自分も得意になりたいのだから、と言っておいた。新調の着物を見ると、素朴なこの二人はまるで子供のようだった。ひと晩じゅう部屋の中を行ったり来たりして、まだ夜が明けぬのかと外をのぞいたりしていた。夜が明ければそれが着られるからだ（新しいものを夜おろすのは縁起がわるいとされていた）。そしてとうとう陽の出にはまだ一時間もあろうというころから着こんでしまった。すると彼らの喜びは――狂喜とまでは言えないにしても、――また生き生きとしてきて、これまでとは違った新しさと勢いとを示した。そのために、それを見ているとついこちらの気持ちもよくなって、眠りを妨げられたことなど忘れてしまった。王はいつもと変わりなく眠っていた――つまり死人のようにだ。だからマルコ夫婦は王に着物の礼を述べることはできなかった。もっとも、それは禁じられていたせいもある。しかし彼らは思いつくかぎりの方法で、感謝の気持ちを示そうとしていた。ところがいくらやってもだめだった。王はまったく変化に気がつかなかったからだ。

さて、いよいよその日はあの実りゆたかなすばらしい秋の日となった。本当はまだ六月だったのだが、日ざしも和らいで、戸外にいるとまるで天国にいるような思いだった。昼近くなると客も到着したので、われわれは大きな木の下に集まった。そしてすぐに打ちとけあって、昔からの知り合いのようになった。王の無口もいささかほころびた。とはいえ、初めのうちはジョンズという名前に慣れるのにいささか苦労していた。わたしは前もって王に頼み、自分が農夫であることを忘れないようにと言っておいた。しかしまたこうも言っておくほうが賢明だと思った。つまり、それもごく自然にやればいいのであって、なにも苦心してやることはないのだ、と。というのも、王は言われたことはそのとおりクソまじめにやるような人物だったから、こんなささいなことでも前もって注意しておかないと、台無しにしてしまうからなのだ。なにしろ彼の舌はすぐに使えるし、心もじゅうぶん乗り気でいるし、おまけに農夫についての知識は、まったくあやふやなものだったからだ。

ダウリーは上機嫌だった。そこでわたしは早々と彼に話を始めさせた。そして彼を巧みに操って話題を彼の身の上話のほうへもってゆき、彼自身を主人公に仕立てあげた。そうしておけばその場にすわって彼の話を聞くのに都合がよかったからだ。おれなんざ自分の力でこれだけになったのさ、と言った。こういう連中は話し方を心得ている。他のどんな種族の人間よりも称賛に値する。実際それは本当のことだ。それにそうした称賛を見つけるにもいちばん早い者たちの中に入っている。彼は自分の生涯がどのようにして始まったかを語った。孤児《みなしご》で、金もなく、助けてもらえる知り合いもなかったこと。この世でこれ以上ひどい主人はあるまいと思えるような男の奴隷になって暮らしたこと。一日の仕事が十六時間から十八時間もあって、おまけに与えられる食べ物といえばほんのわずかの黒パンで、そんなものでは半分も飢えがしのげなかったこと。しかし誠実な努力のおかげでとうとうある親切な鍛冶屋《かじや》から目をかけられるようになり、その人がやって来て親切な言葉をかけてくれたときには感激のあまり死ぬほどの思いだったこと。なにしろ夢にも考えていなかったときにいきなりその人が九年の年季奉公に使ってくれると言い、食事も着物も支給してくれて、おまけに仕事も――ダウリーの言葉を借りれば「コツ」も――教えてくれるといったからなのだそうだ。それが彼の出世の第一歩で、彼の最初のすばらしい幸運だった。だから今でも彼がそれを語るときには必ず表情豊かな驚きと喜びとが顔一面にみなぎって、こうしたすばらしい出世がつまらぬ人間の運命にも訪れてくれることがあったのだと教えていた。彼は奉公している間には新しい着物は一着ももらえなかったが、年季あけの日に親方は真新しい粗麻織りの着物で彼を飾ってくれ、なんとも言えぬほど金持ちですばらしい気分にさせてくれたということだった。

「おらもあの日のことは憶《おぼ》えているぞ！」と車大工がどなった。感激しているのだ。「あの着物がおまえさんのものだなんて、とても信じられなかったぞ、まったく信じることができなかったぜや」

「ほかの連中だってそうさ！」とダウリーが大声で言った。その目は輝いていた。「だからおれは世間の評判を落とすんじゃねえかと思ったよ。なにしろ近所の連中はおれが盗みを働いていたんじゃねえかって思っていたからな。とにかくすばらしい日だった。じつにすばらしい日だったぜ。誰だってああいう日は忘れられねえな」

そうだ。そして彼の親方は立派な男だった。景気もよく、きまって一年に二度は肉料理のご馳走《ちそう》をしてくれた。そのときは白パンもついた。小麦粉で作った本物のパンだ。実際、暮らしも、言ってみりゃあご領主さまみてえだった。そのうちにこのダウリーは親方の跡をついでその娘の婿《むこ》になった。

「で、そのあとどうなったか考えてくれ」と彼は厳かな口調で言った。「月に二度も真新しい肉がおれの食卓に出るんだぜ」彼はここで言葉を切った。その事実が聞き手の腹の中にしみわたるようにだ。それから、こうつけたした。——「そして八回もだぜ、塩づけの肉はな」

「そのとおりだ」と車大工は言った。息をころしてだ。

「おらもそのこたあよく知っている」と石屋が言った。同じようにうやうやしい口調だ。

「おれの食卓には白いパンが日曜ごとに一年じゅう出るんだ」と鍛冶屋の親方はつけたした。もったいぶった口調でだ。「こいつはおめえさんたちの良心に聞いてみよう、これも本当の話じゃねえかどうかをな？」

「首を賭《か》けてもいいが、そりゃあ本当のことだ！」と石屋が叫んだ。

「おらもそいつは証言できる――そのとおりだ」と車大工が言った。

「それで、家具のほうはどうかと言えばだな、こいつはおめえさんたちに言わせてやろう、いってえおれんとこの調度はどうなっているかをな」と言いながら片手を振って、率直にして何の拘束もない言論の自由を保障するような立派な態度を示した。そしてさらにこうつけ加えた。「思いのままを話してくれ。おれがここにいない積もりになって遠慮なく話してくれ」

「あんたんとこにゃ、腰掛けが五つもある。それもまったくすばらしい作りのやつでよう、家族は三人しかいねえちゅうに」と車大工が言った。心の底から敬意をこめてだ。

「それに木の杯《さかずき》が六つ、木の大皿が六つ、シロメの鉢《はち》が二つ。そんなんで飲み食いしているだ」と石屋が厳かな口調で言った。「そしていま言ったことは、神さまがおらの審判者だということを承知のうえで言ったんだ。それにおらたちはこの世にいつまでもいるわけにゃあいかねえ、最後の審判の日にゃあ、生きてるときに言ったことの申し開きをしなけりゃあなんねえ。嘘のことにしろ、本当のことにしろだ」

「さあ、これでおまえさんにもわかったろう、おれがどういう人間かってえことがな、ええ、ジョンズさんよ」と鍛冶屋は言った。すばらしく親しげな如才なさを見せてだ。「そしてきっとおまえさんはこのおれを、あるいはこんな男と見るかもしれねえな、つまり、自分が当然うける尊敬は油断なく守るが、それが他の者たちへ行ってしまって、そいつらの評価や資格がきまってしまうことには我慢がならねえような性質《たち》の男なのだと。だが、そのことだったら心配するにゃあ及ばねえ。よく覚えておいてもれえてんだが、おれはそんなケチなこたあ考えちゃあいねえ、誰だってみんな自分の仲間、自分と平等の人間だと考えるような男なんだ。そいつが正しい心をもった人間だったならな。たとえそいつの財産がどんなにつまらねえものだとしてもさ。な、その証拠に、さあおれの手を握ってくれ。そしておれは自分のこの口ではっきりと言おう。おれたちは平等なんだ——平等なんだとな」——そう言いながら彼は一座の者たちに微笑をふりまいた。その満足そうな様子は、まるですばらしく恵みぶかいことをしながら、自分でそのことを十分に意識している神さまにも似ていた。

王はその手をとったが、そこには気の進まぬ様子が隠しきれずに見えていた。それで放すときには、いそいそと放した。ちょうど貴婦人が生魚を放すときのようにだ。しかしそれがかえっていい効果を生んだ。偉い人からほほえみかけられた者にとっては当たり前のあの気おくれと間違えられたからだ。

さてこのとき、おかみさんがテーブルを運んできて木の下に据《す》えた。そのテーブルを見て、みんなびっくりした様子だった。なにしろ真新しい品で、松材の贅沢《ぜいたく》なものだったからだ。しかし一同の驚きはさらに高くのぼっていった。それはおかみさんが、体こそまったくの無関心さをどの毛穴からもにじませていたが、目だけはそんな無関心さなどかなぐり捨てて、さも得意げに輝かせながら、おもむろに正真正銘のテーブルクロスをひらいて、テーブルの上に拡げたときだ。それは鍛冶屋の家の壮観ささえ一段しのぐものだった。そして彼には大きな打撃を与えた。そのことは誰の目にも明らかだった。しかしマルコのほうは有頂天だった。これも誰の目にも明らかだった。それから、おかみさんは立派な新しい腰掛けを二つもってきた――へえーっ！　これも驚きだった。どの客の目にもそれはありありとしていた。つづいておかみさんは腰掛けをさらに二つもってきた――できるだけケロリとした様子でだ。またしても驚き――今度のは畏敬《いけい》のささやきがついていた。そしてまたおかみさんは二つもってきた――宙を歩きながらだ。それほど得意だった。客はみな石になってしまった。やがて石屋がつぶやいた。

「この世の虚飾《かざり》の中にも人を敬虔《けいけん》な気持ちにさせるものがあるだなあ」

おかみさんがもどってゆくとき、マルコは相手がまだ冷めないうちに仕上げの槌《つち》を叩《たた》いておかずにはいられなかった（鍛冶屋に対する縁語）。そこで、しいて憂鬱《ゆううつ》そうな様子を装いながら、とはいえ実にへたくそな装い方だったが、こう言った。

「これだけありゃあ間にあうだろう。あとはそのままでいい」

ということは、まだあるということだ！　たいした効果だ。わたしだってこんなうまい手は打てなかったろう。

これを手始めに、おかみさんはたまげるような品を次から次へと矢つぎ早に積みあげた。おかげでみんなの驚きは、この木陰のなかでも百五十度にまで燃えあがった。と同時に、みんなの口のほうはだんだんと麻痺《まひ》してきて、「おお」とか「ああ」とかと喘《あえ》ぐばかりになり、ついにはただ黙ったまま手をあげたり、目をむいたりしていた。おかみさんは瀬戸物の皿をもって

きた――新しいやつで、しかもごっそりとだ。新しい木の杯やそのほかの食卓用品。それにビールや魚や若鶏やアヒルや卵やローストビーフやローストマトンやハムや、丸焼きの仔豚《こぶた》や山ほども積んだ正真正銘の真っ白な小麦粉のパンもだ。ざっと見ても、この木陰にはすべてのものがそろっていた。この連中が生涯かけて目にしてきたものがだ。さて、連中がそこに腰をおろして驚きと畏《おそ》れにただ呆然《ぼうぜん》としているあいだに、わたしは何気ない様子で手をちょっと振った。すると、例の店の主の息子が、どこからともなく飛び出してきて、お勘定を頂きに参りましたのですがと言った。

「ああ、いいよ」とわたしは言った。無頓《むとんじ》着《ゃく》にだ。「いくらだい？　明細を聞かせてごらん」

　そこで彼は勘定書を読みあげた。そのあいだあの三人の男たちは肝をつぶして聞き入っていた。そして、満足の静かなさざ波がわたしの心には打ち寄せ、恐怖と感嘆の大波がかわるがわるマルコの心に打ち寄せていた。

塩	二ポンド	二〇〇
ビール	八ダース、樽入	八〇〇
小麦	三ブッシェル	二、七〇〇
魚	二ポンド	一〇〇
にわとり	三羽	四〇〇
ガチョウ	一羽	四〇〇
卵	三ダース	一五〇
ローストビーフ	一	四五〇
〃　マトン	一	四〇〇
ハム	一	八〇〇
仔豚	一	五〇〇
陶器デナーセット	二組	六、〇〇〇
男物スーツおよび下着	二揃	二、八〇〇
ラシャのガウンおよび下着、同、麻と毛の混紡もの	各一揃	一、六〇〇
木杯	八個	八〇〇

各種食卓用品　一台　一〇、〇〇〇
松材食卓　八脚　三、〇〇〇
腰掛け　二台　四、〇〇〇
ミラー・ガン、中身とも　三、〇〇〇

彼は読みおわった。その場には真っ青な恐ろしい沈黙があった。身動き一つする者もなかった。鼻孔も息の通過を教えなかった。

「それで全部かい？」とわたしは尋ねた。まったく落ち着きはらった声でだ。

「全部でございます、旦那《だんな》さま、ただ、ほかのこまごましたものは雑としてまとめて書いてございます。もしお望みでしたら、それもべつに——」

「そんなものは大したもんじゃない」とわたしは言った。その言葉にまったくの無頓着な身ぶりをともなわせてだ。「全部ひっくるめていくらになるかね」

店の息子は木にもたれて体をしっかりと支えた。そして言った。

「三万九千百五十ミルレイです！」

車大工は膝掛けから転がり落ちた。ほかの者たちは、テーブルにしがみついてやっと助かった。そしてその場には深い突然の叫び声がいっせいにあがった——

「神さま、この禍《わざわい》の日にわたしどもをお助けくださせえ！」

店の息子はあわてて言った。

「父からの伝言でございますが、あなたさまに今それを全部お払いいただくようお願いすることは名誉にかけてできることではない、でございますから、お払いのほうはただ――」

わたしはその言葉には注意も払わなかった。気だるいそよ風の一吹きほどにも思わなかった。無頓着も昂《こう》じてもううんざりしてきた、といったふうを装って金を取り出すと、テーブルの上に四ドル（四万ミルレィに相当する）ほうりだした。ああ、お見せしたかったのは、そのときのみんなの目を見はった顔だ！

店の息子はびっくりして心も空に見とれていた。それから、わたしに、その四ドルのうち一ドルは保証として預かっておいてほしい、自分はこれから町へ行って――わたしはそれを遮って言った。

「なんだって、それでつり銭を九セントもってこようというのかい？　バカバカしい。全部とっておきゃあいいんだ。つり銭はあげたからね」

その場に驚きのつぶやきが起こって、こんなふうに聞こえてきた。

「まったくこの人はお金でできておるお方じゃ！　土くれのように投げ出しなさる」

鍛冶屋《かじや》は完全に打ち砕かれていた。

店の息子は金を手にすると、ふらふらと幸運に酔い痴《し》れながら立ち去っていった。わたしはマルコとかみさんに声をかけた。

「これはね、つまらんもんだが、あんたたちへの贈物だ」――と言いながら例のミラー・ガンを二つ手渡した。まるで取るにたらぬものでも渡すようなふりをしていたが、じつはその中にはそれぞれ十五セントずつ現金が入っていたのだ。そして、この哀れな二人の体が驚きと感激とのためにバラバラになっているあいだに、わたしはほかの者たちに向かって、落ち着きはらった声で言った。ちょうど人が時間でも聞くときのようにだ。

「さて、みなさん支度がよろしいようなら、食事にしましょうか。さあ、始めましょう」

いや、もう、すばらしいものだった。まったくすてきだった。こんなにうまく事が運べたのは初めてだった。手近な材料でこんなに楽しく豪華なものが見られたのも初めてだった。鍛冶屋は——いや、ただもうすっかりペシャンコだった。まったく！　この男がいま味わっているような気持ちだけは、わたしも味わいたくなかった。世界じゅうのどんな物でもやるからと言われたってだ。ここで彼がさっき鼻高々と自慢していたのは、一年に二度の肉の大宴会と一月に二度の新しい肉と、一週に二度の塩づけの肉と、一年を通して毎日曜日に出る白いパンだった——それもすべて三人の家族だけでだ。その一年間の費用をひっくるめても、六九・二・六（つまり六十九セント二ミル六ミレイ）以上にはならない。それなのに、突然ここに一人の男が現われて、四ドル近くもたった一回の宴会に使ってしまうのだ。それだけならまだしも、そんなちっぽけな額を扱うのはうんざりだとでもいうような様子をしている。まったく、ダウリーはひどくしおれてしまった。縮んで、ペシャンコだった。その姿たるや、風船が牛に踏みつぶされたときのようだった。

第三十三章　六世紀の政治経済学

だが、わたしはしきりに鍛冶屋の機嫌をとった。おかげで食事が三分の一ほども進まぬうちに、彼をまたもとの浮き浮きした気分にさせてやった。それは簡単なことだった――地位とか階級とかといった制度のある国ではだ。なにしろ、地位とか階級とかといった制度をもっている国では、人間はけっして人間ではない。人間の一部にしかすぎず、けっして一人前の人間にはなれないのだ。こっちが相手よりすぐれているということを、地位にしろ身分にしろ、財産にしろ、そういうもので証明する。それだけで、もうケリがつく――相手が降参するのだ。それから後は相手を侮辱することはできない。いや、まったくそうだというわけではない。もちろん侮辱はできる。ただ、しにくいということだ。だからひまな時間がたっぷりとあるようなときでなければ、そんなことをしたって引きあうものではない。わたしはもう鍛冶屋から尊敬されてしまった。どう見たってものすごく景気がよくって金回りもいいことがはっきりしたからだ。これでこっちに何かつまらぬ見かけ倒しの貴族の肩書きでもあったら、彼の崇拝まで得ることができたはずだ。彼の崇拝ばかりでなく、国じゅうの平民の崇拝もだ。たとえ彼があらゆる時代を通じてまたとないほどの立派な人物で、知性も品格も人格も備えていて、わたしにはその三つとも欠けていたとしてもだ。この風潮はこのまま続いていくはずだ。イギリスという国が地上に存在する限りはだ。わたしが予言の霊を呼び起こして未来を見ると、イギリスがさまざまな立像や記念碑をあのジョージと名のつくお話にもならない国王たち（ここではジョージ一世から四世までを指す）や、その他の王侯貴族の服をきた馬《マネキン》どもの代に至るまでつぎつぎと建てているのが見えた。そのくせこの世のすばらしい創造者たちに対しては何の名誉も与えずにほったらかしてあるのだ——つまり神さまにつづく創造者として——グーテンベルクも、ワットも、アークライトも、ホイットニーも、モールスも、スティーヴンソンも、ベルもだ。

　王は自分の積荷を腹の中に積みおわった。それから、その場の話が戦や征服や甲冑《かっちゅう》で身を固めた者同士の決闘のほうには進んでゆかないので、だんだんと退屈して眠くなり、とうとう居眠りをしはじめた。マルコ夫人は食卓の上をきれいに片づけると、ビールの小樽《こだる》だけその場に置いて、自分は残りもので一人静かに食事をしようと引きさがっていった。後に残ったわたしたちは、すぐに、わたしたちのような種類の人間の身近にあって大切な話のほうへと移っていった——もちろん、商売と賃金の話だ。ちょっと見ると、なにもかもがこの小さな属国では——この国を治めているのはバグデメイガス王なのだが——非常に栄えているように見えた。わたしのいるアーサー王の国の状態と比較してみるとだ。この国では「保護」政策を徹底して行なっていた。それに対してわれわれの王国では自由貿易の方向へと、ゆっくり移行していた。そして今ではその半ばまできていた。しばらくするとダウリーとわたしとでこの話を一手にひきうけ、あとの者はむさぼるように聞き耳をたてていた。ダウリーは自分の仕事に熱中してきて、鼻を宙に向けると勝利の風をかぎながら、あれこれと質問をしはじめた。わたしにはとても厄介な質問だとでも考えているようなやつをだ。実際、なかにはそんな感じの質問もあった。

「兄弟、あんたの国じゃ、農事監督の親方の賃金はどれくらいかね、それに作男の親方や運送人や羊飼いや、豚飼いたちの賃金は？」

「一日、二十五ミルレイだ。つまり四分の一セントだよ」

鍛冶屋の顔は喜びに輝いた。彼は言った。

「おれたちは、その倍ももらってるぜ！ じゃあ、職人はいくらもらえるんだね――大工とか、左官とか、石屋とか、塗装屋とか、鍛冶屋とか、車大工とか、そういった連中は？」

「平均《なら》して五十ミルレイだな。一日半セントというわけだ」

「ホッ、ホーッ！ おれたちゃあ百もらえるぜ！ 腕のいい職人なら誰だって一日一セントはもらえるんだ！ 仕立屋はこれまたべつだが、ほかの連中はそうだ――みんな一日一セントはもらえるんだ。それに急ぎのときにゃあ、もっともらえるんだ――そう一日、百十ミルレイとか百十五さえもな。おれなんかそういう週にゃ百十五も払ってやった。保護政策ばんざい――自由貿易なんぞ地獄へおちろだ！」

そして彼の顔は雲間からもれる陽の光のように、ぱっとまわりの連中の上に輝いた。しかしわたしは少しも驚かなかった。そしてわが杭打《くいう》ち機を用意すると、十五分もしたらこの男を地面の中に打ちこんでやろうと考えた。――この男を完全にだ――すっかり打ちこんで、頭の丸みさえ地面からのぞかないようにしてやろうと考えた。で、まずこんなふうにして作業にとりかかった。わたしは訊《き》いた。

「あんたたちは、塩は一ポンドいくら払うかね？」

「百ミルレイさ」

「わたしたちは四十だよ。牛肉やマトンはいくら払うかね――あんたたちが買うときにだがね？」それはかなりの一撃だった。相手は赤くなった。

「そりゃあ、多少は変わるね。だが大したことはねえ。一ポンド七十五ミルレイってえとこかな」

「わたしたちは三十三だよ。卵はいくらかね？」

「一ダース五十ミルレイだ」

「わたしたちは二十だ。ビールはいくらかね？」

「一パイント八ミルレイ半するね」

「わたしたちは四ミルレイで買えるよ。だから一セントで二十五本もくる。小麦はいくらかね？」

「一ブッシェル九百ミルレイの割だね」

「私たちは四百だ。男ものの粗麻布のスーツはいくらかね？」

「十三セント」

「わたしたちは六セントさ。人夫や職人のおかみさんが着るラシャのガウンはいくらかね？」

「八・四・〇だ」

「よし、それじゃあこの差を考えてみよう。あんたたちは八セント四ミル払う。だがわたししたちは四セントだ」わたしはここでいよいよ彼に例の一撃を加えようと待ちかまえた。そして、言った。「さてと、あんたたちのあの高い賃金はどうなっちまったんだろうね、さっきまであんなに自慢していたのにね？」――そしてわたしは落ち着きはらった満足の目でみんなを見まわした。というのも、わたしがさいぜんからだんだんとこの男に忍び寄って、その手足を縛ってしまっているのに、彼のほうでは自分が縛られていることをまったく気づかずにいたからだ。

「あんたたちのそのすばらしい高賃金はどうなったのかね？　どうやらその賃金からわたしが上げ底をとっぱらってあげたようだね」

　ところが意外なことに、彼はただキョトンとしたような顔をしているだけだった。ただそれだけなのだ！　その物の状況がまったくつかめていないのだ。自分が罠《わな》に落ちこんだことを知らないのだ。その罠の中に入っていることに気がつかないのだ。あまりの腹立たしさに、撃ち殺してやりたいくらいだった。やがて彼はどんよりとした目つきをして、あれこれ頭をひねりながら、こんなことを引っぱり出してきた。

「さあて、おれにはどうもわからんな。はっきりしたのはおれたちの賃金はあんたんとこの賃金の倍だちゅうことだ。だから、どうしてあんたがそこから上げ底なんてえものをとっぱらえるんだろうかな？　たしかその不思議な言葉は上げ底とか言ってたね。なにしろそんな言葉は、神さまのお恵みと御意《みこころ》のおかげで、初めて聞かせてもらったからね」

　いやもう、わたしはあきれるばかりだった。彼のこの思いもかけぬバカさかげんのためと、もう一つは彼の仲間たちがありありと彼の側についていて、彼と同じ考え——もしそれを考えということができるならばの話だが——をもっていたためとだ。わたしの話はじつにわかりやすいものだった。じつにはっきりとしていた。どうしてこれ以上わかりやすくできようか？

しかし、とにかくやってみなければいけない。

「ねえ、いいかね、ダウリー君、あんたにはわからないかねえ？　あんたたちの賃金はわたしたちの賃金よりも名目のうえで高いだけなんだよ。実際は違うんだ」

「なに言ってるんだ！　おれたちのは二倍だ――あんただってそれは認めたじゃねえか」

「ああ、認めたさ。認めないなんて言ってやしない。しかし、そのこととは関係はないんだ。たんに貨幣のうえでの賃金の額は、その賃金を知るために無意味な名称をつけているだけであって、そのこととは関係がないのだ。問題は、あんたの賃金でどれだけ多くのものを買うことができるか？　ということなのだ。――それが肝心なのだ。確かにあんたたちの国では腕のいい職人が一年に約三ドル半もらい、わたしたちの国では約一ドル七十五セントしかもら――」

「ほらみろ――また認めているじゃねえか。やっぱり認めているぞ！」

「えい、いまいましい、認めないとは言わんと言ってるじゃないか！　わたしの言うのはだね、つまり、わたしたちの国では一ドルの半分であんたたちの国の一ドルよりも多くのものが買える、ということなんだ――だからこれは当然、常識の中の一番の常識から言ったって、わたしたちの賃金のほうがあんたたちの賃金より高いということになるのさ」

　彼はキョトンとしていた。そして、すっかりもてあました、というような調子で言った。

「まったく、おれにはわからんな。あんたは今も言ったじゃないかね、おれたちの賃金のほうが高いって。そしてその舌の根もかわかねえうちに、すぐさまそいつを引っこめるんだからね」

「やれやれ、こんな簡単なことがあんたには飲みこめないのかね？　じゃあいいかい――例えを使って話してみよう。わたしたちはだね、四セント払えばだよ、女物のラシャのガウンが一枚手に入るんだ。あんたたちはだね、八・四・〇なんだ。つまり二倍よりも四ミル余計なわけなのだ。それでだよ、農場で働く女の人にはいくら賃金を出すのかね？」

「一日二ミルだ」

「よろしい。わたしたちはその半分しか払わない。一日十分の一セントだ。そして――」

「またあんたは認め――」

「まあ待ちなさい！　いいかね、問題はごく簡単だ。今度こそあんたにもわかるだろう。例えば、あんたたちの女はガウンを手に入れるためには四十二日いるんだ。一日二ミルずつでね――つまり七週間分の労働だね。あんたたちの女はガウンを手にするが、七週間分の賃金はみんななくなってしまう。わたしたちの女はガウンを手にしても二日分の賃金はまだ残る。だからそれでほかに何か買うことができるわけだ。ね、――今度こそわかったろう！」

彼の顔は――そう、ただおぼつかぬ顔つきをしただけだった、というのがわたしに言える精一杯のところだ。ほかの連中もやはり、おぼつかぬ顔つきだった。わたしはしばらく待った――そのうち効き目が出てくるだろうと思ったからだ。やがて、ダウリーが口を開いた――そしてやはり、彼の根強くしっかりと腰を据《す》えている迷信からまだ自分が抜け出せないでいる事実をさらけ出してしまった。彼は言った。やや口ごもっていた。

「しかしだね――しかし――あんただって認めないわけにはいかないだろう、一日二ミルのほうが一ミルよりは、いいってえことを」

なんてえこった！　だがもちろん、これで諦《あきら》めるのもしゃくだった。そこでもう一丁、賭《か》けてみた。

「じゃあ、こんな場合を考えてみよう。あんたたちの年季あけの職人が買い物に行って、次のようなものを買うとするんだ。

塩　一ポンド
卵　一ダース
ビール　十二パイント
小麦　一ブッシェル
粗麻布のスーツ　一着
牛肉　五ポンド
マトン　五ポンド

「全部で三十二セントになる。その金を稼ぎだすためには、この男は三十二日間、働かなければならない——つまり五週間と二日だ（日曜は除いてある）。その男をわたしたちの国に連れてきて、三十二日の間、その半分の賃金で働かせよう。そうすればいま言った品物は十四セント二分の一たらずで全部買えるのだ。おまけに一週間の半分ほどの賃金がまだあまるのだ。これを一年を通して考えてごらん。この男は二月《ふたつき》ごとに一週間分ちかくの賃金を貯《た》めることができるが、あんたたちの国の男はなにも貯めることはできないのだ。こうして一年に五、六週間分の賃金が貯まるのに、あんたたちの男は一セントだって貯まりはしないのだ。今度はあんたたちもわかったろう。『高い賃金』とか『低い賃金』とかと言ったって、それは何の意味もない言葉であって、それが意味をもつのは、二つのうちでどちらがより多くのものを買うことができるかがわかってからなのさ！」

これは痛烈な一撃だった。

ところがなんと、まったく効き目がなかった。もうわたしは諦めざるをえなかった。この連中が後生大事と考えているのは、高い賃金だった。その高い賃金で物が買えようと買えまいと、そんなことは少しも重要な問題ではなかった。連中は「保護政策」を支持し、それを絶対に信頼していた。それもいたってむりからぬことだった。というのも、関係者たちが彼らを騙《だま》し、保護政策こそが彼らの高い賃金を生みだしているのだと信じこませていたからだ。わたしは彼らに証明してやった。過去四分の一世紀のあいだに彼らの賃金は三十パーセントしか上がっていないのに、生活費のほうは百パーセントも上がっているのだということや、わたしたちの国ではもっと短い期間に賃金のほうは四十パーセント上がったが、生活費のほうは着実に下がってきているのだということをだ。しかし、それさえ何の役にも立たなかった。何をやっても彼らの奇妙な信念をふり落とさせることはできなかった。

まったく、わたしは敗北感に打ちひしがれていた。不当な敗北だ。しかし不当だからといってそれが何になる？　そんなことでこの打ちひしがれた気持ちは少しもやわらぎはしなかった。それに事情を考えてみるがいい！　この時代の最初の政治家、全世界で最も有能な人物、最も博識なる人物、何世紀ものあいだ政治的天空の雲を突き破って最も高くそびえたつ無冠の頭《こうべ》が、無知なる田舎鍛冶屋《かじや》ふぜいとの議論に明らかに負けてここにすわっているなぞとは！　そして、見ればほかの連中もわたしを気の毒そうにながめているではないか！　――わたしは真っ赤になった。自分の頰ひげの焦げる臭《にお》いが嗅《か》げそうだった。わたしの立場に立ってもらいたい。わたしと同じように惨めな気持を味わってもらいたい。わたしと同じように恥ずかしい気持ちになってもらいたい――ベルトより下を打つぐらいの反則は犯してもしっぺ返しをしたいとは思わないだろうか？　いや、思うはずだ。それが人情というものだ。それで、わたしもそれをやらかした。べつにそれを正当化するつもりはない。ただ、こう言っているだけなのだ。つまり、おれは怒った、だから誰だってやはりそうしただろう、と。

ところで、いったん人を殴り倒してやろうと決心したからには、わたしも愛打ち《ラヴ・タップ》などと生ぬるいことは考えたりしない。そうだ、そんなのはわたしの流儀ではない。いやしくも相手を殴り倒す以上、強烈な一撃をくらわしてやるつもりだ。そして、いきなり飛びかかっていったりして、それをヘマで中途半端な仕事にするつもりもない。そうだ、わたしはまずその場を退いて片隅に立ち、それからだんだんと近づいてゆく、そうすれば相手は、わたしが殴り倒そうとしていることなど少しも考えはしない。そこで、そのうちに電光石火、相手は仰向けにぶったおれるのだ。そして、どうしてそんなことになったのか、本人にもさっぱりわからないほどにする。こういう戦法でわたしはダウリーに向かっていった。そこでまず、わたしはのんびりと気楽なしゃべり方で話をはじめた。ちょうど暇つぶしに話をしているようにだ。だからこの世でいちばん老練な船長だって、わたしの出発点の位置を確かめ、どこへ到着するのか見当をつけることはできなかったはずだ。

「それにしても、奇妙なことがずいぶんたくさんあるもんだね、法律だとか習慣だとか、そういう類《たぐい》のものの中にはね、ええ、よく見てみるとね。まったくそうだ、それに人間の意見だとか行動だとかの流れや進歩の中にもだ。成文法というやつがある——が、こいつは滅びる。しかし不文律というものもある——そしてこいつは永久に滅びはしない。賃金の不文律を考えてみるがいい。それはこう言っている。賃金は少しずつでも上がってゆかなければならない、何世紀ものあいだ着実な足並みでとね。それでこの不文律がどう働いているか見てみよう。わたしたちは今あちこちの国で賃金がどれくらいかを知っている。そこでその平均を出せばそれが現代の賃金だということになる。わたしたちは百年前の賃金がいくらだったかも知っている。それに二百年前の賃金も知っている。二百年前というのがわたしたちにたどれる限度だ。しかしそれだけで十分わたしたちは進歩の法則、つまり定期的な増加の大きさや率がわかる。だからわたしたちの助けになるような文書がなくても、三百年、四百年、五百年前の賃金がいくらだったか、かなり正確に推定することができるんだ。五百年もさかのぼればいいだろう。その辺でやめておこうか？　いやいや。過去を振り返ることはやめよう。そのかわり、向きを変えて、今の法則を未来に当てはめてみよう。そこでだよ、わたしはあんたたちに教えてあげることができるのだ。あんたたちが知りたいと思う将来の何日でもいい、その日に誰の賃金がいくらになるか、ということをね。何百年先のことだっていいよ」

「なんだって、あんた、本当かい！」

「そうだ。七百年もたつと、賃金は現在の六倍にもあがってしまうはずだ。このあんたたちの住んでいる国でだよ。そして作男たちは一日三セントもらえることになる。そして職人たちは六セントだ」

「じゃあ、おらあ今すぐ死んでそのころ生きてえもんだ！」と車大工のスマッグが口をもらした。混じりっ気のない貪欲《どんよく》な光がその目に輝いていた。

「そして、それだけじゃないんだ。連中には食事もつくんだ——お粗末ながらもね。だから食べすぎてふとるようなことはない。二百五十年後には——さあ、よく聞くんだよ——職人の賃

金はだね――いいかい、これは法則なんで、当てずっぽうなんかじゃないんだからね。職人の賃金は、そのころには、一日二十セントになるんだ！」

その場には恐れ入った驚きの喘《あえ》ぎ声がいっせいにあがった。そして、石屋のディコンはつぶやいた。目をむき、両手を差しあげてだ。

「三週間分以上の賃金を一日の仕事でもらえるだか！」

「大変な金だ！――まったく、どえらい金だぜ！」とマルコもつぶやいた。興奮に息づかいも早くせわしくなった。

「賃金はずっと高くなってゆくのだ、少しずつ、少しずつ、着実に、ちょうど木が伸びるようにな。そしてさらに三百四十年もたった終わりころには、少なくとも一つはこんな国ができるのだ。つまり、職人の平均賃金が一日二百セントにもなる国がな！」

その言葉は連中を完全に打ちのめして口もきけなくさせてしまった！二分以上ものあいだ、一人として息のつける者はいなかった。やがて、炭焼きのマルコが祈るような口調で言った。

「長生きをしてそれを見ることができたらなあ！」

「それは伯爵さまの収入じゃ！」とスマッグが言った。

「伯爵さまだって？」とダウリーは言った。「それ以上のことを言ったって嘘をついたことにはならねえぜ。なにしろ、バグデメイガスさまのこのお国にゃあそれほど収入のある伯爵さまは一人もいねえからな。伯爵さまの収入たあ聞いてあきれらあ——ふん！　そりゃあ天使さまの収入さ！」

「わかったかい、それが将来の賃金だ。そのころになると、その職人は一週間仕事をしただけで、いまの五週間以上もかかって稼ぐだけのものを稼いでしまうんだ。そのほか、まだまだびっくりすることが起こるんだ。ダウリー君、いったい誰が毎年、春にきめるんだろうかね、職人や人夫や召使などといったそれぞれの職種の賃金をその年いくらにするか、ってえことは？」

「そりゃあ、法廷《おしらす》ってえこともあろうし、ときには町内会ってえこともあらあね。だがたいていは、お奉行さまだね。おおざっぱに言やあ、賃金をきめるのはお奉行さまだと言っていいだろうね」

「それじゃあ、そのかわいそうな連中は誰ひとり奉行に願い出て、自分たちの賃金をきめる手伝いをさせてくれとは言わないんだね？」

「へっ！　とんでもねえこった！　そいつに金を払う主人こそ、その問題に当然かかわりをもつ者なんだからね。いいですかい、気をつけておくんなさいよ」

「そうだ——しかし、わたしの考えじゃ、相手の側にだってその問題にはいささか関係《かかわり》をもっていいはずじゃないか、そのおかみさんや、子供たちといったそういうかわいそうな人たちさえもね。主人側というのは、こういう人たちなんだ。つまり、貴族とか金持ちとかといった、たいてい暮らしむきのいい人たちなんだ。こうした少数の人たちは、自分たちはぜんぜん働きもしないでいて、実際に働く蜂の群れのような大勢の人たちの賃金をいくらにするか決めているのだ。わかるだろう？　奴らは「連合体《コンバイン》」——つまり職工組合なんだ、新しい言葉を造って言えばね——そして自分たち同士が結束して、自分たちより身分の低い兄弟をねじふせ、自分たちが決めた賃金をむりやり受け取らせようとしているのだ。これから千三百年もたつと——不文律の法則によれば——その「連合体」は正反対になるはずだ。そしてそのときには、このお偉方の子孫たちがいきり立ち、歯ぎしりをして職工組合の傲慢《ごうまん》な圧制を見るようになるはずだ！　そうだ、まさにそうなのだ！　奉行も今から十九世紀にかけては落ち着いた気分で賃金を按排《あんばい》してゆくことだろう。そしてそれからまったく出し抜けに賃金生活者は考えるはずだ。二千年近くもつづけば、もうこんな一方的な暮らしはたくさんだ、と言ってね。そしてその男は立ちあがり、自分の賃金の決定に自分から加わることになるはずだ。ああ、そのとき初めて、長く苦しい不正と屈辱の勘定を帳消しにすることができるのだ」

「あんた本当にそれを信じ——」

「その男が自分の賃金を決めることに実際手をかすことができるということがかい？　ああ、信じるとも。そうなりゃあ、強くもなり、有能なものにもなるのだ」

「すばらしいご時世だ。けっこうなご時世だぜ、まったくよ！」と裕福な鍛冶屋はせせら笑いをした。

「いや——それにまだある。そのころになると、主人は人を雇うとき、たった一日だけでもいいし、一週間でもいいし、一月でもいいんだ、一回についてね。もしそうしたいならばだ」

「なんだって？」

「本当だ。それに、奉行は人を強制してその主人のために一年じゅう、休暇もなしにぶっ通しで働かせるようなことはできなくなるのだ。本人がそれを望もうと望むまいと、そんなことには関係なしにだ」

「そのころには義理や人情はなくなるってえわけかね？」

「どちらもだよ、ダウリー。そのころは人間も自分自身のもちものとなって、奉行や主人のもちものではなくなるのだ。そして自分が町を出たければ、いつだってその町を出て行けるんだ。もしそこの賃金が気に入らないようなときにはね！　しかも、そんなことでその人を曝《さら》し台にさらすことはできないのだ」

「そんな時代なんか地獄に落ちちまうがいい！」とダウリーは叫んだ。すごい憤激ぶりだ。「それじゃあ犬畜生の時代だ、目上の方々への尊敬もお上に対する敬意もなくなっちまう時代だ！　曝し台は――」

「いや、待ちなさい。その曝し台の制度をほめたりしてはいかん。わたしは、曝し台など廃止すべきだと思っている」

「とてつもなく奇妙な考えだな。そりゃまたなぜだね？」

「よし、それじゃ、なぜか説明してあげよう。これまでに、大罪を犯したという理由で曝し台にさらされた人がいただろうか？」

「いや」

「じゃあ、ある人間が些細《ささい》な罪を犯したためにその人に軽い罰を申し渡しておいて、それからその人を殺してしまうというのは正しいことだろうか？」

答えはなかった。よし、これでまずポイントを一つ稼いだわけだ！　初めて、鍛冶屋《かじや》も立ちあがって構えることができなかった。まわりの連中もそのことに気がついた。いいパンチだった。

「答えがないねえ、兄弟。あんた、ついさっきまでは曝し台をほめようとしていた、そしてそれを使わぬ未来の時代を嘆こうとしていた。わたしは曝し台なんて廃止すべきだと思う。いったい、いつもどんなことが起こっているだろうか、かわいそうな人間がこの世でじつにつまらぬ些細な罪のために曝し台にさらされる時にだ？　暴徒たちがその者を笑いの種にしようとするのじゃないだろうかね？」

「まあそうだ」

「で、まずその男に土を投げつける。そしてその男が土塊《つちくれ》を一つよけようとしてもう一つの土塊に当たろうものなら、奴らはそれを見てどっと笑うのだろう？」

「まあそうだ」

「それから奴らは猫の死体を投げつけるんだろう？」

「そうだ」

「よし、それで、かりにその男が個人的な敵を何人かその暴徒の中にもっていたとしよう――そしてあちこちに、男にしろ女にしろ、ひそかな恨みをこの男にいだいている者がいたとしよう――そしてまた、とくにこんなことも考えてみよう、つまりその男がその村では評判がよくない。というのも、その男が高慢だからとか、羽振りがいいからとか、あれこれの理由からだ――そんなとき、石や煉瓦《れんが》は、すぐに土塊や猫にとって替わるんだ、そうだろ？」

「そりゃあ間違いないね」

「たいていの場合、その男は一生、体に障害のある人になるね？　――顎《あご》を砕かれたり、歯をヘシ折られたりしてね？　ときには、両脚をつぶされたり、エソにかかってやがて切り取られたりするね？ ときには片方の目が飛び出たり、あるいは両方ともかな？」

「それは本当だ、神さまもご存知だ」

「そしてそれが評判のよくない男だとすれば、死ぬことだってありうるわけだ。曝し台の枷《かせ》にはめられたままその場でね？」

「きっとあるね！ ないとは誰にも言えねえな」

「わたしは思うが、あんたたちの中には評判がわるいなどという者は一人もいないだろうね、高慢だとか横柄だとか、あるいはいやに羽振りがよすぎるとか、とにかく村の卑しいやくざ連中に嫉妬《しっと》や悪意をかきたてるようなことのためにね？ だからあんたたちはひょっとして曝し台にのるようなことがあっても大して危険だとは思わんわけだね？」

　ダウリーはひるんだ。それはありありとしていた。今の一発がきいたなとわたしは見てとった。しかし彼は言葉ではそれを示さなかった。ほかの連中はどうかといえば、彼らははっきりと口に出した。しかもじつにしんみりとした口調でだ。自分たちは曝し台をいやというほど見てきたから、ひとたびそこに曝された者がどんな運命にあうかよく知っている。だから、あんな枷をはめられることには絶対に同意したくない。もし吊《つる》し首で早く死なせてくれるなら、そちらのほうにしてもらうつもりだ、と。

「では、話題を変えよう——というのも、曝し台は廃止すべきだというわたしの論点はこれではっきりしたと思うからね。だからわたしは考えるのだが、わたしたちの法律の中にはじつに不公平なものもあるのだ。例えば、このわたしが自分を曝し台に送るのが当然であるような悪事を働いたとする。そして、わたしが犯人だということをあんたたちは知っていながら、それを黙っていて、お上に報《しら》せなかったとする。そういうとき、あんたたちも曝し台にさらされることになるのだ。もし誰かがあんたたちのことを通報したらね」

「いやあ、そりゃあ当然のむくいってえやつさ」とダウリーが言った。「だって、通報しなくっちゃならねえわけだからな。ちゃんと法律にそう書いてあるのさ」

ほかの連中もそうだと言った。

「そうか、じゃあよし、それはそれとしておこう、あんたたちがわたしを否決するというのならね。しかし、確かに公平でないものが一つあるよ。たとえば、奉行が職人の賃金を一日一セントにきめていることだ。法律によれば、主人はいかに仕事の差し迫っている場合でも、一日につき一セントを上まわるいかなるものをも、たとえその期間がたった一日の間だけであっても、支払おうとするならば、その主人には科料を課し、あわせて曝し台にさらさなければならない。そして、その者の犯行を知っていてそれを通報しなかった者も、また科料を課しあわせて曝し台にさらさなければならない、とある。そこでだよ、これは不公平だとわたしに思えるのはだね、ダウリー、そしてわたしたち全員にとって恐ろしく危険だと思えるのはだね、ついさっきあんたがうっかり口を滑らしたからなんだが、あんたは一週間近く支払っていたことがあるんだよね、一セント十五ミル――」

ああ、これはまさに痛烈な一撃だった！　お目にかけたかったのは彼らが粉々に砕け散る様子だった。一人残らずだ。わたしは、この哀れな、せせら笑いを浮かべ、したり顔をしていたダウリーに向かってじつに鮮やかに、のんびりとした様子で、しかもそっと忍び寄っていったので、彼は何かが起こるなどとは露ほども疑っていなかったのだ。ところが出し抜けに、強烈な一撃が襲ってきて彼を完全に打ち砕いてしまったのだ。

みごとな効果だった。実際、わたしがこれまでに生んだどの効果にもましてみごとなものだった。なにしろ、こんなわずかな時間で仕上げたのだ。

しかしわたしはすぐに、これはちとやりすぎたかなと思った。わたしとしては連中をちょいとばかり嚇《おど》かしてやるつもりでいた。死ぬほどおびえさせるつもりはなかった。ところが連中はきわめてそれに近かった。なにしろこれまでの生涯であの曝し台の恐ろしさは十分に知っていたからだ。それに加えて、その曝し台を連中の鼻先に突き出しているのだし、連中の一人ひとりの運命がこのわたしの、つまり見知らぬ旅人の胸三寸できまって、わたしが行って畏れながらと訴えればもうそれっきりになるわけだったからだ——まったくもって、ひどい有様だった。連中はこのショックから立ちなおることはできそうにもなかった。気を取りなおすこともできそうになかった。真っ青な顔をし、体をぶるぶる震わせ、口もきけず、見るも哀れな姿だった、とお考えだろうか？ いや、連中はまさに死体そのものだったのだ。これではなんとしても居心地が悪い。もちろんわたしの考えでは、連中はわたしに黙っていてくれと哀願するだろう、そしたらおたがいに握手して、みんなで杯をまわし、こんなことは笑い飛ばして、それでケリをつけるつもりでいた。ところが、それがだめなのだ。なにしろわたしは素性の知れぬ人間で、それが今、無慈悲にも虐《しいた》げられて、疑ぐり深くなっている者たちの中にいるのだ。自分たちの弱みにつけこまれることにいつも慣れていて、そのために正当な扱いや親切な扱いなどといったものは、自分たち自身の身内の者かごく身近な親友のほかにはけっして誰からも期待していない者たちの中にいるのだ。その彼らが、わたしにどうかやさしくしてほしい、公平に扱ってほしい、寛大に処置してほしいと哀願するだろうか？　もちろん、哀願したかったろう。しかし彼らにはどうしてもそれが、できなかったのだ。

第三十四章　ヤンキーと国王、奴隷として売られる

さて、どうしたらよかろう？　急《せ》いては事を仕損じる。これは確かだ。ひとつみんなの気分転換をはからなければいけない。わたしにできるものなら何でもいい。その間にわたしも何か考えられるだろうし、この哀れな連中もひょっとしてもう一度、息が吹き返せるかもしれない。目の前にマルコがすわっていた。例のミラー・ガンの扱い方をおぼえようとしている姿でそのまま化石となっていた――わたしのあの強烈な一撃が落ちたときに彼がとっていた姿形のまま、石に変わったのだ。その意識のなくなった手にはミラー・ガンもまだ握られたままだった。そこでわたしは、それを彼の手から取ると、その奇跡を説明してやろうかと水を向けてみた。奇跡とはまた大そうなことを言ったものだ！　こんな取るにたりぬつまらんオモチャではないか。しかし、それでもやはりりっぱな奇跡だったのだ、こういった民族にとっては、そして、こういった時代にとってはだ。

機械類について、これほど扱いにくい国民もなかった。とにかく連中はぜんぜん慣れていないのだ。ミラー・ガンというのは、小さな二連発式のチューブのようなもので、材料は強化ガ

ラスだった。そしてちょっとうまい仕掛けのスプリングがついていて、それを押すと、ポンと一発とび出すようになっていた。しかし一発とび出すからといって、それが人に傷を負わせるようなことはなかった。ただ手のひらの上にポトリと落ちるだけだ。このガンには二つのサイズのものがついていた――ちっぽけなカラシの種くらいの弾がとび出すやつと、もう一つはその数倍の大きさの弾がとび出すやつとだ。その弾というのは、お金だった。カラシの種くらいの弾とはミルレイ貨のことで、大きいほうのはミル貨だ。だからこのガンというのは一種の金入れだった。それもじつに便利なものだ。これがあれば、暗やみの中でも金を出して払うことができた。ちゃんと正確にだ。そしてこれは口にくわえて持ち運びすることもできた。あるいはチョッキのポケットに入れることもできた。もしポケットがあればの話だが。わたしは、いくつかのサイズのガンをこしらえた――あるものはかなり大きくて一ドル相当の金が入った。弾丸をお金に使うのは政府にとっても重宝なことだった。その金属は費用がかからなかったし、おまけにその金は偽造できなかったからだ。というのも、この王国でわたししか弾丸製造塔《ショット・タワー》の扱い方を知っている者はいなかったからだ。「弾を払う」という言葉がすぐに日常の言い回しになった。そうだ、そしてそれが人びとの口から口へと伝えられて、遥《はる》か十九世紀にまでも達するのだが、それでいてその言い回しがどのようにしていつごろできたものか気のつく者は一人もいないはずだ、ということをわたしは知っていた。

王がまたわたしたちの仲間入りをしたのはちょうどこのころだった。ひと眠りしたあとで、しごくさわやかな顔をして気分もよさそうだった。しかし今のわたしにはどんなことにも神経が高ぶった。非常に不安だったのだ――というのも、王とわたしの生命が危なかったからだ。

だから王の目の中に、何やら楽しそうにしているものを見つけたときには、気が気ではなかった。どうも、何かをやらかそうと手ぐすねひいて待ちかまえている様子がうかがえるのだ。まったく、どうして選《よ》りによってこんなときに目をさましたのだろう？

やっぱりそうだった。王はすぐに始めた。まったく、無邪気に巧妙で、見えすいていて、不器用このうえもない話し方でだ。そしてだんだんと話を農業の問題へもっていった。冷汗がわたしの全身から噴き出した。王の耳もとにこう囁《ささや》いてやりたかった、「いいですか、わたしたちは恐ろしい危険にさらされているんですよ！　今は一刻一刻が一国にも相当するほど大切なんです、わたしたちがこの連中の信頼をとりもどすまではね。この黄金のように貴重な時間を少しでもむだに使ってはいけません」だが、もちろんそんなことができるはずはなかった。王に耳打ちなどしたらどうなるか？　まるでわたしたちが何かをたくらんでいるように見えるだけだ。そこでわたしはその場におとなしくすわって、平然とにこやかな顔をしていなければならなかった。王がこのダイナマイトの地雷の上に立って、あのとてつもないタマネギや何やらのことをふらふらとしゃべりつづけている間だ。初めのうち、わたし自身のさまざまな考えの大騒動が、つまりそれは敵軍襲来の報せに叩《たた》き起こされ、頭の中の各部署からワンサと救援に駆けつけてきたために起こったものなのだが、あの激しい歓声や混乱や笛の音や太鼓の音をいつまでもつづけさせていたために、王の言葉はひとことも聞きとれなかった。しかしそのうちに、わが群衆なるこの集合したさまざまな計画が明確な形をとりはじめ、位置につき、戦列を組みだしたときには、いわば秩序と平静とのようなものが起こって、わたしは王の撃つ大砲のとどろきを聞きとることができた。まるで遥か遠いかなたからのようにだ。

「――いちばんよい方法ではなかった、とわしは思う。とは申せ、否定できぬのは、権威ある者の中でもこの点に関しては意見が異なっておるということであって、ある者は強くこう主張しておるのじゃ。つまり、タマネギは健康によくない果実《くだもの》である、あまり早いうちに木から叩き落としたんでは――」

聞いていた者たちはようやく生命の気配を見せ、たがいに相手の目をさぐりながら驚き戸惑《とまど》う様子だった。

「――それに対し、他の者はなお自説をまげずに主張しておる。そしてこの説のほうがもっともじゃと思うのじゃ。つまり、それは必ずしもそうとはならない。たとえばスモモとかそのほかこれに類する穀類は、つねに未成熟のまま土から掘りおこして――」

聞き手は明らかに思案にあまった様子を見せた。それどころか、不安の様子さえ見せはじめた。

「――それなのに、それらのものは健康によいことがはっきりしておる。とくにまた、こうすればなおさら健康によいのじゃ。つまり、本来もっておる渋味を和らげるため、中和作用をもつあの気まぐれなキャベツの汁を混ぜ――」

激しい恐怖の光が連中の目に輝きはじめた。そして彼らの一人がつぶやいた。「この話は間違いだらけだぞ、なにもかもだ――きっと神さまの罰《ばち》があたってこの農夫は頭が変になったんだ」わたしは惨めな気持ちで心配していた。いばらの上にすわっているようだった。

「――そしてさらに例をあげれば、動物の場合でも若仔《わかご》のほうが、つまり動物の未熟な果実ともいうべきものじゃが、このほうがよいということは衆知の事実じゃ。また、万人の認めるとところでは、山羊《やぎ》も熟してくるとその毛皮が蒸《む》れて、ひどく肉に臭いをつけてしまう。そのような欠点は、これを結びつけて考えるとき、山羊のもつ数々の鼻もちならぬ習慣や、不快な食欲や、不敬な心構えや、癇癪《かんしゃく》もちの品行――」

連中は立ちあがって王に突っかかっていった！　鋭い叫び声をあげてだ。「一人はおれたちを裏切る魂胆だし、一人は頭が変だ！　二人を殺してしまえ！　二人とも殺すんだ！」そう叫びながら彼らはわたしたちに飛びかかってきた。なんという喜びが王の目に燃えあがったことだろう！　農業にかけてはからきしダメ男かもしれないが、こういうこととなると、まさにお手のものだった。長いこと断食をしていて、闘いに飢えていたのだ。そこでまず鍛冶屋《かじや》の顎《あご》の下に一発くらわすと、鍛冶屋はそのまますっ飛んで、バタリと仰向けにのびてしまった。「聖ジョージ（英国の守護聖人）、ブリテンを守らせたまえ！」と言いながら王は車大工を殴り倒した。石屋は大男だった。しかしこれはわたしが苦もなく叩きのめした。三人は勇気をふるいおこして、またかかってきた。そして、またぶっ倒れた。またかかってきた。これを何度も何度もくり返した。ブリテン特産の勇気をふるってだ。しかしついに彼らもさんざんに打ちのめされてトロテンのようになり、過労のためにフラフラとなり、目も見えぬほどになってしまった。そのために敵も味方も区別がつかなくなった。それなのにまだ続け、体に残るありったけの力を振り絞って殴っていた。殴るといっても味方同士を殴るのだ――というのも、わたしたちは、脇にどいて見物していたからだ。連中のほうは、転がったり、もがいたり、えぐったり、殴ったり、嚙《か》みついたりして、まったく口もきかずに、ブルドッグの仕事に精を出していた。わたしたちは何の心配もせずに見物していた。というのも、連中はもうとっくに力もなくなっているから応援を頼みに行ってわたしたちを攻撃することなどできなかったし、現場も公道からだいぶ引っこんでいたので邪魔の入る心配もなかったからだ。

さて、連中の殴りあいもだんだんと終わりに近くなってきたとき、ふと気がついたのは、いったいマルコはどうなったのだろうか、ということだった。わたしはあたりを見まわした。しかし彼はどこにもいなかった。しまった、これは大変なことになるぞ！　わたしは王の袖《そで》を引っぱった。そして、そっとその場を離れて小屋のほうへ飛んでいった。マルコはそこにもいなかった。フィリスの姿もなかった！　あの二人は道へ飛び出して応援を求めているのにちがいない。わたしは王に、とにかく矢のように突っ走ってくれ、訳は後で話すからと言った。わたしたちは、かなり速く広い平地を横切って行った。そして森陰に飛びこもうとしながら振り返ってみると、興奮した農夫たちが大群をなしてやって来るのが目に入った。マルコとそのかみさんが先頭に立っていた。彼らはあたり一帯を騒音の世界にしていた。しかしそんな騒音だけなら誰も痛い目にあうことはない。森は深いし、ずっと奥へ逃げこんでしまったら、すぐに木に登ってやろう。そして奴らには勝手なことをさせておけばいい。ところがそのとき、べつの音が聞こえてきた――犬だ！　こうなったら話はまったく違う。おかげで、わたしたちの請負仕事はふえてしまった――川を見つけなければいけないのだ。

わたしたちは、かなりの足どりで突っ走った。そして間もなくざわめきも遥か後に聞くようになり、やがてそれもつぶやきのように小さくなっていった。わたしたちは小川に出たので、そこに飛びこんだ。それから足早に下流へくだっていった。薄暗い森の明かりの中を、三百ヤードほど進んでゆくと、やがてカシの木に出くわした。太い枝を一本、水の上に突き出しているのだ。わたしたちはこの枝によじ登り、それを伝って幹のほうへ行こうとした。するとこのとき、あのざわめきが前よりもはっきりと聞こえてきた。さてはあの暴徒たち、いつの間にかわたしたちの足跡を見つけていたのだ。しばらくのあいだ、彼らのざわめきは非常な速さで近づいてきた。そして、またしばらくのあいだ、近づいてこなかった。これは明らかに、わたしたちが小川に飛びこんだ場所を犬が嗅《か》ぎ当てたのだ。そして今、おどるような足取りで川の両岸を行ったり来たりしながら、もう一度足跡を嗅ぎ出そうとしているのだ。

わたしたちがチョコンと木の上に身を落ち着けて、生い茂った木の葉の背後《かげ》に姿をかくしてしまうと、王はすっかり安心した様子だった。しかしわたしはまだ心配だった。枝を伝って行けばきっと隣の木に飛び移れるだろうと思った。とにかくやってみるだけの価値はあると判断した。そこでわたしたちはやってみた。そして、うまくいった。とはいえ、王はもう一つの枝に移るところまで来たとき、足を滑らせ、すんでのことに渡りそこねるところだった。やがてわたしたちは居心地がよく、しかも安心して隠れていられるような場所を木の茂みの陰に見つけた。後はもう何もすることがなく、ただ、追手の気配に耳を傾けてさえいればよかった。

そのうちに、追手のやって来るのが聞こえた——しかもかなりの速度でやってくるのだ。確かにそうだ。そして小川の両岸を伝ってやってくる。その音は大きくなり——ますます大きくなり——次の瞬間には、急速に高まって、叫び声と吠《ほ》え声と足音との入り混った怒号が竜巻きのような勢いで通り過ぎていった。

「わたしはてっきり、連中があの垂れさがっている枝を見て、感づきはしまいかと思っていたんですが」とわたしは言った。「しかし期待はずれでなによりでした。さあ、陛下、わたししたちは時間をうまく使ったほうがいいでしょう。これでわたしたちは奴らの側面を迂回《うかい》したわけです。やがてあたりも暗くなります。小川を渡って、出だしをうまくやるんです。そしてどこかの牧場から馬を二頭かりて二、三時間も飛ばせば、あとはもう大丈夫です」

わたしたちは木をおりはじめた。そしていちばん下の枝ちかくまでたどりついた。と、そのとき、追手の引き返してくる音が聞こえたような気がした。わたしたちは動かずにじっと耳をそばだてた。

「そうだ」とわたしは言った。「奴らの追跡もあれで終わりなんだ。諦《あきら》めて、家へ帰るところなんだ。わたしたちも、もう一度ねぐらへよじ登って、奴らが通り過ぎるのを待っていましょう」

そこでわたしたちは引き返していった。王はちょっと耳をすまして言った。

「奴らはまだ捜しておるぞ——あの様子はそうだ。このままじっとしておるのが一番じゃ」

王の言うとおりだった。こと狩りに関しては、わたしなどよりよく知っていた。物音は刻一刻と近づいてきた。だが、早くはなかった。王は言った。

「奴らは考えておるのじゃ。わしたちがそれほど早く逃げ出したわけではないし、どうせ徒歩なのだから、あの小川に入ったところからまだあまり遠くには行っておらぬはずだとな」

「そうでしょう、陛下、そんなところだとわたしも思います。もっとも、わたしはもう少しいことを望んでいたんですが」

物音はだんだんと近づいてきた。そして間もなく追手の先頭がわたしたちの下をあちこちと歩きはじめた。小川の両岸をだ。一つの声が向こう岸から止まれと叫んだ。そして言った。

「もし奴らがその気になれば、この垂れさがっている枝を伝ってそっちの木へ行けたはずだぞ。地面にふれずにな。誰かその木に登らせたほうがええぞ」

「よし、やってみよう！」

わたしは、きっとこんなこともあろうかと思って別の木へ飛び移り、相手を出し抜いておいた自分の頭のよさにわれながら感心せざるをえなかった。しかし、あにはからんや、頭のよさも先の見通しも出し抜くことのできるようなものがこの世にはあるのだ。それは、間の悪さと愚かしさだ。世界で第一の剣豪は、世界で第二の剣豪を恐れる必要はない。まさにそうだ。彼の恐れる相手は、何も知らぬ素人だ。剣などこれまで手にしたこともないような相手だ。そういう相手は、当然しなければならぬはずのことをしないのだ。だからいかな剣豪でも、腹をすえてかかることができない。当然してはならないようなことを、してくるからだ。そしてしばしば、それが剣豪の虚をつくことになり、その場で生命さえ奪うことにもなるのだ。だからどうしてこのわたしが、これほどの才能に恵まれていながら、陸《ろく》すっぽ何も見えない間抜けな道化に対して有効な備えがとれただろうか、ハズレのほうを狙っておきながらアタリのほうにぶつかるような奴にだ？　しかもそれをその男は実際にやらかしたのだ。奴は違う木のほうに向かってきた。違う木というのは、もちろんわたしたちの隠れている木のことで、奴は間違ったおかげでアタリを選んだわけなのだ。そして、この木を登りはじめた。

今や事態は重大だった。わたしたちはじっと静かにして、成り行きを待っていた。農夫はふうふう言いながら登ってきた。王は身を起こすと立ちあがった。そして片方の脚をかまえた。やがて登ってくる奴の頭が近くまで来たとき、ドサッと鈍い音がした。するとその男は、もがきながら地面へ落ちていった。激しい怒号が下から湧きおこった。暴徒たちは四方八方から群がり寄ってきた。そして、ついにわたしたちは木に追いつめられたまま、自由を奪われてしまった。また一人、別の奴が登ってきた。わたしたちが渡ってきた枝も見つかってしまった。すると、威勢のよさそうな奴が、その橋渡しをしている木を登りはじめた。王はわたしにホラチウス（エトルリア人を相手に、タイバー川にかかる橋を二人の戦友とともに守った伝説上の勇士）を演じてその橋を確保しろと命じた。しばらくのあいだ、敵はどんどんと数を増し、攻撃も早くなった。しかしそんなことは問題ではなかった。それぞれの行列の先頭をきってやってくる奴は、近くに来たとたんに必ず一撃をくらって、そのまま落ちていったからだ。王の意気は燃えあがり、彼の喜びはつきるところを知らなかった。彼の言うところによれば、予想を裏切る事態の起こらぬ限り、わたしたちはすばらしい夜が送れるはずだった。なぜなら、この戦法でゆけば、村じゅうの者を相手にしたってこの木を守り抜くことができるから、とのことだった。

ところが、暴徒たちも間もなくすると自分たちで同じような結論を考えはじめた。そこで攻撃を中止すると、ほかの作戦をねりはじめた。連中には武器はなにもなかった。しかし、石はいくらでもあった。石でならなんとかなるだろう、ということらしかった。わたしたちとしても異存はない。石の一つぐらいは、わたしたちのところまでたまには届くことがあるかもしれない。だが、そんなことは、まずもってありそうにないことだ。なにしろ、わたしたちは枝や葉で十分に守られていたし、狙いのつけいい場所からは、こっちの姿は少しも見えなかったからだ。三十分もむだに石を投げていれば、やがて暗やみがやってきて、わたしたちを助けてくれるはずだ。そんなわけでわたしたちはすっかり安心した気分になった。忍び笑いがでそうだった。いや、大声で笑ってやりたいくらいだった。

しかし、わたしは笑わなかった。笑わないでいてよかった。笑っていたら、途中で止めてしまったはずだからだ。石がふたたび唸《うな》りをたてて葉の間を飛び交い、枝に当たっては跳ね返りはじめてから十五分とたたぬうちに、なんとなく変な臭いがしはじめたのだ。一、二度かいだだけで、それが何だかすぐにわかった。煙だ！　とうとうこの勝負はわたしたちの負けとなった。わたしたちはそれを認めた。煙のお迎えでは、参上せずばなるまい。彼らは乾いた柴や濡《ぬ》れた雑草の山をますます高く積みあげ、濃い煙がうずを巻きながら立ちのぼって、この木を覆い包むのを見ると、わっとばかりに嵐のような歓声をあげた。わたしはやっとの思いで息を吸いこむと、こう言った。

「陛下、どうぞお先に。これが礼儀ですからね」

王は喘《あえ》いだ。

「では、ついて参れ。そして幹の片側を背にして立つのじゃ。反対側はこのわしが引きうける。そして闘うのじゃ。相手は一人ひとり、その型と好みにあわせて屍《しかばね》の山に加えてやるわ」

そう言うと、王は喉《のど》をならしたり咳《せ》きこんだりしながら、おりていった。わたしも後につづいた。そして王のすぐあとから大地に飛びおりた。王とわたしとはすぐに、示し合わせておいた場所について力いっぱい互いの陣地を守りはじめた。このときの騒ぎたるや、まったく驚くばかりだった。騒乱と混乱と、降りしきる殴打の嵐だった。と、突然、馬に乗った何人かの男がこの群れのまんなかに飛びこんできた。そして一つの声が叫んだ。

「鎮《しず》まれ——鎮まらんと生命はないぞ！」

じつにすばらしい響きだった！　声の主は、どこから見ても名門の士らしい風采《ふうさい》をしていた。目のさめるような高価な衣装。堂にいった下知のしかた。厳しい剣幕。顔色と目鼻だちとには、遊興の影さえただよわせていた。暴徒たちは畏《かしこ》まって退きさがった。スパニエル犬のようにだ。馬上の男は、わたしたちをじっと見つめていたが、やがて農夫たちに向かって鋭い口調で言った。

「貴様らはこの者たちに何をするつもりじゃ？」

「はい、この者たちは頭のイカレたやつらなのでごぜえます、お殿さま。その辺をほっつきながら、やってめえりましたんでごぜえますが、どこから来ましたものやら、そんで――」

「どこから来たかわからんと申すのだな？　貴様ら、あえてこの者たちを知らぬと申すのか？」

「いいえ、お殿さま、てまえどもは本当のことを申しあげておるのでごぜえます。この者たちは他国者で、この辺りでは誰も知る者がごぜえません。それはもう大変な乱暴者でごぜえまして、おまけに血に飢えたイカレポンチでごぜえます。こんな奴らは――」

「黙れ！　たわけたことを申すな。この者たちはイカレポンチなどではない。いったい、そのほうたちは何者じゃ？　どこから参った？　申してみい」

「わたくしどもは、ただ静かに旅をしている者でございます」とわたしが言った。「その旅の用事と申しましても、ほんの私事《わたくしごと》でございます。なにしろ遠い国から参りましたものでございますから、ご当地は不案内なのでございます。悪さをしようなどと思ったことは一度もございません。それなのに、あなたさまのお美事なお仲立ちとお守りとがございませんでしたならば、これらの人たちに殺されていたことでございましょう。ご明察のとおり、わたくしどもはイカレポンチなどではございません。また、乱暴者でも血に飢えている者でもございません」

馬上の男は家来たちのほうに向きなおって静かに言った。

「この犬どもを小屋へ繋《つな》いでおけ！」

犬と呼ばれた暴徒たちは、とたんに逃げだした。その後を、馬に乗った家来たちが突っ走っていった。そして手にした鞭《むち》を前後左右に振りまわし、情け容赦もなく馬の蹄《ひづめ》にかけた。道をまっすぐ逃げるだけで、藪の中に飛びこむことを知らぬバカ者たちをだ。悲鳴や嘆願の叫び声は、やがて遠くに消えていった。そして、やがて家来たちが三々五々と戻ってきた。そのあいだ、例の男はわたしたちをさらにくわしく尋問していた。しかし、とくにこれといったものは聞き出せなかった。わたしたちにしてくれたこの骨折りに対しては大変ありがたいと思っていたが、身辺のことについては、ただ遠い国からやって来た友人もない旅人なのだとしか明かさなかったからだ。家来たちが全員もどってくると、男は家来の一人に向かって言った。

「替え馬をもってきて、この者たちを乗せてやれ」

「はっ、かしこまりました」

わたしたちは列の後ろのほうへ連れてゆかれた。家来たちの中へだ。一行はかなりの速度で進んだ。やがて、日も暮れてしばらくしたころ、道端の宿屋の前で馬をとめた。騒動の場所から十マイルか十二マイルほど来たところだ。殿さまはすぐに自分の部屋に入っていった。夕食を命じておいてからだ。そしてそれっきり姿を見せなかった。翌朝、日の出とともにわたしたちは朝食をとり、出発の用意をした。

このとき、殿さまの供頭がぶらりと入って来た。見るからにものうげな様子だ。そして、こう言った。

「そのほうたちの話では、たしかこの道をずっと行くはずであったな。われわれの行く方角と同じじゃ。それゆえ、わが殿グリップ伯爵さまはお命じになった。そのほうたちに昨夕の馬をそのまま与え、乗ってゆかせるように、そしてわれわれ数名の者が二十マイルほど同道し、カンベネットと申す立派な町まで行くようにとな。そこまで行けばまず危険はなくなるであろうからな」

わたしたちはただただ厚く礼を述べ、その申し出を受け入れるばかりだった。そして馬の背にゆられながら進んでいった。一行は六人。馬の足も頃あいののんびりとした速度だ。道々の話の中で、殿さまのグリップ伯は彼の領地でもたいへん立派な人物で、その領地はカンベネットから一日ほど向こうへ行ったところにあるのだということを知った。わたしたちはかなりゆっくりと進んで行ったので、午前も半ば近くなってようやくその町の広場にやってきた。王とわたしとは馬をおり、どうかくれぐれもよろしく殿さまに伝えてくれるようにと挨拶《あいさつ》をした。それから広場の中央に集まっている人だかりのほうへ歩み寄って、いったい何がはじまっているんだろうと覗《のぞ》きこんだ。それはなんと、いつか出会ったあの奴隷の一行の売れ残りの者たちではないか！（二四〇ページ参照）してみると、彼らはあの重い鎖をここまでずっと引きずってきたわけだ。例の気の毒な夫は、もういなかった。そのほか多くの者たちもすでに売られていた。そして何人か新しく買われた者が、この一行に加えられていた。王は興味がないとみえて、そのまま行きたいような様子だったが、わたしは一心に見つめ、気の毒な思いで胸がいっぱいだった。このやつれはて、やせ衰えて見る影もなくなってしまった人たちから目を離すことができなかった。彼らはその場にすわっていた。地べたにかたまって、おし黙ったまま、不平ひとつ言わず、頭を垂れていた。胸のしめつけられる光景だった。それとはがらりと変わった対照をなして、口うるさい弁士が、その場から三十歩とは離れていないところで、べつの群衆に向かって演説をしていた。鼻につくような美辞麗句を並べながら、「われらが光栄あるブリテンの自由」をほめたたえていたのだ！

　わたしは腹わたが煮えくりかえった。自分の変装のことなど忘れてしまい、自分が人間であることを思い出していた。たとえどんな犠牲を払っても、あの演壇にのぼっていってそして――

　ガチャリ！　王とわたしとは、そろって手錠をかけられてしまった。わたしたちといっしょに来た例の家来たちが、やったのだ。殿さまのグリップ（「把握」の意味がある）はいつの間にかその場に立って見物していた。王は烈火のごとく怒って言った。

「この無礼きわまる悪ふざけはなんのつもりじゃ？」

　殿さまはただ悪党頭に向かって、冷ややかにこう言っただけだった。

「この奴隷どもを追いたてて、売ってまいれ！」

　奴隷！　この言葉には新しい響きがあった――しかもなんという、口にすることもできないような恐ろしい言葉だったことだろう！　王は自分の手錠を振りあげ、必殺の力をこめて振りおろした。しかし殿さまのほうは身をかわして歩み去った。そして、この無頼漢の家来たち十二、三名がばらばらっと飛び出してきて、たちまちわたしたちはどうすることもできなくなってしまった。両手を後ろ手に縛られたのだ。わたしたちは声をはりあげ、懸命になって自分たちは自由民だとわめいた。そのため、自由を口にしていた例の弁士と、その演説に耳を傾けていた愛国的な群衆とは、それを聞きつけて興味を示し、わたしたちのまわりに集まってきて、じつに断固たる態度をとってくれた。弁士は言った。

「もし本当におまえさんたちが自由民なら、なにも恐れることはない——神より授けられたこのブリテンの自由が、おまえさんたちの盾とも避難所ともなって守ってくれるからじゃ！（拍手喝采《かっさい》）。すぐにそれがわかる。さあ証明書を見せてごらん」

「なんの証明書だ？」

「あんたたちが自由民だという証拠をだ」

ああ——そうだ、思い出した！　わたしは我に返った。それで何も言わないでいた。しかし、王はどなった。

「こりゃ、たわけたことを申すな。そんなことよりももっと上策で、もっと理にかなっておるのは、この、ここにおる盗賊、無頼の輩《やから》に、わしどもが自由民ではないと証明させることじゃ」

ご覧のように、王は自分の作った法律をよく心得ていた。ちょうどほかの人びとが法律を知っていることの実に多いのと同じようにだ。つまり、言葉の上だけで、実際の面からではないのだ。だからその法律は、それを自分自身に適用するようになったときに、初めて意味をもち、実になまなましくなってくるのだ。

まわりの者たちはみな首を横に振り、がっかりした様子だった。中には背を向けて立ち去ってゆく者もいた。もう興味がないのだ。弁士は言った——そして今度は職業から出た口調で、同情から出た口調ではなかった。

「おまえさんたちが自分の国の法律を知らないのなら、今はそれを学ぶのにちょうどいい機会だ。おまえさんたちは、われわれにとっては他国者だ。これはおまえさんたちも否定できまい。おまえさんたちは自由民かもしれん。それはわれわれも否定はせぬ。だがまた、奴隷であるかもしれんのだ。法律ははっきりしておる。法律によれば、おまえさんたちが奴隷であることを証明すべき主張者は必要なく、本人こそが自分が奴隷でないことを証明しなければならんのだ」

わたしは言った。

「ではすいませんが、アストラットへ使いを出す間だけでも猶予をください。あるいは『聖なる谷間』へ使いを出す間だけでも結構ですが――」

「黙りなさい。それは途方もない要求じゃ。そんなことが許されるなどと思ってはいかん。第一あまりにも時間がかかるし、大変な迷惑をおまえさんたちのご主人に――」

「ご主人だと、バカな！」と王はどなった。「わしには主人などおらぬわ。わし自身が主――」

「ああどうか、静かに！」

わたしはあわててそう言うと、王を黙らせた。わたしたちはもうすでに大変な目にあっているのだ。このうえ、この連中にわたしたちの気が変だなどという印象を与えたってなんの役にも立ちはしなかった。

ここで細かなことを書きならべてもはじまらない。要するに、伯爵はわたしたちを追いたてたてゆき、競売にかけて売ってしまったのだ。これと同じような地獄の法律がわたしのいた十九世紀のアメリカ南部にも存在していた。今から千三百年以上も後のことだ。そしてその法律のもとで、何百という自由民が、自分たちが自由民であることを証明できないばっかりに、売り飛ばされて一生のあいだ奴隷とされたのだ。しかもそういう状況はなんら特別な影響をわたしには与えていなかった。ところが、このつまらぬ法律と競売台《せり》とがわたし自身の経験の中に入ってきた。以前はただ不都合なものぐらいにしかすぎなかったものが、今や突如として極悪非道のものとなったのだ。まったく、人間なんて、こんなふうにできているのだ。

こうしてわたしたちは競売にかけられて売りとばされた。豚のようにだ。大きな町で、活気のある市場だったならば、わたしたちにもいい値がつけられたはずだ。しかしここの市場はまったく沈滞していて、そのため、思い出すたびに恥ずかしくなるような値で売り払われてしまった。イギリス国王が七ドルで、その首相が九ドルなのだ。本来ならば王はたやすく十二ドルの値がつくはずであったし、わたしだって、たやすく十五ドルにはなるはずなのだ。しかし世の中はいつもこんなものだ。不景気な市場でむりに売ろうとすれば、買い手はその品が何であろうと無頓着《むとんじゃく》だ。結局つまらん取り引きをすることになる。そいつを腹にきめてかからなければならない。もし伯爵がもっと頭を働かせて――

しかし、なにも奴のふところにまでわたしの同情心をかきたててやる必要はない。この場は奴にまかせておけばいいのだ。いわば、彼の腹の中まで読みとったのだから。

例の奴隷商人がわたしたち二人を買い取った。そしてあの長い鎖につないだ。こうしてわたしたちは行列のしんがりをつとめることになった。そして長い列をつくってゾロゾロとカンベネットの町から昼ごろに出ていった。わたしにとってなんとも不思議で奇妙に思えたことは、

イギリスの国王とその首相とが手錠をはめられ、足《あし》枷《かせ》をされ、首環までされて奴隷の列に組み入れられ、あらゆる種類の暇な男たちや女たちのそばを通ったり、美しい人たちや愛らしい人たちがすわっている窓の下を通ってゆくのに、少しも好奇の目をひかず、ただのひと言さえ彼らの口から言葉を引き出すことがなかった、ということだ。いやはや、これを見てもわかるとおり、国王なんていうものは、神々しさなんか何もないのだ。とどのつまり、浮浪者と変わりないのだ。ただの安っぽい、中身がからっぽのオモチャにすぎないのだ、それが王さまだと知らないときにはだ。しかし、いったん王さまだということがわかると、いやはやあきれたものだ、その姿を見ただけで、人は息をのむのだ。われわれはみんなバカなのだ、と思う。生まれたときからそうなのだ、たしかにそうだ。

第三十五章　哀れな出来事

それはまさに大きな驚きだった。王は考えこんだ。それは当然だ。ではいったい何を考えこんだのだろうか？　それはもちろん、己が身のそのとてつもない転落のことにきまっている――この世で最も高い地位から最も低い地位へ、この世で最も華やかな身分から最も暗い身分へ、人間の中でも最も崇高な務めから最も卑賤《ひせん》な務めへ、落ちたのではないか。いや、そうではないのだ。誓って申しあげるが、王が最初にいちばん当惑したのは、そんなことではなかった。王につけられた値段だったのだ！　王はあの七ドルを忘れることができない様子だった。実際、わたしも最初それを耳にしたときには、あきれかえって、自分の耳を疑うほどだった。あたりまえのこととは思えなかった。しかし心の中の目の玉が澄んできて焦点がはっきり定まってくると、すぐに自分が間違っていたことに気がついた。あれはやはりあたりまえのことだったのだ。その理由はこうだ。王はたんなるオモチャにしかすぎない。だとすれば、王の感情だって自動人形の衝動と同じように人工的なものだ。しかし人間としては、彼も本当の人間であり、彼の感情も、人間と同じように、本物なのであって幻《まぼろし》なのではないのだ。並みの人間なら誰だって自分で思っている自分の価値よりも低く評価されれば屈辱を感じるものだ。王だってたしかに並みの人間と少しも変わりはないのだ。もっとも、これは王が並みの高さにまで達していればの話なのだが。

いや、まったく王にも困ったものだ。彼はあれこれと話しかけてきては、わたしをうんざりさせた。定期市のたつような市場でならばきっと彼も二十五ドルくらいにはなったはずだ、ということを言いたいのだ――明らかにバカげたことだった。うぬぼれにもほどがある。このわたしだってそんな値打ちはないのだ。しかしわたしにとって、この議論を進めてゆくことは微妙な立場だった。実際、議論はただもう避けて、そのかわりに外交辞令を使わねばならなかった。良心は投げ捨ててしまい、おめおめと、そうです陛下ならとうぜん二十五ドルで売れたはずです、などと言ってやらねばならなかった。とはいえ、わたしにははっきりとわかっていたが、これまでのどの時代を見ても、世界に一人としてこの二十五ドルの半分にも値する国王はいなかった。これから先の十三世紀のあいだにだって、その四分の一にも値する王はいないはずなのだ。まったく、彼にはうんざりした。畑の作物の話を始めれば始めたで、また近ごろの天候のぐあい、あるいは天下の情勢、あるいは犬、あるいは猫、あるいは道徳、あるいは神学――とにかく何の話をしようと――わたしのほうはため息を、つくばかりだった。その話がどうつながってゆくか、わかっていたからだ。必ずそこからあの退屈な七ドルの競売の言い訳を引っぱり出してきたのだ。行列が止まれば止まったで、そこに人だかりでもしていれば、王はきまってわたしに顔を向けた。そしてその顔には明らかにこう書いてあったのだ。「あれをもう一度ここで、この者たちを買い手にまわしてやれたら、結果は違っておったはずじゃ」まったく、王が最初に売れたときに、七ドルで引き渡されるのを見てわたしはひそかに小気味のよい思いを感じた。しかし、苛立《いらだ》ちと心労のあまり王がぶっ倒れてしまうまえに、せめて百ドルの値がついてくれたならばとわたしは思った。このままでは絶対にこの問題は消える見こみがなかった。というのも、毎日あちこちの場所で、ひやかし半分の買い手たちがわたしたちの体を調べたりするからで、また何にもましてよく聞かされたのは、王に対する彼らの次のような言葉だったからだ。

「二ドル半のウスバカが三十ドルの肩をいからせてやがる。いからせた肩が売り物たあ、泣かせるぜ」

しまいには、こういった言葉のおかげで大変なことがまき起こった。わたしたちの奴隷商人は実利的な人間だった。だから、この欠点をなおさぬかぎり王には買い手がつかないと考えたのだ。そこでその威厳のある態度を畏《おそ》れ多くも国王陛下から取り除く作業にとりかかった。わたしはその男に何かためになる忠告をしてやることもできたのだが、わざとしなかった。頼まれもしないのに、こちらから進んで奴隷商人に忠告などすることはない。そんなことをしたら、せっかくのこちらの論拠を自ら台なしにしてしまうことになる。わたしがやったって、王の態度を農夫の態度に引き下げるのはまったく手にあまる難しい仕事だった。たとえ王がその気になって一生懸命に学ぼうとしたときでさえそうだった。それを今、王の態度から奴隷の態度へと引き下げようというのだ——しかも力ずくでやるのだ——ぜひやってもらいたいもんだ！天下の大事業だ。詳細はご勘弁ねがう——ご想像におまかせすれば、こちらも手間がはぶける。ただこれだけはお話ししておこう。つまり、一週間も終わりごろになると、鞭《むち》と棍棒《こんぼう》と握り拳《こぶし》とがそれぞれの役目を立派に果たしたという証拠が、大いに見えたということだ。王の肉体はすごい見ものだった——そしてまた、涙なくしては見られぬものだった。だが彼の精神はどうであったか？——驚いたことに、そこには変化のへの字さえ見えなかった。あの無感覚な土くれのような奴隷商人でさえ、それはわかったのだ。奴隷のような者にも、死ぬまで人間の心を失うまいとしている者がいるのだということをだ。その者の骨を打ち砕くことはできても、その人間性までは打ち砕くことができないということをだ。この奴隷商人の悟ったのは、自分が何度やっても初めからしまいまで、一度も王に近寄ることができず、王のほうがいつも彼に飛びかかろうと身構えていて、実際に飛びかかっていったということだ。そこで彼もとうとう諦《あきら》めてしまい、王にはもとの態度をそのままつづけさせることにした。じつを言えば、この王は、はるかに王以上のものだった。彼は人間だったのだ。そして人間が真の人間であるとき、誰も彼からそれを叩《たた》き出すことはできないのだ。

わたしたちは、ひと月ものあいだ苦しい思いをしながらあちこちを流れ歩き、苦労を重ねていた。そして、そのときまでに奴隷制問題にいちばん関心をもったイギリス人は誰だったろうか？　それは畏れ多くも、国王陛下だったのだ！　じつに、彼はいちばん無関心であった者から、いちばん関心をもつ者になっていた。この制度を憎み、わたしが耳にしたなかではいちばん激しく批難する者となっていた。そこでわたしは思いきってもういちど質問をしてみた。その質問は、何年か前にもしたことがあったが、そのときはあまりにも厳しい答えをもらったので、二度とこの問題に口をはさむのは賢明でないと思っていたものだ。つまり、陛下は奴隷制度を廃止なさいますか？　という質問だ。

王の答えは、前と同じように厳しいものだった。しかし今度の答えは音楽だった。これほどすばらしい言葉が聞けるとは思ってもいなかった。もっとも、神を汚すようなその厳しい言葉は、完全なものではなかった。なにしろ、ぎこちなく繋《つな》ぎ合わせてあって、いちばん肝心な言葉がまんなかあたりに出てきてしまって、せっかくの名台詞《ぜりふ》も尻切れトンボのようになってしまったからだ。そういう言葉はいちばん最後に置かなければいけないのだ。

これでわたしも逃亡の用意ができ、またその気にもなった。このときほどすぐに逃げ出したいと思ったことはなかった。いや、そういう言い方では正しくない。前にも逃げ出したいとは思っていた。しかし一か八かの危険な賭《か》けはしたくなかった。そしてしじゅう王にもそのことを言って思いとどまらせていたのだ。だが今や——ああ、状況は一変したのだ！　自由は今やどんな犠牲を課せられようとも、それを払うだけの価値がでてきたのだ。わたしは計画を練りはじめた。そしてたちまちそれに心を奪われてしまった。もちろんこれを実行に移すには時間が必要だった。それに忍耐もだ。十分な時間と忍耐がだ。人によってはもっと簡単なやり方で、しかもぜったい確実なやり方を考えだせただろう。しかし、わたしのこの計画ほど鮮やかなものとなる計画はなかった。これほど目の覚めるようなものにすることのできる計画はなかった。だからわたしはこれを途中で諦めるつもりはなかった。わたしたちの自由が何か月かおくれることになるかもしれない。だがそんなことは問題ではない。美事やりとげるか、さもなければ何かをぶち壊すまでだ。

ときどきわたしたちは思いがけない経験をした。ある夜などはとつぜん吹雪《ふぶき》に襲われた。目ざす村までまだ一マイルもあるというときにだ。あっという間に閉ざされてしまって、まるで靄《もや》の中に入ったようだった。吹雪はそれほど深かったのだ。目の前にはなにひとつ見ることができない。それでわたしたちは間もなく道に迷ってしまった。奴隷商人は死にもの狂いになって、わたしたちに鞭をふるった。全財産を失うと思ったからだ。だが鞭をふるえばふるうほど、事態はますます悪くなるばかりだった。道をはずれ、救援の見こみもないほうへ、どんどんとわたしたちを追っていったからだ。そのうちに、わたしもとうとう足が動かなくなり、そのまま雪の中にどさりと座りこんでしまった。吹雪は真夜中ちかくまでつづいて、ようやくおさまった。このときまでに、わたしたちの中でもとくに体の弱っていた男が二人と、三人の女が死んだ。そして他の者たちも身を動かすことさえできず、死の恐怖にさらされていた。奴隷商人はもう正気を失いかけていた。生き残っている者たちをどなりつけ、わたしたちをむりやり立たせて、飛びあがらせ、体を叩かせて、血の循環をもとにもどさせようとした。そして彼もできるだけそれを手伝ってくれた。手にした鞭でだ。

このとき、みんなの注意をひく事件が起こった。鋭い悲鳴とわめき声とが聞こえてきた。すると間もなく一人の女が駆けてきた。泣きながらだ。そしてわたしたちの一団を見ると、その中に飛びこんできて、どうか助けてくれと言った。みると、暴徒の一隊が女の後から突進してきた。中には松明《たいまつ》をもっている者もいた。そして口々にその女は魔女なのだ、奇妙な病気で牛を何頭も殺しやがった奴だ、黒猫の姿をした悪魔の手をかりて、いろいろ魔法を使う奴なのだ、と叫んでいた。かわいそうに、この女はついさっきまでみんなから石をぶつけられていたのだろう、人間とは思えないような姿をしていた。それほどひどく打ちひしがれ、血を流していたのだ。暴徒たちは女を焼き殺すのだと叫んでいた。

さて、ここでわれらが主人の奴隷商人はどうしたとお考えだろうか？　わたしたちがこの気の毒な女を取り囲んで、庇《かば》ってやろうとしたとき、彼はチャンス到来と見てとった。そこでこう言った。その女をここで焼き殺せ、さもなけりゃあおめえさんたちには絶対に引き渡さねえからな、と。するとどうだ！　暴徒たちは喜んでそれに同意したではないか。連中は女を杭《くい》に縛りつけた。それから薪を運んできて女のまわりに積みあげた。そしてそれに松明の火をかけた。女は悲鳴をあげ、哀願し、二人の幼い娘を胸にしっかりと抱きしめた。するとわれらが鬼のような主人は、商売のことしか胸になかったから、わたしたちを鞭で追い立てながら、その杭のまわりに立たせ、わたしたちの体を暖めて生命と商品価値とを取り戻させようとした。哀れな罪科もない母親の尊い生命を奪うその同じ火によってだ。わたしたちの主人とはこういう種類の男だったのだ。わたしはその男の正体を知った。この吹雪で彼は九人も奴隷を失った。そのため、いままでよりもいっそうわたしたちに対して残酷になった。それから後ずっと何日ものあいだだ。今度の損失にそれほど腹を立てていたのだ。

わたしたちはこうして思いがけぬ事件にいくつも出会った。あるときは、行列に出くわした。しかもそれはなんたる行列だったろうか！　国じゅうの人間のクズを一人残らず集めてきたような行列だった。おまけに酔っぱらっているのだ。列の先頭には荷馬車があって、その中には棺《ひつぎ》がのっていた。そしてその棺の上に年のころは十八くらいの、顔だちの整った娘がすわっていて、赤ん坊に乳をのませていた。女はときどきその子を、さもいとおしそうにぎゅっと胸に抱きしめ、また、ときどきその子の顔から涙を拭《ふ》きとってやっていた。自分の目から滴《したた》り落ちた涙だ。するとそのたびに頑是《がんぜ》ないその幼な子は、女にほほえみかけ、嬉しそうな満ちたりた様子をみせていた。そして女のもう一方の乳房を、えくぼのある丸々とした手でいじくった。すると女はその手を軽く叩いたり撫《な》でてやったりしていた。彼女の張り裂けんとする胸の上で

だ。

男たちも女たちも、それに男の子たちも女の子たちも、その荷馬車のかたわらや後ろを小走りに歩きながら、嘲《あざけ》りの叫び声をあげたり、神を汚すような、野卑な言葉を叫んだり、みだらな歌を歌ったり、跳び回ったり、踊ったりしていた――まさに無法者たちの祭日であり、ヘドの出そうな光景だった。わたしたちはロンドンに近い郊外まで来ていた。市をとりまく城壁の外側だ。そして今の光景こそ、いわばロンドンの社会を示す実例だった。われらが主人は、わたしたちのために絞首台の近くにいい場所をとってくれた。僧侶《そうりょ》が一人つきそっていた。そして女に手をかして絞首台にのぼり、慰めの言葉をかけ、それから執行官補佐役に言いつけて女のために腰掛けを用意させた。それから台の上の女のかたわらに立った。そして足もとにいる人たちの見上げている顔をしばらくのあいだじっと見つめ、それから石だたみのようにぎっしりと居並ぶ群衆の頭をながめまわした。その頭は、見渡すかぎり、遠くも近くも、びっしりと隙間をふさいで広がっていた。やがて僧侶は事件の顚末《てんまつ》を語りはじめた。その声には哀《あわ》れみがこもっていた――こうした無知と野蛮《やばん》な国でそれはなんと珍しい響きだったことだろう！　わたしはその僧侶の語ったことをすみからすみまで憶《おぼ》えている。ただその中で使われていた言葉は定かではない。だから今それをわたし自身の言葉に換えてここに記そう。

「法の意図するところは、世に正義をもたらすことであります。ときにはそれを果たしえないこともあります。それはやむをえません。わたしたちはただ悲しみ、諦め、そして法の腕にすがってさえなお不当にも陥ちてゆかねばならぬ者の魂のために祈り、かつまたその者と同じ憂《う》き目を見る者がこれからのち出ないようにと祈るだけです。法は今、この哀れなる年若き者を死へ送ります――そしてそれは正しいのです。しかしもう一つ別な法は、この女があぁした罪を犯すか、さもなければ飢え死にするか、この赤ん坊を道づれにして飢え死にするかのどちらかを選ばねばならぬところへ追いこんでいたのです――ですから神の御前にあっては、その法もまた、この女の罪と、この女の飢えによる恥《こ》ずべき死とに対して責を負うべきなのです！

しばらく前までは、この年若い女は、この娘はまだ十八歳にしかなっていないのですが、イギリスじゅうの誰よりも幸せな妻であり母親でありました。この娘の唇はいつも陽気に歌を歌っていました。その歌は、喜びに満ちあふれた清純な心がもっている生まれながらの言葉です。この娘の夫も同じように幸福でした。自分の務めをすべて立派に果たしていたからです。朝早くから夜遅くまで手細工に精をだしました。この男のパンは一生懸命に正しく働いて得たまっとうなパンでした。だんだんと金も貯《た》まり、住む家も着る物も用意して家族の者に不自由をさせず、わずかながらも国の富に寄与していました。ところが、頼みにならぬ法によって、突然の禍《わざわい》がこの聖なる家庭にふりかかり、あっという間に洗い去っていったのです！ 年若い夫が、ある日、待ち伏せをされてむりやり連れてゆかれ、そして船乗りにさせられてしまったのです。妻は何も知りませんでした。ですから夫の行方を方々さがしました。このうえなく頑《かたくな》な心の人びとでさえも、涙の嘆願と、絶望から来る途切れがちな雄弁とでその心をゆすぶりました。何週間かが過ぎてゆきました。この娘は夜も寝ずに祈りを捧《ささ》げ、じっと待ち、望みつづけました。そのうちに娘の心も悲しみの重荷に耐えかねて、だんだんとひしがれてゆきました。わずかばかりの財産も少しずつ食べ物のためになくなってゆきました。家賃ももう払えなくなってきたとき、家主は娘を追い出しました。娘は物乞いをしながら歩きました。体に力のあるあいだはです。とうとう飢えに耐えられなくなり、乳も出なくなったとき、リネンの布を一枚盗みました。一セント四分の一ほどの値のものです。それを売って赤ん坊だけでも助けようと思ったのです。しかし、その布の持ち主にみつかってしまいました。そして牢《ろう》に入れられ、裁判にかけられたのです。布の持ち主は事実を証言しました。嘆願が娘のためになされ、娘の痛ましい身の上が、娘のために語られました。娘自身もまた、許可を得て、話しました。そして、たしかにその布は自分が盗んだのだ、しかし自分の心は、心労のあまり近ごろはひどく乱れてしまって、そのために、自分がひもじさに打ちひしがれてしまうと、どんな行ないも、それが罪になるものであろうとなかろうと、意味もなく頭の中に浮かんできて、なにひとつ正しく知ることができなくなってしまうのだ、ただわかることといえば、自分がとてもひもじいということだけなのだ！　と言いました。一瞬、みんなは心を打たれました。そしてその場にはこの娘を慈悲深く扱ってやろうという意向がうかがえました。と申すのも娘はあまりにも若く、親しい友もおらぬことであるし、今回の事件はあまりにも気の毒であり、この娘からその支えとなるべき夫を奪っていった法律こそ、娘の犯した罪の最初にして唯一の原因として科《とが》められるべきものであるからという訳です。ところが検察側の役人は答えました。以上のことがすべて事実であろうと、かつまたきわめて気の毒なことであろうと、近ごろは小さな窃盗《せっとう》事件が多発しているときでもあり、今ここでいたずらに情けをかけるのは財産をおびやかすことになろう――ああ、なんということだろう、崩壊した家庭や親を失った赤ん坊や引き裂かれた心臓の中には、ブリテンの法律が尊いと考える財産は何ひとつないというのだろうか！　したがって本官はぜひとも処刑を要求する、というのです。

　判事が黒い帽子をかぶったとき（死刑を宣告するときの習慣）、盗まれた布の持ち主は体を震わせながら立ちあがりました。唇も震えていました。顔は灰のように血の気がありませんでした。そしてあの恐ろしい判決が下ったとき、その男は叫びました『ああ、かわいそうに、なんということだ、まさか死刑になるとは思わなかった！』と言いながらその場に倒れました。まるで木が倒れるようにです。みんなが助け起こしたときには、男はもう正気を失っていました。そして太陽が沈む前に、自らの生命を奪っていたのです。思いやりのある男でした。心の正しい、心底から正しい男でした。この男のその自殺という行為を、今ここでこれから行なわれるべき行為に加えなさい。そしてその二つの行為の責任を、それが本来あるべきところに問うのです――つまり、ブリテンの支配者たちとその苛酷《かこく》な法律とにです。はや時となりました。わが娘《こ》よ。そなたのために祈らせておくれ――いや、そなたのためではない、そなたは虐げられた気の毒な、なんの罪科もない心の持ち主だ。そなたのために祈るのではなく、そなたの破滅と死に対して責を負うべき者たちのために祈ろう。その者たちこそ、もっと祈りが必要なのだからね」

　僧の祈りがおわると、彼らは吊《つ》り縄《なわ》をその若い娘の首にかけた。そして、その結び目を娘の耳の下にもってゆくのにひどく苦労していた。いつも、赤ん坊をむさぼり食うように、激しくキスをしたり、自分の頬や胸に押しつけたり、涙をふりそそいだりして、半ばうめき、半ば叫びながら片時もやすまなかったからだ。それに赤ん坊のほうは、はしゃいだり、笑ったり、足をばたつかせたりして、にぎやかな遊びごとと間違えて大喜びをしていたからだった。首吊り役人でさえも、この光景には耐えられず、顔をそむけた。やがて、準備がととのうと、さっきの僧がやさしく、次には少し力を入れて、そして最後にはむりやりに、赤ん坊を母親の腕から引き離して、足早に女の手のとどかぬところへ連れていった。しかし女は両の手を握りしめ、激しく僧に向かって飛びかかった。鋭い叫び声をあげながらだ。しかしロープが、――そして執行補佐役が――それを止めた。すると女は両膝《ひざ》をつき、両手を差しのべて叫んだ。

「もう一度キスを――ああ、神さま、もう一度、もう一度だけ――死んでゆく者の最後のお願いです！」

その願いは許された。女は赤ん坊を窒息させせんばかりだった。そして彼らがふたたびその子を引き離すと、女は叫んだ。

「ああ、わたしの赤ちゃん、大事な大事な赤ちゃん、その子は死にます！　住む家もないんですもの、それに父もなく、友もなく、母もなく――」

「いや、みんなあるよ！」とそのやさしい僧は言った。「そのすべてになって、わたしがこの子に尽くしてあげるよ、わたしが死ぬまでね」

そのときの女の顔は、ぜひお見せしたかった！　感謝の顔だったろうか？　いや、それを表現するのに言葉などに何の用があろう？　言葉は絵にかいた火にしかすぎない。表情こそ火そのものだ。女はそういう表情を見せた。そしてそれをそのまま天国の宝物殿へ持っていった。

神聖なものがすべて納められているところへだ。

第三十六章　暗やみの中での衝突

ロンドンというところは――奴隷にとっても――なかなかおもしろい所だった。たかだか非常に大きな村といった感じだった。それにたいていは泥の家で、屋根もカヤでふいてあった。通りもぬかるんでいて、あちこちと曲がり、舗装もしてなかった。ここの住民は、たえずぞろぞろと往きかい、ぶらぶらとほっつきまわっているボロを着た群衆と、前後にゆれる羽根飾りをつけ光り輝く甲冑《かっちゅう》を着こんだきらびやかな騎士たちだった。王はこのロンドンにも宮殿をもっていた。彼はその宮殿を外からながめた。すると思わずため息がもれた。そうだ、そして少しばかり悪態をついた。貧弱でいかにも子供向きな六世紀式の悪態のつき方だった。わたしたちは顔見知りの騎士や貴族たちを見かけた。しかし先方はわたしたちには気がつかなかった。なにしろ、ボロをまとい埃《ほこり》をかぶり、なまなましいミミズ腫《ば》れやあざのある姿だ。かりにこちらから呼びかけたとしても、わたしたちだとはわからないだろうし、足を止めて答えようともしなかったろう。鎖でつながれている奴隷たちと口をきくのは、法で禁じられていたからだ。サンデーもわたしから十ヤードとは離れていないところをロバに乗って通って行った――わたしを捜し求めてのことだろう、とわたしは思った。しかしわたしの胸を完全に打ち砕いたものは、広場にあるわたしたち一行のための古い小屋の前で起こったものだった。それは、一人の男が金《かね》を偽造した廉《かど》で、油の釜《かま》に入れられてゆで殺されるところをわたしたちがじっと我慢して見ていなければならなかったときに起こった。ふと新聞売り子の姿が目にとまったのだ。――しかもわたしにはその子に近づくことさえできなかったのだ！　とはいえ、一つの慰めはあった。それはクラレンスがまだ達者で、いつものように活躍している証拠だったからだ。わたしもいずれそのうち彼と連絡をとることができる。そう考えると元気があふれてきた。

ある日、また別のものをちらりと見た。おかげでわたしの意気は高揚した。それは家の屋根から屋根へと延びている電線だった。電信か電話にちがいない。ちょっとでもいいからその線が手もとにあったなら、とわたしは喉《のど》から手の出る思いだった。あれこそわたしが必要としていたものだったのだ。わたしの逃亡計画を実行するためにだ。わたしの考えはこうだった。つまり、いつか夜中に王といっしょにそっと鎖をはずす。それからわれらが主人に猿ぐつわをかませて縛りあげ、奴の服と着替えて、奴のほうはさんざんに打ちのめしてまったく別人のような顔にしてから、奴隷の行列の鎖につなぎ、こっちは奴隷商人になりすまして、キャメロットへ連れてゆき、そして――

しかしもうこの辺でわたしの計画はおわかりになった

はずだ。ご覧のように、すばらしい気絶せんばかりの劇的な驚きの一幕をキャメロットの宮殿で演じながら、この冒険を終えるつもりでいた。計画はすべて実行可能なものばかりだった。細い一本の鉄の線を手に入れさえすればいいのだ。そうすれば、それで合鍵《あいかぎ》ができるのだ。後はわたしたちの鎖をつないでいるこの無格好なナンキン錠をはずすだけ。それもこちらの好きなときにだ。しかし、幸運は少しも得られなかった。こんなことは、今までに一度もなかったことだ。しかしそのうちにとうとう機会が訪れた。ある男が、それは前に二度ほどやってきて、わたしの値を値切り、うまくいかずに、というか、うまくも何もてんで話にならずに帰っていった男なのだが、それがまたやって来たのだ。わたしがこの男の手に落ちる、などということはとうてい考えられなかった。なにしろわたしについている値は、初めて奴隷になったときから法外なものであって、買い手はそれを聞くたびに腹をたてるか、嘲笑《ちょうしょう》するかしていたが、それでもわが主人は頑強にその値を守っていたからだ——その値とは、なんと二十二ドルなのだ。彼はビタ一文まけようとはしなかった。王に見とれる客もずいぶんあった。訳は、その堂々たる体格にあった。しかし彼の王さま然《ぜん》とした態度がミソをつけた。それでなかなか買い手がつかなかった。そんな奴隷を欲しがる物好きは一人もいなかった。だから王と離れ離れになることは、わたしの法外な値からいってまずあるまいと思った。そうだ。そんなわけでわたしは、いま話したこの男の手に落ちるなどとは思ってもいなかった。ところが、この男はある物を持っていた。それは、この男がちょいちょいわたしたちのところへ来てくれさえすれば、やがてはわたしの手に落ちるだろうとにらんでいたものだった。つまりそれは、鋼でできていて、長いピンがついているものだった。彼はこれを使って長い布地の上っぱりの前を留めているのだ。

その留め金は全部で三つあった。わたしはこれまでに二度とも失望していた。この男がもう少し近くまで寄ってきてくれなかったので、わたしは自分の計画をぜったい安全なものとすることができなかったからだ。しかし今度はうまくいった。三つのうちのいちばん下の留め金をとることができたのだ。男はなくなったことに気がついたが、道で落としたんだろうなどと言っていた。

ところが、やれ嬉《うれ》しやと思ったのも束の間で、すぐにまた悲しい思いをしなければならなかった。取り引きの話がいつものように、また今度もだめになりかけたとき、われらが主人はとつぜん口を開いて、もし文字にするとすればこんなふうに——それも現代英語でだが——なるようなことを言った。

「じゃあ、こういたしやしょう。こいつら二人にむだめしを食わしておくのももううんざりだ。こっちの奴に二十二ドル、はずんでくだせえ。そうすりゃあ、もう片方の奴はオマケに差しあげやすから」

王は息をすることもできなかった。烈火のごとく怒った。そのうちに喉がつまり、胸がむかつく様子だった。われらが主人と男とはその場を立ち去りながら、話をつづけていた。

「その条件で、返事のほうは少し待ってもらうとして——」

「あすのこの時刻まで待つことにしやしょう」

「ではそのときに返事をしよう」と男は言って、姿を消した。われらが主人もその後をついていった。

わたしは王を落ち着かせるのにさんざん手こずった。しかしどうやらうまくいった。こんなことを耳もとで囁《ささや》いてやったのだ。

「陛下はタダでここを出て行くことになります。しかしそれはべつの理由からです。そしてわたしもまた同じです。今夜わたしたちはそろって逃げ出すのです」

「そうか！　どうやってじゃ？」

「さっきくすねおいたこれを使って、今夜わたしたちの錠をはずし、鎖もとっておくのです。奴が九時半ごろやってきて夜の見回りをはじめたら、そのとき奴を捕えて猿ぐつわをかませ、さんざんに叩《たた》きのめすのです。そしてあすの朝早くこの町をそろって出てゆくのです。この奴隷の行列の持ち主になりすましてです」

わたしはそこまでしか話さなかったが、王はこの話に心を奪われ、満足した。夜になると、わたしたちは仲間の奴隷たちが眠りにつき、それをいつものいびきで教えてくれるのを辛抱づよく待っていた。というのも、こうした哀れな者たちに一か八かの危ない仕事を賭《か》けるのは、もし避けることができるなら、やめたほうがいいからだ。秘密は自分で守るのが一番だ。さて、連中はたしかに、いつものように、ただもじもじしているだけだったのだが、今夜のわたしにはどうもそのようには思えなかった。なんだか、いつまでたっても、いつものいびきはかかないのではないかという気がしたのだ。時間がたつにつれて、わたしはいらいらしながら考えた。もう時間もあまりなくて、計画を実行することができなくなりはしまいか。そこで、機の熟さぬまま、いくつかの試みをはじめたが、かえってそれは事をおくらせるばかりだった。というのも、この暗やみの中でナンキン錠に手をかけ、少しも音をたてずにそれをはずすなどということは、とてもできそうになかったからだ。そんなことをすればきっと誰かの眠りをさまたげるだろう。そうすれば、そいつは寝返りをうってこちらの様子に気がつき、みんなを起こしてしまうにきまっている。

しかしやがてわたしは自分の鎖の最後のやつをはずし、ふたたび自由の身となった。ほっと安堵《あんど》のため息をついて、王の鎖に手をのばした。だが、ときすでに遅かった！　われらが主人が入ってきたのだ。片方の手に明かりを持ち、もう一方の手には太い杖《つえ》をにぎっていた。わたしは、いびきをかいている連中のあいだに体をにじり寄せ、鎖のはずれていることをできるだけうまく隠そうとした。そして絶えずするどく様子をうかがいながら、もし相手が覗《のぞ》きこんできたら、すぐに飛びかかってやろうと身構えていた。

しかし彼は近づいてはこなかった。ただ足を止め、わたしたちの黒い塊をぼんやりとしばらくながめているだけだった。たしかに何かほかのことを考えているのだ。やがて手にしていた明かりを下におくと、考え考え戸口のほうへ歩いていった。そして何をしようとするのか、こっちが見当もつかぬうちに、戸口から出て、戸を後ろ手に閉めてしまった。

「急げ！」と王は言った。「彼奴《きやつ》を連れもどすのじゃ！」

もちろんそれはなすべきことだった。わたしは跳び起きてすぐに外へ出た。だがどうだろう。この時代は外灯がないのだ。それに今夜は月も出ていなかった。しかしわたしはぼんやりした人影を、五、六歩先にちらりと見た。そこでそれに向かって突進すると、いきなり飛びついた。それからあとは大変な騒ぎだ！　たがいに殴りあい、取っ組みあい、あがきあっているうちに、たちまち人だかりがしてしまった。連中はこの喧嘩《けんか》にすごく興味をもち、一生懸命にけしかけてきた。事実、彼らはこのときほど愉快な気持ちになり、心をこめてやれたことはなかったろう。かりにこれが彼ら自身の喧嘩だったとしてもだ。やがて、とてつもない騒動が突然わたしたちの後ろのほうで起こった。そして野次馬の半分ばかりが、わたしたちをおいて、とつぜん走りだした。そっちの騒ぎも少しばかりお見舞しようというのだろう。カンテラが四方八方にゆれはじめた。夜警が遠くからも近くからも集まってきた。やがて矛槍《ほこやり》がわたしの背中に落ちてきた。合図のしるしだ。その意味はわかっていた。わたしは捕まったのだ。わたしの相手もだ。二人とも牢屋《ろうや》のほうへと引きたてられていった。その夜警の両側に一人ずつ並んでだ。こんなところに禍《わざわい》が待っていたのだ。これであのすばらしい計画もいっぺんに崩壊してしまった！　わたしは考えようとした。われらが主人も、いままで奴と殴りあっていたのがわたしだとわかったら、いったいどうなるだろう。そしてわたしたちが、しきたりどおり、暴れ者や軽犯罪人たちのための大部屋にいっしょに放りこまれたら、どうなるだろうか。それにいったい

――ちょうどそのとき、わたしの喧嘩相手が顔をこっちに向けた。夜警のもっているブリキ製のカンテラからもれるしみだらけの光が、その顔の上に落ちた。見ればなんと、それはべつの男ではないか！

第三十七章　恐ろしい苦境

眠れたかとおっしゃるんですか？　とんでもない。こんなむっとする洞穴のような牢屋の中で、酔っぱらいや、喧嘩好きや、歌をがなりちらしている無頼漢たちといっしょにされていたら、眠れないのがあたりまえ。しかしその眠りをさえ、さらにまた夢にも考えられないものとしていたのは、いてもたってもいられない、わたしのこのいらだたしい気持ちだった。なんとかしてこの場を抜け出し、あの奴隷小屋の様子を知らなければならないのだ。なにしろ、わたしの犯したあの我慢のならない失敗のために、何か起きていないとも限らないからだ。

長い夜だったが、とうとう朝がやってきた。わたしは取り調べの役人にすべてを包み隠さず説明した。つまり、自分が奴隷であること、主人はグリップ伯爵さまという偉い人であること。その殿さまは川向こうの村のタバードという宿屋にちょうど日暮れ少し後に着いて、一晩どうしてもそこに泊まらなければならなくなったこと。というのも、おかしな、にわかの病気にかかって容態がひどく悪くなったためなのだ。それで自分は命を受けて、大急ぎでこの市に渡り、いちばんの名医を連れてくるようにと申し渡された。それでわたしも一生懸命だった。だから当然、ありったけの力で走っていた。昨夜は月も出ておらず、そのため、ここにおられるこのお方にぶつかってしまった。するとこの方は、わたしの喉頸《のどくび》をつかまえて、わたしをげんこつで殴りはじめた。わたしのほうはこの方に使いのことも話し、折り入ってお願いもしたはずなのだ。なにしろ伯爵さまであるわたしのご主人さまのお生命にもかかわる大変な――

その男は横あいから口を出して、それは嘘だと言った。そしてその説明にとりかかり、わたしがどのようにしてその男に襲いかかったか、そしてものも言わずに殴りかかって――

「黙れ、そのほう！」とその役人。「この男を連れ出し、鞭《むち》をくれてやれ。貴族の召使どのは今後どのように扱ったらよいか、身にしみてわかるようにな。行け！」

それから役人はわたしに赦《ゆる》しを求め、どうか今回のこうした横暴な振舞いもけっして当局の手落ちからではないことを殿さまに必ず伝えてほしいと言った。わたしは、その点はうまくやっておくからと言った。そしてその場を退散した。その退散もちょうどうまいときだった。役人は、どうしてそのような事実をわたしが逮捕されたときすぐに言わなかったのかと尋ねはじめたからだ。わたしは、自分でもそれに気がつけば言ったはずだ――これは本当だ――が、あの男にひどく殴られたので、自分の知恵はすっかり体から叩き出されてしまって――とかなんとかいろんなことを言って逃げ出した、そのときまだ口をもごもごさせてだ。

わたしの頭には朝飯のことなどなかった。足の下にも草はなかった。ひた走りに走ってやがて例の奴隷小屋にたどりついた。ところが、もぬけのからだ――一人残らずいないのだ！　つまり、みんなの姿がなくなっていて、あるのはただ一つ――奴隷商人の姿だけだった。それは、床の上に倒れていて、めちゃめちゃに叩きのめされ、パルプのようになっていた。そしてあたり一面には恐ろしい闘いの跡が見られた。粗末な板張りの棺《ひつぎ》が戸口の荷馬車の上に置いてあった。そして職人たちが、治安役人の援《たす》けをかりて、通路をあけ、しきりに覗《のぞ》きこもうとする野次馬たちを押しわけて、棺桶《かんおけ》を運びこめるようにしていた。

わたしは、自分のようにみすぼらしい格好をしている者とでも口をきいてくれそうな粗末な様子の男をさがして、事の次第を訊いてみた。

「ここに奴隷が十六人ばかしいてな。ゆんべそいつらが主人に反抗したんだ。あとの始末は見てのとおりさ」

「なるほど。で、事の起こりはなんだね？」

「見ていた者はいねんだ、その奴隷たちのほかにはな。そいつらの話によると、なんでもいちばん高い値のついていた奴隷が鎖をはずして逃げたんだそうだ、なにか不思議な手を使ってな――魔法らしいってことだぜ。なにしろそいつは鍵《かぎ》なんて持ってもいねえし、錠だってこわされてもいねえし、かすり傷ひとつついていねえってことだからな。主人はそいつのいなくなったことを知ると、やけっぱちになって怒りだし、ふとい杖で奴隷たちを殴りはじめた。すると奴隷たちは反抗して、主人の背骨を折り、あれやこれやと傷を負わせているうちに、主人のほうはたちまちおっ死《ち》んじまったんだそうだ」

「恐ろしいことだ。その奴隷たちは大変なことになるだろうな、きっと、裁判にかけられて」

「いやあ、裁判ならもう終わったよ」

「終わったって！」

「一週間もかかると思っているのかい――それにこんな簡単な事件だぜ？　一時間の四分の一のそのまた半分もかかりゃしなかったのさ」

「それにしても、いったいどうやってきめることができるんだろう、誰と誰が下手人なのか、そんなに短い時間で」

「誰と誰がだって？　いやあ、そんな七面倒《しちめんどう》くさいことは考えやあしねえよ。いっしょくたにして刑を言い渡してたさ。おめえさん、あの法律を知らねえのか？　――なんでもローマ軍がブリテンを引きあげるときに残していった法律なんだそうだが――一人の奴隷がその主人を殺した場合、その主人の奴隷は一人残らずそのために死ななけりゃならねえってえやつさ」

「本当だ。忘れていた。で、死刑はいつだい？」

「二十四時間とたたねえうちらしいぜ。もっとも、人によっちゃあ、もう二日待つらしいと言ってる者もいるがね。ひょっとして、そのあいだに、例の逃げていった奴が見つかるかもしれねえからな」

逃げていった奴！　それを聞いてわたしは急に居心地がわるくなった。

「見つかりそうかね？」

「暗くならんうちにな――きっと見つかるさ。方々さがしまわっているからね。町の出口にも見張りを立てて、仲間の奴隷も何人かつけてある。来たらすぐそいつだと教えられるようにだ。それに、町を出て行く奴は必ず初めにお調べを受けるんだ」

「その残りの奴隷が閉じこめられている所は見られるのかね？」

「外側なら――見られるさ。内側は――だが、おめえさん、それを見てえってんじゃあるめえ」

わたしは参考までにと言ってその牢屋のありかを聞きだした。そしてそれからぶらりとした足どりでその場を離れた。裏道を行くうちに、最初に目にとまった古着屋で、これから北の海に出かけるのかとも思えるような船乗りにふさわしい、ずんぐりとした服を着こみ、顔には繃《ほう》帯《たい》をぐるぐる巻いて、虫歯が痛むのだと言い訳をした。これで顔のいちばんひどい傷もかくれた。変身というやつだ。こうなったらもう元の自分の面影はどこにもない。それからわたしは例の電線をあちこちとさがし、見つけ出すと、それをたどってその巣をつきとめた。その巣はある肉屋の二階の小さな部屋になっていた――ということは、この仕事も電信の面ではあまり繁盛していないということだ。係りの若い男は机を前にして居眠りをしていた。わたしはドアに錠をかけ、その大きな鍵をふところにしまった。その物音に若者は目をさました。そして何やら騒ぎたてようとした。しかしわたしは言った。

「おっと、口をきくんじゃない。口をあけたら、生命はないからな。いいな。その機械ととっくむんだ。さあ、早くしろ！　そしてキャメロットを呼び出すんだ」

「こりゃあ驚いた！　おまえみたいな奴がどうしてこんなことを知って――」

「キャメロットを呼べ！　おれは死にもの狂いなんだからな。さあ、キャメロットを呼ぶんだ。さもなければその機械からどけ、このおれが自分でやるから」

「なんだって――おまえが？」

「そうだ――そのとおりだ。つべこべ言うな。宮殿を呼び出せ」若者は呼んだ。

「よし、そしたらクラレンスを呼ぶんだ」

「クラレンスなんという名だい？」

「クラレンスなんという名だっていい。ただクラレンスをといやあいいんだ。そうすりゃあ、返事がくる」

彼はそうした。わたしたちは神経をいらだたせながら五分ほど待った――それから十分――なんと長く思えたことだろう！　――やがてカチリという音がした。わたしにとっては人間の声と同じように懐かしかった。クラレンスはわたしに通信技術も習っていたのだ。

「よし、おまえはもういい、その席をあけろ！　わたしの打ち方では先方でわからないかもしれなかったんでな。それでおまえに呼び出してもらうほうが確実だったのだ。だがあとはもうわたしで大丈夫だ」

　若者は席をあけ、そして聞き耳をたてた――しかしそんなことをしたってむだだった。わたしは暗号を使ったからだ。クラレンスとの久々の交信ではあったが、一刻も時間はむだにせず、すぐ用件に入った――こんなふうだ。

「王、当地ニアッテ、危険。二人トモ捕エラレ、ココニ奴隷トシテ連行サレル。ワレワレノ身分、証明スルコトアタワズ――事実、私自身、目下ソレヲ試ミル状況ニナシ。当地ノ宮殿ニ電報ヲ送リ、至急説得サレタシ」

　返事はすぐに来た。

「先方、電報ニツイテハ、イササカモ知ラズ。未ダ何ノ経験モナシ。ろんどんヘノ線、ヨウヤク新設ノ運ビトナリタレバナリ。試ミザランコトヨカルベシ。誤リテゴ両名ノ首ヲ吊《つる》スコト、ナキニシモアラズ。他ノ方法ヲ考エラレタシ」

　首を吊すだと！　あいつには少しもわかっちゃいないんだ、これではますます事が面倒になる。さしあたって何を考えることもできなかった。やがてそのうちにふと名案が浮かんだ。そこで言った。

「五百名ノ精鋭ノ騎士ヲらーんすろっとニ指揮サセテ送ラレタシ。大至急タノム。南西ノ門ヨリ入レ、右腕ニ白キ布ヲ巻キツケタル男ヲ捜スヨウ伝エラレタシ」

返事はすぐに来た。

「三十分デ出発サセル予定ナリ」

「了解、くられんす。次ハ、ココニイル若者ニ対シ、私ガ君ノ友人ナルコト、シタガッテ通信料金ハ不要ナルコトヲ伝エラレタシ。カツマタ、今回ノコトハ慎重ニ考エ、私ガココへ来タコトハ誰ニモ口外シナイヨウニト伝エラレタシ」

機械は若者に話しはじめた。そこでわたしは急いでその場を立ち去った。それから計算をしてみた。三十分といえば九時になるはずだ。騎士も馬も重装備ではあまり速く駆けることはできない。だがあの連中はできるかぎり急いでくれるだろう。地面の状態はよく、雪も泥もないから、時速七マイルはたぶん出せるはずだ。馬は二度ぐらい替えなくてはならぬだろう。だから到着は六時かあるいはもう少し後になるだろう。その時刻ならまだあたりもじゅうぶん明るいはずだ。だからわたしが右腕に巻く白い布も見えるだろう。そうすればあとはわたしが指揮をとる。そしてあの牢屋《ろうや》を取り囲み、たちまち王を救い出すのだ。こいつは、どう考えたってすばらしく派手やかな目の覚めるような光景だ。本来なら真っ昼間にやりたいところだ。そうしたらもっと劇的な場面が見られるのだが。

さて、それから第二、第三といろいろな手段を用意するために、わたしは前から見おぼえのある者を何人かさがし出し、わたしの正体を知らせておこうと考えた。そうしておけば騎士の到着がおくれたようなときにも、窮地を逃れる助けとはなるはずだ。しかし、こいつは用心して事をすすめなければいけない。かなり危険な仕事だったからだ。それに贅沢《ぜいたく》な着物を着る必要がある。それも急に一時《いちどき》に着替えをしたんではうまくない。そうだ、一段階ずつ順をふんでやっていかねばならない。一着ずつ、それぞれ遠く離れた店で買い、着替えをしていくたびに少しずつだんだんと上等なものを身につけるようにし、最後にようやく絹とベルベットを手に入れるようにして、わたしの計画の準備を完成させるつもりだった。そこでわたしはその仕事にとりかかった。

ところが、その計画は始めた途端に失敗してしまった！　最初の町角を曲がったところで、仲間の奴隷の一人にばたりと出くわした。奴《せき》は見張りの男といっしょにこの辺を嗅《か》ぎまわっていたのだ。その姿を見たとたんにわたしは咳をしてしまった。すると奴は鋭い目つきでわたしを見つめた。骨の髄まで噛《か》みつくような目つきだ。どうやら奴は今の咳に聞きおぼえがあると思っている様子だった。そこでわたしは、すぐ一軒の店に入りこみ、カウンターに沿って奥へ進みながら、あれこれと品物の値を訊いてみたり、横目で外の様子をうかがったりした。二人は足を止めていた。そしてたがいに何か話し合いながら戸口から中を覗《のぞ》いていた。わたしは裏口があったらそこから逃げ出してやろうと心をきめた。そこでその店の女主人にこう尋ねた。ここから裏へ出て、逃げた奴隷をさがしてみたいのだがどうだろう、どこかその辺に隠れているにちがいないと思うのだ、じつは、わたしは変装の治安役人で、仲間があの戸口のところにいる。連れているのは例の主人殺しの共犯者なのだ、ついてはまことにすまんが、あそこへ行って、そこで待つ必要はない、すぐ路地のはずれまで行って、逃げ道をふさいでおいてくれ、いまこちらで犯人を狩り出すつもりだから、とそう伝えてもらいたいのだ。

彼女は目を輝かして、すでに有名となっているこの主人殺しの片割れを一目見んものと勇みたった。そこでただちに店先へと飛んでいった。わたしは裏口からそっと抜け出し、後ろ手に戸を閉めて錠をかけ、その鍵《かぎ》をポケットにしまって逃げ出した。ひとり、クックックッと笑い、いい気分になってだ。

ところが、間の悪いことに、またヘマをやってまたひとつの間違いを犯してしまった。事実のうえから言えば二重のミスだ。あんな役人をマクぐらいのことはいくらでも方法があって、どれもみな簡単でまことしやかな手があった。ところが、そんなんではだめなのだ。わたしとしては目もさめるようなはなやかな手を使わなければ気がすまない。これがわたしの悪い癖なのだ。それにこのときもわたしは自分の行動の基準をおくのに、あの役人だって人間なのだから当然こうするだろうと思うところにおいていた。ところが、こっちがそれを少しも期待していないときには、人間は、そうすることが当然でないようなことを、ときどきやらかしてしまうものだ。今の場合、この役人が当然やることといえば、わたしのすぐ後を追ってくることだった。そうすれば頑丈なカシの木の戸が、しっかりと錠のかかったたまま、奴とわたしとの間に立ちふさがっていることを知るはずだ。奴がそれを壊しているあいだに、わたしのほうは遠くまで逃げていって、次から次と姿を変え追手をくらます例の仕事にとりかかっているはずだ。そうすれば、やがてわたしも立派な衣装を身につけるようになる。その衣装こそ、ブリテンのうるさい法律の犬どもから身を守るのにいちばん確かなもので、いくら清廉潔白だとか立派な性格の持ち主だとかと言ったところでけっして及ぶはずはないのだ。ところが、この当然するはずのことをしないで、役人の奴、わたしの言葉を鵜《う》呑《の》みにして、わたしの指図どおりにしてしまった。おかげで、わたしがこの袋小路から足どりも軽く、自分の頭のよさに満足しながら出てきて、角を曲がったとたん、たちまち奴の手錠の中に飛びこんでしまった。そこが袋小路だということがわかってさえいたら——しかし、こんなドジなことをいまさら弁解したってしかたがない。そのままにしておこう。あとは得になろうと損になろうと、とことんまでやるだけだ。

もちろんわたしはいきりたった。そして自分は長い航海から帰ってきたばかりでとか何とか、いろいろがなりたてた——それで例の奴隷をだませるかどうか見ようとしたわけだ。ところがだめだった。奴はわたしを知っていた。そこでわたしは、おれを裏切るのかといって奴を責めた。すると奴は気色ばむというよりも驚いた顔をした。目をまんまるくして、こう言った。

「なんだって、このおれに見のがしてくれとでも言うのか、人もあろうに、おめえをこのまま逃がして、おめえ一人だけ吊し首にならねえようにしてくれって言うのか、おめえが因《もと》でおれたちはみんな吊し首になるってえのによ？ 行きゃあがれ！」

「行きゃあがれ」というのは「笑わせやがら！」とか「何を言ってやがるんだ！」という意味の彼らの言い方だった。まったく奇妙なことを言う奴らだ。

それにしても、この事件についての彼の見方には、幾分《いくぶん》かの正論とでもいったものがあった。そこでこの問題は打ち切ることにした。議論をしたって禍《わざわい》をいやすことができないときに、議論をしても何の役に立とう？ そんなことはわたしの流儀ではない。そこでわたしはこう言っただけだった。

「あんたは吊し首なんかにはならないよ。わたしたちの誰ひとり、吊し首にはならないんだ」

相手は二人とも笑いだした。それから奴隷が言った。

「おめえはバカということにはなっていなかった——以前はな。その評判は失くさないようにもっていたほうがいいかもしれねえぜ。ぶらさがっているのも、そう長いことじゃないだろうからな」

「そいつは大丈夫だと思う。あすにもならぬうちに、わたしたちは牢屋《ろうや》から出られるだろう。そればかりじゃない。好きなところへ自由に行けるんだ」

しゃれっ気のある役人は左の耳を親指で持ちあげるようにして、ゲーっと喉《のど》を鳴らし、そして言った。

「牢屋からな——そうだ、そうだ——おまえの言うのは本当だ。そしておまけに好きなところへ自由に行けるんだ。だからおまえたちは閻魔《えんま》大王さまの焦熱地獄から迷い出ることもないのさ」

わたしは怒りをおさえた。そして言った。無頓着《むとんじゃく》な顔をしてだ。

「してみると、どうやらあんたは本当に思っているらしいね、わたしたちが一日二日のうちに吊し首になるなんていうことを」

「ついさっきまではそう思っていた。そういう決定があってお触《ふ》れが出たんだからな」

「そうか。じゃあ、それから考えが変わった、というわけなんだね？」

「そうさ。そのときはそう考えただけだ。だが今は、そうとわかったってえわけだ」

わたしは相手が何か皮肉っているなと感じた。そこでこう言った。

「へえ、それじゃあ何でもご存知の法律のお役人さん、ひとつわたしたちにぜひ教えていただきたいもんですね、あんたは、何がわかったと言うんですね」

「そりゃあ、おまえたちが一人残らず吊し首になるのは、今日だってえことだ。午後の中ごろにな！　おやっ！　こいつ、だいぶこたえたらしいな！　どうだ、おれにすがりついてもいいぞ」

「実際、わたしは誰かにすがりつかずにはいられなかった。救援の騎士たちはどんなことをしたって間にあうはずがない。三時間も遅れるだろう。世界じゅうの何をもってきたって、イギリス国王を救うことはできないのだ。わたしを救うこともできないのだ。このほうがもっと重要なことなのに。このもっと重要だというのは、ただ単にわたしにとってばかりではなく、この国にとって――つまり今や文明開化を目前にひかえた地上唯一の国にとってもなのだ。わたしは気が滅入ってしまった。もう何も言わなかった。言うべきこともなかった。この男の言わんとしていたことが、わかったからだ。つまり、行方不明の奴隷が見つかったら、処刑の延期は取り消しとなり、本日ただちに執行するということになっていたのだ。それで、その行方不明の奴隷がこうして見つかったというわけだ。

第三十八章　救援にかけつけたサー・ラーンスロットと騎士たち

午後も四時に近いころ。場所はロンドンの城壁のすぐ外側だった。すずしく気持ちのよいすばらしい日で、太陽もきらきらと光り輝いていた。こんな日には人間、生きたいと思いこそすれ、死にたいなどとは思わぬものだ。つめかけた群衆はものすごい数で、はるか遠くにまでひろがっていた。それなのにわたしたち十五人の哀れな者たちは、その群れの中に一人として味方をもってはいなかった。そう考えると、人はいざ知らず、何か心にうずくものがあった。わたしたちは高い首吊り台の上にすわって、こうしたすべての敵の憎しみと蔑《さげす》みとの的となっていた。わたしたちは休日の見世物にされるのだ。貴族や上流階級の人びとのためにすでに桟敷《さじき》のようなものがこしらえられており、そこにはそれらの連中がぎっしりと居並び、それぞれ女たちまでも連れていた。その中にはたくさんの顔見知りの者もいた。

群衆は、王の演じる短な余興の一幕を思いがけなく楽しむことになった。つまり、わたしたちの体から鎖がはずされると、たちまち王はすっくと立ちあがったのだ。あのひどいボロの姿のまま、顔も傷だらけで誰にも見わけのつかぬ格好のままだ。そして、自分はブリテンの王アーサーだと言い、この神聖なる頭《こうべ》の髪に触れる者があれば、この場にいるすべての者に反逆罪として極刑を申し渡すぞと叫んだ。ところが王にとってまったく意外であり、驚きだったことは、並みいる群衆がどっとばかりに笑いだしたことだった。それは王の威厳を傷つけた。そこで王はそれっきり黙りこくってしまった。群衆のほうは王にもっと続けろと言い、王をけしかけて続けさせようと、猫の鳴き声をまねたり、ひやかしたり、こんなことを叫んだりした。

「奴にしゃべらせろ！　王さまによ！　国王さまによ！　国王さまの民草が、賢いお言葉を飢え渇えてお待ちしてるんだ。うららかにして聖《きよ》らかなるボロ大王さまのお口から出るのをよ！」

しかしそれはむりだった。王は少しも威厳を失わずこの侮蔑《ぶべつ》と嘲笑《ちょうしょう》の雨をあびながら泰然《たいぜん》としてすわっていた。彼は彼なりに確かに偉大だった。わたしのほうはただぼんやりと、白い繃《ほう》帯《たい》をほどいてそれを右の腕に巻きつけていた。群衆はそれに気がつくと、今度はわたしを攻撃しはじめた。彼らは言った。

「なるほど、この船乗りは奴の大臣さまだぞ――見ろ、豪勢な記章じゃねえか！」

わたしは、しばらくのあいだ言いたいだけ言わせておいた。そのうちに連中も疲れてきた。そこでわたしは言った。

「そうだ。わたしは大臣のザ・ボスだ。そして明日《あす》おまえたちもそのことをキャメロットから聞くはずであるし、そのこと――」

あとは続かなかった。群衆は大喜びの嘲笑でわたしを溺《おぼ》れさせた。しかしそのうちにあたりが静かになった。ロンドンの長官たちが、官服に身をととのえ、部下たちをひきつれて、やって来たからだ。それを見れば刑の執行がいよいよ始まることがわかる。途端にシーンと静まりかえった中で、わたしたちの罪状が読みあげられ、死刑の執行が申し渡された。それから一人残らず被《かぶ》りものをぬがされた。その間、僧侶《そうりょ》は祈りの文句を唱えていた。

それから一人の奴隷が目隠しをさせられ、首吊り役人がロープをおろした。わたしたちの目の下には平らな道が一本走っていて、わたしたちはそのこちら側におり、群衆は向こう側のところで塞《せ》き止められて、壁のように立っていた――だからその道にはひとっ子一人おらず、治安の役人が一般の立入りをおさえているだけだった――この道をわたしの頼んだあの五百名の騎士たちが馬を飛ばして突っこんできたら、どんなにかすばらしい光景だろう！　しかし、だめだ、そんなことはありうるはずがなかった。わたしはしだいに細くなってゆくこの道をはるかかなたまで目で追っていった――しかし馬上の人影はそのどこにも見当らなかった。その気配さえないのだ。

グイッとロープが引かれた。そしてさっきの奴隷が宙にぶらさがった。宙にぶらさがって、恐ろしくもがいた。手足が縛られてないからだ。

二番目のロープがおろされた。たちまち、また一人が宙にぶらさがった。すぐに三番目の奴隷が虚空でもがいた。それは恐ろしい光景だった。わたしは一瞬、顔をそむけた。そしてふたたび顔をもとに戻すと、王の姿が見えないではないか！ 役人たちが王に目隠しをしているのだ！ わたしは麻痺《まひ》してしまった。体を動かすこともできなかった。息はつまり、舌は石と化してしまった。目隠しがおわると、奴らは王をロープの下に連れていった。わたしは、まといつくこの無力感をふり払うことができなかった。しかし奴らがロープの輪を

王の首にかけるのを見た瞬間、わたしの中のすべてのものが解《ほど》けて、わたしは王の救出に飛びかかった――そしてそうしながら、もう一度チラッと遠くを見た――すると、どうだ。来るではないか、まっしぐらにだ！ ――五百人の武装した騎士たちが、自転車に乗ってやって来たのだ！（アメリカ最初の自転車製造工場は一八七〇年代後半にコネチカット州ハートフォードに建てられた）

これまでに見たこともないすばらしい光景だった。どうだ、あの羽根飾りのたなびくさまは、果てしなく続く銀輪の列から日の光が燃えたち煌《きら》めくさま

は！

わたしは右腕を振った。ちょうどランスロットが飛びこんできたときにだ——彼はわたしの白い布に気がついた——わたしは王の首のロープをゆるめ、目隠しを引きちぎって、叫んだ。

「土下座をせい、この不埒者《ふらちもの》めら、一人残らずだ、そして国王に敬礼いたせ！　いたさぬ者は、今夜の食事を地獄でとらせるぞ！」

わたしは、効果を頂点にまでもってゆくときには、いつもこの大仰なやり方をするのだ。それにしても、ランスロットを始め、彼のひきいる騎士たちが、この首吊り台へ殺到してきて長官どもや役人どもを台の上から投げとばすところはなかなかの見物だった。それにもうひとつのすてきなながめは肝をつぶした群衆がその場に土下座をして王に命乞いをしたことだ。ついさっきまで、嘲笑し侮辱していたその当人に対してだ。そして王はそこに、一人離れたところに立って、ボロの衣に包まれた姿で、みんなのうやうやしい敬礼を受けていたとき、わたしはひそかに思った。なるほど、一国の王ともなるとその態度物腰にはやはり他の者とは違った何か崇高なものがあるのだな、と。

わたしは非常に満足だった。いままでの話を全部ふりかえってみても、これは、わたしが引き起こした効果の中でいちばん華やかなものの一つだった。

そのうちにふとクラレンスがやって来た。正真正銘のクラレンスだ！　そしてウインクをすると、こう言うのだ。しかも非常に現代的な口調でだ。

「すごくびっくりしたでしょう？　きっと気に入っていただけると思ってたんです。じつは、連中を訓練していましてね、ずっと以前から、こっそりとね。そして一度みんなをアッと言わせてやりたいと、その機会を手ぐすね引いて待っていたところだったんです」

第三十九章　ヤンキーの、騎士たちとの戦い

ふたたびキャメロットのわが官邸《すみか》。一日二日たった朝のこと、刷りあがったばかりの新聞が食卓のわたしの皿のかたわらに置いてあった。わたしはさっそく広告欄に目を通した。そこにはわたしにとって個人的に興味のある記事が載るはずだったからだ。それはこんな記事だった。

国王の名において

告ぐ。偉大なる領主にして輝かしき騎士サー・サグラムア・ル・デジイ゙ースは、国王の宰相ハンク・モーガンことサー・ボスを相手として決闘をなし、昔日くわえられたる侮辱を晴らさんと致しおるところ、両名、来月十六日、午前四時ごろよりキャメ

トット近傍の試合場にて合戦いたすこととなれり。闘いは生命を賭けて相争わるべし。上記の侮辱は、致命的なる種類のものにして、和解の余血なきものなるが故なり。

国王の名において

この件に関するクラレンスの解説記事はこんなぐあいだった。

広告欄を一瞥されればおわかりのごとく、市民はトーナメントの中でもことのほか興味ある試合を満喫できそうである。この二人の名人の名前だけを見ても、すばらしい催物であること疑いなし。キップ販売場は十三日正午より開場。観戦料は三セント。予約料五セント。収益金は病院建設基金に寄付。国王ならびに王妃をはじめ、宮廷の諸公ぜんいん出席の予定。これらの貴賓ならびに報道関係者および僧職関係者を除き、優待席はいっさいなし。したがってダフ屋などの所持する入場券は買わぬよう注意されたい。そのような券での入場は不可。万人が知りかつ愛するザ・ボス。万人が知りかつ愛するサー・サグ。いざ、この両名を盛大に見送らんかな。忘れたもうな、収益金はすべて偉大にして無条件なる慈善事業に寄付せられんことを。その広き慈善の行為は救いの手を、やさしい心臓の血で温かなその手を、苦しみ悩む人々のすべてに差しのべるのだ。人種も、信条も、地位も、皮膚の巴も、わけへだてることはない――これこそこの地上に打ち建てられる唯一の茲善事業であり、その同情心には政治的宗教のコック栓などはついておらず、さあここに救いの川が流れている、みんなやって来て思いきり飲むがよいぞと言ってくれるものなのだ！　いざ行かんかな諸《もろ》びとよ！　ドーナッツをたずさえ、アメ玉をもち、ここに楽しいひと時を送られたい。場内ではパイも販売。そいつを叩き割る石の用意もあり。またサーカス・レモネードもあり――ただし、ライム・ジュース三滴を一樽分の水にて薄めたる代物《しろもの》なり。

＊注意。今回は新規定のもとで行なわれる最初の試合なり。この規定によれば闘士の使用する武器は双方ともいかなるものを選ぼうと自由なり。この点、とくとご注目あれ。

約束の日になるまで、ブリテンじゅうどこへ行っても、話といえばこの決闘のことだった。

ほかの話はすべて取るにたらぬものとなり、人びとの頭から消え、関心さえなくなってしまった。それはトーナメントというものが、大きな行事だったという理由からではない。サー・サグラムアが聖杯を見つけたという理由からでもなかった。彼は見つけることができず失敗していたのだから。また、この王国で二番目に（職務上）偉い人物が決闘の相手だという理由からでもない。そうだ、そういうことならさして珍しいことではなかった。しかしこの来たるべき決闘がかきたてる異常なまでの興味にはありあまるほどの理由があった。それは国じゅうの誰もが知っているという事実から生まれたものだった。つまり、これは言わば、たんに人間対人間の決闘というだけでなく、二人のすばらしい魔法使いの決闘でもあったのだ。腕力ではなく知力の決闘であり、人間業ではなく超人的な術とたくらみの決闘だった。当代の二大魔術師の間で覇《は》を競う決勝戦だった。最も誉《ほま》れの高い騎士たちが打ち建てた最も驚くべき偉業でさえも、今回のこの壮大な見せ物には比べる価値もありえないほどのものだった。そんなものは、この神々の不可思議な恐ろしい闘いに比べれば、子供の遊びにしかすぎなかった。そうだ、世界じゅうの人びとが知っていたのだ。これは実際には、マーリンとわたしとの間の決闘ということになるのだ。彼の魔法の力をわたしの魔法の力と比べることになるのだ。誰にもわかっていたことは、マーリンが昼となく夜となく、せっせとサー・サグラムアの武器と甲冑《かっちゅう》とに攻撃と防御との天界の力を注ぎこんでいるということや、マーリンが大気の精からふわふわしたヴェールを手に入れてやったということ。そのヴェールは、被《かぶ》りさえすれば敵から姿が見えなくなり、ただほかの者たちからは見えるという代物《しろもの》なのだ。このような武器をもち、身を護るものを整えたサー・サグラムアを相手にしては、千の騎士といえど何ひとつ手出しすることはできなかったろう。こんな者を相手にしては、これまで知られているような魔法ではとても打ち勝つことはできない。これらの事実は確かだった。その事実には何ひとつ疑いはなかった。疑う理由もなかった。ただ一つだけ問題があった。果してマーリンにも知られていないような魔法がまだほかにあるのだろうか、サー・サグラムアのヴェールの力を奪ってその姿を暴露させ、また魔法のかかったその甲冑をわたしの武器が打ち破るような魔法が？　これこそ試合場で決定される唯一の問題だった。それまでは世界の人びともただハラハラと待っていなければならないのだ。

　そこで世界の人びとは、ここに大きな問題が賭《か》けられていると考えた。そしてその考えは正しかった。ただ、その大きな問題というのは、彼らが心にいだいていたようなものではなかった。そうだ、それよりも遥かに大きなものが、この采《さい》の一振りに賭けられていたのだ。つまり、武者修行そのものの生命だ。わたしはチャンピオンだった。それは事実だ。しかし取るにたりぬ魔法のチャンピオンなどではなく、厳しく、感傷ぬきの良識と理性とのチャンピオンだった。わたしが試合場に入っていったときの覚悟は、まさに武者修行なるものを根絶させるか、あるいはその餌食になるか、ということだったのだ。

　このショーが行なわれる一帯は、広々とした所だったが、試合場の外側でさえ立錐《りっすい》の余地もなかった。十六日の朝十時（前出の広告では「四時」となっていた。広告のミスプリントか、クラレンスのいたずらか、あるいは原作者のいたずらかであろう）のことだ。途方もなく大きな桟敷は旗さしもの、吹流し、きらびやかな綴織りで飾られ、何エーカーにもわたってザコのような属国の王たちや、その随員たち、それにブリテン中の貴族たちがぎっしりと席を占めていた。そして主賓席にはわれらが王家の一族が居並び、誰も彼もがそれぞれきらめくプリズムの光のように華やかな色を絹やビロードの衣装から放っていた――まったく、これほどすばらしい幕あきは見たこともなかった。まさに、ミシシッピ河上流の落日の輝きと北極光との戦いのようだった。旗をなびかせ、華やかな色に染めぬいたテントの幾つも立っている大きな野営地が、試合場の一方のはずれに設けられていて、それぞれのテントの入口には直立不動の番兵が一人ずつ立ち、光り輝く楯《たて》が挑戦に備えてそのかたわらに掛かっていたが、これもまたすばらしい光景だった。おわかりのように、少しでも野望をもっているか、あるいは少しでも階級意識をもっている騎士は、みなここに来ていたのだ。わたしは騎士階級に対してもっている自分の感情をあまり隠してはいなかったから、彼らはこのときとばかり待ち受けているのだ。わたしがサー・サグラムアとの一戦に勝てば、他の騎士たちにはわたしに闘いを挑《いど》む権利が生じる。こちらに受けて立つ意志のあるかぎりだ。

さて、わたしたちのいる側にはテントが二つあるだけだ。一つはわたしのためのもので、もう一つはわたしの召使たちのもの。定められた時刻になると、王が合図をした。すると伝令たちが、正装した姿で現われ、高らかに宣言を行ない、戦士の名を呼びあげ、決闘の理由を述べた。しばらく沈黙がつづいた。やがて喨々《りょうりょう》たるラッパの音がひびきわたった。両者とも進み出よとの合図だ。観衆は一人残らず息をのんだ。鋭い好奇の目がどの顔にも光った。

一方のテントから豪傑サー・サグラムアが馬上姿で躍りでた。まさにそびえ立つ鉄塔。堂々として確固不抜。その巨大な槍《やり》は鐙《あぶみ》の受け穴からまっすぐに立ち、骨太の手に握られている。彼のまたがる逞《たくま》しい馬は顔と胸とを鋼鉄で包まれ、胴体は大地をはらうばかりの長い豊かな飾り布におおわれている。――ああ、まことにもってすばらしい絵画だ！　大歓声が湧きおこった。歓迎と感嘆の渦が巻いた。

それにつづいて、わたしが出た。しかし歓声は何も起こらなかった。いぶかしそうな、物問いたげな沈黙が一瞬ながれたかと思うと、たちまち大きな笑いの波が海なす人の群れにひろがりはじめた。しかし警告のラッパが鳴るとその波も途中で立ち消えとなった。わたしはいちばん簡単で、いちばん着心地のよい運動着をきていたのだ——首から踵《かかと》まですっぽりと肉色のタイツに身を包み、腰には青い絹のクッションを巻き、頭はむき出しのままだった。乗っている馬も、中以上の大きさではなかったが、動きは敏捷《びんしょう》で、脚も細長く、筋肉は時計のゼンマイのようで、グレイハウンドと言ってもとおりそうなやつだった。美しい姿で、絹のように艶《つや》があり、生まれたときと同じように身には何もつけていなかった。ただ手綱と遊騎兵の使う鞍《くら》だけだ。

鉄塔と豪勢な掛けぶとんとが、さもわずらわしそうではあるが、優雅な身のこなし方でぐるぐると旋回する踊りを見せながら、試合場の向こうからやってきた。そこでわたしたちのほうも彼らを迎えるために軽快な足どりで進んでいった。双方、馬を止めた。塔が頭をさげた。わたしもそれに応えた。それから双方、向きなおって、たがいに駒を並べ、桟敷のほうへ進みよって、われらが王と王妃の面前に立った。そして深々とおじぎをした。王妃は叫んだ。

「まあ、サー・ボス。そなたは裸で闘うつもりですか。槍ももたず、剣も、それに——」

しかし王は彼女をおさえて、納得させた。ひとこと、ふたこと、丁重な言葉でだ。つまり、これは彼女の口出しすべき事柄ではないのだ、と。ラッパがふたたび鳴った。そこで双方わかれて、それぞれ試合場のはずれへと馬を進め、位置についた。と、そのときマーリンの奴が姿を見せて、細い糸でできた美しいクモの巣のようなヴェールをサー・サグラムアの頭からすっぽりとかけた。おかげでサグラムアはハムレットの亡霊のようになった。王が合図し、ラッパが鳴り渡ると、サー・サグラムアは大きな槍を真一文字に構えた。そして次の瞬間、蹄《ひづめ》の音も高く鳴りひびかせ、コースを突っ走ってきた。例のヴェールをなびかせながらだ。わたしのほうも矢のように風をきって進み、彼を迎え撃とうとした――その間、耳をそばだて、まるで姿の見えぬ相手の騎士の位置と進みぐあいとを、耳で確かめ目では確かめぬ、といったような格好を装った。みんなは声をそろえて彼のために応援した。そして、一つだけ勇敢な声が、勇気を与えてくれる言葉をわたしのためにかけてくれた――その声はこう言った。

「しっかりやれ、スリム・ジム！」（「スリム」には「身軽な」の意がある）

これは五分と五分との賭だが、きっとクラレンスがわたしを声援してくれたのだ――そしてそんな言葉までちゃんと用意してくれていたのだ。相手の恐ろしい槍先が、わたしの胸先一ヤード半たらずのところまで来たとき、わたしは自分の馬を苦もなくわきへそらした。すると大きな体の騎士はそのまま通りぬけてしまい、得点をあげることができなかった。このときばかりはわたしも大いに拍手喝采《はくしゅかっさい》を博した。双方とも馬首を立てなおすと、奮起一番、ふたたび突進した。またもや、騎士は無得点。わたしのほうは拍手喝采。同じことがさらにまたくり返された。そしてそれが竜巻のような拍手喝采をまきおこしたため、サー・サグラムアは業を煮やし、ただちに戦法を変えて、わたしを追いかける仕事にとりかかった。ところがどうして、彼ときたら、その仕事にもまったく腕をふるう機会がなかった。なにしろこれは鬼ごっこなのだ。有利な条件はみんなこっちにある。好きなときにいつでもやすやすと追手から体をかわすこと

ができる。一度などは、奴の背中を叩《たた》いてやったこともあった。ちょうど後ろへ回るときにだ。しまいには、わたしのほうが追いかける番になった。そしてそれからというもの、彼は馬首をたてなおそうが、ねじろうが、何をしようが、絶対にわたしの背後に二度と回りこむことはできなかった。いつ見たって必ず自分のほうが前にいるのだ。戦略ここに谷《きわ》まったわけだ。そこでこの仕事は諦《あきら》めて、試合場のはずれへと退きあげていった。彼はもうすっかり向かっ腹を立てていた。だからわれを忘れてこのわたしに悪口雑言をあびせかけてきた。おかげでこっちも向かっ腹が立ってきた。そこでわたしは投げ縄を鞍の前橋《ぜんきょう》からはずして、その輪を右手ににぎった。今度こそ、奴の来るところはぜひお見せしたかった！——まさに平社員のご出張だ。足並みからみても奴の目の血走っている様子がわかる。わたしは馬の背にゆったりと腰をすえ、投げ縄の大きな輪を頭上で大きくまわしていた。そして奴がコースに入った瞬間、わたしも奴に向かって突進した。双方の距離が

四十フィートばかりにちぢまったとき、わたしは風を切って蛇のように旋回するロープを送った。そしてさっとわきに跳びのき、ぐるりと向きを変えるや、よく訓練しておいた愛馬をとめて、四つ脚をぐいとふんばらせ、どんな力にももちこたえさせるようにしておいた。次の瞬間、ロープはぴんとはねあがって、サー・サグラムアを鞍《くら》からスポンと引き抜いてしまった！　いや驚いたのなんの、万場、大騒ぎとなった！

論ずるまでもなく、この世でいちばん人気のあるものは、なんといったって目先の変わった事柄だ。居並ぶ連中にしてみれば、こんなカウボーイのような仕事は初めて見る光景だった。だからみんな有頂天になって喜んだ。あたり一面、いたるところから歓声がわきおこった——

「アンコール！　アンコール！」

この言葉をどこで憶《おぼ》えたのか不思議に思ったが、言語学的な問題を考えている暇はなかった。なぜなら、武者修行連中のひかえているあの蜂《はち》の巣のようなテントが、今や一つ残らずうなり声をあげていたからで、わたしの商売もどうやら大繁盛になりそうだったからだ。わたしの投げ縄がはずされ、サー・サグラムアが人手をかりながらテントへ退きあげていってしまうと、わたしはロープをたぐって、元の場所にもどり、ふたたびロープの輪を頭の上でまわしはじめた。連中がサー・サグラムアにつづく出場者を決めしだい、どうせこれはまた使わねばならぬことがわかっていたし、わたしを取って喰《く》おうという志願者は何人もいたから、決定するのに長くかかるはずのないこともわかっていた。事実、連中はすぐに一人を選び出した——サー・エルヴィス・ド・レヴェルだ。

ブズズッ！　とやって来た。まるで燃えさかる家屋さながらの格好だ。わたしはヒラリと体《たい》いた。

をかわした。彼は閃光《せんこう》のように通り過ぎていった。わたしの馬のたてがみが、ピタリと首筋にまといつくほどの勢いだ。まといつくほどの勢いだ。一、二秒たったかと思うと、フスッ！　彼の鞍はからっぽになっていた。

わたしはまたアンコールをもらった。そしてまた。そしてまた。そしてまたまたアンコールだ。こうして五人も引っこ抜いたとき、ようやく事態がこの鉄武者たちにもただならぬものに見えはじめた。そこで連中はしばらくのあいだ、ひと所にかたまって相談した。その結果、このさい仁義作法などすてて、とにかくいちばん腕のたつ粒よりの騎士をわたしに向かわせようと決めたらしい。この小さな世界にとっての驚きは、わたしがサー・ラモラク・ド・ガリスもロープで落とし、彼の次にはサー・ギャラハドまでも落としたことだった。だからもうあとには何もすることがなくなり、最後の切り札をだす以外にはなかったのだ――つまり、世界一の中でも世界一、強者《つわもの》の中でもまたとない強者、かの偉大なるサー・ラーンスロットを出すことだ。

わたしにとって誇るべき一瞬だったろうか？　まあ、そうかもしれぬ。かなたにはブリテンの王アーサーがいた。ギネヴィアもいた。そうだ、それに小国の王や君主の一族もいた。テントを張ったかなたの野営地には名だたる騎士たちが多くの国から来ていた。同様に、すべての騎士に知られる最もすぐれた一団、円卓の騎士たちもいた。キリスト教国で最も輝かしい騎士団だ。それに、あらゆる事実の中で最も大きな事実は、その輝く宇宙のまさに太陽ともいうべき騎士がかしこにあって槍を構えているのだ。四万からなる崇拝のまなざしの焦点だ。それに対して、こっちはただひとり、彼の攻撃を待ちうけているのだ。わたしの心をふと横切ったのは、ウェスト・ハートフォードのある電話交換嬢《ハロー・ガール》のなつかしい面影だった。彼女が今このわたしを見ることができたならとわたしは思った。と、その瞬間、あの無敵の騎士が突進してきた。竜巻のような勢いでだ――運命を決するロープの輪は、風を切って飛んだ。そして目ばたき一つするよりも早く、わたしはサー・ラーンスロットを大地に仰向けにして引きずっていた。そしてわたしに送られた嵐のようなハンカチの波と、雷鳴のような拍手喝采とに応えて、わたしは、投げキッスをしていたのだ！

わたしは独りごとを言った。ちょうどロープをたぐって鞍の前橋にかけ、栄光に酔いながら馬上に腰をすえていたときにだ。「勝利は申し分ないものだった――もうほかには誰ひとり挑んでくる者はあるまい――これで武者修行制度も息絶えたわけだ」ところが、わたしの驚きをご想像ねがいたい――わたしばかりか、ほかのすべての人びとの驚きもだ――このとき、特別な響きのラッパが聞こえてきた。それはまた一人、挑戦者が試合場に入って来ることを知らせるラッパだった！　これにはいかにも何か訳がありそうだった。しかしそれが何であるか、わたしには見当もつかなかった。次の瞬間、マーリンがわたしのそばからそっと抜け出してゆく姿を見かけた。そしてふと気がつくと、わたしの投げ綱が失くなっているではないか！　あの小手先の器用なおいぼれじじい、奴が盗んでいったにちがいない。そしてそれを衣の下に忍ばせていったのだ。

ラッパがふたたび鳴った。見ると、サグラムアがまたもや馬を飛ばしてやって来た。埃《ほこり》を払い落とし、例のヴェールもきちんとかぶりなおしてだ。わたしは馬を小走りに走らせて彼を迎えようとし、相手の馬の足音で乗り手の位置を確かめるようなふりをした。彼は言った。

「貴公は耳はいいかもしれぬが、こいつからは己が身を守ることはできまい！」と言いながら大きな剣の柄《つか》に手をかけた。「もしこれが見えぬとあらば、と申すのは魔法のヴェールのためなのじゃが、これは扱いにくい槍などではなく、剣なのだと心得ろ――よって、貴公もこれだけはかわせぬはずじゃ」

彼の面頰《めんぼお》はあがっていた。彼の見せる薄笑いには死の影がひそんでいた。わたしも彼の剣だけは絶対にかわすことができないだろう。それは明らかだった。こんどこそ誰かが死ぬことになる。彼のほうがわたしの不意をついてくれれば、わたしにはその死体が誰のものか身をもって教えてやることができる。わたしたちはいっしょに駒を進めて、王一族に敬礼した。今度ばかりは王も心配していた。そしてこう言った。

「そなたのあの奇妙な武器はどうしたのじゃ？」

「盗まれました、陛下」

「予備のものはあるのか？」

「いいえ、陛下、あれしか持っておりません」

するとマーリンが横から口を出した。

「この男は一つしか持っておりません。一つしか持てないからでございます。この世にはあれ以外にないのでございます。あれはそもそも海の悪魔たちの王のものなのでございます。この男は知ったかぶりをする奴で、本当は何も知らないのでございます。さもなくば、あの武器は八回の勝負にしか使えぬということを知っていたはずでございます。そしてそれがすめば、消えてなくなり、海底のわが家へと帰ってゆくのでございます」

「では武器を持たずに、ということになる」と王は言った。「サー・サグラムア、そなた、この者に武器を借りる許しを与えるがよい」

「では、わたくしが貸すことにいたしましょう！」とサー・ラーンスロットが言いながら、片足を引きずり引きずり、やってきた。「あの者はこの世のいかなる者にも劣らぬ勇敢な立派な腕前の騎士です。したがって、わたしの武器をお貸しいたそうと思います」

彼は自分の剣に手をかけて、それを引き抜こうとした。しかしサー・サグラムアは言った。

「待たれい。それはならぬ。奴には奴自身の武器で闘わせるがよい。それを選び、それを携えてくるのがこの者の特権であったはず。携えてこなかったとあらば、それは自業自得じゃ」

「騎士よ！」と王は言った。「そなたは感情に走りすぎておるぞ。そのため心が乱れておる。裸の相手を殺そうと申すのか？」

「もしそうするならば、わたしがお相手いたそう」とサー・ラーンスロットが言った。

「望むとあらばいかなる者たりとお相手つかまつろう！」とサー・サグラムアもむきになってやり返した。

するとマーリンが中に割って入り、もみ手をし、意地の悪い満足感のこもる最も卑屈な薄笑いを浮かべながらこう言った。

「よくぞ申された。まさによくぞ申された！　談判はもうそれくらいにして、ささ、わが君、国王陛下にはどうぞ闘いのご合図を」

王も応じないわけにはいかなかった。ラッパが試合再開を告げた。そこでわたしたちは二手に分かれてそれぞれの位置に馬を進めた。そしてそこに立った。距離は百ヤード、たがいに向かいあい、じっとしたまま身動き一つせず、まるで馬にまたがる彫像のようになっていた。そしてそのまま、しわぶき一つない静寂の中を、まる一分ものあいだじっとしていたが、誰も彼もが目をこらし、一人として身を動かす者はいなかった。王はどうしても合図を与える気にはなれぬ様子だった。しかしそのうちに、とうとう片手をあげた。澄みきったラッパの音がそれにつづいた。サー・サグラムアの長身の剣が宙にキラリと弧を描いた。その突進してくる姿は、まことにすばらしい光景だった。わたしのほうは、じっとしていた。彼はますます突進してきた。わたしは動かなかった。観衆は心配のあまり、わたしに向かって叫んだ。

「逃げろ、逃げるんだ！　身を守れ！　これは人殺しだぞ！」

　わたしは一インチも動かなかった。やがてその大地を轟《とどろ》かす幻影が前方十五歩たらずのところに近づいた。と、そのとき、わたしはすばやくドラグーン・リヴォルヴァー（竜騎兵の使用するピストル。最初ハートフォードのコルト兵器工場で作られた）を鞍の革袋の中から取り出した。閃光《せんこう》と轟音《ごうおん》。そしてリヴォルヴァーはもとの革袋に納まった。いったい何が起こったのか、誰にもわからぬうちにだ。

　乗り手のない馬がかたわらを突っ走っていった。そして、かなたには、サー・サグラムアが倒れて完全にのびていた。

　彼のところへ駆け寄った人びとは物も言えぬほどびっくりした。なにしろ生命は実際にこの男から消え去っていたのに、その原因が見つからないのだ。体には傷口もなく、かすり傷ひとつ負っていない。鎖帷子《くさりかたびら》の胸のところに穴がひとつあいてはいたのだが（一〇ページ参照）、そんなちっぽけなものには目もくれなかった。それにその弾の傷もごくわずかしか血を出していないので、少しもみんなの目にふれることなく、鎧《よろい》の下に着こんだ分厚い下着に吸いとられていたのだ。死体は引きずられてゆき、王をはじめ高貴な人びとの目の前に置かれた。彼らも驚きのあまり呆然《ぼうぜん》としたが、それもあたりまえのことだ。わたしは、どうかこの場に来てこの奇跡を説明してもらいたいと懇請された。しかし、そのまま動かず彫像のように立ってこう言った。

「ご命令とあれば参りもいたしますが、国王陛下もご存知のとおり、わたしは決闘の掟《おきて》にしばられてここにいるのです。わたしと渡り合おうと望む者のいるかぎり、わたしはここに留まらねばなりません」

　わたしは待った。誰ひとり挑戦してくる者はいなかった。そこでわたしは言った。

「もし、何人《なんぴと》といえど、今回の闘いが正々堂々たる試合のもとに勝利をおさめたものであることを疑う者があるならば、その者の挑戦を待つことなく、こちらから挑戦いたそう」

「それは勇ましい申し入れじゃ」と王は言った。「まことに、そなたに似つかわしい。誰の名を挙げるのかな、まず第一に？」

「名は挙げません。全員に挑戦いたします！　さあ、どうだ、イギリスの騎士諸君、勇を奮って向かって来るがいい――一人ひとりは面倒。束になってかかってくるのだ！」

「なんだと！」と二十人ばかりの騎士が叫んだ。

「今の挑戦は聞こえたはずだ。さあ受けて立て、さもなければ、こう宣言するぞ、貴様たち臆《おく》病《びょう》な騎士どもは敗北した。一人残らず降参した、とな！」

　もちろんこれは「ハッタリ」だった。こういう時には、平気な顔を装い、自分の手を実際の百倍にもして賭《か》けるのが無難な判断だ。五十のうち四十九回までは誰も「コール」をかけてくるようなことはない。それで賭金は全部いただきだ。ところがこのときばかりは――どうも、雲行きがおかしかった！　たちまち五百名もの騎士が、それぞれの鞍《くら》によじのぼった。そして瞬き一つするひまもなく、大きく散開した騎士の大群が突進し、大地を轟かしながらわたしのほうへと押しよせてきた。わたしは、いち早く二挺《ちょう》のリヴォルヴァーを鞍の両側の革袋から抜き出して、距離をはかり、機会をうかがいはじめた。

バン！　一つの鞍がからになった。バン！　また一つ。バン――バン！　こんどは二人いっぺんに仕止めた。だがこの勝負は五分五分だ。それはわたしにもわかっていた。十一発目を撃ってもこの連中がひるまなかったら、十二番目の男はきっとこのわたしを殺すにきまっているからだ。

だから、本当に嬉《うれ》しいと思ったのは、九発目がその狙った男を倒した瞬間、彼らの群れの中に動揺が起こりはじめたときだった。それはまさに大恐慌《きょうこう》の前兆《ぜんちょう》。いまここで一瞬でもぐずぐずしていたら、わたしの最後のチャンスはなくなってしまうにきまっている。しかし、わたしはそのチャンスをのがしはしなかった。二挺のリヴォルヴァーを持ちあげると、じっと狙いをつけた――馬の足をとめた大群は、その場をゆずらず、たっぷり一分ほどじっとしていたが、次の瞬間、なだれをうって逃げはじめた。

この日はわたしのものとなった。武者修行もついに余命いくばくもない制度となった。文明の行進が始まったのだ。どんな気分だったか、とお尋ねか？　そりゃあもう、想像もできぬくらい素晴らしいものだった、とお答えしよう。

ところで、かのマーリン殿《どん》はどうしたろう？　奴の株はまたしても暴落。どういうわけか、フォル・デ・ロール（「安ぴかもの」の意）の魔法は、科学の魔法と優劣を競うたびに、きまってフォル・

デ・ロールの魔法のほうが負けていた。

第四十章　それから三年後

あのとき、武者修行制度の背骨をへし折ってしまってからというもの、もはや、事をひそかに運ぶ必要はなくなったような気がした。そこであの次の日に、わたしはさっそく、それまで秘密にしておいた学校や鉱山を公開し、また広大な組織の秘密工場や作業場を見せてやって世間を仰天させた。つまり、十九世紀を六世紀の目の前に曝《さら》し出したのだ。

ところで、いったん勝利をおさめたら、すぐそれに乗じて攻めたてるのがつねに上策というものだ。騎士たちもさしあたってはおとなしくしている。もしこのままにしておきたければ、連中をとにかく麻痺《まひ》させておかねばならぬ——それ以外の手では効き目があるまい。なにしろ、わたしはあのとき試合場で「ハッタリ」をかけていたのだ。だから当然、連中だってあの結論に達するはずだ、もしこっちが機会を与えさえすればの話だが。そこでわたしとしては、連中に時間を与えてはならないわけで、事実、与えはしなかった。

わたしは自分の挑戦をもういちど宣言して、それを真鍮《しんちゅう》の板に刻みこませ、僧侶《そうりょ》が連中に読んできかせてやれる場所に立てさせた。そしてまた常時、新聞の広告欄にも載せさせた。わたしはその挑戦をくり返しただけでなく、それに提案をつけ加えた。つまり、試合の日を指定しろ、そうすればこちらは五十名の補佐役を連れていって、この世のすべての騎士を相手にしそれを全滅させる所存であると言ってやったのだ。

今度はハッタリではなかった。本気でそう言ったのだ。約束したことは、なんだってできる。この挑戦の言葉をどうとるにしても誤ってとることはできなかった。騎士たちの中でいちばん頭のにぶい奴でさえ、これが「思いきって賭《か》けてみるか、さもなければ財布も口も閉ざしているか」のはっきりした問題だということはわかっていた。連中にも知恵はあったので、後者を選んだ。だからその後三年というもの、連中もこれといった面倒は起こさなかったのだ。

この三年を考えていただきたい。そして今こそイギリスじゅうを見回していただきたい。幸福な富み栄えた国となり、しかも不思議な変わり方をした国となっていた。学校は至るところにあり、いくつかの大学までできていた。それに、すばらしく立派な新聞も数多く刊行されていた。著作活動さえ始まっていた。そしてあのひょうきん者のサー・ディナダン（四五ページ参照）がこの分野の先駆けで、白髪《しらが》まじりの古くさい冗談を一巻にまとめていた。わたしが十三世紀のあいだもう知りつくしてしまったような冗談をだ。もし彼が例の講演者についてのあの古くさい鼻もちならぬ冗談を抜かしておきさえしたら、わたしだって何も言わなかったはずだ。しかしあの冗談ばかりは、いかなわたしにも我慢ができなかった。そこでその本は発禁処分にして、著者は吊《つる》し首にしてやった。

奴隷制度は効力を失い、姿を消していた。人は誰でも法の前では平等だった。税金も平等に課せられるようになっていた。電信、電話、蓄音機、タイプライター、ミシン、それに一千にものぼるきさくで便利な召使ともいうべき、蒸気や電気で動く道具類が、みんなから寵愛《ちょうあい》されるようになっていった。蒸気船も一、二隻、テムズ川に就航していた。蒸気機関を備えた軍艦もあり、蒸気機関を備えた商船のきざしさえ見せていた。わたしは支度をととのえ、遠征隊を送り出して、いよいよアメリカ大陸を発見させてやろうと思っていた。

鉄道も何本か敷いていた。そしてキャメロットからロンドンまでの線はすでに完成して運転を始めていた。わたしはかなり抜け目のない人間だったので、旅客業務に関係あるすべての職務を抜群の名誉ある場にしておいた。わたしの考えは、騎士や貴族の心をひきつけて、連中を有効に使い、連中にいたずらをさせないようにすることだった。この計画も非常にうまくいって、この職場の奪いあいは激烈をきわめた。四時三十三分発の急行列車の車掌は公爵で、この線の車掌には伯爵以下の位の者は一人もいなかった。彼らは立派な人物だった。誰も彼もだ。ただ、どうしてもなおすことのできない欠点が二つあった。それで、やむなくわたしも見て見ぬふりをすることになった。一つは、連中がどうしても甲冑《かっちゅう》をぬごうとしなかったことだ。もう一つは、運賃の「ネコババ」だ——つまり会社の金をくすねていたのだ。

国じゅうの騎士で、何かしら有益な仕事についていない者は一人もいなかった。彼らは国のすみずみまで、あらゆる種類の有益な宣伝係りの資格でわたり歩いていた。遍歴は何よりも好きなことであったし、その経験も豊かだったから、わたしたちの文明を広める者としてはまったくもってこれ以上に有能な者はいなかった。連中は鋼の甲冑を着こみ、剣や槍や斧《おの》をたずさえて行った。そしていくら相手を説き伏せてもミシンの分割払いにしろ、足踏みオルガンにしろ、有刺鉄線の柵《さく》にしろ、禁酒党機関誌にしろ、とにかく彼らが注文取りに歩いている一千と一にものぼる品物のうちどれか一つでも話がまとまらないときは、相手の首をはねておいて、先へ進んでゆくのだ。

わたしは非常に幸福だった。万事がわたしのひそかに望んでいた点に向かって着々と進んでいたからだ。おわかりのように、わたしは二つの計画を考えていた。それは、わたしの立てたすべての企画の中でもいちばん大きなものだった。一つは、「カトリック教会」を打ち倒し、その廃墟《はいきょ》にプロテスタントの信仰を打ち建てることだった――「国教会」としてではなく、自分が好きに選べる教会だ。もう一つの計画は、やがてそのうちに制令を出させることだった。その制令とは、アーサーが崩御《ほうぎょ》した場合、これを機として、無制限の参政権を導入し、男にも女にも同様にその権利が与えられねばならぬことを命じるものだ――つまり、分別があろうとなかろうと、とにかくすべての成年男子と、それにすべての母親の中で中年に達していて自分の二十一歳になる息子とほぼ同じくらいの知識をもっていると認められる者、とに対してだ（アメリカ合衆国では一九二〇年八月まで婦人参政権は認められていなかった）。アーサーはまだあと三十年は大丈夫だった。わたしとだいたい同じ年だから――つまり四十歳だから――きっとそのときになれば、そのころの人口のうちで実際に該当する人びとの心をこの一大事件のために用意させ熱望させるようにするのは簡単にできるはずだ。この一大事件こそ、世界の歴史の中でもこの類《たぐい》としては最初のものとなるはずのものだった――つまり円満かつ完全なる無血革命だ。その結果は共和国の誕生だ。しかし、このへんでわたしも白状しておいたほうがよさそうだが、どうもこればっかりは考えるたびに恥ずかしい思いがする。つまり、わたしは卑しい熱望をいだきはじめていて、わたし自身がその共和国の初代の大統領になりたいと思っていたのだ。そうだ、いくらか人間臭いところがわたしにもあったのだ。自分でもそれがわかった。

クラレンスは、革命に関してはわたしと同じ意見だった。ただ、やり方は違っていた。彼の意図も共和国ではあったが、それは特権階級こそないものの、やはり世襲による王室がその頂上に位していて、選挙によって選ばれた行政長官がそこに位するものではなかった。クラレンスの確信しているところによると、一度でも王室を敬慕する喜びを味わった国民は、その喜びを彼らから奪いとることはできるものではない。もしそんなことをすれば、悲しみのために色あせ、死に絶えぬとも限らない、と言うのだ。わたしは、君主は危険だと力説した。彼は言った、それなら猫にしましょう、と。猫の王室でけっこう間にあうのだと確信していた。ほかのどんな王室をもってこようと、このほうがずっと役に立つ。身につけている知識だって同程度だし、長所も同じ、悪だくみも同じ。気質も同じで、しょっちゅう他の猫族王家といさかいを起こす。バカらしいほどうぬぼれが強くてたわいがない、それなのにけっしてそれには気がつかない。それでも猫のことだから金はぜんぜんかからない。そして最後にもう一つ、この猫の王室なら、ほかのどんな王室にもまして健全な王権神授が得られ、「畏《おそ》れ多くもトム七世、トム十五世、あるいはトム十四世国王陛下」なんていうのもなかなか響きがいい。普通の王室の牡猫《トム・キャット》にタイツをはかせて、そう呼んだときと同じだ。「一般に言ってですね」と彼は言った。きれいな現代英語でだ。「こういう猫の性格は、並みの国王の性格よりはるかに上等です。そしてこのことは、その国民にとって品行上、計り知れない利益となります。国民は自分たちの品行の手本をいつも統治者の品行に求めますからね。王室を崇拝する習慣なんていうものは、もともと理由もなしにつくられたものですから、こういう優雅で無害な猫だって、他のどんな王室にも負けぬくらい神聖なものとなることが容易にできます。いや、それよりもはるかに神聖なものとなるでしょう。すぐにも気のつくことですが、猫たちは誰ひとり吊し首にはしません。誰ひとり首をはねません。誰ひとり牢《ろう》に入れません。どんな種類の残虐な行為も不法な行為も加えはしません。ですからこれまでの人間の国王よりももっと深い愛と尊敬とを受ける価値があるにちがいありません。そしてきっとそれを受けることでしょう。全世界の苦しみ悩む人びとの目もやがてこの情け深くてやさしい制度にじっと注がれるようになるでしょう。そして王室の虐殺者《ぎゃくさつしゃ》どもは、そのうちに姿を消しはじめるでしょう。その臣下たちは後の空席を仔《こ》猫《ねこ》でうめるのです。わたしたち自身の王家から送ってやる仔猫でです。わたしたちは仔猫製産工場になるのです。そして世界のすべての王座に供給するのです。四十年とかからぬうちに、ヨーロッパ全土は猫によって統治されるでしょう。ですからその分の猫を供給するのです。世界平和の治世がそのときに始まるのです。そして尽きることなく永遠につづくのです……ニー、イーイーヤオーオーオーオー——フッ！　——ワオ！」

こいつ奴《め》。わたしは、てっきり奴がまじめに話をしているんだろうと思って、その説に感心していたところだった。それなのに突然そんな猫の鳴き声を出すもんだから、びっくりして、すんでのことに着ている服から跳び抜けるところだった。しかし奴は本気になろうとしても、けっしてなれなかった。その何たるかを知らなかったからだ。彼は、明確で、完全に合理的で、しかも実行可能な改良案を立憲君主政体の上に描いていたのだが、あまりにも羽根飾りのつきすぎた頭をしていたので、そのことには気がつかず、またそれについて少しも関心がもてなかった。小言を言ってやろうと思ったが、そのときサンデーが飛びこんできた。恐怖におびえきっていて、嗚咽《おえつ》で喉《のど》をつまらせていたので、しばらくは声も出ぬ様子だった。わたしは駆け寄って、彼女を抱きかかえると、やさしくあれこれと宥《なだ》めながら言った。懇願するような口調でだ。

「さあ、いい子だから、言ってごらん！　どうしたんだね？」

彼女の頭はわたしの胸にしなやかに垂れた。彼女は喘《あえ》ぎながら言った。ほとんど聞きとれぬくらいの声でだ。

「ハローが、セントラルが！」

「おい、早く！」とわたしはクラレンスに叫んだ。「王の主治医に電話して、すぐ来るように言ってくれ！」

二分もすると、わたしたちは子供のベッドのかたわらに膝《ひざ》をついていた。そしてサンデーは召使たちをあちこちと宮廷中に走らせた。わたしにはほとんど一目で状況がわかった——偽膜性喉頭《こうとう》炎だ！　わたしは身をかがめて、ささやいた。

「目をあけてごらん、いい子だからね！　ハロー＝セントラル！」

彼女はやさしい目をだるそうにあけた。そしてやっとの思いで言った——

「パパ」

それを聞いてまず、ほっとした。まだまだ死にはしない。わたしは解毒剤をとりにやらせ、自分で吸入器の支度をした。わたしには医者たちが駆けつけるのをじっとすわって待っているなんていうことは、サンデーや子供が病気のときにはできないのだ。二人の看護の仕方は心得ていたし、その経験もあった。このチビはその小さな生涯の大部分をわたしの腕の中で暮らしてきたし、わたしもよくこの子のむずかりをあやし、まつげの涙の奥からほほえみを誘いだしてやることができた。母親でさえできないときにだ。

　このとき、サー・ラーンスロットが、ことにみごとな甲冑《かっちゅう》姿で、のっしのっしと大広間をやってきた。株式会議に行くところなのだ。彼は株式会議の議長だった。そして「危難の席」を占めていた。それはサー・ギャラハドから買いとったものだった。この株式会議は「円卓の騎士たち」で構成されていて、彼らは今ではこの「円卓」を実用的な目的のために使っていた。その席の値打ちは――いや、その数字を申しあげてもけっして信じてはくださるまい。だから申しあげてもむだなことだ。サー・ラーンスロットは熊（将来、相場は下落すると見て売りに出る人、弱気筋）だった。それに新口の株の買い占めを企《たくら》んでいたので、今日はぜったいにカラ売りの相手をしめつけてやろうと用意していたのだ。しかしそれがどうしたというのだ？　彼は株屋になってもやはり昔と変わらぬラーンスロットだった。だから戸口を通り過ぎるとき、ちらりとこちらを見て、彼のお気に入りの子が病気だと知れば、もうそれだけで十分だ。牛（強気筋）と熊（弱気筋）とがどう闘おうと彼にとってはもうどっちだっていい、すぐに入って来て、一生懸命に小さなハロー＝セントラルの看護にあたってくれるはずだ。そしてまさに予想どおり、彼はそうしてくれたのだ。彼は兜《かぶと》を片隅に投げすて、三十秒もすると、もうアルコール・ランプに新しい芯《しん》をつけて、吸入器に火を入れていた。このときまでにはサンデーも毛布で子供のベッドの上に天蓋《てんがい》をつくっていて、なにもかもすっかり支度ができていた。

　サー・ラーンスロットが蒸気を立ててくれたので、彼とわたしとで吸入器に生石灰と石炭酸とを入れ、それに乳酸を少し加えて、それから器に水をいっぱいに入れて、その吹き出る蒸気を天蓋の中に入れた。これで何もかもきちんとできた。わたしたちもベッドの両側に腰をおろし、あとは見守るだけとなった。サンデーも大いに喜びもし、また大いに安心もしたので、二人の教区委員《チャーチ・ウォードン》に言いつけて柳の皮とハゼの木の皮で作ったタバコをもってこさせ、わたしたちに好きなだけ喫うように、いくら喫っても天蓋の中まで入る気づかいはないし、自分もタバコにはもう慣れているから、と言った。なにしろ煙の吹き上がったのを見たのは自分がこの国で最初の女性なのだからと言うのだ（一四五ページ参照）。それにしても、これほど満ちたりた気持ちのよい光景はなかった。サー・ラーンスロットが立派な鎧《よろい》姿で腰をおろし、優雅な落ち着きを見せながら、一ヤードもある長い真っ白な陶器のパイプ《チャーチ・ウォードン》をスパスパやっていたのだ。彼は美しい人物だった。愛すべき人物だった。そして妻や子供たちを幸せにできるはずの男だった。しかしもちろん、ギネヴィアが——いや、やってしまったことを今さら悔んでもしかたがない。それはどうしようもないのだ。

ところで、彼はわたしといっしょに四時間交代の見張り《ウオッチ・アンド・ウオッチ》に立ってくれた。ずっと、ぶっ通しで三日三晩のあいだだ。そのうち子供もようやく危険を脱した。すると彼はその子をたくましい腕に抱きあげて、キスをした。羽根飾りを子供の金髪の頭にふれながらだ。それから子供をふたたびサンデーの膝の上にそっと置くと、大きな広間を気品のある足どりで歩いていった。そして、感嘆のまなざしで見つめる兵士たちや召使たちの列のあいだを通りぬけ、やがて姿を消していった。このときわたしにとって知るよしもなかったのは、これっきり彼にはこの世で会うことができぬということだった！　ああ、なんという胸の張り裂ける悲しみの世であろうか。

医者たちの話によると、子供は転地させなければ、もとのような健康と体力にもどすことはできないだろうとのことだった。そしてぜひとも海の空気を吸わせるようにと言った。そこでわたしたちは軍艦に乗り、二百六十人の随員をつれて、ここかしこと巡航し、十四日後にフランスの海岸に上陸した。そして医者たちの考えではここにしばらくのあいだ滞在するのがよろしかろうということになった。この地方の小国の王が款待《かんたい》を申し出てくれたので、わたしたちも喜んで受けることにした。もしこの王の必要としているだけの日用品が整っていたならば、わたしたちも申し分なく快適に過ごすことができたはずだった。しかしそれでも、わたしたちはこの風変わりな古い城の中で、かなりうまく暮らすことができた。生活の楽しみになるものや、贅沢《ぜいたく》品を軍艦から運びこんだからだ。

　ひと月も終わるころ、わたしは軍艦を本国にやって新しい生活用品を持ってこさせることにした。それにニュースもだ。三、四日すれば帰って来るはずだ。そのときには、他のさまざまなニュースといっしょに、わたしが始めていたある実験の結果をももってきてくれるはずだった。それはわたしの企画の一つであって、あのトーナメントに代わる何かを考え出してやることだった。つまり、騎士たちのありあまるエネルギーを発散させるようなもので、この若者たちを楽しませ、くだらぬことはさせないようにし、そして同時に彼らのいちばんすぐれたもの、つまり不撓不屈《ふとうふくつ》の競争心だけは残しておけるようなものをだ。そこで、わたしは優秀な一団の若者をしばらくのあいだひそか

に訓練していた。そして今やその最初の公開実験の日がやってきていたのだ。

この実験というのは、野球だった。こいつをしょっぱなから流行《はや》らせ、みんなからもとやかく言われないようにするために、わたしはチームの選手を選ぶのに身分を第一にして、腕前のほうは二の次にした。だからどちらのチームの騎士もみな王笏《おうしゃく》をもつような君主ばかりだった。こういう種類の人材となれば十分な供給がいつでもアーサーのまわりにはあった。どっちの方向に煉瓦《れんが》を投げたって、かならず君主に当たって大怪我をさせることができたぐらいだ。もちろん、この連中に甲冑を脱がせることはできなかった。風呂《ふろ》に入るときでも脱ごうとしないような連中だ。甲冑に区別をつけて、チームとチームとの見分けがつくようにすることだけは承知してくれたものの、それが連中の精一杯の譲歩だった。そこで一方のチームは鎖帷子《くさりかたびら》の外套《アルスター》を着こみ、もう一方のチームは板状鎧《プレイト・アーマー》を着こんだ。こっちのほうはわたしの考案した新しいベッセマー鋼で作ったものだ。連中が野原で練習している様子はじつに珍無類の光景だった。球をぶつけられたって痛くも痒《かゆ》くもなかったから、球をよけるなぞということはけっしてせず、ただじっと立ったままで、あとは成り行きしだいだった。つまり、ベッセマーの一人がバッター・ボックスにつく。球が飛んできてそいつに当たる。するとその球は、ときには、百五十ヤードも飛んでゆくのだ。一人が走っていて、腹を下にしてベースに滑りこみをやる。そのときはさながら甲鉄艦が港に入ってくるときのようだった。初めのうちわたしは君主クラスでない者たちをアンパイアに任命していたが、それは途中でやめねばならなくなった。こういう連中でさえ、他のチームの連中と同じように融通がきかなかった。アンパイアはいちど判定をくだしたが最後、誰が何と言おうとガンとしてそれを押し通した。だから連中はアンパイアをバットで二つに叩き割り、友人たちが彼を家まで戸板に乗せて運ぶことになった。一ゲーム終わるまで生き残っていられるアンパイアがいないことがわかると、アンパイアの役は途端に人気がなくなった。そこでわたしは誰か適当な者を任命しなければならなかった。その身分と政府内の高い地位とで己が身を守ることのできそうな人物をだ。

ここに両チームの選手の名をあげておこう。

ベッセマーズ	アルスターズ
アーサー王	ルシアス皇帝
ロージアンのロト王	ログリス王
ノースガリスの王	アイルランドのマーホルト王
マーシル王	モーガノア王
リトル・ブリテンの王	コーンウォルのマーク王
レイバー王	ガーロットのネントレス王
リスンギーズのペラム王	ライオネスのメリオダス王
バグデメイガス王	湖の王
トレーム・ラ・フェンテ王	シリアのソウダン

アンパイア──クラレンス

最初の公開試合はきっと五万もの観衆を引きつけるはずだ。そしておもしろ半分に、世界巡業に出て、様子を見る価値もありそうだった。何もかもがうまくいきそうだった。ちょうど今はおだやかな美しい春の陽気だった。自然の女神もすっかり衣替えをして新調のドレスを着こんでいるのだ（ちなみに、マーク・トウェインのこの作品が出版される八か月前に、アメリカの二大野球チームが史上最初の世界一周旅行から帰ってきた）。

第四十一章　破　門

しかし、わたしはとつぜん心を奪われ、こうしたことを考えている暇がなくなってしまった。子供の容態がまたしても悪化しはじめ、わたしたちは付きっきりで看病にあたらねばならなくなった。それほど危ない状態だったのだ。こうなっては人手にまかしておくことなどとてもできなかったので、わたしたちは二人して四時間交代で監視しながら、昼となく夜となく看護にあたった。ああ、サンデー、彼女はなんという正しい心をもっていたことだろう。なんと純真で、誠実で、立派な女性だったことだろう！　一点非の打ちどころのない妻であり母親であった。それなのにわたしが彼女と結婚したのは、これといった理由があったからではなかった。ただ、騎士道の習慣によって、彼女はわたしの所有物となっていたにすぎず、どこかの騎士が平原でわたしを打ち負かして彼女を勝ちとるまでそうだったのだ。彼女はブリテンじゅうくまなく捜しながらわたしの行方を追ったのだ。そしてロンドンの城壁の外であの絞首刑が行なわれるときにわたしを見つけ、途端にまた昔の場所にもどって、わたしのかたわらに立ち、じつに平然たる態度で、また当然の権利だといわんばかりの顔つきでついていたのだ。わたしはニュー・イングランド人だった。だからわたしの考えでは、こういう種類の共同生活ではおそかれ早かれ、信用を落とすことになるだろうと言ってやった。彼女にはどうしてもその訳がのみこめなかった。わたしは議論を途中でやめ、そして、二人は式を挙げたのだ。

そのころ、わたしは自分が当たり籤《くじ》を引いていることに気がつかなかった。ところがわたしの引いたのは、まさにその当たり籤だったのだ。結婚して十二か月もたたぬうちに、わたしは彼女の崇拝者となった。そしてわたしたちのもつ同志愛はこの世で最も深く、最も完全なものだった。人はよく同性の二人のあいだに見られる美しい友情について云々する。しかしその種の最高の友情でさえ、夫婦のあいだの友情と比べたら、いかほどのものであろう？　夫婦のあいだの友情では、その二人の最上の感激と最高の理想とがまったく同じになるのだ。だからこの二つの友情のあいだには比較の余地などありはしない。一つは地上のものであり、一つは天上のものだからだ。

初めのころ、わたしは夢の中でまだ十三世紀さきの世界をさまよっていた。そしてわたしの満たされぬ魂は、あの消え去った世界の、呼べども答えぬうつろな荒野をさまよい歩きながらあちこちと呼びかけては耳をすましていた。そうした呼び求める叫び声が、眠っているわたしの唇からもれて出るのを、サンデーは何度となく耳にした。そしてじつに寛大な心で、彼女はそのわたしの叫びをわたしたちの子供の名にしてくれたのだ。それがわたしの失くした誰か恋しい女の人の名だとでも思ったのだ。わたしは感動して、つい涙をポロポロと落とした。そしてまた飛びあがるほど驚きもした。ちょうど彼女がわたしのすぐ顔の先で、ほほえみながら当然の報酬を求め、例によって奇妙なとてつもない奇襲攻撃をしかけてきたときだ。

「わたくし、あなたにとって愛《いと》しいお方の名をこの子につけました。この子に、聖なるものとしてつけました。ですからその名の快い調べはいつもわたくしたちの耳に宿っておりましょう。さあ、わたくしに接吻《くちづけ》をしてくださいまし、わたくしがこの子につけた名が、もうおわかりになったはずでございましょうゆえ」

しかし、そう言われてもわたしにはまだわからなかった。ぜんぜん見当もつかなかった。といって、そんなことを口に出し、彼女のこのかわいい戯れを台なしにするのも残酷なことだった。そこで気どられないようにして、こう言った。

「うん、わかったよ——きみは本当にやさしくて立派な人だね！　でもきみのこの唇が、これはまたわたしのものでもあるわけだけれど、その名を先に言ってくれるのを聞きたいね——そうすれば、その快い調べも申し分ないものとなるだろうからね」

骨の髄まで喜んだ彼女は、そっとささやいた——

「ハロー＝セントラルよ！（「もしもし中央交換局さん」の意）」

わたしは笑わなかった——わたしはいまでもそれを感謝している——しかし笑いをこらえていたおかげで、体の中の軟骨がぜんぶ壊れてしまった。そしてそれから数週間のあいだ、わたしの骨のカタカタ鳴るのが、歩くたびに聞こえてきた。彼女は自分の間違いに少しも気がつかなかった。だからそういう呼びかけの言葉が電話で使われているのを初めて聞いたとき、彼女はびっくりした。そして喜びはしなかった。しかしわたしは、じつはそういう命令を出しておいたのだと彼女に説明してやった。つまり、これからさき永久に、電話に対しては必ずこの敬語を使って呼びかけねばならぬ、それはわたしの失った友人と、その友人の名をもらったわが娘との永遠の名誉と記念とのためなのだと。これは本当のことではなかった。しかしそれで事は納まったのだ。

　さて、二週間半ほどのあいだ、わたしたちはベッドのかたわらで看病した。そして深い不安の底に沈んでいたために、この病室の外の世界については何ひとつ気がつかなかった。やがて看護の甲斐《かい》が見えてきた。宇宙の中心が危機をのりこえて快方に向かいはじめたのだ。嬉《うれ》しかったろうとおっしゃるのですか？　そんな言葉で当てはまるものではない。どんな言葉もこの

気持ちを現わすことはできないはず。そのことはおわかりのことと思う。もし「死の影の谷」を抜けてゆくわが子の姿を見守り、その子がふたたび生命の国に帰ってきて、あなたの片方の手だけで覆いかくすことのできるような小さな顔に、すべてを照らすほほえみをかすかながらも浮かべて、この大地から夜の闇をぬぐい去ってくれるのをご覧になったことがあるなら。

　ところが、わたしたちは一瞬にして浮世の世界に舞いもどってしまった！　そして同じ驚きの思いを、たがいの目の中に同時に読みとった。つまり、二週間以上たっているのに、まだあの

船は戻ってこないのだ！

すぐさまわたしは従者たちの前に姿を見せた。彼らもこのところずっと不吉な前兆に浸りつづけていた——それは彼らの顔を見てもすぐにわかった。わたしは供の者を一人呼んで二人で五マイルほど馬を飛ばし、ある丘の頂に立って海を見渡した。わたしの貿易政策の壮観はどこにあるのだろう、この光り輝く海原に、つい最近まで真っ白な帆の船団をちりばめて賑《にぎ》わしくもまた美しくさせていたはずではないか？　それが消えてしまったのだ、何ひとつないのだ！　帆影のひとつ、水平線の端から端まで、見あたらないのだ。一筋のたなびく煙さえない——ただ死んだような寂しさが、あの活発で快活な生命感にとってかわっているだけだった。

わたしはすぐに引き返した。誰にもひとことも言わなかった。ただサンデーにだけはこの恐ろしい話を知らせた。二人とも、いくら考えても説明がつかず、説明の糸口さえも見つからなかった。外敵の侵略があったのだろうか？　地震だったのか？　疫病か？　国民は一人残らずこの世からさらわれていったのか？　しかしただ臆測ばかりしていたって何の役にも立たなかった。わたしは行かねばならぬ——しかもただちにだ。わたしは国王の艦隊を借りた——といってもそれは小型蒸気船ほどの大きさしかない「船」一隻だったが——そしてすぐに支度をととのえた。

別れは——ああ、まことに、これは辛いものだった。子供を、むさぼり食わんばかりに抱きしめながら最後の接吻をすると、子供も元気を出して子供ながらに何やら口走った！　この二週間以上ものあいだで初めてのことだ。わたしはそれを聞くと喜びのあまりバカのようになった。子供のあのかわいい片言！　——本当に、どんな音楽も、この片言に及ぶほどすばらしいものはひとつもない。そしてじつに残念に思うのは、そうした片言がだんだんと失くなって、やがてみんな正しい言葉づかいになってしまうときがくることだ。もう二度とその片言がその耳を訪れることのないのを知っていながらだ。しかし、なんと幸いなことだったろう、このすばらしい思い出をわたしは心にいだいて出発することができたのだ！

わたしはその翌朝、イギリスに近づいていた。広々とした潮水の街道はわたしだけのものだった。ドーヴァーの港には何隻かの船が入っていた。しかしどの船も帆はひとつも張っておらず、あたりには生きものの影さえ見えなかった。その日は日曜だった。しかしカンタベリー（英国国教総本山の所在地）はどの通りにも人影がなかった。なによりも不思議なことは、僧侶《そうりょ》の姿さえ見えず、鐘の音ひとつ聞こえてこないことだった。死を悼《いた》む悲しみの空気があちこちにただよっていた。わたしには訳がわからなかった。やがてこの町の遠くのはずれに、小さな葬式の行列を見つけた——身内のものと友人が二、三人、棺《ひつぎ》のあとについてゆくだけの行列で——僧侶もいなかった。鐘も、祈禱書《きとうしょ》も、ロウソクもない葬式だった。そこにはすぐ近くに教会があったが、行列はその前を泣きながら通り過ぎてしまい、中へは入っていかなかった。わたしは目をあげて鐘楼を見た。そこには鐘がさがってはいたが、黒い布で包んであって、舌はくくりつけてあった。ああ、そうだったのか！　ようやくわたしにも、このイギリスを襲った恐ろしい禍《わざわい》の意味がわかった。外敵の侵略か？　いや侵略などこれに比べればまったくつまらぬ事件にしかすぎない。これは、破門の宣告だったのだ！

わたしは何も尋ねなかった。尋ねる必要もなかった。「教会」が攻撃を始めたのだ。こうなったらわたしのほうも変装して、用心ぶかく進まなければいけない。召使の一人が、自分の着物をひとそろい、わたしにくれた。そこで町の外の安全なところまで来ると、わたしはそれに着替えた。そして、それからは供も連れずに一人で旅をつづけた。連れの者たちが当惑するのを承知で旅をするわけにはいかなかったからだ。

みじめな旅だった。どこへ行っても荒涼とした静けさばかりだった。ロンドンでさえそうだった。交通はとだえていた。人びとは口もきかず、笑いもせず、群れもつくらず、二人連れで歩く者さえいなかった。ただあてどもなく動きまわっているだけで、みんな一人っきりで、首を垂らし、苦痛と恐怖を胸にいだいていた。ロンドン塔を見ると、そこには最近行なわれた戦いの傷あとがはっきりとついていた。なるほど、これは大変なことが起こっていたのだ。

もちろん、わたしはキャメロット行きの汽車に乗るつもりだった。そうだ汽車だ！　ところが駅はガランとしていてまるで洞窟《どうくつ》のようだった。わたしはなおも歩きつづけた。キャメロットまでの光景も、これまで目にしてきた光景のくり返しだった。月曜も火曜も、日曜とまったく変わらなかった。到着したのは夜もだいぶ更《ふ》けてからのことだった。国じゅうでいちばん明るく電灯のともっていた町、これまで目にしたものの中では夕陽にいちばんよく似たこの町も、いまや一点のしみにすぎなくなっていた――暗やみの中の一点のしみ――つまりそれは暗やみのほかの部分と比べていちだんと黒く、あやめもつかぬ暗さとなっていた。だからかえってそこだけがややはっきりと見えたのだ。それを見ていると、なんだかそれが象徴的なもののようにも思えてきた――「教会」が今や優位を占め、わたしの打ち建てたすばらしい文明をすべてあのようにして消し去ろうとしているのだという象徴なのだ。暗い通りには生きものの動く気配さえなかった。わたしは手探りをしながら重い心で進んでいた。大きな城が丘の上に黒くぼんやりと浮いていたが、一筋のきらめく光さえそこには見えなかった。跳ね橋はおりていた。大きな城門はあけっぱなしになっていた。わたしは誰何《すいか》されることもなく入っていった。コッコッと踵《かかと》の音だけが耳に聞こえてくる唯一の音だった——そしてその音だけで、もうまったく墓場のような感じだった。なにしろ、こういう大きなガランとした宮殿の中だったからだ。

第四十二章　開戦！

わたしはクラレンスを見つけた。一人ぼっちで自分の部屋にいたが、すっかり打ち沈んだ様子だった。電灯のかわりに、昔のボロ切れランプを使っていて、あたりのカーテンはぴったり閉めきったまま気味のわるい薄明かりの中にすわっていたのだ。彼は飛びあがって、しゃにむにわたしのほうへ駆けよると、こう言った。

「ああ、生きている人間にまた会えるなんて一兆ミルレイの価値がありますよ！」

彼にはわたしだということがすぐにわかったのだ。まるでわたしがぜんぜん変装していなかったときのようにだ。これにはわたしもびっくりした。しかしこういうことは容易に信じてもらえるだろう。

「さあ、早く聞かせてくれ、この恐ろしい禍はどうしたというのだ」とわたしは言った。「どうしてこんなことになったのだ？」

「そうですね、ギネヴィアなんていう王妃さえいなかったら、こうも早くこんなことにはならなかったでしょうね。でも、どのみちこんなことにはなったでしょうけどね。あなた自身のためにだってこんなことになったでしょうよ、そのうちにはね。ただ、巡り合わせで、今度は王妃のためにこんなことになったのです」

「それとサー・ラーンスロットのためにだな?」

「そのとおりです」

「くわしく聞かせてくれ」

「ご存知のことと思いますが、この数年のあいだ、この地上の王国ではただお一人の方の目だけだったのです。じっと疑いの目で王妃とサー・ラーンスロットとの仲（三八ページ参照）を見ていなかったのは――」

「そうだ。それはアーサー王の目だけだった」

――「そしてただお一人の方の心だけだったのです。疑いをいだかなかったのは――」

「そうだ――それは王の心だ。その心はけっして友だちのことを悪く考えることのできぬ心だ」

「それで王はそのまま幸せに、何も疑うことなく、一生を送ることができたかもしれなかったのです、もしあなたのあの新しい改革案さえなかったとしたらです――つまり、あの株式会議です。あなたがお発《た》ちになるとき、ロンドン、カンタベリー、ドーヴァー鉄道の最後の三マイルが出来上がるところでした。そして株式市場の操作も用意ができ、機も熟していたところでした。あれはむちゃなやり方でした。誰もが知っていました。なにしろ株は捨て値で売られたんですからね。サー・ラーンスロットは何をするかと思えば、ただ――」

「そうだ、憶《おぼ》えている。あの男はただ黙って株をほとんどぜんぶ整理した、二束三文でね。そうしておいてまたその倍ほども買いこんだのだ。請求しだい受け渡してもらう条件でだ。そして請求しようとしているとき、わたしは出発したわけだ」

「そのとおりです。そして請求したのです。ところが連中は引き渡すことができなかったのです。ですから、あの人は連中をとっちめました――ぐいっとつかむと、ギュウギュウしめつけたのです。ところが連中は自分たちの抜け目のなさを腹の中で笑っていました。なにしろ、あの人に十五ペンスとか十六ペンスとかそんな値段で売りつけていたんですからね、十ペンスの値打ちもないような株をですよ。そりゃあもう、連中は口の片側で思いっきり笑って、それがくたびれると、今度はそっちの側を休ませるために反対側に笑いを移したりしているんです。あれはちょうど、連中がこの『無敵の騎士』と話をまとめたときのことでした、二百八十三ペンスでね！」

「なんということだ！」

「あの人は連中の生皮をはぎ取るほどこらしめました。連中としちゃあ当然ですよ――とにかくね。国じゅうの者が喜びましたよ。ところが、皮をはがれた者の中にサー・アグラヴェインとサー・モードレッドがいたんです。どちらも王さまの甥御《おいご》さんです。これで第一幕は終わりです。第二幕第一場は、カーライルの城の一室です（以下、マロリー『アーサーの死』第二十巻参照）。宮中の人びとはこの城に来て、二、三日狩りを楽しんでいました。登場人物は、国王の甥にあたるもの全員。モードレッドとアグラヴェインは、邪気のないアーサーの注意をギネヴィアとサー・ラーンスロットに向けさせようと提案します。サー・ガーウェインとサー・ガレスとサー・ガヘリスとはどうしてもそれに関わりをもとうとはしません。そこで口論が始まります。声は大きくなります。そのさなかに王が入って来ます。モードレッドとアグラヴェインはいきなり自分たちのいさかいの訳を話して王をびっくりさせます。ああ何たる光景でしょう。罠《わな》がラーンスロットにかけられます。王の命令によってです。そしてサー・ラーンスロットはその罠にかかります。あの人はそれを不愉快きわまるものにさせてやりました。待ち伏せをしていた目撃者たちに対してです——つまり、モードレッドとアグラヴェインと、十二人のもっと身分の低い騎士たちにです。と言いますのは、あの人はモードレッドのほかは奴らを一人残らず殺してしまったからです。でも、もちろんそんなことでラーンスロットと王との間の問題が片づくわけのものではありません。実際、片づかなかったのです」

「ああ、なんということだ。行きつくところは一つしかない——それはわたしにもわかる。戦争だ。そして国じゅうの騎士が二つに分かれて国王側とサー・ラーンスロット側になったのだ」

「そうです——そのとおりになったのです。王さまは王妃さまを火あぶり台に送りました。王妃さまを火で潔《きよ》めるのだと申すのです。ラーンスロットとあの人の味方の騎士たちが王妃さまを救いました。そしてそのとき、あなたやわたしの親しい友人を何人か殺してしまいました——実際、わたしたちの友人のなかでもいちばん立派な人たちをです。つまり、サー・ベリアス・ル・オーグラスも、サー・セグウォリデスも、神の子サー・グリフレットも、サー・ブランディレスも、サー・アグロヴェイルも——」

「ああ、胸をかきむしられるようだ」

「――待ってください、まだ終わってはいないのです――サー・トーも、サー・ゴーターも、サー・ギリマーも――」

「あの男は第二軍でいちばん腕のいい選手だったのに。じつに器用なライトだった！」

――「サー・レイノルドの三兄弟、サー・ダマスとサー・プリアモスと、旅がらすのサー・ケイも――」

「またとない名ショートだった！　あの男が地上すれすれのライナーを受けとめたところを見たことがある、自分の歯でキャッチしたのだ。ああ、わたしには耐えられぬことだ！」

――「サー・ドライアントも、サー・ランベガスも、サー・エルマンドも、サー・パーティロープも、サー・ペリモーネスも、そして――あとは誰だと思いますか？」

「早く言ってくれ！　さあつづけて」

「サー・ガヘリスも、それにサー・ガレスも――お二人ともです！」

「いや、信じられぬ！　二人のラーンスロットに対する友情は不滅のものであったはずだ」

「じつは、まったく思いもかけぬ事故だったのです。二人はそばに立って見ていただけなのです。身には甲冑《かっちゅう》もつけておりません。ただその場に立って、王妃さまの処刑を見とどけようとしていただけなのです。サー・ラーンスロットは怒りのために目もくらんでいましたから、自分の行く手にいる者は誰彼の見さかいもなく打ち倒してゆきました。そしてこの二人も、それが誰であるか知らずに殺してしまったのです。ここにスナップ写真があります、うちの若い者がその現場を撮ったものです。どこの新聞売り場《ニュース・スタンド》でも売っています。ほら――王妃さまのすぐそばにいるのが、剣を振りあげているサー・ラーンスロットと断末魔にあえぐサー・ガレスです。王妃さまの顔に浮かぶ苦悶《くもん》の色も、うずまく煙の向こうに見えるでしょう。みごとな戦争写真ですよ」

「うん、そのとおりだ。これは大事にしておかなきゃあいかん。この歴史的な価値は計りしれないものがあるからね。で、その先を話してくれ」

「そうですね、それから先の話はもう戦争のことばかりです。ほかにはなにもありません。ラーンスロットは自分の町の『喜びの砦《とりで》』に引きあげてゆき、その地で味方の騎士たちを大勢あつめました。王さまは、大軍をひきいて、その町へ攻め入り、すさまじい戦闘が何日もつづきました。その結果、戦場はどこもかしこも死体と甲冑とで埋まりました。やがて『教会』が入ってきて仲を鎮めました。アーサーとラーンスロットと王妃とすべての人たちの仲をです——そうです、すべての人たちのです。ところがサー・ガーウェインだけはべつでした。あの人は自分の弟のガレスとガヘリスが殺されたことを怨《うら》んで、どうしても和睦《わぼく》に応じようとはしなかったのです。そしてラーンスロットに使いを送り、その城を出てすみやかに支度をととのえ、こちらからただちにしかける攻撃に備えろと言ってやりました。そこでラーンスロットはグウィエン（フランス南西部の旧県）にある自分の領地へ出帆しました。部下の者をひきつれてです。するとガーウェインはただちに一軍をひきいて後を追いました。そしてアーサーを騙《だま》していっしょに連れていったのです。アーサーは王国をサー・モードレッドの手にゆだねました、そのうちにはあなたもお帰りになって——」

「ああ、——どこの国王も同じようなことしか考えないのだなあ！」

「そうです。ですからサー・モードレッドはさっそく仕事にとりかかって、自分がにぎったこの王権を永久のものにしようとしました（以下、『アーサーの死』第二十一巻参照）。そして、ギネヴィアと結婚しようとしたのです。まずその手始めにです。しかし、王妃さまは逃げて、ロンドン塔へ閉じこもりました。モードレッドはそこを攻撃しました。それでカンタベリー大僧正はモードレッドを叱りつけ、『破門』を申し渡しました。やがて王さまが帰ってきました。モードレッドは王さまをドーヴァーで迎え撃ち、それから退却してカンタベリーで戦い、そしてふたたびバーラムの丘に陣容をととのえて戦いました。やがて和平の交渉、そして講和会議。条件として、モードレッドはコーンウォルとケントとの二領土だけをアーサーの在世中は譲りうける。そして王の死後は、全王国を譲りうける、というのです」

「へえっ、こいつは驚いた！　共和国建設のわたしの夢も、ただの夢でそれっきりというわけか」

「そうですね。両軍はソールズベリの近くに陣をはりました。ガーウェインが——ああ、ガーウェインの首はいまドーヴァー城にあるのです。あの人はそこでの合戦で生命を落としたのです——そのガーウェインが、アーサーの前に姿を現わしました。夢の中ででしょう。とにかく、あの人の亡霊が姿を見せて、王さまに一か月のあいだ戦いを避けるように、どんなことがあっても休戦を引き延ばしておくようにと忠告しました。ところが戦いはすぐにまた始まってしまいました。思いもかけぬ事件のためです。アーサーは前もって命令を出しておきました。もし自分がこのモードレッドとの和平会議に行ってその会見の最中に誰か剣を振りあげる者の姿が見えたら、ただちにラッパを鳴らして攻めてくるように、というのです！　王さまはモードレッドを少しも信用していなかったからです。モードレッドのほうも同じ命令を自分の部下たちに出していました。それがです、たまたま一匹のマムシがある騎士の踵に嚙《か》みつきました。その騎士はあの命令のことなどすっかり忘れ、一撃のもとにそのマムシを剣で斬り殺してしまいました。三十秒とたたぬうちに、この二つの大軍はどっとぶつかりあったのです！　みんなは一日じゅう殺しあっていました。それから王さまは――でも、あなたがお発《た》ちになった後で、新しいことを始めましてね――わたしたちの新聞のことですが」

「まさか？　なんだねそれは？」

「従軍記事です！」

「そうか、そいつはいい」

「ええ、新聞はますます人気が出てきましてね。なにしろ『破門』が出ていたって、そんなものは何の効き目もありませんし、何の力もなかったんです、戦争のつづいていた間はね。それでわたしは従軍記者を両方の軍隊につけたんです。この戦争の終わりの部分をいま読んでおきかせしましょう。その記者の一人が書いたものです。

然りしこうして王はあたりを見回せり。味方の全兵士のうち、かつまた味方の全騎士のうち、生き残りたる者はただ騎士二人、すなわち執事のサー・ルーカンとその弟サー・ヴェディヴァーのみ。この両名とてかなりの深手なり。なんたることぞ、と王ののたまいける。わが気高き騎士どもは皆いずくへ行ってしまったのか？　ああ、かかる悲しき日を見ようとは。今や、とアーサーさらにのたまいける。わが一生も尽き果てなん。されど神よ、かの逆賊サー・モード

レッドのありかを知らしめたまえ。彼奴《きゃつ》こそこの禍《わざわい》をひきおこしたる張本人なればなり。

その時アーサー王の目に映りたるものあり。サー・モードレッドが己が剣にすがりつつ、死体の山かげに立ちいたる姿なり。いざわが槍《やり》をこれに、とアーサー、サー・ルーカンにのたまいける。かしこに逆賊の影をとらえたり。この禍をひきおこしたる奴じゃ。

殿、おかまい召さるな、とサー・ルーカンは言う。あの者も不幸なる姿。それに、もし殿がこの不幸なる日をやりすごしさえなされば、必ずあの者への復讐《ふくしゅう》はかないましょう。殿、昨夜の夢をよもやお忘れではございますまい。サー・ガーウェインの亡霊が昨夜お話しになったことをお忘れではございますまい。神の尊きみ恵みがあったればこそ、殿はここまで生きのびられたのでございます。されば、その神のためにも、どうか殿、このままおとどまり下さい。神のご加護によって、殿はこの戦いに勝利を得たのです。こちらにはわれら三名が生き残っておりまするが、サー・モードレッドの側にはあの男のほか誰ひとり生き残ったものはありませぬ。今このままおとどまりになれば、この忌《いま》わしき運命の日は過ぎ去るのです。

余に死がふりかかろうと、あるいは生がもたらされようと、と王はのたまいける。今やあの男がただ一人、かしこに立っておるのに、この手から逃がすわけにはいかぬ。これほどよい機会はまたとあるまい。

されば神のご加護のあらんことを、とサー・ベディヴァーの言う。王は両手《もろて》に槍をにぎりしめ、サー・モードレッドめがけて突っ走りながら叫びぬ、逆賊、今こそ汝《なんじ》の最期の日となさん。サー・モードレッド、サー・アーサーの声を耳にするや、これを迎え撃たんと、抜き身の大太刀を片手に駆け来たりぬ。アーサー王、サー・モードレッドを楯《たて》の下から突き刺す。その槍先は相手の体を貫き、一尋《ひとひろ》あまり突き出でぬ。サー・モードレッド、致命傷を受けたと知るや、渾身《こんしん》の力をこめて己が身をアーサー王の槍の手元まで押し進む。しかして己が父アーサー（モードレッドはアーサーと、ロト王妃マーゴース（アーサーにとっては父違いの姉にあたる）との間にできた不義の子。したがってアーサーとは親子であると同時に叔父・甥の関係になる）に強烈なる一撃を加える。その両手ににぎりしめたる大太刀は王の頭《こうべ》の側面に当たる。大太刀は兜《かぶと》を割り、頭蓋《ずがい》を破る。と同時に、サー・モードレッド、どうとばかりに大地に倒れそのまま息絶える。また気高きアーサーも気を失いて大地に倒る。そして、その場にて幾たびとなく意識をとりもどしつつもまた気を失いぬ」（マロリー『アーサーの死』第二十一巻第四章）

「うん、これは立派な従軍記事だぞ、クラレンス。おまえも一流の編集長になったな。それで――王はご無事か？　元気になられたか？」

「お気の毒ながら、なりません。お亡くなりになったんです」

わたしはまったく呆然《ぼうぜん》とした。どんな傷を受けても、そんなことで王が死ぬなぞとは思ってもいなかったからだ。

「で王妃はどうなされた、クラレンス？」

「尼僧になられて、アームズベリにおられます（同書、第二十一巻第七章参照）」

「なんという変わりようだ！　しかもこんなわずかな間に。とても信じられぬことだ。次には果たしてどんなことが起こるのだろうか？」

「どんなことが起こるかお教えしましょう」

「と言うと？」

「わたしたちは生命を賭《か》けて、身を守るのです！」

「それはどういう意味だね？」

「今や『教会』がすべてを支配しています。破門の宣告はあなたもモードレッドと同じように扱っています。あなたが生きている限り解かれることがありません。国じゅうの部族が集結しています。『教会』は生き残った騎士を一人残らず集めたのです。ですからあなたが見つかりしだい、わたしたちは厄介な目にあうのです」

「バカな！　こっちには強力な科学兵器があるのだ。日ごろ、訓練をしておいた部隊が――」

「ちょっと待ってください――忠実な部下は六十人とは残っていないんです！」

「何を言っているんだ？　わたしたちの学校にも、大学にも、大きな工場にも、それに――」

「その騎士たちがやって来たら、こういう施設はみんな空になって敵方にわたるでしょう。あなたは教育によってあの連中からあの迷信を取り除いたとでも考えていらしてたんですか？」

「もちろん、そう考えていたさ」

「そうですか、それならもういちど考えなおしたほうが、いいですよ。連中はどんな辛いことにも楽々と耐えました——破門の宣告が出るまではです。出てからというものは、外面だけ勇ましそうに振舞っているにすぎません——内心は震えているんです——ですから、その点は覚悟をしておくことですね——敵がやってきたら、途端にその仮面がはがれますからね」

「辛い話だね。わたしたちは負けだな。連中はわたしたちの作りあげた科学兵器を使って攻めてくるのだろうからな」

「いいえ、そんなことはしませんよ」

「なぜかね？」

「なぜって、わたしと何人かの忠実な仲間たちとでその計画はちゃんと防いであるからです。どんなことをしたか、それにどうしてそんなことをするようになったか、お話ししましょう。あなたも抜け目のないお方でしたが、『教会』はそれ以上に抜け目がなかったのです。じつは、あなたを船旅に出したのは、『教会』だったのです——手下の医者たちの口をかりましてね」

「まさか」

「いいえ、本当です。わたしはそれを知っているんです。あなたの船の高級船員は、どれもこれもみな『教会』が選んだ粒よりの手下どもだったのです。それに水兵たちも全部そうだったんです」

「いや、嘘だ！」

「いいえ、いま申しあげたとおりです。わたしも初めのうちはこのことに気がつきませんでした。

しかしとうとうそれを見破ったのです。あなたはわたしに伝言をよこされましたか、その船の船長に託してですが。伝言の主旨は、その船長が物資を運んであなたのところへ帰ったら、あなたはすぐにカディズ（スペイン南西部の港町）を発って――」

「カディズだって！　カディズなんかには、いたこともないぞ！」

――「カディズを発って、遠い海にいつまでというあてもなく船旅をつづけ、ご家族の健康を取りもどすのだ、ということでしたが？　そんな伝言をなさいましたか？」

「もちろんするわけがない。それだったらわたしは手紙を書いたはずだ、そうだろう？」

「当然です。わたしも変に思い、疑いはじめました。それで船長がまた船を出したとき、わたしはうまくスパイを一人乗りこませて船長を探らせました。ところがそれっきり、船のこともスパイのことも便りがないのです。それで、二週間まてと自分にも言いきかせて、あなたからの便りを待っていました。それから思いきってカディズに船を送ってみようとしたのです。しかしある事情からその船が送れませんでした」

「その事情とは何だね？」

「わたしたちの海軍が突然、わけもわからずに消えていたのです！　そしてこれまた突然に、これまたわけもわからずに、鉄道も電信も、電話もその業務を停止してしまい、従業員は一人残らず職場を捨て、電柱も切り倒され、『教会』は電灯の使用さえ禁止したのです！　わたしは大いに活躍しなければなりませんでした――しかもすぐにです。あなたのお生命《いのち》は安全でした――この世の王国ではマーリンのほかには誰ひとり、あなたのような魔法使いに手を出そうなどとする者はいないからです。一万人も後ろ楯《だて》があれば話はべつでしょうけどね――ですからわたしはただ準備万端ととのえて、あなたのお戻りになるのを待っていればよかったのです。わたしは自分の身も安全だと思っていました——あなたのお気に入りの者にあえて手を出そうなどと思う者はいないはずですからね。それでわたしは、こんなことまでやったんです。つまり、わたしたちのさまざまな工場から一人残らず選び出しました——といってもそれは少年たちばかりですが——どんな苦境のもとにあっても誠実であるとわたしが誓って保証のできる少年たちをです。そしてそういう者たちをひそかに呼び集めて、それぞれ指示を与えました。人数は全部で五十二名です。十四歳以下の者は一人もおりません。また十七歳以上の者も一人もおりません」

「どういうわけで少年ばかり選んだのかね？」

「ほかの連中はみな迷信のはびこる環境の中で生まれ、その中で育てられてきた者ばかりだからです。そういう者たちの血や骨には迷信がしみこんでいるのです。わたしたちは、教育によってそういう迷信を連中の中から追い出してやったとばかり考えていました。連中もまたそう思っていたんです。ところが破門の宣告が連中の目の前にさらけ出したのです。まるで青天の霹靂《へきれき》のようにです！　おかげで連中は自分たちの正体を自分たちの目の前にさらけ出しました。そしてわたしの目の前にもさらけ出したのです。ところが少年の場合は話が違います。わたしたちの教育を受けはじめて七年から十年も訓練をつんできた者は、『教会』の恐ろしさなどというものは少しも知らないのです。ですからわたしは、こういう者たちの中から今度の五十二名を選び出したのです。次にしたことは、マーリンの例の古い洞穴へひそかに出かけてゆきました——小さいほうの穴ではありません——大きいほうのやつです——」

「そうだ、あそこは、わたしたちが最初の大発電所をこっそり造っておいた所だ。わたしがある奇跡を起こそうとしていたときにな」

「そのとおりです。そしてその奇跡はあのときしなくてもよくなってしまったので、今こそあの発電所を利用するのが名案だろうと考えたのです。それで洞穴に食料を運びこんで敵の包囲攻撃にそなえようと――」

「名案だ、ピカ一の名案だぞ」

「わたしもそう思います。それで例の少年たちから四名をあそこに配置しました、歩哨《ほしょう》としてです――洞穴の中に入れて、外からは見えないようにしておきました。――誰も怪我をする心配はありません――外にいる限りはです。しかし誰であろうと、中に押し入ろうとする者があれば――そうです、わたしたちは言いました。そいつはまあいちど自分でやらせてみるんだなとね！　それから、わたしは洞穴を出て丘へ行き、あなたの寝室から延びているあの秘密の電線を掘りおこして切断しました。わたしたちの大きな工場や製作所や作業場や倉庫など全部下に埋めこんでおいたあのダイナマイトまで通じている電線です。そして真夜中ごろになってからわたしと少年たちとで出かけて行って、その線の一本を洞穴と結ぶようにしておきました。そしてあなたとわたしのほかは誰ひとり、その線の端がどこへ延びているか気のつく者はいないのです。わたしたちがその線を地中に埋めたことは、申すまでもありません。しかもすべてを仕上げるまでに、たった二時間かそこいらしかかからなかったのです。これでわたしたちは、もうわたしたちの砦《とりで》から出てゆく必要もないはずです、わたしたちの文明を吹き飛ばしたいと思うときにはです」

「なかなからまい手を打ったもんだ――しかもそれは当然やらなければならぬ手だ。軍事上やむをえぬことだ、すべての条件が変わった今となってはな。それにしても、なんという変わり方だ！ いつかはこの宮殿で包囲攻撃を受けるだろうとは思っていたが――しかし、先をつづけてくれ」

「次にわたしたちは鉄条網をつくりました」

「鉄条網？」

「ええ、あなたご自身、ちょっと口にされたことがありました、二、三年前のことですが」

「ああ、そうか、思い出した――『教会』がその権力をわれわれに向けて最初に使おうとしたが、すぐに思いなおして、もっと機の熟してからのほうがいいと考えたのか、ひっこめてしまったときのことだ。で、その鉄条網はどんなふうにして作ったんだ？」

「まず十二本のものすごく丈夫な銅線をひいたんです――むき出しのままで、被覆のしていない銅線です――そいつを洞穴にある大きな発電機からひきました――プラスとマイナスのブラシ以外は何のブラシもついていない発電機からです――」

「そうだ、それでいい」

「銅線は洞穴から出て、平地に直径百ヤードほどの円を描きます。そして十二の独立した円を十フィートの間隔でつくります――つまり十二段がまえの同心円ができるわけです――そしてそれぞれの線の先端はまた洞穴に帰ってくるのです」

「それでいい。で、それから」

「それぞれの銅線は太いカシの杭《くい》に結びつけます。わずか三フィートの間隔でです。そしてこの杭はみなその脚を五フィートほど地中に埋めこんであります」

「それなら十分しっかりしている」

「はい。銅線は洞穴の外ではどこもアースしていません。みんな発電機のプラスのブラシから出ています。アースはマイナスのブラシを通してだけにしてあります。線のもう一方の端は洞穴にもどってきて、それぞれのアースは独立させてあります」

「いや、いかん。それではだめだ！」

「なぜですか？」

「それではあまりにも不経済だ――電気ばかり喰《く》って何の用もなさん。アースはマイナスのブラシを通して一本だけでいい。ほかの線のそれぞれの端は洞穴にもどしたら、独立してしかもどれもアースせずに固定しておかなければだめだ。いいかい、こうしておいてその経済を考えてごらん。騎兵隊がこの線に向かって突進してくる。そのあいだこっちは少しも電気を使っていないわけだ。金はビタ一文いるわけじゃない。なぜって、アースはたった一つきりだからね、その騎兵隊が銅線に触れるまではね。ところが連中がそれに触れたとたん、自分たちでマイナスのブラシと地面を通して接続したことになって、コロリと死んでしまうのだ。どうだ、わかったろう？　――こっちは少しもエネルギーを使わずにすむのだ、それが必要になるまでの間はね。つまり、こっちの稲妻は手元にあってちゃんと用意ができている、ちょうど銃につめた弾丸のようにだ。ところが一文だってかかりゃしない、こっちでそれをぶっぱなすまではだ。だから何といったって、アースは一つきりで――」

「ああ、そうでしたね！　わたしとしたことが、どうしてそんなことを見落としていたんだろう。ただ安あがりというだけでなく、ほかのやり方よりずっと効果がありますね。線が切れたって、あるいはもつれたって、こっちにとっては痛くも痒《かゆ》くもないわけですから」

「そうだ。とくに洞穴の中に自動表示器をつけておいて、線の切れたことがわかりしだい、その線の電源を切ってしまえばだ。よし、それで次はどうした。ガトリング機関銃（一分間に六百発の弾丸を発射できる）は？」

「はい――それも用意しました。鉄条網のいちばん内側の中央にです。高さ六フィートばかりの大きな台の上に十三門のガトリングを据《す》えて砲列をしきました。そしてたっぷり弾薬もあてがっておきました」

「それはいい。そうしておけばどんな奴が近づいてきたってよく見える。だから『教会』側の騎士たちがやってきたら、すてきな音楽が聞けるはずだ。洞穴の上にある崖《がけ》の端は――」

「あそこにも鉄条網をはりました。それにガトリングも一門おいてあります。ですから連中がわたしたちの上に岩を落としてくる気づかいはありません」

「よろしい。それから、ガラスの雷管をつけた地雷は？」

「それも用意してあります。こんなすばらしいお庭はほかにないでしょう、たっぷり植えこんでおきましたからね。幅は四十フィートあります。それがいちばん外側の鉄条網をぐるりと取り巻いているんです――その地雷原と鉄条網とのあいだの距離はちょうど百ヤード――まあちょっとした緩衝《かんしょう》地帯ですね、この場所は。地雷原の中は一ヤード四方の隙間《すきま》もないくらいびっしりと地雷が埋めてあります。埋めるといっても、地雷を地面にそっと置いて、その上から砂《サンド》をかぶせておいた程度です。ちょっと見たぶんには何の変哲もない庭のように見えますが、一度でもこの中に人を入れて庭仕事をさせたが最後、大変なことになるという代物《しろもの》です」

「地雷は試してみたろうね？」

「ええ、やろうと思っていたんですが、じつは——」

「じつは何だね？　おいおい、そいつは大変な手抜かりだぜ、もしやっておらんということになると——」

「テストをですか？　ええ、それはわかっているんです。でも地雷のほうは大丈夫です。二、三個、わたしたちの前線の向こうにある街道に埋めて、もう試してみましたから」

「そうか、それなら話はべつだ。で、誰が実験台になってくれたんだ？」

「『教会』の委員たちです」

「そいつはご親切なこった！」

「はい。連中はわれわれに降服しろと命令しにやってきたんです。ですから、本当は地雷をテストしてくれるために来たのではなかったんです。まったくの偶然だったんですね」

「で、その委員たちはご報告申しあげたかな？」

「はい。あげましたね。一マイル離れたところからだってきっと聞こえたでしょうよ」

「全員一致でかい？」

「それが原則ですからね。あとでわたしは看板を立てておきました。次に来る委員たちの身の安全のためにです。そしたら、もうそれっきりやって来る者はいなくなりました」

「クラレンス、よくそれだけの仕事ができたものだな。しかも完璧《かんぺき》だ」

「十分に時間があったからやれたんです。急ぐ必要は少しもありませんでしたからね」

わたしはしばらくのあいだ黙ったまま座っていた。そして考えていた。そのうちにわたしの心もきまったので、わたしはこう言った。

「よし、なにもかも用意ができた。なにもかも整っている。なにひとつ欠けているものもない。これで、次に何をしたらよいかわたしにはわかった」

「わたしにもわかりました。つまり、じっと座って、待っていることです」

「いや、とんでもない！　立ちあがって、攻撃することだ！」

「本気でそんなことをおっしゃるんですか？」

「ああ、もちろんさ！　守勢はわたしの性には合わん、攻勢こそ性に合っているのだ。つまり、こっちがいい手をもっていたときは——敵よりも三分の二ぐらいいい手のときはだ。そうだとも、さあ立ちあがって攻撃しよう。このゲームはもうこっちのものだ」

「九分九厘まであなたのおっしゃるとおりでしょう。で、ゲームはいつ始まるんですか？」

「今さ！　われわれは共和国の誕生を宣言するんだ」

「へえっ、そんなことをしたら何もかもがあわてだしますよ、きっと！」

「そりゃあブンブンうなるだろう、そのとおりだ！　イギリスは、あすの昼前から蜂の巣をつついたようになるだろう、もし『教会』の腕前が落ちていたらな——だが腕前は落ちてはおらんはずだ。さあ、ひとつ書いてくれ、わたしがいま言うからね——こうだ」

宣言

全国民に告ぐ　国王、崩御したまい、御世嗣も遺したまわざれは、余は義務として、余に付与せられたる行政権を引きつづき行使する。ただし、これは新政府の誕生ならびにその運営の開始までの期間のみとする。君主政体はここに消滅せり、しかしてもはやその政体は存在せず。故に、政権はすべてその本来の源、すなわち国民の手に復帰せり。君主政体とともに、それに付属せる諸制度もまた消滅せり。故に、もはや貴族は存在せず、特権階級も存在せず、『国教』もこれまた然り。人間はすべて完全に平等となり、ただ一つの共通の地位に立ち、信仰もこれ自由なり。今ここに共和政体は宣言せられたり。これすなわち他の権威が終息したるとき国民に与えられる当然の遺産たるべきものとしてなり。ブリテンの国民は己が義務としてただちに寄り集《つど》い、投票によって代表者を選び、すべからくその手に政権をゆだねるべく努力せられたし。


わたしはそれに「ザ・ボス」とサインをし、発布の地を「マーリンの洞穴にて」とした。クラレンスは言った。

「あれっ、それじゃあ、わたしたちの居所を敵に教えてしまって連中をすぐに呼び寄せるようなものじゃありませんか」

「それがこっちの狙いなのさ。われわれがまず攻撃をする——宣言によってだけれどもね——そしたら次は連中の番だ。さあ、そいつを活字に組み、印刷して、貼《は》り出してくれ、すぐにだよ。つまり、そういう命令を出してみんなにやらせてくれ。そして、自転車を二台、丘のふもとに用意してくれたら、二人でマーリンの洞穴に急ごう！」

「十分もあれば用意できます。どえらい竜巻があしたは吹き荒れますよ、この紙きれが出まわりましたらね！……それにしても、楽しい宮殿でしたね、ここは。いったい、いつになったらまた——いや、そんなことは忘れましょう」

第四十三章 サンド・ベルトの戦い

所は「マーリンの洞穴」——並居るはクラレンスとわたしのほかに、五十二名を数える生き生きとした、快活で、十分に教育を身につけ、澄みきった心の若々しいブリテンの少年たち。夜があけると、わたしは工場をはじめすべての大きな作業場に命令を送り、ただちに操業を中止して全員を安全な場所に避難させるようにと伝えた。何もかもが秘密の地雷によって吹き飛ばされるはずで、「その時刻はいつになるかわからぬ——それゆえただちに退避すべし」と言ってやった。彼らはわたしをよく知っていた。だからわたしの言うことは信用していた。落ち着いて頭髪を整えるひまもなく、すぐに立ちのいてくれるだろう。だからこっちはゆっくりと時間をかけて、爆発の日時を設定することができた。彼らはもういくら雇ったって一人としてその職場に帰って来るようなことは、その世紀のあいだ、ないはずだ。爆発がいつ起こるのかわからないのだから。

わたしたちは一週間まった。しかしその一週間はわたしにとっては退屈ではなかった。その間ずっと書きものをしていたからだ。最初の三日間で、昔の日記をこんな物語ふうのものに書き改める仕事をすませた。そしてほんの一、二章書き加えさえしただけで、ごく最近のところまできた。週の残りの四日は、妻へ手紙を書くことに費やした。いつもの習慣で、わたしはサンデーと別れているときには必ず毎日手紙を書くことにしていた。そして今もこうしてその習慣を守っているのは、その習慣を愛するがゆえと、彼女を愛するがゆえであった。とはいえ、この手紙はもちろんどうすることもできなかった。わたしが書きあげてしまった後にはだ。しかし、書いていることで時が過ごせたし、話をしているようでもあった。まるでわたしがこんなことを言っているようなのだ、「サンデー、もしきみとハロー＝セントラルがこの洞穴にいてくれたら、きみたちの写真だけでなくて実際にだよ、そしたらどんなに楽しいことだろうね！」と。それからわたしは心に描いた。わたしたちの赤ん坊がグーグーと何か返事らしいものをしながら、両手のこぶしを自分の口の中に入れ、体を思いきり母親の膝《ひざ》の上で反《そ》らす。すると彼女は笑ったり、見とれたり、感心したりしながら、ときどき赤ん坊の顎《あご》の下をくすぐって、キャーキャー笑わせたりして、それからたぶん自分でもわたしに返事の言葉を投げてくるだろう――そんな姿をあれこれと心に描いた――おわかりのように、わたしはこの洞穴の中でペンを手にしてすわりながら、そんなふうにして何時間も彼女たちといっしょにいることができたのだ。まったく、三人がまたいっしょになったような思いだった。

　わたしが毎晩スパイを出したことは言うまでもない。そしていろいろと情報をさぐらせた。報告のたびに事態がますます緊張している様子がわかった。敵軍はぞくぞくと集まっていた。イギリスじゅうの街道という街道、小道という小道を騎士たちが馬に乗ってやってきた。僧侶《そうりょ》たちも騎士たちに馬を連ね、この最初の十字軍を激励した。これこそ「教会」の戦争だったからだ。貴族たちは大小問わずみなやってきた。それに地主階級の者たちも一人残らずやってきた。これで予想していた者全部だった。こういった種類の人間はうんと数を減らしてやらなければいけない。そうすれば国民はまず何をおいても最前線に進み出て、彼らの共和国と――

ああ、わたしはなんというバカだったのだろう！　週の終わり近くなったとき、わたしの頭の中を、次のような大きな、夢からさめるような事実がかすめはじめた。つまり、この国の大衆は彼らの帽子を振って共和国万歳を叫んだが、それもほんの一日だけのことだった。それでもう終わりなのだ！「教会」と貴族と地主階級とが、そのとき大きな、何もかも気に入らぬぞといったしかめ面を一つ大衆に向けただけで、連中をちぢみあがらせ、羊にしてしまったのだ！　その瞬間から羊は檻《おり》に――つまり陣営に寄り集まって、価値のない生命と価値のある羊毛とを「義」のために捧《ささ》げはじめていたのだ。まったく、最近まで奴隷でいた者たちまでがこの「義」に浸っており、それを賛美し、そのために祈り、それを感傷的に語りきかしているではないか、ほかの自由民たちと同じようにしてだ！　こうした人間の屑《くず》どもをご想像ねがいたい。この愚かさをお考えねがいたい！

そうだ、それは今や「共和国などぶっつぶせ！」という声に変わっていた。国じゅう至るところでだ――意見を異にする声は一つとしてなかった。イギリス全土がわたしたちに向かって進軍してきたのだ！　まったく、ここまではさすがのわたしも予想していなかった。

わたしは五十二名の少年たちをじっと観察した。その顔、その歩きぶり、その無意識の態度を観察した。というのも、これらはすべて言葉だったからだ――われわれにことさら与えられている言葉なのだ。隠しておきたい秘密があっても、危急のときにはついうっかりさらけ出させるようにとだ。わたしにはわかっていた。きっとあの考えが彼らの頭と胸の中でくり返しくり返し言いつづけることだろう。イギリス全土がわたしたちに向かって進軍してくるのだ！　そしてそれをくり返すごとに、ますます激しく注意を喚起し、ますますくっきりとその姿を彼らの想像の前に現わしてくるのだ。そして、ついには、眠っているときでさえも、彼らはその眠りから安らぎを得ることなく、彼らの夢が創り出したおぼろげな、去来する姿のこう言う声を耳にするようになるのだ。イギリス全土が——イギリス全土がだぞ！——おまえに向かって進軍してくるのだぞ！　わたしには、こういうことがすべて起こるだろうとわかっていた。しまいにはそういう圧迫感があまりにも強くなって、思わず声に出してしまうだろうことも知っていた。だから、そのときのために答えを用意しておかねばならなかった——よく選んで、彼らの気持ちを鎮めてやることのできるような答えをだ。

やはり、わたしの心配していたとおりだった。そのときが来たのだ。彼らはどうしても話さないではいられなくなった。かわいそうに、それは見るも哀れな光景だった。真っ青な顔をし、やつれはて、不安な様子をしていた。初めのうちは彼らの代表もなかなか声が出ず、言葉もみつからなかった。しかしやがてその両方をさぐりあてた。そしてこんなことを言った——しかも彼はそれをみごとな現代英語で話した。わたしの学校でおぼえた英語だ。

「ぼくたちは、ぼくたちが何であるかということを忘れようと努めました——イギリスの少年だということをです！　ぼくたちは理性を感情より前に置こうと努めました。義務を愛情より前に置こうと努めました。ぼくたちの頭はそれに賛成しますが、胸はぼくたちを非難するのです。明らかに、これが貴族だけ、地主階級だけ、最近の戦いで生き残った二万五千ないし三万の騎士だけだというのならば、ぼくたちも一つの心でいられますし、どんな難問にも心を悩ますことはありません。今あなたの目の前に立っているこの五十二名の若者が一人一人こう言うでしょう『これは奴らが望んだことだ——目に物みせてくれん』と。しかしお考えください！　事情が変わったのです——イギリス全土がぼくたちに向かって進軍してくるのです！　ああ、どうかお考えください！　熟考なさってください！　——これらの人たちは、ぼくらと同じ国の人たちなのです。ぼくたちの骨の骨、肉の肉なのです。ぼくたちはこの人たちを愛しているのです——どうか、ぼくたちの国を滅ぼせなぞとはおっしゃらないでください！」

さよう、これを見てもわかるように、何事も先の先まで考えて、こんなことが起こったらどう対処するか用意しておくことが大切なのだ。もしわたしがこのことを予想して腹をきめていなかったら、この少年は完全にわたしをやりこめていたことだろう！　わたしは一言も応《こた》えられなかったろう。しかし、わたしはちゃんと腹をきめていたのだ。そこでこう言ってやった。

「諸君。諸君の心は正しい場所にある。諸君は立派な考えをもち、立派な行動をとった。諸君はイギリスの少年であり、将来もイギリスの少年だ。その名を汚すことなくもちつづけるはずだ。もうこれ以上心をわずらわすことはない。安心するがいい。そしてこういうことを考えてみるのだ。すなわち、イギリス全土がわれわれに向かって進軍してくるというが、それならば果たして誰がその先頭に立って来るのか？　何者が、戦争における最も普通の規則では、最前線に立つことになっているのか？　さあ、答えてもらいたい」

「馬に乗った鎖帷子《くさりかたびら》の騎士の軍勢です」

「そのとおり。その数は三万だ。何エーカーもの列をなしてやって来るはずだ。そこで、いいか、よく聞くのだ。奴ら以外には誰ひとりあの地雷原《サンド・ベルト》には入ってこないのだ！　奴らが入ってくれば、ちょっとした事件が起こる！　そうすればたちまち、後に続いていた一般市民の大軍は退却してゆき、どこかほかの場所で商売合戦でもやるようになるのだ。貴族と地主のほかは騎士はおらぬ。だからこの連中以外は誰ひとりその場にとどまり、われわれの音楽にあわせて踊りをおどる者はいないはずだ、この事件の後にはだ。絶対に確かなことは、われわれがこの三万の騎士以外の者たちとはけっして戦う必要がないということだ。さあ、どうだ。そして、これは諸君の決定にゆだねるということにしよう。われわれはこの戦いを避け、戦場から退却すべきか？」

「いけません!!」

その叫びは異口同音、心からのものだった。

「諸君は——諸君は——つまりその、この三万の騎士がこわいか？」

この冗談にみんなはどっと笑った。少年たちの悩みもこうして消えて、彼らは足どりも陽気にそれぞれの部署へと帰っていった。ああ、なんとすばらしい五十二名の勇士だろう！　それに、美しいことはまるで少女のようだ。

こうしてわたしは敵を迎え撃つ準備ができた。近づく決戦の日よ、いつ何時《なんどき》なりとござんなれだ——こちらは手ぐすねひいて待っているぞ。

決戦の日は予定どおりやって来た。夜の明けるころ、柵内で見張っていた歩哨《ほしょう》が洞穴に入ってきて、地平線のかなたに黒い塊が動き出したこと、ならびに進軍ラッパとおぼしきかすかな音が聞こえたことを報告した。ちょうど朝食ができあがったときだった。そこでわたしたちは腰をおろして、まず腹ごしらえをした。

食事がすむと、わたしは少年たちにしばらく訓示を与えた。それから一個分隊を派遣して例の砲台につけた。クラレンスをその指揮官としてだ。

やがて太陽が昇り、さえぎるものとてないその輝きを平原にふりそそぎはじめた。見ると、とてつもない大軍が、ゆっくりとわたしたちのほうへ進んできた。とどまることなく、押し寄せるその直線にひろがる前線は、さながら寄せくる大海の大波にも似ていた。だんだんと近づくにつれて、その姿はますます途方もないほど堂々たるものになってきた。そうだ、イギリス全土が、まさしくそこにあったのだ。やがて、数えきれぬ旗さしものの翻《ひるがえ》るのが見えてきた。と、次には陽の光が甲冑《かっちゅう》の海を打って、それを一面に輝かせた。そうだ、それはすばらしい光景だった。これをしのぐものをわたしは目にしたことがなかった。

ようやく、わたしたちにもこまかなことが見分けられるようになった。最前線は何エーカーの奥行きがあるかはわからないが、すべて馬に乗っていた——羽根飾りをつけ、甲冑に身を固めた騎士たちだ。突然、トランペットの鳴りわたるのが聞こえた。すると、今までのゆっくりした歩調が急に速足となった。そしてそれから——いや、それはじつにすてきな光景だった！その大きな馬蹄《ばてい》の波がまっしぐらに襲ってきた——そしてサンド・ベルトに近づいてきた——わたしの息は止まった。ますます近くまできた——黄色いベルトの向こうにある緑色の芝生の幅がせばまってきた——ますますせまくなって——わずかにリボンの幅しか馬の前には見られなくなった——そしてそれも蹄《ひづめ》の下に消えていった。するとどうだ！この大軍の最前線は、いっぺんに雷鳴もろとも大空に吹っ飛び、木端微塵《こっぱみじん》の大嵐となって、グルグルと渦《うず》を巻いていた。そして大地には分厚い壁のような煙が立ちこめて、後に残った連中の姿をわたしたちの目から隠してしまった。

時はいよいよ野戦計画の第二段階に至った！　わたしはボタンを押した。そしてイギリスの骨という骨をその背柱から振り落としてやった！

その爆発で、わたしたちのあの気高い文明工場はひとつ残らず空中にすっ飛び、この地上から姿を消してしまった。それは残念なことであったが、やむをえぬことでもあった。敵側にわたしたちの武器を使わせるわけにはいかなかったからだ。

それから十五分たったが、それはわたしがこれまでに味わった中でいちばん退屈な十五分間だった。わたしは、ひっそりと静まりかえった孤独の世界の中で、鉄条網の環と、その外側に立ちこめる分厚い煙の環とに取り囲まれて、待っていた。煙の壁の向こうは見えなかった。それをすかして見ることもできなかった。しかし、やがてそれも少しずつあちこちが切れはじめ、次の十五分が終わるころには、平原がはっきりと見えてきて、わたしたちの好奇の目もようやく得心することができた。生きものは何ひとつ見当らないのだ！　そして気がつくと、さらにいろいろなことが、わたしたちの防備に加えられていた。地雷が爆発したおかげで、幅百フィート以上もある溝《みぞ》が、わたしたちのぐるりに出来上がっていて、その溝の両側には二十五フィートほどの土手が築かれているのだ。生命の破壊力はどうかといえば、それはまさに驚くばかりだった。とても評価することさえできぬくらいだった。もちろん死者の数など数えることはできなかった。まともな形で残っているものなどひとつもなく、同じ種類のものからなる原形質が、鉄と金属粒の合金といっしょになっているばかりだったからだ。

生きものの姿はどこにも見当たらなかったが、もちろん、すぐ後に続いてきた部隊の中には負傷した者がいたにちがいない。そういう連中は煙の壁に隠れて戦場から運び去られていったのだ。そのほか傷を負わなかった連中の中にだって、フラフラになった奴がいるはずだ——いつだって、こういう事件の後にはいるものだ。しかし、増援部隊はいるはずがない。さっきの連中がイギリス騎士団の最後の一隊だったのだ。この階級の者で、最近のあの壊滅的な戦いのあと生き残っていた連中は、あれだけだったのだ。だからわたしはこう確信しても絶対に大丈夫だろうと思った。つまり、将来、われわれに向かってどんなに軍隊を送り出そうとしても、それはごくわずかな数のものであろう。要するに、ごくわずかな騎士たちだけであろう、と。そこでわたしは、わが軍に対して次のような言葉で祝賀宣言を発表した。

兵士諸君、人間の自由と平等のために戦う闘士諸君。諸君の総司令官はここに祝詞を送る！その力をおごり、その名声におぼれるがあまり傲慢《ごうまん》なる敵軍は、諸君を打ち破らんと攻め寄せたり。諸君よくこれを迎え撃つ。戦闘は瞬時にして終わる。諸君の側に栄光あり。この大勝利はわが軍になんら損害なく達成せられたるものにして、史上にもその例を見ず。諸星その軌道に運行を続ける限り、「サンド・ベルトの合戦」は人類の記憶から消え去ることなかるべし。

ザ・ボス

わたしはこれを名調子で読みあげた。そして拍手喝采《かっさい》を受けて大いに満足した。それから締めくくりとして次のようなことを言った。

「イギリス国民との戦いは、すなわち一国民としての彼らとの戦いは、ここに終わった。この国民は戦場からもまた戦争からも退却してしまった。彼らを連れもどそうといくら説得しても、それ以前に戦いは終結しているであろう。これからの合戦こそ、それをもって最後のものとなるべき合戦である。それすら、瞬時にして終わるはずだ――史上、最も短な合戦のはずだ。しかも生命の破壊力たるや、最大のものとなる。これは戦闘員に対する死傷者の数の割合から見ての話だ。われわれの、イギリス国民との戦いはすでに終わった。これからは騎士だけを敵として戦うのだ。イギリスの騎士はその生命を断たぬ限り、征服することはできぬ。われわれは、われわれの前途に何があるかを知っている。こうした輩《やから》が一人でも生き残る限り、われわれの仕事は完成しないのだ、戦争は終わらないのだ。いざ、奴らを皆殺しにしようではないか」

(大きな、いつまでも続いてやまぬ、拍手喝采)。

わたしは、大きな土手の上に歩哨をたてた。地雷の爆発でわたしたちの前線にできあがった例の土手だ――歩哨といってもそれは少年を二人、見張りに立たせただけで、敵がひょっとしてまた姿を見せるようなときがあったら、報告させる程度のものだった。

次にわたしは一人の技師と四十人の作業員を、南側にある前線のすぐ先の地点へ送った。そしてそこを流れる山の小川の向きを変えさせ、わたしたちの陣営内に引いて、自由に使えるようにし、いざというときわたしがすぐにそれを利用できるようにしておこうとした。四十人は二十人ずつ二手に分けられ、二時間交替で作業についた。そして十時間もすると、その仕事は完成した。

もう日も暮れようとしていた。そこで例の歩哨は引きあげさせた。北のほうを見張っていた歩哨は、野営の一隊が見えたがそれも望遠鏡でやっと見えるくらい遠くだったと報告した。彼はまたこんなことも報告した。つまり、騎士が二、三人、道をさぐりさぐりやって来ると、馬をわれわれの前線の中に追いこんだ。しかし本人たちはあまり近くまでは来なかった、と。これもわたしが予期していたことだった。連中はわたしたちをさぐっているのだ。わたしたちがまたあの恐ろしい真っ赤なものを連中にしかけるつもりなのかどうか、知りたがっていたのだ。夜になったら連中はもっと大胆になる、だろう。そうすればどんなことをしでかすか、わたしにはちゃんとわかっていた。それは、わたしが連中の立場に立って、しかも連中と同じように無知だとしたら自分がどんなことをしでかすか、考えてみればすぐわかることだったからだ。

わたしはそれをクラレンスに話してみた。

「おっしゃるとおりだと思いますね」と彼は言った。「それこそ連中のやらかしそうなことですね」

「よし、それならば」とわたしは言った。「これで、連中もお陀仏《だぶつ》というわけだ」

「そのとおりです」

「それじゃ連中の腕の見せ場はこれっぽっちもないわけだな」

「もちろんありませんね」

「そりゃあ気の毒だな、クラレンス。なんだかえらく気の毒な感じだよ」

そう考えるとわたしは大いに狼狽《ろうばい》した。あまりのことに、心の平和をとりもどすこともできず、ただこのことばかりを考え、心を悩ましていた。そのうちに、とうとう、わが良心を鎮めるために、次のようなメッセージを書いて騎士たちに送ることにした。

イギリス反乱騎士団指令官閣下　貴下の戦闘は無益なり。当方すでにその勢力を知る——それははたして勢力と言えるか否かも問題なり。繰り出す軍勢、最大に見積もれども騎士二万五千を上まわることなかるべし。故に、貴下に勝算あるべからず——絶対にあらざるべし。慮《おもんぱか》られよ、わが軍の装備の完全なるを、要塞《ようさい》の堅牢《けんろう》なるを、われらの五十四を数うるを。五十四の何をか？　人か？　否さにあらず、知力なり——世界に比類なき有能なる知力なり。かかる力に対しては、蛮力といえども勝利の望みなし。そは大海の徒波《あだなみ》イギリスの堅き岸壁と戦いて勝利の望みなきことと同断なり。われらが言に従うべし。諸君の生命は保障すべし。諸君の家族のため、この特典を拒むことなかれ。機会は今。これをもって最後となさん。武器を捨てよ。共和国に無条件降服されよ、されば全員寛恕《かんじょ》せらるべし。

（署名）　ザ・ボス

わたしはそれをクラレンスに読んできかせた。そして休戦旗を立てて使者に持たしてやろうと思うがと言った。すると彼は持ちまえのあの皮肉な笑い声をたてて、こう言った。
「どうやら、あなたはいつまでたっても本当に理解することができないようですね、あの貴族連中の正体というものが。では、ちょっと時間と手間とをかけてやってみましょうか。わたしを向こうにいる騎士たちの指令官だと考えてください。そしてあなたは休戦の使者です。そちらから近づいてきて、わたしにそのメッセージを渡してみてください。そしたらわたしがその回答を差しあげますから」

わたしはその趣向に調子をあわせた。敵の護衛兵に取りまかれたつもりで進み出ると、メッセージを取り出し、それを読みあげた。その回答として、クラレンスは、わたしの手からメッセージをひったくると、バカにしたように口をすぼめて、いかにも横柄《おうへい》な態度でこう言った。

「この獣の四肢五体をばらばらにしてしまえ。そして籠《かご》につめて、こいつをよこしおった下衆《げす》野郎《やろう》のところへ送り返せ。わしの返答はそれだけじゃ！」

まったく理論なんて事実の前にはむなしいものだ！　これがまさにその事実だ、事実以外の何ものでもなかった。やれば、きっとこうなったはずだ。それを切り抜ける手だてはなかった。わたしはメッセージをずたずたに引き裂いて、時代を取り違えたこのわたしの感傷に永遠の休息を与えてやった。

さて、ではまた仕事にとりかかろう。わたしはガトリング銃の砲台から洞穴に通じている電気信号をテストした。そして異状のないことを確かめた。鉄条網に通じているものも、くり返しくり返しテストした。――こっちのやつは普通の信号で、これによって、それぞれの鉄条網を他の鉄条網とは別々に独立させて電流を切ったり入れたり意のままにできるようにしてあった。小川との接触地点は、最もすぐれた少年たちの中から三人を選んでそれに警護と権限とをまかした。彼らは夜通し二時間交代で見張りをつづけ、わたしが信号を送らねばならぬときがきたら、ただちにそれに従うことになっていた――信号は三度リヴォルヴァーを続けざまに撃つ手はずだった。歩哨《ほしょう》勤務は、夜はやめにした。そのため、柵《さく》内には生きものは何もいなくなった。わたしは命令を出して、洞穴の中でも静粛は維持するよう、かつまた、電灯の明かりも小さくしておくようにと伝えさせた。

あたりがすっかり暗くなると、ただちにわたしは鉄条網の全部から電流を切った。そして手探りで例の土手まで出ていった。地雷で掘りおこされた大きな溝のこちら側にできている土手だ。わたしはその天辺《てっぺん》へと這《は》いあがってゆき、土手の斜面に身を横たえて様子をうかがった。しかしあたりは真っ暗で何も見えなかった。物音はどうかと耳をすましたが、何も聞こえてこなかった。静けさは死のようだった。もちろん、田舎でよく耳にするような夜の音はあった——夜鳥の飛び交う音、虫の羽音、遠くで吠《ほ》える犬の声、遥かかなたから聞こえてくる牝牛の柔らかな鳴き声など——しかしこういうものは静けさを破るもののようには思えなかった。むしろ静けさを深め、そのうえ、身の毛もよだつような侘《わび》しさをそれに加えていた。

そのうちに、わたしも見張るほうは諦《あきら》めることにした。夜の闇があまりにも色濃く立ちこめていたからだ。しかし、耳のほうはじっとそば立てて、どんなに幽《かす》かな怪しい音でも聴きもらすまいとしていた。ただ待っていさえすれば、けっして失望することはないと判断していたからだ。しかし、わたしは長いあいだ待たねばならなかった。やがて、ほのかに光る音、とでもいうようなものが感じられた——鈍い金属の音だ。そこでわたしは耳をそば立て、息をころした。これこそ待ちに待ったものだったからだ。その音はだんだんと大きくなり、近づいてきた——北の方角からだ。やがてそれはわたしと同じ高さから聞こえてきた——真向かいの土手の頂で、百フィートかそれ以上はなれたところからだ。つづいて一列に並んだいくつもの真っ黒な点が、その土手の背に沿って現われてきたような気がした——人間の頭なのだろうか？　わたしにはわからなかった。そこには何もなかったのかもしれない。人は想像力の焦点がずれているときには、目に頼ることもできないのだ。しかしこの疑問はすぐに解決した。その金属の音が大きな溝におりてくるのが聞こえたからだ。音はたちまち大きくなり、左右にひろがっていった。そしてそれは間違いなくわたしにこんな事実を教えてくれた。武装した一隊がこの溝の中に陣を張ろうとしているのだ。そうだ、この連中はわたしたちにささやかながらびっくりパーティー（「奇襲攻撃」の両義がある）を用意してくれているのだ。わたしたちがそのもてなしを受けるのは、おそらく夜明けごろかあるいはもう少し早めのころになりそうだった。

わたしは今や手探りで柵内へと引き返していった。あれだけ見れば十分だった。高台にのぼると、さっそく信号を送って、内側の二本の鉄条網に電気を通じさせた。それから洞穴に入っていった。見るとそこではすべてが申し分のない状態になっていた――つまり、当直の警備のほかは誰ひとり起きている者はいなかったのだ。わたしはクラレンスを起こして、あの大きな溝が兵隊でいっぱいになってきたことを話した。そしてきっとその騎士たちは一人残らず一団となって攻め寄せてくるだろうとも話した。わたしの考えでは、夜明けが近くなったら、ただちにこの溝の中の何千という敵兵がいっせいに土手を越えて襲撃してくるだろうし、その後からはすぐに残りの軍勢が攻撃してくるはずだった。

クラレンスは言った。

「連中は暗やみを利用して斥候を一、二名送り、前もってこちらの様子を偵察しておきたいと思っているはずです。外側の鉄条網の電流を切って、奴らに機会を与えてやったらいかがですか？」

「それならもうちゃんとやってあるよ、クラレンス。わたしがお客さまを寄せつけないようなそんな無愛想な男だとでも思っていたのかい？」

「いいえ、あなたは心のやさしい方です。ではわたしも出かけていって――」

「歓迎のご挨拶《あいさつ》でもするというのかい？　それならわたしもいっしょに行こう」

わたしたちは囲いを越えて、内側の二つの鉄条網の間に並んで身を横たえた。洞穴のあの薄暗い光でさえも暗やみに出たわたしたちの目をいささか狂わせていたが、それもすぐに焦点がはっきりとしてきて、間もなくすると暗やみにも慣れてあたりの様子がわかるようになってきた。これまでは手探りで進んでこなければならなかったが、今では鉄条網の杭《くい》さえ見わけがつくようになった。わたしたちは声をひそめて話しはじめた。しかし突然クラレンスがその話をさえぎってこう言った。

「あれは何でしょう？」

「何でしょうって、何が？」

「向こうに見えるあれですが？」

「何が――どこに？」

「ほら、あなたのちょっと向こうの――何か黒いものです――なんだかぼんやりとした形で――二番目の鉄条網によりかかっています」

わたしは目をこらした。彼も目をこらした。わたしは言った。

「人間かもしれんな、クラレンス？」

「いいえ、そうではなさそうです。よくご覧になれば、なんだかあれは小さ――いや、やっぱり人間だ！　――鉄条網にもたれかかっていますよ」

「確かにそうだ。よし、行ってみよう」

わたしたちは四つん這《ば》いになって、すぐ近くまで進んでいった。そして顔をあげた。そうだ、やはり人間だった——ぼんやりと大きな図体が、甲冑《かっちゅう》姿で、まっすぐに立って、両手をいちばん上の電線においていた。——そしてもちろん肉のこげる臭いがしていた。かわいそうに、完全に死んでいる、しかも何にやられたのかも知らないのだ。銅像のようにその場にじっと立って——身のまわりには動くものもなかった。ただひとつ、彼の羽根飾りだけが夜風を受けてわずかに揺れていた。わたしたちは立ちあがって、男の面頰《めんぼお》の横桟のあいだから、兜《かぶと》の中をのぞいてみた。しかしこれが顔見知りの男なのかどうか、見分けることはできなかった——目鼻だちもはっきりせず、それに兜の陰になっていたからだ。

やがて、何かこもったような音が近づいてきた。わたしたちはその場に身を沈めて、地面に腹這いになった。騎士の姿がまたひとつぼんやりと見えてきた。こっそりと忍び足で、道をさぐりさぐりやってきた。今ではかなり近くまで来たので、彼が片方の手を伸ばしているのが見えた。上のほうの電線を見つければ、身をかがめてそれを潜りながら下のほうの線をまたごうとするつもりなのだろう。そのうちに最初の騎士のところまでやってきた。——そして仲間の姿を見つけて、いささかびっくりした様子だった。しばらくそこに立っていた——仲間がどうして進んでいかないのか、いぶかっているのにちがいない。やがてその騎士が言った。低い声でだ。「貴公なにゆえ、かかるところで夢など見ておられるのじゃ、サー・マ——」と言いながら騎士は片手を死体の肩に置いた——そしてかすかな、おだやかな呻《うめ》き声をあげたかと思うと、ばたりと倒れて死んでしまった。死人に殺された、というわけだ——いやもっと正確に言えば、死んだ味方の者に殺されたのだ。なんともはや、身の毛のよだつ話だった。

こうした早起き鳥たちが、あっちからもこっちからも次々とやってきた。三十分のあいだに、わたしたちの近くだけでも五分に一人ぐらいの割合でやってきた。連中は剣のほかには何ひとつ武器をもっていなかった。その剣もたいてい抜き身を手にして、それを前に突き出しながら鉄条網をさぐっていた。ときどき、青い火花の見えることがあった。そんなとき、その火花をおこした当の騎士があまりにも遠くにいて、わたしたちには姿の見えぬこともあった。しかしそれでも何が起こったのかは、気の毒ながら、わかった。電気の通っている線に抜き身の剣で触《さ》わって、そのまま神さまに召されていったのだ。しばらくのあいだ気味の悪い静けさがつづいた。その静けさを哀れなほど規則正しく破るものは、甲冑に身を固めた騎士がバタリバタリと倒れてゆく音だ。そしてその音はいつまでも絶えることなくつづいてゆき、じつに身の毛のよだつ思いだった。こんな場所で、暗やみと寂しさに包まれた中にあってはなおさらのことだ。

わたしたちは内側の二つの鉄条網のあいだを巡ってみることにした。立って歩いたほうが便利だったので、このほうを選んだ。姿を見られたって、敵というよりはむしろ味方の者と間違えられるだろうし、どっちみちこっちは相手の剣のとどかぬところにいるのだし、あの連中が槍《やり》など持っているとは思われなかったからだ。それにしても、これは奇妙な巡回だった。至るところに死体がころがっていた。二番目の鉄条網の外側でだ——はっきりと目に見えたわけではなかったが、それでもやはり見えていた。それに、数えてみると、あの哀れな立像は十五もあった——死んだ騎士が両手を上のほうの電線にのせて立っている姿だ。

それを見ると、ある一つの事実が十分に証明されているように思えた。つまり鉄条網の電流があまりにも強かったので、犠牲者たちは声をあげるひまもなく死んでいったということだ。

ほどなくして、わたしたちは、何かこもったような重苦しい音を耳にした。次の瞬間、わたしたちにはそれが何であるかすぐにわかった。奇襲隊が大挙して押しよせてきたのだ！　わたしは小声でクラレンスに指示を与え、引き返してわが軍を起こすように、そしてこのことを報せ、次の命令があるまで洞穴の中で静かに待機させておくように、と言った。彼はすぐにまた戻って来た。そこでわたしたちは内側の鉄条網のそばに立って、静かな電光がその恐ろしい作用を、陸続とつめかける大軍に及ぼしているのを見守っていた。くわしい様子はこちらにもよくわからなかった。しかし黒い塊が二番目の鉄条網の向こうでどんどん積み重なってゆくのはわかった。そのふくらんでゆく山は死体だったのだ！　わたしたちの陣営はとうとう死人の厚い壁で取り囲まれてしまった――死体でできた堡塁《ほうるい》、胸壁とでもいったものだった。この合戦で一つ恐ろしかったことは、人間の声が少しも聞こえてこなかったということだ。喚声もなければ、鬨《とき》の声もなかった。奇襲ということに心を向けていたから、この連中はできるだけ音をたてずにやってきた。そして前列の一隊が目指す地点の真近までやってきて、いよいよ鬨の声をあげはじめようとすると、そのたびに、必ずあの運命の電線に触れてしまって、一言も口をきかずに倒れてしまうのだ。

わたしは今や三番目の鉄条網にも電流を入れた。そしてほとんどすぐに第四、第五の鉄条網にも電流を通した。そのため、それぞれの空間はすぐにいっぱいになった。わたしはいよいよ時機が到来したと確信した。わたしの取っておきの作戦の時機だ。これで敵軍は一人残らずわれわれの罠《わな》にはまったはずだ。とにかく、それを確かめる絶好の潮時だった。そこでわたしはボタンを押して、五十にものぼる電気の太陽を、われわれのいる絶壁の頂に煌々《こうこう》と照らさせた。

いやはや、なんという光景だったろう！　わたしたちは三重の死体の壁に取り囲まれているではないか！　ほかの鉄条網は、生きている敵軍でそのすべてがほとんど埋めつくされていて、その連中が電線をくぐってひそかに前進していた。そして突然このまばゆい光を浴びたので、この大軍も驚きのあまり感覚を失い、いわば化石のようになっていた。このとき、連中のこの動きのとまった状態をうまく利用できる一瞬があった。わたしはこの機会を逃がさなかった。というのも、次の瞬間には連中も感覚を取りもどしてしまうだろうし、そうすればわっとばかりに鬨の声をあげて、突進してくるだろう。そうなったらいくらわたしの鉄条網だってその前にはひとたまりもない。しかしその逃がした一瞬は、連中にとっては彼らの絶好の機会を永遠に逃がしてしまったことになった。その一瞬のほんのわずかなかけらがまだ残っているあいだに、わたしは全部の鉄条網に電流を通し、敵軍を一人残らずその場で殺してしまったのだ！　たしかに一声、呻《うめ》き声が聞こえた！　それは、一万一千人の死の苦しみを告げるものだった。その声は恐ろしい悲哀をこめて夜空にひろがっていった。

ちらりとあたりを見回すと、後に残った敵軍が――おそらくその数は一万ほどだったろうか――わたしたちと、わたしたちを取り巻いている例の溝との間にいて、ひしひしと攻め寄せていた。結果として連中は一人残らずわれわれの手中にあった！　しかも逃れる道はないのだ。悲劇の最後の幕がやってきた。わたしは、きめておいた例のリヴォルヴァーを三度つづけて発射した――それはこういう合図だったのだ。

「水を流せ！」

突然ごうごうたる音がしたかと思うと、たちまち谷川の水が大きな溝を伝って狂ったように突進してきた。そして幅百フィート、深さ二十五フィートもある川となった。

「機関銃、射撃用意！　撃て！」

十三門のガトリング銃は運命の一万の中へいっせいに死を吐きはじめた。連中は立ちどまった。そして激しく襲いかかる怒濤《どとう》のような砲火をあびながら、一瞬、踏みとどまっていたが、やがて総崩《くず》れとなって、踵《くびす》をかえすと例の溝のほうへ一目散に逃げはじめた。まるで疾風《はやて》の前のモミガラのようにだ。総勢の優に四分の一にあたる連中は、そそり立つその土手の頂にたどりつくことさえできなかった。四分の三は、たどりついたものの、もんどりうって――溺《おぼ》れ死んでしまった。

われわれが砲火を開いてからわずか十分とたたぬうちに、武装した者の抵抗はすっかり殲滅《せんめつ》され、戦闘は結末をつけられ、われわれ五十四名の者はイギリスの支配者となった！　二万五千の者たちが、われわれのまわりに死んで横たわっていたのだ。

しかし、運命とはなんという裏切り者であろう！　それからわずかばかりの間に――そう、一時間ほどであろうか――一つの事件がおこった。わたし自身の誤りからだ。それは――しかし、わたしはどうしてもそれを書く気にはなれない。だから、この記録は、ここで終わりにしておこう。

第四十四章　クラレンスによるあとがき

やむをえず、わたしことクラレンスが代わってこれを書くことにする。彼はそのときこんな提案をした。つまり、わたしたち二人で外に出て、負傷者たちに何か手当てをしてやれるかどうか見てこようではないか、と。わたしはその計画にはあくまでも反対だった。そこでこう言った。負傷者が大勢いたら何もしてやれないことになるではないか、とにかく連中に気をゆるすのは賢明なことではなかろう、と。しかし彼は一度こうと言いだしたらテコでもまげることのできない人物だ。それでわたしたちは鉄条網の電流を切ってから、護衛を一人連れて、ぐるりと取り巻いている死んだ騎士たちの堡塁を越えて平原へと出ていった。最初に助けを求めた男は、死んだ仲間の体に背をもたせかけながらすわっていた。ボスがその男の前にかがみこんで話しかけたとき、男はそれがボスだとわかると、いきなり剣をボスに突き刺した。その騎士はサー・メリアグランスだった。奴の兜《かぶと》をひきはがしたときにわかった。奴もこれからさき、二度と助けを求めることはないはずだ。

われわれはボスを洞穴に運ぶと傷に、それは大した深手ではなかったが、できるかぎりの手当てをほどこした。この介抱にわれわれはマーリンの手を借りた。もちろん、そんなこととはつゆ知らずにだ。奴は女に身を変え、農奴の老婆になりすましてやって来たのだ。そんな格好で、茶色に日焼けした顔をし、ひげもきれいに剃《そ》りおとして、ボスが負傷した二、三日後に姿を見せると、われわれの料理番にしてくれろと申し出た。家の者は敵方がいま作っている新しい野営地の一つに入るために行ってしまったのだと言った。そして自分は飢えのために死にかけているのだとも言った。ボスは傷もだいぶよくなっていたし、記録の仕上げに励んでいた。だから、われわれはこの女の来てくれたことを喜んだ。なにしろわれわれは手がたりなかったからだ。こうしてわれわれは罠にかかってしまった——自分たちで仕掛けた罠にだ。つまり、もしわれわれがこのままここにいれば、まわりにころがっている死体がわれわれを殺すことになるだろうし、この砦《とりで》から出てゆけば、われわれはもはや無敵の軍隊ではなくなるからだ。われわれは征服した。しかし今度は征服されたのだ。ボスもこのことは認めた。われわれも全員それを認めた。もしわれわれがその新しい野営地の一つに出かけて行って一時しのぎに敵側と何か協定を結ぶことさえできたら——そうだ、しかしボスは行くことができなかった。そしてわたしもできなかった。というのも、わたしはこの死んだ何千という遺体から立ちのぼる有毒ガスに当てられて、まっ先に体のぐあいが悪くなった者たちの一人だったからだ。ほかの者たちも倒れ、さらにまた何人かが倒れていった。明日は——

明日。その明日になった。そしてそれといっしょに最期の日がやってきた。真夜中ごろ、わたしは目を覚ました。そして見ると、あの老婆が妙な手つきでボスの頭や顔のまわりの空気をかきまわしているではないか。わたしは何のためだろうといぶかった。発電機係りの夜警のほかはみんなぐっすりと寝こんでいた。もの音ひとつしなかった。女はその不思議なバカげた所作をやめると、戸口のほうへ忍び足で歩きはじめた。わたしは大声で叫んだ——

「待て！　ここで何をしていたんだ？」

女は足を止めた。そして意地のわるい満足そうな声音でこう言った。

「おぬしらは征服者だった。だが今はおぬしらが征服されておるのじゃ！　ここにおる者たちはみんな死ぬのじゃ——おぬしもな。みんなここで死ぬのじゃ——一人残らずじゃ——ただあの男だけはべつじゃがな。奴はいま眠っておる——そしてこれから十三世紀のあいだ眠りつづけるのじゃ。わしは、マーリンなのじゃ！」

と、そのとき狂乱にも似たバカ笑いがマーリンを襲った。そのあまりの激しさに奴は酔っぱらいのような足取りでヨロヨロと出ていった。そしてやがて、われわれの鉄条網にひっかかってしまった。奴の口は今でも大きくあいている。どう見ても、まだ笑いつづけているように見える。きっとその顔は、化石のようになったその笑いをいつまでももちつづけることだろう。死体が崩《くず》れて塵《ちり》にかえるその日までだ。

ボスは身動きひとつしなかった——石のように眠っていた。今日も目を覚まさなければ、それがどんな種類の眠りか、われわれにもわかる。そうすればその遺体は洞穴のいちばん奥のどこかに運ばれることだろう。誰ひとりその遺体を見つけてそれを汚すことのないような場所へだ。後に残ったわれわれについては——そう、それはこんなふうに話がまとまった。つまり、もし誰か一人でもこの洞穴から生きて脱出することができたら、ここで起こったこの事実を書くことにしよう。そしてまた、この「原稿」はわれわれが心から慕う立派な指令官、ザ・ボスといっしょに忠実に隠しておくことにしよう。これは、彼が生きていようが死んでいようが、彼のものなのであるから、と。

原稿これにて終わる

M・Tによる最後のあとがき

私がこの「原稿」を脇に置いたときには、もう夜はあけていました(一九ページ参照)。雨もほとんどやんでおり、世界は灰色で物悲しく、力を使い果たした嵐はただため息をつきすすり泣きをしながら体をやすめていました。私は例の奇妙な男の部屋へ行って、戸口のところで耳をすましました。戸が少しあいていたからです。中から彼の声が聞こえたので、ノックしてみました。応《こた》えはありませんでした。ところが声はやはり聞こえるのです。そこで中をのぞいてみました。すると男はベッドに仰むけに寝ていて、とぎれとぎれではありましたが、元気よく何か話していました。そして両腕を句読点がわりに使いながら、絶えずそれを振りまわしていました。ちょうど病人が極度の興奮状態の中でするときのようにです。私はそっと入っていって、男の顔をのぞきこみました。彼のつぶやき声と叫び声はまだつづいていました。そこで私は言葉をかけました――ほんのひとこと、彼の注意をひくためにです。すると、彼のどんよりとした目と灰色の顔が、その途端に輝きだして、喜びと感謝と嬉《うれ》しさと歓迎との色を見せたのです。

「ああ、サンデー、とうとう来てくれたね――どんなにきみに会いたかったろう! そばにすわっておくれ――わたしを一人にしないでおくれ――もう二度とわたしを置いていかないでおくれ、サンデー、二度とけっしてね。きみの手はどこだい? 出しておくれ、わたしに握らせておくれ――ああこれだね――これでいい、これですべてが平和だ。わたしはまた幸福になった――わたしたちはまた幸福だ。そうだろう、サンデー？　きみの姿はずいぶんかすんでいるね。とてもぼんやりしているよ。霧のようだ、雲のようだよ。でもきみはここにいる。そして、それだけで十分にありがたいことだ。そのうえ、わたしはこうしてきみの手を握っているのだ。引っこめないでおくれ――ほんのわずかな間だからね。長くとは頼まないよ……あれは子供だったのかい？　……ハロー＝セントラル！　……あの子は返事をしないよ。眠っているんだね、きっと？　目をさましたら連れてきて、さわらせておくれ、あの子の手にも、顔にも、髪にもね。そして、さようならを言わせておくれ。……サンデー！　ああ、まだそこにいてくれたね。いま、ちょっと気が遠くなったんだよ。だからもうきみが行ってしまったのかと思ったんだ。

……わたしは長いこと病気だったのかい？　きっとそうなんだろうね。何か月ものような気がするよ。そしてあんな夢を見ていたんだ！　とても不思議な、恐ろしい夢なんだよ、サンデー！　本物そっくりの夢なんだ――もちろん、幻なんだけれど、まったく本物のようなんだ！　だって、陛下は死んでしまったと思ったし、きみはまだゴールにいて帰ってこられないと思っていたし、革命が起こったとばかり思っていたんだからね。こうした突拍子もない夢の中で、クラレンスとわたしと、わずかばかりのわたしの生徒たちが戦って、イギリスの騎士たちを全滅させたんだよ！　でも、そんな夢でさえ、いちばん不思議な夢だったわけではないんだ。わたしは、まだ生まれてもいないずっと昔の、今から何世紀も前の時代から出てきた人間のような気がしたんだ。そしてそのことさえほかのことと同じように本当だったんだよ！　そうだ、わたしはその時代から、わたしたちのこの時代へ飛んで帰ってきて、それからまたその時代へ帰っていったような気がしたのだ。そしてそこに降ろされてしまって、あの不思議なイギリス

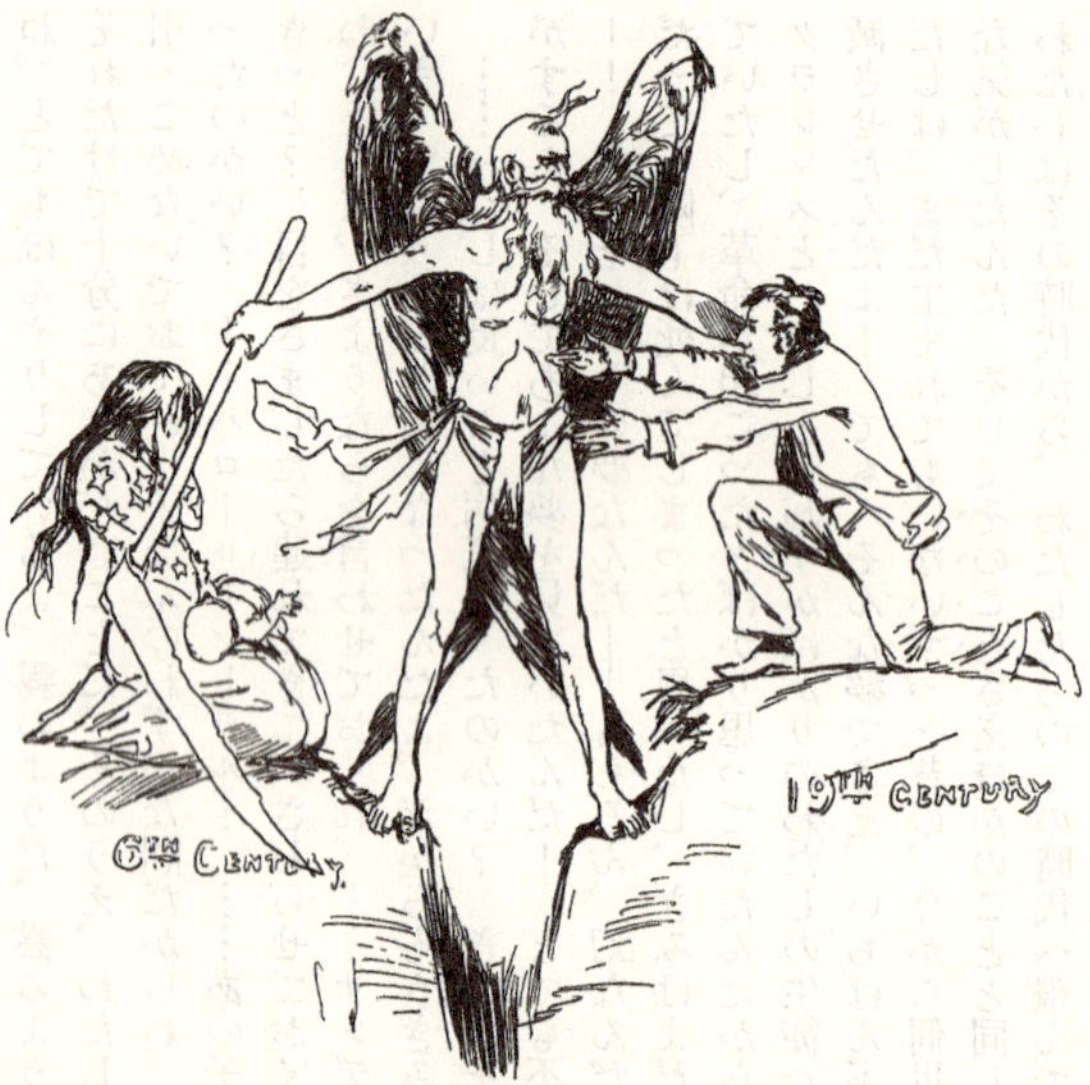

で、知る人もなく天涯孤独の身となっていたんだ。ここには十三世紀の長いへだたりが、わたしときみとのあいだにあるんだ！　わたしとわたしの故郷や友人たちとのあいだにもね！　わたしとわたしにとって大切なすべてのもの、人生に生き甲斐《がい》を与えてくれるすべてのものとのあいだにもね！　あれは恐ろしいことだった――きみが想像できるよりももっと恐ろしいことだったのだよ、サンデー。ああ、わたしのそばにいて見守っていておくれ、サンデー――ずっとわたしのそばにいておくれ――またわたしが気を失うことのないようにしておくれ。死なんかなんでもない。来るなら来させるがいい。だがあの夢はいやだ、あんな恐ろしい夢に苛《さいな》まれるのはごめんだ――もう二度とあんなものには耐えられない。

……サンデー？　……」

　彼はしばらくのあいだブツブツと取りとめのないことを言っていました。それからちょっと静かになりました。どうやら死の底へと沈んでいくようでした。やがて彼の指がせわしげに掛け蒲団《ぶとん》をいじりはじめました。そのしぐさを見て、私にもこの男の最期がいよいよ身近にまで迫ってきたことがわかりました。喉《のど》の奥がごろごろと鳴りはじめたとき、彼はかすかながら、はっとして、聞き耳をたてるような様子を見せました。そしてこう言いました。

「ラッパだな？　……国王陛下だ！　跳ね橋をおろせ、よいか！　胸壁に兵をつけろ！　──お出迎えの──」

　彼は最後の「効果」をあげようとしていました。しかし、それを果たすことは、ついにできなかったのです。

解説

「わたしの書は水だ。偉大なる天才の書は酒だ。だれもが飲むもの、それは水だ」

『トム・ソーヤーの冒険』や『ハックルベリ・フィンの冒険』などで世界じゅうの人びとから愛され親しまれているマーク・トウェインは、創作ノートにこう書き記しています。この言葉のなかには、自分はすべての人のために書くばかりでなく、人間が生きてゆくうえに絶対に必要なものを書くのだ、というトウェインの強い自信がうかがえます。万人のための文学、人生のための文学、これがトウェインの目指す文学でした。

このノートが書かれたのは、『ハックルベリ・フィンの冒険』が出版された翌年、ちょうど『アーサー王宮廷のヤンキー』が書きはじめられたころのことです。ですからこの作品は、トウェインが自分の文学にそのような自覚と自負とを抱きながら書き綴《つづ》った作品だということができましょう。

批評家のなかにはこの作品を、マロリーの『アーサーの死』を茶化したいわゆるパロディーだといって簡単に片づけてしまう人もいますが、トウェインはけっしてマロリーを茶化したり、「侮辱」したりしているわけではありません。『アーサーの死』は、イギリスを始めヨーロッパ諸国に昔から広く知られていたアーサー王伝説をマロリーが集大成したもので、トウェインはこれをすぐれた文学作品として高く評価しています。

トウェインはこのマロリーの作品を大きな鏡に仕立て、その鏡に現代のいわゆる文明社会を映し、その矛盾にみちた、滑稽《こっけい》で、しばしば醜い姿をわたしたちの目の前につきつけているのです。ところが、トウェインがあまり巧妙なトリックを使うものですから、わたしたちはついそれとは気がつかず、鏡のなかの顔をマロリーの顔だと思いこみ、それをパロディーだなどときめつけたりしてしまうのです。しかしその鏡のなかをよく見ていると、やがて、そこにあるのはわたしたち自身の顔だということに気がつきます。そしてびっくりして自分の姿をもう一度よく見なおし、人生を深く考えなおすようになるのです。そうした効果をトウェインはちゃんとネラってこの作品を書いています。「はしがき」のなかに六世紀よりも「ずっと後の時代」という言葉が出てきますが、その時代のなかには、じつは、トウェイン自身の時代が含まれているばかりでなく、今日のわたしたちの時代もまた含まれているのです。

トウェインは、『ハックルベリ・フィンの冒険』を完成させるのに八年の歳月をかけましたが、この『アーサー王宮廷のヤンキー』も着想から完成までに五年の歳月をかけています。着想は一八八四年の十二月、巡回講演旅行に同道した南部の作家G・W・ケイブルからマロリーの『アーサーの死』を勧められて読んだのがきっかけといわれています。実際に書きはじめたのは八五年の秋から八六年の二月のあいだ。そして、二月の終わりか三月の初めには、「ちょっとばかり解説を」と最初の三章を書きあげました。その後、しばらくの空白期間があって、十一月十一日に、その原稿をニューヨーク湾内のガヴァナーズ島にある陸軍兵学校で生徒たちに読んで聴かせ、四章以下の荒筋を語っています。しかし、その荒筋は現在のものとはかなり違った内容のもので、題名も『キャメロットのサー・ロバート・スミスの自伝』といったものでした。

しかし翌八七年の夏には、第十章を除く第五章から第二十章までが書かれ、八八年の秋には第二十一章から第三十六章までが書かれて、第十章が現在の箇所に挿入されます。そして八九年の五月までにはすべての章が書きあげられて、七月には挿画と「はしがき」とが用意され、十二月に出版されることになります。「はしがき」は何度も書きなおされました。

トウェインがこの作品の創作にあたって参考にした資料は、かなりの数にのぼりますが、主要なものとしては次のようなものを挙げることができます。マロリーの『アーサーの死』は言うまでもありません。そのほかに、テニソンの『王女』および『国王牧歌』、スコットの『アイヴァンホー』、レキの『ヨーロッパ道徳史』および『十八世紀イギリス史』、スタンドリングの『イギリス貴族社会史』、テーヌの『旧政体』、サン＝シモンの『回想録』、カーライルの『フランス革命史』、ディケンズの『二都物語』、ボールの『合衆国における奴隷制度』、月刊「センチュリー」誌に掲載されたケナンのロシアについての諸論文、それから若いころサンドウィッチ群島（今のハワイ諸島）で収集した資料などです。

この作品の挿画は、ダニエル・カーター・ビアド（一八五〇―一九四一年）が担当しました。ビアドは、ある雑誌に載せた挿画によってその非凡な才能をトウェインに認められ、とくに指名されて今回の挿画を担当することになったのです。トウェインは、何をどう描けといった細かな注文は一切せず、気の向くまま興のわくまま筆をとるようにと完全な自由を与えました。そこでビアドは、この作品に描かれている時代を彼自身の時代と結びつけ、マーリンの風貌をイギリスの桂冠詩人テニソンに似せたり（二五三、五六五ページ）アーサー王常備軍ののろまな将校たちを英国皇太子（後のエドワード七世）やドイツ皇帝ヴィルヘルム二世（五六七ページ）に、残忍な奴隷商人を悪名高いアメリカの実業家ジェイ・グールド（五七一ページ）に似せたりして鋭い筆致の挿画を描きました。そのほかフランスの女優サラ・ベルナールの顔をしたクラレンス（二七ページ）の挿画などを見れば、いかにビアドがトウェインの意図を的確にとらえ、この作品のなかから現代的な意味を読みとっているかがわかります。まさにビアドは、トウェインの仕立てたあの鏡のなかに、自分自身の時代の真の姿を見たのでした。トウェインはこのビアドの挿画に最大級の讃辞を贈っています。トウェインがこの世を去った一九一〇年に、アメリカに最初のボーイスカウトを設立したのはこのビアドでした。

トウェインは本名をサミュエル・ラングホーン・クレメンズといいます。一八三五年十一月三十日、アメリカ、ミズーリ州モンロー郡フロリダに生まれました。

少年時代をミシシッピ河畔のハニバルで送り四七年、父の死後この町で印刷所の見習植字工となり、それからセント・ルイス、ニューヨーク、フィラデルフィア、シンシナティーなどで植字工として働きます。

五七年から六一年まで、ミシシッピ河で蒸気船の見習パイロットおよび正パイロットを勤め、この年、勃発《ぼっぱつ》した南北戦争に南軍の義勇兵として二週間ほど参加したのち、長兄に同道してネヴァダ準州に行きます。そして銀鉱の試掘をしているうち、新聞記者となり、六三年初めて「マーク・トウェイン」のペンネームを使います。六五年、ニューヨークの「サタデー・プレス」誌に短編「ジム・スマイリーと彼のだいじな跳び蛙」が掲載されると、トウェインの名は一躍アメリカ全土に知れわたります。

erlin

六六年、サンドウィッチ群島に派遣され、サンフランシスコの新聞に通信文を送ります。そして帰国後この群島についてのユーモアあふれる講演をカリフォルニアとネヴァダで行ない、成功をおさめます。その後ニューヨークに移り、六七年、最初の短編集『名も高きキャラヴェラス郡の跳び蛙、その他の作品』を出版したり、講演をしたり、ヨーロッパ・聖地観光旅行団に加わり「クエーカー・シティ号」からカリフォルニアの新聞へ通信文を送ったりします。六九年、この旅行をもとにした『イノセンツ・アブロード』を出版し、七〇年には、「クエーカー・シティ号」で知りあった青年の姉オリヴィア・ラングドンと結婚し、ニューヨーク州バッファローに住みます。

七一年、コネチカット州ハートフォードに移り、ふたたび講演をはじめ、七二年には西部での体験にもとづく『ラフィング・イット』を出版、その後ウォーナーとの合作『金めっき時代』(七三年発行)や、『マーク・トウェイン短編集』(七五)、『トム・ソーヤーの冒険』(七六)、『異国を渡り歩いて』(八〇)、『王子と乞食』(八一)、短編集『盗まれた白象』(八二)、『ミシシッピ河での生活』(八三)、『ハックルベリ・フィンの冒険』(八四)などといった作品を発表します。その間、講演のためにイギリスを何度か訪れたり、ヨーロッパを旅行したり、四人の子供をもうけたり(うち長男は夭逝《ようせい》)、さまざまな事業に投資したり失敗したりして、文字どおり多事多難な年月を送ります。

『ハックルベリ・フィンの冒険』の出版後『アーサー王宮廷のヤンキー』(八九)までの五年間は、ほかに出版された作品はありません。「ヤンキー」以後に出版された作品は『爵位を要

Commission
Know all
"What is it you call it?— Chuckleheads."

求するアメリカ人』(九二)、短編集『一〇〇万ポンド紙幣』(九三)、『トム・ソーヤー外遊記』(九四)ですが、この作品の出版と同時にトウェインは多数の債権者から八万ドルに近い金額の返済要求を受けます。八一年からつづけていたペイジの自動植字機への投資がたたったことと、それに加えて、八五年から経営にのりだしたC・L・ウェブスター出版社が倒産したことのためです。晩秋『まぬけのウィルソン』を出版すると、翌九五年、トウェインは借金返済の資金を稼ぎだすために世界一周の講演旅行にでかけます。

そして『ジャンヌ・ダルクについての個人的回想』(九六)、短編集『探偵トム・ソーヤー』(九六)、エッセー集『物語の話し方』(九七)、世界一周講演旅行にもとづく『赤道に沿って』(九七)を出版し、九八年の一月には負債を全額返済し、九九年には著作集の刊行を始めるなどして、ふたたび安楽な生活にもどります。そして一九〇二年にはミズーリ大学から法学博士号を、〇七年にはオックスフォード大学から文学博士号を贈られるなどして、トウェインの名声は国の内外に知れわたりました。

しかし、トウェインの晩年は彼の生涯で最も不幸な時期といわねばなりません。長女スーザンが一八九六年に亡くなり、九八年には三女ジーンがひどいてんかんの発作をおこします。そして一九〇四年には妻オリヴィアが亡くなり、〇九年にはジーンにも先立たれます。こうしたつぎつぎと襲う悲しみのさなかに、トウェインは一九一〇年四月二十一日、コネチカット州レディングの自宅で永眠するのです。

『赤道に沿って』以降トウェインの生存中に出版された作品は、エッセー集、短編集などもあわせて十二点ほどありますが、死後に刊行された作品はかなりの数にのぼります。そして今日

19th CENTURY
6th CENTURY
LABOR
LABOR
TITLES
Sister your blind is disarranged

もなおトウェインの遺稿が整理され、順次刊行されています。

このたびの翻訳には底本としてニューヨークのC・L・ウェブスター社の初版本を使用し、蕗沢忠枝、小倉多加志、龍口直太郎諸氏の訳を参照させていただきました。とくに小倉氏の訳は抄訳ながらたいへん参考になりました。また、角川書店編集部の市田富喜子さんにはいろいろと訳者のわがままをきいていただき、ビアドの挿画についても紙面のゆるすかぎりできるだけ多くの挿画を載せていただきました。これらの方々に心からお礼を申しあげます。

最後に、この作品の題名についてひとことお断りしておきます。ニューヨーク版の原題は『アーサー王宮廷のコネチカット・ヤンキー』（*A Connecticut Yankee in King Arthur's Court*）ですが、ロンドン版では *A Yankee at the Court of King Arthur* となっております。今回は題名だけをこのロンドン版によることにしました。

一九七九年十二月

訳　者

The Slave Driver

改訂版刊行にあたって

本書は、一九八〇年に角川書店から刊行した文庫版を改訂したものです。なにしろ三〇年前の訳業でしたので、今日の若い読者のみなさんに楽々と読んでいただけるかどうか、心配になりました。

そこで、お若いみなさんにも、また、お年寄りのみなさんにも楽しくお読みいただけるように、あらためて全編を読みなおし、必要な箇所に加筆訂正を施すなどして刊行することにしました。

この作業に当たっては、角川書店編集部の津々見潤子さんに、前回のブルフィンチ『完訳 ギリシア・ローマ神話』のときと同様、大変お世話になりました。しかし今回の作業の瑕疵《かし》については全面的に訳者の責に帰すものです。

本訳書のなかで、差別表現として好ましくないとされる訳語は極力さけるように努めましたが、歴史的背景などの関係でやむなく旧訳のままにしておいた箇所があります。この点、ご了承いただければ幸いです。

アーサー王については、トマス・マロリー（厨川文夫 訳・厨川圭子 編）『アーサー王の死』（ちくま文庫）、同（井村君江 訳）『アーサー王物語』（筑摩書房）が大変参考になります。もっと手っ取り早くアーサー王物語の概要をお知りになりたい方は、トマス・ブルフィンチ（大久保博 訳）『新訳 アーサー王物語』（角川文庫）が便利です。

＊　＊　＊　＊　＊

なお、二〇一〇年はマーク・トウェインの没後一〇〇年に当たります。

トウェインが生まれたのは一八三五年。この同じ年に、資料によって一、二年のずれはありますが、天璋院篤姫《てんしょういんあつひめ》、小松帯刀《こまつたてわき》、坂本龍馬《さかもとりょうま》、福澤諭吉《ふくざわゆきち》、松平容保《まつだいらかたもり》、土方歳三《ひじかたとしぞう》が生まれています。

そしてトウェインの『アーサー王宮廷のヤンキー』が出版された一八八九年には、わが国では「大日本帝国憲法」が発布され、この旧憲法の第一章、第一条には「大日本帝国ハ万世一系ノ天皇之ヲ統治ス」と明記されているのです。

こうした歴史的事実を念頭におきながら『アーサー王宮廷のヤンキー』をお読みになると、さらに一層、興味深くこの作品が鑑賞できると思います。

二〇〇九年十二月

訳者

本書は一九八〇年二月、小社より刊行された文庫を改訂したものです。

本作品中では差別表現として好ましくないとされている用語も使用しておりますが、歴史的背景を考慮の上ですのでご了承ください。

トウェイン完訳《かんやく》コレクション

アーサー王《おう》宮《きゅう》廷《てい》のヤンキー

マーク・トウェイン　大《おお》久《く》保《ぼ》 博《ひろし》＝訳

平成21年 12月25日　初版発行
令和 6 年 12月15日　16版発行

発行者●山下直久

発行●株式会社KADOKAWA
〒102-8177　東京都千代田区富士見2-13-3
電話　0570-002-301（ナビダイヤル）

角川文庫 16051

印刷所●株式会社KADOKAWA
製本所●株式会社KADOKAWA

表紙画●和田三造

●お問い合わせ
https://www.kadokawa.co.jp/（「お問い合わせ」へお進みください）
※内容によっては、お答えできない場合があります。
※サポートは日本国内のみとさせていただきます。
※Japanese text only

Printed in Japan
ISBN978-4-04-214208-9　C0197

角川文庫発刊に際して

角川源義

第二次世界大戦の敗北は、軍事力の敗北であった以上に、私たちの若い文化力の敗退であった。私たちの文化が戦争に対して如何に無力であり、単なるあだ花に過ぎなかったかを、私たちは身を以て体験し痛感した。西洋近代文化の摂取にとって、明治以後八十年の歳月は決して短かすぎたとは言えない。にもかかわらず、近代文化の伝統を確立し、自由な批判と柔軟な良識に富む文化層として自らを形成することに私たちは失敗して来た。そしてこれは、各層への文化の普及滲透を任務とする出版人の責任でもあった。

一九四五年以来、私たちは再び振出しに戻り、第一歩から踏み出すことを余儀なくされた。これは大きな不幸ではあるが、反面、これまでの混沌・未熟・歪曲の中にあった我が国の文化に秩序と確たる基礎を齎らすためには絶好の機会でもある。角川書店は、このような祖国の文化的危機にあたり、微力をも顧みず再建の礎石たるべき抱負と決意とをもって出発したが、ここに創立以来の念願を果すべく角川文庫を発刊する。これまで刊行されたあらゆる全集叢書文庫類の長所と短所とを検討し、古今東西の不朽の典籍を、良心的編集のもとに、廉価に、そして書架にふさわしい美本として、多くのひとびとに提供しようとする。しかし私たちは徒らに百科全書的な知識のジレッタントを作ることを目的とせず、あくまで祖国の文化に秩序と再建への道を示し、この文庫を角川書店の栄ある事業として、今後永久に継続発展せしめ、学芸と教養との殿堂として大成せんことを期したい。多くの読書子の愛情ある忠言と支持とによって、この希望と抱負とを完遂せしめられんことを願う。

一九四九年五月三日